不夜島

ナイトランド

荻堂顕

NIGHT LAND　OGIDOU AKIRA

祥伝社

不　夜　島

ナイトランド

装画＝jyari
装幀＝川名潤

主要登場人物

武庭純（ウー・ティンスン）　俺。四十がらみの台湾人。密貿易に従事する。背丈は六尺ほど、クルーカットにサングラスがトレードマーク。

玉城（たまき）　与那国島の青年。俺の右腕。

トキコ　ナイトクラブ「人枡田（トゥングダ）」の店主。高嶺の花。

新里警部（にいざと）　与那国署の警部。密貿易を黙認している。

毛利巡査（もうり）　内地からやってきた応援。

陳さん（チェン）　台湾人の密貿易人。街の顔役。

蔡さん（ツァイ）　台湾人の密貿易人。ギャンブル好きの知識人。

林さん（リー）　台湾人の密貿易人。大の日本人嫌い。

楊さん（ヤン）　台湾人の密貿易人。元教師。

前原（まえはら）　海人（ウミンチュ）。久部良（クブラ）では絶大な信頼を寄せられている。

新里警部の息子　新里警部の息子。帰還兵。名前は重要じゃない。

李志明（リー・ヅーミン）　基隆（チーロン）に住む有力者（フィクサー）。

小李（シャオリー）　李志明の息子。

周鎮台（ヂョウ・ヂェンタイ）　台湾人の元密貿易人。現在は家業の金物屋を継いでいる。

呉明捷（ウー・ミンジェ）　台湾が生んだ名選手。右投げ右打ち。本編には登場しない。

ミス・ダウンズ　謎のアメリカ人。

紬（つむぎ）　？

「汚れない手など存在しない、無辜の人間などはなく、傍観者もいはしない」

——『地に呪われたる者』フランツ・ファノン

「あんたの目の前にあるのはなんだ？　ただの海じゃないよ。海の向こうには黄金があるさ。さあ、黄金の海を渡りなさい」

——『ナツコ　沖縄密貿易の女王』奥野修司

第一部

久部良街憂愁（クブラ・シティ・ブルーズ）

1

雨音で目を覚ましたりはしない。

この島では、雨は突然降り出し、突然止む。自然(ネイチャー)が人間のために作られたものではないと戒めるように、その営みは、朝から晩までごく自然(ナチュラリー)に繰り返される。一瞬にして眠りから蹴落とされたのは、設定していた鶏報(アラーム)が大脳皮質へと送り込んだ鋭い痛みのせいだった。極めて不快な目覚めだが、おかげさまで、ふたたび寝床に戻ることもない。

部屋に明かりはなく、窓の位置さえ分からない。もっとも、窓は全て、打ち付けた板で隙間なく覆われている。台風(ウブ・カディ)への備えをそのままにしていて、光は少しも入らないが、昼に眠る俺にはこれでいい。両袖を切り落としたHBTジャケットを羽織り、ブーツを履く。長寿(ロングライフ)の箱とライターを手に取り、家を出た。

案の定、雨が降っていた。生温く、草の匂いが混じっている。煙草に火を点けてから、胸のポケットに入れっぱなしにしていたサングラスを掛ける。ついこの間まで、こんなものは無用の長物だった。四方を海に囲まれ、孤立した集落において、投げかける視線には必ず意図があるべきで、隠す必要も、隠れる必要もないというのが暗黙の掟であった。

だが、今は違う。

あるひとつの事実が全てを変えた。

夜にサングラスを掛けていても細部まで十分に見えるほど、久部良(クブラ)の街はまばゆいネオンの光に包まれている。不夜島(ナイトランド)という渾名に相応しい輝きは、集魚灯のように餓えた人々を引き寄せる。

細長い雨を横目に、俺は煙草を喫み続ける。通りに面した建物の一階部分をくりぬいて作られた拱廊(アーケード)のおかげで、濡れずに歩くことができた。台湾の亭仔脚(ていしきゃく)を模していて、手持ちの紙幣がずぶ濡れになることを嫌った商人たちの寄付によって突貫工事で整備されたのだ。

拱廊(アーケード)の終わり、久部良港の手前の道路まで歩くと、漁師合羽を着た大男が雨に打たれていて、俺を認めるなり頭を下げた。

「もう見えたか？」

「まだです。今日は海が荒れてますから」

「なら、ゆっくり待つとしよう」

「濡れますし、自分が見てます。飯でも食ってきてください」

「そうか」

　ポケットの中の名刺を玉城(たまき)に渡す。戦争の間に、貧しいという言葉の真意を胃袋で知った玉城は、二言目には飯を食うようせっついてくる。確かに、今日は何も食べていなかった気がする。

　久部良港付近には、渡航者のためにあらゆる店が密集していた。ここからだと少し濡れるが、漁協の建物まで行けば、ふたたび拱廊(アーケード)が現れて雨から守ってくれる。

「武(ウー)さん、新里(にいざと)さんが会いたがってました」

「警部が俺に？」

「はい。用件は聞いてませんが、いつもの店にいるかと」

　俺は手を振り、玉城と一旦別れた。

　夜の久部良では、雲のない日に見える星よりも遥かに多い数の看板が、あきらかに上限をオーバーした照度でひっきりなしに点滅し、サングラスをしていてもなお、俺の目を痛めつけてくれる。強まりつつある雨は機関銃の掃射さながらに屋根を打ち、大きな岩がごろごろと転がる地響きのような音が聞こえると、高い波が岩壁に衝突したのだと分かる。

　だが、容赦を知らない自然(ネイチャー)の咆哮は、街(シティ)に近付いていくにつれて、ラジオから流れる爆音の歌謡曲に掻き消されていく。粗悪なアンプに繋(つな)がれた電子三線の熱狂と、殴り合い寸前にも思える酔客の怒鳴り声。それらに混じって微かに聞こえてくる英語は、琉球人の多くは理解できないと侮っているようで、公然と秘密を垂れ流している。

　公的には、与那国(よなぐに)という場所は村(ヴィレッジ)から町(タウン)に昇格したばかりだった。にもかかわらず、久部良は港を起点に街(シティ)を形成していた。

　空襲によって地図に大量の空白が生まれたのを皮切りに、人々は我先にと小屋を建てて商売を始めた。区画という概念はなく、小屋同士のわずかな隙間、子供がぎりぎり通れるくらいの通路、ありとあらゆる空白を店が埋め尽くした。繁盛し始めた店の主人たちは、その理由が立地の良さでしかないことをきちんと弁えていて、その恵まれた場所を他人に明け渡すことなく、元々の掘建て小屋をそのまま縦に拡張していった。二階や三階を他の人間に貸すことで家賃収入を得られるばかりではなく、商売をしたがっている本島や内地の人間に貸しを作れるという利点があった。

旅館、料亭、飲み屋、ストリップ、診療所、商店、故買屋、正確な数は誰も知らないが、俺の見立てでは四百近い店が密集し、太陽よりも贅沢な光に包まれながら、お互いの欲望を発散し合っている。捌かれたカジキマグロから捨てられた内臓をガソリンと機械油で煮詰め、与那国馬（チマンマ）が撒き散らす大量の糞を加え、米軍の倉庫から盗み出されたHBTジャケットに染み付いている甘ったるい香水をこれでもかと垂らしたあとの匂い。それが、この街の匂いだ。

これだけ店が多いと、一度訪れた店の正確な場所を覚えるのも一苦労だ。働いている人間も頻繁に入れ替わってしまうので、頼れるのは自分の記憶だけだが、よほどの自制心がない限り、記憶か意識がある状態でここを去ることは難しい。千鳥足で歩いている三人組との衝突を軽やかに避け、俺は「人枡田（トゥングダ）」を目指す。

およそ正気で掲げているとは思えない店名は、島の人間を相手に商売をする気がないと示すために名付けられたのだろう。人枡田（トゥングダ）は街で最も稼いでいるナイトクラブで、台湾さがりのトキコが経営している。終戦とともに台湾から引き揚げてきたトキコは、空襲から運良く生き残った生家を見るなり、そこを商売（ビジネス）の場にすることを決めた。そして、暴力以外の全ての手段を使って家族を追い出し、家を丸ごとナイトクラブへと改装してしまった。掘建て小屋だらけの街のなかで彼女の店が一人勝ちしている理由がここにある。人枡田（トゥングダ）は厳格な掟に支配された酒場で、一生尻を預けたいと思わせるアメリカ製の椅子の座り心地を知るためには、相応の資格が必要になる。だが、その資格が果たして何なのかは誰も知らない。昨日までは楽しく飲めていたのに、今日は立ち入ることも許されなかったという話は枚挙にいとまがない。早い話が、トキコの気分だ。

トキコはとびきりの美人で、大半の客は彼女を目当てにしているが、寡婦である彼女に再婚の意思はないらしく、大物を釣り上げた英雄の話を耳にしたことはなかった。人生の大半を台湾で過ごしていたからか、トキコは何かと俺に親切で、彼女の店で飲みたいがために俺に擦り寄ってくる連中も少なくない。

分厚いドアを開けると、人枡田（トゥングダ）は今日も羽振りのよさそうな上客で溢れかえっていた。あえて暗くしているらしい店内は、鬼火のように怪しく輝くネオンライトが所々に取り付けられ、初めて訪れた稚児(ちご)でもこれが夜の愉しみなのだと分かるような色気が演出されている。エントランスを抜けると、右手にカウンター席、左手にボックス席、どちらも盛り上がっているようだが、この店の目玉は奥に設けられただだっ広いダンスホールだ。

　馬鹿でかい円形の照明が取り付けられた床は、赤、青、黄、緑、瞬きをする度に色が変化していく。一、二杯入れて気分が良くなった連中は、トキコが誂(あつら)えた輝く泉の上で一晩中踊り狂う。俺自身は踊りはしないが、あまりの激しさに嘔吐した奴が、手前の落とし物を手前の舌で拭き取るようトキコに命じられたうえで、罰金をたんまりと取られ、出入り禁止を言い渡される様を肴に飲むのは好きだった。

　カウンター席に通されることは、すなわち選ばれたことを意味する。トキコに利益をもたらす人間か、それとも、彼女のお気に入りか。自分だけは後者だと思いたいが、両者に違いがあるとも思えない。

　満席だったが、入ってきたのが俺だと分かると、新里警部の隣に座っていた男が立ち上がり、体をぶつけないように細心の注意を払いながら店を出て行った。

「今の、いいのか？」

「他人の名刺で飲んでる男よ。気にしなくていいわ」

　真紅の旗袍(チーパオ)に身を包んでいるトキコは、歯を見せて笑いながら侮蔑をあらわにした。似たような連中は他にもいるらしく、どきっとしたような表情をグラスで隠している。空けられた席に腰を下ろし、俺は清明(シーミー)茶を頼んだ。信頼できない人間がひとりでもいる場所では、一滴も酒を飲まない主義だった。この島においては極めて珍しい態度で、肝臓をやられでもしていない限り、振る舞い酒を断るのは俺ぐらいだった。

　昼夜を問わず行なわれる酒宴で、この島の動向は決まる。最後まで素面(しらふ)の人間が信用されることは滅多にないが、俺はそれを金で買っていた。孤島の人間にとっては、どれだけ長い時間、たとえ千年を過ごそうとも、そこで生まれていないのならば、そいつは余所者でしかない。余所者は警戒心を捨てなければ後ろ指を指され続けるが、警戒心を捨てようものなら、気付いたときには後ろから刺されている。ならば、実を結ぶことのない献身に邁進するよりも、自身が提供できる価値を示す方が手っ取り早い。俺はそのことを、この島の誰よりも深く心得ていた。

「……明日か明後日か、本島から応援が来る」

煙草を咥えるや否や、新里警部の毛深い腕が擦ったマッチを寄越してきた。

「何しに？」

「視察、とだけ。軍から何か突かれたのかも知れん」

「アメリカは気に留めてないさ。もしそうなら、とっくに潰されてる」

「かも知れん。でも、何事も一晩でひっくり返される。そういう時代だ」

新里警部の声は暗く、まだ酒気を帯びていなかった。酔うのに時間が掛かる酒鬼ほど不幸な者はいない。

「話したいことは、それじゃないだろう？」

カウンターの中にいるトキコに目配せすると、彼女は空になっていた新里警部のグラスにたっぷりと花酒を注いだ。畏まった様子で会釈し、新里警部が口をつける。歳は五十過ぎ。刈り込んだ白髪混じりの髪と日に焼けた肌、太い鼻柱はいかにも琉球人らしいが、これまた太い眉の下では細く小さな目が忙しなく動いている。と言っても、落ち窪んではおらず、古狸というよりも若狐のような狡猾さを感じさせた。

「……一応、先に話そうと思ってな。あとで言った言わないになるのが嫌なんだ。警告っていうのは、危なくなる前は警告には聞こえないから困るんだ。貧乏人が塩を作ろうとすると、雨が降る（ヒンスムヌ・ガ・マスタッティンガシャ・アミドゥフル）。だが、稼がなくてはならない人間は、空よりも手元を見なきゃならない」

「新里さん、杯の中で金魚が泳いでるぞ」

「これは失敬」

俺が促すと、新里警部は慌ててグラスを傾けた。

思ったよりも長くなりそうだ。

街（シティ）で営業している店の多くが、混ぜものだらけの酒を何食わぬ顔で出している。料理酒なら大当たり、メチルアルコールなら失明さえしなければ好きなだけ酔えるが、ヘロインでも引いた日には、身ぐるみを剥がされた状態でナーマ浜に寝転がっているだろう。

酒が大変な貴重品であるこのご時世で、新里警部がちびちびと味わっている花酒の古酒（クース）は破格の品だった。後生大事に保存されていた古酒（クース）のほとんどは先の空襲で焼けてしまい、無事だったものも大半が盗掘され、今では、酒瓶一本を守るために用心棒を雇う物好き爺が現れる有様だ。

トキコは、そんな宝物を惜しげもなく提供してくれる。聞けば魂（マブイ）が落ちてしまうほどの高額だが、奢られた酒を飲んだ人間は饒舌にならざるを得ないので、費用対効果は高いと言える。

「……南樺太にいた息子がようやく帰ってくる。ついさっき、連絡があったんだ」

「そりゃ、よかった。今日はそのお祝いか？」

「あいつは賢くて、手先も器用だった。まだ言葉も喋れないうちからンバ葛を編んでたくらいだ。何をやらせても俺より上手くできたよ。馬鹿正直ないい子で、兵隊なんか向いてなかった」

　相槌もそこそこに煙草を吸う。誰だって、兵役に行った身内のことはよく思えるものだ。

「手紙を受け取ったのは二週間前だ。本当はもっと前に出していたんだと思う。あいつは歩兵連隊にいて、前線で戦ったそうだ。生き残れたのも、なんとか引き揚げられたのも、俺たち家族が毎日ご先祖様（トートーメー）にお祈り（ウートートー）したおかげさ。……だが、塹壕が砲撃されたときに右腕を失ったらしい。抑留されてからもろくな治療は受けられず、足も片方が動かせないと書いてあった。そのせいで帰ってくるのも遅れたんだろう」

　舌は回り始めているものの、新里警部の態度は相変わらず煮え切らない。用件はもう分かったが、願いとは、口に出さなければ叶わない代物だ。その境界線は、自分の足で越えなければならない。他の奴が相手なら苛立って席を離れていたかも知れないが、官憲に恩を売っておいて損はない。

「腕と足だな。他はどうだ？　中身の方は？」

「大丈夫だと思う。昔から病気ひとつしない子だったからな。せいぜい胃や腸が弱ってるくらいだろう。心配なのは心の痛み（チムヤミー）だ。かなり憔悴している筈だったが、不自由なく歩けるようになって、この島の海を見れば、少しは気持ちも晴れるはずだ」

「ちょうど今日入ってくる。しかも、まだ買い手を探す前だった。これもご先祖様（トートーメー）の思し召しかな」

　顔を伏せたままの新里警部は、小さな目だけをこちらに向けた。疲れが溜まっているのか、顔は赤くなり始めている。酔っているという自覚がなければ、頼めなかったのだろう。だがこの男は、年老いた両親と妻に美味いものを食わせ、下の息子を本島の学校に送り出してやるために、この街で行なわれることを黙認している。立派な制服のポケットは、アメリカ様が発行するB円軍票でパンパンに膨れ上がっている。今に始まった話ではなく、こいつはすでに俺たちの一員だ。

あるいは、まだそのことに気付いていないのかも知れないが。

「それで、金のことなんだが……」

「いい、いい。俺とあんたの仲だろ、新里さん。出会えば（イチャリバ）、皆兄弟（チョーデー）だ。息子さんが戻ってきたら、比川（ヒガワ）の医者に連れて行ってやれ。義肢（クローム）は準備しておく」

　腕を回して肩を組んでやると、新里警部は驚いたふりをし、消え入りそうな声で感謝の言葉を口にしてみせた。どちらにせよ、彼に払える額ではなかった。

　玉城がこちらに向かって走ってくるのが分かったので、俺は清明茶（シーミー）を飲み干し、しばらく残るであろう新里警部の分も合わせて多めにB円軍票を置いた。トキコの手がすぐさまそれを取る。

「もう行くの？」

「たぶん戻ってくる」

「前にも言ったけど、いくらあんたでも、あれはもうナシだからね」

「分かってる」

　煙草を灰皿に押し付け、俺は人枡田（トゥングダ）を後にした。融通が利かないのも、トキコの魅力のひとつだ。

　外に出ると、ついさっき席を譲ってくれた男が軒先で煙草を喫んでいた。礼儀として会釈した俺の耳元で、男は捨て台詞のように「チャンコロ」と囁き、吸い殻を捨てて店内へと戻って行った。鼻を掠めていくキャメルの残り香に、思わず笑みが溢れる。戻って新里警部に垂れ込めば、奴は警棒で半殺しにされるだろうが、その代わりに、日本人の警官に泣きついた卑怯者という噂が一晩で島中を駆け巡る。

　夜風の冷たさに肌を震わせながら通りを歩いていると、自慢の巨体で人集り（ひとだか）を押し退けながら急いでいた玉城が、向かってくる俺に気付いてぎょっとした顔を見せた。

「来たか？」

「はい、沖合で待ってます」

「荷物はもう載せてあるな？」

「はい」

「全部出せ。終わったら、船には戻るよう伝えろ」

　抜かりないという具合の表情で、踵（きびす）を返した玉城はふたたび駆けて行った。リスクを避けるために船長以外の面子は固定しないようにしていたが、玉城とだけは長く組んでいた。いつも違う島人（シマンチュ）を連れている俺を見た基隆（チーロン）の老板（ラオパン）に「ひとりくらい、信頼できる右腕がいた方がいい」と助言されたのがきっかけだった。曰（いわ）く、百歩蛇が捕まえ難いのは、耐えず全身が動いているからであり、もし頭だけが一箇所に留まっているなら、簡単に串刺しにされてしまうのだそうだ。蛇に腕はないが、俺は海千山千の老獪な商人の言葉を信じることに決め、その時点で最も信用できそうだった玉城を選んだ。

玉城は去年成人したばかりで、小柄が多い琉球人にしては珍しく六尺を優に超える偉丈夫だったが、徴兵検査を目前に腸チフスに罹（かか）り、生死の境を彷徨っているうちに終戦を迎えた。軍神と崇められた同郷の大舛松市大尉に憧れていた玉城は、戦争に行けなかったのを密かに悔やみながら生活していたが、俺と出会ってからは、この仕事を自分の戦いにすると決心したようだった。

ただでさえ狭く入り組んでいる街（シティ）の路地は、到着したばかりと思しき血気盛んな船員たちと、彼らを食い物にしようと企む客引きで溢れかえっていて、時には巧みに避け、時には乱暴に押し退けながら進み、久部良港へと抜け出る。雨は弱まり、霧雨になっていた。止んでいないのなら、またすぐに強くなる。愛撫と殴打を繰り返しながら、この島は夜明けを迎える。

煙草を取り出した時、船揚場にいたエンジン付きの伝馬船（サンパン）が四隻、ちょうど海へ入っていくのが見えた。久部良港への出入りは例外なく全て記録されるため、船は入港することなく沖合で待機し、こちらから出した伝馬船（サンパン）で荷物の受け渡しをする。上海港から来た物資、今日は大量の米と砂糖を受け取り、こちらは本島から仕入れた薬莢や機械油、タイヤ、バラした義肢（クローム）の部品を受け渡す。船は新たな物資を載せ、上海へ蜻蛉返りする。さながら島の天候のように、同じことを何度も繰り返す。受け取った物資は、街（シティ）で雇っておいた担ぎ屋が指定の場所へと運ぶ。取引は物々交換（バーター）だが、賃金は現金で支払うことになっていた。

一連の取引は、仲介人（ブローカー）が仕切る。

まず、仲介人（ブローカー）同士が話し合い、取引の内容と日時を取り決める。商談がまとまったら、次は船長を決める。大抵は久部良の漁師で、他の港、たとえば台湾でも留用されている久部良出身の琉僑が船長を任されている。取引の日時を動かすことはできず、海を知り尽くしている海人（ウミンチュ）でなければ、出港すべき時間帯や比較的安全な航路を取れないからだ。優秀な船員の選抜も彼らが行なってくれるため、仲介人（ブローカー）は船長に最大限の敬意を払い、惜しみなく給料を支払う。並行して、街（シティ）で物資の買い手を探し、取引の前に値段を決めておく。食糧品、特に米と砂糖は、日によって価格が変動するので注意が必要だった。最後に担ぎ屋を雇って準備は終わるが、一連の工程全てに問題が起きる余地がある。その仲介人（ブローカー）が有能かそうでないかは、ひとえに間違った相手を選ばないか否かに懸かっていた。久部良では安全でも、向こう側で拿捕されたり、射殺される船員も少なくはない。雇っていた人間を死なせたという情報が出回れば、仲介人（ブローカー）としての地位はそこで終わる。

　俺は久部良でも指折り数えの仲介人（ブローカー）だった。密貿易で栄える不夜島（ナイトランド）のネオンに群がる巨大な蛾（アヤミ・ハビル）の一匹。

　岩壁に腰掛け、煙草を吸いながら伝馬船（サンパン）が戻ってくるのを待つ。無用のトラブルを避けるべく、港を使う時間が被らぬように仲介人（ブローカー）同士は協定を結んでいたが、俺の近くでは、新参者らしい商人たちが手提げランプを掲げながら、船から降ろした物資を検分している。

　この島を中心にして行なわれている密貿易に参加しようと、宮古島（みやこじま）や口永良部島（くちのえらぶじま）、さらには本島の人間までもが海を渡り、今では、はるばる内地から足を運んでいる人間も多い。荷物を積み降ろすだけの担ぎ屋でも、たった一回やるだけで、それまでの人生で得てきた一ヶ月分の給料を超える現金が手に入るのだから当然だろう。そのうえ、与那国島に集（つど）う巨大な蛾たちはみな、チャンスさえあれば、仲介人（ブローカー）になることを夢見ている。

　長い間、久部良の夜は真っ暗だった。暗闇を切り拓いたのが欲望の光だったのか、それとも、光があるところに欲望が集まったのか、どちらが先だったのか覚えている者はいなかったし、誰ひとりとして、考えようともしていなかった。ただひとつ確かなのは、欲望が恐怖を麻痺させてくれたことだった。

　沖合に停泊していた船が動き出し、こちらへ引き返してくる伝馬船（サンパン）が見えた。今回の米は本島と内地へ流れていく。まだまだ高値で売れるので、この島には残らない。仲介人（ブローカー）の特権として、俺と玉城、玉城の家族の分を少し残すようにしている。美味いものにありつくにはコツがいるのが、この街の仕組みだ。

立ち上がり、吸い殻を足元に捨てる。伝馬船(サンパン)を降りた担ぎ屋のひとりが、ロープを片手に船揚場を上がっていく。沈まないぎりぎりを攻めた満載の物資が到着すると、担ぎ屋たちは伝馬船(サンパン)を降りた順に、小分けにした荷物を抱えて歩き始める。あれば自宅や倉庫、他所から来た連中は旅館の部屋を使うのが通例で、俺は運良く手に入れることができた壕(ガマ)の一角を保管場所として使っていた。意外にも、商品が盗まれることは滅多になかった。誰が仕入れたか、誰が買うかは、街(シティ)の中で共有されている情報なので、盗んだ品には買い手が付かなかった。物々交換(バーター)は、信用で成り立っている商売なのだ。

「武大哥(ウーダーグア)！」

玉城が乗っている伝馬船(サンパン)から、声変わり前の高い声が聞こえた。思いがけない来客に驚いた俺は、すぐに船揚場の方へと回った。ぶかぶかの馬掛(マァグア)に、制帽から垂れている三つ編み。威勢のいい仔犬のような目が俺に向けられていた。

「小李(シャオリー)じゃないか。どうしてこっちまで？」

「久しぶりに来たくなったんだ。爸爸(パパ)も行っていいって」

小李(シャオリー)は基隆に住む有力者(フィクサー)の息子だ。基隆港で暇を持て余していた小李(シャオリー)と遊んでやったことがきっかけで、彼の父親と取引をする間柄になった。李志明(リー・ヂーミン)は黒社会に顔が利き、彼に頼まなければ捌けない商品がいくつもあった。今回の取引は李志明と行なったものではなかったが、おそらくは、仲介人(ブローカー)ではなく船長の方に声を掛け、船が基隆に寄港したときに同乗させたのだろう。靴が濡れるのを気にもせずに船から飛び降りると、小李(シャオリー)は俺の元へと駆けてきた。

「これ、爸爸(パパ)から」

ずっと握っていたのか、半欠けの名刺は湿り気を帯びていた。受け取り、すぐにポケットにしまう。乱暴に千切られているのはわざとで、こうしておけば、仮に同じ名刺を偽造できたとしても、切り口が奇跡的に一致することはない。ふたつに分けた名刺を持ち寄るのが、密貿易でよく用いられる符丁だった。

役目を果たして一安心したのか、小李(シャオリー)が手慣れた様子で煙草に火を点ける。まだ十二歳だというのに、しゃがみ込んで煙を吐き出している姿は、賭けた軍鶏(タウチー)に檄(げき)を飛ばす博徒のようだった。父親の目が届かない与那国では、心置きなく一服できるのだろう。

「どのくらいいるんだ？」

「気が向いたら帰るよ。船は他にも出てるでしょ？」

「帰るときは教えてくれ。俺が話を通しておく。どこに泊まるつもりだ？」

「適当に探そうかな。お小遣いはもらってるしね」

煌々と輝いている久部良の街(シティ)を指差した小李(シャオリー)は、怖いもの知らずの無邪気な顔で欲望の渦へ向かって歩いていった。事前の商談もなしに名刺を渡してきたのを見るに、李志明は俺に小李(シャオリー)の目付役を任せたいのだろう。凄腕の有力者(フィクサー)との接点を作るために変な考えを起こす人間がいないとは限らない。面倒ではあるが、小李(シャオリー)の動向には気を配る必要がありそうだ。

ようやく全ての伝馬船(サンパン)が陸に上がり、担ぎ屋たちの後ろ姿も見えなくなった。最後の一隻は、最も重く最も価値のある荷物、チタンやイリジウムなどの希少金属(レアメタル)を積んでいて、担ぎ屋たちには指一本触れないよう言い聞かせてあった。漁師合羽を脱いだ玉城が近付いてくる。

「基隆ですね？」

「ああ。金と食糧は持って帰れ」

「分かりました」

義肢(クローム)もなしに二百キロ近い木箱をひょいと担ぎ上げるのは、並外れた力持ちの玉城にしかできない芸当だ。その箱の中身に換装すれば、玉城は一夜にして琉球弧最強の戦士になるに違いない。

「……武(ウー)さん」

「どうした？」

「この景気(ケーキ)、いつまで続くんでしょうか」

ふと足を止め、玉城はそう訊ねた。鬼虎(ウニトラ)のような巨体に似合わない、酷く弱気な声だった。

密貿易によって豊漁がもたらされた現状を、島人(シマンチュ)たちは景気(ケーキ)時代と呼んでいるらしい。誰が考えたのかは知らないが、真っ只中にいるにもかかわらず「時代」と名付けているのには、なんとも先見の明がある。

時代には、必ず終わりが来る。

問題は、誰が終わらせるのか、だ。と言っても、俺たちはいつまでも続けるつもりでいるので、そこに入るのはアメリカの四文字以外にはあり得ない。本島の知識人(インテリ)たちは、占領国としての義務を果たすことを渋っているアメリカが、自助努力による発展を見守るというお題目で、琉球の経済を安定させている密貿易を黙認しているという見解らしい。アメリカが静観している以上、日本の政府も同じ対応を取る他なく、内地の人間が取り締まりに乗り出す気配は今の所はない。

だが、奇しくも新里警部が口にしていたように、戦争に負けた国の頭上では、何事も一晩でひっくり返される。アメリカの不利益になると判断されれば、この時代は一瞬にして幕を閉じる。この街の住人たちも、俺たちが身を投じているのが、それまでにいくら稼げるか、それとも途中で転覆するかという爬龍船競漕(ハーリー)に過ぎないということに薄々気付き始めているはずだ。

密貿易に見切りを付け、真っ当な商売に鞍替えした仲介人(ブローカー)たちの噂も耳に入ってきている。

だが、玉城が知りたがっているのは、アメリカ次第だという白癡(アホ)にでも分かるような答えではない。言外に、より大きなことを訊ねられている気がしてならなかった。

「……やれるだけのことはやるさ。俺に任せておけ」

答えになっていないのは百も承知だったが、深く頷いた玉城を見て、求められていた言葉を与えることができたのだと悟った。もしかしたら、素性の知れない台湾人の俺を、戦死した兄たちや、敬愛してやまない大舛松市大尉に重ねているのかも知れない。

島人(シマンチュ)ではない仲介人(ブローカー)たちは、遊興と商売、すなわち利益のためだけにこの島に身を寄せている。本格的な取り締まりが始まれば、あっさりとネオンの楼閣を捨て、各々の故郷に帰っていくだろう。だが、俺はそうはしない。武庭純(ウー・ティンスン)は久部良でも指折り数えの仲介人(ブローカー)だが、金のために密貿易に参加しているのではなかった。

ただし、信頼のためではない。

ましてや、この島のためでもない。

自分が何のためにここに来たのか、毎日欠かさず飲んでいるオキシコドンの錠剤が運んできてくれる多幸感のせいで時々忘れそうになるそれを、俺は近いうちに、最悪な形で思い出すことになる。

2

摑んだあとで、それがトキコの手首だと分かった。

俺を起こしたのは大脳皮質へと送り込まれる鋭い痛み、つまりはいつも通りの目覚めだったが、今日は鶏報(アラーム)を設定していなかった。やたらに敏感なこの肌は、薬の嬉しい副作用ですやすやと寝ている無防備な俺を守るために、勝手に警報(アラート)を出してしまう。驚いているトキコの手首を離してから、テーブルに置かれている清明茶(シーミー)を口に含む。

「すまない。誰かが寝首を掻きにきたのかと……」

「出草なら、もっと強そうな男を狙うわよ」

テーブルに腰掛けて足を組むと、トキコは煙草を取り出した。彼女の旗袍(チーパオ)の色がまだ真紅ということは、眠りこけていたのは、せいぜい四、五時間だろう。

　俺は玉城と別れてから、ふたたび人枡田(トゥングダ)に向かった。新里警部はいなくなっていたものの、カウンター席に空きはなかった。蘇澳南方から来ている台湾人の仲介人(ブローカー)数人が俺のことを知っていて、彼らが陣取っていたボックス席で数杯飲んだことは覚えている。そのなかのひとりが、「友好の証に」と煙草を勧めてきたことも覚えている。中身はもちろん大麻で、なかなかに上等な品だった。返礼として、俺は花酒の古酒(クース)を全員に振る舞った。そこから先は、いささか断片的だ。

　炎を模した赤色の光。

　アンプに接続された銅鑼(どら)の咆哮。

　その場にいる全員が手を繋いで円を作り、炎を囲って踊り始める。中央に立っているトキコは、歌っている客たちの口内へ泡盛を注いでいく。この島の伝統である巻き踊り(ドゥンタ)を真似たお遊びは、誰がどのくらい飲んだか誰も覚えていないが、トキコだけはしっかりと勘定を付けている。

　目も酔いも回り、終わりのない攪拌の末に、全員の精神がひとつになっていく。火の粉が舞い、踊り、歌い、泡盛が乱暴に注がれ、また踊り、また歌い、一周してトキコの前に帰ってくる。脱落者が出ると徐々に円が小さくなっていき、最後に残ったひとりは支払いを免除される。金と時間を吹き飛ばす、人枡田(トゥングダ)の名物だった。今回は最後まで粘るつもりだったが、両隣の男がくたばってしまったので、ふたりのゲロを見る前になんとか便所へと運んでやった。水を飲ませ、ついでに俺もオキシコドンを数錠飲んだかも知れない。で、その次はトキコの腕を摑んでいた。

「昨日は誰が勝ったんだ？」

　身を乗り出し、トキコの煙草に火を点けてやる。長寿(ロングライフ)の箱を開けると、見慣れない煙草が何本か混じっていた。一本は、例の友好の証だ。その他は覚えていないうちに貰ったものだろう。俺はラッキーストライクに火を点け、革張りの座席に体を預ける。

「私。あんたが抜けたあと、残ってたふたりはほぼ同時に潰れた」

「大繁盛ってわけだ」

あの巻き踊り(ドゥンタ)もどきで生き残った奴は、過去にひとりもいない。最後の一人になり、意識を保ったまま立ち続けることができれば、そいつは街(シティ)の伝説になれるだろう。いつ開催されるのかはトキコの気紛れだが、あれに参加するためだけに島への滞在を延長する渡航者もいるほどだ。島には有名な酒鬼が何人かいて、そいつらなら勝てるかも知れないが、島人(シマンチュ)はこの店には寄り付かない。商売上手のトキコらしいやり方だ。

さて、お互いに一本喫み終えたが、彼女は口を開こうともしない。

そこで、まだ支払いが済んでいないのだと分かり、ポケットに入っているB円軍票をテーブルに置いた。ちらりと見はしたものの、トキコは数えもせず首を横に振った。

「……覚えていないんだが、そんなに飲んでたか」

「他に出すものがあるんじゃない？」

他と言われても、見当が付かない。ツケで飲んだことはなかったし、誰かにツケさせたこともない。街(シティ)には、自分がいかに大物なのかを見せびらかすために、船員や担ぎ屋に自分の名刺を配る仲介人(ブローカー)がいる。受け取った方は金の代わりに名刺を見せ、好きなだけ飲み食いする。後日、仲介人(ブローカー)は店を回り、こんなのは屁でもないという顔で支払いをする。気前のよさは噂として巡り、新しい取引をもたらすばかりか、船員たちも、そいつの仕事を優先して受けるようになる。

俺も名刺をねだられたことは一度や二度じゃないが、その手の振る舞いが嫌いなこともあって、取引相手以外に渡すことはしなかった。というわけで、こちらも首を横に振ると、トキコは溜め息をついた。

「警告、忘れた？　忠告のつもりでもあったんだけど」

出入り禁止を言い渡すときのように冷酷な声色に、ただでさえ汗ばんでいる首筋がぞくぞくとした。ようやく何のことか理解し、胸のポケットにしまっているブリキ缶を取り出してB円軍票の上に置いた。蓋を開けて逆さにすると、ぱらぱらと落ちてきた中身を手のひらで受け止めた。俺の位置からは、彼女の手の甲に刻まれている幾何学模様の黒い針突(ハジチ)しか見えない。

「ここでは薬はご法度。あんたも例外じゃないわ」

「騒いだりはしないさ。むしろ、大人しくなって寝ちまう。知ってるだろ？」

「へえ。じゃあ、これは？」

　彼女の長い指はデキセドリンを摘んでいる。まさに、これから飲もうとしていたものだ。オキシコドンは痛み止めだが、副作用として強い眠気をもたらしてくれるので、眠りが浅い俺は毎日欠かさず服用している。おかげさまで俺の体は耐性を獲得し、今では大量に飲まないと効いてくれないが、今度は効き過ぎてしまうので、覚醒して仕事に集中するためにデキセドリンが必要になる。

「なあ、トキコ。俺が薬物中毒者に見えるか？　自慢じゃないが、相当に管理できているぜ」

「それが問題なの。普通は管理なんてしない。私が見てきた連中はみんな、正気じゃ耐えられないから薬に手を出していた。でも、あんたは違う。何を吸っても、何を飲んでも、いつだって平気そうな顔をしてる。どうやったら狂えるか、実験してるみたい」

「中身が丈夫なんだ。次こそは、最後のひとりになってみせる」

「いつか限界が来るわ。正気って、恋しくなったときには取り戻せない」

「そのときまでにくたばっておくよ」

　大きな溜め息をつくと、トキコは錠剤を床に捨てて靴の踵で何度か踏み付けた。すっかり粉々になってしまったが、むしろ吸いやすくなったかも知れない。地べたを這って鼻を近付ければ万事解決だと思った矢先、カウンターの奥へと向かったトキコは箒を手に戻ってきて、俺の友人たちを綺麗さっぱり掃いてしまった。

「……そこまで心配してくれてるとは思わなかった」

「気を大きくしないことね。あんたがいなくなると少し困るの。この店には、あんたも必要だから。でも、それはお互い様。你知道嗎（分かった）？」

　トキコにとって、この店は砦だ。ここの主であると知られている限り、彼女がこの島で軽んじられることはない。女がそういう立場を手にするのがどれほど困難な時代なのかは、語るまでもない。

　一方の仲介人（ブローカー）連中、とりわけ俺たち台湾人や中国人にも、身の安全が担保された聖域が必要だった。台湾と与那国島、台湾人と島人（シマンチュ）は戦争が始まる前から切っても切れない関係だったが、内地から派遣されていたお巡りたちはそんなことは露も知らず、台湾人を捕まえてはいじめていた。それを諫（いさ）めてくれたのは久部良の漁師たちで、お巡りを殴って海に投げ込んだのも彼らだった。味方もいるが敵もいると理解した台湾人と、台湾さがりのトキコが暗黙の協定を結ぶのに、そう長くは掛からなかった。

　人枡田（トゥングダ）では、いかなる差別的な言動も許されない。取引や商談は構わないが、客同士での金銭の譲渡も許されない。武器の持ち込みや暴力行為も許されない。それらは全て、トキコが定めた血の掟だ。琉球人の女である彼女が、そうあらねばならないと願った原則だった。そして、客である俺たちは、その掟を忠実に守っている。人枡田（トゥングダ）が大物でなければ立ち入ることができないナイトクラブになることができたのは、気高さゆえなのだ。お互いがお互いを必要とし、法律を超えた独自の節度（ルール）によって、お互いの利益のために結託している。その成り立ちは、この島で行なわれている密貿易そのものだった。

「……我知道（分かってる）。ここに来られなくなるのは困る」

　そう返し、満足そうな笑みを浮かべたトキコを横目に清明茶（シーミー）を飲み干す。前で分けた長い黒髪に、くっきりとした二重瞼。大きな目に丸みを帯びた輪郭と、典型的な琉球美人で、目と目の間がやや広いのがおおらかさを感じさせるが、そこから放たれる視線は驚くほど冷たい。トキコは自分が与える印象を制御するのが得意な女だった。

　店の電話が鳴ったのは、俺が美人を観賞しながら二本目の煙草を喫み終えたときだった。この島においては、電話はまだまだ稀少な設備で、役場や警察署、診療所などの公的かつ重要な場所にしか置かれていない。今トキコが向かっている電話機は、役場に行くのよりも遥かに役に立つ情報が集まると知った新里警部の手によって、ここに置かれたものだ。金さえ払えば自由に使わせてもらえるので、他の台湾人たちも重宝している。眠気覚ましにサングラスを拭いていると、トキコが戻ってきた。

「新里さんが、あんたに代われって」

「なんでここにいるって分かったんだろう」

「さあ。家にいなかったからじゃない？」

　それもそうだ。俺は席を立ち、エントランスと便所の間に設置されている壁掛け式の電話機へ急いだ。わざわざ掛けてきたのだから、差し迫った用事かも知れない。受話器を手に取り、今は何時か訊ねる。

〈……まさか、徹夜で飲んでたわけじゃないよな？〉

「いくらか寝たよ。元気だ」

〈そいつは心強い。今は九時過ぎだが、昨晩の話は覚えてるか？〉

「息子さんの件なら問題ない」

〈そっちも大事なんだが、その前に言った本島からの応援の話だ。……実はもう到着してるんだが、ちょっとばかり困ったことになってな。武(ウー)さんにも話を聞いて欲しい〉

　この島には今、新里警部を除いた数人の駐在員が派遣されている。いずれも、内地ではなく糸満(いとまん)署や八重山(やえやま)署から送られてきた連中で、多少なりとも島のことを分かっている連中だ。すでに十分な人数が配置されているはずで、今更応援が来るとなれば、密貿易の取り締まり以外にはあり得ない。それに、終戦とともに台湾と与那国島の間には境界線が引かれてしまった。長らく滞在している台湾人という立場は、政治的には極めて微妙なものだ。

「……今話している相手が仲介人(ブローカー)だと心得たうえでの相談か？」

〈断っておくが、密貿易絡みじゃないんだ。悪いが署まで来てくれないか？〉

　哇(びっくり)。俺を油断させるための罠でないのなら、他にどんな用事が考えられるだろう。残念ながら何も思い浮かばなかったが、頼られているということは、新里警部のみならず、本島の人間にも恩を売れるかも知れない。すぐに向かうと答え、電話を切った。

　与那国警察署は祖納(ソナイ)にある。ここ久部良からは二里ほどの距離だが、島の二里を侮ってはいけない。小高い山だらけで高低差は激しく、おまけに道路は整備されていないのだ。終戦時に上陸してきたアメリカ軍もあの悪路には手を焼いていたようで、戦車揚陸艇(LCT)から降りたご自慢のジープは、さほど活躍せずに帰っていったらしい。祖納の住人たちは、餅だの豆腐だのを担いで久部良の集落まで売りに来ているが、ひとたび雨が降れば、服はたちまち泥まみれになってしまう。密貿易人の多くは久部良から出ることなど滅多になかったが、せっかく訪れた島を散策したいと考える連中は馬を借りている。気は進まないが、俺もそうするしかない。

「トキコ、ひとつお願いがあるんだが」

「嫌よ」

カウンターの内側で洗い物を始めていたトキコは、聞こうともせずに断った。

「まだ何も言ってないだろ」

「頼み事を任された人間の頼み事を聞くのはご免だわ。大抵、ろくなことにならないから」

後世まで残りそうな格言だが、感心している場合ではない。新里警部が密貿易に対して柔軟な対応をしていることは周知の事実であったし、警察にコネが利く仲介人(ブローカー)は一目置かれている。だが、やたらに親しくしていても、内通者や密告者のレッテルを貼られかねない。俺としては、祖納に行くことをなるべく知られたくなかった。馬を借りるにしても、代わりに借りてもらうか、借馬屋以外から調達したい。

「デートに行かないか？」

「どこまで？」

「祖納」

「さようなら」

彼女もよほど馬には乗りたくないようだ。また寄ると伝え、俺は今度こそ人枡田(トゥングダ)をあとにした。言うまでもなく、久部良は今日も曇っていた。最初から最後まで晴れている日は少なく、透き通るような空と太陽を拝めたとしても、数十分後には滝のような大雨が降るのだ。距離の近さもあるのだろうけれど、ここで見る空の色は基隆のそれに似ているように思えてならない。

朝の街(シティ)は、夜と比べれば随分ぐったりとしているが、死人とまではいかない。元気な病人というのが適切な表現だろう。沖合で待機している船から伝馬船(サンパン)に乗って上陸してきた船員たちは、護岸にいる商人が貢いでくれる煙草を喫みながら、朝飯を食う店を吟味している。取引が目的で滞在している仲介人(ブローカー)たちは、頭上の明かりが太陽か月かも気にせずに飲み歩いているし、そこら中に泥酔した人間が寝っ転がっている。吐瀉物と大麻の臭いが芳しいことこのうえない。

久部良には、漁協の漁師たちが中心となって結成した自警団が存在する。密貿易の要所となったことで、久部良港は街(シティ)を中心にして数多くの渡航者が出入りするようになり、これまで島にはなかった騒ぎが大小問わず起きている。警察だけでは抜け目のない荒くれ者たちに対処することは難しく、腕っ節の強い漁師たちが治安維持を買って出た。ここが完全な無法地帯と化してはいないのは彼らのおかげだ。もっとも、カジキマグロを獲る漁師たちは、日の出から日没まで漁に出ているので、今ぐらいの時間は余所者たちでも堂々と闊歩できる。

サングラスを掛け、煙草に火を点けながら、ひとまずは玉城の家に向かうことに決めた。稀代の大男を輩出した玉城家の生業は、意外にも海人(ウミンチュ)ではなくサトウキビ農家で、運搬用の馬を数頭持っている。俺になら快く貸してくれるだろうが、問題は、玉城の両親が俺のことを快く思っていない点にある。

彼らにとって俺は、一人だけ生き残った大事な息子を悪の道へ引き込もうとする得体の知れない台湾人であり、挨拶は無視されるし、ちょっとした贈り物さえ拒まれるが、玉城が稼いでくる金のことは頼りにしているらしい。この島の住人は、自己矛盾への対処が得意だ。皮肉ではなく、感心している。過酷な環境で生き抜いていくなかで、是が非でも体得するのだろう。

俺としても彼らを快く思っていないので構わないが、納得がいかないらしい玉城は、武庭純(ウー・ティンスン)がいかに尊敬に値する人物であるか熱弁をふるい、両親を説得しようとするので、鉢合わせることだけは避けたかった。他人に居場所を作ってもらうような真似だけは、死んでもご免だ。

街(シティ)は久部良港に寄生するように発展していったので、港から遠ざかれば遠ざかるほど、この島の本来の姿が濃くなっていく。このまま栄え続ければ、いずれは完全に飲み込んでしまうのかも知れないが、今の所は境界線が存在している。

勘が鈍い奴でも、街(シティ)を抜けて集落へ足を踏み入れた途端、頭の中が黄色信号へと切り替わっていくことに気付くはずだ。白昼堂々と命を狙われるほどの大物にはなっていないはずだと信じながら、俺は乾くことのない泥濘の道を丸腰で歩いた。集落には台湾檜(ひのき)で拵えた立派な屋敷が数軒あるが、ほとんどの家は茅葺屋根だ。夏場は涼しいうえに、台風の被害を受けてもすぐに作り直せるという利点もあったが、くすんだ黄褐色の家が立ち並んでいる景色は、眺めているだけで気が滅入る。

どれも似たような外観なので、玉城家を見分けるのにはいつも難儀する。質素な馬小屋と、玉城が家族の反対を押し切って作った保管庫だけが目印で、一軒一軒回りながら柴垣越しに敷地を覗き込んでいく。何度か住人と目が合い気まずい思いをしつつ、ようやく玉城家を引き当てたところで門口から入る。

この辺りの家屋は、母屋とその隣の炊事場（チムヌダ）、鶏小屋（ミタヤティ）の三点セットでできていて、馬を必要とする農家は日当たりが悪くならないように馬小屋を拵える。だが、室内が暗くなるのもお構いなしに息子が馬鹿でかい倉庫を作ってしまったのだから、玉城の家族が雇い主である俺を恨むのも無理はないのかも知れない。

さっさと済ませようと、大声で玉城を呼ぶ。いつでも仕事に取り掛かれるように待機しているはずだし、飯はいつも家で食うと言っていた。

もう一度呼ぶまでもなく、張りのある大きな声とともに偉丈夫が家から飛び出してくる。その手は長い紐を握り締め、アメリカ軍のブーツをぶら下げている。玉城は俺に倣い、草履ではなくブーツを愛用していた。

「今日は早いですね。何をしに行きますか？」

「新里に呼ばれて、祖納まで行きたい。馬を貸してくれないか？」

街（シティ）の中だけで完結できない用事ができたときは、島人（シマンチュ）とのいざこざを避けるために玉城を同行させていた。そんな俺が、いつもとは違う頼み方をしたからか、ブーツを履こうとしていた玉城は手を止めた。

「自分が手綱を持ちます」

「いや、今日は道も酷くはないだろうし、ひとりで大丈夫だ」

「分かりました。準備するので、煙草でも吸って待っててください」

草履に足を突っ込み、玉城は馬小屋へと歩いていく。そうは言われたものの、吸い殻を捨てていくわけにもいかないので、大人しく突っ立っていることにした。幸い、両親は畑仕事に出ているようだった。

俺は長寿（ロングライフ）の箱を開け、煙草を全て取り出し、底に隠しておいたデキセドリンを摘み上げる。お優しいトキコには悪いが、馬の運転に集中するためには必要不可欠だ。

口に含んだ錠剤を唾で流し込んでいると、母屋から芭蕉布（チン）の着物に身を包んだ老婆が出てくるのが見えた。初めて会うが、玉城の祖母だろう。島の老人たちの中には、依然として与那国語（ドゥナンムヌイ）を話す者が多い。皇民化教育を受けた世代は、すでに祖父母の言葉を理解できなくなっているというのだから、外国人の俺にはさっぱりだ。話し掛けられても困るが、無碍（むげ）にはできない。俺は笑みを作り、ゆっくりと近付いてくる玉城の祖母に向けて片手を上げた。なんなら、台湾語で挨拶してみようか。

「お若く見えますね。玉城のお姉さんかと思いました」

「揶揄(からか)う相手は選ぶんだね、間抜け」

長らく使っていないが、かつては流暢に話していたのが窺える発音だった。

そもそも背が低く、腰が曲がっているせいでさらに小さいにもかかわらず、目の前までやってきた玉城の祖母は、決して俺を見上げようとはしなかった。開いているのか閉じているのかも分からない老女の目は、客人を受け入れることはあっても出迎えることはないのだろう。俺は頭を下げ、その場に腰を下ろした。こうした方が話しやすい。

「どちらに住んでいたんですか?」

「台中(タイヂョン)さ」

そう言うと、玉城の祖母は俺の手元を指差した。面食らいながらも長寿(ロングライフ)の箱を渡すと、彼女は煙草を一本取り出し、唇を突き出すように咥えた。長幼の序を重んじるのは琉球でも台湾でも同じで、腕を伸ばして火を点けてやった。

「鉄道ができてね、その式典に出たんだ。主人は技師だったが、鉄道が走り始めたすぐあとに病気で死んじまって、あたしは子供たちを連れて島に帰ってきた」

おそらくは、台湾縦貫鉄道と全通式のことだ。基隆と高雄(ガオション)を結ぶ大鉄道の工事は困難を極め、洪水の度に橋梁が流され、大量の作業員が死んだという。マラリアとペストにも悩まされ続けたと聞いているので、玉城の祖父も罹患(りかん)したのかも知れない。

「小学校にいたのは内地から来た日本人の子供ばかりでね、あたしの子供たちは二等国民だ何だっていじめられたよ。あの勝ち誇ったような意地の悪い顔は、今でもはっきりと思い出せる。あいつらだって、日本に居場所がなかったから移り住んだくせにね」

「その気持ち、俺にも分かります」

「あんたに分かってもらう必要なんてないのさ」

玉城の祖母は気分を害したように背を向け、煙を燻(くゆ)らせながら母屋へと戻っていった。潮風と日光をたっぷりと浴びた島の老人(ウイトウ)の干涸びた皮膚から瑞々しい過去を想像するのは至難の業だが、あの振る舞いを見る限り、若い時分はトキコのようなとびっきりの美人だったに違いない。

入れ替わりで玉城が呼びに来たので、連れ立って馬小屋へと向かう。

　与那国馬（チマンマ）は成馬でも四尺程度と小さいのが特徴で、女子供も鐙（あぶみ）なしで乗ることができる。小さいぶん筋肉質で、温厚だが体力に満ち溢れていて、さながら久部良の漁師たちのようだ。島の馬は誰の所有物か一目で分かるよう耳に切れ込みが入れられていて、小屋に残っていた一頭も例外ではなかった。玉城は俺のために鞍を付けてくれていた。

「こいつは少し臆病です。怖がっている時は声を掛けてあげてください」

　引き綱を握ったまま、玉城はそう説明した。単なる運搬用の家畜とは思えないほど丹念に手入れされている茶色の毛並み。犬のように懐っこい顔がこちらを見たので、俺はそっと首元を撫でてやった。

「名前は付けてるのか？」

「自分は怠け者（フユン）と呼んでいます。しょっちゅう道草を食うので」

「いい名前だ。優しく乗るよ」

「少し遅れますが、自分も走って追い掛けます」

「奴さんには聞かれたくない相談事があるらしい。変に警戒させたくないんだ。内容次第ではお前にも動いてもらうから、とりあえず待っててくれ」

　仲間外れにされる理由としては納得のいくものだったからか、玉城は五回くらい頷いてくれた。ついでに、適当なアメリカ煙草を一ボール持ってくるよう頼んだ。玉城家の倉庫には、物々交換（バーター）用の物資だけではなく贈答品も備蓄させていた。俺は与那国馬（チマンマ）に跨って待ち、キャメルを受け取ってから出発した。

　背筋を軽く伸ばし、脚からは力を抜く。背が低い与那国馬（チマンマ）は重心も低いので振動が直（じか）に伝わってくるが、落とされまいと力んでしまうと、馬は乗っている人間を臆病者と見做し、もっと怖がらせてやろうと暴れることがある。与那国馬（チマンマ）は立派な野生動物で、人間様の役に立つために生まれてきたわけではない。雨風を凌げる寝床と飯を用意してくれるのなら捕まったままでも悪くないというのが奴らの処世術で、いつも眠たげな団栗眼の奥底には、決して支配されることのない魂（マブイ）が隠されている。

　遠回りになるが、煤けた綿のような雲に覆われている空を見る限りは、雨が降っても走りやすい海岸線沿いを行くのが安全に思われた。いつでも止まれるように、握った手綱を軽く後方へと引いておく。

台湾人商人たちもよく訪れるダンヌ浜から、北牧場へと抜ける。ここは放牧地になっていて、野生の与那国馬たちが日がな一日草を突（つつ）いている。気を抜くと、こいつも道草を食ってしまうので、頭を下げ始めたら軽く腹の横を蹴って進ませなくてはならなかった。北端の岬からは、藍色の東海（トンハイ）が一望できる。この島では珍しく荒れていない海を眺められる場所だが、ほんの少し身を乗り出せば、黒潮の激しさを物語る断崖絶壁がどこまでも続いていて、数日ほどここで過ごせば、母なる海などという言葉が、海を知らない人間が考え出した戯言だということがよく分かるはずだ。こんな恐ろしい水溜まり、頼まれたって帰りたくない。

　北牧場の東には、日本軍が戦争中に作った飛行場と滑走路があり、連中が整備してくれたおかげで幾らかマシな道が伸びている。アメリカ軍の空襲によって航空機は全て破壊され、残った資材も物々交換（バーター）のために根こそぎ運び出されていて、島人（シマンチュ）も仲介人（ブローカー）も、当面の間は再建されることはないだろうと踏んでいた。

　文字通りの焼け野原となった飛行場を通り過ぎ、ナンタ浜が見えるところまでやって来ると、怠け者（フユン）は満足げに鼻を鳴らし、蹄鉄を履いていない蹄できめ細かい白砂をきゅっと踏み締めた。

　祖納は与那国島最大の集落だ。

　村役場や郵便局、これから向かう警察署など、主要な公的施設は全て祖納に置かれている。俺が今いるナンタ浜の先には祖納港があり、久部良港と同じく漁港と商港のふたつの役割を果たしているが、街（シティ）が最大の集落である祖納ではなく久部良に作られたのは、祖納にいる人間のほとんどが生粋の島人（シマンチュ）だったからだ。

　そもそも久部良は、糸満の出身者を中心に島外から漁場を求めてやってきた海人（ウミンチュ）たちが移り住み、形成された集落だ。街（シティ）ができる以前から久部良は多様性に富み、「合衆国」という半ば揶揄するような渾名を与えられていた。戦後すぐに密貿易が始まると、台湾人商人たちは、同じ島の中でも、より開放的な情緒に溢れている久部良を寄留地として選んだ。

　祖納には大きな市場（マーケット）があり、魚をはじめ、鶏、豚、牛、米や野菜を買うために島中の人間が足を運んでいた。政治的にも経済的にも、ここが島の中心だったが、街（シティ）ができてからは、その絶対性は揺らぎ始めている。

　十山御嶽（トヤマウガン）の前を通り、ひたすらまっすぐ進む。黒石を基礎材にした百坪の合同庁舎は、祖納集落の中心部にあった。素朴さが取り柄の祖納には似つかわしくない立派な建物には、内地の人間が聞いたらひっくり返るような秘密が隠されているのだが、今は内緒にしておこう。

　馬を降りて、看板近くの柱に引き綱を結ぶ。屋上かどこかで見張っていたのか、俺が階段を上り始めたのとほぼ同時に、扉の向こうから新里警部が姿を現した。秘匿性だけに目を向ければ、相談とやらは電話で済んだはずだ。こういうきな臭い状況のために用心棒は存在しているのだが、ひとりで飛び込んできたことが誠意として評価される場面もあり、今回はその可能性が高いと踏んでいた。

「なかなか達者じゃないか、武（ウー）さん。台湾でも乗ってたのか？」

「いや、向こうじゃバイクを使う」

「そうらしいな。……聞くまでもないとは思うが」

「銃は持ってない。主義じゃないんだ」

「ありがたいよ」

　腐っても官憲というべきか、新里警部は時折、探りを入れるような言動をしてみせる。俺は新里警部のあとに続いて合同庁舎に入り、目に入る職員を数えながら階段を上った。義体化している連中を警戒したのか、全ての窓に太い鉄格子が取り付けられている。軍用の義肢（クローム）でなければ、力尽くで逃げ出すのは困難だろう。

　三階の奥まで来ると、新里警部は足を止めた。部屋の入り口には、留置場と書かれた札が下がっている。

「年貢の納め時、ってやつか？」

「これは非公式の顔合わせだ。ここが一番問題にならないんだよ。他意はないと理解してくれ」

「二度と来ないことを願いたいね」

　不快感を表明しながら扉をくぐる。室内は大変に広かったが、まだ久部良に分署があった頃に俺が入れられたものよりも遥かに狭い檻が左右に所狭しと並んでいて、中央の廊下に知らない顔がふたり立っていた。こいつらが本島から来たという応援だろう。

「こちらが武庭純（ウー・ティンスン）さんだ。台湾からいらしている商人で、日頃からお世話になっている」

　新里警部がそう紹介すると、ふたりは制帽を脱いで頭を下げた。背が低い方が金城（きんじょう）、耳が潰れている方が平良（たいら）と名乗った。俺は頭を下げる代わりに、脇に抱えていたキャメルをふたりに差し出す。

「船旅の疲れは、一服するに限る」

金城と平良はお互いに顔を見合わせ、一瞬、俺の隣にいる新里に目をやった。武庭純流(ウー・ティンスン)の交渉術、すなわち時間の短縮だ。これを受け取るかどうかで、連中の性格や立場、今後どう関わるべきか答えが出る。新里がどう反応したのかは分からないが、俺は笑みを崩さず、黙ってシガグワーを差し出し続けた。

結果発表までさほど時間は掛からず、受け取った平良が封を開けるのを待って、四人で煙草を咥える。マッチを擦ったのは新里警部で、全員に火を点けてくれた。当直が使う机の上には、ご丁寧に灰皿が用意されている。

「それで、台湾からいらしている商人の俺が何の役に立つんだ？」

「武(ウー)さん、あなたがここに来ていることを知っている人間は警部の他にいますか？」

新里警部が最初に電話を掛けた相手はトキコだったし、俺が馬を借りた相手も知っている。身内から聞かされていないなら、あえて教えてやる必要もない。

「俺がどこに行くのか知っているのは俺だけだ」

「これは警察よりも上から降ってきた厄介事です。知っている人間も限られているし、公になりでもしたら、誰の首まで飛ばされるか分からない。……もっと悪いのは、この島の住人にも被害が出かねない。だから、ここで聞いたことは他言しないと改めて約束して頂きたいのです」

用意してきた台詞を深刻そうに諳(そら)んじてみせた金城に敬意を表して、俺は役者のように大きく頷いた。警察よりも上ということは軍だろう。猿芝居はそこそこに、真面目に話を聞く必要がありそうだ。さすがの俺もアメリカを敵に回したくはない。

先に吸い終えた平良が机の上に一枚の紙を置いた。手に取ってみたものの、顔写真以外は全て黒く塗り潰されている。

「塗り絵にしては暗すぎるな。この男は？」

「帝国陸軍の糀克彦(こうじかつひこ)大尉です。東京の憲兵隊本部に所属していた、優秀な憲兵だったそうです」

そう説明されると、確かに憲兵らしい顔付きに見えてくる。細い目には弱者への嗜虐心が、痩(こ)けた頬には権力者への卑屈さが見て取れるが、いまいち記憶には残り辛い顔。大尉は定規で測りでもしたような位置で分けた前髪をべったりと撫で付けているが、こういう連中を散々見てきた俺には、写真のためのおめかしではなく、常日頃からこうなのだと予想できた。マント付きの制服に酔い痴れたナルシストだ。

「糀大尉は筋金入りの愛国者です。憲兵としての働きぶりは凄まじく、大尉が通るだけで、道に咲いている外来種の花は全て枯れたと言われているそうです」

「優秀な憲兵だったんなら、今頃はアメリカにいたぶられてるはずだろ？　それか、男らしく自殺したか。墓前には、ぜひとも梅の花を飾ってやりたいね」

官憲として同族意識でもあるのか、金城と平良は気が利いた俺の冗談を聞かなかったことにしたらしい。白が黒に変わった今、大尉の功績とやらは、そっくりそのまま罪歴へと置き換わっている。黒塗りの欄には、こいつが犯した悪逆非道の数々が記されていたに違いない。

「……だからこそ、と言いましょうか。玉音放送を聴いたとき、大尉の中で何かが壊れてしまったそうです。それが何だったのかは本人しか知り得ませんが、どう壊れたのかだけは明らかになっています」

勿体ぶった言い回しは好きだが、今は求めていない。もっとも、痺れを切らしていたのは俺だけではなかったようで、煙草を灰皿に押し付けると、新里警部は俺の手から紙を取り上げた。

「どうやら、今でも大尉の頭の中では戦争が続いているらしいんだ。大日本帝国のために、憲兵としての任務を忠実に遂行し続けているようだ。自身は指名手配中のB級戦犯なんだが、奴さんの中でどう整合性が付いているのかは知らん。……で、ここからが肝心なんだが、仮に逮捕したとしても連れて行く先がないということは理解しているのか、大尉は終戦前のように、しょっ引いた人間をおのれの正義と判断に基づいて、その場で厳重処分にしているそうだ」

絶句せずにはいられなかった。

厳重処分というのが裁判なしの銃殺刑を意味していることは、台湾人の俺でも知っている。要するに、虐待狂（サド）の殺人狂がさらにイカれ、自分一人で虐殺を続けているのだ。

「逃亡生活を続けていた糀大尉は数ヶ月前に逮捕されましたが、移送中の車内でアメリカ軍の将校一名と兵士二名を殺害し、車を奪って逃走しました。以降、判明しているだけでも六十七名を殺害しています」

「まさか、そいつがこの島にいると？」

「最後に目撃されたのが石垣（いしがき）だ。船長以下船員五名が殺され、船が盗まれている。日数を考えれば、すでに上陸していてもおかしくはない」

　忌々しげに言い、新里警部は二本目のキャメルに手を伸ばした。

　憲兵からしたら、今のこの島は選り取り見取りだろう。そんな危険人物が野に放たれていると知られれば、仲介人（ブローカー）たちはひとり残らず船で引き揚げていき、この島は密貿易のルートから永久に外されてしまう。もしそうなれば、島の経済は瞬く間に破綻する。口止めしたくなるのも当然だ。

「事情は分かった。俺が呼ばれた理由を除いてな」

「捕まえてくれなんて言わない。それは俺たちの仕事だ。任せてくれ」

　恭しく人差し指を立て、新里警部は続ける。

「この件は、俺たちを除けば武（ウー）さんしか知らないし、今後も知らせることはない。……だが、この島は他所とは違う。さすがの大尉も、街（シティ）をうろついてる銃を持った義体化（サイボーグ）連中を相手にしたら無事ではいられない。この島は今、町に昇格したばかりの大事な時期だ。署としては、何が何でもここで大尉を捕まえたい。もちろん、自分たちの手で」

「生きたまま」

　間髪を容れずに金城が付け加える。生け捕りはアメリカ軍の希望だろう。自分たちの面子を潰した相手を簡単に死なせるつもりはないはずだ。質問には答えてもらっていないが、おかげさまで魂胆は分かった。

「それらしい情報があったら回せってことだな」

「見返りは約束する。それに、お互いの命も懸かっている。大尉がどういう基準で人を捕まえ、処刑するのかは分かっていないんだ。おまけに、大尉は変装の名手で、ゲリラ戦の訓練まで受けている」

「いつの間にか、島中が危険地帯ってわけだ」

「金城と平良は伝令役だ。数日以内に増員が送られてくることになっている。アメリカから貸与される銃器を持って巡回にあたるつもりだが、当然、商人たちは怪しむだろう。あんたには、連中を宥めて、あれこれ勘繰らせないようにして欲しい。近いうちに正式な空港ができるから、そのために警備が強化されているとか、何でもいい。もっともらしい理由を広めてくれ」

　官憲に命じられて商売仲間たちに嘘をつく自分を想像すると虚しくなってくるが、なけなしのプライドがずたずたに引き裂かれようとしていることよりも、新里警部が思っていた以上に悪知恵が働き、先を見通すことができる男だったということに感心していた。それに、大尉の話を教えてもらわなければ、呑気にナンタ浜辺りをぶらついている間に後ろから殴られ、誰にやられたかも分からぬまま射殺されていたかも知れない。こいつらに悟られないような上手い形で、トキコや知人たちにも警告しておくべきだ。

「どうだ、武（ウー）さん？」

「引き受けるよ。そんな奴がいたんじゃ、おちおち小便もしてられない」

「恩に着る。顔自体を変えている可能性が高いが、念のために大尉の写真をよく見ておいてくれ」

　残念ながら、俺の意見は違う。大尉はナルシストで、自分の顔は文字通り死んでも変えるつもりはない。そして、想像の数倍は堂々としたやり方で俺たちの前に現れるはずだ。

　手渡された紙に一応は目を向けてやったが、俺の頭にはすでに、その狂人の顔がしっかりと刻み込まれていた。

3

　ついでに寄りたいところはあったものの、時間も悪ければ、準備もしておらず、祖納を出た俺はまっすぐ久部良へと引き返した。大尉がゲリラ戦の訓練を受けているなんて話を聞いてしまったせいで、アダンの木陰や藪が全て気に掛かり、かつてないほど緊張しながら馬に乗る羽目になった。そんな俺の気持ちが伝わってしまったのか、怠け者（フュン）は行きよりも機嫌が悪く、何度か予期せぬ方向へと鼻先を向けた。

　右腕にすべく雇った玉城にだけは、正直に打ち明けるべきだろう。身辺警護を任せる相手としても申し分ない。だが、玉城家に着く頃には考えが変わっていた。密貿易とは関係がないこの件に、純朴な青年を巻き込むべきではなかった。

「新里さんはどんな用事で？」

「アメリカの命令で、飛行場をちゃんとしたものにするらしい。その調査やら何やらで警官が大勢押し寄せてくるから、これまで以上に気を配れ、とのことだ。まずは仲良しの俺に伝えたかったらしい」

たったの一錠では頭は冴えず、結局、新里警部の思い付きをそのまま拝借させてもらった。十分あり得そうな話だし、疑う余地はどこにもない。実際、玉城は納得したように頷きながら鞍を外している。

　今日も深夜に取引が控えているが、昨日の担ぎ屋をまた使うので、街(シティ)で新たに探す必要はない。俺の仕事といえば、ちょろまかされていないか荷物を検めることぐらいだ。

　古株の仲介人(ブローカー)ほど船に乗らなくなる。取引相手がきな臭いか、船長が信用できないか、問題のある商品を扱っているか、いずれも自分の目で確かめなくてはならない状況だが、終戦とともに台湾と与那国島の間に法的な境界線が引かれてしまった以上、海を渡るという行為には必ず危険が伴うようになった。そして、取引に付随するリスクは、人脈さえあれば事前に取り除いてしまえるため、ベテランほど腰が重くなる。周囲を見ても、人枡田(トゥングダ)に出入りできるクラスの仲介人(ブローカー)たちは、取引以外の理由、自分自身が移動しなくてはならない場面くらいでしか船に乗ろうとしない。俺だって、二・二八以降はほとんど台湾に戻っていない。

　だが、そうなると、いよいよやることがなくなってしまう。船にも乗らず、伝馬船(サンパン)から荷物を運んだりもしない。帳簿さえ、記録係が港にいて、俺の代わりに物資の流れを管理している。稼げる額が大きくなればなるほど暇になるというのは皮肉な話だ。

　ここ最近の玉城から伝わってくる漠然とした不安は、俺たちがしている商売の実態のなさに起因しているはずだ。ほんの数ヶ月前までは、海上での取引の際に雲行きが怪しくなることがあったし、用心棒の出番もあったが、今となっては貴重品専門の担ぎ屋だ。刺激を求めて密貿易の世界に飛び込んできた若者には、いささか物足りないのだろう。

　ただ、今日に限っては、俺の家にある義肢(クローム)の一部を比川に運んでもらうという仕事が残っている。医者は久部良にもいて、街(シティ)の娼婦が梅毒に感染していないか気を配ってくれている立派な男だが、そういう類の手術はできない普通の医者だった。もっとも、島人(シマンチュ)は義体化などしないし、台湾人たちは向こうで済ませてくる。

「なあ、家の仕事はいいのか？　ふたりとも歳だし、男手が必要だろう」

「自分の仕事は武(ウー)さんを手伝うことです。そのことで親に文句は言わせません」

　直立不動でそう答えた玉城は、まるで海に聳え立つ立神岩（トゥンガン）のようだった。義肢（クローム）の件だって、口に出したら最後、今すぐ駆け出すに違いない。どのみち頼むことにはなるが、こうも従順だと、右腕ではなく使い走りにしているようで気が咎める。

「……ここのところ、俺たちはずっと働き詰めだったよな？」

　玉城が頷くのを待って、俺は続ける。

「たんまり儲けたし、これからも取引には困らない。どうだ、今日はちょっとばかり休まないか。街（シティ）に出て酒でも飲もう」

「自分は武（ウー）さんみたいに頭を使ってないですから。少しばかり体を動かしているだけで、疲れてなんていません。何か任せてくれれば、武（ウー）さんが休んでいる間にやっておきます」

「息抜きも仕事のうちだぜ。畑だって、休ませないと痩せていく一方だろ？　それと同じだ。お前の気持ちは嬉しいが、俺のためだと思ってくれ」

　馴染みのある喩えは、かえって不愉快だったかも知れないが、内心がどうであれ、玉城は力強く首を縦に振ってみせた。こうすれば断られないと分かっている俺も悪いが、それにしても、くそ真面目で不器用な男だ。玉城のような男が真剣に密貿易をしているのだから、この国は面白い夜明けを迎えている。

「よし、今日はお前が潰れるまで飲もう」

　勘弁してくださいと呟いた玉城の肩を叩き、俺たちは街（シティ）へと流れ込んだ。

　玉城との出会いは、およそ一年半前に遡る。商談をまとめた帰りに、馴染みの仲介人（ブローカー）から「久部良の自警団に面倒な若者がいる」と聞かされたのが発端だった。曰く、適当な因縁を付け、先に手を出させてから喧嘩をする。しかも、ちょっかいを出す相手は義体化した連中だけで、生身だというのに必ず勝ってしまうという。相手が刃物を抜こうが、少しも臆さずに向かってくる。「あのままだと、いずれ銃が出てくる」と嘆いた仲介人（ブローカー）は、若者の身の安全ではなく、島人（シマンチュ）に対する発砲事件を契機に密貿易への取り締まりが強化されかねないことを危惧していた。

　俺は興味を唆られ、与那国に戻ってすぐにその若者を探した。自警団の夜回りの最中、ひとり勝手に抜けていく若者を尾け、路地裏で喧嘩をおっ始めるのを待った。わざわざ名乗りを上げた大男が自慢の剛腕で商人ふたりを殴り倒したところで仲裁に入り、俺は玉城をこっぴどく叩きのめした。立ち上がれないように足首を砕き、這いつくばりながらも俺の足を掴んでくる指を折ってやった。俺は朦朧としている玉城に名刺を渡し、家の場所を教えるのとともに、怪我が治ったら訪れるよう言い渡した。

次の日、玉城は足を引き摺りながら、律儀に俺の家までやってきた。暗がりでは分からなかったのだろうが、素っ裸の俺を見て、魂（マブイ）を落としそうなほど驚いていた。義体化していない人間に喧嘩で負けたのだと知った玉城は、何を思ったか、「俺の下で働かせて欲しい」と言ってきた。当然断り、治療費としていくらか渡して追い返したが、その日の晩から玉城は俺の取引についてきては、雇っている担ぎ屋を押し退けて荷物を運んだ。牛馬のように黙々と働き、仕事を終えると何も言わずに去っていく。怪我が治ってからもそれが続き、俺はとうとう根負けした。初めは、一人分の日当で四人分の働きをする担ぎ屋として雇っていた。

日が出ているうちは人枡田（トゥングダ）が開くことはないし、おそらくトキコは玉城を歓迎しない。俺の行き付けは仲介人（ブローカー）御用達の店ばかりで、どうしたって、島人（シマンチュ）の玉城には居心地が悪い。色々と考えた結果、面倒が起きなさそうな店、すなわち誰も寄り付かない店が最適だと考え、俺は「居眠り（ニンディ）」を選んだ。

島人（シマンチュ）が経営している立ち飲みだが、中に入っているのは鹿児島からやってきた三十代の風来坊で、いつも酔っていること以外に特筆すべき点のない男だ。酔っていないときは薬をやっているので、どちらにせよ素面を見たことはない。盗み聞きする心配がないので商談を行なう場には適しているが、こいつに酒を作らせるとやけに不味（まず）く、すっかり閑古鳥が鳴いている。売り上げが立たないせいで賃料が払えず、賄うために空いている時間で担ぎ屋をやっているというのだから呆れて物も言えない。阿呆のくせにやたらと男前なので、俺はその風来坊を宝の持ち腐れと呼んでいる。

押し込めば十人くらいは入れるかも知れない狭い店内には、カウンターの中を含め、案の定誰もいなかった。玉城を奥まで行かせてから、カウンターと客席を隔（へだ）てている薄い木板を蹴りつける。何度か蹴ると、足元から物音が聞こえてきた。中で居眠り（ニンディ）していたらしい宝の持ち腐れは、かさかさとした白い涎（よだれ）の跡を拭くこともせず俺たちの前に立った。

「旦那、今日は何にしましょう」

「酒を三つ。ひとつはお前の分だ」

「いいんですか？」

「俺の気が変わる前に出せたらな」

　客に出す前に飲み干してしまうので、ここに上等な酒はない。出てくるのは、貧乏人(ヒンスームン)の酒こと泡盛だ。洗わずに使い回しているであろう瓶底グラス片手に玉城と乾杯し、勝手に参加してきた宝の持ち腐れに「さっきの続きに戻れ」と命じる。俺たちが来ても床に寝転がっていたくせに、宝の持ち腐れは気障(きざ)な笑みを浮かべながら、泡盛をちびちびとやりだした。「離れていろ」と手で追い払う。玉城は背筋をぴんと伸ばし、正面の薄汚れた壁を力強く見据えている。

「もっと寛いでいいんだぞ」

「はい」

「なあ、玉城。この仕事は楽しいか？」

「もちろんです」

　そうか、と頭の中で返す。

　玉城にとって俺は謎めいた台湾人だが、俺からしてみれば玉城青年の方がずっと謎だ。何よりも不可解なのは、玉城が密貿易に従事している動機だ。島にいる同世代の男たちはおろか、まっとうに暮らしている大人たちよりも遥かに稼いでいるが、金が好きとは思えない。酒や女とは無縁の男だし、贅沢をしているようにも見えない。

「金は貯めてるのか？」

「何かあったときのために、手は付けてません」

「何か、か。やりたいことでもあるのか？」

　無言でノーの意思表示をした玉城は、俺がグラスを傾けるのに合わせて泡盛を口に運んだ。同じペースで飲むのが礼儀と考えているようで、こいつを酔わせるためには俺も頑張らねばならない。一息に飲み干し、玉城がグラスを空にするのを待って、べとついている瓶から泡盛を注いで第二ラウンドに入る。

「船でも買ったらどうだ？」

「船、ですか」

「ああ。久部良の海人(ウミンチュ)の中にも、漁に出ないときに船を仲介人(ブローカー)に貸して稼いでる奴がいるだろ？　あれが一番賢いんだ。俺たち仲介人(ブローカー)や商人の元には何も残らないが、船や土地があれば次の商売ができる。少しでも興味があるなら、買ってみるといい。金が足りないなら、俺もいくらか出してやる」

　なみなみと注いだ泡盛を減らし、煙草に火を点ける。この酒には減らすという表現が最も相応しい。味もへったくれもなく、酔うためだけに飲む。理性に効く麻酔だ。

「……自分は、海人(ウミンチュ)になるつもりはないです」

「この島の男にしちゃあ珍しい。海は嫌いか？」

「そういうわけじゃありません。ただ、自分は向いてないと思うだけです」

「じゃあ、台湾に来るか？」

「行ってみたいとは思ってます」

「いいところだよ。ここと違って仕事はいくらでもある。お前は若いし、何にだってなれるさ」

　壁と睨み合っていた玉城は、俺を一瞥したものの、頷くことはなかった。短く刈り込んだ頭は兵隊さんのようだが、張りのある頬にはまだ面皰(にきび)がある。元来饒舌な方ではなかったが、俺の計画に反して、玉城はさらに無口になっている気がした。煙草で景気付けてから泡盛を飲み干し、三杯目へ。

「聞いてなかったが、お前、恋人(カヌシャーマ)はいるのか？」

　慌てて追い付いてきた玉城には多めに注いでやる。

「いません」

「まさか、童貞ってわけじゃないよな？」

　玉城は液面を見つめていて、その両手はカウンターに置かれている。俺は確かにグラスを傾けていた。気付いていないのか、意図的なのかはともかく、反応が変わってきたのはいい傾向だ。

「台湾に行く楽しみがひとつ増えたな。半月ほど林森北路に入り浸れば、お前もすぐに女誑しの仲間入りだ。その前に、街(シティ)で肩慣らしするのも悪くない。内地の女が集まる置き屋が……」

「そういう武(ウー)さんはどうなんですか？」

　体軀に見合う大きな声が、俺の素敵な提案を掻き消す。玉城が俺の言葉を最後まで聞かなかったのは、これが初めてだ。すぐさま泡盛を流し込んだのを見るに、決心して口を開いたのではなく、あれこれ考える前に口走ったらしい。

「どうって、何が」

「結婚してるんですか？」

「独り身だよ」

「しようと思ったことは？」

　ウォッカ並みの度数の酒を割りものなしで三杯も放

り込んでいるというのに、俺の意識は明瞭なまま、酔いが回ってくる気配さえない。デキセドリンとの食い合わせが悪かったのだろうか。

「あるよ。一人だけな」

「なんでしなかったんですか？」

「どうしてそんなことを知りたい？」

「その、自分にはピンと来ないことなので」

「たいした理由じゃない。向こうはその気じゃなかったのさ」

笑い出しそうになるのを、濃い煙を吐き出しながら堪える。

炫耀（かっこつけ）が。

お前に他人の何が分かるって言うんだ？

「賢く駆け回ることは、好機（チャンス）に出会うことに及ばない。……悲しいかな、その瞬間を逃してしまったら、どんなに優れた策略を練ろうとも取り返せないものがこの世にはある。だから、好機（チャンス）を摑めるように準備を怠るな。金を貯めてるって聞いて安心したのは、それが理由だ」

教訓めいた話をこの話題を打ち切ろうとしていたとき、頭のネジでも弾け飛んだかのような笑い声が店の外から響いてきた。通りにいるらしい乱痴気騒ぎ連中は段々とこちらに近付いてきていて、店の前で止まったかと思うと、四人の男が暖簾をくぐってきた。先頭のふたりは、義体化した両腕を見せびらかすために裾を切り落としたシャツを羽織っている。

玉城もそうだが、義体化している連中を快く思わない島人（シマンチュ）は多く、渡航者としての礼儀を弁えている商人たちは長袖を着て隠している。この街（シティ）も、はじめのうちはまともな商売人ばかりだったが、販路が拡大していくのに従って、我が物顔で闊歩する台湾人連中が増えていった。特にこういう手合いは質（タチ）が悪く、生身の人間を怯えさせることを楽しんでいる。

「玉城」

喧嘩（ムンドウ）はなし、俺が玉城を雇う際に定めた唯一の規範（ルール）だった。厄介事の解決方法として、暴力は一番お粗末だ。その場ではすっきりするかも知れないが、いつどこで自分に跳ね返ってくるか分かったもんじゃない。

「玉城」

「……分かってます」

気を鎮めるように喉を潤した玉城のために、さらに注いでやった。気にも留めていなかったが、宝の持ち腐れはいつの間にか元の仕事に戻っていたらしく、新たな客が来ているのに起きる様子はない。

「あんたの店か？」

「違う。持ち主は中で倒れてる」

男はカウンターを覗き込み、至極不快そうに顔を歪めた。おおかた、宝の持ち腐れは寝転がりながら吐いているのだろう。もっとも、こいつらはこいつらで相当にできあがっている。四人とも顔が赤く、半分溶けたような目付きだ。

腕や足は出回っているが、中身の方は奪い合いが必ず殺し合いに発展するほどのお宝だ。信じられないほどの高値にもかかわらず、買い手は行列を作って待っている。義体化していると言っても、中身まで弄ってる連中は滅多にいない。機械（マシン）になったつもりで気を大きくして呑んだくれていたら、生の肝臓はあっという間にお釈迦だ。こいつらも、まさに今、天国への階段を駆け上がっている最中だ。

新鮮なゲロを堪能できた幸運児の奥で噛み煙草をくちゃくちゃやっていた男は、俺の隣にもうひとりいることに気付いたようで、カウンターに手をついて身を乗り出した。

「奥の強そうな兄ちゃん、俺と腕相撲しないか？」

満面の笑みと黄ばんだ歯。

こういう馬鹿は、先に脳を弄ってもらうべきだ。

「見て分からないかも知れないが、たいした店じゃないんだ。酒もまずい。店選びを間違えてるぞ」

「見りゃ分かるぜ。俺はただ、まともな勝負ができそうな男を探してるだけだ」

すでに狙いを定めているのか、俺に返事をしながらも、噛み煙草男は玉城に釘付けだった。傲慢になっているつもりはないが、常に現実を正しく認識しようと試みているという自負はある。このなかの誰ひとりとして俺の顔を知らないということは、こいつらは仲介人（ブローカー）とのコネクションもない新米の木っ端商人だろう。

「悪いが、ちょいとばかり真面目な話をしてる最中なんだ。二人きりにさせてもらえないか」

「なんだお前、そっちの趣味か？　真昼間から盛ってんじゃねえよ」

幸運児を押し退けて俺の前まで来ると、噛み煙草男は鼻すれすれまで顔を寄せ、挑発的な笑みを浮かべてみせた。諫められて以来ずっとグラスを眺めている玉城が拳を握り締めたのを横目に、俺は煙草を喫みながら、ポケットの中から取り出したB円軍票をカウンターに置いた。

「余所で飲んでこい。街（シティ）は広いぞ」

「ひとつ、教えておいてやる」

炭素鋼（カーボンスチール）の指が駆動音を立てながら伸びてきて、俺の煙草を取り上げる。その圧倒的な太さは、砲兵、なかでもロケット砲やミサイルを運用する部隊向けに改修された義肢（クローム）の特徴を示している。生身の体では反動を制御しきれないという動かし難い制約が、兵器が有する殺傷能力に限界を与えていたが、アメリカやソビエトはこれを、人体そのものを自走砲にするという画期的な発想によって容易く乗り越えた。もっとも、過剰性能（オーバースペック）な義肢（クローム）は戦場以外では使い道がなく、砲兵たちの多くは付け替え用の腕を常備していると聞く。おそらくこいつらは、そんなことも知らずにこの凶器をぶら下げている。

「俺が何をするか決めるのは俺だ。お前じゃねえ。ここで飲むし、お前の奥にいる琉球人と腕相撲する。そのあとは、お前たちの交尾を鑑賞してやるよ、臭老頭（クソジジイ）」

一口だけ吸うと、噛み煙草男は俺のグラスに吸い殻を入れ、ご丁寧にかき混ぜてから沈めた。厄介事の解決方法として、暴力は一番お粗末だ。しかしながら、舐められてもやり返せない腰抜けだと思われても、商売は立ち行かなくなる。面子というものの扱いは極めて難しい。

左手で噛み煙草男の右腕を掴み、カウンターに押し付ける。待ち望んでいた展開、やり返しただけだと言える状況がやってきたことに対する歓喜は、ご自慢の義肢（クローム）の右腕がぴくりとも動かせないことへの驚きに掻き消されていく。すかさず、右の拳で噛み煙草男の顔を殴る。頬、頬、鼻、鼻、顎、五発目で崩れ落ちた。

先に脳を弄るべきだと言っただろう。

緩衝葉（アブソーバー）さえ付けていれば、いくら殴られても気絶せずに済む。

仲間をやられ、半狂乱で襲い掛かってきた幸運児のパンチを躱（かわ）し、体勢を低くしながら懐へと飛び込む。相手の膝裏に両手を引っ掛けて押し倒し、馬乗りの状態で殴りつける。今度は両方の拳が使えるうえに、体重も乗っている。必死に顔を守ろうとする腕の隙間を縫って鉄槌を何度か浴びせると、幸運児は電池が切れたように意識を失った。

暖簾の真下にいたふたりは、何をどうすべきかと硬直している。生身の人間だらけの島ではやりたい放題だと高を括っていたはずだ。

「生きて帰れると思うな。義肢（クローム）だけじゃない、売れるものは全部バラしてやる」

　思い付きで言ってみると、ふたりは後ずさりを始めた。

「待てよ、冗談だ。さっさと連れて帰れ」

「え……」

「そうすれば、全部なかったことになる。俺たちも誰かに話したりはしない。悪くないだろ？」

　幸運児か嚙み煙草男のどちらかが頭領だったに違いない。久しぶりに決定権を委ねられたふたりは、これまた久しぶりに頭を使って思案していたが、仲間が一向に目を覚まさないことで踏ん切りがついたのか、おずおずと頷いた。俺も頷き、伸びている幸運児から離れる。目線を逸らさずにじり寄ってきたふたりは、床に寝ている嚙み煙草男と幸運児をそれぞれ持ち上げようとした。だが、なかなか上手くいかない。

「こいつら、他はどこに義肢（クローム）を入れてる？」

「両足を付け根から」

「どうせそっちも重装備仕様（ヘビーコンバット）だろ？　低性能化（デチューン）は？」

「する奴がいるかよ」

「だから鈍いんだよ、白痴（アホ）が。いいから、ふたりでひとり運べ。もうひとりは玉城が運んでやる」

　そう言って、隣に目を遣る。不本意だろうが、俺の命令は断らない。魂（マブイ）を吹き込まれたかのように動き出した玉城は、彼らがひとりでは動かせもしなかった幸運児を軽々と担いだ。いつも運んでいる積み荷と比べれば屁でもないはずだが、台湾人ふたりは怪物でも眺めるように玉城を見上げている。

「……あんたら、何者だ？」

「しがない仲介人（ブローカー）だよ。この島でのし上がりたいなら、また会うことになるかもな」

　グラスに残っていた泡盛を飲み干し、吸い殻を床に吐き捨てる。嚙み煙草男の手足を摑んで担架さながらに持ち上げたふたりと、タオルを肩に掛けるように幸運児を担いだ玉城が居眠り（ニンディ）を出て行くのを見送り、煙草に火を点けた。

　嘆いても仕方ないが、つくづく運が悪い。玉城には進路についての話をしてやりたいと以前から考えていて、それが今日だったのだが、おかげさまで台無しだ。俺はいずれこの島を去ることになるし、一度関わったからには、それまでに何かしらの道を示してやらねばならない。また無軌道な喧嘩屋に戻られたら、それこそ玉城の両親から祟られかねない。船がダメなら、家でも建てるよう勧めておこうか。

　店の前の床板がギイと軋む。

　やけに早いと思いながら喫んでいると、寸足らずの暖簾をくぐって小李(シャオリー)が入ってきた。顔色が悪いが、どうせ二日酔いだろう。残念ながら、この店には酔い覚ましの水もない。小李(シャオリー)は俺の元までやって来ると、カウンターに手をついて体を持ち上げ、俺のグラスの隣に座った。

「行儀が悪いぞ」

　飲み過ぎで死ぬのは台湾人としては本望だが、まだ下の毛も生え揃っていない小僧はその限りではない。小李(シャオリー)はわざとらしくグラスと酒瓶を遠ざけてやったが、小李(シャオリー)は降ろした足をぶらぶらとさせながら、虚ろな表情を浮かべている。何か用があって俺を探し回ったのだろうか。こんな掃き溜めに辿り着くようでは、街(シティ)を全て回ったと言っても過言ではない。

「どうした？　眠いのか？」

　長寿(ロングライフ)の箱を置いてみたが、小李(シャオリー)は取ることはおろか、見ようともしない。酒が抜けていないにしても、なんだか妙な雰囲気だ。変な薬に手を出したか。

「玉城が戻って来たら俺の家に運んでやるから、しばらく横になれ」

「様(さま)になってるね」

　小李(シャオリー)は言った。

　明らかに小李の声だった。

だが、たったの一言で、今俺の前にいるのが小李(シャオリー)ではないと理解できた。小李(シャオリー)の喉が絶対にしない小刻みな震わせ方と、緩やかな下り坂を転がっていく手鞠のような、印象的な抑揚のつけ方。こういう喋り方をする人間に、俺は心当たりがあった。

「……どういうことか、分かるように説明してくれませんか」

「仕組みをちゃんと説明しようとしたら、日が暮れてしまう。腹話術みたいなものと考えてくれればいいよ。明日からは元の小李(シャオリー)くんに戻るから安心して欲しい」

「小李(シャオリー)はまだ子供です」

「そうだね、本国でも珍しいよ。小李(シャオリー)くんは数年前に脳炎に感染して、従来の医学的治療では助からないはずだったんだ。李志明はきみが考えているよりもずっと大物でね、ソビエトのルートを使って小李（シャオリー）くんの脳に電脳化を施したんだ。もっとも、本人はそのことを知らないし、李志明も教える気はないんじゃないかな。わたしはソビエトの技術者（エンジニア）が用意していたバックドアを使って、きみと直接話ができるように手配させた。技術体系がかなり違うから苦労したみたいだよ」

　その説明も、あくまでも小李（シャオリー）の声で行なわれた。

　電脳化、脳に電算機（コンピューター）を搭載させる拡張手術。こちらに向けられている表情がいつもと異なって見えるのは、本来の体の持ち主が普段はしない筋肉の動かし方が行なわれているからなのか、それとも単に、中身が違うと教えられたことによって、俺の目が猜疑心に曇っているのだろうか。

「四年ぶりだね。元気にしてた？」

「……お久しぶりです、ミス・ダウンズ」

　深く頭を下げる。

　今の俺は、どんな顔をしているのだろう。

　紛れもなく自分の所有物であるはずなのに、この再会に対して俺がどんな感情を抱いたのか、少しも分からなかった。

「小李（シャオリー）くんと一緒に街（シティ）を探検してね、そのときに何度かきみの話を聞いたよ。この四年間で、随分と上り詰めたみたいだね。わたしも鼻が高いよ」

　返す言葉が見当たらず、俺は口を開く代わりに、もう一度頭を下げた。いつの間にか持ち主を真似るように押し黙ってしまっていた煙草に、ふたたび活を入れる。俺の健康を気遣ってオキシコドンを処分したトキコが、今だけは憎らしくて仕方がない。

「それで、わざわざ俺に会いに来たってことは……」

「ずっと連絡もしないでごめんね。あの頃とは違って、わたしも動き辛い立場なんだ」

　いつものように足を組み、ミス・ダウンズは続ける。

「N計画が動き出した」

　四年前に一度聞いたきりだったが、肌身離さず持ち歩く護身符（フーシェンフー）のように、その言葉は常に俺とともにあった。息が詰まり、吐き出せなかった煙が鼻の穴から少しずつ漏れていく。「N計画という言葉を覚えておけ」と命じられた俺は、漁船に乗り込んで基隆（ケーキ）を発ち、与那国島へ向かった。景気時代前夜のこの島へと。

「きみにも動いてもらうよ」

　俺は頷いた。この日を待っていた、というのは正確ではない。俺はこの四年間、今日という日を迎えた時、自分の身に何が起きるのかを考えながら、街(シティ)を駆けずり回っていた。

「俺は何をすれば？」

「あるものを探して欲しい。それは、含光(ポジティビティ)と呼ばれている。近いうち、おそらく二、三週間以内にこの島を中心とする密貿易ルート内でそれが取引されるという情報が入ったんだ」

「兵器か何かの名前ですか？」

至極まっとうな質問だが、ミス・ダウンズは反応しなかった。つまりはノーだ。彼女は無駄な行動を嫌い、イエスの時だけ仕草を寄越す。兵器でなければ薬物かと思ったが、違う。そして、人でもなかった。

「……降参です。一体何なんですか？」

「現状、分かっているのは名前だけ。持ち主(オウナー)も、買い手(バイヤー)も、大きさ(サイズ)も、居場所(ロケーション)も分かっていない。きみには含光(ポジティビティ)の回収を頼みたいんだ。無傷の状態でわたしに引き渡して欲しい」

なるほど。無機物なのか有機物なのかさえ分からない未知の物体がどこかにあり、いつか、誰かに買われるかも知れない。その瞬間をずばり的中させ、横から奪い取れということか。

「そう難しい顔をしないで。きみは密貿易の中枢まで食い込んでくれた。含光(ポジティビティ)の情報は必ずきみの網に掛かるはずだよ。そうしたら、あとは行動するだけでいい。手に入れられるなら、何をしても構わない」

「やり方次第では、これまでに積み上げてきた信頼が無に帰すかも知れませんよ」

「あはは。まさか、この島に愛着でも芽生えたの？」

小李(シャオリー)の幼い眼差しから、何もかもを言い当てる奇術師のようなあの視線が放たれている。あるいは、そこには初めから何もない。無から有を生み出す錬金術師のように、俺という空洞に意味を注ぎ込む。

「ここからがきみにとって本当の始まりだし、待ち望んでいた終わりでもある。……それにね」

ミス・ダウンズは宙吊りにするように言葉を区切り、俺の集中力が最高潮に達するまで焦らした。サプライズの過剰摂取(オーバードーズ)で死んだ人間はいないが、彼女が口の端に浮かべ始めている微笑は、俺を奈落の底へと突き落とすための準備運動に見える。

「もう少しで彼女が見付かりそうなんだ」

彼女。

昨日なら、理解するのに時間が掛かっていたかも知れない。だが、玉城のせいで記憶の抽斗は開きっぱなしになっている。

何のためにこの島に来たのか、四年も過ぎたせいで忘れかけていた。思い出すことはいつも苦痛を伴い、痛みは鎮痛剤で消せたが、苦しみが消えることはなかった。

「……ありがとうございます」

「期待してるよ。そうだ、体の調子はどう？　おかしいところはない？」

「おかげさまで、いたって健康です」

「よかった。きみの体はかけがえのない資本だからね、大事にしなさい」

ひょいとカウンターを降りると、ミス・ダウンズは店を去って行った。

泡盛の瓶を摑み、逆さにして口をつける。喉の奥へと流し込み、最後の一滴まで飲み干す。食道を通って胃へと落ちてくる灼熱は、どういうわけか、酩酊を連れてきてはくれなかった。薬がないので煙草を喫んだが、どれだけニコチンとタールに汚染されようとも、俺の肺は四年前と同じで綺麗なままだ。苦しみを和らげてくれると信じて、退廃の真似事に興じていたに過ぎない。俺という存在は、魂以外の全ての部位が常に浄化され、その代わりに、どれだけ稼ごうとも永遠に返済など叶わない巨大な借金と、死んでも外すことのできない嘘に塗れている。

玉城が駆けてくるのが分かったので、宝の持ち腐れが寝ているであろう位置を狙い、呻き声が聞こえてくるまでカウンター越しに蹴り続けた。瓶底グラスの下にB円軍票を挟み、店を出て玉城と合流する。

「もういいんですか」

「ああ、仕事に戻ろう」

「自分は何をすればいいですか？」

「昨日の荷物を比川まで運んでくれ。終わったら、また指示する」

機械仕掛けの肝臓はアルコールの分解速度を最高値まで高め、救いはすでに、俺の体から跡形もなく消え失せていた。

不夜島が眠ることはない。

この瞬間にも取引が行なわれ、国境に阻まれることのない欲望の駆け引きは、果てのない海を軽々と飛び越えていく。物がなんであれ、それに値札が付き、誰かが取り扱っているのなら、孔明の羽扇だろうが、魔神仔（モシナ）の剝製だろうが、手に入れることは難しくない。ほんの一瞬だけなら何でも手に入れられるのが、仲介人（ブローカー）の唯一の特技だ。

4

　待っていれば必ず俺の網に掛かるとミス・ダウンズは言っていたが、ただ待つのは性に合わない。どうせなら積極的に待ちたかったが、含光（ポジティビティ）なる物品の正体が何かも分からない以上、できることが少ないのも事実だった。

　あの日を境に、俺は玉城に別行動を取らせることにした。昼夜問わず街（シティ）を巡回し、新参者の商人たちの動向を観察するように命じていた。

　ミス・ダウンズのような人間が欲しがっていて、正規のルートで取引されていないことを踏まえれば、かなり後ろ暗い事情を持った品である可能性が高い。やくざな投機ではなく商業（ビジネス）の一形態として密貿易に従事している古株の仲介人（ブローカー）たちは、ヤバい香りのする品には決して手を出さない。だが、遅れを取り戻すためなら手段を選んでいられない腹を括った連中は話が別なので、見慣れない連中を張っていれば、直接ではなくとも何かしらの情報を得られると考えたのだ。

　不審な動きがあったら教えるように言い付けてあったが、あれから玉城とは会っていない。俺は俺で情報を集めなくてはならなかった。居眠（ニンディ）りを出てすぐ李志明に電話を掛けたが繋がらず、俺は昨日、基隆に行く船を見繕ってやるついでに、あのときのことを何も覚えていなかった小李（シャオリー）に言伝を頼んだ。渡した名刺の裏側には人枡田（トゥングダ）の電話番号を書いておいた。

　それからというもの、いつ掛かってきても出られるように、俺は家を空けて人枡田（トゥングダ）に入り浸っている。席料として煙草とアメリカ製の化粧品を献上することで、トキコは昼間からの滞在を許してくれた。今みたく営業時間外で客がいない間は、電話機の前にどかんと座り込み、煙草と雑誌で暇を潰すのが日課になっている。夜になれば友人たちが入れ替わり立ち替わりやって来て、結局明け方まで飲むことになるので、ろくな収穫もないまま金だけ出ていく有り様だ。

　帝国陸軍から払い下げされた電話機の故障を不敬にも疑い始めていた矢先、頭上でベルが鳴り、俺はすぐに飛び付いた。掛けてきたのは新里警部だった。

「……なんだ、あんたか」

〈そうあからさまに落胆しないでもらいたいね。誰か他に待ってる相手がいたのか？〉

「で、用件は？」

〈息子の件なんだが、なんというか、ちょっとややこしい事態になっているんだ。すまないが、また力を貸してもらえないか？〉

　南樺太からの帰還兵。

　片腕を失い、片脚も言うことを利かないとのことなので、貴重な商品である義肢(クローム)を無償提供してやった。これ以上、何を望むことがある？

「……ちょいと欲張り過ぎやしないか」

〈礼はする。手が届く範囲なら、多少の無理は通すつもりでいる〉

　一瞬期待しかけたが、進駐軍の小間使いにすぎない警察が含光(ポジティビティ)の情報を持っているとは考えにくい。せっかくの申し出だが、今は役立ちそうにない。

「大体、気狂いの憲兵がうろついているときに出歩きたくないんでね」

〈それなら心配いらない。あんたには護衛を付けてある。もちろん、警官と連れ立って歩いていたら噂になるだろうから、狙撃の心得がある人間に離れたところから警護にあたらせている〉

「増援ってやつがもう来たのか？」

〈ああ。これだけ狭い島だ、大尉が捕まるのも時間の問題だよ〉

　新里警部は食えない男だが、白を切ることはあっても、嘘をつくような真似はしない。それに、官憲が警護と言い出すときは、往々にして監視も兼ねている。ちゃっかりと俺の動向を調べているはずだ。

　含光(ポジティビティ)に繋がる情報を持っていそうな人間は、黒社会にも精通している李志明ぐらいしか思い当たらない。彼から連絡が来るまでの間の暇潰し、そう思うことにしよう。

「今から行く」

　安い感謝でうんざりさせられる前に、俺は電話を切った。またしても、怠け者(フユン)を借りなくてはならない。進駐軍放送(WVTR)を流しながら開店準備をするのがトキコの日課で、邪魔しては悪いと黙って店を後にしようとしたが、電話機が置かれている細い通路から出るなり、俺の前に彼女が立ち塞がった。

「どうした？」

「気狂いの憲兵って何？」

　内心ではどれだけ怒り狂っていても、トキコは顔色と声を変えない。むしろ、台風（ウフ・カディ）が押し寄せてくる直前の清々しく晴れた日のように穏やかで、それを前にして、どうやって誤魔化そうか考えるほど愚かではなかった。

「説明させてくれ」

「ええ、ぜひ聞きたいわ」

　アメリカの女優さながら、煙草を挿した金属製の長い筒を咥えているトキコに、俺は新里警部から与えられた密命を掻（か）い摘（つま）んで聞かせた。いずれは警告しようと思っていたという点まで、ちゃんと付け加えた。俺にとって一番大切な部分を信じてもらえたかどうかは分からないが、一応は納得してもらえたようだった。

「つまりは、誰にとっても最悪の状況ってわけね」

「新里は、もう増援が来てると言っていた。ちゃんと警備してくれるだろうから、心配はいらない」

「街（シティ）の安全は警察頼みってことね。あんたはそれでいいの？」

　トキコは嫌いなものが多い女だ。この島生まれのくせに島人（シマンチュ）を嫌っているし、内地のことも嫌いで、警察官や軍人のことなんかは親の仇のように憎んでいる。ついでに言うと親も嫌っているので、彼女が親の仇を取ることはない。そういうわけで、内地から来た憲兵が自分たちの安全を脅かし、そのために新里警部たちに守られることになった構図が不愉快で堪らないのだろう。

「食えるものは食うさ。誰がよそったかなんて気にしない」

「意外な台詞ね。もっと硬漢（タフガイ）かと思ってたのに」

「今のご時世、そうでもしなきゃ生き残れない」

　率直にそう返すと、トキコはあからさまに呆れた表情を見せた。軽蔑されても仕方ないが、仲介人（ブローカー）にできることは特にない。それに、俺は街（シティ）に寄生しているだけで、帰属はしていない。たんまりと稼がせてもらっているが、そこに恩義を感じたりはしないし、何かしてやる義理もない。親しい友人の安全くらいは確保したいという思いがあるくらいだ。

「……トキコ、銃は撃てるか？」

「突然ね。撃てないに決まってるでしょう」

「護岸に行けば取り扱ってる商人がいる。糸満から来てる奴だ。あとでそいつのところに行って、散弾銃（ショットガン）と拳銃をひとつずつ、散弾銃（ショットガン）は弾もあるだけ全部、拳銃の方は三十八口径を買うんだ。散弾銃（ショットガン）は店に置いて、取り出しやすいカウンターの中、客からは分からないところに隠しておく。三十八口径は肌身離さず持ち歩くんだ。腕に自信がなくても、銃が出てくるだけで大抵の相手は怯むし、銃声が聞こえれば誰か必ずやってくる」

　俺が買って渡すのでもいいが、今さら銃なんかを集めれば、変な詮索をされかねない。その点、女手一つでナイトクラブを切り盛りするトキコが自衛のために銃を買っても何ら不思議ではない。「足しにしてくれ」とB円軍票を渡しながら、立ち塞がっていたトキコをそっと押し除ける。

「ねえ、今晩も来るのよね？」

「電話が来るまではいさせてもらう。もし俺がいないときに掛かってきたら、掛け直すから都合のいい時間を教えて欲しいと伝えておいてくれ」

「それは分かってるけど……」

　珍しく歯切れが悪いトキコの様子が気になったものの、それなりに急がなくてはならない。俺は人枡田（トゥングダ）を出て、玉城の家へと向かった。

　空は暗くなり始めていたが、あの馬鹿でかいブーツは軒先に転がっていなかった。玉城はまだ帰っていないようだ。命じられた通り、一日中街（シティ）で情報を集めているのだろう。あの偉丈夫は全くもって間諜（スパイ）向きの人材ではなかったが、俺の元に来るまでは久部良の自警団員だったので、漁協の連中にも顔が利く。見慣れない人間への敏感さに関しては彼らの方が優（まさ）っているので、ある程度は期待しておこう。

　玉城は「怠け者（フユン）は自分の馬なので、断りなく使っていい」と言っていた。狭い馬小屋には四頭の与那国馬（チマンマ）がいて、突然やって来た不審者の匂いを嗅ぎ取ろうと一斉に鼻を近付けてきたが、怠け者（フユン）は俺を乗せたことを覚えてくれていたようで、引き綱を解く際も暴れはしなかった。

「挨拶もなしに借りていくのかい？」

　馬を引いて門口から出ようとしているとき、暗がりから声を掛けられた。玉城の母親だった。ちょうど家に帰ってきたところで運悪く鉢合わせてしまったらしい。玉城の母親は、年季の入ったキビ斧と二又の鎌を左右の手に携えている。サトウキビ農家の必需品だ。

「ごめんください。お元気でしたか？」(ヌンニ・ワルカー／ンサイ・ワタナー)

「変な島言葉(シマクトゥバ)を使わんでいい。気分が悪くなる」

　玉城の母親は怠け者(フユン)に目を遣ると、心底憂鬱そうに首を何度か横に振った。うんと大事に育てた息子が台湾人の舎弟じみた真似をしているのが大層お気に召さないようだ。

「あんたは賢いって聞いてるよ。さっきのもわざわざ勉強したのか？」

「郷に入っては郷に従え。俺も、もう少しあんたたちと仲良くしたいんでね」

「ヒライ・キル・トゥシドゥ・イー・ミティン・ダナ・ミティン・ンム。分かるかい？」

　皮肉にしては豪速球だったが、そもそも、この島の人間は婉曲表現とは無縁で、何でもかんでもストレートにぶつけてくる。呪文のようで、自身ではとても復唱できないが、意味は知っている。つきあいする人でぞ善い道も悪い道も歩む。俺は苦笑混じりに頷いてみせる。

「あいつには、警察に睨まれるようなことはさせちゃいない。金もちゃんと貯めるように言ってる。貯めた金で親孝行するようにとも。お母さんを心配させるようなことは何もない」

「そうだといいね。ここ数日は、碌(ろく)に家にも寄り付かないよ」

　昼夜問わず見回ってくれと頼んだが、馬鹿正直なあいつはその命令を、片時も休むことなく巡回せよと理解したのだろう。次に会うときは、ちゃんと帰って寝ろと言い聞かせておかねばならない。

　それにしても、いつもなら俺を疫病神か何かのように避けていく玉城の母親が、今日はやけにおしゃべりだ。

「……あいつに何か？」

「おばあ(アブ)の方さ。今は具合が悪くて横になってる。あんたに話したいことがあるって言ってたから、今度明るいうちに家に寄りなさい」

　哇(びっくり)。台中帰りの偏屈婆さんが俺に用事だなんて、面白い話に決まっている。

「必ず寄らせてもらう」

「あと、おばあ(アブ)に変なもの吸わせるんじゃないよ」

　厳しい口調で言うと、玉城の母親は炊事場(チムヌダ)に入って行った。

　俺はあの日、蘇澳南方の商人から大麻入りの煙草をプレゼントされた。長寿（ロングライフ）の箱に入れておいたが、その後に吸った記憶がなかった。しかし、玉城の祖母に煙草を一本吸わせてやった覚えはある。

「見物だったろうな。お前は見たか？」

まだうとうとしている怠け者（フユン）に声を掛け、首を撫でてから跨る。太陽が沈んだことで、薔薇色と瑠璃色で彩られた街（シティ）のネオンサインが本来の輝きを放ち始めていた。元々は野生で育っているこいつの目には、欲望を掻き立てるようなあの眩しさは、どのように映っているのだろう。

小さな島のさらに小さな集落であるにもかかわらず、久部良には十三の発電所が存在していた。他の集落とは違い、発電機が絶え間なく駆動しているが、街（シティ）にはそれだけの電力需要があり、どれほど電気料金が上がろうとも、徴収されるのを渋る人間はいなかった。密貿易で一番潤っているのは電力会社ではないかと囁かれているほどだ。

灯火管制を経験した俺たちにとって、剥き出しの光は戦争が終わったことの証であり、繁栄の象徴でもあった。巨大な蛾（アヤミ・ハビル）たちは、この美しい光に誘われ、危険を冒してでも海を渡ってくる。

だが同時に、昼夜問わず行なわれ続けるどんちゃん騒ぎは、この島が元来備えている本当の夜闇に対する恐れから来ているのではないかとも思える。祖納にも比川にも電気自体は通っているが、街灯なんてものはなく、月が見える頃には集落も真っ暗になる。自然（ネイチャー）に合わせた生活を自然（ナチュラリー）に行なうのが人間のあるべき姿なのかも知れないが、頭のイカれた殺人鬼が隠れ潜んでいる今は、そんな悠長なことは言っていられない。馬は夜目が利き、危機察知能力も高いらしいが、俺より先にやられたらおしまいだ。新里警部が言うところの増援の腕前に期待するしかない。

今度は祖納への道とは反対側、南から向かう。ナーマ浜を突っ切り、海岸線に沿って走ると、やはり放牧地に出る。名前も、そのまま南牧場という。強風のせいか、怠け者（フユン）は気が急いているので、時折手綱を引いて速度を落とさせた。珊瑚礁（リーフ）の外側は流れが早く、押し寄せてくる波の音は苛烈そのものだ。吹き荒れる風の音と溶け合うことで、より大きく聞こえさせているのかも知れない。

起伏はあるが見通しのいい道を走り続けると、前方に小さな浜が現れる。カタブル浜と呼ばれていて、波がさほど高くないことから、子供が遊ぶのに適している。この辺りから登って行けば比川集落へ出られるが、俺たちの目的地はもう少し先にある。

　速度を出そうとする怠け者(フユン)に身を任せて砂浜を進んでいると、先程のカタブル浜よりも大きな浜が眼前に広がっていく。この比川浜を一望できる集落の外れ、生い茂る森の麓に小さな診療所が建てられている。手綱を左に引き、緑に覆われた岩場を登っていく。回診を嫌う先生なので診療所に馬小屋はなく、怠け者(フユン)のことは、屋根に上がる階段の手摺りに結んだ。

　戸を引いて中に入ると、待合室のベンチに新里警部が座っていた。制服ではなく、木綿の海衣(ウミギン)を着ているから、今日は非番のようだ。気安く呼び付けられるのはこれが二度目で、文句のひとつでも言おうと思っていたが、小さな目が赤く腫れているのを目にしたら、そんな気はすっかり失せてしまった。

「……何があった？」

　隣に座り、煙草を喫む。いつものように勧めたが、手が伸びてくることはなかった。島人(シマンチュ)でありながらも、内地とアメリカ、ふたりの主人に仕えてきた新里警部は、割り切れない思いに対処するのが誰よりも得意だったはずだ。

「要らないと言うんだよ」

「義肢(クローム)を？」

「ああ、そうだ」

　長話が好きな新里警部がそれ以上の言葉を継げなかったというだけでも、事の重大さが否応なしに伝わってくる。数年ぶりの再会、それも、死んでいるかも知れないと諦めていた息子が奇跡的に帰還したというのに、新里警部の横顔から喜びを感じ取ることはできなかった。この沈黙が苦しみゆえではなく作戦の一環だったとしたら、相当な役者だ。

「義肢(クローム)に換装している台湾人で、公学校で教師をやっていた奴がいる。物腰は柔らかいし、若いのと話すのも得意なはずだ。そいつを連れてこようか？」

「いや、生身でもあんたがいいんだ。聞くのが上手いからな。俺はてんで駄目だ」

「今回ばかりは、あまり期待しないでくれ」

　返事も相槌もなかった。煙草を窓の外に投げ捨てる。待合室を出た俺は、白のカーテンをくぐって暗い廊下を進み、足元から明かりが漏れている診察室の戸を開けた。

入ってすぐ、壁際に設置されたベッドに横たわっている青年の姿が目に留まった。玉城と同年代のはずだが、肩まで伸びた長髪と無精髭のせいで実際よりも大人びて見える。しかし、それだけではない。少年は皮が剝けて青年になるが、目の前にいる彼の場合は、研がれていない刃で無理矢理に剝ぎ取られ、歪な形で放っておかれたような印象を受けた。一応は俺に向けられているのに、そこに何も映っていない瞳。ベッドの傍には、年季の入った松葉杖が置かれている。

　俺はひとまず、スチール製の回転椅子に座っている先生に頭を下げた。会話は弾まなかったのか、先生は窓から比川浜を眺めていた。俺が来ると事前に聞かされていたようで、たいした驚きもない。色々と手間なので、先生とは後で話そう。ベッドの下に置かれていた木箱を引き寄せ、そこに腰を下ろす。座ったあとで、それが玉城に運ばせた義肢（クローム）の入った木箱であると気付いた。

　煙草に火を点けてから、長寿（ロングライフ）の箱を新里警部の息子の手元へと放り投げる。買って出はしたものの、何をどう切り出せばいいか分からなかった。

　これだけ海が近いと、窓を閉め切っていても、遠くの波音が鮮明に聞こえる。この島にある浜は、それぞれ異なった性質を持っていて、どんな荒波も、この比川浜に流れ着くときはわずかに優しくなった。

「嫌なら嫌でいいんだ。自分の体は自分の体、自分の人生だ」

　説得というのも、おかしな言い回しだ。そもそも、連合国最高司令官指令（SCAPIN）は日本人に対する義体化手術を禁じている。新里警部は官憲の身でありながら、傷を負った息子を元の生活へ戻すために、闇市場（ブラックマーケット）で流通しているアメリカ海軍製の義肢（クローム）を装着させようとしている。息子の側に立ってみても、病気でもないのに体を弄り回され、穴を開けられ、そこに機械の部品を埋め込まれることに抵抗がない方がおかしい。

「……ただ、どうせないなら、あってもいいんじゃないかという理屈には一考の価値があると思わないか。松葉杖なしで歩けるようになるって考えたら、悪くないはずだ。嫌なら、また外しちまえばいい。仲のいい老板（ラオパン）のひとりは、差し歯にするようなもんだと言ってたよ。あれば楽になる、それだけだ。人間性ってやつは、機械の手足がくっついたぐらいで損なわれるほどやわじゃないはずだぜ」

専門家として何か付け加えてくれるかと期待して目を遣ったが、先生は「ここはお前に譲る」とでも言いたげに腕を組んでいる。俺の頭からひり出せる精一杯の助言だったが、新里警部の息子が反応を示すことはなく、渡した煙草も手付かずのままだ。所詮、赤の他人の独り言に過ぎない。こいつは戦争帰りで、俺たちよりも悲惨な目に遭っている。知ったような口を叩かれるのはうんざりだろう。

「邪魔をした」と立ち上がり、後味の悪さを覚えながら戸口に手を掛けた時、背後でマッチが擦られた。こんな音に安堵するのは生まれて初めてだ。どうせなら、キャメルだのドミノだの、もっと美味いのを持ってきてやればよかった。俺は木箱に座り直し、一服に付き合った。新里警部の息子は、肘をやたらと外に突き出し、横側から滑らせるように煙草を口元へ運んでいく。残っている左腕も、満足に動かせるものではないようだ。鎖骨か肩をやったあとで、ろくな治療も受けられないまま酷使したに違いない。

「訊いてもいいですか?」

「ああ」

「あなたは父とどういう関係なんです?」

「色々と世話になってる。君にこういうことを言うのは卑怯かも知れないが、事の顛末を伝える義務があるもんでね。打ち明ける相手として親父さんより俺の方がましだと思うなら、理由を聞かせてもらえないか」

「手足を要らないと言ったわけですか?」

俺は頷く。もちろん、その答えに至るまでの思考が、すっと言葉になるようなものではないことは理解している。俺としても、新里警部に納得してもらう必要はないと考えるが、意固地になっているだけなら、どうにか解きほぐしてやりたい。

「僕には要らないんです」

「だから、どうしてだ?」

「もう長くないんです。なら、わざわざ着けるのはおかしいでしょう」

新里警部の息子は、あまりにもさらりと言ってのけた。運命を受け入れたかのような落ち着きは、その告白に余人が踏み込むことを許さない崇高な信憑性を与えていた。

「……親父さんには伝えたのか?」

「まだです。できれば、黙っていてください」

畏まるように言った新里警部の後ろでは、先生が首を横に振っている。ガチョウのように澄ました顔は機微が摑みづらいが、初耳らしいことは分かった。安静にさせているだけで、診てはいないのだろう。だが、こうして帰って来られたということは、結核ではないはずだ。

「樺太で診断されたのか？」

「いいえ。でも、分かるんです」

「どこか悪いのか？」

「眠ると、向こうで一緒だった人たちの夢を必ず見るんです」

「夢？」

「誰がどんなふうに死んだか、僕は全て覚えています。話を聞いただけで、直接は見てはいないものもある。でも、夢の中では、全て自分が見届けたように感じるんです。僕はみんなを見送りながら、自分はどんなふうに死ぬのかを考えて、考えているうちに目覚めます。……引き揚げ船に乗ってから、ずっと同じ夢です。でも、ここ数日は、前よりも分かるようになってきたんです。僕がどんなふうに死ぬのか、その答えが一歩ずつ近付いてきている」

別段興奮している様子もなく、新里警部の息子は淡々と説明した。

「死んだ仲間が迎えに来るとでも？」

「仲間だけじゃない。僕は人を殺したんです。何か必要があってじゃない、ただ殺した。武器を持っていないソビエトの兵士も、朝鮮人も、女子供も、赤ん坊だって、殺せと言われた通りに殺しました。……片腕がなくなって、僕は喜んだんです。置いていける、って。体の一部でも、あそこに捨てていける。それで、少しは忘れられると思った。でも、そんなことはなかったんです」

その語りはやけに整頓されていて、追い縋る苦痛から逃げるために必死になっているのが嫌でも窺えた。ここまで聞かされてようやく、掛けてやれる言葉がほとんどないことに気付いた。俺は胡散臭い男だ。人枡田(トゥングダ)で武庭純(ウー・ティンスン)に阿(おもね)ってくる連中は、俺の話を聞きたいのではなく、親しくなることで得られる利益に目が眩(くら)んでいる。俺はこの四年間で、自分自身の言葉で何かを訴える術(すべ)を失っていた。

「……似たような話をひとつ知っている」

そう切り出し、俺は瞼を閉じる。

芝居掛かっていると笑うがいい。

「船が座礁して、ひとりだけ生き残ってしまった子供の話だ。その子供は、船体の残骸にしがみついていた。残骸といっても、大きな板切れだ。その子供の他にもうひとり、しがみついている男がいる。同じ船に乗っていたんだろう。で、その男の体には、別の誰かがしがみついている。その誰かには、まだ別の誰かが……。とにかく、みんな必死に助かろうとしていた。なんせ、黒潮の流れはとんでもなく早いうえに、他に摑まれるものもない。手を離すことは、死を意味する。その子供は、しがみつきながら瞼を閉じてた。水の中で目を開けられなかったからだ」

　ふうと息を吐く。新里警部の息子は、注意深く耳を傾けているはずだ。

「終わりは突然やってきた。別の残骸がぶつかってきて、その衝撃で、少年は片手を離してしまった。辛うじて平衡を保っていた体は、流れに持っていかれそうになった。もう片方の手が外れてしまうのは時間の問題だった。そんな極限の状況だったからか、少年は生まれて初めて、水の中で瞼を開いた。夜の海は真っ暗闇同然だったが、それでも、微かに見えるものがあった。残骸にしがみついていたもうひとりの男が必死に片腕を伸ばしていたんだ。腕を取れ、そう叫んでいるように見えた。その男の背中には、幾人もの遭難者がしがみついている。そいつは体を引き裂かんばかりの重みに引っ張られながらも必死に耐え抜き、そればかりか、子供のことも助けようとしていた。……さて、その子供はどうなったと思う？」

「この話が聞けるってことは、助かったんですね」

「ああ、助かったのはその子供だけだった」

　瞼を開けると、驚いたような表情を浮かべている新里警部の息子と視線が合った。

「子供は自ら進んで手を離した。その子供を衝き動かしていたのは生存本能だった。頭では、どうなったっていいと思っていたんだ。子供が最後に見たのは、流れに呑み込まれていく子供を助けようと腕を伸ばしたせいで残骸から離れてしまった男と、その後ろにいた幾人もの人間だった。……目を覚ますと、その子供は海岸にいた。上手いこと打ち寄せられていたらしい。周囲には夥しい数の死体。至るところが千切れ、顔が判別できるのは少数だった。無事なことが分かると、少年は死体を運ぶのを手伝わされた。少年は自分を助けようとした男がそのなかにいないか探したが、最後まで見付けられなかった。雨が止むと、救助に来た連中は船の残骸を集めて薪代わりにし、遭難者たちを火葬した」

ベッドに手を伸ばし、長寿（ロングライフ）の箱から一本取り出して火を点けた。

この話を思い出すとき、俺はいつも同じことを考える。もし、子供が男の腕を取っていたら、違う結果になっていただろうかと。男は子供の体を抱き、そのまま残骸にしがみつく。船体の残骸はしばらく漂流を続け、無事に海岸へと流れ着く。そうなれば、あの場にいた全員は助かっていた。あの子供が生きたいという強い意志を持っていたのなら、誰も死なずに済んだのかも知れない。

あるいは、こうも考えられた。神様は、死んでもいいと思っていた子供だけをあえて生かした。その方が後になって面白いものが見られるということを、全知全能の存在はよく知っていたから。

「そいつもよく夢を見ていたらしい。浜で泳いでいると、沖合にあの男がいて、こっちへ来いとでも言いたげに手を振っている。そいつは男の方へと向かって泳ぎ始めるんだが、次第に体が重くなっていき、光が差し込まない海の底まで沈んでいく。……けれど、怖くはないし、不安もないんだ。その子供には親がいなかった。だからか、命を賭けてでも自分を助けようとした男の元へ行くことに安堵を覚えていたんだ」

「その人は死んだんですか？」

「残念ながら、まだ生きてるよ。迎えが来るなんていうのは、生き残っちまった罪の意識から逃れる最も楽な手段に思えるが、果たしてどうなんだろう。……まあ、外野の俺がとやかく言うべきことじゃないのは確かだな」

煙草の残り香を消すためか、先生は窓を少し開けていた。隙間から流れ込んでくる風にはべっとりと湿り気が混じっていて、これから降り出す雨の強さを予感させる。雨具を持ってきていなかったので、馬で帰るのが面倒になる。

「……でも、この夢がいつまでも終わらないんだとしたら、僕は耐えられない」

「夢を見ない人間もいる。そいつらが幸せだとしたら、幸せでいることには、たいした値打ちがあるとは思えない。……そいつなら、きっとそう言う」

木箱から立ち上がる。

うんと飛ばせば、濡れる前に戻れるはずだ。先生に会釈し、ふたたび引き戸に手を掛ける。俺の事情を知ってか知らずか、新里警部の息子はふたたび、出て行こうとする背中に声を掛けてきた。

「また話せますか？」

「酒は飲めるか？」

「はい、多少は」

「なら、次はここよりはマシなところで飲みながら話そう」

廊下に出る。待合室へ抜けようとしたが、追い掛けるように出てきた先生に引き留められた。「雨が酷くなる前に戻りたい」と伝えたが、先生は聞く耳を持たずに事務室へ入っていった。無視して帰ってもいいが、先生は新里警部と違って長話が好きな男ではなかったし、これまで通りの良好な関係のままでいたい。俺はずぶ濡れで帰ることを選び、診察室の向かいにある事務室に入って戸を閉めた。

先生はここに寝泊まりしているので、事務室には細々とした生活用品が置かれていたが、とりわけ異彩を放っているのが壁の黒板だ。やけに低い位置、椅子に座りながらでも届くようなところに据え付けられている。先生は俺を指差してから、粉筆（チョーク）を動かし始める。日本語もできるが、俺に対しては台湾語だ。

〈さすがに話が違う。仕入れた部品を使って故障品を修理し、ガラクタ同然の義肢（クローム）を売れる商品にするのが私の仕事だ。そのように取引したと記憶している。百歩譲って、君の友人の義体整備（メンテナンス）まではいい。だが、警察官の息子に義体化手術を施すのは危険だ〉

「新里警部は口が堅い。立場もあるし、あんたにやってもらったとは口が裂けても言わないよ」

〈この島は狭い。言わずとも分かるし、分かったことはすぐに伝わってしまう〉

「だからって、島人（シマンチュ）が大挙して手術を頼んできたりはしないさ」

〈噂になること自体が問題なんだ。分かっていながら論点を逸らすのはやめなさい〉

俺が喋るのと変わらない速度でそう書くと、先生は粉筆（チョーク）を置いた。この男、俺が先生という敬称だけで呼んでいる人物は、ここ比川に診療所を構えるれっきとした医者だ。五十代半ばくらいで背丈は低く、頭も禿げ始めているが、集落の人間からは孤島（コトー）先生と呼ばれ、大層親しまれている。これまでは祖納にしかいなかった医者が、ある日突然集落の外れに開業し、金も取らずにきちんとした治療を施すので、余所者を歓迎しない比川の島人（シマンチュ）たちも、先生のことは尊敬しているらしかった。

　まるで唖（おし）のような寡黙さも、この島で気に入られるための大事な資質だったが、先生はそもそも喋ることができない。舌はあるが、電脳の一部を焼かれている。生まれ育った大陸から台湾に逃げ、そこからさらに与那国へと逃げたようだが、俺も詳しくは知らない。本名どころか、偽名さえ知らないから、先生と呼ぶ他ないのだ。

　先生は二・二八事件の直後に基隆の仲介人（ブローカー）に金を積んで与那国へ渡ろうとしたが、運悪く持ち逃げされてしまった。密貿易船は物資に限らず、訳ありの人間を運ぶことは多かったし、騙（だま）された密航者が泣き寝入りすることもあった。顔見知りの船員から話を聞いた俺はそのことを不憫（ふびん）に思い、港湾の倉庫に隠れ潜んでいた先生を探し出し、タダで運んでやった。

　船内で「何ができるのか？」と尋ねると、筆談しかできないので面食らったのを今でも覚えている。そして、彼が医者で、義体化手術を専門にしていたことが分かると、さらに驚いた。

　逃す手はないと考えた俺は、身の回りの世話や保護と引き換えに、取引相手（パートナー）になって欲しいと頼んだ。静かな場所に住むことを条件に先生はその提案を受け入れてくれた。匿うとすれば、久部良でも祖納でもない、最も小さな集落である比川が適していた。

　スクラップとして仕入れた軍用義肢（クローム）を、別口で集めた部品を継（つ）ぎ接（は）ぎして元通りに修復できること、大陸から逃げてきたこと、電脳化しているうえで脳の一部を焼かれていること、判明している事実を羅列するだけでも彼の正体の幅は狭くなるが、先生は一切の過去を語ろうとしなかったので、俺も問い質すような真似はしなかった。何度か見掛けたことがあるという玉城によれば、患者がいないときは、先生は比川浜に佇んでずっと海を眺めているらしい。やっとの思いで手に入れた平穏を乱されるのが、先生にとっては何よりも恐ろしいことなのだろう。

「まだやると決まったわけじゃない。杞憂に終わる可能性もある。それに、もし手術する段になったら、新里警部の息子を台湾まで運んだって、街（シティ）中に触れ回っておくよ。あんたがやったとは誰も思わない。それとも、気が進まないわけでもあるのか？」

〈どうせないならあってもいいというのは、なかなかいい口説き文句だよ。……だがね、知らなくてよかったもの、知ってしまえば知る以前には戻れないものもこの世には存在する。人間拡張（エンハンスメント）は人間に疾走を要求するが、退路を与えない。精神的に不安定な彼に手術を施していいものか、私には分からないのだよ。自己の判断によって是非を決定する立場だったことがないからね〉

「あいつが義肢（クローム）の力に酔い痴れて、もう一本の腕も落としたくなるとでも？」

〈可能性はゼロではない。暴力が人間の身体に備わった機能のひとつであるならば、身体をより機能的に、生まれ持つ限界を越えて動作させる拡張部品には、さらなる暴力が宿っていて然（しか）るべきではないかね？〉

「分からん話だ。サトウキビ農家はキビ斧を持ち歩くが、突然出草に行ったりはしない」

　どこまでも平行線が続くと理解したのか、先生は粉筆（チョーク）を置いた。先生の本意がどうであれば、いざ俺が強（し）いれば、すんなりと従ってくれるはずだ。俺と先生の関係は必ずしも対等ではなかったが、対話の余地がある人間だと思われているからこそ、こうして議論になることがあった。

「あんたも見ただろうが、あいつは深刻な問題を抱えている。時間が解決するか、その前に過去にやられちまうか。義肢（クローム）のおかげで前に進めるなら、俺は何とかしてやりたい」

　だめ押しのつもりでそう言うと、先生はうんざりしたように首を横に振った。そして、少し経ってから、〈そのことに異を唱えたつもりはない〉と書いた。

　この三人には耐え難い共通点があった。俺も、先生も、新里警部の息子も、何かから逃れてきている。結果的に生き残ってしまった俺たちは、いわば引き分けのまま漂っているような状態で、未だに答え合わせをすることができない。誰かが一足先に抜けることがあれば、残った者はそこに自分の未来を見てしまう。少なくとも俺は、まだ敗北を望んじゃいない。

〈そろそろ健康診断をしたい。時間はあるか？〉

「また寄ったときにでも頼む」

　お互いに長話がしたくなる前に、俺は事務室を後にした。

　カーテンをくぐって待合室に戻ると、首尾はどうだと言わんばかりの険しい顔で新里警部が近付いてきた。おおかた、居ても立ってもいられずに室内をうろうろしていたのだろう。「外で話そう」と告げ、俺たちは診療所を出た。案の定、雨が降り始めていた。濡れるのはいい。この島では避けられないことだ。視界が確保できないのが厄介なのだ。

「それで、あいつはどうだった？」

「時間が必要だな。向こうで起きたことを整理できていないんだ。これからのことを考えるには早いぜ」

「歩けるようになってからじゃダメなのか？」

「まだ歩きたくないんだろう」

　当然のように放った一言だったが、新里警部にとっては思いもよらなかった事実のようで、納得するだけではなく、それに気付けなかった自分を恥じ入るかのように押し黙った。

「変に構わない方がいい。時々美味いものを食わせたり、煙草でも買ってやれ」

「ああ、分かった。……すまないな、本当に」

　引き綱を解き、怠け者（フユン）を動かす。栄養補給に勤しんだらしく、周囲の草が綺麗さっぱりなくなっていた。これなら、久部良まで駆け抜けてくれそうだ。


「そっちはどうだ？　人捜しは順調か？」

「地の利はこちらにある。入るのを嫌がらない内地の人間を使って壕（ガマ）の奥まで調べさせてるところだ。時間の問題だとは思うが、引き続き用心しておいてくれ」

「頼りにしてるよ。それと、最近何か変わったことはないか？　俺の知らないような話がいい」

　わざとらしくカマを掛けてみると、新里警部の小さな目が鋭く瞬いた。

「……武（ウー）さんの知り合いで、真鍮に強い仲介人（ブローカー）はいるか？」

「何人か思い当たる」

「買い手は香港だな？」

　俺は頷く。いつまでも値崩れしないばかりか、言い値で売れる数少ない品のひとつだ。琉球にはアメリカ軍が使用した大量の薬莢が放置されているし、座礁した潜水艦をバラせば宝の山になる。国共内戦で非鉄金属の需要が高まっているが、中国人の多くはアメリカ軍を恐れ、占領下の琉球から物品を持ち出すことに二の足を踏んでいた。そこで、本島や与那国島にいる仲介人（ブローカー）の出番というわけだ。

「それがどうかしたのか？」

「水面下で対敵諜報部隊(CIC)が動いているらしい。まだ捕まった人間はいないが、気を付けてくれ」

「どうして今さら？　薬莢なんて、ずいぶん前からいい商品だっただろ」

「アメリカの連中としては、中共に物資が流れるのを看過できないんだろう」

なるほど。敗戦国や、その植民地だった国の人間がコソ泥紛いのことをするのは可愛らしいが、自分たちと同等の敵の利益になるような真似をするなら潰してやるということか。

密貿易人たちは、誰しもが少なからず、裏をかいているという思いを抱いていた。戦果(センカ)という言葉が何よりの証左だ。明確にアメリカを意識していない奴らだって、漠然と義賊めいた感傷に浸っている。だが、それらは全て、あくまでも連中の掌の上で行なわれていることに過ぎず、本気になればいつでも潰せるというわけだ。新里警部のところまで情報が下りてきているのだって、お前たちには本気で相手をする価値もないのだと暗に知らしめたいのだろう。

「ありがとう。心に留めておくよ」

苛立ちがないと言えば嘘になるが、怒る相手は新里警部ではない。俺は怠け者(フユン)に跨り、比川をあとにした。この程度なら降っているうちに入らないと余裕に構えていたが、久部良の方が雨が酷く、無事に着いてからびしょ濡れになるという結末を迎えた。

玉城の家に寄って馬を返し、拱廊(アーケード)の下を通って一旦自宅に帰った。シャワーを浴び、オキシコドンを何錠か飲んで、俺は人枡田(トゥングダ)に向かう。またしても、大時化(おおしけ)の夜を過ごすことになる。街(シティ)のどこかにいる玉城が、ガーラなどと贅沢は言わないから、せめてタマンくらいは釣ってきてくれることを願いながら店に入る。

不夜島(ナイトランド)一のナイトクラブは相変わらずの大繁盛で、カウンター席は埋まっている。トキコも客の相手で忙しいようで、俺に気付いていない。知り合いでも探そうとボックス席へ行くと、四色牌(スーサーパイ)に興じている仲介人(ブローカー)連中がいた。ここでは直接の金のやり取りを禁じているから、煙草を賭けるか、勝ち点が多かった者が全員の奢りで一気飲みをするのがお決まりだ。陳(チェン)さんが顔を真っ赤にしているので、後者に違いない。肩をぽんと叩いてやると、陳さんは俺を認め、破顔した。

「武闘派の武(ウー)さんのお出ましだぜ。ぶん殴られないようにしねえとな」

「よしてくれ。あいつら、知り合いだったか？」

「いや、ろくに挨拶もできない若造だよ。これに懲りて、ちょっとは真面目になるんじゃねえか？」

陳さんが詰めてくれたので、隣に腰掛ける。歳は四十半ば、俺とそう変わらない。口調に見合わず細身で、さらさらとした髪を腰まで伸ばしているものだから、後ろ姿は別嬪さんのようだと評判だった。

陳さんは賽子入れに使っていたグラスにバーボンを注ぎ、俺の前にどんと置いた。将校しか飲めない高級品のハーパーをボトルで頼んでいるのだ、この島の異様な景気（ケーキ）が分かるだろう。

「それで、揃いも揃って密談か？」

「金になりそうな話じゃないよ。むしろ、暗い話さ」

対面にいる蔡（ツァイ）さんは、紙牌を置くと煙草に火を点けた。こちらも同年代で、いつも丸い形のサングラスを掛けている。大のギャンブル好きで、負けが嵩むと仕事に精を出すことで知られていた。その隣の林（リー）さんは最年長、一見すると島人（シマンチュ）に見紛う風貌をしている。元々は漁師で、今でも時間さえあれば釣りに出ているという。日に焼けているのも、島人（シマンチュ）らしさに拍車を掛けていた。林さんはギャンブルにも強く、蔡さんを食い物にするために始終一緒にいる。

三人とも、こちらで親しくなった。意外に感じるかも知れないが、仲介人（ブローカー）同士が競合することは滅多にない。密貿易人の大半は、それまでは貿易を生業にしていなかった者ばかりで、誰もが小口の商人からスタートしている。幸い、需要の方が遥かに大きい市場だったので、木っ端商人たちは少ない元手を掻き集めて共同購入していた。その際に、買い手の情報を交換したり、安全な航路を教え合ったりしたことで、俺たちは奇妙な支え合いを覚え、今日まで生き残っている。

「暗くなることなんてあるか？」

「武闘派の武（ウー）さんなら知っておいた方がいい」

呂律は回っていないが、陳さんは真剣な顔を向けてきた。

「どうも街（シティ）も危なくなってきたみたいだ。アメリカ人がこそこそやってやがる」

グラスを運ぼうとした手を止める。その事実に対してではなく、陳さんがそれを知ってるのが驚きだった。なんせ、今しがた新里警部から聞いたばかりの情報だ。出所としては最も確実で、早さも申し分ないはずだが、それよりも先に知る手立てがあったのか。

「……なんだ、知ってたみたいな顔じゃねえか」

「ああ、ちょうど仕入れてきたところだったのさ」

ハーパーを呷(あお)ってから、俺は対敵諜報部隊(CIC)の話をした。台湾人連中は俺と新里警部の仲を知っているので、一様に顔を曇らせながら耳を傾けていた。

「よろしいですか？」

陳さんの奥、俺のせいで肩身の狭い思いをしている楊(ヤン)さんが手を挙げた。公学校で教師をしていたからか、あらゆる仕草が生真面目な男だった。担ぎ屋や帳簿屋に頼らず全て自分でやることを信条にしていて、常に巻き尺と測りを持ち歩いているという噂だ。この島には最近やってきたので、まだそこまで親しくなかった。

「その話が事実なら、今回の動きは些か不自然に思えます。証拠を固めたうえで一斉摘発するのが彼らのやり口でしょう。わざわざ香港ルートと関係のない商人を暗殺するとは考えにくい」

「待ってくれ、暗殺だって？」

初耳だ。すぐさま楊さんに説明を求める。情報通は陳さんだが、すでに頭が前後し始めているので使い物にならない。

「分かっているだけでも三人の商人が殺されていたんです。全員が借りていた家か、旅館の部屋で死んでいました。殺し方はまちまちですが、全員が激しい拷問を受けていたようです。手口からして、大陸や本島から来た殺し屋じゃない。アメリカの軍人というのはしっくり来ますが、やはり、違和感は拭えませんよ」

「久部良の海人(ウミンチュ)にもひとり、行方不明になっている奴がいるらしい。漁から帰って船を降りたっきり、家には帰ってないんだとさ」

「密貿易に関係している奴か？」

「何度か船員をやってるね。名前は確か、宮良(みやら)だ。僕の仕事にも入ってもらったことがある」

そう付け加えると、蔡さんは俺のグラスにバーボンを注いでくれた。

激しい拷問を加えたとなれば、何かを聞き出そうとしたのは明白だ。この四人は商人たちの死にきな臭さを嗅ぎ取り、自然とアメリカの関与を連想したのだろう。そこに、俺が持ってきた話が上手いこと嚙み合わさってしまった。

「……とにかく、アメリカ人であれ何であれ、警戒しないといけないってことだな。俺たちは気安く命懸けなんて言葉を使ってきたが、今回はマジな命の危機だ」

　語気を強めて告げ、俺は手元の酒を飲み干す。四人ともあとに続いたが、陳さん以外は素面も同然の顔をしている。酔いたくても酔えないのは辛いが、知人には警告したかったので、ちょうどいい機会だった。

　一連の暗殺とやらが対敵諜報部隊（CIC）の仕業ではないことを知っているのは俺だけだ。お尋ね者がとうとう動き出したのだ。

「自警団の連中に決まってる！」

　拳を叩きつけてテーブルを揺らし、林さんが声を張りあげる。隣の席の連中が何事かとこちらを振り向いたので、「聞き違いだ」と伝えた。自警団絡みの話題は何かと誤解を招きやすい。

「やめましょう、林さん。それはあり得ないことだと申し上げたでしょう」

「いや、俺の考えは変わらないね。あいつらはずっと機会を窺ってたんだ」

　楊さんに嗜められてもなお、林さんは頑なに主張を曲げない。林さんは大の日本人嫌いで有名だったが、程度の差はあれ、日本人を快く思わない者は少なくないので、こういった陰謀論がある日突然罷り通ってしまうことがある。元教師の楊さんにしてみれば、道徳的に認めたくないのだろう。

「敗戦国の人間のくせに思い上がるなと教えてやるべきなんだ。あんたも同郷の人間を痛めつけている暇があったら、日本人をぶん殴ってやれ」

　矛先が俺に向いた矢先、とんと肩を叩かれた。

　トキコだった。

「どうした？」

「来てたなら言ってよ。さっき電話があったの。まだ間に合うと思うわ」

　待ち焦がれた吉報に、思わず飛び上がる。

　俺は四人に頭を下げ、急いで電話機へ向かった。中国人が使っていたので金を渡して打ち切らせ、李志明に掛ける。トキコの言った通り、すぐに繋がった。

「ご無沙汰しております、李先生」

〈小李（シャオリー）と一緒に戻ってくるかと思ってたよ。変わらず元気にやっているようだ〉

「おかげさまで、忙しくさせていただいてます」

〈それはよかった。急ぎの用があると聞いたが、何だね？〉

　自分で連絡しておきながら、どう説明すればいいか判然としなかった。

　李志明は面倒見のいい男だが、どちらかと言えば堅物で、若い連中の斜に構えた態度やおふざけを心の底から嫌悪している。何を探しているのかも分からないという状況を、可能な限り誠実に言い換える必要がある。

「ある仲介人（ブローカー）を探しています」

「何が買いたい？　言えば、こちらで手配させるぞ」

「物ではないのです。……情報に精通している仲介人（ブローカー）です。厄介な事情で、どうしても手に入れたい情報があるのですが、誰が知っているのか見当が付かないのです」

　漏れ聞こえた鼻息のあとで、しばしの沈黙が訪れた。厄介な事情という言葉を使いながらも、あえて内容を説明しなかったことで、巻き込まないように配慮していると言外に匂わせている。ただ、李志明はそこまで単純ではないので、俺が伏せている情報に考えを巡らせているのだろう。

〈……当て嵌まるとすれば、ひとりだけいるな〉

「どなたですか？」

〈翁（ウォン）という中国人だ。香港の仲介人（ブローカー）だが、台湾にも出入りしていた。よく喋り、よく食う、清潔感のない男だった。わしが会った頃は貧乏商人だったが、ここ数年で名を上げたらしい。密告者だという噂もある。商人の秘密を当局に売り、当局から仕入れた秘密を商人やマフィアに売る。それを繰り返しているうちに巨万の富を築いたそうな。陰では空箱子（コンシャンズ）と呼ばれている〉

　空っぽの箱の意だ。

　実態のない商品なら、仕入れの際に懐を痛めずに済む。情報の仲介人（ブローカー）、情報屋（インフォーマー）だ。政府機関の情報まで網羅しているのであれば、その翁という男が何か知っている可能性はゼロではない。

「今どこにいるかご存知ですか？」

〈船旅が好きだと聞いている。案外、近くにいるかも知れんよ〉

　もしそうなら、俺の力で探し出せる。

　必要なのは、翁と物々交換（バーター）する品だ。まとまった金なら用意できるが、向こうが情報を欲しがったら、一体何を提供すればいい？

「ありがとうございます、先生」

〈いい。それより、面白いものを仕入れたんだ。今度来るときに見せてあげよう〉

　楽しみにしていると伝え、電話を切った。出たり入ったりと忙しいが、もう少し落ち着いてからトキコに酒を作ってもらおう。一仕事に備えて煙草を咥え、店を出る。俺の意識はそこで途切れた。

5

実に鮮やかな手口だった。

緩衝葉（アブソーバー）の恩恵で、俺はいくら殴られても気絶しない。だが、そのことを知っている人間は孤島（コトー）先生以外にはいないので、犯人は獲物を昏睡させる最も確実な手段として首を絞めることを選択したのだろう。柔道や柔術の心得があるはずだ。

体からは藁（わら）の匂いがしていて、気絶させられたあと、大きなカマス袋に入れて運ばれたに違いない。街（シティ）はカマス袋を抱えた担ぎ屋で溢れ返っているから、誰だろうと怪しまれたりはしない。

いつの間にか目隠しをされ、猿轡を噛まされ、手足は手錠で拘束されていた。遠くまで運べるほどの時間は経っていないので、まだ街（シティ）は出ていない。肌触りで、畳の上に寝かされているのが分かる。島人（シマンチュ）の家か、旅館の一室だろう。もっとも、全ては意味のない推理だ。誰がやったのかなんて、考えるまでもない。

足音が近寄ってくる。

いきなり殺されたりはしない。今ここで暴れるのは得策ではなさそうだ。相手の出方を窺っていると、死人のように冷たい手が俺に触れ、目隠しと猿轡を外した。中山服を着た糀克彦大尉が俺を見下ろしていた。

「お見事」

思わず呟く。

李志明から連絡があって、つい気が急いていた。俺は先に使っていた中国人を追い払い、電話機を取った。あのとき、俺はどうやってそいつを中国人だと判断した？　もちろん中山服だ。あんなもの、台湾人も島人（シマンチュ）も着ない。それだけで中国人だと判断できる材料だったが、裏を返せば、たったそれだけだ。何より、俺はそいつの顔を見ていない。不注意だったのもあるが、冷静に思い返せば、そいつは巧妙に背を向け、顔を見せないようにしていた。

糀克彦大尉は俺を張っていた。

電話機を使うために人枡田（トゥングダ）に入り浸っていることを突き止め、すっかり油断していた俺の首を背後から絞め、鮮やかに誘拐してみせた。小躍りしてもおかしくない状況だが、憲兵大尉は口を閉ざしている。静かに勝利の味を噛み締めているようにも見えない。奴にとって、これは単なる任務の遂行だ。ただ、これからすることには興奮するのかも知れないが。

「俺が何かしたか？　怒らせるようなことをした覚えはないんだ」

一芝居打つべく、俺は北京語で話し掛けた。ついでに、自分が置かれている状況がよく分かっていないという顔を浮かべながら周囲を観察する。

「三国人」

ようやく口を開いた大尉は、俺の肩を蹴って寝かせると、体を跨（また）いで見下ろした。

「貴様が日本語を解することは知っている。そして、私が中国人でないと知っていることもな。貴様にはこれから取り調べを行なうが、嘘臭（うそくさ）い芝居を続けるつもりでいるなら改めるべきである」

さすがの慧眼に、俺はつい頷く。

技術者（エンジニア）が義肢（クローム）を整備する際、重要度の高い部品が故障しているにもかかわらず、どういうわけか、ちゃんと機能してしまっていることが稀にあると言っていたのを思い出す。そういうときは、下手に弄るより、完全に壊れるのを待つのだと。

大尉はそれの人間版だ。

ちゃんと動いているし、おそらく会話も成立する。部分的には。だが、重要度の高い何かが完全にイカれてしまっている。警察署での金城の説明を大袈裟に感じていたが、じかに会ってよく分かった。

「一体、何を取り調べる気だ？」

「貴様が企んでいる大日本帝国に対する反乱計画について話せ」

もはや懐かしいその言葉に、つい笑みがこぼれる。お前の奉仕先は、俺が歯を磨いたり煙草を喫んでいる間に滅んでしまっている。このおかしさを共有できれば、俺たちはいくらか打ち解けられたかも知れないが、大尉は顔色ひとつ変えてはくれなかった。しかし、その黒い目には初めて感情が灯った。

怒りだ。

これはよくない。

「俺はただの商人だ。金を稼ぎたいだけで、あんたの国をどうこうしようなんて思っていない」

「貴様が米国と通じていることは調べが付いている」

大尉はまとわりつくように話してくる。辛うじて人間の声を保っているが、この男は終戦という動かし難い事実さえ受け入れられなかった狂人だ。どういう基準で敵と認定しているのかも定かではないが、捕らえた人間は全員、アメリカの間諜（スパイ）か共産主義者と見做しているのだろう。戯言と聞き流そうとした俺のことを強く見据え、大尉は続けた。

「ナウシカア・ダウンズ中佐」

その名前が出た瞬間、あらゆる肉体的な挙動を完全に制御した。造作もないことだが、俺自身を明け渡してしまうようで、普段は絶対にしない。俺は一瞬にして精巧なからくり人形と化したが、この顔が能面に変わるまで、電脳が体を支配するまでの、限りなくゼロに近い一瞬、そこには驚愕か、あるいは恐怖が生じていたはずだ。

大尉が中山帽を脱ぐと、その下からはぴっちりと分けられた前髪が現れた。生涯を費やして人間の恐怖を研究し続けてきたこの男には、それでも十分な時間だったのだろう。

「……これからじっくりと、計画の全貌を聞かせてもらう」

猿轡を俺の口に戻し、大尉は離れていく。

俺なら旅館は使わない。露見する危険性が高過ぎる。竹材の壁、広さから見て母屋だ。誰かさんの家であることは確かだが、肝心の誰かさんは、残念ながらもうこの世にはいない。街（シティ）の外れとはいえ、悲鳴が聞こえれば、血気盛んな台湾人の若者なり、自警団の連中なりが駆け付けてくる。そうさせないための猿轡だ。

大尉は畳に正座し、部隊名が書かれた上等な革製のトランクを物色している。拷問に使う道具がぎっしりと詰め込まれているのだろう。

何があっても問題ではない。俺の電脳は痛覚を操作できる。膝の皿に釘を打ち込まれる爆発的な痛みを、指でつんと触れる程度の刺激まで下げることもできるし、完全なオフにもしてしまえる。

だが、最も大きな問題はそこだ。そのことを見抜かれたとき、あらゆる拷問が全く意味をなさないと気付かれたときが最後だ。そして、こいつに演技は通用しない。

ブーツの内側にナイフを隠していたが、大尉はご丁寧に靴下まで脱がしてくれていた。だが、さらに下のナイフにまでは考えが及ばなかったようだ。意識するのに合わせて、五寸程のナイフが足底の内部を移動し、踵の人工皮膚(オルトスキン)を突き破って姿を現す。
軽く触れるだけで鋼(はがね)すら容易く切断する高周波刃。
軍用義肢(クローム)の成せる技。

体をよじらせて位置を調整し、背後で俺を拘束している両手首の手錠を切断する。自由になった両手で鎖を掴み、今度は足首の手錠にナイフを押し当てる。異変を察知した大尉が消音器(サイレンサー)の付いた銃を撃った瞬間、俺は炊事場(チムヌダ)へと飛び込んだ。

「次は簀巻きにするんだな！」

出力を上げれば多少の怪力は発揮できるが、俺の義肢(クローム)は白兵戦用ではなく、銃を持った相手とやり合うのには不向きだった。それに、街の喧嘩しか知らない俺と違って、相手は戦闘のプロだ。逃げるのが最善手だが、このクソ野郎は優れた猟犬でもある。獲物を追い詰めるのに長(た)け、背中を見せるのは隙を見せることと同義だ。さて、どうしたものか。

「憲兵殿、逃げられたのは初めてか？」

声を出すのは位置を知らせることに他ならない。だが俺は、逃げ果せるという考えをすでに捨てていた。

「部下の失態で逃げられたことはある」

初弾が放たれた位置から声が返ってくる。

陽動だと判断したのか、大尉が動き出す気配はない。この手の小細工が通用しないのだ、正面からやり合うしかない。何よりも、俺にはここで大尉とのケリを付けたい理由ができてしまっている。

「そのときはどうしたんだ？」

「追い掛けて射殺した」

竹壁は視覚を遮るだけで、盾にはなってくれない。

静かな弾丸が俺の足元へ撃ち込まれる。

「部下を、か？」

「両方に決まっている」

その声を合図に、俺は走り出す。

数秒前まで俺がいた場所、背後にあった竈門が粉々に砕け散る。騒ぎになるのもお構いなしに、大尉は散弾銃(ショットガン)を使いやがった。

信条を曲げて武器を持ち歩けばよかったと悔やみながら、哀れな島人(シマンチュ)の家の敷地を脱出し、全力で疾走する。背中を向けてはいるが、逃げ切るつもりはない。新里警部は、自分たちに地の利があると言っていた。街(シティ)の中なら、俺に利があるはずだ。

大尉は追ってきている。

お互いの距離は二百メートルもない。

撃てば到達する距離ではあるが、最低でも五十メートルまで縮めなければ致命傷は与えられない。加えて、この辺には武器を持った連中がわんさかいる。迂闊にぶっ放さないのは、向こうが街（シティ）を調べ上げていることの証左だ。不利な戦いはせず、適切な位置で仕掛け、確実に仕留めようという心算だ。

　辛うじて距離は保てているが、知性の残った狂人に背中を晒し続けるのは得策ではない。店を通り過ぎたら、すぐに曲がって路地に入り、また通りに出る。ネオンの光と拱廊（アーケード）が作り出す影に潜みながら、路地と通りの行き来を繰り返し、狙いを定められないよう蛇行する。街（シティ）は今宵も騒がしく、足音を聞き取るなんて真似は不可能だ。相手の視界に入らないように逃げているということは、こちらも向こうを視認できなくなっている。

　大尉はどうやって追ってくる？

　忍者みたく屋根を走って移動するのが手っ取り早いが、いくら何でも目立ち過ぎる。俺の行き先に目算を付けるか、それとも、足跡を追うか。

　無計画かつ隙間なく店が建てられているおかげで、街（シティ）は出鱈目な迷路のように思われているが、注意深く歩き回っていれば、見通しがいい場所が数箇所あることが分かる。俺が大尉なら、あらかじめそこを押さえ、裸足で走り回っている男が姿を見せるのを待つだろう。

　今の大尉が追撃を止めることだけは絶対にない。矜持を傷付けられたエリートの憲兵殿は、明日や明後日ではなく、今日の俺を拷問したがっている。

　左手にある「仲違い（クバリ）」という料亭に入る。一見で申し訳ないが、女中に金を摑ませ、木綿の海衣（ウミギン）を借りて裏口から出る。しばらく歩き、従業員たちから疎まれながらも平然と人様の軒先で商売をしている露天商たちを物色し、香港人からありったけの爆竹を買う。

　その足で、担ぎ屋たちの溜まり場になっている安い飲み屋の暖簾をくぐる。俺は店内を見回し、一番若そうな連中が飲んでいる席に、手持ちの金全てと爆竹を置いた。友人が誕生日だから、祝ってやりたい。今すぐ港の方まで走りながら、爆竹を鳴らしてくれないか。そう頼むと、内地から来たらしい五人の若者たちは、B円軍票と爆竹を奪い合いながら嬉しそうに飛び出していく。そいつらに紛れ、俺も通りを駆ける。

　街（シティ）の中心部には、島外から運び込まれた変電設備が据えられていた。久部良港と漁業組合は言わずもがな、人枡田（トゥングダ）をはじめとする主要な店舗には優先的に電力が供給されている。そして、変電設備の周囲は空白地帯となっている。一時は屋台を構える者もいたが、長時間いると頭と義肢（クローム）の調子が悪くなるので、島人（シマンチュ）も密貿易人たちも寄り付かず、すぐに撤退していった。開けているので隠れるのには不向きな場所だが、酔い潰れた連中の寝床としては重宝されている。

地面を枕に眠りこけている男の隣に腰を下ろし、変電設備を覆う鉄のフェンスにもたれ掛かる。薄く目を閉じた矢先、二軒ほど奥から爆竹の鳴り響く音が聞こえてきた。気を利かせたのか、全員がバラバラに移動している。連続して破裂する銃声にも似た音に、日本人は何事かと周囲を見回し、台湾人や香港人は祝い事でもあったのかと歓声を上げる。疲れ知らずの不夜島（ナイトランド）の喧騒に、旧正月の賑やかさをぶち込んだ混沌（カオス）の混ぜこぜ（チャンプルー）は、音を立てながら港へ向かっていく。あの量なら、まだまだ続いてくれる。

これが陽動なら、港とは反対方向に逃げるのが定石だ。だが、俺が大尉ならそうは考えない。むしろ、港に至るまでのルートを重点的に捜索する。そのうえで、身を隠せる路地や狭い道、目立たない店の中など、あり得そうな場所はあえて調べない。相手が裏を掻こうとしていることは百も承知なのだ。狙うなら、最も逃げ場のない空白地帯が適している。俺には、あの男なら絶対にここを通るという確信があった。

俺たち酔っ払い（ビースル）兄弟の前を無数の人々が行き交っている。酒を、女を、仕事を、金を求め、無数の欲望が通り過ぎていく。街（シティ）の住人たちは、ネオンに負けじと輝く魂（マブイ）の光に満ち溢れている。連中の足元で、俺はじっと異物を待つ。俺と同じで、希望など持ち合わせていない男を。

手拭い（ティーサージ）で包んだ散弾銃を抱えた大尉がこちらに向かって歩いているのが見えたとき、中山服をこんなに愛おしいと思うことは今後一生ないだろうと思った。

そっと手のひらを上に向け、手首を反らすように動かす。静脈周辺の人工皮膚（オルトスキン）の癒着が剝がれていき、ワイヤーの射出口が露出する。大抵の場合、二メートルほどで事足りる。本来は暗殺用だが、俺のものは特殊装備（アタッチメント）で、相手を気絶させるために電気を流すことができる。裸足にされたのも不幸中の幸いで、音を立てずに近付ける。後ろからワイヤーを首に巻き付け、気絶させる。それで終わりだ。大尉の後方には、同じ方向に歩いている担ぎ屋の男がいる。そいつの背中に隠ればいい。

大尉が俺の前を通り過ぎ、少し遅れて担ぎ屋の男がやって来る。

立ち上がろうとした瞬間、振り返った大尉が散弾銃(ショットガン)を撃った。間一髪、飛び込んで回避する。隣に寝ていた男の臓物(はらわた)が撒き散らされるのが見なくても分かった。担ぎ屋の男はカマス袋を投げ捨て、悲鳴を上げながら逃げていく。二発目が来る前に、俺は変電設備の裏に身を隠す。

「どうやって気付いた？」

「酒の匂いがしなかったからだ」

大尉は当たり前のように言った。ブラフでないのなら、動物並みの鼻だ。狙いも正確で、反応が遅ければやられていた。それなりに修羅場をくぐってきたつもりだったが、こいつは桁違いだ。

「……ひとつ、訊いていいか？」

「何だ」

「俺を尋問したいなら、そんなもんを撃つのは間違ってないか？」

「首から上さえ無事なら、尋問はできる」

思わず感心してしまう。聞きたいことしか聞こえない狂人ならではの発想だ。頭をぶん殴って治るかどうか試してやりたいが、少なくとも今じゃない。

「それで、次はどうするつもりだ？　三国人」

「降参だ。全て話す。だから、痛いのは勘弁してくれ」

両手を高く掲げ、散弾銃(ショットガン)を構えている大尉の前へと出ていく。あれだけ多くの道具を用意していたのだ、今ここで撃って雑多な苦しみを与えるのは主義に反すると思うが、どうだろう。

少なくとも、目から敵意は消えていない。策があると考えるのは必然だ。大尉の注意力に敬意を払いながら、俺は袖の中に垂らしていたワイヤーを元に戻す。この暗がりでも、何かが蠢(うごめ)いたのが見えたはずだ。

「何をした？」

大尉が怒鳴る。

日々怒鳴り慣れているだけあって、相当な迫力だ。

「貴様！　袖口に何を隠している？」

「何もないさ。波布(ハブ)でも入ったのかもな」

「この島には生息していない。ゆっくりと腕を降ろし、服を脱げ」

「なんだよ、東京の憲兵さんはストリップがお好みか？」

返事代わりの散弾を足元へ寄越すと、大尉は手元を見ることなく装塡してみせた。これ以上の挑発は命取りになりかねない。言われた通りにゆっくりと腕を降ろし、腰の紐を緩めていく。大尉の妄執が俺だけに注がれているのを確かめながら。

「気を付けろ！」

さすがはエリート憲兵、背後からの強襲を躱すばかりか、散弾銃を振り回して反撃した。玉城は腕を顔の横に置いて殴打の衝撃を和らげる。

俺に命じられ、玉城は街を巡回していた。走り去っていった担ぎ屋の男を問い詰めたかどうかは分からないが、この騒ぎに気付き、加勢してくれると踏んでいた。あの爆竹は、大尉を誘うための陽動ではなく、玉城を呼び込むための狼煙だった。

防御から転じて繰り出された玉城の馬鹿でかい拳が大尉の顎を捉える。まともに食らい、蹌踉めくように下がった大尉だったが、その目はしっかりと玉城を見据えている。銃を持った相手と戦うときは、徹底的に間合いを詰めるべきだ。そして、大尉は今、効いたふりをしながら距離を作っている。もう一発叩き込もうとした玉城に銃口が向けられるのと同時に、俺は大尉の両脚にしがみつく形で倒れ込む。

銃声は街の狭い空へと響いていく。

俺が言わずとも、玉城は大尉の手を何度も踏み付け、散弾銃を取り上げた。

「貴様！　こんなことをしてただで――」

殴り付ける。

ただで済ますつもりは俺にもない。そのまま馬乗りになり、大尉の顔を目掛けて肘を乱打する。この前の台湾人相手の喧嘩とは違い、手加減はしない。

すでに何十発入れたか分からないが、鼻や口、切れた額から血が流れていくだけで、大尉は顔色ひとつ変えてくれない。気絶する様子もなかった。日本男児の精神力だけでは説明が付かず、俺の頭の中にはふたつの可能性が浮かんでいた。

緩衝葉か、痛覚の遮断。

ただし、どちらも同じひとつの理由に帰結する。

「お前、もしかして脳を……」

「武さん！」

玉城の叫びで我に返る。

目と鼻の先、大尉の胸元にころんと置かれた手榴弾。血塗れの歯がピンを噛んでいて、右手が俺の胸元を掴んでいる。咄嗟に手榴弾を掴み、空に向けて力の限り放り投げる。気付いてから十秒以上経っていたが、何も起こらない。

囮（ダミー）に気を取られた俺は、抑え込む力を弱めてしまっていた。その隙を突いて俺を突き飛ばすと、大尉は懐から消音器（サイレンサー）付きの拳銃を取り出す。

電脳に無意識は存在しない。脳を弄られた人間は、死ぬまで言い訳を許されない。

俺は玉城が狙われると分かって、俺の意思で射線に飛び込んだ。膝立ちになっていた玉城の眉間を狙った銃弾は、俺の右肩を貫いていく。痛覚を切るのは間に合ったが、四十五口径は思ったよりも重く、衝撃までは打ち消せない。俺が動く前に、次弾が決着を付けにくる。

玉城を見殺しにしていれば勝てていた。

そんなことを思えるのだから、俺もまだまだ人間らしい。

腹の底から悔しいと思った瞬間、大尉の右手が吹き飛んだ。銃の暴発。血が飛び散ったが、俺の思った通り、大尉も痛みを感じていない。ただ、何が起きたのか理解しておらず、わずかな混乱が生じていた。俺は大尉の胸倉を掴み、玉城に向かって投げる。

「やれ、力持ち（カンナクラ）！」

大尉を受け取った玉城は、あのでかい手で首を掴んで軽々と持ち上げると、四メートル近い高さから真っ逆さまに地面へと叩き付けた。どこかしらが折れる音がしたが、これしきで奴の心は折れない。すぐさま大尉をうつ伏せにさせ、俺がされたのと同じように両腕を背中側へと捻り上げる。腰紐で手首を縛り、海衣（ウミギン）の端を千切って即席の猿轡を作った。舌を噛み切って自決されたら困る。

糀克彦大尉は電脳化している。

そうと知れば、何十人も殺しながら悠々と逃げ回れていたことにも一定の説明が付く。だが、脳を弄っているというだけでは、ダウンズ中佐を知っている理由にはならない。仮に俺と小李（シャオリー）の会話を盗み聞きしていたとしても、ミス・ダウンズという名前しか分からないはずだ。大尉はどうやって彼女が軍人だと知った？

「お手柄だよ、玉城。お前がいてくれなきゃ、俺は今頃死んでた」

呻いている大尉の背中に座り、俺は煙草に火を点けた。阿吽の呼吸とは、まさにこのことだろう。アドレナリンの分泌は抑制されているものの、それでも最高の気分で玉城を見上げたが、どういうわけか、大捕り物の立役者は顔を曇らせている。

「なんだよ、暴れ足りなかったか？」

命懸けで戦っていたせいで、完全に失念していた。宇良部岳は見えるが自分の眉毛は見えない（ウラブ・タギャ・ンナリルンカ・ドゥヌ・ミヌマンギャ・ンナニヌン）とは、よく言ったものだ。身を屈めた玉城は俺の襟元を捲り、大尉に撃たれた肩をまじまじと見つめた。

「……どういうことですか」

一滴の血も流れてはいなかった。撃ち込まれた銃弾は人工皮膚（オルトスキン）を突き破り、剥き出しになった皮下装甲（アンダーアーマー）が覗いている。

今更説明しても遅い。

俺は玉城が義体化を毛嫌いしていることを知っていた。知ったうえで、打ち明けていなかった。この男は、自分を初めて負かした生身の人間として武庭純（ウー・ティンスン）を慕っていたのだ。

「騙すつもりはなかったんだ」

本心だった。

楽になりたいがために口にした、垃圾（ゴミ）のような本心。俺がこいつに渡してやりたいと思っていたのは、もっとマシなものだったはずだ。

襟元から手を離すと、玉城は目を閉じた。暗く澄んだ空を仰ぎ、しばらくの間そうしていた。やがて、恨み言のひとつも吐き出すことなく、玉城は俺の前から去っていった。

「玉城、待ってくれ！」

「貴様も部下に恵まれなかったらしいな」

猿轡が緩かったらしく、尻の下で大尉がほくそ笑んだ。俺は大尉を仰向けにし、気が晴れるまで殴った。

お互いに痛みを感じることはなく、何もかもが不毛な時間だけが流れていった。

第二部

紛い物と供物（ソウル・サクリファイス）

1

期せずして、俺はその日のうちに孤島（コトー）先生の健康診断を受けることになった。診断半分、修理半分という具合だ。隠れ潜んでいた鬼（ウン）を自ら退治したおかげで、比川までの長い道のりを悠々と歩くことができた。半殺しにした大尉は電流で気絶させ、俺自身がそうされていたように、大きなカマス袋に詰め込んで運んだ。どんな患者にも分け隔てなく接する先生は、俺たちを診療所の地下にある研究室に仲良く並んで寝かせた。

義肢（クローム）の修理に必要な設備は、全て地下に隠されている。と言っても、俺と先生でせっせと掘ったわけではなく、天然の壕（ガマ）をそのまま流用している。そもそも、壕（ガマ）ありきでこの場所を選んだのだ。

「どうだ？」

〈君の雇い主に感謝するんだね〉

そう答えた先生の両手は、得体の知れない工具で塞がっている。いつものような筆談ではない。お互いの電脳を接続線（ケーブル）で繋いでいて、先生の声は喉を介さずに俺の頭の中へ響いてくる。

〈撃たれた箇所の修理は私にもできる。……しかし、君の人工皮膚（オルトスキン）に使われている技術は、私の理解を超えた代物だ。この程度の損傷なら、患部を縫い合わせることで自動的に修復されるようだが、もっと口径の大きい銃や散弾銃（ショットガン）の接射なら、どうなるかは分からない。無茶は控えるべきだ〉

「俺もそう思うよ。今回は例外だ」

隣に目を遣る。

中山服のまま、大尉は椅子に座っている。縄も手錠も掛けられていないが、先生曰く、電脳に直結した遮断器（チェックアウト）で意識を強制的にオフにしているそうだ。先生が覚醒チップを挿し込まなければ、このまま永遠に目を閉じていてくれる。

「そっちの方は何か分かったのか？」

本来であれば、今すぐにでも新里警部に引き渡すのが筋だろう。変装のために中山服を着ていてくれたおかげで、街（シティ）では中国人が乱射騒ぎを起こしたという噂が広まっているはずだが、新里警部なら勘付いていてもおかしくはない。賞金首を捕まえてやったことで、これ以上ないほどの恩を売れるのは確実だが、それを放棄するばかりか、俺自身の立場を危険に晒してでも確かめなくてはならないことがあった。

大尉はミス・ダウンズの正体を知っていた。知る手段など到底思い付けない。それを聞き出すまでは、相手が誰であろうと引き渡すわけにはいかなかった。

〈……先に言っておくが、私の専門は、あくまでも義体化手術だ。電脳自体の専門家ではない。できるのは、事実を伝えることだけだ〉

「続けてくれ」

〈彼の電脳は常軌を逸した状態にある〉

すでに知っていると思いながら頷いてやると、先生は大尉の背後へと回り、後頭部を指差した。しばらく中山帽を被っていたし、戦っている最中には全く見えなかったが、詰め物でも入っているかのように、ぽっこりと盛り上がっている。

〈見ての通り、頭蓋骨が内側から圧迫され、後頭部が隆起している。電脳化している可能性が高いと君から事前に聞いてはいたが、それにしても妙だった。私はすぐに開頭を試みた〉

俺の心の準備などお構いなしに、先生は大尉の頭を文字通り持ち上げた。正確には頭皮と頭蓋骨の蓋で、河童の皿のように丸く切り取られている。血は拭き取られていたが、髄液か何か、ぬめぬめとした液体が溢れてきている。脳みそのための玉座には電脳が収容されていた。蛋白質と脂質の塊は、元々の大きさよりも格段に小ぶりになり、様々な機械とともに強化硬膜に詰め込まれることで電脳を形成する。

「……どうなってる？」

門外漢の俺でも一目でおかしいと分かった。きっちりと縦向きで収められるべきものが、斜め向きにふたつ差し込まれている。

「なんでふたつあるんだ？」

〈私が訊きたいよ。電脳をふたつ搭載した例など、聞いたことがない。実験レベルなら行なわれていたかも知れないが、異なる人間の電脳を共存させれば、食い合いが起きて精神の崩壊を招くのは必至だ。君が相対した限り、大尉は純然たる大尉として活動していたのだろう？　にわかには信じられない。できるなら、目覚めさせて観察したいものだ〉

精神の崩壊、という言葉が引っ掛かった。

後先考えずに建てられた街(シティ)の飲み屋さながら、無理矢理に詰め込まれているせいで片方の電脳は浮いてしまっている。

「そもそも、こいつはどこで電脳化を？」

〈帝国陸軍が電脳化の研究をしているという噂は大陸まで聞こえていた。鹵獲したソビエトの兵士や、捕虜のアメリカ軍将校を解剖し、情報を得ていたとね。大尉の電脳は、技術的には二世代ほど前のものだ。意識の維持に重篤な問題を抱えている。このままでは、一、二年以内に意味消失してしまうし、残念ながら救う手立てもない。実験台にされた、という見方が適切だろう。あるいは、国のために自ら進んで志願したのかも知れないがね。……だが、もう片方は違う〉

　そう発すると、先生は浮いてしまっている後ろ側の電脳を指差した。

〈これはアメリカ製の情報共有モデルだ。これ自体がネットワークハブとして機能する〉

「分かるように言ってくれ」

〈脳内が常に統合参謀本部と繋がっている〉

　殺人鬼としての印象が強過ぎるせいで忘れかけていたが、大尉が起こした最初の事件は、戦犯として自分を逮捕しにきたアメリカの兵士と将校を殺害して逃げたというものだ。アメリカは大尉を探しているが、その情報は珍しく日本の警察にまで共有されていたし、連中が望んでいるのは生け捕りだ。嬲り殺しにするために生きたままの大尉が欲しいのだと思っていたが、どうやら少し違ったらしい。

「まさか、将校の電脳を自分に入れたのか？」

〈その可能性が高いというか、事実としてはそうだ。誰が執刀したのかは知る由もないが、こんな手術をする人間はまともな医者ではない〉

「大尉は逃亡犯だ、医者を脅して入れさせたんじゃないか？」

〈だとすれば、大尉が狂っている〉

　改めて言葉にされたことで合点がいった。敗戦を契機におかしくなった大尉だったからこそ、他人の電脳の移植という狂気の改造に耐えることができたのだ。

「ということは、こいつは今もアメリカ軍の司令室と繋がっているのか？」

〈ネットワークはとうに切断してある。この場所が割れたら困るからね。それに、電脳が奪われたと判明した時点でアクセス権は停止させているはずだ。奪われたことを軍内部でも秘密にするために、そのままにしているという可能性もないとは言い切れないが〉

「少なくとも、一時的にはアメリカ軍の情報を知れたってわけだ」

〈すでに伝えた通り、私は電脳を弄れはしない。こうして昏睡状態にしてはおけるが、中の情報を取り出すのは無理だ。それを望むのなら、黒客（ハッカー）に頼むしかない〉

先生はステンレスの盆に載せていた肉の皿を大尉の剝き出しの頭に被せると、接合面を縫い始めた。

大尉は将校の電脳を使って、ナウシカア・ダウンズ中佐の情報を知ったに違いない。盗み聞いたダウンズという名前を片っ端から調べ上げたか、あるいは、N計画にまつわる情報がどこかに落ちているのか。

将校の電脳は、それ自体が宝箱であり、世界規模の秘密に接続（アクセス）できる扉でもある。これさえあれば、誰とでも交渉できる。物々交換（バーター）に使えるどころか、ダウンズ中佐と対等に渡り合うことも夢ではなくなる。

〈それで、どうするつもりだ?〉

「将校の電脳だけを外せないか?」

〈不可能だ。個体として識別できるような意識が残っているか否かは分からないが、少なくとも、将校の電脳は大尉と完全に融合し、大尉を構成する部品の一部になっている。外そうものなら、たちまちに意味消失してしまうだろう。情報を取り出したいのなら、生かしたままの状態で電脳に没入（ジャックイン）する必要がある〉

アメリカが欲しがっているのは俺と同じものだ。電脳抜きの死体を渡したところで、満足も納得もしてはくれない。どちらにせよ、まだ大尉を引き渡すことはできない。新里警部を欺きつつ、電脳の専門家である黒客（ハッカー）を探そう。

「大尉はしばらくここに置いてくれ」

〈そう言われると思っていたよ。もちろん、断らせてもらう。彼はお尋ね者なんだろう?　匿っていると知られれば、私の身にも危険が及ぶ〉

「俺が首尾よく片付けておくから、心配はいらない」

〈日本の警察だけなら、その言葉を信頼したよ。だが、相手はアメリカ軍だ〉

「ネットワークとやらは切ってるんだろ?　なら、奴らにも追えっこないさ」

先生は黙ったが、丸め込めたわけではなく、こちらに折れる気が全くないと悟り、会話を放棄したようだった。街（シティ）の連中と違い、先生が望んでいるのは平穏な生活だ。どれだけ金を積もうとも厄介事に巻き込まれてはくれないが、比川浜でぼんやりと海を眺めていられるのは俺のおかげだということを忘れてもらっては困る。俺たちに完済の日が訪れるのは当分先だ。

〈……君たちの言葉を借りるなら、物々交換（バーター）だ。欲しいものがある〉

「言ってくれ」

〈できるのか？〉

「あんたが望むのなら、何でも用意するさ」

大船に乗れると分かれば緊張が解けるかと思ったが、軽薄な安請け合いと受け取られたのか、先生は溜め息を漏らした。俺はそれを、耳とおつむの両方で感じ取る。

〈日本渡航証明書と入域許可書だ〉

「本土に行きたいのか？　船なら用意できるし、目的地まで用心棒も付けてやる」

〈正式な身分証明を手に入れたうえで、正式な手段で移動し、不安なく眠りに就きたいのだ。君になら理解してもらえると思うが……〉

日本は占領下にあり、移動には制限が設けられていたが、こと琉球はさらに特別待遇で、パスポートがなければ本土に行くことも許されない。発給の申請先は琉球列島米国軍政府（USMGR）で、連中は自分たちが愛してやまない自由とやらを西洋人だけの特権と考えているらしく、適当な言い掛かりをつけては申請を却下している。

先生は琉球人ではないが、大陸で使っていた身分証の類は全て処分しているため、渡航証明書を手に入れるとなれば、新たに身分を作り、そのうえで発給を申請することになる。当然、正規の手段では無理だ。

「……努力する。ただ、確約することは難しい」

〈承知のうえだよ。君が努力し続けてくれる限り、私も大尉の身柄を預かっておこう〉

俺は頭を下げた。頼まれた商品を用意できない仲介人（ブローカー）など、密貿易人の面汚しもいいところだ。とはいえ、渡航証明書は孔明の羽扇に匹敵する、ある意味では含光（ポジティビティ）よりも難物かも知れない。

密貿易の時代が終焉を迎えれば、義肢（クローム）整備の仕事も終わりを告げる。孤島の医者として、一生をここで過ごす道もあるだろう。集落の人間は喜び、末長く彼を慕い続ける。老人（ウィトゥ）たちの世間話に相槌を打ちながら窓の外を眺め、砂浜に寄せる深い青色の波に安らぎを感じる人生も悪くはない。

だが、目と鼻の先に台湾があるという事実からは逃れられない。中国人だって容易く上陸してしまえるこの島では、先生はいつ現れるかも分からない追手に死ぬまで怯え続けなければならない。この島を離れようと考え始めたのは、昨日今日ではないはずだ。

〈それで、これからどうするつもりだ？〉

「先生の言う通り、情報を取り出してくれる奴を探してみる。時間は掛けないよ」

〈私は君の問題について言及したんだがね。あの青年に気付かれてしまったんだろう？〉

どうにかしなくてはならないが、どうにもできなさそうで忘れようとしていた話題だ。含光（ポジティビティ）を手に入れるまでは、右腕を失いたくはない。

「……少し横になってもいいか？」

〈大尉と一緒で気が休まるのか？　診察室のベッドが空いているから使うといい〉

接続線（ケーブル）を引き抜かれ、先生の声がぷつんと消える。椅子から立ち上がり、梯子を使って事務室へと戻る。薬棚のオキシコドンをくすねてから診察室に入り、朝になるまで仮眠を取った。

いつも通り鶏報（アラーム）に叩き起こされた俺は、煙草を一本喫み、事務室の電話を借りて新里警部に掛けた。やはり、昨晩の騒動はすでに耳に入っていたようで、とりあえず俺の家で会う約束を取り付けた。

診療所を後にして、徒歩で久部良へと戻る。久方振りの快晴で、風もあまり出ていない。慣れれば気にならなくなると思っていたが、俺は四年経ってもなお、この島で静寂を味わったことがなかった。こうして風が止んでいて、鼓膜を孤独感で打ち震わせるあの恐ろしい音を聞かずに済むとしても、波の音だけは、どんなに遠いものも、近いものも、常に耳へと流れ着く。

断崖に衝突し、高く舞い上がる白波。

波の音は、薬で緩和されている俺の苦痛を引き摺り出し、増幅し、欲してもいない俺の手元へと押し付けていく。先生が大陸からの刺客に怯えているのなら、俺は四方を取り囲んで逃げ場を与えない広大な海そのものを恐れていた。

だが、ようやく終わりが見えたのだ。

含光（ポジティビティ）さえ手に入れれば、俺は人生を取り戻せる。

街（シティ）の中心部を突っ切るのは避け、遠回りで家に戻った。昨日の現場を誰に見られていたか、分かったものではない。あれこれ詮索される前に新里警部と話をし、既成事実を作ってしまいたい。血の付いた海衣（ウミギン）は処分し、冷水のシャワーを浴びた。先生の見込み通り、傷口は完全に塞がっていた。ＨＢＴの加工シャツを羽織って畳に座り、煙草を喫みながら待つ。戸を開けた新里警部は見慣れない部下を伴っていた。顔付きからして、琉球人ではない。

「無事みたいで何よりだ」

「運がよかったのさ」

「ご先祖様（トートーメー）のおかげだ。何があった？」

柄にもなく性急な新里警部に、とりあえず座るよう促す。円座は余分に用意してあったが、見慣れない部下は戸口を塞ぐ形で佇んでいて、こちらに来る気配はない。年の頃は俺よりも下、雪国の生まれのように青白い肌が顔色の悪さに拍車を掛けている。一重瞼から覗く三角形の目は、猛禽類のように険しい。髪を後ろに撫で付け、髭は跡形もなく剃り上げている。どうにものっぺりとしているのに、妙な色気がある男だった。剝き出しの狙撃銃を背負っているが、どう考えても普通の警官の装備ではない。

「あんたは何を聞いてる？」

「試すような真似はしないでくれ、武（ウー）さん。これでも本気で心配してたんだ」

俺が去ってすぐ現場に駆け付け、多少の聞き込みは終えていると見た。街（シティ）の連中が誰ひとりとして大尉のことを知らないのが俺に味方している。

だが、万が一もある。

嘘ではなく部分的な隠蔽を選ぼう。

「大尉に襲われた」

「やはりな。なぜ襲われたと思うね？」

「知らん。俺が大日本帝国の脅威となる何かしらの陰謀に加担しているとか何とか言っていたな。台湾人の商人が三人殺されてるのは知ってるだろ？　あれもたぶん奴さんだ。独自の共通点を見出したんだろう」

「それに関しては、こちらも把握しているよ」

手帳を広げている新里警部を横目に、戸口にいる部下の様子を観察する。背筋をぴんと伸ばして、微動だにせず正面を見据えている。俺の無遠慮な視線には気付いているはずだが、眉一つ動かさない。新里警部が名乗らせないのも妙だ。

「そのときのことを詳しく教えて欲しいんだが……」

「順を追って話した方がいいか？」

「ああ、はじめから頼む」

「街（シティ）を歩いているときに後ろから首を絞められて、目を覚ましたら誰かの家に監禁されていた。縄が緩かったから、なんとか逃げ出せた。逃げ切れると思ったんだが、奴さんも街（シティ）を入念に調べていたらしく、追い付かれたから決死の覚悟で戦うことにした。運よく玉城が加勢してくれて、ふたりで捕まえようとしたんだが、不意を突かれて逃げられた」

万年筆を持った新里警部は「それだけか？」とでも言いたげな表情を浮かべている。爆竹のくだりは面倒なので省いたが、それでも呆気なくまとまってしまうことに自分でも驚いている。

「逃げられた、というのは？」

「弾切れの様子だったし、二対一で分も悪かったんだろう。大尉は手榴弾で俺たちの注意を逸らし、港の方へと消えて行ったんだ。深追いは危険だと判断したから、追い掛けるのは止めにした。石垣からここに来たのと同じように、船に潜んで行方を眩まそうとしたんじゃないか？」

大尉が将校の電脳を奪い去ったことを日本の警察が知っているかは定かではないが、普通に考えれば、俺に大尉を匿うような理由は存在しない。そこを疑われることはないと踏んでいたが、新里警部は判然としない面持ちでいる。

「どうした？」

「いや、ちょっとな」

「まさか、俺が殺したとでも思ってるのか？」

「それは違う。武（ウー）さんを疑ってなんかいないし、証人もいる」

そう言うと、新里警部は部下に目を遣った。

「彼は毛利（もうり）巡査、前に話した内地からの増援だ。旅順からの帰還兵で、優秀な狙撃手だったと聞いている。あんたを遠くから警護していたのは彼だ。気付かなかっただろう？」

紹介を受けた毛利巡査は、俺に向かって一礼してみせた。たった今部屋に入ってきたかのような態度に背筋が凍る。俺を警護していたのなら、あの現場を見ていたことになる。

「武（ウー）さんを襲った中山服の男の顔は、毛利巡査も確認してる。糀（こうじ）大尉に間違いない。揉み合っていて誤射する危険があったので、毛利巡査は機会を窺い、大尉を狙撃した。銃を弾き飛ばされた大尉は、懐から取り出した手榴弾を投げて逃走した。幸いにも、それは不発だった。その後、毛利巡査は一般人を装ってあんたに近付き、医者を呼ぶか訊ねたが、あんたは自力で行けると答えて立ち去った。……そう報告されているんだが、仔細は合っているかね？」

　新里警部の背後で、傷も髭もない能面のような顔が俺を見下ろしていた。

　どういうことだ？

　あの晩、俺に話し掛けてきた奴なんていない。むしろ、誰にも見られないよう慎重に診療所まで運んだ。こいつは確かにあの現場を見ている。銃を落としたのも、手榴弾を取り出したのも事実だ。ただ、順序が違う。あのときは大尉の銃が暴発したと思ったが、実のところは、こいつが的確に狙撃し、俺と玉城の命を救ったのだ。そのうえで嘘の報告までしている。こいつは俺が大尉を連れ去ったことを知っている。

「……まさか、撃ってくれたのが彼だったとはね。命の恩人だ」

「全くだよ。軍人に立ち向かうなんて無茶な真似、二度としないでくれ」

　姿勢を崩すと、新里警部は俺の煙草を一本取って火を点けた。

「犠牲者が四人で済んだのは奇跡だ。逃げられたのは残念だが、元々はアメリカーの失態だ。お咎めはないだろうが、褒賞もないだろうな」

「だが、これで一件落着だろ？」

　突然殺されるかも知れないという恐怖が消え去ったのは大きい。酒宴好きの島人（シマンチュ）なら、金城や平良も呼んで慰労会（クチドゥグイ）を開いて然るべきだが、新里警部はどういうわけか、阿呆を見るような目を俺に向けている。

「なんだよ、嬉しくないのか」

「そうか、あんたは比川にいたもんな。知らないのも無理はない」

「何かあったのか？」

「何かあるのはこれからだ。……まあ、自分の目で見た方がいい。今晩は何してる？」

　長寿（ロングライフ）を吸い終え、新里警部が立ち上がる。差し当たり、空箱子（コンシャンズ）の翁（ウォン）を探さなくてはならないが、玉城とも話をしておきたい。

「街（シティ）にいる」

「じゃあ、ちょうどいい。毛利巡査を案内してやってくれないか？　今後も引き続き滞在し、島の警備に当たる。案内役は、あんたが一番適任だ」

　訊くだけ訊いて、肝心な情報は何ひとつ明かさぬまま、新里警部は戸口へ向かっていく。

　この男は何を隠している？

大尉がいなくなったこの島で、一体何を警備する？　新里警部は俺に借りがある。多少強引な手を使っても罰は当たらない。問い詰めるために外に出ようとした俺の腕を、突っ立っていた毛利巡査が摑む。

「離せよ。別に殴ろうってわけじゃない」

振り払おうとしたが、びくともしない。肌の下にある感圧系（センサー）は、加えられている握力が生身の体では生み出せないほどの強さだと教えてくれていた。だが、眼下にある腕は、皮膚は、紛れもなく人間のものに見える。人工皮膚（オルトスキン）を纏った義肢（クローム）。

「お前……」

「おそらく方向性としては間違っていない。馬の骨にしては上出来だ」

毛利巡査は声を潜めていた。その声色は、俺たちだけの秘密を共有し始めている。

「……どういうことだ？」

「この街（シティ）はもうじき戦場になる。その前に、翁を探し出せ」

「なぜ翁を知ってる？」

能面のような顔からは何の感情も読み取れない。電脳に換装した人間の目は、不感症の女の苛立った顔からでさえ、わずかな愉しみを引き出せる。どんなに上手く押し殺したとしても、押し殺したという反応が垣間見えるのだ。この男には、それすらもない。電脳が表情を制御している。

「続きはあとだ」

そう告げて、毛利巡査は新里警部のあとを追って行った。少しも理解が追いつかない俺は、完全な白癡（アホ）になってしまう前にオキシコドンを何錠か飲んだ。

内地から派遣された毛利巡査は、最新鋭の義肢（クローム）で義体化し、電脳まで搭載している。大尉を捕まえる立場でありながらも、俺の隠蔽に加担し、上官に対して嘘までついた。なおかつ、翁のことも知っていた。バラバラに知れば見過ごしていたかも知れないが、ちょうどそのことで頭が一杯だった俺は、全てを引っ括めてひとつに収めてしまう冴えた答えをすでに持っていた。あいつも、ダウンズ中佐の手駒だ。

不思議と納得していたのは、俺が参加させられているらしいN計画について、名前以外の一切を教えられていなかったからだ。どこぞの馬の骨とも分からない人間ひとりの体に、とんでもない額を投資できるほど大規模な計画だということくらいは見当が付いている。それほど重要ならば、手駒が俺ひとりだけなんてあり得ない。毛利巡査も、ダウンズ中佐のスカウトを受けて別口で動いていたが、俺が含光(ポジティビティ)に近付いているので、援護するために派遣されたのだろうか。

　あの男を味方と考えていいものか。

　少なくとも、敵ではない。短時間で二度も助けられている。これは、ダウンズ中佐が俺の味方なのか、という問いに置き換えることができるが、彼女は俺にとって神様であり、母親でもあり、理非曲直を超越した存在だった。

　ダウンズ中佐は、まだ皺くちゃで温かった頃の俺の脳に直接触れていて、意識が生まれた日から麻酔を打たれて開頭される直前までの全てを知っているが、俺は彼女について全く何も知らない。この非対称性が畏怖と尊敬を生み出していたが、この島で巡り合った奇跡、人々が呼ぶところの狂気のおかげで、俺は神様の秘密を解き明かす手段を手に入れていた。

　街(シティ)が動き出すのは夜だが、ときには突いて起こしてやることも必要だ。黒客(ハッカー)探しは後回しにして、まずは商人たちに聞き込みをしよう。翁は香港の仲介人(ブローカー)だ。与那国島を経由地点として、本島や関西方面、台湾と取引をするはずだ。手近なところ、台湾人連中から攻めてみるのがいいだろう。

　俺は家を出て、拱廊(アーケード)を抜けた先にある護岸を目指す。普段はずらりと並んでいる露天商が、今日に限っては、大降りでもないのにひとりも見当たらない。おかげで遠回りをせずに、港内にある漁業組合の建物に向かうことができた。

　岩壁に隣接している漁業組合の荷捌き所には、帳簿係と呼ばれる男が常駐していた。歳は五十過ぎ、台湾で銀行員をしていたという日本人で、年がら年中背広を着て、ネクタイまで締めている。港内には密貿易船から港の使用料を徴収する町役場の人間もいるが、帳簿係は私的な存在で、仲介人(ブローカー)たちと契約を結び、物資の出入りと収支の記録を代行してくれる。扱いに難儀する現金も預かってくれるので、定期的に会いに行っては回収していた。この街(シティ)においては不可侵の存在で、誰であろうと彼を傷付けることは許されない。

　手を上げて挨拶してやると、柱に背を預けて週刊朝日を読んでいた帳簿係はぎょっとしたような表情を見せた。俺が朝に来るのが珍しいのだろう。

「受け取りだ」

「……少々お待ちください、はい」

荷捌き所の奥へと消えていった帳簿係は、大量のカマス袋を引き摺りながら戻ってきた。吊るした干し柿のように、口のところを縄で結えて繋げている。

物々交換（バーター）から始まった密貿易は、二度にわたる一方的な通貨切り替えと爆発的なインフレを経験したことで、現金という存在に対して懐疑的になり、交換できる物資を持たない相手に対しては、常に相場以上の金額を要求した。結果的に、与那国島における現金の流通量は本島を遥かに上回り、稼いだ紙幣を数えるのを面倒臭がって、秤（はかり）で大雑把に計算する者も現れる始末だった。その点、帳簿係は預かった金を一枚一枚数えてくれているらしいが、金を抜き取られることを危惧している商人もいると聞く。俺は帳簿係を信頼していたので、わざわざカマス袋を検分したりはしない。週の初めにきちんと金を支払っているし、この男は労働の対価を受け取ることに喜びを見出す種類の人間だ。

「帳簿も確認しますか？」

「いや、いい。それより……」

「他の方のものは見せませんよ。金を積んでも無駄です、ええ」

そう頼んでくる輩が多いのだろうかと苦笑する。長らく植民地の銀行に仕えてきたはずの帳簿係は、この営みを不法な行為と捉えないばかりか、こうして不正が起きないように目を光らせている。密貿易という仕組みそのものに仕えているかのような真摯さを買われているからこそ、この男は不可侵なのだ。

「違うんだ。とある仲介人（ブローカー）を探していてな、翁という名前に聞き覚えは？」

「ありませんね、ええ」

帳簿係はぴしゃりと言った。この男が断言するのだから、確かな情報と考えていい。少なくとも、翁自身は久部良港には出入りしていない。

「ありがとう。助かったよ」

「そんなことより、出歩いて大丈夫なんですか？」

心底不思議そうに、というか、正気の沙汰とは思えないという面持ちで帳簿係が訊ねる。新里警部と似たような反応で、偶然の一致にしては出来すぎている。

「……なあ、一体何があったんだ？」

「昨晩、中国人が銃をぶっ放しましてね、はい。島人（シマンチュ）がひとり殺されたんです。それで、自警団の若い連中が怒り狂って、すぐに犯人探しを始めたんです。何でも、他にもひとり殺された漁師がいるみたいで、仇討ちだなんだって大騒ぎでしたよ。朝方にかけて、自警団に囲まれてリンチを受けた中国人や台湾人が大勢いて、みんなどこぞの店か旅館に引き籠っているようです」

そう説明すると、帳簿係は目を細めて街(シティ)を眺めた。

俺もそれに倣う。

二日酔いの朝にしても、やけに大人しい。迎え酒を注ぐ気配はどこにもなく、居心地の悪い静寂が漂っている。どうやら、俺が思っていた以上の大事になってしまったらしい。

あれは中国人の仕業ではないと公表すれば丸く収まるだろうか。いや、警察は多少の血が流れることになったとしても大尉の存在を隠したいだろうし、そもそも、中山服を着た気狂いの殺人鬼の話など誰も信じてはくれまい。それこそ、事態を収拾するための作り話だと思われるのがオチだ。

「そういうことか」

「家に戻った方がいいですよ。ましてや、大金を持っているんです」

帳簿係が珍しく心配してくれている。

俺はカマス袋に腕を突っ込み、B円軍票をごっそりと掴んだ。数えることなく、そのままポケットに仕舞う。当面使う分だけあればいい。

「じゃあ、もう一度預かっておいてくれ」

「ここは銀行じゃないんですよ、ええ」

「だから安心なのさ。来週は倍払う。頼めるか？」

「今お取りになった分を数え直していいなら」

俺が頷くと、帳簿係は縄を握り、カマス袋の山を引き摺って荷捌き所へと入って行った。人枡田(トゥングダ)に顔を出したいが、機転が利くトキコのことだから、先手を打って客を締め出したはずだ。心配ではあるものの、一応は島人(シマンチュ)であるトキコが襲われる可能性は低いので、今は台湾人連中の無事を確かめたい。

街(シティ)の西側に、陳(チェン)さんが根城にしている「長命草(グンナ)」という旅館がある。といっても、大層な代物ではなく、薄い壁に仕切られた六畳程度の部屋が並んでいるだけの商人たちの物置兼寝床で、女を連れ込めるような色気もない。

港を抜けて街(シティ)に入ったが、俺の脚は一向に、道に転がって寝ている酔客を蹴飛ばさない。そういう寝方をしていた島人(シマンチュ)が撃ち殺されたばかりだから当然か。

極め付けは、どの店も示し合わせたように入り口の戸を閉ざしている。台風（ウブ・カディ）の日だって、こうはならない。俺は長命草（グンナ）に入り、見知った丁稚に「陳さんを呼んでくれ」と頼んだが、陳さんは出たっきりでまだ戻っていないという。宿が空振りなら、他に思い当たるのは「紅毛楼（ホンマオロウ）」だ。台湾人の溜まり場で、ここと居眠り（ニンディ）の中間辺りにある。

嫌な予感が外れることを期待しながら、俺は紅毛楼（ホンマオロウ）に走った。他の店と同様に降ろされているシャッターを叩き、台湾語で「入れてくれ」と告げる。向こう側から相談し合うような囁き声が聞こえたので、武庭純（ウー・ティンスン）だと名乗った。

「ひとりか？　近くに誰かいないか？」

「ああ。尾（つ）けられてもいない」

「よし、早く入れ」

屈めば通れるくらいに持ち上げられたシャッターをくぐり、中に入る。電気は点いていて、円卓が三つ並ぶだけの狭い店内には、ざっと二十人ほどの台湾人が集まっていた。陳さん、蔡（ツァイ）さん、林（リー）さんの顔が見えたが、楊（ヤン）さんはいないようだった。

「よかった。無事だったみたいだな」

陳さんは俺の肩を抱き、空いている椅子を勧めた。立ったままでいいと言うと、強引に座らされた。俺が話そうとする前に、高粱酒（カオリャンチュウ）が出てくる。こんなときでも、飲まずには始まらない。陳さんがぐいっと飲み干すのに合わせて、俺も杯を空にする。

「噂で聞いたぞ。あんた、あの中国人に殺されかけたんだって？」

全員の視線が俺に向けられている。残念ながら、ここで訂正してみたところで、事態が上向きになることはなさそうだ。

「……ああ。なんとか逃げたけどな」

「さすがは武闘派。しかし、とんでもない奴がいたもんだ。そいつも行方知れずなんだって？」

「港の方に消えていった。船に隠れて、今頃は海の上かも知れない」

そう返し、煙草に火を点ける。ふと、向かいに座っている蔡さんがいつもの丸いサングラスを掛けていないことに気付いた。よく見ると、目尻から口元に掛けて赤く腫れている。

「どうした？」

「連中にやられてね」

「連中？」

「自警団さ！」

　壁際で腕を組んでいた林さんが、蔡さんに代わって答える。嗄れていて不明瞭なぶん大声で話すが、そのせいで、いつも怒っているように聞こえる。今のは明確な怒鳴り声だったが、酔っていなければ、狂気じみてもいない。つまりは、紛う方なき事実だ。

「ちょうど取引を終えて飲んでいてね、騒ぎのことは知らなかったんだ。連れが酔い潰れてしまったんで、中座して宿まで運んでやって、また店に戻ろうとしたら、やけに大人数で徒党を組んだ自警団連中とばったり出会(でくわ)した。何かあったのかと思って挨拶したら、いきなりさ」

「怪我はないか？」

「幸いね。みんなが助けてくれなかったら、この程度じゃ済まなかったよ。中国人なんか、もっと酷くやられてる。遅れてやってきた警察の仲裁で一旦はお開きになったけれどね。大抵の連中は、近場の店に身を寄せてる。僕たちみたいに、どうすべきかを話し合ってるはずだ」

「どうすべきかなんて、決まっている！」

　檄を飛ばした林さんが足元の木箱を思い切り蹴飛ばす。よほど重たいものが入っているのか、たいして動いていない。俺の傍を離れていった陳さんが、ずれた蓋を脇に退けて木箱の中身を取り出す。状態のいいイサカM37。散弾銃(ショットガン)の他にも、拳銃やら猟銃やらがぎっしりと詰まっている。

「冗談だろ。戦争でもおっ始める気か？」

「もう始まってるんだよ。日本鬼子(リーベングイズ)たちは、俺たちを殺す計画を立ててる」

「陳さん、あんたも同じ考えか？」

散弾銃(ショットガン)を持った陳さんは、柄にもなく暗い顔をしている。

　以前、陳さんと同郷の男が、陳さんが地元では名の知れた弁士だったと教えてくれたことがあった。暴力ではなく言論によって故郷を変えようと戦い続け、台湾総督府の日本人たちは、拳も握らずに挑んでくる陳さんたちを恐れていたという。長幼の序を重んじる台湾人のなかで、まだ壮年の陳さんが街(シティ)で顔役を任されているのは、血を流さずに争う術を知っているからに他ならない。

「……蔡さんがやられたのは事実だ。警察はやった連中を引っ張ってもいいねえ。島の連中が俺たちをどうこうしようっていうなら、自分の身は自分で守るしかねえんだ」

　俺はやり場のない憤りを円卓に叩き付けた。反論の余地がないと認めたようなものだった。

　示し合わせたわけでもないのに、台湾人たちは動き出し、各々が木箱の中身を手に取っていく。銃で武装した義体化連中（サイボーグ）とやり合えば、島人（シマンチュ）に勝ち目などない。街（シティ）は瞬く間に血の海になる。

「俺が奴らと話す。それまで待ってくれ」

「先に仕掛けたのはあいつらで、台湾人商人をやったのもあいつらだ。その中国人だって、酔った弾みで引き金を引いたんじゃない。俺が聞いた話じゃ、金を持ち逃げした相手を見付けて殺したらしい。何もかも日本人が悪いんだ」

　俺が陳さんを口説こうとしているのを察したのか、林さんが割り込んでくる。尾鰭どころか、羽まで生えて縦横無尽に飛び回っている。誰が流したデマかは知る由もないが、仮に俺が事細かに大尉の話をしても、今の彼らは納得してくれないだろう。

「中国人たちとは協定を結んだ。この武器も奴らから拝借していてな、島のガキどもが仕掛けてきたら一斉に返り討ちにするのさ。先祖の恨みを晴らす日がようやく来たんだ」

「いいか。俺たちは勝手に住み着いてるんだぞ。そのうえ、殺そうっていうのか」

「武（ウー）さん、あんた、自分が台湾人だって忘れちまったのか？　日本人が俺たちの国で何をしたか、忘れたわけないよな」

「同じことをする権利があるとでも言いたいのか？」

　たっぷりと敵意のこもった眼差しが向けられる。台湾人の若者からナインティーン・イレブンを渡された林さんは、銃の握把（グリップ）を握って横向きに倒すと、慣れた手付きで遊底（スライド）を数回引いた。

「あんたには世話になってる。だから、こんなことは言いたくない。……けどな、もし日本人に肩入れしようっていうなら、俺にも考えがある」

　敗因は出遅れたことだ。先生に大尉を預け、すぐに街（シティ）に戻るべきだった。すでに十分な時間が過ぎ、議論は尽くされ、結論は出てしまっている。この場にいる俺を除いた全員の決意は固く、いまだに銃を手にしていない蔡さんも、静かな怒りに肩を震わせている。

少し前までの俺なら、島人（シマンチュ）と外国人の衝突を回避するために奔走しただろう。街（シティ）が崩壊し、密貿易の時代が終わることがあれば、武庭純（ウー・ティンスン）は共倒れになり、存在証明を失ってしまう。

だが、今は違う。

俺には出口が与えられていた。どうなろうと知ったことではない。

「……戦争になって困るのは、俺たち全員だ。違うか？　手放すには惜しい漁場のはずだぜ」

誰のことも見ず、俺はあえて早口に続ける。

「一度だけ機会をくれ。自警団の連中と話をつけてくる。あいつらだって、自分の故郷で血が流れるのはご免なはずだ。俺にできる精一杯のことをする。それでダメなら、好きにやってくれ。止めはしない」

認められないという具合に首を横に振り、林さんは口火を切ろうとしたが、さっと手渡された杯を前に思わず言葉を飲み込んでしまったようだ。散弾銃（ショットガン）を円卓に置いた陳さんが片っ端から酒を注いで回っている。

「危険だぞ、武闘派」

「生まれてから今日まで、台湾人が危険じゃなかった試しなんてあるか？」

そう返すと、陳さんは声を上げて笑い、他にも数人の台湾人たちがつられたように笑ってくれた。俺は手元の高粱酒（カオリャンチュウ）を一気に飲み干す。この島がどうなろうと知ったことではない。あくまで、俺自身のためだ。まだ戦場になってもらっては困るというだけの話だ。

「警察に言われて、今はどの店も閉めてる。……だが、夜になったら一斉に開くことになってる。俺たちは隠れない。あいつらが殴り込んでくるなら、迷うことなく叩きのめす。それまでだぞ？」

陳さんの言葉に、俺は頷く。元より、短期決戦しかないと覚悟している。

「行った行った。武（ウー）さんのおかげでもうしばらく飲んだくれでいられるな」

「なあ、最後にもうひとつだけいいか？」

本来の目的を果たすべく、俺は翁の話を切り出す。情報屋（インフォーマー）のくだりは省き、最近になって名を上げ始めた香港の仲介人（ブローカー）だと説明する。心当たりはないかを尋ねると、その名前を聞いたことがあるという者は数人いたが、直接関わったことはないし、取引をしたことがあるという話も耳にしたことがないという。

「参考になるかは分からんが、ひとつ、気になる話がある」

　そう前置きして、台湾人のひとりが話し始める。

「ここ数日、久部良港から二十浬（かいり）ほど行ったところに一隻の船が停泊しているんだ。どこに行くでもなく、その辺りをうろちょろしてるが、燃料切れを起こしているわけじゃない。で、じっと観察していると、中国人の商人たちが漁船で近付いていって、その船に乗り込んでいくんだよ」

「取引か？」

「いいや、そうじゃない。噂じゃ、船内で賭け事をしているんだと。日本人のなかにも、中国人たちに唆されて出入りしている奴らがいるらしい。言ってみりゃ、海上の賭場だな。戻ってきた連中が、船の持ち主のことを空箱子（コンシャンズ）と呼ぶのを聞いたんだ。滅多に被るような渾名じゃないだろ」

　十中八九、翁だ。船を買う仲介人（ブローカー）は珍しくはないが、情報屋（インフォーマー）が船に人を集めてギャンブルをさせているというのは、どうにもきな臭い。

「そこまでの行き方は？」

「漁船は定期的に出てる。金を払えば乗せてくれるみたいだが、紹介がない一見は断られてたよ。賭け金も高いらしいし、行くのはお勧めしない」

「僕も一度行ったよ」

　思わぬ方向から声が上がる。

　もっとも、大のギャンブル好きの蔡さんなら、この手の話に飛び付かないわけがない。

「たまに飲む上海の商人が連れて行ってくれたんだ。信じられないくらい大負けして帰ったから、打ち明けるのが恥ずかしくてね。行きたいのなら、僕が間を取り持つよ」

　まさしく渡りに船で、俺は蔡さんに頭を下げる。翁本人に会えるかどうかは別として、ようやく接点を作ることができた。点を線にし、綱引きのように引っ張りこむのが仲介人（ブローカー）の腕の見せ所だ。

　収穫と引き換えに大仕事をひとつ抱え、俺は紅毛楼（ホンマオロウ）を後にした。どの店も棺桶の蓋でも閉じるようにシャッターを降ろしていたが、その内側では、激しい怒りを燃やした男たちが、林さんたちと同じように戦争の準備をしているのだろう。

　久部良の海人（ウミンチュ）を中心に結成された自警団は、以前は久部良署を溜まり場にしていた。町への格上げに合わせて祖納に警察署が作られ、分署が廃止になってからは、持ち回りで各人の家に集まっていると聞いたことがある。俺が知っている自警団員の家は、玉城の家だけだった。望みは薄いものの、玉城に会えれば御の字だ。あいつを説得できれば、自警団とも交渉しやすくなる。

　それにしても、こんなに寂しい街（シティ）は初めてだ。

　密貿易が始まるまではずっとこうだったはずなのに、瑠璃色と薔薇色のネオンの輝きに包まれて眠るようになった俺にとっては、どんちゃん騒ぎの聞こえてこない港に吹く荒々しい風は、ここを歩くことさえ許さない冷酷さを伴っているように感じられた。外縁の集落でも人気が感じられなかったが、繋がれた馬を見る限り、誰も彼もが出払っているわけではないので、息を殺して閉じ籠っているのだとすれば、街（シティ）の緊張が伝わっているに違いない。

　門口から馬小屋の方を覗くと、一頭だけ残った怠け者（フユン）が舟を漕いでいた。両親は畑に出ているようで、俺は敷地に足を踏み入れ、大声で玉城を呼んだ。母屋の戸を叩きながら必死に呼び掛けてみたが、室内からは何の気配も感じられない。上がり込んでもよかったが、街（シティ）で起きていることを考えれば、留守中の島人（シマンチュ）の家に台湾人が無断で侵入するというのは、あらぬ疑いを生みかねない。

　切り上げようとした矢先、炊事場（チムヌダ）から出てきた玉城の祖母が、玉城の不在を告げるように首を横に振ってみせた。手仕事を中断させたらしく、不機嫌そうだ。

「いつから戻っていないんですか？」

「なんであんたが知らないんだい。あんたの下で働いてるんだろ？」

「事情があって別行動を取っているんです」

「無責任な男だね」

　弁明の余地はなく、深く頭を下げる。そそくさと退散したかったが、俺はふと、玉城の母親から用があると言われていたのを思い出した。

「……俺に話したいことがあると伺いましたが？」

「あんた、台湾にはいつ戻るのか？」

「決めてはいませんが、近いうちには」

「そこで待ってなさい」

　母屋に入って行った玉城の祖母は、正絹の風呂敷に包まれた何かを大事そうに抱えて戻ってきた。着物にしては小さく、箱のように見える。

「戻ったら、台中の明治町にいる玉蘭という娘に渡してもらえないか」

「中身は何なんです？」

「手紙と、あとは細々したものだ。変な気を起こすんじゃないよ」

「もちろん、開けたりはしません。しかし、玉蘭なんて名前、山ほどいます」

「あたしの知っている玉蘭はひとりだけさ。あたしの名前を出せば、すぐに分かる。向こうで、随分親しくしていたからね。妹のように思っていたよ。夫が死んでからすぐに帰ることになって、別れ際に挨拶もできなかった」

　後悔ごと託すように、玉城の祖母は風呂敷包みを俺に手渡した。いつも気が立っている老婆が、こんなにもしおらしい表情をするとは夢にも思わず、うっとりするような触り心地と相まって、玉蘭なる女の面影を想像させる。妹のようだったということは、今は六十歳くらいだろうか。

「連れて帰ってきましょうか？」

「余計な真似はしなくていい。玉蘭は、黙って消えたあたしたちのことを恨んでいるはずだ。何も言わず、渡したらすぐに帰っておくれ」

　余所者を寄せ付けない島人（シマンチュ）の顔に戻り、玉城の祖母は炊事場（チムヌダ）に戻っていく。軽く振ってみると、箱からはからからと音がする。半世紀ほど前に縁が切れた相手に一体何を渡すのか、俺なんかには想像も付かないが、中身を確かめないのが仲介人（ブローカー）の鉄則だ。

　風呂敷包みを脇に抱えて玉城家の敷地を出ると、八人の男たちが俺を待ち構えていた。密貿易人が着るようなシャツを羽織っているが、島人（シマンチュ）だ。見知った顔も数人いる。おおかた、俺が入っていくのを見かけた住人が自警団を呼びに行ったのだろう。

「ここで何してる？」

「婆さんに会いに寄っただけだ」

「密貿易人が島の老人（ウイトゥ）と何を話す？」

「ご本人に訊いてみろよ」

　水中眼鏡（ミーカガン）を首から下げた若者にそう提案してやったが、誰も訊きに行きやしない。連中は俺に因縁を付けたいだけだ。なら、もう少し揶揄ってみよう。

「さては、島の女を寝取られると思ったのか？」

「てめえ！」

　水中眼鏡（ミーカガン）のマン振りを、脇の下を潜って避ける。背後を取って首を絞めると、残りの七人は勢いを削がれるどころか、人質ごとやってしまわんばかりに身構え、目をかっと見開いた。普段は得物を持つような連中ではないが、今はどうか分からない。

「面倒はごめんだ。前原（まえはら）と話をさせてくれ」

首に掛けた腕を緩めながら、俺は言う。

自警団のボスとは面識があった。前原はまだ二十代前半の若者だが、久部良の海人（ウミンチュ）から絶大な支持を集めている男だ。奴の親父が、単身でクリ舟を操舵しながらカジキの一本釣りに成功した伝説の漁師だというのも大きいが、前原自身も漁師として類稀なる才能を持っていた。

去年の暮れに、前原たちが乗っていた漁船が難破して、三ヶ月近く行方が分からなくなったことがあった。久部良港では、帰りを待つ海人（ウミンチュ）たちが明かりを絶やすことがないように寝ずの番をしていたが、二ヶ月を過ぎた頃から、口にしないまでも誰もが前原たちの死を覚悟し、どうやって弔えば魂（マブイ）が帰ってくるか相談すべく、霊能者（ムヌチ）を呼ぶ呼ばないの議論を始めていた。

だが、ちょうど百日目を迎え、前原だけが突如生還した。船から投げ出された前原は、自力で蘇澳南方の海岸まで辿り着き、怪我が回復するのを待って、台湾人の漁船に与那国島まで運んでもらったという。その日以来、前原は親父に勝るとも劣らない久部良の伝説になった。

喧嘩も滅法強いと評判だが、一発必中の拳というよりは、ひたすらに打たれ強く、最後まで立っているというので、玉城も一目置いているようだった。

「前原さんなら漁協だよ」

のっぽの角刈りが素っ気なく答える。他の若者たちは「なんで教えるんだ！」と責め出したが、角刈りは「前原さんに任した方がいい」と反論し、俺に道を譲るかのように後ずさった。

「大将のくせに、お前らをほっぽってるのか？」

「俺たちは見回りだ。前原さんは話し合いをしてる」

なるほど。お互いに考えることは同じだったというわけだ。

俺は水中眼鏡（ミーカガン）を解放し、振り向きざまに殴り掛かってくることを見越して、背中を蹴り飛ばしてやった。

灯台下暗しとはこのことで、帳簿係と会ってから歩いた道をふたたび戻らなくてはならない。もっとも、寂しかった往路とは打って変わり、自警団の連中がぞろぞろと後ろをついてきている。

街（シティ）に入ると、上下左右、至る所から突き刺すような視線を感じた。隠れている連中がシャッターや窓の隙間から覗いている。陳さんが上手いこと根回ししてくれたのか、いきなり銃声が響くことはなかったが、俺の動向を見守っている密貿易人たちの指は、すでに引き金に掛けられているはずだ。

護岸まで辿り着いたものの、敵地に飛び込む気はなかった。俺はのっぽの角刈りを指で呼び、前原を呼んでくるよう命じた。時間が掛かりそうだったので煙草に火を点けたが、角刈りが漁業組合の建物に入ってから一分も経たないうちに、お目当ての男が階段を下りてきた。五人ほど引き連れていて、その最後尾には、あろうことか玉城の姿もあった。

俺の前までやって来ると、前原はわざとらしく咳をした。大の煙草嫌いだという話を思い出し、俺は指に挟んでいた煙草を落とし、踵で火を消した。前原は俺とは目を合わさず、しばらくの間、地面の吸い殻を見つめていた。

生粋の海人（ウミンチュ）である前原の逸話を、もうひとつ知っている。

与那国島の漁船はレーダーを積んでおらず、漁師たちは目視で魚を探す。海面すれすれに現れる尾の微細な動きを捉え、銛（もり）で突く。そのため、カジキを獲るための資質として目のよさが挙げられるが、前原は飛び抜けて目がいいと評判らしい。酷い荒波に揺れる船上からでも、凡人の目には見えない何かを見抜き、銛を放つ。生死を彷徨う経験をしてからは、その能力により一層の磨きが掛かったらしく、漁師たちは畏敬の念を込めて、海に愛された男と呼んでいるらしい。自警団のみならず、漁業組合の年寄り連中からも頼りにされ、祖納の連中でさえ前原には敬意を払っている。こいつが動けば島が動くと言っても過言ではない。

「武庭純（ウー・ティンスン）」

「昨日は悪かったな。少しばかり話をしないか？」

前原がようやく口を開いたが、俺はあえて無視し、玉城に話し掛けた。視線を合わせようとしたが、玉城は俯き、俺を見ないよう精一杯努めている。拗ねたガキのようなその態度は、わずかながら俺の心を軽くしてくれた。

あのとき、俺は確かに玉城の命を救った。玉城もそのことを分かっている。だからこそ、騙されていたという事実と折り合いを付けられていない。

「玉城を巻き込むんじゃねえ。何があったのかは、あらかた聞いてる」

苛立った様子はなく、前原は静かにそう言った。俺を信じられなくなった玉城は、衝動的に古巣に駆け込んだ。自警団のなかには、玉城のことを陰で裏切り者と罵っている者もいたようだが、前原はきっと、戻ってきた玉城を責めることなく受け入れたのだろう。

「前原さん、あんたとも話がしたかったんだ」

「何をだ？」

「街(シティ)のこれからについて。……あんただって、そうなんじゃないか？」

俺が街(シティ)という言葉を口にしたとき、前原の背後にいる連中が不愉快そうに顔を顰めたのが分かった。島人(シマンチュ)の多くは、勝手に住み着いた密貿易人たちが勝手に作り上げた街(シティ)という存在を忌み嫌っている。だが、皮肉なことに、そこから生み出される膨大な利益によって、この島は繁栄している。あまりの贅沢ぶりに、取材に訪れた本島の新聞記者が「与那国の鶏は地面に落ちているザラメを啄まない」と風刺する有様だった。戦争に負けて占領された国でこれだけの暮らしができているのは、ひとえに密貿易のおかげなのだから、真面目に暮らしてきた島人(シマンチュ)としては歯痒いことこのうえないはずだ。

「争うよりも共存する方がお互いのためになる。協定を結ぶとき、お前らはそう言った。オレたちはその言葉を信じて、色んなことに目を瞑(つぶ)って、譲歩してきた。なのに、お前らは結局、争うことを選んだ」

「勘違いだ。頼むから……」

先走らないでくれ。

そう言い終える前に、銃口が向けられた。

自警団員のひとりが半自動小銃(セミオートライフル)を構えていた。小規模な鳥撃ちが行なわれている程度で、与那国に銃を使った猟の文化は存在しない。人種が違えど、生き物としての性質はそう変わりなく、考えることは同じというわけだ。こいつらも林さんたちと同じように戦争の準備をしている。

「そんなもの向けなくても、俺はあんたらを襲ったりはしない」

「宮良と国吉(くによし)を殺(や)っておいて、よくもぬけぬけと！」

クバ笠を被った男の太い指は、もう引き金に触れている。自警団の連中は曖昧な情報に踊らされ、無関係の台湾人や中国人を襲った。その爪先は、すでに線上にある。越えてしまうのは、ほんの一瞬だ。

「話を聞いてくれ」

「なあ、前原。もういいな？」

　クバ笠の男が許可を求めたが、前原は何も言わない。もし、こいつが撃てと命じたのなら、久部良は内戦の道を突き進むことになる。小銃を奪うことは容易いが、ぎりぎりまで俺から仕掛けたくはない。俺もクバ笠の男も、次の動きを前原の決断に委ねていた。

　伝説の目を持て余していた前原は、電脳を入れていなければ追えなかったであろう最小の動きで俺の背後を一瞥し、ゆっくりと右手を挙げた。

　静止の合図。

　クバ笠の男が悔しそうに小銃を下ろす。

「不十分だ。捨てろ」

　聞き覚えのある声に振り返ると、毛利巡査が前原に拳銃を向けていた。狙撃銃ではなく、街(シティ)に数多く出回っているナインティーン・イレブン。制服ではなく、上海の気取った商人のようにシャツの上からベストを着込んでいる。前原に促され、クバ笠の男が足元に小銃を落とす。

「長浜(ながはま)は従った。次はあんたが銃を下ろす番だ」

　銃を突き付けられているとは思えない堂々とした発声だった。虚勢を張っているようには見えず、前原の何事もないかのような平然とした態度のおかげで、自警団の連中もどうにか平静を保っている。毛利巡査はその提案に耳を貸すことなく、俺の隣まで歩いてくる。

「どうしてここが――」

〈余計なことに首を突っ込むな。この件は警察が処理する〉

　毛利巡査の声は俺の頭の中に直接響いてくる。

　前原たちには聞こえない、電脳同士の通信(コール)。手術後の機能回復訓練(リハビリテーション)の際にダウンズ中佐から教わってはいたものの、これまでに使った試しはなかった。

〈さっさと退け、武(ウー)〉

〈考えなしに来てるわけじゃない。それに、目的のためでもある〉

　腕を伸ばし、毛利巡査の拳銃を強引に下げる。

「前原さん、ふたりきりで話せないか？」

　岸壁の先を指差しながら、そう切り出してみる。あんたが久部良を背負っているように、俺も同胞の怒りを買ってまでここに来ている。その決意が分からないような男ではなく、前原は言葉ではなく行動で同意を示した。

　前原は自警団員たちに、俺は毛利巡査にこの場に留まるよう伝え、お互いに一定の距離を保ちながら岸壁を進む。天然の難所と謳(うた)われる久部良港の、細く長い岸壁の先端まで歩くと、波と風があらゆる音を掻き消し、かえって沈黙にも似た空気が飛沫を上げていた。

「この辺りでいいだろ。それで？」

「自警団の連中に武装解除を告げてくれ。素手ゴロもなしだ」

　予想通り、何の反応も返ってこない。

　笑わせるなと憤る価値すらない放言だ。

「街(シティ)の連中には俺から話す。これでおあいこだ。これまで通りに過ごせる」

「釣り合ってないのを自覚しているか？　オレたちは仲間を撃ち殺されて、その報復を求めてる。これから起こることをなしにしたいからといって、起きてしまったことをなかったことにはできないんだ」

「弔い合戦を正当性の根拠にしたいんなら、台湾人連中だって同じさ。商人が三人も殺されたのは知ってるよな？　街(シティ)では、島人(シマンチュ)が犯人だと囁かれてるぜ」

「お前らには疑いを持てるような証拠がない。だが、オレたちにはある」

「いや、間違ってるな」

　その一点に還元されるのなら、俺には切り札があった。切り崩されるとは思ってもみなかったのか、前原はこちらに体を向け、初めて俺の話に興味を示した。

「俺が現場にいたのは知ってるか？」

「ああ、玉城から聞いてる」

「玉城には隠していたが、あの中国人は取引相手だ」

　前原の目付きが一気に鋭くなる。カジキを見付けるのと嘘を見破るのとでは、どちらの方が容易いかは場合によるだろうが、顔見知りというのはあながち嘘ではないので看破はできまい。

「ちょっとした行き違いがあって、口論になったたんだ。向こうは酔っていたし、俺も売り言葉に買い言葉で挑発した。殺す殺してみろの押し問答をしてたら、向こうがマジに銃を持ち出してきた。……要するに、あいつが殺そうとしてたのは俺だ。撃たれた奴は巻き添えを食ったのさ」

「国吉は、お前のせいで死んだのか？」

「早い話はそうだ」

引き返そうとする前原の肩を摑んで止めようとしたが、指の先さえ掠らなかった。前原はほんのわずかに体をずらしただけだったが、俺の手を避ける瞬間、こちらを一瞥もしていない。勘にしても正確すぎる。

「最後まで聞けよ」

「お前が元凶だったんだな！　国吉は台湾人の代わりに撃ち殺され、犯人の中国人は行方を眩ました。これでもまだ、武器を捨てろって言うのか？　誰も納得しないことくらい、お前だって分かってるだろ！」

「させられるさ。あんたが終わりだと言えばいい」

「お前はどうするんだ？　人を死なせておいて、何の裁きも受けないつもりか？」

「撃たれるのを避けたことを咎める法律は台湾にはなかったが、ここは違うのか？」

もはや不快というよりも不吉なものを見るような目が向けられていた。並の商人なら、交渉は決裂したと諦めるかも知れないが、久部良でも指折り数えの仲介人（ブローカー）である俺には、切り札を全て出し終えてもなお使うことのできる最後の秘策があった。

「あんたはお仲間を言い包める。無用な殺し合いは島のためにならないだの、仲間が傷付くのを見たくないだの、理由はいくらでもでっち上げられる。俺も街（シティ）に戻って、あんたと同じことをする。正直、納得させるのは無理だが、どうにか武器を捨てさせることくらいならできる。……で、俺とあんたが残る。あんたは真実を知っていて、俺を許せない。だから、俺が消えることで勘弁してもらえないか？」

「……この島から、か？」

「ああ。責任を取って出て行く。今すぐは難しいが、抱えている仕事を終えたら、ちゃんと消えてやる。約束する」

右から左へ流すだけで、自身は何も持っていない仲介人（ブローカー）が唯一差し出せるもの。それは、自分自身に他ならない。

ダウンズ中佐は、手駒にするために俺を拾った。武（ウー）庭純（ティンスン）に与えられたのは、終戦後に形成される闇市場（ブラックマーケット）の動向を探る商人という役目だった。与那国島に派遣されてから四年もの月日が流れ、俺の役目はようやく終わろうとしている。前原には悪いが、この条件を飲んだところで俺に損はない。

厄介な余所者から視線を外すと、前原は地面に片膝をつき、灰青色の海を眺めた。そこには何もない。咎えも、問いも、啓示も、あるいは優しさも、何ひとつ浮いてはおらず、溺れ死んだ者が沈んでいるだけの馬鹿でかい水溜まりだ。しかし前原は、単に目を休めて考え込んでいるのではなく、俺と毛利巡査が電脳を介して会話していたように、眼下に広がる海そのものと話でもしているように感じられた。

　海よ、もう二度と吸い殻を投げ込まないから俺に味方しろ。そう念じながら、煙草に火を点ける。

　立ち上がり、前原は歩き出す。必死の祈りが通じたかはさておき、これ以上の説得は無意味だろう。海に愛された男の広い背中を追い掛け、大人しく待ち惚けている毛利巡査たちの元まで戻った。

「前原、祖納の奴らもこれから――」

「皆、一旦戻ってくれ」

　建物の方を顎で示しながら、前原が告げる。

　島人（シマンチュ）からすれば、仲介人（ブローカー）は何でも金で解決する卑しい人種だ。密談の末に撤退が命じられれば、何かしらの取引が行なわれたと考えない方が不自然だろう。自警団員たちは一様に困惑している。

「何言ってんだ、正気か？」

　長浜、俺に小銃を向けた男が前原に詰め寄って襟首を摑んだが、前原はそれを摑み返すと、赤子の手を捻るように呆気なく外してみせた。憤慨しているのは長浜ひとりではなかったが、前原は弁解ひとつせず、顔を背けた長浜が小銃を拾って階段を駆け上がっていくのを輝きに満ちた灰色の目で眺めていた。他の自警団員たちも、釈然としない面持ちのままそれに続き、漁協の建物へ入っていく。戸の向こうに消えていった玉城は、最後に振り返ったとき、相棒として二人三脚でやってきた俺ではなく、毛利巡査のことを見つめていた。

「仲介人（ブローカー）にとって、取引は絶対。……そうだったな？」

　軽口を封じておくために、俺はただ頷いた。前原が頷き返してくれることはなく、さっき俺が捨てた吸い殻をひょいと摘み上げて、ポケットに仕舞った。俺はそれを、取引成立の合図と解釈した。

「武庭純（ウー・ティンスン）、オレはお前が大嫌いだ。顔を見るのも、名前を聞くのも、欲に目が眩んでお前にしがみつこうとしている島人（シマンチュ）がいることも我慢ならない」

「面と向かって言われると悲しいが、人の好みはどうしようもないな」

「ああ。お前は、この島に災いをもたらす人間だ。お前を追放することは、オレ個人だけではなく、島全体の利益に繋がる。だから、この取引を受け入れることに決めた」

「ありがとう（アラーグ・フガラッサ）」

俺もだ、と付け加えるのは止めておく。

初めて会った日から、前原とは馬が合わなかった。密貿易が始まったばかりの頃、街（シティ）が形成される前は、今よりも密貿易人に対する風当たりは強かったし、琉球人は俺たちを台湾人（タイワナー）と呼んで見下していた。だが、外国人に対する差別心とは違う何かが理由で、前原は俺という個人を憎んでいるような気がしてならなかった。あれこれともっともらしい理屈を並べてみたところで、奴が言い渡したかったことはひとつだけ、俺たちの島から出て行け、だ。

前原も漁協の建物に入っていき、さっきまで賑やかだったのが、俺と毛利巡査だけになってしまった。ここを嗅ぎ当てたというよりは、大尉が野放しになっていた頃のように遠くから見張っていたに違いない。制服も着ず、私物の銃で島人（シマンチュ）を威嚇するなんてのは、どう考えても警察官としての職務を逸脱している。

やはり毛利巡査は、新里警部たちとは思惑を別にしている。それがダウンズ中佐に与えられた任務なのかは分からないが、林さんや長浜と違い、この男は本当に撃てる人間だ。俺が監視されているように、俺もこいつのことを見張っておく必要がありそうだ。

「あの偉そうな若造と何を話した？」

「あんたらなら数ヶ月掛かってもできなかった仕事を、今終えてやったのさ」

「どんなカラクリを使った？」

「指は内にぞ折れる（ウユビヤ・ウティンキドゥ・ブラリル）」

お前には関係ない、という意味の島言葉（シマクトゥバ）だ。もっとも、意味を教えてもらっていないので合っているか定かではなかったが、島人（シマンチュ）から除け者にされるとき、俺たちは決まってこの言葉を耳にした。台湾人連中もこの島言葉（シマクトゥバ）だけはなぜか好きで、邪魔者をあしらうときなんかに使っている。

街（シティ）へ向けて歩き出すと、毛利巡査はさも当然のようについてきた。新里警部が口にした島の警備とは、これから起きる戦争を見越したものだったのかと、今更合点がいった。

依然としてシャッターは降ろされているものの、看板のネオンサインはちらほらと灯り出していた。紅毛（ホンマオ）

楼（ロウ）に着いた俺は、離れたところで待っているよう毛利巡査に言い付け、シャッターを叩いた。中にいる面子は変わっておらず、四色牌（スーサーパイ）に興じる者もいれば、酒を片手に銃の手入れをしている者もいた。林さんは壁にもたれて座り込み、足の爪を切っている最中だった。俺が戻ったのを見ても、声ひとつ掛けてはくれなかった。

　蔡さんが気を利かせ、眠りこけていた陳さんの体を揺さぶる。レコードプレーヤーからは、純純の「雨夜花（ウーヤーホエ）」が流れていた。

「おお、武（ウー）さんか。進展はあったか？」

「自警団の前原と話を付けてきた。……あいつらは今後は手出ししてこない。その代わり、あんたらも矛を収めてくれ。他の連中にもこの話を伝えて欲しい」

「嘘だ！　騙し討ちされるに決まってる！」

　投げ付けられた爪切りが、俺の顔すれすれを通り過ぎてシャッターにぶつかる。先の口論が燃料になってしまったのか、この短時間で林さんの怒りはすっかり燃え広がっていた。

「奴らに懐柔されたのか？　金でも渡されたか？」

「体を張ってくれた人にその言い方はあんまりでしょう。大体、武（ウー）さんが端金で動くわけがない」

　靴も履かずに立ちあがろうとした林さんのことを蔡さんが抑えてくれた。暴行を受けた側としては、信じられないのも無理はない。証拠として見せられるものもなく、この場に俺がいては逆効果だ。

「何も起きないから、今晩、自分たちの目で確かめてくれ」

「……何と引き換えにした？」

　テーブルに突っ伏していた陳さんは、ちらりと顔を上げて俺を見つめていた。

　食えない男だ。

　顔はさらに赤く、その片手は空っぽのグラスを大事そうに握っているくせに、飛んでくる視線は、占領された祖国で自由と権利を叫び続けていた頃と同じくらいに鋭利ときている。

「手打ちっていうのは、要は痛み分けだ。あんたは連中に何を差し出した？」

「言うのも野暮な、くだらない供物さ」

「ちょいとばかり酒が足りてなくてな、冗談が入ってこねえんだ。ここはひとつ、素直に話してくれや」

「俺自身だよ。用事を片付けたらすぐに消える。追放ってやつだ」

深刻になり過ぎないよう笑ってみせたが、店内は一瞬にして、赤紙が回ってきたかのような重たい沈黙に呑まれた。

いずれ終わりを迎えるにしても、まだ潮時ではない。俺たちは皆、機会(チャンス)を求めて密貿易を始めた。誰の指図も受けず、平等な立場で自由に取引を行ない、私有財産を築くことができる。見捨てられた国に生まれた人間にとって、密貿易に従事することは一種の復讐であり、解放でもあった。潮風と馬糞に塗れながら、四年も掛けて手にしたものを、自らの意思に反して捨てざるを得なくなった俺を糾弾できる者など、ここにはいない。その苦しみを一番よく理解できるのが台湾人なのだから。

「……他の奴らには俺から伝えておく。誰だって、戦争なんかこりごりだ」

最後の言葉は俺に向けられたのか、それとも独り言なのか、陳さん自身も判然としていない様子だった。

自分でシャッターを開け、紅毛楼(ホンマオロウ)を出る。離れていろと言ったのに、毛利巡査は道の真ん中に突っ立っていた。随分早かったじゃないか、とでも言いたげな顔をしている。

「顔役に和解を伝えた。すぐに広まるはずだ」

「だといいが。喧嘩の仲裁ほどくだらない仕事はない」

吐き捨てるように言い、毛利巡査は歩き出す。次はどこに行くべきかを考えながらじっくりと一服するという予定を狂わされ、後を追いながら煙草に火を点ける。

「それで、どうやって翁を探すつもりだ？」

「ここから二十浬ほど行ったところに一隻の船が停泊しているらしい。船の中には賭場があって、島から乗り付けた連中がギャンブルに興じているそうだ。そこから戻ってきた中国人が、船の持ち主のことを空箱子(コンシャンズ)と呼んだのを聞いた奴がいる」

「なるほどな。だが、本人が乗っているとは限らない。適当な理由を付けて摘発でもすれば、向こうから出て来てくれる。いっそ、その船ごと押さえた方が確実だ」

「いや、翁は慎重な男だ。危険を嗅ぎ取れば、すぐに身を隠す。船一隻なんて惜しくもないだろうし、逮捕されそうになれば身代わりを立てる。ここは正攻法で、客として船に乗り込むのが一番だ」

この街（シティ）で誰かに舵を取らせるのは初めてだったが、俺の足は見慣れた道ばかり歩いている。ここで生まれ育った本来の住人である島人（シマンチュ）でさえ、興味本位で夜の街（シティ）に足を踏み入れてしまったが最後、懸命に行ったり来たりした末に同じ看板の前に戻されるのを何遍も経験し、仕方なく適当な店に入って酔い潰れ、気付いたら朝のナーマ浜に寝転がっているというやり方でしか街（シティ）を抜け出すことができないというのに、毛利巡査は先が全く見えない路地に入るときでさえ、微塵も躊躇うことなく進んでいく。新里警部は案内がどうのと言っていたが、この男の電脳にはすでに街（シティ）の詳細な地図が追加（アドオン）されているはずだ。

薄々勘付いてはいたが、俺たちは人枡田（トゥングダ）の前まで来ていた。トキコ目当ての連中は開店直後を狙ってカウンターを陣取り、気に入られるために我先にと高い酒を飲みまくる。客同士はいわばライバルで、お互いが口を利くことは絶対にない。あの殺伐とした空気は耐え難いので、連中が潰れて退散するまでは寄り付かないことにしていた。

「どうしてここを？」

「一番マシな酒を出す店だと聞いている」

「勉強熱心なこった。店主が日本人と官憲を嫌ってるのも知ってるな？」

「おまえの知り合いってことにしろよ。実際そうだし、おれの素性を知ってる奴は少ない」

「密談がしたいなら、他にいい店がある」

「不味い酒を飲む趣味はない。どうにかしろ」

得体の知れない男を俺の貴重な憩いの場に招き入れるのは気が引けたが、トキコの様子を見に行きたかったのも確かで、仕方なく扉を開けることに決めた。

入ってすぐに、カウンターに空席があることに度肝を抜かれた。珍しく、客はまばらだった。昨日の今日で、出が遅いのだろうか。悠長に煙草を喫んでいたトキコは、俺を認めてわずかに表情を緩めたが、連れに気付くと途端に眉を顰めた。

「……そんなハンサムな知り合い、いた？」

「新しい取引相手だよ。安酒には蕁麻疹が出る体質で、高い酒を飲むよう医者から勧められているらしい。趣味は財布をすっからかんにすることだそうだから、これからも贔屓にしてやってくれ」

せっかく気の利いた紹介をしてやったのに、毛利巡査は我関せずという具合で店内を見回している。トキコはハンサムの横顔を観察しながら考え込み、やがて、空いているボックス席を指し示した。追い返すほどではないが、近付けたくもないという了見だ。何をもって警戒するに至ったのか後で訊こうと思いながら、毛利巡査の対面に腰掛ける。

「……さて、どうして俺が長寿(ロングライフ)なんて不味い煙草を愛喫しているか、知りたくないか？」

いい加減、この男の能面にはうんざりしていたので、これまでに笑わなかった者はひとりもいない十八番の小話を披露しようしたが、毛利巡査は革張りの座席に体を預けるなり瞼を閉じてしまった。寝入ったわけではなく、酒が来るまでは俺ではなく沈黙と抱き合っていたいという意思表示だ。ダウンズ中佐と連絡が取れるのなら、もっと社交的な奴を寄越してもらいたい。

毛利巡査に向けて小指を立てながら、煙草に火を点ける。三本ほど喫み終えた頃に、シーバスリーガルとグラスが運ばれてきた。注いでやると、瞼を開いた毛利巡査は乾杯もせずにグラスを口に運んだ。

「こんな辺境の島でアイゼンハワーと同じ酒が飲めるとは、密貿易様様だ」

「俺を監視するために送り込まれたのか？」

台湾人は杯の中に金魚を飼わない。だからこそ俺は、注ぐこともしなかった。信頼できない人間と席をともにしているときは飲まないのが信条だ。

〈自惚れるな。おまえは駒の一つだ〉

「普通に話せよ。なんていうか、気分が悪くなる」

〈さっさと慣れろ。聞かれたい話じゃない〉

安酒のように軽く飲み干し、俺の手元から瓶を奪って手酌すると、毛利巡査はテーブルにどかんと足を乗せた。

「降ろせ。怒られるのはお前じゃない」

〈中佐からは近付けと命じられてはいないが、近付くなと禁じられたわけでもない。おれはおまえと協力するのが最善だと判断した。言っておくが、能力を買ったわけじゃない。単に、おまえが一足早かっただけのことだ〉

会ってから日は浅いが、毛利巡査が相当に強情な男だというのはよく理解できた。何ひとつ読み取れない顔を見ていても疲れるだけで、俺は目の前に投げ出された革靴の底の泥に視線を向ける。こいつを見極めるためには、こいつの流儀に合わせてやる必要がある。

〈つまりは、独断ってわけだ。本来のあんたの任務は何だったんだ？〉

〈糀大尉を持ち去ったのはなぜだ？〉

　俺の質問を無視するのが大好きな毛利巡査だが、大尉の件に関しては借りがある。なんせ、上司に嘘の報告をしてまで事実を隠蔽したのだ。俺が不利な立場になれば困るからに他ならないが、役に立たないと判断されれば、どうなるかは分からない。

〈大尉のおつむには使い道がある。だから、手元に置いておくことにした〉

〈中佐に一泡吹かせようって気なら、やめておけ〉

〈俺はダウンズ中佐のことを何も知らない。……が、彼女は俺の全てを知っている。そういう関係性は不健全な気がしたのさ。雇い主のことをきちんと知っておくのも、その下で働く人間の義務だと思うんでね。俺は雇われてはいるが、飼われているつもりはない〉

「おれが飼い犬だとでも言いたいのか？」

　少し遅れて、毛利巡査がわざわざ声を出したことに気付いた。

　電脳越しの通信（コール）と通常の会話では、聞こえてくる音に相違はほとんどないが、毛利巡査の場合は、生身の声帯から出る声さえ、そこから何ひとつ読み取れやしない。怒っていたら面白いが、怒っていると思わせたい可能性の方が高い。表情を形成する信号を片っ端からオフにしているのは、自分にまつわる一切を悟らせないようにするためだ。

　客が増えてきたのか、奥の泉がにわかに輝き始め、背広を着てめかし込んだ男たちが、待ってましたとばかりにダンスホールへと駆け込んでいく。スピーカーに座ってグラスを傾けているのは本島から来たらしい三線奏者で、まだ十三歳のガキだというのに、トキコのお眼鏡に適（かな）って、タダ酒にありつく代わりに毎晩くたばるまで演奏している。

〈あんたの事情は知らないが、俺はもう四年もこんな島で商人の真似事をやらされてる。何の連絡もないまま四年だぜ。ママに皮肉のひとつでも言いたくなるのは仕方ないと思わないか？〉

〈四年だと？　たった四年で音（ね）を上げてるのか？〉

　軽蔑の念だけはしっかりと伝え、毛利巡査はウィスキーを呷（あお）った。ひとりで半分近く減らしているが、この男も俺と同じで、手足のみならず中身も紛い物に置き換わっているはずだ。どれだけ景気のいい飲み方をしたところで、俺たちの電脳から敵と見做されたが最後、体内の工場は瞬く間にアルコールを分解し、跡形もなく排出してしまう。いつだって夢から醒められる。

〈来いよ、新入り〉

ウイスキーの瓶を摑み、毛利巡査が足を下ろす。俺は煙草に火を点けてから、小気味いい靴音を立てながらダンスホールへと進んでいく毛利巡査を追い掛ける。

店の面積の半分を占めている光の泉は、ついさっきまで戦争の準備していたはずの台湾人と中国人、連中がどこかの店から連れてきた女給たちで早くも埋め尽くされていた。足元から投影される赤い光は、陽(ひ)に灼(や)かれて熱を帯びた肌を黒く染めていく。人の動きに合わせて揺れる影は、天井に向かって高く伸び、誰かが腕を下ろすと、屈折した影が海面すれすれを飛ぶ鳥(ハトゥ)のように俺の足元で線を描く。外の明かりもこの色なら世の中は美男美女だらけだと、いつだったか陳さんが言っていた。強引に包み込むような血の色とは似て非なる、あらゆる営みから優しく突き放すような緋色の中では、たとえ親兄弟がいたとしても、その顔を見分けるのは困難だった。

スピーカーからは、トキコお気に入りのスウィング・ジャズが、店のど真ん中で拷問が行なわれていたとしても叫び声ひとつ耳に入らないほどの最大音量で流れている。グレン何某だの、何とかグッドマンだの、詳しいことは知らないが、混ぜ物は不要なはずの洒落た音楽にアンプと接続された電子三線の早弾きが合わさることで、ダンスとは犬猿の仲の俺でも、おのずと体を揺り動かしたくなるような高揚を感じさせられた。三線奏者のガキは、一丁前に侍らせた娼婦にグラスを持たせ、目にも留まらぬ速さでピックを操っている。たいした腕前だ。

トキコには悪いが、薬はご法度というルールを一応は尊重している客たちは、体を寄せ合って踊りながら、隠し持った錠剤を互いの口にそっと放り込む。踊ると言っても、大半の連中は曲に合わせて好きなように体を動かしているだけだ。ときたま、目が回るような華麗なスピンが見られるが、主役になろうと奮闘してしまう奴の末路は大抵悲惨で、底意地が悪いトキコは「喉が渇いたでしょう?」と近付いてきては、可愛らしい笑顔で酒を飲ませまくる。

瓶を片手に、毛利巡査は泉へと浸かっていく。

事切れる瞬間まで澄まし顔をしているであろう不感症野郎の失態を拝みたかった俺の前で、毛利巡査はいきなり五連続のスピンを決めてみせた。隣で何が行なわれたのか分かっていない様子の中国人たちを横目に、毛利巡査は横にステップを刻み、踏み出した足を軸にしてターンし、着地するなりまたステップを繰り返す。揺れていただけの連中は見様見真似で毛利巡査に付いていこうとするが、あれほど姿勢よく回転することはできず、壊れかけの弥次郎兵衛が並んでいるような有様だった。

　腰に手を当てた毛利巡査は、瓶を持った手で俺を指差しながらゆっくりと一回転し、腰を艶かしく突き出しながら泉の中央まで躍り出た。

　緋色の暗幕の中で鮮烈に浮かび上がる挙動。

　ずば抜けた技量を持つ踊り手の登場に、誰もが示し合わせたように後退し、場を明け渡していく。女給のひとりがしなだれかかると、ウイスキーをラッパ飲みしていた毛利巡査は彼女の腕を取り、抱え上げながらその場でスピンしてみせた。酔い始めている女給の手を優しく握り、独楽(こま)を放るようにくるくると回したかと思えば、離れていった彼女の腰に腕を回して引き寄せ、今度は毛利巡査の方が彼女の腕の下で華麗に回った。しかもそれを、三線の旋律に合わせてやってのけている。彼女が回ったのと同じだけ回り、彼女の足が遅れれば、それに合わせて足を下げる。カチャーシーしか知らない琉球人が一流の淑女に見えてくるほどのリード。

　両手を繋いで女給と向かい合った毛利巡査は、高く掲げた腕を大きく回し、彼女に後ろから付いていくような体勢を取った。面白がって毛利巡査を引き回すように泉を一周していく女給を男たちは手拍子で見送り、ポケットの中の金を惜しみなく投げる。

〈九年だ〉

〈……何だって？〉

〈おまえより九年も長くこうしているが、狂う気なんてさらさらない〉

　電脳の発話は大音量の影響を受けなかった。ああして激しく踊りながら、頭の中では俺と話ができるのだから、とことん器用な男だ。電脳の恩恵に与(あずか)らずとも十分にやっていけそうだが、案外顔に出やすい性質(タチ)なのかも知れない。

　女給から手を離してひとりに戻った毛利巡査は、同じ側の手脚を交互に突き出しながら、床を滑るように進んでいく。

〈俺は狂ってなんかいないぜ〉

〈中佐に歯向かおうだなんて、狂い始めてる証拠だ〉

〈じゃあ訊くが、あんたは何のためにここにいる？〉

狂えないのは、果たすべき目的があるからに他ならない。

　適当にはぐらかされると思っていたが、毛利巡査は返事を寄越さなかった。今度は、ふたたび軽やかなステップ。腕を左右に大きく広げながら、片足をもう片足の後ろに着地させている。

〈よく聞け、新入り。おれは本土から派遣された毛利巡査だ。……これは事実だ〉

　そう告げた毛利巡査は、前に歩いているはずなのに、どういうわけか後ろに滑っていく。目に見えない壁に押されているかのようで、俺を含めた全員の目がすっかり釘付けになっていた。毛利巡査は、泉の手前で地蔵のように立ち尽くしている武庭純(ウー・ティンスン)よりも遥かに上手くこの空間に溶け込んでいる。

〈毛利雄人という男は実在したし、帰還兵だったし、この顔だった。……だが、おれではない。おれは警官でもなければ、そもそも日本人ですらない。書類上は死んだことになっているし、この顔に慣れ過ぎて、本来のおれの顔なんか、とっくに忘れちまってる。しかし、それでもおれは、自分が何者だったのかを覚えている〉

　曲が変わるのに合わせて、泉の色が目の覚めるような青色へと変わっていく。お互いの毛穴まではっきりと見える輝きは、先程の一曲でのぼせ上がった連中が、連れ出した女給と懇意になるためのふしだらな月明かりだ。

　この店における棺桶、便所の便器に片足を突っ込んでるくせして、男たちは皆、ここに来たいとせがんだ女給たちが裏ではトキコから金を渡されているとも知らずに、彼女たちを本気で口説き落とそうと躍起になっている。赤と青の時間は何度も繰り返され、その度に莫大な金がトキコの懐に舞い込む仕組みになっていた。

　これからが本番だというのに、毛利巡査は肩に触れようとした女給の手をひどく乱暴に払い除け、ボックス席へと帰ってしまった。彼女に頭を下げ、俺も席に戻る。

〈任務を果たせ。ここから抜け出す方法はそれしかな

い。……間違いなく、おまえが一番近付いている。自分がやろうとしていることを疑うな。おまえの身の安全は、おれが保証する〉

〈信じろと？　どこの誰かも分からないあんたを〉

「信じて欲しくて明かしたわけじゃない。おまえが最善の選択をできるようにお膳立てしてやっただけだ。勘違いするなよ」

　シーバスリーガルを飲み干した毛利巡査は、空になった瓶の下にいくらか挟み、俺の前から消えていった。理解するのが困難な男という印象が深まったが、あいつ自身も自分のことをまともに理解できていないのだろう。

　支払いの足しにもならない日本円をポケットに仕舞い、グラスに残った酒を飲んだ。カウンターにいた連中は、手の届く女を目当てにダンスホールに移ってくれたようで、俺はトキコの前に座った。一瞥しただけで話し掛けてもくれない美人に「何かくれ」と注文し、出てきたものを口に運ぶ。

「死んだと思ってたわ」

「あいにく、しぶといのだけが取り柄なもんでね」

　グラスを拭いているトキコの口元が少しだけ緩んだのを見逃しはしない。

「さっき、自警団の連中やら陳さんやらと話をつけてきた。この街（シティ）で戦争は起きない。それに、気狂いの大尉の件も片付いた。安心して営業してくれ」

　この椅子に座れなくなることだけが心残りだが、トキコなら何が起きてもやっていける。

　翁から情報を聞き出し、含光（ポジティビティ）を手に入れてダウンズ中佐に渡す。それで、俺の仕事も、この島との付き合いも終わりだ。

　俺が欲しいものは、この島にはない。

　ダウンズ中佐だけが、それを捜し当てられる。

　俺が清明茶（シーミー）を飲み干すと、トキコは空になったグラスに酒を注いだ。

「頼んでないぜ」

「私から。それとも、女の奢りじゃ飲めない？」

　蠱惑的な眼差しを中和するように、あえて冷ややかな声色でトキコは言った。長い付き合いになるが、こんな歓待は初めてだ。今日死んでもいいとさえ思える。勿体ないので少しだけ啜ると、花酒のそれが生易しく思えるほどの業火が喉を焼いた。強い酸味と、後味にわずかな甘さを感じたが、電脳でも到底処理しきれない度数の前では、味なんてものは無意味だった。

「……なんだこれ」

「なかなかいけるでしょう？　自家製よ」

口を開くのにも時間が掛かった俺の顔を見ても何も感じなかったのか、トキコは得体の知れないその酒をぐびぐびと飲んでいた。彼女も中身を弄っているのではないかという疑念が頭をもたげる。

「あれこれ手に入るようになっても、果物だけはいいものがなくてね。鳳梨(パイナップル)は悪くないけど、それじゃ芸がないと思って、阿檀(アダン)の実を使ってみたの」

「体を壊さないだろうな？」

「失礼ね。ちゃんと蒸留してるわ。まず、熟した阿檀(アダン)の実を潰して、水を加えて発酵させるの。そうしたら、薪(まき)で熱したドラム缶を使って蒸留する。蒸留液は海水で冷やしたホースを通ってポリタンクに溜まる。そのまま出すのは品がないから、空き瓶に入れて完成ってわけ。阿檀(アダン)の実はその辺に生(な)っているし、ドラム缶もアメリカのものがタダ同然で手に入るから、原価はゼロに等しいのよ。そのうち売り出そうと思ってるんだけど、台湾に持って行ったらどうかしら？」

カウンターの中を覗き込むと、俎板の上にどこぞから毟(むし)り取ってきたらしい阿檀(アダン)の実の残骸が転がっていた。昼間に姿を見掛けたことがないと思ったら、浜辺で密造酒の製造に励んでいたとは。こんなものが流通し始めたら、ただでさえ酒好きの台湾人たちは、ますます働かなくなってしまうこと請け合いだ。一滴舐めるだけでも冷や汗が滲み出てくる。

「なあ、トキコ。台湾に戻る気はあるか？」

「どうかしら。たぶん、ないわ」

「どうしてだ？　向こうの暮らしが恋しいって、散々話してたじゃないか」

「遠くにあるから、美しいものだけ思い出せるの。そうでないものさえ、懐かしさで愛おしく思えてしまう」

トキコがマッチを擦って煙草に火を点ける。吐き出された濃い煙は、頭上の淡い光に吸い込まれるように伸びて、霧のように散らばっていく。静かに杯を傾けたい客のために、店内でもこの一列だけは、ダンスホールから放たれる光が影響を及ぼさない角度に設けられている。我先にと我を忘れるような喧騒は、水平線に沈んでいく太陽のようで、その明かりをただ見つめているだけの俺たちの顔は薄闇に隠れている。

「あんたこそ、帰らないの？」

「蔣介石（しょうかいせき）次第だ。……だが、この島からは近いうちに去ることになる」

そう答えた俺を見ることなく、トキコは密造酒をぐびぐびと飲んでいる。

てっきり、戻りたいのだとばかり思っていた。彼女は自分の意思で故郷を出た人間だ。夫と死に別れなければずっと向こうで暮らしていたはずの女が今では、心底毛嫌いしているはずのこの島に留まっている。トキコにとっての望郷とは、果たしてどちらを指すのだろう。

「出て行くときは声を掛けて。この酒を手土産に持たせるから、買い取りなさい」

「売り物にしたいなら、もっと飲みやすくしてくれ」

本音を伝えた俺に、トキコは歯を見せて笑ってくれた。俺たちの間にあるのは、突然消えてしまうと分かっている者同士の慰めのような愛情だった。電脳の助けを借りずに阿檀（アダン）酒と格闘し続け、ついに飲み干した俺は人枡田（トゥングダ）を後にした。

頭上を張り巡らされている電線と拱廊（アーケード）が曇った空を覆い隠し、積み重ねるように増築された三、四階建ての飲み屋のネオンサインは、今宵も上限をオーバーした照度でひっきりなしに点滅している。ガソリンと魚の臓物の匂いで充満した街（シティ）はいつも通りの乱痴気騒ぎで、怒声はご愛嬌だが、銃声が聞こえてくることはなかった。陳さんは約束を守る昔気質の男であったし、前原も俺に消えてもらうために全力を尽くしたはずだ。あとは蔡さんに翁の船まで案内してもらうだけだが、向かう先が賭場とあっては多少の準備が必要だ。明日でいい。少し眠りたかった。

さすがに日本人は少なかったが、酔客と肩がぶつかるのも、今日だけは心地よく感じられた。上機嫌で家に戻った俺は、トキコの酒を消してしまうのが惜しくて、合理的かつ禁欲的な判断しかできない電脳を上手いこと騙眩（だまくら）かし、肝臓の働きを鈍くしてやった。そのおかげで、久しぶりに薬を使わず眠りに落ちた。

夢に小さなガキが出てきた。父親の顔も母親の声も知らない赤ん坊は、浜辺に捨てられていたのを、祭（マチリ）の準備をしていた男たちに運よく発見された。息子や娘たちが働き口を探して島から出て行き、ちょうど手が空いた老夫婦が世話を買って出たので、どうにか飢え死にせずに生き長らえることができた。

親のいない子供（ウヤ・ブラヌ・アガミ）は不吉な存在で、あからさまに忌み嫌われることはなかったものの、海に出ることだけは絶対に許されなかった。老夫婦はそのガキをできる限り海から遠ざけたが、そもそも四方を海に囲まれた小さな島においては詮無いことで、漁師に憧れたガキは、見よう見まねで泳ごうとしては溺れかけ、大人たちから手痛い折檻を受けた。

島の子供たちは、こぞってそのガキをいじめた。体が小さくて喧嘩が弱く、何をしても黙っているという格好の獲物だったが、何をしようとも怒る親がいないというのが最も大きかったのだろう。子供たちは「お前の母親に会わせてやる」と言って、ガキを島の外れにある断層崖の裂け目（バリ）へと連れて行き、気が済むまで殴る蹴るした。子供たちはこういう経験を通じて手加減や限度を覚え、一端の男になっていくが、そちら側になれなかった人間は、この日の記憶から永遠に逃れることができない。

口数が少なく愛想のないガキを持て余していた老夫婦が探しに来ることはなく、そのガキは裂け目（バリ）の近くで、痛みが和らぐまで体を横たえて過ごし、傷だらけで家に戻るという日々を送った。

裂け目（バリ）は、かつて口減しのために使われた場所だった。島が人頭税に苦しめられていた頃、その深い裂け目（バリ）を身重の女たちが無理矢理に飛び越えさせられ、落ちて死ぬか、助かったとしても着地の衝撃で腹の子供を流すことが目論まれた悲劇の地だった。

そのガキは、子供たちの言葉を真に受け、「この下にお母さんがいる」と思っていた。読み書きも計算もできない愚かな頭だったが、さすがに母親が生きていないことくらいは理解していた。誰からも相手にされない毎日のなかで、言語化には至らなかったものの、そのガキは漠然と死について考えるようになった。涙を拭いながら、恐る恐る身を乗り出して裂け目（バリ）を覗き込むと、かつては海に繋がっていたはずのその場所には、奈落の底のように深い闇が広がっていた。

あのガキは母親に会いに行くことを決意したのだろうか。

末路を見届けずに目が覚めたが、俺を叩き起こしたのは、電脳が大脳皮質へと送り込む鋭い痛みではなく、もっと最悪な何かだった。

比喩でも何でもなく家の戸が狂ったように叩かれている。どう考えてもいい話じゃない。俺は二時間も眠っていなかったが、正体を知らないまま手遅れになるのはご免で戸を開けた。血相を変えていたのは玉城の母親だった。

「こんな時間にどうした」

「いいから来て」

見るからに様子がおかしい。

大雨のなか合羽も着ずに駆けてきたようだったが、ずぶ濡れになっているにしても、紺の着物がやけに黒ずんで見えた。袖口から覗いている腕は、肘の辺りまで真っ赤に濡れている。産婆でも、ここまで血を浴びはしない。

「何があった?」

「今し方、あの子が……」

無軌道な喧嘩屋。

あの阿呆は前原の言うことすら聞かなかったのか。

「どこだ」

「家に」

まだ息が上がっている玉城の母親を押し退ける。

ブーツを履く時間も惜しかった。

街(シティ)を突っ切り、最短距離で玉城の家へと向かう。

立ち並ぶ茅葺屋根の家々はどれも区別が付けられないが、一軒だけ人集りができている。手提げランプを掲げた島人(シマンチュ)たちは、敷地には入らず門口の周囲に立ち尽くしていて、母屋の前には前原の姿が見えた。掻き分けて進もうとすると、昼に会った自警団の連中に肩を掴まれたが、振り払って敷地に足を踏み入れる。

玉城はカマス袋の上に寝かされていた。

聳(そび)え立つ岩のようだった偉丈夫は、袋の四辺に収まってしまうほどに小さく縮こまり、畳には早くも血が染み始めている。引き千切られでもしたような傷口は、面白半分に虫の四肢を捥(も)ぐ悪童のような乱暴さを感じさせた。

玉城の体からは両方の手足がなくなっていた。

ほとんど息をしておらず、自警団の連中が患部を縛ろうとしている。

「……誰にやられた」

この場にいる全員を問い質したつもりだったが、父親と祖母の嗚咽だけが響き渡る沈黙からは、何の答えも返ってはこない。ひと匙の憎悪さえ向けてこない。闖入者の俺をいない者として扱うことで、どうにか耐え忍んでいる。

ようやく追いついた玉城の母親は、縋り付くように息子の体に覆い被さり、芭蕉布で腕の傷口を抑えた。出血は酷く、乾いた布は瞬く間に赤く濡れていく。止血するだけでは、そう長くは保(も)たせられない。俺は無視を決め込んでいる前原に詰め寄り、胸倉を摑む。

「どうして止めなかった！」

軍用、それも重装備(ヘビーコンバット)仕様の義肢(クローム)でなければ、こんな残虐な芸当はできない。

思い当たる節はひとつだけある。居眠り(ニンディ)で俺たちと揉めた若い台湾人だ。玉城は前原の停戦命令を無視して連中を襲いに行き、返り討ちに遭った。

「仲間の前じゃ自分の非も認められないか？」

「お前が玉城を疑うのか？」

この手を外すことは容易いだろうに、されるがままの前原は、玉城の腿の付け根をロープで縛り上げている自警団の男を顎で示した。港で俺に小銃を向けた長浜という男だった。

「飛び出して行ったのはあいつだ。玉城は仲裁に行った。殴られてもやり返さず、話し合いで済ませようと努力したそうだ。長浜は説得されたが、向こうは違った。そいつらは玉城を知っていて、途端に怒りの矛先を変えて玉城を連れ去った。……それから、わざわざ家の前に捨てて行きやがった」

顔を突き合わせたことで、仏頂面を貫いている前原の目が充血しているのが分かった。この男は玉城のために涙を流していた。久部良を背負う者として、それを悟られないために、降り頻(しき)る雨の下で苦痛に抗っていたのだ。

そうすべきなのは俺だったのに。あいつらを叩きのめしたのは俺で、報復されるべきは俺だった。まだ女の柔肌も知らない若者がこんな目に遭っているというのに、俺の目は涙ひとつ流しやしない。

「……誰でもいい、ひとり貸してくれ」

「どうするつもりだ？」

「比川の診療所まで運ぶ」

「ダメだ。医者はもう呼んでる」

「お前はあいつに、このままの姿で生きて行けと言うのか？」

手を離したが、今度は前原の視線が俺を捕らえる。孤島(コトー)先生が裏で何をしているのか、頭のいい前原は薄々勘付いているのだろう。俺は馬小屋まで行き、怠け者(フユン)ともう一頭を連れ出した。

自警団の連中が「何をする気だ」と騒ぎ始めるな

か、前原は玉城の母親の傍に駆け寄って耳打ちをし、自ら玉城を抱え上げた。

「……オレが乗せる。お前が先導しろ」

「いや、あんたは残れ。でなきゃ、誰がこいつらを諫める？」

「これ以上オレたちをコケにするな。あいつらは警察に突き出す。獣にはさせない」

　静かに言い放ち、前原が俺から引き綱を奪う。憎み合う仲だが、今はその言葉を信じようと思い、俺は怠け者（フユン）に跨る。血の匂いを嗅ぎ取っているのか、かなり興奮している。手綱を握り、進路を右に向けようとした矢先、玉城の母親が制止するように近寄ってきた。

「うちにそんな金はないんだ」

「玉城の稼ぎがあるだろ。それで足りるし、お釣りも来るはずだ」

「ないんだよ！」

　半ば叫ぶように玉城の母親は答えた。

　どういうことだ？　俺が訊ねたとき、玉城は確かに貯めていると言っていた。

「あれだけの大金、一体何に使った？」

「知るもんかね。あんたなら知ってると思ってたよ」

　母親からそう思われるほどに、玉城は家族に俺の話をしてくれていたのだろうか。残念ながら、俺は何も知らなかった。いつだって自分のことしか考えていないのに、ツケだけは自分以外に払わせている。

「……全部俺が出す。心配するな」

　腹を蹴り、怠け者（フユン）を走らせる。後に続く前原のために、自警団員から奪った手提げランプを高く掲げ、片手で手綱を持った。前原は玉城の体を膝の上に乗せるように騎乗している。窮屈そうに手綱を握っているが、遅れることなく付いてきている。

　玉城を救う手立ては義体化しかない。奇しくも、あいつが何よりも忌み嫌っていたもので、今度こそ本当に憎まれるだろう。歩けるようになり、物が摑めるようになれば、あいつは俺を殺しにくるかも知れない。

　それでいい。

　俺はあいつと、真正面から取っ組み合うべきだ。

2

　口から釣り針を外し、やや小ぶりのガーラを海に放り投げる。体は平べったく、銀箔のような全身に青色と黒色の斑点が散らばっている。鰭(ひれ)はどれも鮮やかな青色をしていて、晴天の日には輝いて見える。

布袋竹(クサンダギ)の釣り竿は、短さからして島の子供が忘れていったもののようで、俺は暇潰しがてら岸壁釣りに興じていた。久部良の釣り人は群れるのを好まず、潮の流れを読み取る技術を頼りに、台湾人からすればお粗末な釣り竿で恐るべき釣果を上げるのだが、俺は海のことなどろくに知らなかったし、手元ときたら、さっきからずっと人影に覆われている。ひとりで小便にもいけない有様だ。

「今日も非番か？　いい加減クビになるだろ」

白いシャツにグレーのベスト、毛利巡査は今日も上海商人のように粧(めか)し込んでいる。制服姿でないので堂々と吊り下げてはいないが、どこかに拳銃を隠し持っているはずだ。

「おれは別行動を認められている。それより、策はあるのか？」

「翁は胴元だ。客のひとりが勝ち続ければ、嫌でも向こうから目を付けてくる」

「賭け事に自信があるのか？」

首を横に振る。どちらもへぼだが、釣りの方がまだマシなくらいだ。

「商売上手は博打(ばくち)下手と相場が決まってる。運に期待するさ」

「おまえの運にも、おまえにも期待しちゃいない。翁がいると分かれば、あとはおれが片付ける」

毛利巡査は息巻いてみせたが、そう上手く事は運ばない。情報屋(インフォーマー)は誰からも恨みを買う極めて実入りのいい賤業で、利用価値が怒りを下回れば、即座に首が飛ぶ。いまだに生き残っているという時点で、翁の持つ生き残る術は相当なものだ。おまけに、舞台は敵地で、逃げ場のない船上だ。ドンパチで解決できると本気で考えているのだとしたら、この男も意外に初心(ウブ)だ。こいつの素性は依然として不明だが、細やかな工作は不得意と見える。

荒事を専門にした硬漢(タフガイ)。命綱になってくれるかも知れないが、命取りにもなり得る。

暇潰しと言っても、想定よりも早く準備が終わってしまっただけで、サングラスを掛けた蔡さんは待ち合わせの時間ちょうどにやってきた。挨拶代わりに煙草を交換し、火を点け合う。

「そっちは？」

「連れだ。愛想はないが、金は持ってる」

　一礼するだけで何も言わず、毛利巡査は俺の紹介を地で行ってくれた。

　孤島(コトー)先生の診療所で一夜を明かした俺は、玉城を担ぎ込んだあとで人枡田(トゥングダ)に電話を掛け、トキコに知り合いを探してもらい、運よく居合わせた陳さんに、蔡さんへの言付けを頼んだ。

　別の店で飲んでいたらしい蔡さんは、夜更け頃に俺に電話を寄越し、手筈を整えた旨と、幾つかの注意事項を教えてくれた。賭場で使えるのは米ドルのみとのことで、朝早くに街(シティ)の両替屋を当たり、手持ちのB円軍票と交換してきた。

　しばらくの間、俺が去ってからの紅毛楼(ホンマオロウ)での侃々諤々の議論の様子や、停戦を伝えて回った陳さんの武勇伝を聞いていたが、毛利巡査がこちらに向かってくる漁船を指差すと、蔡さんは煙草を海に投げた。

「さて、今日こそは勝って帰りたいね」

　十トンほどのイカ釣り漁船が岸壁に寄せて停まる。昼飯時は担ぎ屋も出払っていて、港で海人(ウミンチュ)に見えないのは俺たちくらいだ。乗員は船長だけで、急かすようにシャカシャカと手招きしている。

　蔡さんが素早く乗り込み、毛利巡査と俺がそれに続く。船長は確認もせずに、すぐに船を出した。道具の類は積みっぱなしで、そこら中からイカの臭いがする。渡し舟は裏の顔のようだ。

「蔡さんは何をやるんだ？」

「もっぱら大小(タイサイ)さ。目が出る瞬間が堪らない」

「連中が用意してるのは賽子だけか？」

「彼らは何でもやるよ。麻雀(マージャン)、闘蟋(ドウシー)、番攤(ファンタン)、朴克(ポーカー)、嗹骰(レンタウ)、虎豹(ホウバー)、咬双音(カンヤンイン)、詩猜(シイツァイ)、釣り上げた流氓瓜仔(ロウニンアジ)の重さ当てなんかをやるときもある。金を賭けられる要素が少しでもあればいいんだ。根っからの遊び好きばかりさ」

　持参した話梅(ファーメイ)をつまみながら、蔡さんが説明してくれた。

　俺たちは船首(みよし)に腰を下ろし、ベテランの漁師でも酔うと悪名高い揺れを楽しんでいた。速さにして四ノット、流路は四十浬ほどの幅を持つ黒潮の影響をもろに受けるこの辺りでは、穏やかな航海など望むべくもない。手で風防を作り、煙草に火を点ける。与那国島に近い海域なら、国民党の船に撃たれる心配はない。

「どうしてそこまでして翁に会いたいんだい？」

　蔡さんは上着を枕代わりに寝転んでいる。はぐらかすのも手だったが、協力してもらう以上は、事実を告げた方が何かと動きやすいはずだ。

「あいつが扱っている商品に興味がある」

「というと？」

「情報だ」

「なるほどね。会えるといいが、用心するに越したことはない。翁自身も一員なのか、用心棒として雇っているだけなのかは分からないが、あの賭場には上海のマフィアが関わってる」

「客から聞いたのか？」

「おしゃべりも賭場の醍醐味だからね。ディーラーや用心棒とも話したよ。彼らは、基隆の仲介人（ブローカー）と懇意になりたがっている。インフレのせいで国内では米も砂糖もまともに買えないだろう？　そこに目を付けて、上海から売り付けようとしてるのさ」

　二・二八以降も台湾との密貿易は行なわれていたが、港への出入りが命の危険を伴うものになった結果、こちらから運ばれるのは単価が高い商品、いわゆる禁制品ばかりになっていた。あの李志明（リー・ヂーミン）も、重装備仕様（ヘビーコンバット）の義肢（クローム）や希少金属（レアメタル）を躍起になって収集していた。

　琉球の密貿易は、食糧不足という差し迫った危機と、地上戦の傷跡である薬莢が皮肉にも交換価値を持っていたことから始まったが、最初の取引相手（パートナー）である台湾人たちは琉球人たちに同胞として接し、米や砂糖を救援物資さながらに運んだ。しかし、蔡さんの口ぶりから察するに、上海の連中からは、あの頃の俺たちのような共助の精神は感じられない。隣人の窮状を単なる商機として見ている。

「断ったのか？」

「ああ。彼らが本当に売りたいものは別にある」

「大陸の義肢（クローム）か？」

「阿片（アヘン）だ」

　海の方を向いていた毛利巡査が突然口を挟む。蔡さんは目を丸くし、割り込んできたくせにこちらを見ようともしない毛利巡査の背中を不思議そうに眺めた。

「その通りだよ。蔣中正（ジャン・ヂョンヂォン）は阿片を売った金で共産党と戦った。その共産党も、秘密裏に阿片を栽培し、国内で通貨として使用した。上海のマフィアは、すでに専売局の外省人も抱き込んでいると匂わせていた。

あるときは薬漬けにされ、あるときは取り上げられ、また薬漬けにされる」

「そんな取引、誰も引き受けないさ」

「どうかな。僕は断ったけど、金に目が眩む奴はいるだろうし、それを責めることはできないよ。向こうでは、家族や友人が間諜（スパイ）として告発され、帰ってこなくなっている。皆が疑心暗鬼になり、本当に憎むべき相手を見失っている。……僕たちは、光復でようやく取り戻したはずの同胞意識さえ奪われたんだ。今は何よりも金が必要だ。金さえあれば、豚は手懐けられる」

金があれば亡霊に臼を挽かせることもできる、祖国の諺だ。敗戦によって日本統治から解放された台湾人たちは、自分たちの息子や娘の将来のために使うはずだった金で、国民党の役人に賄賂を支払い、投獄された家族を取り戻そうとしている。

「俺たちの国はこれからどうなっていくと思う？」

吸い殻を海に投げ、俺は蔡さんに訊ねる。

久部良に長く滞在している台湾人たちの多くは訳ありで、どんなに酔っても自分の過去を語ろうとはしなかったが、狭い島の中で膝を突き合わせていれば、大体の背景は見えてくる。蔡さんは日本語も堪能な知識人（インテリ）だ。今の台湾で生きていくには最も致命的な欠点で、だからこそ帰れずにいる。

「戒厳令が解かれることは向こう十年はないだろうね。それに、蔣中正が出て行っても、今度は共産党がやってくる。いつまで経っても他人の戦争に巻き込まれる」

「なら、当面は与那国にいるつもりか？」

「昔の友人と連絡が取れれば東京に行こうと思っているけど、安全な間はこの島にいるよ。ここも台湾と同じで見捨てられた場所だからね」

「見捨てられた場所？」

「はじめからそこに住んでいる人間がいて、営みと秩序があったのに、あとから我が物顔でやってきた日本人に征服され、従属することを余儀なくされた。僕たちも彼らも、日本人としての自己認識（アイデンティティ）を得るために奮闘した。夜更けに酔って帰ってきては暴力を振るうだけの父親に、それでも愛されようと必死になる子供のように」

懐からスキットルを取り出し、蔡さんはゆっくりと傾けた。人気の品で、基地からの横流しが本土の人間たちの間で飛ぶように売れている。戦地に赴いた兵士の持ち物に違いないはずだが、でかでかと彫刻されたアメリカ海軍の紋章は新品同然に輝いている。

「子供の頃、京都に旅行したことがあるんだ。すれ違う女性たちが皆美しくて、優しくて、天地がひっくり返るほど驚いたのを今でもよく覚えている。着物姿も素敵で、いつか京都の女性と結婚したいと思ったよ。台湾で見た日本人の女性は皆意地悪だったから、余計にそう感じたんだろう。……あの頃はよく分かっていなかったけれど、思い返せば、彼女たちは琉球人だった。事あるごとに、自分たちは日本人だが、お前たちは違うと言われた。本土から来た連中からすれば、どちらも同じ二等国民さ。でもね、彼女たちは僕らを見下すことで、どうにか自分を保てたんだ」

　揺れが小さくなるのを見計らった毛利巡査が、船尾の操舵室へと向かっていく。俺は金具に吊り下げられていた橙色の浮き輪を外し、枕にして寝転んだ。この船もすでに敵地には違いないが、あの男が気張ってくれている間は存分に寛がせてもらおう。

「武（ウー）さんは生身だったっけ」

「親が丈夫に産んでくれたんでね。蔡さんは右腕だけか？」

「ああ。骨董品も同然だけど」

　シャツの袖が捲られ、鈍色の腕が姿を現す。杖（シュトック）の愛称で知られるドイツ製の大量生産品。堅牢さは折り紙付きで、耐用年数を過ぎても問題なく動作するが、アメリカ製の義肢（クローム）とは互換性がないため、市場で出回っているものは部品取りに使われる。

「生まれつき不自由でね。金瓜石（ジングアーシー）で労働すれば無償で手術が受けられると聞いて、飛び付いたんだ。兄からは、人間性を捨てるような行ないだと大反対されたよ。自分という存在の一部分を切り捨て、労働に最適化された機械を組み込み、労働生産性というおぞましい概念を形成する歯車の一部と化すのか、とね。僕はただ、両方の手で自由に物を掴んでみたかっただけだ」

　かつての敵愾心を再現するように呟き、蔡さんは右手で煙草に火を点けた。

「先週、義理の姉から手紙を受け取った。それによれば、兄は今収容所にいるそうだ。僕が商人として財を成している間に、兄は国民党に抗議する政治的な組織の一員になっていたらしい。物資の搬入を任されていたが、港湾局の人間に金を掴ませていなかったことが原因で逮捕された。自分たちは正しいことをしているのに、どうして賄賂なんか渡さなければならないのか。……最後までそう叫んでいたと手紙には書いてあった。僕が組織の人間なら、兄だけは絶対にその担当にはしない。こうなることは目に見えていたからね。しかし、正義を信じて譲らない性格だからこそ、皆が物怖じするなかで、貧乏くじを引かされたのかも知れない。自由を手にしようとして歯車になったという点で、兄は僕と同じか、それ以上に愚かだったというわけだ」

「だが、あんたはまだ生きている。何よりも大きな差異だ。新しい腕に換装することだってできる」

「そうしたいのは山々だけど、こいつには愛着があってね」

「道具に愛着を持ち始めるなんてのは、いい傾向とは思えないな」

「道具と割り切れれば、取り替えるのは容易いだろうね。その点で、僕はまだ、かつての不自由さに執着しているのかも知れない。……金瓜石と同じように、いつか国が脳と電脳をただで取り替えてくれる日が来るかも知れない。頭脳労働の生産性の向上を図るとかなんとか、お題目はいくらでもあるだろう？　たぶん、僕はまた飛び付くよ。脳炎も脳梗塞も怖がらなくてよくなるんだ。そうやって全身を機械と取り替えていく先で、僕はどうやって僕自身が僕だと証明するのか、気になって仕方がないんだ。この島の人間には徴兵拒否者がほとんどいなかったと聞いた。大日本帝国なんて、海の向こうの遠い国だよ。そんなもののために命を落とせるなんて、正気とは思えない。……何のことはない、彼らは取り替えられたんだ。電脳化ではなく教育によって、琉球人から日本人へとね。皇国の一員であるという自己認識（アイデンティティ）は、皇国のために戦うことで完成する。僕たちが今でも君が代を歌えるのと同じようにね。京都に生まれた人間は、そんな思いはしなかっただろうさ」

　捲り上げていた袖を戻し、蔡さんは酒を嘗めた。

　密貿易に関わっている台湾人連中はもれなく義体化済みで、話を合わせるために、腕を立派にする願望があると伝えたことが何度かあったが、その度に口を揃えて止められた。生身では到底持ち上げられない重荷を軽々と運びながら、それでも彼らは、懐かしむような眼差しを俺の手足に向けた。この肌が精巧に作られた模造品であることも知らずに。

翁の賭場船が停泊しているのは、久部良港から三十キロほど行った地点だと聞いていた。時間経過だけ考えれば、そろそろ着いてもおかしくはないが、この様子ではまだ掛かりそうだ。本来ならば二十ノットほど出るはずの船も、海が荒れているせいか、体感ではもっと遅い。

「魂（マブイ）、だとは思わないか」

　俺は言う。

　こちらを向いた蔡さんの口元が、わずかに緩んでいる。

「意外だね、そういうことを言う人だとは思わなかったよ」

「男相手に口説き文句を考えることはないからな」

「なら、光栄なことだ。……しかし、僕にしてみれば、魂もまた、血縁や土地に縛られたもののような気がしてならない。武（ウー）さんにとって、魂とは何を指すものなんだい？」

　難しい問いだ。

　杖（シュトック）という言葉通り、蔡さんは杖をついて歩いているに等しい。他の連中も同様で、単に道具として使役しているに過ぎない。人間として生まれ持った生体部位の残りが三割にも満たない俺とは決定的に違う。他人から与えられた機械部品に生かされている俺に、俺自身が俺だと証明するものなど存在するのだろうか。

「回憶（フィイー）だ」

「思い出？」

「……生きることは、越えるということ。昔、俺にそう教えてくれた人がいた。その言葉が、俺の人生を定義している」

　使いものにならないと判断され、解剖刀（メス）で摘出された臓器たち。記念に見せてもらえはしなかったが、おそらく俺は、切り刻まれた自らの肉体よりも多くのものを、この手で捨ててきた。正義感も、善悪という判断基準も、望郷の念も、前に進むのには不必要なものだった。俺は身軽になった体で、あらゆる境界線を全力で飛び越えてきた。その先で、彼女にふたたび会うことができると信じてきた。

「呪いだね」

「俺もそう思う」

「いいんだ。僕たちはみんな呪われている。生まれたときから、自分で自分を定義することができないんだ」

「だから博打をするのか？」

「そう。勝てば、自分を取り戻せる」

「失っていくばかりの男が言ったんじゃ、説得力に欠けるな」

俺は笑い、蔡さんも屈託のない笑みを見せた。

行く手には霧が立ち込め始め、鋭利な刃物のような風が皮膚を弾いていく。強まった波音のせいでまともに話もできなくなり、話梅（ファーメイ）を肴に酒を飲み続ける蔡さんの隣で、獲物を探して飛ぶ鰹鳥を数えながら時間を潰す。

〈もうすぐ着く。準備しておけ〉

操舵室の窓越しに船長の顔は見えるが、毛利巡査の姿はない。俺たちと同様に風を凌（しの）いでいるのだろう。

〈準備することなんてないぞ〉

〈賭けに勝つんだろ？　感傷に浸ってる暇があるなら、イカサマの練習でもしておくんだな〉

盗み聞きとは、紛い物の身分がすっかり板に付いているようだ。

とはいえ、正しい助言には違いない。いくら腕が立つとはいえ、拳銃一丁では限界がある。翁を引き摺り出すためには、賭場における正攻法、賭けに勝ちまくって招かれざる客になる他ない。大小（タイサイ）なら、電脳化している俺に分がある。賽子の目は、ごくわずかな音の違いを持っているため、二、三勝負して音を聞き分ければ、あとは完璧に把握できる。イカサマと思われないよう、時折わざと外してやればいい。

「あの船だよ」

体を起こした蔡さんが指差す先には、二百トン以上はあろう遠洋漁船が濃霧を打ち払うように堂々と顕現していた。想像していたよりも遥かに大掛かりな要塞。毛利巡査も内心は面食らっているはずだ。

船長は手提げランプを掲げ、何らかの符丁を伝えた。船を寄せると、上から縄梯子が降ってくる。

「僕が先に行くよ。街（シティ）とは勝手が違う。くれぐれも慎重にね」

一番槍は蔡さんで、続こうとした俺を毛利巡査が押し退ける。俺の足が縄梯子に掛からないうちに、漁船は与那国島へ蜻蛉返りしていった。蔡さんの話では、定刻に迎えに来るらしい。

湿った梯子を登り切ると、漁船のそれがおもちゃに感じられるほど広い甲板に出た。符丁の確認役と思しき男が蔡さんと話をしている。広東語だ。頭巾付きの外套で頭まですっぽりと覆い、京劇（ジンジュ）の面を被っている。来客を出迎える態度としては下の下だが、黄面の男の手は短機関銃（サブマシンガン）を持て余している。

「入場料を払わないといけないんだ」

　俺は頷き、蔡さんが出したのと同額のドル札を渡す。毛利巡査からの徴収を終えると、黄面の男は付いてこいと言わんばかりに後ろ向きで歩き出す。

〈荷物検査もなしとは、呑気な連中だ〉

　毛利巡査が俺の頭の中でせせら笑う。黄面の男が船内に繋がる扉を開ける。ラジオから流れる広東語のニュースを背景音楽に、バンダナを巻いた老人が鶏肉目掛けて包丁を叩き付けている。咥え煙草からは灰が落ちているが、気にする様子はない。黄面の男は挨拶もなしに奥へと進んでいく。背後の賭場とは無関係なのか、そもそも関係することを嫌がっているのか、厨師（コック）は俺たちに目もくれず、萎びた野菜を豚脂（ラード）と葱油（ツォンユ）で炒めている。

　厨房の先は食堂で、壁面に作り付けの座席があり、高さの合わない長机が所狭しと並んでいる。水差しと調味料の載った盆が置かれているが、飯時を過ぎているからか誰もいない。天井近くには宮型の柱時計が掛けられ、その下に航海計画が貼られている。隠れ蓑として機能させるために、漁船としての仕事も一応はまっとうしていると見える。

　食堂を抜けると、船室と共用部を隔てているのであろう煙草臭い通路に出た。真新しい洗濯機がずらりと並び、正面には「三等舱」、左側には「洗澡間」の札が掛けられた扉があったが、黄面の男は右へと曲がっていく。同じく出入り口になっているはずの場所には、外された扉の代わりに軍幕が掛けられていた。分厚く重ねられ、音も光も完全に遮断されている。

　黄面の男は歩みを止め、ふたたび俺たちの方を向いた。合図を送ったような気配はなかったが、程なくして、緑面を被った巨漢が軍幕の下側から這い出るように姿を現した。胸割りの刺青に褌（ふんどし）一丁という気合いの入った装いだが、鉛色の下半身は重装備仕様（ヘビーコンバット）の義肢（クローム）に換装されている。

〈気を付けろ。こいつらふたりとも電脳化している〉

　毛利巡査が警告する。緑面の巨漢は、岡持ちにも似た金属製の収納具を両手に下げている。大きさは三尺の簞笥ほどで、生身の腕で持っているのだから相当な怪力だ。

「ここで現金をチップに換えるんだ」

　蔡さんが飴色のゴムバンドでまとめた金を渡す。緑面の巨漢は受け取った金からゴムを外すことなく、ただ凝視し、収納具から取り出したチップを恭しい手付きで返した。ここまで来たら後戻りはできないと思いながら、懐に隠していた應召袋(おうしょうぶくろ)を取り出す。軍資金として二万ドルを持ってきている。

　緑面の巨漢は袋の中を数秒覗き、蔡さんのよりも遥かに多いチップを差し出してきた。頭のない蝿(はえ)が描かれた黒のチップが二十枚に、白のチップが八十枚。二十枚ごとに絹紐で束ねられている。行き当たりばったり(无头苍蝇)とは痛烈な皮肉だ。

「内訳は？」

「黒い方が五百ドル、白い方が百ドルだよ」

「なら、二千ドルはどこかに行ったみたいだな」

「確かかい？」

「どんなに酔っても金勘定だけは間違えたことがない。おまけに今日は素面と来てる」

　案内役として責任を感じているのか、蔡さんは広東語で即座に抗議してくれた。緑面の巨漢はわざわざ俺の方を向き、笑いの混じった声で何かを返した。

「初めての客だから、保証金を預かりたいそうだ。問題がなければ、帰りに返してくれるらしい」

「問題、ね」

　そのときは金は返ってこないばかりか、この巨漢が本領を発揮してくれるのだろう。

　毛利巡査がチップの交換を終えるのを待って、黄面の男が軍幕の下側を軽く捲り上げる。どういうわけか今度は、蔡さんも毛利巡査も俺に先鋒を譲ってくれていた。チップを入れた應召袋を首から下げ、幾重にも下ろされた軍幕をくぐっていく。

　最後の一枚を通り抜けた俺を出迎えたのは、ネオンの阿片窟だった。

　梔子色の輝きが空間を満たし、等間隔に設置されたテーブルで男たちが賭博に興じている。右を見ても左を見ても義肢(クローム)だらけで、生身というだけで日本人であることが一目瞭然だった。毛利巡査が推察した通り、脳まで弄っている連中も少なくないはずだ。手近のテーブルではカード遊びが行なわれ、いかにも上海の商人という風貌の男が美味そうに葉巻を燻(くゆ)らせている。

　客同士の話し声はほとんど聞こえず、賽子を振る小気味いい音や乱雑にチップを投げ出す音が、俺の見立てでは四十畳はあろう巨大な賭場にすうっと響いては呑まれていく。やけにスリットの深い旗袍(チーパオ)を着た女が、上等そうな漆塗りの丸盆に酒を載せて運んでいる。

「僕も最初は驚いたよ」

　蔡さんが煙草を咥えるや否や、女が近付いてきて火を点けた。大陸には美人しかいないのかと思えるくらいの上玉ばかりだが、上海では、義体化という人間性そのものに対する機能向上（アップグレード）の喜びを知った成金たちが、手先の器用な義体医（サージャン）たちを雇って顔やナニを工事させていると聞いたことがある。機械の力を借りてハンサムな絶倫美男子へと変貌した耄碌爺どもは、自分の妻や娘、懇ろな情婦たちにも同じ喜びを分け与えているそうだ。そう考えた途端、旗袍（チーパオ）の首から上がどれもそっくりに見えてくる。

「さて、どうする？」

「目一杯遊ぶさ。蔡さんは今日も賽子か？」

「愚問だね。今日は何だか勝てそうな気がするんだよ」

　阿呆丸出しの嬉しそうな声で言い、蔡さんは大小（タイサイ）をやっているテーブルを探し始めた。あれでは知識人（インテリ）の面目が丸潰（まるつぶ）れだ。

　麻雀が覇権を握っているが、意外と咬双音（カンヤンイン）も人気のようで、小銭が投げられる音と溜め息が交互に聞こえてくる。蔡さんが椅子に座り、俺も物は試しと隣に腰掛けたが、澄まし顔のディーラーは野良犬を追い払うように手を動かす。

「なんだよ」

「連れ同士は同じ卓を囲めない、規則を言い忘れていたね」

　申し訳なさそうに告げた蔡さんの幸運を祈り、俺は席を離れる。煙草を吸いながら空いていそうなテーブルを物色していると、四人座っていたところから丁度ひとり抜けていくのが見え、慌てて滑り込む。ディーラーは顔を上げ、チップを整理するために下げ、次に上げたときはまじまじと俺を見つめた。

「お手柔らかに頼むよ」

　北京語ならできたが、発音に違和感があったのか、残りのふたりも俺に視線を向けた。サービスの酒を楽しんでいる客が多かったが、こいつらの手元には何もない。真剣勝負の卓というわけだ。

「台湾人か？」

「そうだ」

「なら、こっちの方がいいだろう」

　顔中に刀疵がある丸坊主のディーラーは、カードを手際よく片付け、テーブルの下側から四色牌（スーサーパイ）を取り出した。赤、黄、緑、白の四色と、将から卒までの七種類に分かれた長方形の紙牌を使い、役を作っていくゲームである。台湾人の大のお気に入りで、放っておけば餓え死にする寸前まで賭け続けてしまうので、日本統治時代には禁止になっていたほどだ。起源は福建省にあり、中国人も好んで遊んでいる。俺は頷き、残りのふたりも変更に同意した。どこをほっつき歩いていたのか、毛利巡査が俺の後ろに来る。

「坊ちゃん、代わりにやるか？」

「ルールがさっぱり分からん」

俺はディーラーに目を遣り、この日本人に見学させてやってもいいかと訊ねる。

「イカサマをやったら、出て行ってもらうことになる」

「金輪際日本鬼子（リーベングイズ）と組む気はないさ。途中、何が起きてるか教えてやってもいいか？」

「そいつは北京語を話せるか？　それなら構わない。日本語で通しをされたら困るからな」

「こいつが大負けするのを静かに見物させてもらう」

俺よりも流暢な北京語で返し、毛利巡査は見学を認められた。

四色牌（スーサーパイ）においては、ディーラーはカードや賽子のような進行役ではなく、卓を囲む一員として勝負するようだ。右隣には紳士然とした中折れ帽のご尊老、左隣には革製のフライトジャケットを羽織った三十代くらいの莫西干（モヒカン）が座っている。四色牌（スーサーパイ）のなかにも遊び方がいくつかあったが、賭け事として最も純度が高い十胡（ザッポー）が選ばれた。

ディーラーはまず、百十二枚ある紙牌を裏返し、重ならないよう広げていった。その挙動に合わせるように、テーブルに埋め込まれた常盤色のネオンが点灯する。少し驚いたが、人枡田（トゥングダ）の泉と似た仕組みだろう。ディーラーが一枚引き、莫西干（モヒカン）が引き、俺が引き、中折れ帽が引き終わるのと同時に全員で場に出す。それぞれ、黄色の兵、緑色の馬、赤色の俥、白色の士。中折れ帽が紙牌を集め、両手でかき混ぜ始める。

「何をした？」

「親決めだ。一番強い札を引いた奴が親になる」

将、士、象、車、馬、砲、卒。象棋（シャンチー）の駒と同じだ。四色の中でも緑と白、赤と黄に分かれていて、後者では帥、仕、相、俥、傌、炮、兵と表記が変わるが、指すものは変わらない。紙牌は両切りの煙草ほどの小ささで、カードのように洗牌（シャッフル）することは難しい。大抵の場合、麻雀牌のようにかき混ぜてから、山を三つほどに分けて洗牌（シャッフル）する。

中折れ帽は几帳面な性格なのか、全ての山をきちんと五回切ってからひとまとめにし、紙牌を配り始めた。親が二一枚、子が二〇枚を受け取ると、ようやく準備が終わる。軽い紙牌は積み上げたところで綺麗に自立しないため、山は自然と崩れた形になる。

「抽花（ドラ）あり、相公（シャンゴン）の罰符（ペナルティ）は五点、流局時は次局の勝ち点が倍になる。……これが、ここの内規（ハウスルール）だが、異論はないか？」

チョンボせずに上がればいいだけの話だ。俺は無言で肯定を伝え、二〇枚の紙牌を扇のように広げて持つ。すでに出来上がっている役を裏向きにして場に伏せておくやり方もあるが、無作法だと嫌う者も少なくない。初心者にとって、この持ち方で理牌（リーパイ）するのは至難の技だが、三人とも達者な手付きで並び替えている。わざわざ選んだだけあって、それなりにやり込んでいるのだろう。

それにしても、酷い手牌だった。

この局は毛利巡査に説明するのに使おう。

親の中折れ帽が一枚捨てる。白の士には誰も触れない。続いて、ディーラーが山から一枚引き、表向きにして場に出す。赤の俥。莫西干（モヒカン）がポンし、赤の俥が三枚並ぶ。莫西干（モヒカン）は代わりに黄の炮を捨てたが、全員が見送った。俺の番になり、山から引いた紙牌を捲る。

赤の兵。

これ幸いと引いた札を取り、緑の卒、黄の兵、白の卒を使って順子を作る。四色の兵兵卒卒、四点の役だ。十胡（ザッポー）は役の合計が十点以上でなければ上がれないため、かなり大きい。俺は白の象を捨てる。誰も拾わず、親の中折れ帽が新たに一枚引く。これで一巡だ。

「山から引いたものが手札になるわけじゃないのか？」

「ああ、場に公開する権利が回ってくるだけだ。役が作れるのなら鳴いて自分の前に置けるが、そうでないなら見送るしかない。麻雀みたく手牌を自由に変えられるわけじゃないんだ。だから、何を捨てるかがより肝心になってくる」

ディーラーが緑の将を引く。将は単独で役となるが、その代わりに、引いたら絶対に捨てられず、どんな状況でも必ず取って、自分の前に置かなくてはならない。お偉いさんはどんなときでも無碍にできないというこの制約は、局の終盤に差し掛かった頃に俺たちをどん底に叩き落とす。

たとえば、手札が一枚になっているときに帥か将を引いてくると、自動的にその一枚を捨てざるを得ないため、手札がなくなってしまう。それで、上がり放棄の相公（シャンゴン）となるという訳だ。あるいは、まだ九点に達していない段階で、手牌一枚が帥か将のときに将を引いても、やはり相公（シャンゴン）となる。

ディーラーが白の象を捨てる。

莫西干（モヒカン）は赤の傌を引き、赤の俥と炮を出して俥傌炮を作った。

「あれも役か？」

「ああ。役は槓子が一番高い。その次が刻子。どちらも鳴くと二点下がる。対子は〇点だが、手札を全て役にしなければ上がれないという条件を満たすために必要になってくる。俺の兵兵卒卒は全色の兵と卒を使う。三色の兵兵卒は三点だ。で、あとは順子、一点の俥傌炮と二点の将士象。将と帥は単独で一点だから、その分が加点されている」

大体の説明は終えた。頭が回る毛利巡査のことだから、おおよそ理解しただろう。

ディーラーを除いた全員が煙草喫みで、俺は断ったが、ふたりは目敏く近寄ってくる金太郎飴のような女たちに火を点けさせていた。

百十二枚ある紙牌は、ゲーム開始時点で山に三一枚しか残らない。理論上は、たったの八巡で終わってしまう。

その後も淡々と紙牌を捲り続け、中折れ帽が明槓で六点、ディーラーが将と卒卒兵で四点、莫西干（モヒカン）が俥傌炮と対子ふたつで一点、俺は兵兵卒卒、手元には師の計五点。ディーラーは一向聴（イーシャンテン）か聴牌（テンパイ）と見た。安全牌を切り出す頃合いだが、四色牌（スーサーパイ）は麻雀と違い、誰かが振り込んだとしても全員が支払うことになっている。勝つためには、常に攻め続けなくてはならない。

赤の相を引いた俺は、帥仕を出して帥仕相を作る。これで七点、かつ二向聴（リャンシャンテン）。多少の危険を冒してもいい。黄の俥を捨てると、案の定中折れ帽がポンし、白の象を捨てた。ディーラーが引いた緑の象を全員が見送り、続く莫西干（モヒカン）が赤の仕を引く。

「胡（フー）だ」

チーやポンと変わらない静かな発声とともにディーラーが手牌を広げる。将で一点、卒卒兵で三点、車馬包で一点、将士象で二点、対子が〇点、相と俥の暗刻がそれぞれ三点ずつ、上がりの仕は明刻なので一点、締めて十四点。

「聞いてなかったが、どういう計算だ？」

「一点一〇〇ドルだ。十胡（ザッポー）だから、敗者は毎回、最低でも一〇〇〇ドルは払うことになる」

そう説明しながら、ディーラーは山札から四枚引いて表にした。毛利巡査がわずかに身を乗り出す。

「今のは？」

「抽花（ドラ）だ。同色同種の札があれば加点される」

黄の傌と炮、緑の将、そして赤の仕。

「抽花の点数を決めていなかったが、まあ、一点にしておこう」

たいした豪運だ。

勝ち点は十八点に化け、俺はものの十数分で一八〇〇ドルを失った。対するディーラーは、この一局だけで五四〇〇ドルを手にした。賭場側の人間は、胴元の財布で勝負している。こいつを痛め付けて翁を引き摺り出すというのが俺の作戦だったが、早くも先制されてしまった。

黒チップ三枚と白チップを三枚を卓上に放り投げ、椅子の背もたれに頭を預ける。四色牌（スーサーパイ）に持ち点はない。つまり、自分の意思で抜けない限りは永遠に続けられる。一度勝てば最低でも三〇点、三〇〇〇ドルを稼ぐことができるが、この調子で負け続けたら、二万ドルなどすぐに尽きてしまう。

今度はディーラーが親になり、かき混ぜた紙札を目にも留まらぬ速さで配っていく。

〈幸先が悪いな〉

〈正直言って、かなり厳しい戦いになる〉

〈上に戻って緊急用の救命筏を壊してくる。念のために、船長と航海士も殺す。人数は多いが、こいつらは兵士じゃない。統率が取れない状況に持ち込んで各個撃破すればいい〉

〈もう少し待ってくれ〉

平和主義者を気取るつもりはないが、具体性のない強硬策に乗れるほど血の気は多くない。昨日の今日で、暴力で解決すると後々厄介になるということを痛いほど思い知らされている。翁とは事を荒立てずに取引がしたい。

とは言ったものの、俺は賭け事に強い方ではない。陳さんたちとやるときも、十胡（ザッポー）を十点を作るゲームと解釈し、とにかく鳴いて素早く手役を作る戦い方ばかりしていた。最終的に損をしていなければいいという、いわば、負けない四色牌（スーサーパイ）だったが、それでは翁に届かない。多少のリスクは覚悟の上で、より高い点数を取りに行かなくてはならない。莫西干（モヒカン）は早くも守りに入ったようで、現物か安全牌ばかり捨てている。中折れ帽は早い段階から〇点の対子でも迷わずに鳴き、紳士然とした外見とは裏腹にせっかちな印象を受ける。

四巡目、中折れ帽が引いた緑の士の単騎待ちで、ディーラーが胡（フー）した。黄の相に抽花（ドラ）が乗り、合計は十三点。

三度（みたび）親番が継続し、今度は五巡目に自ら自摸（ツモ）った赤の傌でディーラーが上がる。抽花（ドラ）はなしの十一点。あまりにも呆気なく、俺は持ち金の四分の一を失った。

莫西干（モヒカン）は緑面の巨漢を呼び、懐の現金を追加でチップに換えている。乱雑に放り投げる俺とは違い、中折れ帽は革手袋を嵌めた手でそっとチップを差し出していたが、ディーラーの手が近付いてきても、そこから指を離そうとしなかった。

「……何か？」

「いや、少しばかり紙牌が汚れてるんじゃないかと思ってね」

「ガン牌が行なわれているとでも言いたいのか？」

チップの回収を止め、ディーラーは両手の指同士を組み合わせた。ガン牌は、麻雀牌に印や傷を付け、その牌がどこにあるのかを一目瞭然にするイカサマだ。確かに、紙牌なら折り目や爪跡を簡単に付けられる。

「行なわれていない不正を糾弾することは、我々の面子を傷付ける行為に他ならない」

「ただの指摘に、そんな目くじらを立てなくてもいいだろう。それとも、何か怒る理由でもあるのかね？」

俺の目には、この三局でイカサマが行なわれたようには見えなかったが、中折れ帽は一向に譲らず、こちらを遠巻きに見ている金太郎飴女を呼んで煙草に火を点けさせた。その左手は、黒二枚と白一枚のチップを押さえたままでいる。

「まあまあ、せっかくの遊戯です。わだかまりが残るような真似はよしませんか」

口を開いた莫西干（モヒカン）が同意を求めるようにこちらを見たので、黙って頷いてやる。納得していないのはこいつだけだとでも言いたげに、ディーラーが中折れ帽の指先を睨む。

「ここはひとつ、歴史を紐解いてみようじゃありませんか。この遊戯は、賭け事に対する取り締まりが厳しかった時代に、ぱっと川にでも捨てて素知らぬ顔ができるように、安い紙牌が用いられたそうです。神経質な博徒の中には、局を終える度に全て取り替える者もいたと聞いています」

「……それで気が済むなら、そうしよう。その代わり、二度と戯言を口にしないでくれ」

「私はただ、綺麗な紙牌で勝負がしたいだけだ」

煙を吐き出しながら、中折れ帽が白々しく応える。

回収したチップをテーブルの側面のポケットに仕舞い、ディーラーは席を離れていく。どこかに予備が置いてあるのだろう。ディーラーの姿が見えなくなると、中折れ帽は身を乗り出して俺と莫西干（モヒカン）に煙草を勧めてきた。頭を下げ、さっと火を点ける。

「差は広がるばかりだ。あの疵顔は、すでに一万二六〇〇ドルも儲けている。点数にすれば四二点、追い付くのは骨が折れる。私たちがなりふり構わず勝負に出始めれば、今度は安手で勝ちを拾ってくるだろう」

金太郎飴女が去っていくのを待って、中折れ帽が口を開く。

「単に、彼の勝ちが三回続いただけの話ではないですか。あれだけの運は、そう長くは続きませんよ。次からは私たちが連勝すればいいのです」

「こちらで潰し合う分には、向こうは損をしない。それに、あれは運だけじゃない。たいした実力の持ち主だよ。ディーラー連中がカードよりこっちを好むのは、もっと効率よく金を巻き上げられるからだ。……しかし、私には策がある。あの男を封じ込め、容易く逆転する方法がね」

「どんな策だ？」

思わず飛び付く。

わざとらしく俺たちを見回してから、中折れ帽は続ける。

「流局時は次局の勝ち点が倍になる。それが、ここの内規（ハウスルール）だ。理論上は、二回流れるだけで最低点でも追い付ける」

「わざと流局させようって気か。だが、奴さんにも好機（チャンス）なんじゃないか？」

「訪れないとも。あの男の順子を、この三人のポンとカンで徹底的に潰すからだ。それに加えて、こちら側の役を崩すことになろうとも、あの男が捨てるのと同じ札を優先的に捨ててやろう。これで、奴には自摸しかなくなる」

「なるほど。それで、吊り上げた勝ち点は誰がもらえるんだ？」

　俺がそう訊ねると、中折れ帽は気障ったらしく眉を上げた。その背後に、小箱を携えて戻ってくるディーラーが見える。

「そこからは、正々堂々戦おうじゃないか。私はディーラーが勝つのが気に入らないだけなんでね」

「流すのは二回か？」

「いや、欲を出して三回にしよう。誰か一人でも、奴の鼻を明かしてくれ」

　水の張られた灰皿に煙草を捨て、中折れ帽が咳払いする。ディーラーは着席するなり、小箱の蓋を開けて俺たちの方へと向けた。帯封された四色牌のセットが隙間なく詰め込まれている。

「一局ごとに捨てよう。これで文句はないな？」

　中折れ帽と莫西干が頷き、俺も続く。帯封が千切られ、手際よく混ぜられた紙札が手元へと飛んでくる。帥仕相、暗刻ひとつに対子が三つ、将が二つと、中々にいい手だ。

　ディーラーが黄の炮を捨てる。鳴いてもいいが、ここは見送って様子を見たい。莫西干は赤の兵を引き、兵兵卒卒を作った。代わりに捨てられたのは黄の俥で、ディーラーの元に俥傌炮がないと考えたのだろう。誰も取らず、場札となる。俺は黄の傌を引き、鳴いて俥傌炮を作る。作戦通り現物の黄の炮を捨て、中折れ帽へと繋いでやる。中折れ帽は白の包を引き、反応がないと見るなり、さっと捨てた。

〈武、どうして信用した？〉

　一巡し、ディーラーが山に手を伸ばす。捲られたのは白の包で、すぐに場札となる。莫西干が赤の炮を引き、安堵したように俥傌炮で鳴いた。捨てられたのは安全牌の白の包で、俺はすぐさま紙牌を自摸る。黄の傌、そのまま捨てる。中折れ帽が白の象を引いてくると、ディーラーがすかさず将士象でチーした。俺は努めて冷静にポンを告げる。順子を潰し、現物の黄の俥を捨てる。

〈共闘にデメリットがないと判断したからだ。俺以外のふたりも、そう考えているはずだ〉

〈流局によって勝ち点の乗算を繰り返すとして、そこ

で負けたらどうするつもりだ？　一発で消し飛ぶぞ〉

煙草を持った手で山に触れ、中折れ帽が赤の傌を引く。微かに灰が舞い、不快そうに目を細めながら、ディーラーがふたたびチーする。今度は俥傌炮だ。どういうわけか、中折れ帽は口元に笑みを浮かべている。ガン牌を指摘した張本人のくせに、これでは通しが行なわれていると誤解されかねない。俺はふたたびポンし、赤の傌の明刻を作った。二連続でチーを邪魔されたにもかかわらず、ディーラーは表情を崩さない。それなら、心が掻き乱されるようなことをしてやろう。俺はあえて、まだ危険の残る黄の相を捨てた。いよいよイカサマじみてきたが、あろうことか莫西干ではなく中折れ帽がポンし、恭しい手付きで黄の傌を捨てた。もちろん現物だ。

ようやく順番が回ってきたディーラーが赤の相を引く。チーの声とともに、手元の帥仕相が公開される。少し遅れて、俺の左側に赤の相が三枚並べられた。莫西干のカンは、順子である帥仕相よりも優先される。莫西干は安全牌になった赤の仕を捨てるなり、ふうと息を吐いた。ディーラーの目付きが変わってきているのを感じ取っていたのか、莫西干は紙札を取ってくる最中、ひたすらに顔を伏せていた。

〈普通に戦っても、このまま負け続ければどのみち消し飛ぶ。なら、一発逆転を狙える方がいい〉

〈賭けに弱い人間の発想だな〉

〈違う。賭けに強い人間なら絶対にやらない馬鹿な手だ。……だからこそ、俺たちはやるべきなのさ〉

俺は白の卒を引き、ひとりも鳴く者がいないのを確かめてから捨てる。この作戦の要石である中折れ帽が緑の象を引く。ディーラーが将士象でチーをした瞬間、莫西干がふたたびポンした。中折れ帽の目論見通り、ディーラーは順子を完膚なきまでに潰され、手牌を八枚も明らかにしてしまっていた。

安全牌は十分にあるうえに、俺たちはディーラーを上がらせないだけでいい。その後も同じことを繰り返し、俺たちは初めて流局を迎えた。ディーラーはテーブルの中央に白いチップを一枚置くと、新たなセットの帯封を破った。

三つの山が作られ、ひとつずつ洗牌されていく。俺たちに二〇枚ずつ配り、ディーラーは理牌もせずに白の士を捨てた。莫西干が白の卒を引き、俺は兵兵卒で鳴いた。白の象を捨てると、中折れ帽が鳴いて対子を作る。代わりに捨てられた黄の俥が、今度は莫西干（モヒカン）の明刻になる。

麻雀と違い、手元に一枚持っていれば対子として鳴けることが、この作戦では有利に働いてくれていた。

〇点ではあるものの、そもそも上がることを考えていないのだから乱発できる。三人で組んでいれば、ディーラーの順番を飛ばすことは容易かった。俺たちが無闇矢鱈に鳴きまくるなか、ディーラーは思うように手を進められず、引き当てた将と帥が場に溜まっていくだけだった。

今回も容易く流局し、ディーラーは二枚目のチップを重ねた。

二の二乗。

最低点で上がっても、十点掛ける四掛ける三で一二〇点。

しかし、あと一回やらなければ、負けた分を完全には取り戻せない。掻き集めた紙札を捨てていくディーラーを眺めながら、俺は煙草に火を点ける。

「妙な偶然が続きますね」

莫西干（モヒカン）の言葉には反応せず、中折れ帽は初めて飲み物を頼んだ。氷をひとつ浮かべたウイスキーが、右手側にある腰高の台に置かれる。

「彼が配り終えるまでに、少し話をさせてもらおうか」

「俺たちの集中力を削ごうって魂胆か？」

「そう思われないために酒を飲むんだがね。ここに来ている連中は、一癖も二癖もあって経験豊富だから、相談事にはうってつけなんだ」

「博徒に人生相談とは、あんたも結構行き詰まってるな」

「まあ、聞いてくれ。……私の知人に若い夫婦がいてね、彼らが結婚する前からの仲だ。どういう知り合いなのかを教えると私の素性が分かってしまうから、ここでは伏せておく。どちらかと言えば、妻の方と親しかったのだ。結婚式にも参加したし、祝金も弾んだ。ふたりが生家を出て家を構えてからは疎遠になっていたんだが、子供ができて、便りを書く暇もないんだろうと思っていた。……しかしだね、あるとき人伝に、彼女が子供を連れて生家に帰ってしまったと聞かされた。驚いた私は、すぐに友人たちを引き連れて彼女に会いに行った。彼女は元気そうに見えたが、こちらが仔細を訊ねる前から、彼女の夫がいかに父親としての自覚に欠けているか、金も稼がず甲斐性のない男かを憤りながら語った。夫婦が別れるのは嘆かわしいことだが、彼女の言うことも一理ある。友人たちのなかには、夫を叱ってやると息巻く者もいたが、私はどうしてやることもできず、何も知らないで眠っている赤ん坊の頭を撫でてから帰路に就いた」

　紙札同士の擦れる音が与太話に花を添える。俺と莫西干（モヒカン）が耳を傾けているのを確かめ、中折れ帽はウィスキーを舐めた。

「それから数年後、彼女の夫に会う機会があった。正直に言えば、同じ場に居合わせたことは幾度もあったのだが、彼女が気の毒で、なんとなく避けていてね。彼女の夫もそのことに気付いていたようだが、意を決して会いに来たという具合だ。彼は私に、娘と妻がどうしているか知っているか、と訊ねてきた。呆れた私は、そんなことは他人に訊くものではない、自分で会いに行きなさい、と叱りつけた。……すると彼は、思いも寄らないことを口にした」

「おしゃべりが楽しいなら、場所を変えるといい」

「いや、続きはこれを終えたらにしよう」

微笑みを浮かべた中折れ帽の隣で、ディーラーが静かに紙札を配り始める。俺たちの理牌（リーパイ）を待たず、ディーラーが緑の馬を捨てる。全員が見送り、莫西干（モヒカン）が恐る恐る自摸（ツモ）る。緑の将を取った莫西干（モヒカン）は、現物である緑の馬を捨てた。俺は赤の炮を引き、チーして俥傌炮を作る。刻子に縁がないらしいディーラーを一瞥してから、緑の馬を捨ててやった。

　中折れ帽が白の卒を引き、ディーラーがチーする。黄の兵と緑の卒の卒卒兵。俺は笑いを堪えながらポンし、明刻を場に晒す。緑の士を捨てると、今度は中折れ帽がカンし、悠々と緑の馬を切った。最初の二局から一転して手が遅くなったディーラーが、額を掻いてから山札を捲る。赤の兵。ディーラーは即座にチーしたものの、莫西干（モヒカン）のポンによって呆気なく潰された。赤の兵で明刻を作り、莫西干（モヒカン）が赤の炮を捨てる。誰も鳴くことはなく、俺の番が訪れる。自摸（ツモ）は白の馬だったが、反応はなく、そのまま場札へと流す。

　中折れ帽が赤の炮を引いてくる。

　ディーラーは赤の俥と傌を並べ、チーを告げた。

「悪いが、自摸（ツモ）が優先だ」

　ディーラーを揺さぶるために、あえて遅れたのだろう。中折れ帽の前にも、赤の俥と傌が置かれている。

俥傌炮を横取りし、少し迷ってから、中折れ帽は白の車を捨てた。莫西干（モヒカン）が一枚も白を捨てていないのを踏まえての判断だろう。その読みはずばり的中し、ディーラーを飛ばす形で莫西干（モヒカン）がポンする。着実に点数を重ねることができる順子が全く作れないうえに、俺たちの手札からこぼれてくるのも現物ばかりと来ている。難なくディーラーを封じ込め、危なげなく三回目の流局へと辿り着いた。さも当然のように、ディーラーが三枚目のチップを重ねる。

二の三乗、八倍。常盤色の輝きを放つ俺たちのテーブルには、最低点でも二万四〇〇〇ドルを稼ぐことができる魔法が掛けられている。

勝負は、ここから始まる。

椅子に座り直し、俺は肩を回す。義肢（クローム）が凝ることはないが、傍から見れば生身の俺は、こうでもしないと不自然極まりない。

「さて、どこまで話したかな」

「甲斐性のない旦那の自己弁護からだ」

「そう言ってやるな。彼は私に、子供とは初めから離ればなれにさせられていたと告げたのだ。ふたりが移り住んだ家が、彼の両親が持つ土地に新しく建てたものであることは聞いていた。我が子可愛さに工面してやっただけで他意などなかったが、妻の母親はそのことを不愉快に感じていたそうだ。おおかた、孫を取り上げられるとでも思ったんだろう。妻の母親は足繁く新居に通い、いつからか住み着いてしまったらしい。働き者の彼が不在なのをいいことに、妻の母親は、あることないこと彼の悪口を吹き込んだ。世間知らずの妻は、それを鵜呑みにしてしまった。たまに帰っても、妻の母親がいるせいで落ち着かず、妻とろくに話もできず、彼は部屋に籠りがちになったが、妻はそれを、子供に関心がないのだと受け取った。それから数年掛かりで妻の母親に焚き付けられ、妻はついに家を出て生家に戻ってしまった。彼女の父親は、はじめは諌めようとしたものの、孫可愛さに仕方なく口を噤んだようだ」

途中で抽斗が引っ掛かることはなく、中折れ帽は流暢に語ってくれる。俺は電脳化を疑ったが、日増しに呆けていく人間の脳を不朽の機械に置き換えたことのご利益が、賭場での長話くらいにしか役立たないと考えると涙が出てくる。淡々と洗牌（シャッフル）を続けるディーラーには目もくれず、中折れ帽は続ける。

「彼の両親は悲嘆に暮れたが、ふたりは君子と言って差し支えないほどの人格者で、妻のことは元より、妻の母親をも責めはしなかった。孫のことを気遣い、服や金を実家に宛てて送ったそうだ。しかしだね、妻の母親は、無慈悲にもそれを送り返していたのだ。なぜそこまで意地悪になれたのかは分からない。彼の父君は病床に臥していて、せめてもう一度だけ孫に会いたいと言い続けながら、望み叶わず息を引き取られた。……さて、私は先日、ふたたび妻の方に会った。子供はもう四歳になっていて、女の子らしく着飾っていたが、その顔付きはあきらかに彼と瓜二つなんだよ。妻は、私が訊かずとも元夫の悪口を言う。それは嬉しそうにね。そのときの彼女は、母親の霊魂が乗り移っているかのような険のある顔をしている」

「気分の悪くなる話だが、結局あんたは何を相談したいんだ？」

「夫の方は、今でもふたりの様子を知りたがっている。家族を捨てた男だと思われて針の筵で、教えてくれそうなのは私だけだからね。もし叶うのなら、子供の写真を見たいとも言っていた。父君の墓前に供えたいとね。……私はどうすべきか、ここのところずっと考えているんだよ」

「教えない方が彼のためになるとお思いで？」

「やはり、君もそう思うか？」

「もう会うことが叶わないのであれば、少しも知らずにいる方が幸せかも知れません」

莫西干（モヒカン）の答えに、中折れ帽は深く頷いた。紫煙に運ばれたウイスキーの匂いが、俺の鼻先を掠める。

「彼はまだ若く、こんな時代に仕事にも恵まれている。次の妻、次の子を望めるだろう。一日でも早く忘れてもらうためには、何も知らせない方が賢明だろう。……彼女には長らく会っていないし、これからも会うことはなさそうだ、と白を切るべきだというのが私の考えだ。台湾人の君はどう思う？」

「先に済ませておくべきことがひとつあるな」

「ほう、何かね？」

一瞬目が合う。

さっきはすぐに配り出したディーラーが、なぜだか俺を待っていた。

「妻と妻の母親に、自分たちがしでかしたことが間違いだったと教える」

「ふむ。罰を与えるべきだと？」

「罰かどうかは分からんさ。ただ、妻には自分の頭で考えずに生きている愚かさを、妻の母親には、夫の父親を失意のうちに死なせたことを分からせてやりたい。もちろん、そいつらは理解しないだろうがな。俺があんたなら、夫の汚名を返上してやるために、真相を周りに伝える。それでどうこうなるわけじゃないが、風向きが変わることで、妻が自分の過ちに気付くかどうか賭けてみたい」

「改心を信じるか。だが、君も彼女に会えば、もう正気には戻ってこないと分かるはずだ」

「人間は変わらない。ただ、変わる機会だけは与えられるべきだ」

「この世界が公平だと信じているような口振りだな。よもや、賭場で聞けるとは思わなかった」

紙牌が配られ、俺たちは会話を止めた。暗刻ふたつに将士象と車馬包で九点、さらに一向聴（イーシャンテン）に達している。勝ってくださいと言われているようなもんだ。ディーラーが火蓋を、赤の傌を切る。誰も鳴かず、続く莫西干（モヒカン）が緑の包を引いて車馬包を作る。慎重派の莫西干（モヒカン）は、現物の赤の傌を捨てた。

俺の手番になり、山から一枚引く。

緑の包。

中折れ帽がチーをしたそのとき、ディーラーの力強い発声が車馬包を潰した。ポンで明刻を作り、ディーラーが黄の炮を捨てる。意外にもすんなりと通り、手番が来ると思っていなかった様子の莫西干（モヒカン）は黄の傌を引いてきた。こちらも、誰も鳴かずに流れていく。俺は白の将を引いた。早くも聴牌（テンパイ）になる。勝ちは目前だ。

「ポン」

聞き間違いであった欲しかった。そして、ディーラーの前に並べられている二枚の将が、そんなわけがあるかと俺を嘲笑っている。これが順子だったなら話は別だが、将帥の単独牌の自摸（ツモ）は、ポンとカンが優先される。

白の将の明刻を作ったディーラーが、現物である黄の傌を捨てる。動く気配はなく、莫西干（モヒカン）が山札を捲る。赤の仕。俺が帥士相でチーを告げた瞬間、中折れ帽がポンした。捨てられた黄の仕は莫西干（モヒカン）がポンし、白の卒が切られる。

「チー」

対子で鳴く。

もう決めに行っていい。

「ポン」

顔を向けると、意地の悪い笑みを浮かべた中折れ帽と目が合った。俺の対子は白の卒の明刻に潰された。帥士相の時といい、どうも流れが不穏だ。

中折れ帽が黄の相を捨てると、ディーラーが狙い澄ましたように対子で鳴いた。白の象が捨てられ、中折れ帽がふたたびポンする。黄の傌、現物が捨てられたが、ディーラーはチーで俥傌炮を作ってみせた。そして、赤の相が切られる。この局面では、些か不用意な捨て牌に思えた。案の定、莫西干（モヒカン）がポンし、代わりに赤の車を捨てる。

「今日はやけに風向きがいい」

中折れ帽はポンし、赤の車で明刻を作った。その三文芝居じみた口上を聞いて、俺はようやく、ふたりの企みに気付いた。中折れ帽と莫西干（モヒカン）は、ディーラーにやったのと同じことを俺にやっている。俺が早い段階で一向聴（イーシャンテン）を迎えていると見抜き、潰しに掛かっている。

「さて、これはどうかな」

薄煙を吐き出し、中折れ帽が緑の象を捨てる。鳴く者はおらず、ディーラーの手番が訪れる。自摸（ツモ）は黄の兵。ポンで明刻を作ったディーラーは、どういうわけか、俺を見つめながら赤の兵を捨てた。

「……カンだ」

気持ち悪さを覚えながらも、俺は赤の兵の槓子を場に並べた。聴牌（テンパイ）だ。待ちは三枚切れの赤の仕。俺はふと、ディーラーが不自然なタイミングで赤の相を切っていたのを思い出す。おそらく奴は、あのとき聴牌（テンパイ）を崩している。

「あんた、いい性格してるな」

口走らずにはいられなかったが、当の本人であるディーラーは素知らぬ顔で手牌を眺めている。中折れ帽と莫西干（モヒカン）は、三度流局させたあとは真剣勝負という約束を反故にしていた。引き分けの心地よさに心を奪われたふたりは、もはや上がることを望んでいない。この局に入ってからも作戦を継続し、俺の抜け駆けを妨害している。こいつらも厄介だが、最もタチが悪いのはディーラーだ。この男は中折れ帽と莫西干（モヒカン）の企みに気付いたうえで、ふたりの願いが叶うように戦局を取り回している。

三人とも、誰かが上がることを望んでいない。

ディーラーは、ひとりだけ状況を理解していない俺を憐れに思い、わざとカンを差し込ませたのだ。残り一枚しかない俺の上がり牌を後生大事に握り締めたまま。

　上がる望みを断たれていた俺は、手を崩してでも足を引っ張り合おうとしている三人に付き合い、四度目の流局に呑み込まれた。

　二の四乗、一六倍。

　ディーラーが重ねていくチップは、流れた局数を数えている。

「どこまで行く気だ？」

　俺はディーラーに訊ねる。

　乗算を続けていった末に勝てば、この男は全員をまとめて破産させられる。

「駕籠を作って、人に乗らせるというのは、お前の国の言葉だったか」

「何だと？」

　こいつも俺の質問に答えたくない人間のひとりというわけだ。ふたりが息継ぎでもするように煙草に火を点けたので、俺も喫むことにする。

〈毛利、外野のあんたから見てイカサマは行なわれているか？〉

〈賭場側のか？〉

〈ああ、勘で片付けるにしては、どうも鋭過ぎる〉

〈不審な動きはないし、紙牌にも細工はされていない。絶えず電脳の通信は行なわれているが、見たところ、ディーラー全員そうだ。どこかで賭場全体を監視しているんだろう〉

〈じゃあ、こいつは実力だけで勝ってるってことか？〉

〈仮に実力じゃないとしたら、電脳化しているおれたちにも見抜けないような仕掛けだ。武（ウー）、これでもまだ、賭けで翁を引き摺り出すつもりか？〉

　できることなら、俺も降りたいさ。

　そして、今更逃げられないことを、配られていく紙牌が告げている。

莫西干（モヒカン）も中折れ帽も俺も、勝ちを掠め取りたい。裏を返せば、他の奴を勝たせたくない。そのために、一番腕の立つディーラーを包囲し、流局を促した。だが、今度はそのディーラーが流局を継続させようとしている。他の誰かを勝たせたくない俺たちは、それに乗るしかない。

　抜けるために抜けられなくなった我慢比べ。

手役を崩してでも、聴牌（テンパイ）に届きそうな奴の番を飛ばし、現物か安全牌だけを切る。結果的に、対子と明刻ばかりが場に並んでいく。誰も勝たぬまま、テーブルの中央にあるチップだけが積み重ねられ、新たな紙牌が配られる。

そうして、俺たちは九回目の流局を迎えた。

二の九乗、五一二倍。

最低点の十点で勝っても、三人分合わせて一五三万六〇〇〇ドルが懐に入る。ひとり当たりは五一万二〇〇〇ドルだが、到底払える額ではない。払えないのだから、負けることができない。引き分けであるところの流局を続けるか、勝つしかない。全員がお互いを勝たせないようにしているおかげで、どうにか負けを見ずに済んでいるが、この残酷な引き分けは、続けば続くほど未来の負債が増えていく。

さすがの中折れ帽も瞬きが増えているし、莫西干（モヒカン）に至っては紙牌を捲るたびに呻き声を漏らしている。俺は五回目の時点ですでに表情をオフにしていたが、卓を囲む四人の中で、ディーラーだけが純粋な心の働きによって顔色を変えていなかった。

いつの間にか、俺たちの背後には野次馬が集まっていた。金が尽き始めていたか、あるいは勝負に飽きた連中が、賽子よりも面白い見せ物があるぞとばかりに仲間を呼び、この大一番を観戦するべく肩を寄せ合っている。ルールを知っている者が知らない者にこの状況を耳打ちし、聞かされた方は驚きに目を見開く。何杯目かの酒を飲み終えた中折れ帽は、いちいち呼び付けるのが面倒だからとボトルを要求する。莫西干（モヒカン）は大麻を吸って緊張から逃れようとしていた。

「あんたはどう思う？」

洗牌（シャッフル）を終えたディーラー相手に、そう切り出す。

こいつは賭け金を吊り上げるために、あえて俺たちに付き合っていた。手を抜いて、木刀で遊んでいたのだ。俺はこれから、実力では到底敵わない相手と真剣で斬り合いをすることになる。

「何のことだ？」

「さっきの話だ。あんたはこいつの知り合いに、妻と子供のことを教えるべきだと思うか？」

「分からん」

「誰にも分からんさ。俺はあんたの考えを聞きたいだけだ。あんたが夫の立場なら、どうされたい？」

一局目から微塵も変わらない凄まじい速度で紙札が

配られていく。ずっと流局しているのだから、親も変わらない。この勝負は常に、ディーラーが二一枚目を捨てることで始める。

「知りたいだろうな」

「なぜ？　もう会えないとしてもか？」

「どこかで元気にしていると分かれば、諦めがつく。分からなければ、永遠に求めてしまう」

「なるほど。あんたは後者か？」

「どうかな。それに、永遠のように思えても、案外数十年で諦められるものだ」

　緑の馬。

　中折れ帽がポンし、黄の俥を捨てる。

〈武（ウー）、手牌を見るな〉

　毛利巡査が警告を放つ。手の中で扇のように広げながらも、言われた通りに視線をわずかに外す。毛利巡査は通信（コール）で俺の手牌を教えてくれた。

〈まず、中折れ帽からだ。黄の帥、帥、俥、白の士、車、馬、緑の将、士、象、象、馬、馬、包、赤の帥、帥、仕、俥、傌、炮、炮。……できの悪い頭に叩き込んだか？〉

〈ああ〉

　毛利巡査は続けざまに莫西干（モヒカン）の手札も明かしてくれた。今すぐにでも抱きしめてやりたかったが、今になって急に振り返れば、何かしらの通しが行なわれたと怪しまれかねない。

〈……一体どうやった？〉

　ディーラーは赤の傌を引き、そのまま場札へと流していく。

〈あいつと同じことをしたまでだ〉

〈イカサマか？〉

〈おそらくはリューポルド社製の最新の目だ。背後まで見えると言われている。あいつは高性能な目を使って、おまえたちの瞳に映り込んだ手牌を確認していたんだろう。おれのは少し古い。野次馬が増えるのを待つ必要があった。この場にいる全員の瞳の映り込みから、どうにか二十枚を判別できるようになるまでな〉

〈それでもたいしたもんだ。ディーラーの手牌は分からないのか？〉

〈何も見えん。反射を防ぐ薄膜でも貼ってるんだろう。それより、これで勝てるか？〉

〈分かったところで、だな。……だが、有効活用させてもらう〉

一瞬でも眺めれば、ディーラーに手牌を把握されてしまう。おまけに、背後にいる連中の目も気にしなければならない。まさしく扇を畳むように、俺は広げていた紙牌をひとまとめにする。中折れ帽がこちらを一瞥したが、別にルール違反ではない。

　莫西干（モヒカン）が黄の相を引き、チーで対子を作る。捨てられた赤の炮は、中折れ帽の明刻になる。白の車が捨てられるが、誰も鳴こうとしなかった。ディーラーが黄の俥を引き、反応がないと見るや場札へと流す。青褪めた顔の莫西干（モヒカン）が恐る恐る捲ったのは白の象で、ほっとしたようにポンが告げられた。捨てられた赤の相を見送ってから、ようやく俺の番が訪れる。

　山札から引いたのは白の車で、チーで車馬包を作る。赤の相を捨てると、中折れ帽が鳴いて帥仕相を広げた。切られた赤の車は場札となり、ディーラーの手番がやってくる。赤の炮は、誰も鳴かずに不要牌となる。莫西干（モヒカン）が黄の傌を自摸（ツモ）り、鳴いて俥傌炮にする。捨てられたのは赤の兵で、俺はチーを告げる。黄の兵と緑の卒、三点の順子。

「ポン」

　ディーラーが赤の兵を二枚並べ、俺の鳴きを潰した。捨てられた白の包は流れていき、ふたたび莫西干（モヒカン）が山に手を伸ばす。白の卒。今度は邪魔されない。

「チー」

「ポン」

　数十秒前の光景を再現するように、ディーラーは手牌から白の卒を二枚出した。俺の苛立ちを堪能することもなく、ディーラーは粛々と緑の馬を捨てる。誰も鳴かず、三度莫西干（モヒカン）の手番になる。捲られた緑の車で、俺はポンする。現物である黄の俥を捨て、蚊帳の外だった中折れ帽に順番を回す。急くように捲られたのは赤の相で、すぐさま場札へと流される。ディーラーが白の卒を引く。

「間が悪かったな」

「いや、チーだ」

　黄の兵と緑の卒が置かれると、俺だけではなく、残るふたりの元にも、これまで以上の重苦しい緊張が走っていくのが分かった。この男は兵卒を九枚も従え、すでに早上がりの体制に入っている。この勝負は、とにかく上がりさえすればいいのだ。ディーラーは俺たちの狼狽を気にする様子もなく、無駄のない手捌きで緑の士を捨てた。

「それ、いただきます」

莫西干（モヒカン）が〇点の対子で鳴いたことで、こいつの緊張が俺とは別種のものだと悟る。一向聴（イーシャンテン）だろう。捨てられた白の包は現物で、俺はすぐに山から自摸（ツモ）る。黄の傌、ポンで明刻を作る。迷わず黄の兵を捨ててやると、場札に視線を落としていたディーラーが不意に顔を上げた。

「どうした？　兵卒を粗末にするのがそんなに気に食わないか？」

「利を以ってこれを動かし、卒を以ってこれを待つ。その判断が軽率だと思っただけだ」

「あんたは将軍のつもりでやっているのかも知れないが、俺は兵卒だ。勝つためなら、同じ兵卒は切り捨ててでも前に進まなくちゃならない」

ディーラーの待ち牌がこの兵ではないと踏んでいたからこそ切れた啖呵だ。一連の打ち方を見る限り、もうディーラーに流局の意思はない。ここで確実に取りに来る。

「もっと言ってやれ。彼はじきに敗将になる」

そう言いながら、中折れ帽が山札から一枚引く。誰も鳴かず、黄の仕は流されていく。

束ねた紙札を握り締めている俺の拳を一瞥してから、ディーラーが手を伸ばす。捲られていったのは、緑の将。

「カン」

緑の将を三枚出し、俺はそう告げた。暗槓に次ぐ高得点の六点。死に場所を失っていた緑の卒を捨て、椅子に深く座り直す。もちろん誰も鳴くことはなく、手番になった中折れ帽が白の馬を引いてくる。

「チーしよう」

対子を作り、中折れ帽は緑の包を捨てる。莫西干（モヒカン）がポンで明刻を作り、俺の捨て牌から察したのか、緑の卒を捨てた。俺は山から引いた赤の傌を対子で鳴き、現物の緑の包を捨てた。中折れ帽が黄の相を引き、しばらく様子を窺ってから場札にした。続くディーラーの動きはそれとは対照的で、捲った黄の仕をそそくさと流した。莫西干（モヒカン）は引いた赤の仕で対子を作り、またもや俺に倣って黄の兵を捨てた。

さて、俺だ。

指先で山を崩し、運んできた紙牌をゆっくりと捲る。緑の象。対子にし、黄の炮を捨てる。そして、ディーラーを見つめた。目が合わなかった。

「やっぱりな」

こいつは黄の炮を二枚持っている。だが、鳴くことはできない。鳴きたくても鳴けないからだ。奴の手牌のなかには、十中八九、黄の兵と緑の卒がある。もし鳴けば、上がれる可能性のなくなったその二枚が待ち牌になってしまう。

中折れ帽が緑の士を引き、対子を作る。聴牌（テンパイ）だろう。抜け目なく、安全牌である緑の車が捨てられる。ディーラーが山札を捲り、初めて逡巡する。白の将。無条件で一点になる代わりに、必ず取らなくてはならない。待ちが崩れることになろうとも。

「助けてやろうか？」

俺は言う。

最新鋭の目でよく見てもらうために、三枚の将を場に出す。

「胡（オー）」

台湾語で告げ、手札を卓に広げた。六点の明槓がふたつ、一点の明刻もふたつ、一点の車馬包に、〇点の対子がふたつ。死人に鞭を打つような気分で、山から抽花（ドラ）の四枚を捲る。白の包、黄の兵、赤の帥、最後に黄の傌。俺は黄の傌でポンしていた。しばらくの間、指が離せなかった。

「十五点に三点追加の、計十八点。九度の流局で、これを五一二倍する。一人頭九二万一六〇〇ドルの負け、おまえの取り分は二七六万四八〇〇ドルだ」

賭場全体が大波さながらにどっと揺れているなかで、毛利巡査が計算する。背後で見守っていた他の博徒たちは俺の肩を激しく叩いて祝福してくれていたが、グラスを叩き付ける音や、割れんばかりの歓声を耳にしてもなお、どうにもまだ勝ったという実感がなかった。

「台湾人よ、なぜわざわざ槓子に賭けた？」

そう訊ねた中折れ帽は、新たに頼んだグラスに酒を注ぎ、俺の方へと差し出してきた。してやられたという具合に笑っているばかりか、自分を地獄へ突き落とした男に酒まで奢るのだから実に豪胆な男だ。

「兵卒の俺が将軍を八人も従えられたらさぞ愉快だろうと思っただけだ」

「躊躇いなく黄の炮を切ったのは？」

「ディーラーは絶対に兵卒を切らない。俺が信じたのは、自分の運ではなく奴の流儀さ」

そう返し、煙草に火を点ける。槓子を除けば、国を越えて寄り集まった最も位の低い者たちに最も高い得点が与えられている。戦車や馬や砲台ではなく人に価値があるのだと、このゲームは教えてくれている。冷徹に見えたディーラーはその理念に殉じ、俺は醜くも生き延びた。それだけの話だった。

　当然ながら、チップは足りていない。なんせ、九度もおあずけを食らった俺の飢えを満たすためには、黒いチップが五五三〇枚も必要なのだ。ひとまず場にある分を掻き集めようとした瞬間、卓上の紙牌が舞った。四色の紙吹雪に気を取られた俺たちを余所に、野次馬を突き飛ばして莫西干（モヒカン）が走り出す。あきらかに義肢（クローム）のものと分かる駿足は、逃亡者に気付いた用心棒たちよりも速く出口に到達しかねない。立ち上がろうとした俺を、ディーラーの咳払いが止める。

「お前が気にする必要はない。稀にあることだ。支払いはきっちりさせるし、それは我々の仕事だ」

「そうかい。こう言っちゃ悪いが、あんたもあいつと同じ立場じゃないか？」

「我々は負債を返すためにここに座っている。負ければ、自由が遠のくだけのことだ。……だが、大きな敗北は、自由への渇望を強くしてくれる。明日の私は、さらに強くなっている」

「まだ諦めてないじゃないか」

「いや、諦めたよ。お前もいつか知ることになる。戦いが終わる日など死ぬまで来ないということを」

　ディーラーは胸元から取り出したチップを俺の前に置いた。饕餮（とうてつ）文が描かれた不吉な赤色のチップを、すかさずポケットへ突っ込む。

「途方もない額だ。主人（オーナー）は直接贈呈することを望んでいる」

　こいつらの雇い主であり、賭場船の持ち主。

　毛利巡査の推測通り、空箱子（コンシャンズ）の翁は船内のどこかから俺たちのことを監視していたのだろう。

　ディーラーが指差した先に目を向けると、金太郎飴女たちが酒を作っている一角の隣に扉があった。船に備え付けられているそれとは異なる、意匠が凝らされた扉。近くにいた金太郎飴女に金を渡し、ディーラーに一杯飲ませるよう伝えてから立ち上がる。景気付けにウイスキーを飲み干した俺に、帽子を脱いだご尊老が会釈する。

「いい勝負だった。またやろう。君がそれ以上の金持ちになる気があるのならね」

「払えるのか？」

「払える払えないではない、払うさ。それが博徒だ」

脱帽しなければならないのは俺の方だ。

　賞賛なのか、それとも罵倒なのか、どちらにせよ広東語は分からなかったが、アドレナリンの阿片窟に屯する連中全員の声を浴びながら、荘厳な木製扉へと歩を進める。待ち構えていた緑面の巨漢は、傅くような態度で扉を開けてくれたが、後に続こうとした毛利巡査が中に入ることは許してくれなかった。

〈どうする？〉

〈ここまで来たんだ、おまえの言う正攻法で行け。何かあればすぐに知らせろ〉

　毛利巡査が後ずさると、緑面の巨漢は満足そうに扉を閉めた。

　入ってすぐに階段があり、三尺ほど下った先に足元があった。部屋は薄暗いが、点在する蠟燭の灯りのおかげで、大体の広さは把握できる。香が焚かれたような残り香を感じたが、俺の電脳は、その正体が阿片であることを教えてくれた。敷き詰められているペルシャ絨毯の上には、象牙のパイプやらランプやらが適当に転がされている。この部屋こそが、本家本元というわけだ。

　十畳ほどの部屋の中央には、革張りの肘付き椅子が置かれていた。残念ながら、誰も座っていない。

〈ハメられたらしい。……おい、聞いてるか？〉

　返事はない。

　あの硬漢（タフガイ）が簡単にやられるはずはなく、問題が起きているのは俺の方だろう。この賭場は、大勝ちした人間を酷い目に遭わせる方針らしい。舶来品の椅子に俺を縛り付け、あの象牙のパイプが体のどこかしらに捩じ込まれる。

「楽にしてくれ。茶でも出したいところだが、生憎と今は難しくてね」

　間違いなく部屋の中で発せられた声だった。

　椅子の方から聞こえたはずで、ワイヤーの射出口に触れながら近付いていくと、新品同様にぱんと張っている座面の上に鳳梨（パイナップル）ほどの大きさの箱が鎮座していた。その筐体は青みがかった黒色の金属で覆われ、側面に無数の孔が開いている。内側からは回転音が鳴っていて、義肢（クローム）を点検するときに孤島（コトー）先生が使っていた機材によく似ていた。つんと突いてみたが、何も起こらない。

「ははは。実にいい。生蕃でもそんな反応はしないんじゃないか？」

小箱の上部に嵌め込まれた透鏡が、にわかに輝き始める。天井に向けて照射される無数の光の線は、うねるように集束しながら像を形成していく。

しかしながら、現れたのは、決して美しいものではなかった。

李志明は小太りと評していたが、これが小太りなら琉球人はひとり残らず棒切れということになる。衣服で包まれていることで、辛うじて人の形をしていると分かる肉塊。実在していないにもかかわらず、腹の肉ごと蒸籠に入れてたっぷりと蒸したような汗の臭いを錯覚してしまう。

「会えて嬉しいよ、武庭純（ウー・ティンスン）」

「この船で誰かに名乗った覚えはないんだがな」

「気を悪くしないでくれたまえ。何もかもを事前に知っておくのが仕事なもんでね」

肉と脂肪に圧迫され、あらゆる細部がぼやけてしまっているが、元は端整な顔立ちをしているかも知れないと思わせる面構え。この病的なデカさは、こいつの仕事と縁浅からぬ関係にあるはずだ。赤子のそれのようにぷっくりとした短い指が絨毯を指差したので、俺は素直に腰を下ろす。

「そいつは優位に立つための小細工か？」

「これは立体投影（ホログラム）と言ってね、アメリカでは大戦中から実用化されている技術だ。本土にいる指揮官が戦地の兵隊たちの士気を高揚させるために使っていた。もっとも、私のは特別製でね、そのなかには私の擬似人格（インタラプト）が収められているのだよ。今君と話しているのは、私の思考を忠実に再現した生き写しだ。私はこの分脳箱を何十個も作り、持っている船全てに置いている。香港にいながらも、あらゆるところに同時に存在できるという画期的な小細工だ」

「誰よりも手広く情報収集ができることの絡繰りってわけか？」

「その通り。今はまだ異端者扱いかも知れないが、今後は私のやり方が主流になっていくだろう」

密かに漏れ出した興奮を客に嗅ぎ取らせようとする、巧みな商人めいた口調。この船が密貿易品を積んでいないのであれば、こいつが売買する商品はひとつしかない。徒手空拳で市場を渡り歩く情報屋（インフォーマー）を揶揄して付けられた渾名だと考えていたが、この妙ちきりんな箱を最初に見た人間が、空箱子（コンシャンズ）と呼び出したのだろう。

「まずは、おめでとう。こんなに大勝ちした人間は久しぶりだ」

「あんたの部下の男気のおかげさ。あの疵顔には手当を出してやれ」

「……しかし、どうにも不可思議な点があってね」

「俺が相手の手牌を分かっていたような勝ち方をしたってか？　なら、そっくりそのまま、おたくのディーラーにもその疑惑を進呈してやるよ。琉球人顔負けの目のよさじゃないか？」

　椅子に置かれた箱を通じて空中に浮かんでいる翁は、そこでもさらに椅子に腰掛けている。シャツに堰き止められている腹の肉は、針で少し突くだけで座面から溢れ出しそうなほどに広がっている。

「君には一人分の九二万一六〇〇ドルを支払おう。これでも、しばらくは遊んで暮らせる額だ」

「悪いが、金を稼ぎに来たわけじゃない。ついでに言えば、賭け事も嫌いだ」

　それだけの大金を提示されて妥協しない人間は少ない。賭場にとっては痛くも痒くもない金額のはずで、はじめから懐柔が目的だったのだろう。翁は扇子で涼を取りながら、続きを待つように俺を見下ろしている。

「あんたから買いたい情報がある。勝ち分はその代金にしたい」

「言うまでもないとは思うが、私は君から取り上げることもできるんだ。外にいる君の連れの頭をハッキングして、対局中に彼が何を見ていたのか、視覚情報を抜き取ることもできる。私の賭場は健全さが売りのひとつでね、不正には厳重に対応することにしているのだよ。電脳を使ったものは特にね」

「なら、こうしよう」

　ポケットから赤色のチップを取り出す。金だろうが人だろうが何でも喰らう饕餮（タオティエ）を、翁の足元へと放り投げる。

「……私と賭けがしたいのか？」

「ああ、魂（マブイ）が躍るだろ？　それとも、そっちは切り分けられなかったか？」

「嫌いなことをするのは体に悪いぞ」

「さっき一緒に卓を囲っていた莫西干（モヒカン）の男と疵顔のディーラー、あのふたりには支払い能力がない。俺が負けたら、ふたりの負け分を俺が肩代わりする。勝ったら、俺が知りたいことを教えろ」

「条件としては悪くないが、知っているかどうかは分からない」

「いいや、あんたは何でも知ってるだろ。それに、得意そうな分野だ」

「聞くだけ聞こう」

「含光(ポジティビティ)を手に入れたい」

　扇子を煽ぐ手が止まる。

　俺は二度と李志明に足を向けて寝られない。

「……単に無鉄砲な男だと思ったが、どうやら気狂いのようだな、武庭純(ウー・ティンスン)」

「狂わなきゃやってられない時代だろ？」

「威勢のよさは認めよう。しかし、君にも支払い能力があるとは思えないが」

「あんたの部下たちは気付かなかったようだが、俺は上から下まで全身義肢(クローム)だ。バラせば、腕一本だけでもたいした値段になる」

　言い終える前から、翁は舐め回すように俺を眺めていた。継ぎ目さえ見当たらない完璧な人工皮膚(オルトスキン)は、電磁誘導を利用する金属探知機を欺いてしまえる。アメリカ軍の最高機密だが、この男なら知っていてもおかしくはない。

「はったりじゃないといいが。そうでなければ、君は地獄で借金を返すことになる。地獄のような場所ではない、本物だ。黒龍江の近くにあるんだが、私はもう二度と見たくない」

　脅し文句としては中の上だ。

　俺は懐から帯封された四色牌(スーサーパイ)を取り出す。どさくさに紛れて一セット拝借してきていた。トキコか誰かに土産物として渡そうと思っていたが、これ以上の使いどきは他にないだろう。

「男らしく一回勝負といこう」

「本当にいいのか？　さっきのチップで表裏を当てる方がまだ勝率が高いぞ」

「あんたのところのチップじゃ信用できない。それに、いくら何でも絨毯越しには覗けないだろ？」

　帯封を千切り、絨毯の上に散らばった紙牌をゆっくりと掻き混ぜていく。たんと掻き混ぜたつもりでも、表にすると案外固まっているということは多い。陳さん曰く、左右の手で掻き回しながら前後に揺するだけでは真ん中の十数枚は動かず、それどころか、上手いこと周期が合えば全て元通りになってしまうのだという。そうしないために、片手だけで8の字を描くように混ぜるのが最善らしい。

素面のときの陳さんのやり方を踏襲し、徹底的に混ぜた紙牌で三つの山を作り、ひとつずつ洗牌する。その様子を、翁は目を細めて観察している。瞼が顔の肉に埋まっていた。

「配るとき、こちらに向けて一枚一枚見せてくれ。その後は、床に伏せてくれればいい。君には、私の代わりに紙札を動かしてもらいたい。手や足が必要なときは部下を使うんだが、この勝負には是非とも水入らずで臨みたいんだ。問題ないかな？」

俺は頷き、まず自分の手元に紙牌を配る。次の紙牌を持ち上げ、翁に見せてから俺の前に伏せる。それを繰り返し、眼下には二〇枚の紙札が並んだ。掌中には二一枚、親の俺が白の車を捨てるなり、翁がいきなりカンする。捨てるよう命じられたのは白の士で、そのまま流してやる。続く俺は白の包を引き、お互いに鳴かないのを確かめてから場札にする。なんとも穏やかな幕開けだ。

「君はどうやって私に勝つつもりだ？」

「考えてなかったな。あんたは相当腕が立つのか？」

「いや、正直言ってヘボだよ。この賭場で一番のヘボと言っても過言ではないかも知れない」

「それなら勝ち目はありそうだ」

「無理だよ。ヘボはヘボだが、誰も私を負かしたことがないんだ。……ああ、待ってくれ」

山から一枚引こうとした俺の手を、翁が制止した。代わりに引けだの止まれだの、身勝手な奴だ。

「じゃあ、何があんたを勝たせてるんだ？」

「運だよ。私は純粋に運がいい。それだけで、ここまで来たんだ。ほら、捲るといい」

赤の兵。

今の言葉が単なる揺さぶりではないと証明するかのように、翁は手牌のなかの三枚を表にするよう告げた。色違いの兵兵卒卒。槓子を除いた最高点の四点。もっとも、一回勝負なのだから点数の大小は気にしなくていい。代わりに捨てられた赤の傌を、俺はそのまま場札にする。

「挑戦者は、得てして最後には運を味方につけて勝つ。運とは、すなわち天啓だ。驕った者ほど、運のありがたみを忘れ、何もかも実力で得たと勘違いし、運に足元を掬われてしまう。残念ながら、私はそういう類の敵ではないのだ。私は運だけで生き残ってきた男だ。運のいい相手に勝つことはできないと知った日から、権謀術数を捨て、運を呼び寄せることだけを人生の指標にしてきた。君は私のことを怠惰さゆえに肥え続けている肥大漢だと思っているかも知れないが、この重みには理由があるのだよ」

　そう言うと、翁は自らの腹を愛おしそうに摩った。

　俺は緑の包を引いた。対子を崩して車馬包にするか悩んでいた俺を嘲笑うかのように、翁がカンする。白の包が捨てられるが、俺はお前に用はない。

「私は毎日一キロと三百グラムずつ増えることで、運が自分の味方をしてくれることに気が付いた。それ以上でも以下でもない、一キロと三百グラムの増加が私に財産を与え、命を守り、日々の安らぎと幸せをもたらしてくれる。その運を持続させるために、一日の終わりに昨日よりも一キロと三百グラム増えているために、私は徹底的な自己管理を行なっている。その先に、今の私があるのだ」

「一年続ければ四七五キロだ。運がいいまま死ねるな」

「この事実を知ってからそこまで日は経っていなくてね、ようやく二五〇キロを越えたところだ。私はまだまだ生きるし、まだまだ増えるつもりだ。分脳箱も増やし続け、いずれは世界中に同時に存在してみせる」

　引いてきた赤の仕で、俺は帥仕相を作る。赤の車を捨てたが反応はなく、そのまま場札へと流す。どうにか、一向聴（イーシャンテン）まで漕ぎ着けた。点数こそ負けているが、翁はまだ二向聴（リャンシャンテン）のはずだ。さっさとケリを付けるために、俺は山に手を伸ばす。

「さる高名な雀士が、運には三つの種類があると言っていた。第一の運は、生まれながらに備えている運。こればかりは、どうしようもない。第二の運は、その日の運。確かめることはできるが、やはりこれも自分では変えることができない。第三の運は、自分で育てていく運。私が実践している通り、自分の努力次第で味方につけることができるものだ。……しかし私は、生き馬の目を抜くような稼業に身を置くなかで、第四の運とでも言うべきものを見付けたのだよ」

「何だ？」

「他人の運だ」

　奇を衒わない答えだったが、その堂々とした声は俺に、次の一枚を捲ることを躊躇させた。こいつが執拗にこだわる運のよさとやらは、こいつが今も五体満足で生きていることが証明している。

「君は、私に体を使わせることを断るべきだったな」

　黄の仕。

　翁は明刻を作り、緑の士を捨てた。

「あの獰猛な饕餮（タオティエ）のように、私は他人の運を喰らう。武庭純（ウー・ティンスン）、君は自分の運を君自身の手で私に献上しているのだよ。……ほら、もっと君の運を喰らわせてくれ」

　山から一枚引いた。ゆっくりと捲った。緑の象。翁がふたたびカンし、白の卒を捨てるように命じた。全て、俺の手が行ったことだった。

「自摸（ツモ）る前に、私の手牌を全て表にしてくれ」

「なぜだ？」

「単騎待ちだ。どうせなら、君にも見ていて欲しい」

　お望み通りにぶち撒けてやる。明槓が三つ、兵兵卒卒、明刻。待ちは、赤の仕。まだ一枚しか切れていない。驚異的な点数もさることながら、この開帳には俺を侮辱する以上の効果があった。

　何が当たりかが分かってしまっている状態で自摸（ツモ）ることほど恐ろしいものはない。しかも俺は、翁の分も自分の指で捲る必要がある。こいつが見物したかったのは、自ら死に近付いていかねばならない恐怖だ。

「……本当に、俺の運を喰ったのか？」

「恐れや不安は運を遠ざける。君から逃げていく運は、ひとつ残らず私の胃に収まるのだよ」

　饅頭のように微笑みながら、翁はそう答えた。表情をオフにしようとして、思い留まる。恐怖心まで売り飛ばしたら、俺は人間でなくなってしまう。

　俺は緑の車を引き、ポンして明刻を作る。黄の傌を捨て、そのまま場札にした。待ちは、緑の馬か黄の相。

「君も聴牌（テンパイ）したらしいな。表にして見せてくれないか？」

「断る。俺はひとりで楽しみたい」

「つまらない男だな。消極的な行動も運を遠ざけるのだよ。ここまで来たら、あとはどちらが先に欲しいものを手にできるか、我慢比べならぬ運比べだ。悲しいが、君に勝ち目はない」

　翁が赤の兵を引き、流す。俺は赤の相を引いた。絶望的な期待が、赤と黄を一瞬見間違えさせた。場札にし、すぐに次を引く。緑の卒、翁が流すよう命じる。

「あんたの運も尽きたんじゃないか？」

「だとしても、私には君の分がある。では、そろそろ終わりにしよう」

俺は白の包を引き、流す。

翁が赤の車を引き、流す。

俺は黄の兵を引き、流す。

翁が緑の将を引き、沈黙した。

手牌が一枚だけになり、対子の片割れを裸単騎で待っている場合、帥か将を引いてしまうと、自動的にその一枚を捨てざるを得なくなる。手牌はなくなり、相公（シャンゴン）となる。三人以上で対局する場合、相公（シャンゴン）となったプレイヤーは罰符（ペナルティー）の五点を支払ったうえで、以降は上がりを放棄しなければならないが、二人で対局する場合、相公（シャンゴン）は敗北を意味する。

「……どういうことだ」

山を持ち上げる。欲しかった緑の馬と黄の相は、一枚残らず全て、下から数えた方が早い場所に眠っていた。俺は煙草に火を点けてから、次に引くはずだった紙牌を捲った。赤の仕だった。

翁はパニックに陥ったように周囲を見回している。あの体では、誰かの支えなしには立ち上がることもできまい。自由に動く首だけが、こういうときに唯一感情をぶつけられる窓口なのだろう。

「運は私に味方していた。そのことは、すでに確認している。なのに、どうしてだ？」

「俺の運を喰ったんだろ？」

「そうだ。負けるはずがない」

「生憎と、神様に好かれなかったみたいでな。昔から、ろくな目に遭ってないんだよ。そんな人間に備わってるとしたら、運は運でも悲運って奴だ。それを食べ尽くしたんだとしたら、間違いなく腹を壊すさ」

「悲運だと？」

煙を吐き出しながら、俺は頷く。

もっとも、無鉄砲に挑んだわけではなく、策は用意していた。四色牌（スーサーパイ）には、同色同種の札が四枚ずつある。終盤の鍵を握る将帥は合計で十六枚あり、今回の対局ではまだ大半が山に残っていた。そして、二人での対局は、否が応でも自摸（ツモ）の数が増えて鳴きが多くなり、手牌の枚数が少なくなる。そうなると当然、手牌が一枚となる可能性も出てくる。対子を裸単騎で待てば、確実に将帥で相公（シャンゴン）すると考え、自分自身は役を崩してでも耐えられるようにシャンポン待ちにしておいたのだ。

あとは運を天に任せた。悲運しか持ち合わせていない俺なのだから、饕餮（タオティエ）さながらに食い尽くしてくれれば、生まれて初めて、本物の運を享受できると思った。

　ほんの少しでいい。

　自分が当たりを引けずとも、相手に外れを引かせる程度の運が舞い込めば、それで勝てる。

「まさか負けるとは思ってなかったよな。どうする？　手足を使って俺を懲らしめるか？」

「いや、そんなことをすれば運に見放される。今回は君の勝ちだ」

　俺を讃えるように、翁はわずかに身を乗り出した。揺れ動く肉はそれまでの均衡を瞬く間に失い、腹の上に置かれていた扇子が床に落ちていく。どうするのだろうと思って見ていると、翁は何事もなかったかのように胸元から新たな扇子を取り出した。

「先に訊いておくが、含光（ポジティビティ）が何かは知っているのか？」

「いや、知らん」

「何かも知らないのに、手に入れたいというのか？」

首を縦に振る。

　それ以上の情報を与える気はなかった。

「どうやってその名を知ったのか、なぜ手に入れようとしているのか、次こそは君を負かして訊き出すことにしよう。……それはさておき、薄々勘付いているかも知れないが、含光（ポジティビティ）は形を持った物体ではない」

「続けてくれ」

「あれは非侵襲型の電脳擬似更新プログラムだ。後頸部の挿入口（ジャック）に挿入するチップにインストールされた状態で運用されている」

　負かしたことで過大評価してくれているのかも知れないが、あいにくと、俺は何にも勘付いていない。簡潔な説明を少しも理解できておらず、驚こうにも驚けなかった。仲介人（ブローカー）は知らないことがないように振る舞う生き物だったが、同業者とあれば手の内もバレている。

「これで充分か？」

「さっぱりだ。もう少し噛み砕いてくれ」

　俺の素直さに心を打たれたのか、翁が嘆息を漏らす。

「……義体化は、人間のある部位と機械とを置き換える技術だ。生身の右腕には右腕の義肢（クローム）が対応するが、その置換は外部からもたらされたもので、本来の自身の肉体とは何ら関係性を持たない。特定の個人が使うことを想定して制作された義肢（クローム）でさえ、他の誰かが使うことは難しくない。しかし、電脳はそうではない。電脳化は、個人の脳を最適化して作り出された電脳によって果たされる。君の電脳は、君の脳からしか作ることができない。他人のものを移植することや、最適化の過程で脳そのものを加工することも不可能だ。また、一度換装した電脳は、外せば即座に意味消失してしまう。これが、義体化と電脳化の最大の違いだ。一流の黒客(ハッカー)でも、他人の脳を好き勝手に弄り回したりはできない。脳は、ついに機械へと進化した私たちにとって最後の聖域なのだ」

　電脳の仕組み自体については、軍医と孤島(コトー)先生から手解きを受けていた。アメリカ軍の電算機(コンピューター)でも再現できないほどの処理速度を有しているはずの脳は、肉体のお守りで疲弊し、本来の実力を発揮できていない。そこで、閉じ込められて日々の家事に追われている脳に外の世界への扉を与え、能力の活性化を図ろうとしたのが電脳化なのだ、と。

「さて、この世には聖域があっては困るという人間がいるのだ。聖域があっては、進化の恩恵を独占することができないからね。聖域を踏み荒らす方法を見付けろと命じられた科学者たちは、大量の脳を前に脳みそを絞り続けていた。彼らの苦心は半世紀近く続いたが、あるとき、ひとりの男が研究室の外に目を向けた。人間以外の生命、動物に。私たちが辿ったのとは別種の進化の道を歩んできた動物たちは、その進化の過程で、思いも寄らないバグが生じてしまうことがある。科学者たちはその仕組みに注目した。毒を摂取し続けることで毒への耐性を獲得した動物がいるように、脳が有益だと判断する情報を与えて更新させることによって、自分たちの望む方向へと変質させることができるのではないか、とね。侵入対抗電子機器(ICE)を持つ電脳は外部からの攻撃を遮断するが、内部からの更新という形でなら変化させることができる。このバグを突いたのが、電脳擬似更新プログラムだ」

「電脳化している人間を操ることができると？」

「厳密には正確ではないが、そう思ってもらっても構わないだろう。含光(ポジティビティ)は大東亜戦争の末期にソビエトで開発された。戦線に投入されることはなかったようだが、依然として研究は続けられている。確実性の高い情報ではないが、プログラムがインストールされたチップが中国共産党へと提供されたそうだ」

　名前以外は何も分かっていないというダウンズ中佐

の言葉は、十中八九ブラフだ。ここまでの情報はすでに摑んでいて、駒としての俺の力量を試すためにあえて教えなかったのだろう。情報さえ手に入れられない人間が、物自体を手に入れられるはずがない。

ダウンズ中佐は中国共産党の魔の手からこの技術を奪うために含光（ポジティビティ）を探している。そんなものが使われれば、人類が歩んできた長い歴史のなかにも載っていないような恐ろしい支配が始まりかねない。死んでも解けることのない洗脳によって、人間を完璧に作り変えてしまうのだから。

「本来であれば、一介の仲介人（ブローカー）が知っていい類の情報ではないのだ。提供するリスクも極めて高かったが、君を尊重して勝負に乗ったのだということを理解して欲しい」

「ちなみに、含光（ポジティビティ）の入手法を賭けてもう一戦、と言ったらどうする？」

「それは賭けとは呼ばない。自殺だ。悪いが私は自殺志願者ではないのでね」

忙しなく扇子を扇（あお）ぎ続ける翁を前に、俺も頷いてみせる。まだ生きたいのは俺も同じだ。

「与えられる情報は、これで全てだ。今日はもうお開きにしたいんだが、いいかね？」

「ああ、恩に着るよ」

軽く頭を下げてやると、翁は首回りの肉に阻まれて下方向にはさほど稼働しない頭を懸命に下げ、慇懃な礼を返した。これも、翁が言うところの運を呼び込むための態度なのだろう。

この部屋は電脳の発話を遮断する仕組みになっているようで、あれから何度か試してみたが、毛利巡査に声は届かなかった。隣で聞いてもらえれば手間が省けたが、帰りの船で説明しよう。

オイルランプの底に吸い殻を擦り付け、立ち上がる。阿片窟を後にしようとした俺を、立体投影（ホログラム）の腕が引き留めようとする。

「チップを忘れているぞ。外で部下に渡せば換金してくれる」

「ズルして稼いだ金だ。それに、元から情報料としてあんたに払うつもりだった」

「手段は重要ではない。勝ったのは君だ。私を惨めにしたいのか？」

「そうだな、貸しを作っておくのも悪くない」

賭場船で大勝ちして巨万の富を得たという話より

も、イカサマがバレたにもかかわらず五体満足で帰ってきたという噂が広まってくれる方が、仲介人（ブローカー）としての生き様に箔が付く。それに、賭け事で得た金は妬みの対象になりやすく、街（シティ）に繰り出せば、俺をカモにしようと企む阿呆どもの相手をさせられかねない。俺は本気で金を手放す気でいたが、どういう魂胆か、翁はにやりと笑った。

「君の連れはかなり負け込んでるようだな」

「蔡さんも男だ。自力で何とかするさ」

そう返したが、にやけ顔が消える気配はない。どうやら、最後に一杯食わされたらしい。

「……降参だ。何の話だ？」

赤色のチップを拾い上げ、首から下げた應召袋に仕舞う。その様子を満足そうに見届けてから、翁は話を始めた。

3

「……ということがあってな」

手のひら一杯のオキシコドンを口に含み、ウイスキーで流し込む。海に漕ぎ出したあとは、しばらくの間激しい頭痛に襲われるのが恒例行事だった。向こうが俺を嫌っている以上に、俺の脳は機械仕掛けの筵に収まってからも変わらず、あの灰青色の海を憎んでいるらしい。

医薬品のなかでも、いわゆる毒品（ドラッグ）として嗜むことができる薬の人気は高く、気心の知れた仲介人（ブローカー）同士であっても、おいそれと横流しはしてもらえない。本土とのルートを持つ商人は、もっと簡単に手に入るヒロポンを勧めてきている。

「お前がギャンブルに夢中になっていたとはな」

煙草に火を点け、隣に目を遣る。玉城青年は砂浜に寝転がって曇天を眺めている。俺の声が届いているかは分からないが、少なくとも聴覚は無事だし、生身のままだ。

運び込んですぐに行なわれた義体化手術から十日経っていた。孤島（コトー）先生によれば、稀有な成功例として学会に発表したいほどの出来栄えだったらしい。というのも、四肢を一度に換装する人間は少なく、アメリカ軍の傷病兵でさえ、患部を保存したうえで段階的に義肢（クローム）を取り付けていくそうだ。理由は明白で、術後の機能回復訓練（リハビリテーション）が想像を絶するものになるからに他ならない。

　欠損した部位の神経と義肢（クローム）を接続するだけでは、生身のそれと同じ反応速度を出すことは難しい。そのため、義肢（クローム）には脳から発せられる微弱な電気信号を増幅させる増幅機能（ブースター）が備わっているのだが、これを神経と連動させるために、手術中は麻酔を使わないばかりか、感覚を鋭敏にする注射を休みなく打ち続ける。先生曰く、羽毛の先っちょで撫でられるだけで、爪の間に釘を打ち込まれるような想像を絶する痛みが生じるほどで、玉城は頭を振り回して激しく暴れ、猿轡として嚙まされていた布袋竹（クサンダギ）を三度嚙み砕いたという。

　三日三晩気絶するように眠っていた玉城は、四日目の朝には早くも動けるようになり、自力で地下室を抜け出した。ただ、義肢（クローム）に完全に順応するまでは瞑眩（アイソレーション）が起きることを知らず、先生は診療所の外に倒れていた玉城のさらに重くなった体を引き摺り、診察室まで戻した。

　今もなお、手足を引き千切られたときの痛みを再現するような幻肢痛に悩まされているはずだが、玉城は痛み止めを飲むことを拒否していて、困り果てた先生は「もうしてやれることがないので帰っていい」と伝えたが、今度は帰ろうとせず、日がな一日、比川浜に寝転がっているらしい。おかげで先生は日課の散歩がしづらくなり、「早く引き取りに来てくれ」という泣きが入ったのだった。波の穏やかな海は、辛気臭い話をするのにはもってこいだ。

「俺はお前を騙していた。ややこしい事情があって、説明するのが面倒だった。……なんてのは、言い訳にしてもお粗末だ。話す時間はいくらでもあったのに、あえてしなかった。お前が義体化した連中を嫌いだと知っていながら」

　できれば、俺や毛利巡査と同じ人工皮膚（オルトスキン）を用意してやりたかったが、あれは最新の技術を駆使して作られたもので、どう頑張っても手に入れられる代物ではなかった。

　鈍色の手足が視界に入れば誰だろうと構わずに喧嘩を売っていた玉城は、皮肉にも、街（シティ）でも珍しい全身改造、両腕と両脚が付け根から炭素鋼（カーボンスチール）になった。島人（シマンチュ）は、親から与えられた体を大事にする。世間は捨てても、身体は捨てるな（シキンヤ・カッティルトゥン・ドゥヤ・カッティンナ）という諺があるほどだ。それを捨てさせたのは、この俺だ。

「……俺を恨んでるか？」

この島で生まれ育ち、ごく普通の農夫になるはずだった青年を、俺と同じ地獄に落とした。俺があの馬鹿な台湾人連中と喧嘩しなければ、面子などというくだらないものに拘泥せずに頭を下げて立ち去っていれば、復讐されることはなかった。俺と関わったことで、玉城は体を失った。こいつが家に帰れずにいるのは、親に合わせる顔がないからだ。

「手術も、その手足にも金は掛からない。せめてもの償いだ。……お前の負け分も取り戻してきた。家に置いてある。他にして欲しいことがあったら、何でも言ってくれ」

一人芝居だと分かっていて、それでも告げた。俺が求めていたのは怒りをぶつけられることで、それさえも自己満足に過ぎない。沈黙は何も語ってくれず、卑怯な嘘吐きは麻酔を掛けるように酒を飲む。

〈そんなところで油を売ってる暇があったとはな〉

頭の中にいきなり声が響くのにも、いい加減慣れてきていた。吸い殻を砂に擦り付け、瞼を閉じる。

〈そっちこそ、俺の監視がそんなに楽しいか？〉

〈馬の骨がいい気になるな。山中に中継機（トランスポンダー）を置いて、診療所にも届くようにしているだけだ。それより、飛行場に来い〉

〈そんなところに何の用事だ？　高飛びする気にでもなったか？〉

〈詳しいことは後だ。……おまえの家に荷物を置いた。それを回収してから合流しろ〉

〈どういうことだ？〉

奴は俺の上司などではないし、命令される義理はない。何かを言い付けたいのなら、先に理由を説明するべきだ。少なくとも俺は公平な接し方をしてやっているつもりだったが、巡査殿はよほど偉いらしく、それから何度通信（コール）しても返事はなかった。

翁との差しの勝負を終えた俺は、毛利巡査と蔡さんを連れて賭場船を降りた。そして、帰りの漁船に揺られている最中、毛利巡査に翁から得た情報を伝えた。

含光（ポジティビティ）は他人の電脳を好き勝手に弄くり回せようになるチップで、今は中国共産党が所有している。ダウンズ中佐は、与那国島を中心とする密貿易ルートにそれが流れるという情報を入手したと言っていたが、仮に腐敗した共産党員が命の危険を冒してでも財を成そうとしているとして、一体誰が買い手になれるだろう。そんなものを扱える個人がいるとは思えないし、組織だとしても、マフィアには荷が重過ぎる仕事だ。あり得るとすれば政府だが、連合国最高司令官指令(SCAPIN)によって電脳化と義体化を禁じられた日本人が、水面下で進駐軍に一矢報いようしているとは考え難い。

　俺の考えを話すと、毛利巡査はアメリカ軍が関与している可能性を指摘した。

　アメリカ政府内には、国共内戦が中国共産党の勝利に終わると予測し、蔣介石ではなく毛沢東との関係を深めていくべきだと考えた外交官や軍人がいたという。ダウンズ中佐の目的は、含光(ポジティビティ)自体に価値を見出したうえでの奪取にあるのではなく、アメリカ軍の内部にいる中国共産党のシンパの特定と、両者の蜜月を暴くための証拠として押さえることにあるのではないかと、毛利巡査は推測してみせた。

　飼い犬同士でわんわん吠え合うよりも、ダウンズ中佐に直接訊ねてみるのが一番だが、悲しいことに俺たちから連絡する手段はない。この仮説を検証し、毛沢東が先に処刑してしまう前に共産党員から含光(ポジティビティ)を奪うためには、アメリカ軍との接点が必要不可欠になる。伝手(つて)がないわけではなかったが、毛利巡査が動くと言ったので、吉報を期待して預けていた。

聞きたかったのは吉報だけで、毛利巡査の声には飽き飽きしていた。俺が聞きたいのは、聞きたくて仕方がないのは、隣に寝転んでいる男の野太い、それでいてどこか所在なさげな声だったが、玉城は一向に答えてはくれなかった。

　毎日会いに行き、どうにか反応を引き出せないものかと手を替え品を替え語り続けたが、玉城の魂(マブイ)は拒むという形で相手にすることさえなく、眼前の海がそうであるように、毅然とした冷酷さで横たわっているだけだった。俺が望む結果だけを求める限り、この行為に意味はないと分かっていたが、それでももう少し日参を続けるつもりだ。

「……飲みかけで悪いが、まだ痛いなら気休めになる。経験者の助言だ」

　サングラスを掛け、立ち上がる。馬を飛ばして久部良の自宅に戻り、そこから祖納に向かおう。玉城を担ぎ込んだきり、怠け者(フユン)のことは暫定的に俺が管理していた。今も診療所の脇で草むしりの任に就いている。一応は近くに主人がいるからか、寝る場所が変わっても取り乱す様子はなかった。

「泳ぎませんか」

たった数日で右腕の声を忘れたわけではなかったが、はじめは毛利巡査の気が触れたのかと思った。言葉を交わせないまま別れることになると覚悟していたし、意味が分からなかったのも大きい。

「……何だって？」

「自分と競争しませんか」

見間違いではなく、玉城は上半身を起こしていた。

さらに太くなった腕は、近接戦闘に特化した義肢で、屈強なアメリカ人の体軀を想定して設計されているにもかかわらず、無調整で装着できている。内部には劣化ウランやチタン合金が挟み込まれ、榴弾以外の射撃なら難なく防ぐことから、黒社会の人間がこぞって欲しがっている。苦労して本島から仕入れ、基隆へと送る予定だったが、玉城に相応しいものはこれしかなかった。

「今のお前は浮かばない。海に入れば、あっという間に沈んでいくぞ」

「武さんもですか？」

「ああ、無理だ」

実際は違う。俺の義体はあらゆる状況下での活動が想定され、装甲としての耐衝撃性に影響しないぎりぎりまで軽量化されている。潜水は危険だが、泳げはする。そう説明されてはいたものの、やはり鉄の体という意識は消えず、これまで試したことはなかった。

「なら、対等な勝負になります」

「死にたいのか？」

「死にたくないんですか？」

その返答からは、挑むような、嘲るような音が感じられた。

「武さんも人の子なんですね」

「そうだ。死ぬのは怖い。お前が死ぬのもな。俺もいい歳だし、馬鹿な真似はしたくない」

「自分は、怖いと思ったことはありません」

玉城は俺たちの間にあったウイスキーの瓶を取り、起きがけの水さながらにごくごくと飲んだ。偉丈夫の肝臓は、生身のままでも俺の人工臓器並みに強いはずだ。

「この島には、死ぬがどこにでもあります。赤ん坊が生まれた日に死ぬ、子供が崖から転げ落ちて死ぬ、若者が船で海に出て死ぬ、老人が病気で死ぬ、生まれたときからそこら中に死ぬがある。ここで生きることは死ぬことと同じです。だから、怖いと思ったことなんか一度もありません。……でも、外から来た武さんたちが、この島にあったのとは違う生きるを持ってきた。島の人間には喧嘩で負けたことはなかったし、大人に殴られても怖くはなかった。なのに、武(ウー)さんに負かされたとき、初めて死ぬかも知れないと思いました。そのとき、生まれて初めて、自分が生きていると感じました。あの気持ちを、あのすれすれをもう一度感じたいと思いました。武(ウー)さんの下で働けば、それが叶うと思ったんです」

「ギャンブルにのめり込んだのはその延長か？」

「自分は金には興味ありません。でも、他の人たちは、あれが命そのものだと思ってやってます。あそこに行くと、簡単にあの気持ちに近付けたんです。博打の才能がなくて、せっかく貯めてた金はあっという間になくなりました」

狭い島で巨体を持て余している青二才というのが、俺がこいつに抱いていた印象だ。外の世界への憧れと、抑え切れない闇雲な怒り。どちらも若さに由来する一過性のもので、俺がいなくなったあとは、案外すんなり景気(ケーキ)時代のことなど忘れていき、家業を継いで立派なサトウキビ農家になっていくのだと。

俺が巻き込んだ部分は確かにあるが、どうやら、とんだ思い違いをしていたらしい。こいつには元から素質があった。玉城は根っからのアドレナリン中毒だ。ヤバい状況に興奮し、自ら破滅に漕ぎ出していく。

「もう一度訊くが、俺を恨んでるか？　お前を騙していたことを」

「合点がいきました。でなきゃ、自分が負けるわけがないんです」

聞き馴染みのある所在なさげな声で言い放つのだから、笑わずにはいられなかった。それこそが玉城が俺から離れた理由の本質なのだろう。憧れた強さに興醒めするような絡繰りがあると知ったから。

「……今喧嘩したら、どうなるだろうな」

俺は呟く。玉城の義肢(クローム)は隠密行動向きではなく、鎧(よろい)の内側から漏れる駆動音は、動作させるのを意識したことを容易く悟らせた。まだ義体の操作に慣れていないうちなら組み伏せるのは難しくないが、近接戦闘(CQB)に特化した義肢(クローム)を使いこなせるようになれば、タイマンの性能(スペック)では劣る俺が押されるだろうか。

電脳化の優位性がどのように働くかは分からないが、それを試すなどという生易しい状況は、もう二度と起こり得ない。こいつは俺の秘密を解き明かしたばかりか、同等の力を手に入れた。次は、殺すか殺されるかになる。

　含光（ポジティビティ）を奪うためには、糀大尉のときのような対個人戦ではなく、数という最強の武器を有する組織とやり合わなくてはならない。それも、マフィアどころの騒ぎではなく、一国を仕切っているような連中だ。俺ひとりに毛利巡査が加わっただけでは到底勝ち目はない。

　俺には軍隊が必要だった。

　嵐の吹き荒れる海に伝馬船（サンパン）で突っ込んで行けるようなネジの外れた奴が。

「これから俺は、あるものを奪いに行く。それを持っているのはヤバい連中で、取引や話し合いはハナから考えてない。どうしても手に入れたい品だ。何だってする。殺すことも厭（いと）わない」

　俺の人生には、ひとつの目的しかない。

　叶えるためなら、悪魔に成り下がってもいい。

　そんな人間に、誰かを導いてやることなどできるはずもなかった。この道の先で落とす魂（マブイ）は、母なる故郷には帰れず、永遠に荒れ野を彷徨いながら苦しみ続けるかも知れない。だが、これが一番すれすれを味わえる道であることだけは確かだ。

「今から、その準備をしに行く。どこに向かうかは分からないが、この島は出ることになる。……ここからが本題だ。よく聞け。そいつらと戦って俺が死ねば、そいつらの方が強い。俺が生き残ったのなら、俺の方が強い。俺の近くにいれば、どのみち一番強い奴と戦えるって寸法だ」

「一番強い奴……」

「一緒に来い。死にたくないと叫ばせてやるよ」

　視線が追い掛けてくるのを感じながら、診療所へと歩き出す。最後に決めるのは、あいつ自身だ。境界線は自分で越えなくてはならない。

　引き綱を解き、怠け者（フユン）に跨る。寝転がって地面に体を擦り付ける悪癖のせいで、晴れているにもかかわらず、乗るだけでズボンが泥塗れになる。玉城は丹念に磨いてやっていたようだが、怠け者（フユン）にとっては汚れている方が健全な状態らしく、暇さえあれば泥浴びをしている。俺には馬の毛繕いをする趣味はなかったので、ますます気に入られたようだった。

　久部良の自宅に戻り、水を張った盥（たらい）で顔を洗う。敷地に井戸はないが、雨にだけは不自由しないため、貯水タンクは常に満杯だった。脱いだ肌着で水気を拭き取り、ポケットの中の空箱を床に放り捨てる。

新参者の密貿易人は、迷信深い老板たちから「旺気の通り道に物を置いてはならない」と口酸っぱく言われて育つ。風水の信憑性はともかく、そこには、外から見えるような場所に禁制品を置くなという助言と、素人丸出しのお前のせいで俺たちにまで迷惑が掛かるのだという警告が含まれている。

いっぱしの玄人を気取っているつもりだったが、我が家の玄関には、布を被せられた木製のトロ箱が置かれていた。いくら洗っても前の住人の匂いが消えないので、俺は保管にも取引にも使わせない。おそらく、毛利巡査が用意したものだろう。

布を剝ぐと、使い古された制服が折り目正しく畳まれていた。毛利巡査や金城たちが着ているのと同じものだ。あの男は「回収してから合流しろ」と言っていた。どうしてこんなものを用意したのかは皆目見当が付かないが、好き勝手に持ち出していいとは思えない。こんな回りくどいやり方をしてまで渡したのだから、使わせるのが目的のはずだ。

ズボンを脱ぎ、制服に着替える。俺にはやや小さい。こんな姿を誰かに見られるのは死活問題で、その上からさらに一枚、長袖のシャツを着ることにした。怠け者を急がせ、長寿をポケットに捩じ込み、家を出る。

ダンヌ浜から北牧場へと抜ける道で飛行場を目指す。祖納に行く度にこの敷地を突っ切っていたが、大東亜共栄圏のことなど忘れて戦後復興に邁進する日本人が、この島の存在をもすっかり忘れ去っていることを証明するようにいつまで経っても焼け野のままだった。

それが、どういうわけか、今はやけに片付いている。何かが建ったわけではないが、瓦礫や残骸の類が人の手によって撤去され、傷跡のない素肌へと様変わりしていた。滑走路にはドラム缶が等間隔に並べられ、高くまで黒煙が立ち上っている。掃除の最中にまずい書類でも発見したのだろうか。

〈そこで止まれ〉

敷地に差し掛かったところで、毛利巡査が通信してきた。すぐに手綱を引く。監視されるのも、ここまでやられると安堵の念さえ湧いてくるから不思議なものだ。

〈持ってきていないのか？〉

〈あんなもの着て出歩いてみろ、袋叩きに遭いかねな

い。中に着込んでる〉

〈花岡一郎になれよ〉

〈冗談にしても最悪だ。で、何をするつもりだ？〉

〈これから大規模な視察が行なわれる。事前の告知もなく突然やって来るんだ、新里はてんてこ舞いさ。連絡を寄越してきたのは本土の議員だ。下院議員、進駐軍、対敵諜報部隊(CIC)、それはそれは大層なメンツが集まっているようだが、一番の大物は、琉球列島米国軍政府(USMGR)の親玉、ウィリアム・イーグルス少将だ〉

名前までは知らなかったが、その看板を出されて身震いしない者はいない。

琉球の支配者が直接乗り込んでくる。

〈……目的は？〉

〈与那国島だけではなく、八重山列島全てを見て回っている。純粋な視察だ。密貿易を取り締まりに来たわけじゃない。まあ、対敵諜報部隊(CIC)の連中は違うだろうけどな。遅くとも十五分以内には、ここに奴らの輸送機が到着する〉

含光(ポジティビティ)の買い手を突き止めるために、俺たちにはアメリカ軍との接点が必要だった。いくら毛利巡査でも、ドンパチで解決できない分野では慎重になり、比較的安全に交渉できる相手を探してくるはずだと信じていたが、琉球列島米国軍政府(USMGR)の親玉に照準を合わせるなどという愚行を、一体誰が想像できる？

〈……警官のふりをして近付けってことか？〉

〈物分かりがいいのは、おまえの唯一の長所だ。金城と平良は、新里と一緒にお偉方を警察署まで案内する。一方のおれは、名目上は警備ということになっているが、ここに残る連中の面倒を見たり、雑用に駆り出されるはずだ。こちら側の人数は知られていないから、おまえが潜り込んでも誰も気付かない。そういう馬鹿を取り締まるのは、おれの役目だからな〉

露見すれば、俺たちは新里警部ではなくアメリカ軍に逮捕され、二度と日の光を拝めないだろう。危険極まりない計画だが、これ以上の機会(チャンス)が訪れる保証はない。しかし、運よく近付けたとして、身内を売ることに繋がるような情報を聞き出せるだろうか。おまけに、相手は武装した兵士に守られている。強引な手段も取れないとなれば、交渉する他ない。小さな島の仲介人(ブローカー)が、一国の中将と。

〈奴さんがひとりになるのはいつだ？〉

〈馬鹿を言え。そんな機会は一生来ない。親玉が会合

に加わらなくてどうする〉

　どういうことだ？

　他に誰が相手になる？

〈最後まで聞け、間抜け。今回の視察には各人の思惑がある。その仔細は、おれにも把握できん。……だが、琉球列島米国軍政府(USMGR)の目的は判明している。そいつを突き止めるのに時間が掛かった〉

　怠け者(フユン)が怯えたように暴れ出し、俺の耳はこいつの本能に少し遅れて、エンジンの轟音を聞き取った。まばらに広がる雲の上方に、輸送機らしき輪郭が浮かんでいる。

〈おそらく、イーグルス少将は退役する。そして、今回の視察には、軍政長官の後任になるであろう男が帯同している。一連の会合は、そいつへの引き継ぎを兼ねているはずだ。男の名はジョセフ・シーツ。陸軍の少将で、砲兵隊の司令官として沖縄戦を戦った男だ。軍内では切れ者として知られている。引き継ぎの情報はこちら側には伏せられていて、悟られないよう平服で来ている。かえって一目瞭然のはずだ〉

〈どうやって仕入れた？　軍内でも機密情報だろ？〉

〈指は内にぞ折れる(ウユビヤ・ウティンキドゥ・ブラリル)〉

島言葉(シマクトゥバ)を使いこなし、毛利巡査ははぐらかす。情報の出所はさておき、お偉いさんを相手取らなければならないことには変わらない。

　小さな豆粒だった輸送機が徐々に大きくなってきている。頭上からは地響きのような音が絶え間なく降り注ぎ、怠け者(フユン)も俺も耳をおかしくしていた。耳障りではあったが、無機質なぶん、島に吹き荒れる風の雄叫びよりはマシだ。

〈スカイトレインを降りたら、少将たちはすぐに署へ移動する。石垣では、シーツはそれに帯同せず、日本人の警察官を連れて近くを見て回ったそうだ。おまえはそこを狙え。……警告しておくが、連中は全員電脳化している。傍受される可能性もある、輸送機が着陸したら通信(コール)はするな〉

〈健闘を祈ってくれよ〉

　案の定、俺の独り言で通信(コール)は終わった。

　次は罵声で締め括ろう。

　一刻も早くここから離れたいという様子の怠け者(フユン)から降りて、生娘を扱うように優しく丁重に宥めてやる。四方を海に囲まれているため、与那国の空は風の流れが強く、鳥たちは来るにせよ去るにせよ、流れに乗って飛ぶしかない。その空を、これだけ巨大な塊が自由な航路で飛んでしまえるのだから、この国はもっと早く竹槍に白旗を括り付けるべきだったと思わずにはいられない。

双発のプロペラを備えた海松色の機体は、ひ弱な滑走路を壊さんばかりにタイヤを激しく接地させる。視界は悪く、あの煙を目印にしたのだろう。まだ見付かるのは不味く、慌てて怠け者(フユン)に乗り、身を隠せる森の方へと避難する。日本軍が急拵えした飛行場はあれだけの巨体を想定しておらず、輸送機は滑走路を使い切った数百メートル先でようやく停止した。フェンスがないのが幸いして、俺の目ならここからでも観察できそうだ。

輸送機のエンジンはまだ止まっていないが、制服に身を包んだ一行が出迎えのために近付いていく。先頭は新里警部、その後ろに金城、平良、毛利巡査、全員が馬を引いている。

後方にある大きな貨物扉が左右に開き、肩から小銃を下げた兵士たちが降りてくる。彼らが周囲の安全を確かめた後で、背広の男と、胸元に勲章をたっぷりと飾った軍服の男が与那国の地を踏み締めた。出迎えの一行は最敬礼によって恭順を示していたが、軍服の男はすぐに頭を上げさせ、新里警部と握手を交わした。新しい御真影たちが挨拶をしている背後では、輸送機から続々と兵士が吐き出され、しまいにはジープまで現れた。

お互いに望んでいない談笑ほど長引く。

俺は煙草に火を点け、茶番に付き合わされている毛利巡査の能面を眺めた。初めのうちは近くで吸われるのを嫌がっていた怠け者(フユン)も、主張することさえ怠けてしまっているのか、今では気にする素振りもない。

兵士たちが散らばり始め、こちらにやって来たときに備えて長袖を脱いでおく。新里警部だけがジープへと案内され、背広の男と軍服の男が同乗する。金城と平良は馬に跨り、士官と思しきひとりが空いた馬を借り受けた。

車はすぐに走り出し、毛利巡査が敬礼でそれを見送る。俺は煙草を捨て、怠け者(フユン)をゆっくりと歩かせる。小銃や短機関銃を持った兵士が輸送機の周りを取り囲み、背嚢を背負った兵士たちは測量のための機材を運んでいる。警戒されないよう遠回りで飛行場の出入り口へと進む。毛利巡査は士官と話をしていて、そいつが離れていくのを待って近付き、怠け者（フュン）から降りる。

「どいつだ？」

「口は閉じていろ。さっきの奴は通訳で、日本語を理解する」

「今の俺は同僚だぜ。少しは優しくしろよ」

そう返しながら、輸送機に目を遣る。エンジンが切られ、プロペラの音が小さくなっていく最中、サングラスを掛けた男が煙草を吹かしながらハッチに腰掛けた。白のポロシャツにスラックスという民間人のような出で立ち。鷲鼻と口髭が特徴的な、いかにも白人という風貌の男。わざわざ敬礼こそされないものの、近くにいる兵士の慇懃な対応で、彼らと同じ軍人、それも上位の役職者だと察せられた。

先程の士官が男の元へと駆け寄って行き、何かを告げる。男は煙草を根元まで吸うと、輸送機を降りて俺たちの方へと歩いて来る。先回りしてきた士官が片言の日本語で「島を見て回りたい」と申し出た。毛利巡査は頷き、俺を残すようにして一歩下がった。

俺はジョセフ・シーツに頭を下げる。

シーツは俺ではなく与那国馬（チマンマ）を物珍しそうに眺めていて、士官は「乗ってもいいか？」と通訳する。本人が何も言っていないのを見るに、ふたりは電脳越しに通信（コール）しているのだろう。俺は引き綱を握ったまま怠け者（フュン）から少し離れる。サングラスを外したシーツは怠け者（フュン）と目を合わせながら鼻先まで近付き、腕を伸ばして自分の匂いを嗅がせた。大きな鼻をひくひくとさせていた怠け者（フュン）が会釈するように首を軽く下げると、シーツは鐙に足を掛け、慣れた様子で跨ってみせた。

「クブラを見たいそうだ」

士官が通訳する。毛利巡査に目配せしてから、いつもより慎重に引き綱を引いた。

アンテナのようなものを設置している兵士たちを横目に悠々と滑走路を歩き、北牧場へと抜ける。足元が緑に変わっていき、怠け者（フュン）が道草を食いそうになるのを我慢させる。馬上のシーツは、海風が運んでくる匂いをしきりに嗅いでいる。同じ水溜まりでも、アメリカのそれとは違っているのだろう。

放牧地は雑草も少なく、引き馬がしやすい。景観を楽しませるために海沿いを歩かせていたが、シーツは寡黙な男で、話し掛けてくる様子もなかった。ふたりきりの行軍の侘しさは、ただでさえ緩やかなこの島の時の流れをことさらに沈滞させ、ダンヌ浜に着いてもなお太陽の位置が全く変わっていないのが信じられなかった。久部良集落まで、あと半分といったところだ。

「琉球の海はこんな色をしていたのか。前に来たときは分からなかった」

　入り江を眺めながら、シーツは静かに呟いた。浜に敷かれた砂は白く、珊瑚礁（リーフ）の手前は透き通るような海で満たされている。この男は沖縄戦を、この国の領土内で唯一行なわれた上陸戦を指揮していた。珊瑚礁（リーフ）の外には、潮流の激しい濃紺の海が広がっている。こんな色という嘆きは、内と外のどちらに向けられたものなのだろう。

「あんたの行った本島とは、些（いささ）か違う景色のはずだ」

　もっとも、俺が知っているのは夜更けの糸満だけで、物資の積み降ろしで忙しく、海の色など気にも留めなかった。

「不意打ちとは恐れ入った。英語が話せると、どうして早く教えてくれなかった？」

　シーツは体を動かすことなく、頭だけをこちらに向けた。生温い風に髪が乱されていた。

「兵士が怖くて口が利けなくなっていたんでね」

「それはすまなかった。で、どう違うんだ？」

「この島は自然（ネイチャー）そのものだ。人間と共存したいだなんて思っていないし、そもそも、人間のことなんか眼中にない。だからこそ、ここで生きていく人間は自然の一部になる必要がある」

「現代的でない生活様式という意味合いか？」

「もっと単純な話だ。あんたがこの風景に何かを見出しちまったのなら、あんたはすでにこの島の一員にはなれないってわけだ」

「君はこの島の生まれか？」

「いいや。だが、四年も住めば分かる」

　黒潮の洗礼を受けたシーツは、困惑したように頭を掻いた。出し抜けに怠け者（フユン）を降りると、煙草に火を点けてから俺の背後を指差した。つまりは、陸だ。

「じきに、この島に道路ができる。我々のブルドーザーを貸与したうえで、公共事業として雇用を生み出す計画だ。近代化が進めば、不便を強いられている島民たちの暮らしは変化していくはずだ。君たちを苦しめている自然の支配から徐々に解放されていくだろう」

「立派な道ができたとしても、そこを歩くのは前と同じ人間だぜ。集落間の行き来が楽になり、交流の頻度は増えるかも知れないが、それだけだ。島のどこにでも行ける新しい道路の傍には、きっと、小さなクバ草履の片割れが落ちてるはずだ。あらぬ方では、間抜けなガキが半べそを掻きながら、取り上げられた草履を探し回ってる」

「随分と悲観的だな。繋がることが疎外を生むと？」

「違う言葉を喋っていれば、理解できなくて当然だと諦められる。ある部分では諦めながらも、他の部分でどうにかしようと思えるかも知れない。……だが、同じ言葉を喋っているのに話が通じないなら、手の尽くしようがない。道路を繋ごうが、空を繋ごうが、脳を繋ごうが、分かり合う日は訪れない」

　視察の日程をこなしているだけのシーツが、敗戦国の末端にある離島の未来にどれだけの興味を持っているかは分からないが、脳という単語に対しては別種の反応を見せた。

「興味深い話だ。警官になる前は何をしていた？」

「どうして久部良が見たい？」

　質問は無視するに限る。怠け者（フユン）を引いて歩き出してみると、シーツは意外にも素直に俺の隣に並んだ。

「あれは密貿易の港なんだろう？」

「俺たちが取り締まらないのを叱りにきたのか？」

「まさか。それは私が今怒ることじゃない」

　口調こそ冗談めかしているものの、本気でそう思っているのだろう。個人主義を重んじるアメリカ人らしい発想だが、琉球列島米国軍政府（USMGR）の軍政長官に就任すれば話は変わってくる。

「君も何か買ったことがあるのか？」

「売る側だよ。俺は警官じゃない」

「悪くない冗談だ」

〈これでも、あんたは真剣に話すべき相手だと思ったんだがな〉

　毛利巡査との約束を破ったが、これが一番手っ取り早い。

　シーツは歩みを止め、数歩先で俺も止まる。足首に拳銃を隠していることは、鐙に足を掛けたときに確認している。向こうは向こうで、俺が武器を携帯していないと把握しているはずだ。

「何が目的だ？」

　正体より先にそれを訊くところが気に入った。俺は煙草に火を点け、焦らすようにゆっくりと吸った。

「あんたと交渉がしたい」

「ほう。……ところで君は、野球（ベースボール）は好きか？」

意趣返しにしても、台湾人にすべき質問ではなかった。何を隠そう、俺たちが一番好きなスポーツだ。試合を見たことがないとしても、呉明捷（ウー・ミンジェ）の名を知らない奴はいない。

「好きだ。それがどうした？」

「私も愛好家だが、悲しいことに才能には恵まれなかった。特にバッティングが下手でね、ろくにヒットを出せなかった。子供の頃は三振王と揶揄（からか）われたこともある。あるとき、ピッチャーがあまりにもしつこく絡んでくるものだから、ついバットで殴ってしまったんだ。もちろん手加減はしたが、私はすぐに校長室送りになった。謹慎も嫌だったが、何よりも父に怒られるのが怖かった。私と同じく軍人で、笑った顔はほとんど見たことがなかった。帰宅した父は、母から話を聞くと、八歳の私を初めて自分の書斎に入れた。そして、私にバットを渡すと、テーブルの上の地球儀を壊すように命じた。……当然、断ったよ。すると父は、『なぜできないのか？』と理由を訊ねてきた。私は少し考え、『あなたが大事にしているものだから』と答えた。父は頷き、『では、どうして私がこの地球儀を大事にしているか分かるか？』と問いを重ねた」

アメリカ人は、野球と同じくらいに親子の話が好きだ。この男の父親がデカい玉を後生大事にしている理由なんかよりも、ここからどうやって俺たちの話に帰結させるのかの方がよほど気になる。

「八歳の頭では、いくら考えても父の思想には到達できなかった。私の家では無言の意思表示が禁止されていて、恐る恐る『分かりません』と答えると、父は地球儀に触れながら、『アメリカが守るべき国々が一望できるからだ』と言った。そこから先は、一字一句違うことなく覚えている。……どこに行くときも必ず手元に置き、一日の終わりに必ず眺める。訪れたことのない土地に住まう人々の営みに思いを馳せ、その幸せを、あるいは苦しみを想像する。我々は彼らのために戦っているのだと、改めて覚悟する。その心を持たなければ、戦闘訓練を受けて武器を持った兵士など、あっという間に暴漢に成り下がってしまう。そうならないために、私たちは自身にルールを課す。野球（ベースボール）も同じだ。バットを持った野蛮人は、本来なら誰にも止められない。ルールが設けられ、それに則って美しいプレーをしようと思うことで初めて、バッティングは高潔な行為になる。だからこそ、野球（ベースボール）は紳士のスポーツと呼ばれるのだ」

シーツは腰に手を当て、上体をぐっと伸ばした。聞き上手を相手に散々語り、空の旅で疲れた心身はさぞ安らいだに違いない。

俺は煙草を投げ捨てる。

へたくそな前戯のせいで喉が渇いていた。

「さて、話を戻そう。野球（ベースボール）の試合は、その日に突然決まって始まりはしない。お互いに誰を出すか伝え合い、その日までコンディションを整え、観客を集めたスタジアムで行なうものだ」

「あんたは親父さんと投接球（キャッチボール）をするとき、事前に打ち合わせなんかしなかったはずだぜ。……いいか？　こちらの要求は少なく、与えられるものは大きい。お互いの利益になる話だと確信している。それに、あんたは助けを呼ぶ手段を持っているはずだが、まだ使っていない」

「敵意がない相手だとは判断している。しかし、私にも立場があってね」

「含光（ポジティビティ）を手に入れたい。ソビエトから中国共産党へと提供され、アメリカ軍の内部にいる中国共産党のシンパが買い取ろうとしているという情報を掴んだ」

含光（ポジティビティ）が何かも知らない段階では、この男と渡り合うことはできなかった。英語を話せない相手を人間と見做さないのと同じように、ある程度まで踏み込んでいなければ門前払いされてしまう。あの奇天烈な空箱子（コンシャンズ）のおかげだ。

シーツは口を噤んで考え込んでいる。意表を突かれたのかと思ったが、すぐに違うと分かった。こいつの電脳は統合参謀本部に接続されている。

「日本政府にはその情報は降りていないようだな。君はどこの所属だ？」

「少なくとも、あんたらの敵じゃない」

それを聞いて、シーツは短く息を吐いた。辺境の島に来るなり、意味不明な状況に追いやられている。白人でなければ同情してやりたいくらいだ。

怠け者（フュン）の瞼が下がり始めていて、うとうとされないうちに行軍を再開した。先程と違い、シーツは一歩後ろを付いてくる。

「……交渉、と言ったな？」

「ああ」

「交渉とは、価値の交換に他ならない。相手と対等でない場合を除けば、等価が求められる。君の素性を勘定に入れなかったとして、君が知りたい情報は、私たちの間でどの程度の価値を有すると思っている？　つまりは、君はどれだけのものを差し出すつもりなのか、私はそこに関心がある」

　久部良集落の外郭、黄褐色の家が立ち並ぶ居住区まで来ると、港から放射状に伸びる街（シティ）が、弾けるようなネオン光のおまけ付きで視界に飛び込んでくる。さすがのシーツも驚きを隠せていない。内地の警察からの報告書や航空写真は見ているはずだが、生で拝むのとでは衝撃の度合いは比べ物にならない。

　ここで売られているのは、手段はともかく、アメリカからやってきたものが大半を占めているが、ここで生きている俺たちは、日本からもアメリカからも見放された島で独自の進化と繁栄を遂げていた。

「対敵諜報部隊（CIC）が本腰を入れて密貿易を取り締まろうとしていることは知ってる。あんたらは中共に物資が流れるのを看過できないんだろう？」

　猥雑で愛おしいこの景色に見惚れていたのでなければ、それは無言の肯定だった。どうやら、シーツ家の家訓とやらは当代で途絶えたらしい。

　武庭純（ウー・ティンスン）は久部良でも指折り数えの仲介人（ブローカー）だ。終戦から今日に至るまで、この小さな島で密貿易に従事してきた。

　くだらない理由で仲違いした奴がいて、仕事とは何たるかを教えてくれた奴がいて、運悪く捕まった奴がいて、新天地を求めて去った奴がいて、出会せば殴り合いになる奴がいて、店内で暴れて弁償を迫られるほどに一緒に酔い潰れた奴がいて、もっと親しくなりたいと思えた奴がいて、憎らしい奴がいて、抱き締めたくなるような奴がいて、俺の電脳にはそいつらの顔が刻み込まれている。死にそうな目に遭ったのは一度や二度ではなかったが、それなりに楽しくやらせてもらった。ほとんど最悪しか経験していない俺の人生のなかでは、多少マシな思い出だ。

　オキシコドンを飲み込み、その全てに消えてくれと願う。

　俺が欲しいものは、ここにはない。

「……俺はこの島で行なわれている密貿易の、ほとんど全てを知っている。売り手、買い手、商品、ルート、全てだ。密貿易が与那国警察署のお墨付きを得ていたことも立証できる。あんたのお仲間たちが向かった町役場は、密貿易船から徴収された停泊料や、俺たち商人からの献金で建設された。ご丁寧に領収書まで発行されている。物証だって選り取り見取りだ。禁制品で満杯の倉庫、海に沈めて隠してあるドラム缶、カマス袋に詰まった現金、庭先のガソリン、どこに何があるか全部知っている」

　住人がひとりおらずとも、あの街（シティ）は変わらずに脈動している。

　台湾人と琉球人は、日本から見捨てられた故郷で生きていくために食糧を分け合った。飢えを満たすために始まった支援は、次第に懐を肥やすための密貿易へと変化していき、俺たちは混乱のなかで生きていく術を自力で獲得した。欲望は、奪われた未来を取り戻すための原動力だった。

　密貿易人たちは今日も酒を飲み、女を買い、取引に勤しむ。無数の欲望がネオンの海に揺蕩（たゆた）っている。

　俺はこの街（シティ）を愛していた。

　生まれて初めて、自分の居場所というものを見付けられた気がした。

「生き証人として、何もかも全て提供する。あんたは一晩で与那国島の密貿易を一網打尽にできる」

　後頸部の挿入口（ジャック）をシーツに見せる。俺の電脳が記録している膨大な量の情報。送り方は、孤島（コトー）先生から聞いていた。

「どうして、そこまでするんだ？」

「必要なんだ。そうとしか言えない」

「自発的な密告者の意見は信用すべきではない、という考えがある。我々は信条をともにする組織だが、アメリカという家に住まう家族でもある。そこで長く育った人間は、裏切りという行為に対して道徳的な嫌悪感を持つ者が多いのだ。この点について、君はどう考える？」

「街（シティ）は誰の故郷でもないぜ。帰属できないものをどうやって裏切る？」

　そう返してやると、シーツは口元を綻ばせた。

島に昔からあることは捨てるな、ないことは作るな（チマニ・ンカチガラ・アルクトゥヤ・カティンミナ・ミヌクトゥヤ・クンナ）というありがたい言葉がある。本来であれば島人（シマンチュ）たちが果たすべきだった役目を、余所から来た俺が肩代わりしたに過ぎない。

　小休止の度に眠気に襲われている怠け者（フユン）の頭を撫でると、シーツは煙草に火を点けた。

「パリレンかイリジウムを取引したことはあるか？」

　俺は頷く。絶縁体と合金だ。香港経由で仕入れたものを基隆の仲介人(ブローカー)が言い値で買い取ってくれていた。義肢(クローム)よりも遥かに高額で、目敏い商人たちはこぞって集めていた。

「それらが何に使われるか知ったうえで売っていたのか？」

「いや、機械の製造にでも使うんだろうと思っていたが……」

「遠からず、だ」

そう言って、シーツは自分のこめかみを指差す。

「パリレンとイリジウムは電脳の製造に必要不可欠な素材だ。ポツダム協定に基づき、連合国以外での電脳化は禁止されているが、一年ほど前から我々の監視をすり抜ける形で出回るようになった。この島を中心とする密貿易ネットワーク上でね。そして、判明している限りでは、それらは台湾に集結している」

「台湾で電脳化の手術が行なわれていると？」

「断言はしない。政治的な理由で、台湾に査察団を送り込むことが不可能だからだ。我々も、含光(ポジティビティ)の動向を追ってはいる。あれは危険な赤化教育プログラムだ。ある時期までは、ソビエトから中国共産党に提供されたと考えられていたが、どうもそうではないようでね」

シーツはポケットから接続線(ケーブル)を取り出し、片端を自分の挿入口(ジャック)に挿した。

「蔣介石は我々に支援を求めながらも、その裏ではソビエトと接近していた。含光(ポジティビティ)は中国共産党ではなく、中国国民党に提供された。……それが、現在の我々の公式見解だ。アメリカが蔣介石に見切りを付けることにした理由のひとつだよ」

「つまり、含光(ポジティビティ)は台湾にあるのか？」

「共産主義者を弾圧している彼らが、どうしてあんなものを求めたのかは分からないがね」

もう片端が俺の前へと差し出される。

挿せばすぐに転送が始まり、この街(シティ)は終わる。寸前になれば躊躇してしまうかと思っていたが、感傷はどこにも見当たらなかった。俺の魂(マブイ)は、すでにこの島を離れていた。

端子(プラグ)を挿入口(ジャック)に深く挿し込むと、頭の中で結線を知らせる警告音が鳴った。引き抜き、シーツに返す。俺の四年間は、たった数秒で受け渡された。

「……これは強烈だ。いや、思っていた以上だな。精査にとんでもなく時間が掛かる」

接続線(ケーブル)をしまい、シーツが満足そうに煙草を喫む。

「ひとつだけいいか」

「何かな？」

「あんたらを最初に出迎えた、新里という男。……あれは残してやってくれ。汚れていないし、見た目と違って有能な男だ。この島にはいた方がいい人材だ」

「参考にしておくよ。私からもひとつ助言だ。対敵諜報部隊(CIC)の指揮官は情け容赦ない男で、例外というものを認めない。当然、私は彼と話をしなければならないが、お互いに忙しい身で、話をする時間が作れるのは明日か明後日になるだろう。もしかしたら、君はそれまでに島を出てしまうかも知れないな」

　仲間を売ったご褒美として、俺だけは見逃してくれるというわけだ。悲しいかな、順序が異なっている。島を出て行くと確定できたからこそ、こうして物々交換(バーター)の材料にする計画を立てられたのだ。

　煙草を喫み終えたシーツが、来た道をまっすぐに引き返し始める。わざわざ足を踏み入れずとも、こいつはすでに自分の目で見て回っているのだ。俺は怠け者(フユン)を引き、冷たさを増している風に打たれながら飛行場まで歩いた。街(シティ)に入る直前で引き返したせいか、怠け者(フユン)はしばらく戸惑ったような顔をしていた。

　飛行場に戻ると、お偉方を送り届けたらしいジープが戻ってきていた。待機していた士官を帯同して乗り込み、シーツは呆気なく俺たちの前から去っていく。これから新里警部たちと合流するのだろう。毛利巡査が挙手の敬礼でジープを見送り、俺も真似する。

「長いお散歩だったな。何か摑めたか？」

「台湾だ。電脳化の手術が……」

　頭が割れるように痛み、声が詰まる。大量のオキシコドンでも掻き消せないほど酷くなっている。

「どうした？」

「……含光(ポジティビティ)は、中国共産党ではなく中国国民党に提供された」

「よくやった。これで猿芝居も終わりだ」

　達成感を分かち合いたいときでも、この男は能面のままだった。島を出る前に済ませておきたいことが少しだけ残っているらしく、「後で落ち合おう」とだけ言うと、毛利巡査は顎をしゃくって「行け」と命じてきた。お前に従う義理はないが、言われずとも消えてやるさ。

　今こそ一杯やりたい気分だった。

ただし、街(シティ)には近付きたくない。困ったもんだ。

4

玉城家の倉庫からウィスキーと薬を拝借し、俺は祖納へ向かった。

新里警部の家は与那国小学校の裏手にあり、瓦葺の上等な平屋だった。新里警部の奥さんは俺のことを知らなかったが、息子さんに会いに来たと伝えると、半信半疑ながらも招き入れてくれた。

畳敷きの客間に通され、しばらく待つ。杖をつきながらやって来た新里警部の息子は、襟のないシャツの上に着物という書生のような出で立ちをしていた。訪れる者は滅多にいないのか、俺の訪問を喜んでくれていた。座椅子に腰掛けた新里警部の息子にウィスキーの瓶を渡す。

「その足で出歩かせちゃ悪いと思ってな」

「お気遣いありがとうございます」

新里警部の息子が立ち上がろうとしたので、慌てて止める。俺は奥さんを探して台所に入り、グラスをふたつ受け取って客間に戻った。たっぷりと注いでもらい、お互いに最初の一杯をぐっと飲み干した。火を点けた煙草を渡し、もう一本取り出す。

「それで、最近はどうしてる？」

「この通りですよ。みんな、僕をどう扱えばいいか分かりかねてる」

「向こうもそのうちに慣れるさ。慣れずにやっていけるほど、この家は広くない」

和ませるつもりで言ったが、新里警部の息子は俯いたまま煙草を喫んでいる。頷きの代わりに傾けられた酒瓶は、空になったグラスをふたたび満たしていく。

新里警部の息子のそれは、苦しみに水をやって育てるような、見ていて辛くなる飲み方だった。沈黙が加わることによってさらに耐え難いものになるが、不思議と嫌にはならない。自分に似た何かを感じさせる相手を嫌悪せずにはいられない時期など、とっくに過ぎていた。

「まだ、例の夢は見るのか？」

思い立って訊ねると、新里の息子は頷いた。挙動自体は弱々しかったものの、腹まで覗き込まんばかりの深さは、迎えに来る死者たちを振り払って目覚めたときの遣る瀬なさを俺に伝えてくる。

「そっちはどうですか？」

「あいつにはしばらく会ってないな」

「想像でいいんです。その友人は、今でも海の夢を見ていると思いますか？」

「どうだろうな。たぶん、終わっていない」

「そうですか。意地が悪いかも知れませんが、少し安心しました」

　親父と違って気の利く青年だと思いながら酒を啜る。頭を苛(さいな)む鈍痛は幾らかマシになってきていたが、俺の指はいつの間にか、摘み上げたオキシコドンを口に放り込んでいた。

「薬ですか」

「痛み止めだ」

「効きますか？」

「効かんよ。だから飲んでる」

　俺がそう返すと、新里警部の息子は冗談を受け取ったことを示すように微笑んだ。そのとき初めて、顔にも若干の不自然さが残っていることに気付いた。苦痛に歪み続けた表情は、筋肉の動かし方まで忘れさせてしまうことがある。

「過去と向き合って生きていくことができるのか、あれからずっと考えていました。そこに強さが必要なのだとしたら、機械の腕や脚を付ければ楽になるのか、と。……武(ウー)さん、向き合うって、そもそも何なんでしょうか。亡霊が現れる度に、優しくしてやることですか。亡霊が見えない人間なら、気安くそう言えるでしょう。追い縋ってくる全員に頭を地に押し付けて謝って、赦しの言葉など返ってこないと分かっていながら、それでも謝り続けて、魂(マブイ)をすり減らして、そこまでしてようやく、普通の人間と同じ一日を始められるんです」

　機能回復訓練(リハビリテーション)が終わりに差し掛かっていた頃、俺は医者に、記憶のいずれかだけを消すことはできるのかと訊ねたことがあった。原子間力顕微鏡(AFM)を備えた出臍(でべそ)のような義眼に換装していた軍医は、電脳の補助がなければ読み書きさえできない無学な俺のために講義を行なってくれた。

　曰く、人間の記憶は大きな絨毯に喩えることができるという。どこかしらに気に入らない模様があったとして、切り取ったり、焼いたりすれば、たちまちに使い物にならなくなる。では、丁寧に糸を解いていけば外してしまえるのか？　それもノーだ。その模様を形作る糸は、別の場所で、別の模様をも形成している。全てが過不足なく存在することで、一枚の絨毯が構成されている。記憶は、自分自身でも思わぬ形で他の記憶と密接に繋がっていて、ひとつだけ取り出して消去することは危険が伴う。

　もし、どうしても思い出したくない記憶があるのなら、その模様の上に家具でも置いてしまえばいいと、あの軍医は言っていた。家具が何を喩えたものだったのかは、今でも定かではない。

「向き合わないとしたら、どうする？」

「恨みながら生きていくんです。僕をこんな風にした戦争や、仲間を大勢殺した敵の兵士、勝てもしない相手に挑んだ日本、万歳と叫んで若者を送り出した老人たち、何もかも全てを恨めばいい。そうすれば、きっと亡霊たちは僕に味方してくれる。僕は生きながらも、その一員でいられる」

「恨みを糧に生きていくとして、君は何をするつもりだ？　軍刀でも持ち出して、具体的な誰かに責任を取らせるか？」

「それもいいですね。殺しの計画を立てている間は、夢のことを忘れられるかも知れない」

「で、そのあとは？」

「人生は長い、そう言いたいんですか？」

「いや、案外死ねないってだけだ」

　俺の言葉から逃げるように、新里警部の息子は酒を飲んだ。生身の手は震えていて、琥珀色の液体が半分近く溢れる。袴には大きな染みが広がり、その失敗を見下ろしている瞳には怯えが宿っていた。

「……事故からひとりだけ生き残ったことに、何か理由があると思いますか？」

「俺じゃない。俺の友人の話だ」

「すみません。それで、どうですか？」

「ないよ。偶然だ」

「事実はそうかも知れない。でも、偶然なんかじゃないと思いたいはずです。自分だけが死ななかったのには確かな理由がある。だって、そうでなければ、亡霊たちは僕らのことを赦してはくれない」

　新里警部の息子は、僕らと言ったことに気付いていないようだった。電脳化は、曖昧さに定評がある記憶を正確な記録へと変貌させた。電算機(コンピューター)に制御された神経細胞(ニューロン)は、あらゆる記録を一瞬で甦らせてくれる。

彼女との出会いは、あの不吉な裂け目がもたらした。裂け目の近くに座っていた俺の前に突然現れたものだから、その声を聞くまでは、亡霊の類かと思ってしまったほどだった。この世ならざるものと誤解してしまうくらい、彼女は美しかった。

「ここは悲しい場所じゃないよ」

俺が眺めていたものを確かめながら、彼女はそう告げた。流れを分かつような凜とした声だった。

「どういうこと？」

「裂け目にまつわる神話はね、後世の創作だと言われているの。常軌を逸した口減しがあり得たかも知れない、そう思わせるほどの過酷な時代が存在したと伝えるための教訓なんだよ。その証拠に、裂け目の下からは妊婦の遺体はおろか、骨ひとつ見付かっていないんだっ――」

それまで一度も優しさに触れたことがなかった俺は、彼女の親切さえも攻撃として受け取った。気が付けば俺は、乾いた血と砂利に塗れた手で彼女の胸倉を摑んでいた。

「じゃあ、母さんはどこにいるんだ！」

俺は憤った。

孤島に生を受けた子供にとって、家族がいないことは、どこにも帰属していないということを意味する。孤島のなかで、さらに孤島にいる。それは、生きながらも死んでいるような、狂ってしまう寸前の孤独だった。

「……理由なんざ、知らないな」

記録の反芻もまた、傍から見れば一瞬だ。新里警部の息子の酒は、全く減っていない。

「だが、意味なら必死に探してる」

「その徒労は誰にも理解されませんよ。辛いのは僕たちだけです」

「ああ。だからこそ報われたいのさ。さっきの答えだが、向き合うことは、とうの昔に諦めた。俺の目は前を向いちゃいないし、未来を見ようとしたこともない。俺には欲しいものがある。そのためだけに生きていくと決めた」

「武さんは、魂を取り戻したんですね。僕には、あなたが羨ましい」

たぶん新里警部の息子は、俺が希望に手を伸ばしていると受け取ったのだろう。

この先にあるものが何であれ、俺を衝き動かしているのは執着だった。執着は、絶望したままでも抱くことができる唯一の生きる意味だった。その泥濘だけが、俺のような人間を立ち直らせてくれる。新里警部の息子が煙草を求めたので、咥えさせて火を点けた。

「あなたは、この島が好きですか？」

「嫌いだ」

「僕もです。……でも、死ぬときはここで死にたいと思ったんです。どうしてなんだろう」

　相槌を求めた言葉には思えず、俺は酒を飲んだ。消毒液のような臭みが、島のどの家にも漂っている藺草（いぐさ）の匂いを掻き消してくれた。

　俺はどこで死ぬのだろうか。

　まともな死に方はできないと覚悟しているが、海だけは死んでもご免だった。最期には、視界にも入れたくはない。

　俺たちはしばらく飲み続け、あともう少しで瓶が空になってしまうという頃に、新里警部の奥さんが長手盆を持ってやってきた。汁椀と皿が載っていて、すり身を油で揚げた蒲鉾（かまぼこ）と昆布の炒め煮（クーブイリチー）が俺の分まで用意されている。

「遅くなってごめんなさいね。もう食事は済ませてきたのかと思っていて」

「わざわざすみません。せっかくですが、俺はそろそろお暇（いとま）させてもらいます」

「なら、これだけでもどうぞ。あの人は、飲んだあとはこれが一番だって言うんです」

　湯気の立つ味噌汁には、大きな鋏（はさみ）が浮いている。

椰子蟹（ングヤ）だ。

　見た目は馬鹿でかい海老で、名前は蟹だが、その実は寄居虫（ヤドカリ）の仲間である。与那国島では雨後にどこからともなく現れ、阿檀（アダン）の実を探して夜道をのそのそと歩いている。果実だけではなく、腐肉でも何でも餌にするため、ときには毒を持っていることもあるが、高級食材がその辺を闊歩しているというので、台湾人たちときたら乱獲しては中華料理屋に持ち込み、蟹料理に舌鼓を打っていた。

　お言葉に甘えて、椰子蟹（ングヤ）の味噌汁を飲む。海老と蟹のいいとこ取りとでも言うべき芳醇な味が口内に広がっていく。殻ごとじっくりと煮込まれ、蟹味噌が溶けた出汁の濃厚さは、これを最高に味わうために二日酔いになりたいと思えるくらい旨かった。ほっとしたような顔を浮かべた新里警部の奥さんが部屋から出て行くと、新里警部の息子は箸を置いて項垂れた。

「……せっかく用意してもらったのに、まだ義肢（クローム）を付けるかどうか決めていません。次に会うことがあったら、武（ウー）さんの考えを聞こうと思っていました」

「迷っているということは、機械の体になってもいいと思っているわけだ」

「歩きたいとは思っています。……でもそれは、義体化手術という選択肢が与えられたからこそ生まれた気持ちのような気がしてならないのです。本当に歩きたいのか。その思いが徹頭徹尾僕だけのものならば、機械の足に頼らなくてもできたかも知れない」

「なら、一旦手術のことは忘れろ。杖をついて、外に出てみろ。はじめのうちは近所でいい。誰かの肩を借りてもいい。遅くていいし、無様でいい。ないことは、あろうとしてみなければ理解できない」

　その迷いは、俺が選ぶことのできなかった道だ。それに、機械の体になれば強さが手に入るという考えが安直だと分かっていれば大丈夫だ。話せてよかったと伝え、客間を後にした。台所からこちらの様子を窺っていた奥さんに頭を下げ、新里家から出る。

　そこまで待たされはしないだろうと高を括り、門の外で煙草を喫んだ。ここで待つのが最も確実で安全だった。柄にもなく略帽を被っていた新里警部は、自宅の門前に佇む不審者を認めるなり表情を険しくしたが、俺だと分かると幾らか和らげた。

「こんなところで何をしてるんだ？」

「息子さんと世間話をしに寄ったんだよ。元気そうでよかった」

　息子を気に掛けている人間がいることがよほど嬉しかったのか、新里警部は畏まったように頭を下げた。好きでやったことだと言って止めさせたが、今度はやけに神妙そうな顔と対面する羽目になった。

「自警団の連中から聞いたぞ。その……」

「話が早い。そろそろ溜まっていた借りを返してもらおうと思ってな」

「家の中の方がいいか？　ちょっと出歩いても構わないなら……」

「すぐ済むさ。日本渡航証明書と入域許可書を用意して欲しい」

　難題ほど、さっと言ってしまった方がいい。準備を整えれば整えるほど、尻込みされて受け取ってもらえなくなる。

「いくら武(ウー)さんの頼みと言っても、こればかりは無理な相談だ」

　騙し討ちを食らった新里警部が、両の手のひらで顔を覆う。

「本島にいる役人に頼めばいい」

「琉球人じゃダメだ。東京の役人で、アメリカーとの強いコネを持っている奴でなきゃ。それにしたって、琉球人を外に出すのは渋られる。大体、そんなものがなくても本土に行けるだろう?」

「必要としているのは俺じゃない。だから、名前は空欄にしてもらいたい」

「ますます無理だよ」

　アメリカから来たお偉方とどんな話をしたのかは知る由もないが、ただでさえしょぼくれた風体の新里警部は、いつにも増して疲れて見える。そこに更なる無理難題を押し付けているのだから、今日だけで数ヶ月分は寿命が縮んだことだろう。

「天は働く者ぞ助ける(ティンヤ・ハタラグ・ムヌドゥ・タシキル)。手は尽くしてくれ」

「期待して欲しくないんだ。望みがほとんどないことくらい、分かってるんだろう?」

「いや、あんたはやれる男だ。警察署の電話番号は知ってるから、向こうに着いたら連絡するよ」

　去り際に撫で肩をぽんと叩いてやり、俺は祖納の暗路を歩き出す。

　商人の世界では、誠意は結果でのみ確かめられる。新里警部が頑張ってくれなければ、俺は孤島(コトー)先生との約束を果たせない。出て行く前に全て片付けようと思っていたが、これだけは持ち越しだ。

「……なあ、武(ウー)さん」

　新里警部が俺の背中に声を浴びせた。しばらく歩かせてから引き留めるとは、随分と芝居掛かっている。

「島にいていいんだぞ。前原の息子には、俺からも掛け合ってみる」

　穏やかではあったが、同時に、自身の善意に酔い痴れているような声色だった。もしかしたら、似たような文句を口にする島人(シマンチュ)があと数人いるかも知れないが、連中が必要としていたのは、あれこれと便宜を図ってくれる密貿易人であって、たまたま武庭純(ウー・ティンスン)がその席に座っていたというだけだ。俺がいなくなったら懐が寒くなるから困るに過ぎない。もし俺が居眠り(ニンディ)にいる宝の持ち腐れのような素寒貧だったとして、この男が今と同じ言葉を掛けたかどうか。それに、もうじき俺たち密貿易人は、ひとり残らず一文無しか用無しになる。

「楽しい旅行だったよ」

離れたところに繋いでいた怠け者（フユン）に跨り、俺は久部良へ戻った。短い期間ではあったものの、小さい体でよく働いてくれた相棒を玉城家の馬小屋に戻し、冷雨が降る街（シティ）を歩き回る。

探しているのは、今すぐに買える船だった。港の近くで野晒しになっていたボロ船は、密貿易が本格化し始めた時点で大口の商人たちに買われていた。密貿易人に関与している漁師たちも、船を貸すことはあっても、売る者はほとんどいない。手に入るとしたら、俺のように与那国島を離れることを決めた仲介人（ブローカー）が置いていく小型の漁船で、大陸への販路を持つ中国人が取り扱っていた。

俺は中華料理屋を何軒か回り、空き船を持て余している上海商人を探し当てた。フィリピンで造られた十トンほどの定置網漁船で、機関部を含めて整備と点検は終えているという。お値段は、たったの七百万円と来た。

「三気筒の新造船を買える額だぜ。純金の船首像でも付いてるのか？」

「見た目以上の性能なんだな、これが。荒れた海でも五十ノットは出る」

「お前が乗って試したのか？」

「修理工がそう言っていたよ。そんなに疑うなら連れて来ようか？」

どうせ、近くの店で飲んでいる知人が修理工役を演じるのだろう。

今の俺たちに必要なのは速度だ。辿り着くのにも、振り切るのにも、速さが要る。五十ノットが事実なら魅力的ではあるが、買う前に確かめさせるなどという殊勝な真似は絶対にしないのが上海商人だ。急いでると見做されれば、さらに足元を見られる。

「他を当たらせてもらう」

「別にいいけど、今この島に他の船なんてないんじゃないかな」

「この前殺された島人（シマンチュ）の漁師がいたろ？　あいつの船が競売に出るって噂だ」

「初耳だな。担がれたんじゃないかい？」

「出所は陳さんだ。嘘とは思えないがね」

席を離れ、扉に向かう。上海商人は蟹粉豆腐（シェフェントンフー）をつついていた手を止めて考え込んでいる。

「……六百五十。燃料と船長も付けてあげる」

「船長は要らんから三百だ」

「冷たい人だね。船長ともども飢え死にしろって？」

「三百五十。その代わり、五十ノット出なくてもお前をぶん殴りに戻ったりはしない」

「分かったよ。六百だ」

「四百。お前にも花を持たせてやる」

顔の汗を拭き、上海商人は指を四本立てた。

俺は首を横に振り、二本指を返す。

長考の末、上海商人は四百二十万円で定置網漁船を手放すことに決めた。船の潜在的な需要は決して低くはないが、所有者になると拿捕された際に裁判で不利になることから、二・二八事件を境に買い手は激減していた。こいつにとっても悪い取引ではなかったはずだ。今すぐ乗りたいと伝えると、上海商人は目を点にした。

「担ぎ屋がふたりばかり必要だよ」

「雇う金は俺が出す。泊地から岩壁まで運ばせて、ひとりはその場に残しておいてくれ。船の代金はそいつに渡すことにする。どうだ？」

こうすれば、向こうは信用できる担ぎ屋を使わざるを得なくなる。上海商人は頷き、取引は成立した。旅の準備は大詰めで、俺は「武康大楼（ウーカンダーロウ）」を出た足で、次の目的地である人枡田（トゥングダ）に向かった。

街（シティ）一番のナイトクラブは今日も盛況で、俺はまっさきに電話機を摑んだ。まず診療所の孤島（コトー）先生に掛け、浜辺に寝そべっているであろう玉城に「今から船が出る」と伝えるよう頼んだ。「もし一緒に来るつもりなら、地下の大荷物を持ってこい」とも。先生には、「例のものは準備させているから、吉報を待って欲しい」と言い含めておいた。先生が口を利けないのを、今ほどありがたいと感じたことはない。

不服だが、掉尾（ちょうび）を飾るのはあの能面男だ。毛利巡査を呼び出してもらうために警察署に掛けると、奇しくも本人が出た。「船を用意したので、準備ができ次第港に向かえ」と命じ、すぐに切る。仲介人（ブローカー）らしい、何から何まで人任せな幕引きだった。

店内へと入り、満席のカウンターから手近な男を退かして腰掛ける。トキコにウイスキーを注文し、煙草を喫む。グラスが置かれるのを待って聴覚を切り、話し掛けてくる連中の声や、奥の喧騒を消した。

　電脳の診断機能を走らせ、義体の各部を隅々まで洗わせる。しばらくは直せないことを覚悟しているが、幸い異常は検出されなかった。だとすれば、この頭の痛みは正常だということになる。軍医の講義をきちんと受けた俺は、電脳には頭痛を発生させる刺激が存在しないことを知っていた。生身だった頃の感覚の残滓が擬似的に再現され、幻想の痛みを生じているのだとしたら、頭の中まで機械に成り下がった俺が、かつての俺と同じ存在であるということの唯一の証が苦しみというのは、あまりにも滑稽過ぎやしないか。

　オキシコドンとデキセドリンをあるだけ口に放り込み、ウイスキーを飲み干す。トキコは咥え煙草で酒を作っている。たまにしか見掛けないマドラーが忙しなく動き回っていて、彼女はカウンターには目もくれず、徐々に溶けていく氷をぼんやりと眺めていた。独りでいるのが似合うのに、近くに居てやりたくなる、凜々しさと寂しさを綯い交ぜにしたような横顔。俺は卓上に金を置き、一番長く通った店を去った。聴覚は、出てしばらくしてから戻した。声を聞けば、別れが惜しくなる。

　雨に打たれながら久部良港まで歩く。船揚場には数隻の伝馬船（サンパン）がいて、担ぎ屋がせっせと荷物を運んでいる。商人たちは到着した物資を検分していて、そのなかには林さんもいた。こちらの視線に気付いているようだったが、手を振ってくれることはなく、ただ目の前の仕事に没頭していた。俺は荷捌き所に行き、帳簿係に預けていた金を受け取った。

　一旦街（シティ）に戻り、換金屋で全財産を新台幣と米ドルに換える。船の代金はカマス袋に、残りは大尉から拝借したトランクに詰めた。軒先で一服してから港に戻ると、フィリピン生まれの有剛丸（あるごうまる）がすでに運ばれていた。思っていたよりも汚れておらず、覚悟していたほどのボロ船ではなかった。

　係船索の近くに立っている担ぎ屋にカマス袋と駄賃を渡す。合羽を着た担ぎ屋はゴムバンドで束ねられているドル札を律儀に手で数え、不足がないのを確認すると、街（シティ）へと駆けて行った。俺は船に乗り込み、操舵室の屋根を雨除けにして煙草を喫んだ。気は短い方だが、昔から待つのは得意だった。待つのが苦手な人間は、自分の人生に期待し過ぎている。

「台湾行きだぜ」

岸壁に目を遣ると、笑ってしまうほど太い腕をした偉丈夫が有剛丸（あるごうまる）を見つめていた。大きなカマス袋を肩に担ぎ、ウイスキーの瓶を片手にぶら下げている。

「その先はどこに行くんですか」

「地獄かもな。怖いか？」

「そこに強い奴はいますか？」

俺は声を上げて笑った。乗るように言うと、玉城は大尉入りのカマス袋を乗せてから、船首（みよし）にどかんと座り込んだ。

深夜の港内は人の出入りが多く、見知った顔が行き交っている。事情を知らない密貿易人たちは、俺がどこを開拓しにいくのか勘繰っているはずだ。酔いに乗じて話し掛けてくる商人たちを適当にあしらっていたところ、街（シティ）ではなく護岸に面した通りの方から毛利巡査がやってきた。馬鹿でかい背嚢と狙撃銃を背負っていて、どういうわけか男を連れている。連れ立っているのではなく、意思に反して引き回していると言った方が正確かも知れない。

毛利巡査に背中を押されて歩いてきたのは、公学校の楊さんだった。穏やかと評判の男。面長で、丸みのある垂れ目と長い鼻がその印象に拍車を掛けている。丸眼鏡のせいでいささか鈍そうに見えるが、背広でも着れば見違えるだろう。もっとも今は、ただでさえ伸びている髪はぐしゃぐしゃに乱れ、口元からは血が垂れていた。極め付けは、手錠を掛けられている。

「気でも狂ったか？」

「武（ウー）さん！　助けてください！」

やはり俺を無視して、毛利巡査が背嚢を船首（みよし）に投げる。俺の背後に隠れようとした楊さんは、膝の裏を銃床で殴られて前のめりに倒れ込んだ。

「お探しの黒客（ハッカー）を連れてきてやったんだ。感謝しろ」

毛利巡査は楊さんの髪を摑んで持ち上げ、その後頸部を俺に見せつける。

挿入口（ジャック）だ。

「待てよ。楊さんは台湾人だぜ。どうして電脳化なんて……」

「こいつは元台湾人日本兵だ。終戦後は中華民国国軍の兵士として徴用され、大陸に派兵されて紅軍と戦わせられていた。捕虜になった際に上手いこと脱走し、過去の記録を全て消してこの島に流れ着いた。電脳化の手術を受けているということは情報兵だったんだろう。楊昌征（ヤン・チャンヂォン）も偽名だ」

「どうして分かった？」

「教員と記者は、工作員（スパイ）が名乗る身分の王道だ。気になって調べたら、楊昌征という男の、それは綺麗な経歴が出てきた。徹底的に改竄された、つぎはぎだらけのな。今でも組織に属しているなら、もっと慎重にやる。その時点で、個人で動いている黒客（ハッカー）だと踏んだ」

　船に乗り込んだ毛利巡査は、カマス袋を覗き込んで大尉の存在を確認した。

　馬鹿でかい背嚢に詰まっていたのは銃器の類で、取り出された散弾銃に弾が装塡されていく。俺は向こうで調達することを考えていたが、おそらくこの男は巡視船との戦闘を想定している。

「操舵はおれがやる。案内はおまえがしろ」

　そう言われたものの、楊さんはまだ岸壁にいて、島にしがみつくように座り込んでいる。日本軍に徴兵された台湾人たちの多くは、やっとの思いで帰郷を果たしたにもかかわらず、今度は国民党から過酷な扱いを受けた。楊さんもまた、故郷に見捨てられた人間のひとりだ。

「……楊さん、乗ってくれ」

「お願いです、見逃してください」

「あんたにやって欲しいことがある。それが済むまでの辛抱だと思ってくれ」

「どうか、私に構わないでください」

「おまえを必要としてるのは武（ウー）だ。おれじゃない。今ここで殺されたくないならさっさと乗れ」

　同胞として誠意ある説得をしたかったが、毛利巡査が向けたイサカが、円満な解決というものを霧消させてくれた。完膚なきまでに打ちのめされた人間特有の色を失った目で俺を見つめながら、弱々しい足取りで楊さんが有剛丸（あるごうまる）に乗船する。毛利巡査はすぐにエンジンを始動させた。

　与那国島から台湾までは、およそ九時間。荒れていなければ六時間とも言う者もいる。今でも基隆を出入りしている命知らずの商人によれば、近頃は深夜の方が警戒が強まっているらしい。上陸さえできればいいわけだから、蘇澳南方に向かう手もある。

「海図は？」

「頭に入れてきた」

　そう返しながら、毛利巡査が俺に紙袋を寄越す。

　中に入っていたのは、一尺はあろう巨大なリボルバーだった。ずっしりと重く、銃身が弾倉（シリンダー）の下側に付いている。

「五十口径のライフル弾を発射できるソ連製の銃だ。反動が強過ぎて、義体化している人間にしか扱えない。こいつで撃てば、一発で電脳を破壊できる。これから先必要になってくる」

「遠慮しておく。銃は持たない主義だ」

「甘えるな。護衛になってやったつもりはない」

毛利巡査は吐き捨てるように言った。

仕方なく、ズボンの後ろ側に銃を仕舞う。

台湾は今、国民党の戒厳令下にある。俺たちは不法に入国するばかりか、煙草を売っていただけの寡婦を半殺しにするような連中から秘宝を盗み出そうとしているのだ。島に数人しか警察官がいない島で好き勝手するのとは、天と地ほどの隔たりがある。

船が動き出し、俺は玉城の隣に腰掛けた。

いずれ鍍金(メッキ)が剥げてくるのかも知れないが、五十ノット云々はともかく、有剛丸(あるごうまる)は快調に動き出している。低いエンジン音を立てながら航走し、久部良港を出て不夜島(ナイトランド)から遠ざかって行く。

ゆっくりと後ろを向き、瑠璃色と薔薇色のネオンサインが作り出す蜃気楼を眺めた。少しで十分だった。


体を元に戻し、煙草に火を点ける。対面にいる楊さんは、諦めたように項垂れている。気の毒なので一本渡してやった。

「……あなたは何者なんですか？」

「何者でもない。武庭純(ウー・ティンスン)という名の仲介人(ブローカー)だ。毛利巡査に何をされたのかは知らないが、俺はあんたに危害を加えるつもりはない。ハッキングを頼みたいだけだ」

「そう言われても、しばらくやっていませんから、期待には添えないと思います」

俺は足を伸ばし、爪先でカマス袋の口を広げた。そこから覗いているものの正体に気付き、楊さんが小さな悲鳴を上げる。

「し、死体ですか？」

「電脳を凍結しているだけだ。この男は帝国陸軍の憲兵で、ちょっと変な奴だ。もっと変になりたくて、他人の電脳を自分の頭に差し込んだみたいでな、今じゃすっかり融合しちまってるらしい。もう片方の電脳から情報を取り出したいんだが……」

「猿芝居はよせ。そいつは大尉のことを知っているぞ」

操舵室の方から毛利巡査の声が飛んでくる。電脳越しの発話でないということは、あえて俺以外にも聞かせたかったのだろう。咄嗟に視線を向けたが、楊さんはすでに顔を背けていた。

「しばらくやっていない、というのも嘘だ。そいつは宮古島の航空通信施設をハッキングして、大尉の情報を手に入れていた。事件が解決するまで身を隠すつもりだったようだ」

　言われてみれば、紅毛楼（ホンマオロウ）での決起集会のときも、楊さんだけは姿を見せていなかった。公学校の先生として暴力に加担することを良しとしなかったのだろうと思っていたが、そういう絡繰りがあったとは。虫も殺さない善人の顔をしながらも、影でこそこそと戦果を上げているのだから、黒客（ハッカー）としての腕は申し分なさそうだ。

「俺たちが生き残るために必要な情報だ。技術者（エンジニア）に見せたら、覚醒させた状態の大尉の電脳に没入（ジャックイン）しないとサルベージはできないと言われたんだが……」

「理論上はそうかも知れませんが、異なるふたつの電脳が融合した意識への没入（ジャックイン）なんて、前例がありません。サルベージには専用の機材が必要ですし、運よく潜れたとしても、すでに認識不能な段階まで破損している可能性が高いと思います」

「その機材は、向こうで調達できるものなのか？」

「ええ、都合できます。……ただし、私は行けません。顔が割れているんです」

「物さえ教えてくれれば、俺が探してくる」

　そう返してやると、楊さんは心得たように頷いた。もう退けないと理解したのだろう。敵地での生存戦略としては俺に匿われるのが最も安全だし、とっとと仕事を終えるのが解放への一番の近道だ。

　しばらくは、海も大きくは荒れない。与那国島が完全に見えなくなって一時間ほど経ってからが本番だ。賭場船に立ち寄ったときとは違い、台湾へ渡るためには黒潮の手荒い歓迎を避けては通れない。そのことを知っている玉城と楊さんは、甲板に寝転がっている。あの容赦ない揺れを乗り切るには、早めに眠っておくに限るのだ。どうせ寝付けはしないだろうけれど、俺も体を横たえた。

　途切れがちの小雨はもうすぐ止みそうで、いつになく澄んでいる空には、砂粒のような黄色の星々がくっきりと見える。幸先が悪い。明日の朝、基隆の港は晴れているだろう。密貿易人は皆、視界が悪くなる雨を好む。

　向こうに着いたら、まずは李志明に会いに行く。黒社会との関係が深い彼なら、国民党の動向にも精通しているはずだ。隠れ家も用意しなくてはならない。そのために、有り金の半分は新台幣にしてきていた。退路である港に近い場所に拠点を作り、国民党の人間と接触するというのが、俺が立てている計画だった。

　無論、穏便な交渉は期待していない。そのために毛利巡査と玉城がいる。含光(ポジティビティ)の確保と並行して、楊さんには大尉の電脳をハッキングしてもらう。俺の全身は、ダウンズ中佐の持ち物だ。約束を反故にされないためには、彼女が所有できない部分というものを持っていなければならない。

　毛利巡査が俺を呼ぶ。

　操縦を代わってくれと言われたら断るつもりで船尾側の操舵室に向かう。骨董品のような航海計器と舵輪の間に、翁が使っていたような小型の筐体が置かれているのが見えた。接続線(ケーブル)が三本垂れ下がっていて、そのうちの一本は毛利巡査の挿入口(ジャック)に、もう一本は計器に挿さっている。

「ソビエトの船舶レーダーだ。索敵に優れているが、単体では使い物にならない。演算装置と繋げる必要がある。楊に言って、これを大尉に挿し込ませろ」

　毛利巡査が残りの長い接続線(ケーブル)を俺に差し出す。

「まさか、大尉を電算機(コンピューター)代わりに使うつもりか？」

「高性能な電脳がふたつも付いてるんだ、使わない手はない。迷惑を掛けられた分、働いてもらう」

　人でなしと罵ってやりたかったが、そもそも大尉をこうしたのは俺だ。閻羅王が聞けば目糞鼻糞と笑うだろう。俺は接続線(ケーブル)を伸ばしながら船首に戻り、毛利巡査からの指令を楊さんに伝えた。カマス袋から大尉の体を肩口まで出し、うつ伏せにしてやる。楊さんは這うように進んできた。

「どうやるんだ？」

「直結なんかしたら、凍結が解けてしまいます。私の電脳の一部の領域を確保したうえで、並列接続するんです。これなら、大尉を眠らせたままでの分散処理が可能です」

　長い接続線(ケーブル)を自分の挿入口(ジャック)に挿しながら、楊さんはそう説明した。手錠のせいでポケットの接続線(ケーブル)に届かないと言われたので、代わりに取り出してやり、楊さんと大尉とを繋ぐ。

「衛星経由で位置を特定しますか？」

「誰に割れるか分からない。孤立作動（スタンドアローン）で使う」

毛利巡査の返答を待って、楊さんが作業を始める。

電脳同士の発話と同じく、傍目には何かをしているようには見えない。外部からの刺激を極力減らすために、大尉の耳には栓が、目は包帯でぐるぐる巻きにされていた。先生の計らいで今日までずっと栄養剤が投与されていたが、元来肌が青白いせいか、暗がりのなかでは一層死体に見える。その隣では、楊さんが目を剝きながら小刻みに揺れていて、神女（ノロ）の儀式のような不気味さを放っている。あまり気持ちのいい光景ではなく、俺は操舵室に戻った。

「……繋がりました」

楊さんの声に一瞬遅れて、舵輪の上方に立体投影（ホログラム）が浮かび上がる。

海図だ。

与那国島を含む八重山列島が、人の住めない小島まで精緻に記録されている。右端で動いている点が有剛（あるごう）丸（まる）だろうかと考えた矢先、突然大きく舵が切られ、船体が横向きになっていく。体勢を崩しそうになった俺を余所に、毛利巡査が甲板へと駆ける。

「どうした？」

「追手だ」

照準眼鏡（スコープ）を覗きながら毛利巡査が答える。

玉城も起き上がっていたが、俺たちの目にはまだ何も見えてはいなかった。吹き荒れる強風が邪魔になり、エンジン音も聞こえない。

「……ふざけた奴だ。心当たりはあるか？」

隣まで行くと、毛利巡査から双眼鏡を渡された。見通しはよく、その漁船はすぐに見付かった。脇目も振らずにこちらへ向かってきているが、甲板に人はおらず、船長の顔も見えない。何のつもりか、白旗を掲げている。

「お見送りされるほど好かれていたとはな」

双眼鏡を降ろす。

毛利巡査は狙撃銃を構え続けている。

「で、どうする？」

「確認する。沈める前に目的を知っておきたい」

相変わらずの荒っぽさだ。俺を見上げている玉城に、まだ大丈夫だと視線を送る。こいつはこいつで腕試しの機会を待っている。

こちらが止まっているおかげで、白旗船は早くも視認できる距離まで迫っていた。三基は積んでいるであろう大きなエンジン音。粗末な船体は九百馬力に見合っておらず、あんな速度を出し続けていたら、台湾に着く前にお釈迦になるはずだ。海人草（ナチョーラ）を目当てにした密漁船が、国民党の巡視船から逃げるためにあの手の改造を施していると聞いたことがある。

乗っているのは台湾人だろうか。

楊柳の肌着を白旗代わりにして、竹竿に括り付けているのが分かった。手提げランプを使って信号を送ってみるが、何の反応もない。

「止まる気はあるんでしょうか？」

誰もが考えていたことを楊さんが口に出した。船はひたすらまっすぐに、同じ方角に向かうのではなく、俺たちに向かって来ている。エンジンの轟音に混じって、叩き付けるような激しい水切り音が聞こえ始める。

「毛利、船を動かせ！　様子が変だ」

言うが早いか、毛利巡査が操舵室に戻る。

ぶつかった衝撃で船体が激しく揺れた。

白旗船が突っ込んだのは、有剛丸（あるごうまる）が向きを戻したのとほとんど同時だった。あのまま呆けていたら、今頃は真っ二つだ。

すれ違いざま、毛利巡査が散弾銃（ショットガン）を撃つ。船長を狙ったものだったが、後ろから見た操舵室には誰の姿もない。

「武（ウー）、あの船に隠れられるような場所はあるか？」

「いや、物資か子供は隠せても大の大人は無理だ」

「遠隔操作の可能性は？」

「事前に航路さえ設定しておけば、大掛かりな機材は要りません。わざわざ操作せずとも、無人で航行させられます。この船を追ってきたのも、魚雷の音波誘導のような仕組みかも知れません」

俺に代わって楊さんが答える。

プロペラが逆回転し、白旗船は左舷の方向に蛇行した先、俺たちから三十メートルほど離れた位置で止まっている。船首まで移動した毛利巡査は、軍用義肢（クローム）の性能を最大限に発揮した跳躍で、白旗船の甲板へと飛び乗った。イサカを腰高に構え、操舵室へと歩を進めていく。

「武（ウー）さん！」

玉城が船首（みよし）の方を指差した瞬間、白旗船が動き出した。突然の加速に毛利巡査は蹌踉めき、そのせいで引き返す機会を失った。すでに跳躍では届かない距離まで進んでいる。

「毛利！　エンジンを切れ！」

「効かないんだ！　楊、どうにかしろ！」

「無理です。旧式の船には停止信号を送れません。内部から止めないと……」

呼応するように散弾銃（ショットガン）の音が響き渡る。壊してでも止めようという毛利巡査の意思に反して、白旗船はぐんぐん遠ざかっていく。

〈おまえが操縦して追い掛けろ！〉

声が届かなくなるのを見越したのだろう。

操舵室に入り、レバーを前に倒す。浮かび上がっている海図の上では、さっき俺が有剛丸（あるごうまる）と取り違えた点が高速で移動している。全速力でこいつを追えばいい。咄嗟に海に飛び込まなかったということは、おそらく毛利巡査は泳げない。

「元に戻せ」

こめかみに銃口が押し付けられる。

さすがの俺も、電脳を包んでいる強化硬膜の強度を試してみる気にはなれない。

「……言われた通りにしたぞ」

「甲板まで歩け」

反応速度で勝てるかどうか分からないときは、隙を見計らうしかない。指示に従って静かに進み、楊さんと玉城の間に立った。玉城は呆然とこちらを見上げている。とりわけ、俺ではない方を。

「動かないでくれ、玉城。殺さずにやり合うにしては、お前の義体は性能が高過ぎる」

諫めるような口調で言うと、前原はふたたび俺に短機関銃（サブマシンガン）を向けた。ずぶ濡れで、髪から滴り落ちる水が顔を濡らし続けていた。海人（ウミンチュ）らしい木綿の海衣（ウミギン）ではなく、兵士が着る戦闘服のような黒色のつなぎに身を包んでいる。

何もかも理解し難いが、俺に向けられているあの目だけは以前と少しも変わりない。電脳化している俺よりも素早い状況判断を可能にする、海に愛された男の目。こいつがあの白旗船で追い掛けてきたというのか。

「前原さん、どうして銃なんか……」

「用があるのは、この男だけだ。もうひとりも黙ってろ。危害を加える気はない」

窺うような視線を向けてきた玉城に、小さく頷き返してやる。楊さんは両手を上げて降参の意思を示していた。向こうにふたりを巻き込む気がないのは幸いだ。特に楊さんは、こんなところで失うわけにはいかない手駒だ。

　俺は煙草を咥えて火を点けた。

　確かこいつは、煙が大嫌いだったはずだ。

「追い出すだけじゃ満足できなかったか？　いつから久部良の海人（ウミンチュ）は殺し屋もやるようになったんだ？」

「辻褄が合わない。……ずっと、そう思ってた」

　睨むように目を細め、前原は続ける。

「初めて会ったとき、お前を知ってる気がした。だが、武庭純（ウー・ティンスン）は密貿易のためにこの島に来た台湾人だ。歳も倍ほど離れてる。……なのに、オレはお前を知っていた。お前の魂（マブイ）に見覚えがあったんだ」

「他人の空似だろ。嫌な奴はみんな同じに見える。ついでに言うと、あんたは周りからおだてられてのぼせ上がってるだけだ。本当に魂（マブイ）が見えたんなら、明日からはそれで商売することを勧めるぜ」

　微笑みとともに煙を吐き出す。

　俺も毛利巡査も、白旗船に誰も乗っていないことを確認していた。つまりこいつは、しがみ付くか何かして、海中に隠れていたことになる。そして、毛利巡査を乗せた白旗船が走り去っていく瞬間に、有剛丸（あるごうまる）へと飛び移り、船尾から登ってきた。人間離れした芸当だが、神業とまではいかない。生身だった頃の玉城でもこなせるはずだ。

　だが、あれほど長い時間潜っていられるはずがない。海面から顔を出せば、俺か毛利巡査のどちらかが必ず気付く。素潜りは、熟練者であっても五分もできれば長い方で、それ以上は自殺に等しい。

〈……武（ウー）さん、この人は自警団の長ですよね？〉

〈ああ。それがどうした〉

〈台湾人の商人が殺された騒ぎがありましたよね。あのとき、島の漁師もひとり殺されていたのを覚えていますか？〉

〈今話すことか？　あの四人を殺ったのは、そこにいる大尉だ〉

〈いや、そうじゃないんです。……私は見たんです。この人が漁師を殺すところを〉

　電脳の通信（コール）にも慣れていたが、さすがに呼吸が止まりそうになった。信じ難いが、楊さんが嘘を吐く理由は見当たらない。

〈……なぜだ？〉

〈知りませんよ。だから私は、誰も信じられない気がして、港にも近寄らないようにしていたんです〉

前原は大尉に撃ち殺された仲間の死を深く悼んでいた。台湾人や中国人に対する態度は別にして、この男が身内に向ける親情は疑いようのないものだった。少なくとも、俺にはそう見えていた。

島人（シマンチュ）たちから絶大な信頼を寄せられているこの男が、仲間であるはずの漁師を殺したというのか？　ますます分からなくなり、喫み終えた煙草を海に投げる。やはり、前原はそれを目で追う。

「武庭純（ウー・ティンスン）、お前は何のために島に来た？」

「あんたが言ってくれただろ？　金を稼ぐためだ」

「訊き方を変えてやる。……なぜ帰ってきた？」

俺の電脳が俺を守った。反応を制御し、豊かな表情を能面とすり替えた。この自己防衛だけは、無意識と呼べるのかも知れない。しかし、自動的であるがゆえに、守ったという事実自体が論拠になってしまうことがある。

「勘違いもいい加減にしろよ、ガキ。この島に来たのは初めてだぜ」

「お前が忘れた気になっても、与那国（ドゥナン）はお前のことを覚えてる」

「いつから島の代弁者を気取るようになった？　さては、俺たちが羨ましいんじゃないか？　あんたもカジキを追っ掛けるよりも密貿易がしたかったのか？」

不意に、前原の目尻が下がる。

笑みではない。

大人が子供に向けるような憐れみだった。

「……だが、紬（つむぎ）はお前のことなど覚えていない」

この世で最も速いもの。

それは殺意だ。

初速だけなら、前原の目をもってしても追い付けない。俺の拳は前原の顎を捉えたが、脳を揺らせるほどのクリーンヒットではない。短機関銃が握られている手を封じながら、右手で前原の頭を摑んで操舵室の外壁に押し付ける。顔を固定し、滑らせた肘で殴打する。狙うのは瞼だ。目の周りは皮膚が薄く、簡単に出血する。流れ出る血は、こいつの目を使い物にならなくしてくれる。

前原の膝が俺の腹にめり込む。

動かせる方の手で俺の頭を摑み、容赦なく膝を叩き込んでくる。できれば前蹴りで距離を取りたいはずだ。そうさせないために、さらに組み付きにいく。頭で顎を押し、右手はしっかりと封じたまま、前原の体を磔（はりつけ）にするように外壁へ押し込む。

組んだときに分かった腰の強さは、引き倒すのが容易でないことを悟らせる。

打撃を加えて消耗させる他ない。

当然、前原も木偶の坊ではいてくれず、鎖骨や首を目掛けて肘が振り下ろされる。残念ながら、俺はすでに痛覚を切っていた。一瞬左手から力を抜き、前原が右腕を動かそうとするのに合わせて、左腕を脇の下へ深く差し込む。頭を顎の下から胸へとずらし、前原の右半身を制する。こうすれば、こいつは俺に銃を向けられない。

右の拳で顎を殴る。

何発か浴びせると、防ごうとした前原に手首を摑まれる。

喧嘩が強いとはいえ、所詮は生身だ。背後から俺の頭を吹き飛ばさなかった時点で、勝敗は決している。

こいつが俺に敵うはずがない。

だというのに、義体化している俺の腕は、前原の腕を振り払うことができずにいる。この状況に既視感があった。あれは確か、新里警部を追い掛けようとしたとき。

「一体どこで……」

「お前は憐れみで気を引いていただけの子供（アガミ）だ」

頭突き。

鼻柱を折るつもりで、何度も叩き込む。

ついでに、金玉に膝をお見舞いする。中身が潰れるような感触にこっちの背筋がぞくりとしたが、何度頭突きしようが、何度金的しようが、俺の右手首に加わっている力は一向に失われる気配がない。

「島人（シマンチュ）のくせして、脳まで弄りやがったか！」

短機関銃が落ちていく。

それを追った俺の目に、前原は躊躇なく指を突き立てる。距離を取るべく下がった俺を、今度は拳が追撃してくる。緩衝葉（アブソーバー）があればこそ、避ける必要もない。額で受け、即座に殴り返す。痛みを感じない者同士の戦いは、意外にもお見合いにはならない。攻撃の手を緩めれば、すかさず奥の手が飛んでくる。確実に殺す奥の手が。

「自分だけが特別だと思うな」

鼻から滴る血を拭い、前原は静かに言った。

去年の暮れ、前原たちが乗っていた漁船が難破し、三ヶ月近く行方が分からなくなったことがあった。遭難したこいつは、ただひとりだけ奇跡の生還を遂げた。自力で蘇澳南方の海岸まで辿り着き、怪我が回復するのを待っていたというのが本人の弁だが、寝ているだけで治るような怪我で済むはずがないということは、他の誰よりも俺が一番よく知っている。本当は何があったのかは、誰にも確かめようがない。

もしも、拾われたのだとしたら。

役目を与えられ、ふたたび元の場所へと戻されたのだとしたら。

「まさか、中佐の……」

「あんな女はどうだっていい！　オレの目的はひとつだ！」

胸倉を摑まれ、拳が飛んでくる。

俺は前原の後ろ髪を摑み、顎に掌底を見舞う。

「お前は泣いていただけだ！　同情されただけだ！　慰められただけだ！　憐れんでもらっただけだ！　されるばかりで、何もしてやらなかった。お前は紬の何でもない。そのお前が、どうして紬にこだわる？」

「教える必要はない」

「お前が紬の何を知ってる？」

「黙れ！」

脇腹に拳を叩き込む。こいつの中身がどの程度機械に置き換わっているかは分からないが、肺や腎臓、多少は生身の箇所が残っているはずだ。

摑む手を離し、前原は左右の拳を乱打する。全てまともに食らうが、俺は怯まない。目が合った直後、思い切り振り抜いた一撃が飛んでくる。

「紬がいくつまで寝小便（ドゥンバイ）してたか、お前は知ってるか？　山羊汁（ヒビダチル）が好きだったのに、生まれたばかりの仔山羊を撫でてからは食べられなくなったのを知ってるか？　どんなときに笑うのか知ってるか？　悩み（ムヌムイ）があると、あいつはいつも古石（フリシ）に立って、遠くを見つめていた。……あの横顔を知ってるのか？」

「黙れと言ってるだろ！」

殴打を受けながら突進し、前原の頭を脇に抱える。腕に力を込めて締め上げながら、空いている手で顔を殴る。逃れようと暴れてきた瞬間を狙い、巻き込んでいる頭を支点に、前原の体を腰に乗せて投げた。

船が大きく揺れ、そのまま馬乗りになろうとした俺の顔を蹴り上げ、前原が距離を取る。俺が落ちている短機関銃（サブマシンガン）に視線を向けたのとほぼ同時に、前原は背後に手を回してナイフを抜いた。

俺の踵に入っているものと同じ、高周波刃。

あれで抉（えぐ）られれば、高性能の人工臓器（インプラント）も一発で鉄屑に変わる。痛覚の遮断はいいこと尽くしだが、自身の損傷度合いが把握できなくなるという欠点を持っていた。電脳が危険信号を出してくれる頃には、すでに手遅れになっている。

「立てよ、島人（シマンチュ）」

手首を反らし、射出口からワイヤーを伸ばしていく。両手で持てば絞首の道具になるが、鞭として使うこともできる。射程は俺の方が長い。電流を浴びれば、義肢（クローム）は機能を停止する。

「ここで沈め、紛い物（カシムヌ）」

前原は様子を窺うようにゆっくりと立ち上がり、ナイフを腰の位置に構えた。

「紬にはオレが会いに行く」

「ご先祖様（トートーメー）にお祈り（ウートートー）しろよ。今度こそ海の藻屑にしてやる。もう中佐は助けてくれないぜ」

「笑わせるな。泣いていただけの子供（アガミ）が！」

早い。

踏み込みとともに繰り出された突きを紙一重で躱（かわ）す。続けざまの薙ぎ払いは、両手で握ったワイヤーで受け止める。返す刀で前原の腕にワイヤーを巻き付け、大物を釣り上げるように引いて背後を取った。

もう片側の手首から伸ばしたワイヤーで前原の首を絞める。咄嗟の動きでナイフごと捕らえていたせいで、高周波刃とぶつかり合っているワイヤーが悲鳴のような高音を上げている。俺は首を絞めたまま、最大出力で電流を注ぎ込む。拘束が解かれるより先に、こいつの電脳を焼き切る。

「……お前がいじめられたのは、親のいない子供（ウヤ・ブラヌ・アガミ）だからじゃない」

「懺悔なら地獄でやれ」

「誰もお前を憎んでなんかいなかった！」

金属の弾け飛ぶ音が前原の声を掻き消す。刃が飛んでくる前に絞めを解き、前原から離れる。これでもう、左側のワイヤーは使い物にならない。

「お前のせいで、何もかもおかしくなった。なんで島に帰ってきた？」

ナイフを逆手に持ち替え、前原が拳を構える。速度を増した打撃が俺の顎を掠め、刃先が唇を切る。今までよりも軽い一撃だが、今の俺たちに威力など関係ない。拳を目で捉え、完全に避けなければ、拳底から伸びるナイフが俺の体をズタズタにするだろう。

ワイヤーを使わせないために、前原は徹底して距離を詰めてくる。夜闇の中で、高周波刃の軌跡が青白い光の曲線を描く。俺は呼吸を止めないようにしながら、不規則に放たれる拳をひたすらに避け続けた。

だが、狭い船上では使える足場に限界がある。加えて、操舵室の外壁を背にしないように注意を払う必要があった。追い詰められれば、俺の負けだ。

素早い蹴りが飛んでくる。

それを受け止め、直後の薙ぎ払いを下がって避けたとき、俺は背後に空間がないのを悟った。みすみす好機を逃すはずがない。ナイフが振りかぶられ、俺は祈った。

「そうやって宮良のことも殺したのか？」

前原の良心に対して。

頭上で刃が止まった瞬間、伸ばしたワイヤーを前原の足に巻き付け、思い切り引いた。後頭部から甲板に倒れていった前原の右腕を踏み付け、踵のナイフで手首ごと切断する。電脳からの信号を失った指は、力無く開いていく。俺は前原の手からナイフを取り上げ、海に放り捨てた。

「当ててやるよ。義体化したのがバレて、口封じに殺したな？」

勝敗が決したというのに、俺を見上げる前原の表情に変化はない。手首を切り落とされたところで、痛みは生じない。そして、苦痛の有無は敗北感に直結している。どうやら、こいつはまだ負けたと思っていないらしい。俺は馬乗りになり、前原を見下ろす。

「俺は殺し屋じゃない。泳いで帰ってくれるなら、ここで見逃してやる」

「お前は島を見下していた。自分から結（ユイ）を外れた。それを他人のせいにしていただけだ」

「命乞いなら、もう少しまともなことを言えよ」

「港の近くで溺れていたお前を助けてやったことがあったよな？　あれは紬に言われたからだ。お前に目を掛けてやってくれと言われて、仕方なく助けたんだ」

渾身の力で顔を殴り付ける。瞼は瘤のように腫れ上がり、ご自慢の目は塞がり掛けている。

「誰でもよかったんだろ？　そこにいたのがたまたま

紬だった。……お前は、それだけなんだ」

「違う！」

喉を摑み、前原の脳天に銃口を突き付ける。五十口径のライフル弾は、一発で電脳を破壊できる。

「彼女だけが俺に居場所をくれた！」

「失ったのが自分だけだと思うな！」

前原は叫ぶ。

そこには、痛みも恐怖もなかった。こいつは間近に迫っている死のことも、俺のことも恐れてはいない。

「武(ウー)さん、もうやめてください」

玉城が弱々しい声を出す。目の端に、百足(ンカディ)のように這いずる前原の左腕が映り込む。少し先には短機関銃が落ちている。

俺は、彼女にもう一度会いたかった。

そのためなら、何でもすると決めていた。

「諦めろ(ウムイ・チリ)」

「……紬は一度だけ、与那国に帰ってきた」

「何だと？」

自分がやられたように、油断を誘おうとしているのか。だとすれば、もう遅い。ここから形勢逆転できるような手立てではない。しかし、出任せだとも思えなかった。前原は浅い息の下で、歯を強く嚙み締めていた。初めて、苦しんでいる姿を見た。

思い出すことは、常に苦痛を伴う。

こいつもそうだというのか。

「何があった？」

「教えるかよ。何から何まで紛い物(カシムヌ)のお前に」

日に焼けた指先が短機関銃(サブマシンガン)に触れる。

こいつも馬鹿ではない。そんなことをすればどんな末路が待っているか、分からないはずがない。こいつには故郷がある。仲間たちが帰りを待っている。ここで死ねるような男ではない。俺とは違う。

「殺したくないんだ。……憎かったが、殺すほどじゃない」

「オレは違う！　お前だけは死んでも行かせねえ」

その手が銃把(グリップ)を摑み、短機関銃(サブマシンガン)が持ち上がる。

灰色の目が俺を見据える。

前原は魂(マブイ)が見えると言っていた。その識見が事実なら、魂(マブイ)は、俺が今でも俺であるという祝福だったが、同時に、俺がいつまでも俺でしかないという呪詛でもあった。

俺は自分の意思でダウンズ中佐の手駒になり、彼女の命令を受けて、この島に戻った。俺が選ばれたのは、単に詳しい人間だったからに他ならない。与那国の生まれでなければ、俺はあの事故で死んでいた。

結局、俺はこの島から逃げることができなかった。

だが、今度は違う。

「思い出させてやる！　お前の名前は――」

銃口が向けられる前に、引き金を引いた。

ライフル弾は額を突き破り、前原の頭が電脳ごと砕け散った。返り血が顔を濡らしたのかも知れないが、感覚を遮断している俺がその温もりを感じることはなかった。短機関銃（サブマシンガン）が甲板に叩き付けられる音が、凪（な）いだ海に響いていく。

第三部

目を焼く白色の光熱（ホワイト・ライト・ホワイト・ヒート）

1

電球に小さな蛾が止まっている。

笠の上部には、黒い布が結び付けられていた。灯火管制の名残りだが、外すのも億劫だったか、あまり使われていない部屋だったのだろう。

黒い布の内側に隠れていたらしい蛾は、羽を広げたまま微動だにしない。虫が電燈に群がるのは、その光を月と勘違いしてるからだと、子供の頃に教えられたことがあった。光を目指して飛ぶ習性を持つ虫たちに、人工の光などという知識は存在しない。だとすればこいつは、月に届いたつもりでいるのだろうか。

高い位置に小さな格子窓があるが、この部屋はちょうど隣接する建物の陰に隠れてしまい、昼夜問わず光が差すことはなかった。ここにいる限りは月光を感じられることはないというのに、頭上の哀れな蛾は、満足そうに月面で休み続けている。

蹴破られるようにドアが開き、毛利巡査が入ってくる。紺色の地味な背広に帽子を被っているが、まっとうな勤め人には見えない。

「銃くらい構えろ。憲兵だったらどうするつもりだ?」

月を眺めるので手一杯で、気の利いた返しは何も思い浮かばない。俺が黙っていると、毛利巡査は舌打ちとともにドアを閉めた。外から雨音は聞こえてこないが、毛利巡査の背広は濡れている。この時間まで、ずっと外を出歩いていたのだろう。

「何日経ったか把握しているか?」

ドアにもたれかかりながら、毛利巡査が訊ねる。俺は無言で否定を示した。

「頓馬(とんま)が。電脳化していて、分からないわけがないだろ。……もう、十四日になる。おまえは十四日もそこにいるんだ。一等船室の寝心地はそんなにいいか?」

怪我はなかった。

病気でもなければ、故障もしていない。

人工皮膚(オルトスキン)の裂傷は数時間で元通りになった。にもかかわらず、ここから起き上がれずにいた。俺には個室が宛てがわれ、毛利巡査たちは別の部屋に押し込まれているらしい。当て擦りたくなるのも当然だ。

「あのガキを殺したことをまだ悔いているのか?」

毛利巡査が呆れたように言った。

月明かりの下で、俺は腕を伸ばし、自分の顔に触れる。血は海水で洗い流したが、まだどこかにこびり付いているような気がしてならなかった。

　銃さえ渡されなければ、撃ち殺す以外の道があったはずだ。少なくとも街（シティ）では、ずっとそちらを歩いてきた。だが、あのときは違った。殺すことが、目の前の人間をこの世から消してしまうという選択が俺の中に入り込んできた。

「殺さなければおまえがやられていたと楊（ヤン）が言っていた。仮に見逃したとしても、あいつは執念深くおまえを追ってきたはずだ。どのみち、殺すべきだった。おまえは必要なことをしただけだ」

「殺すべき人間なんているかよ」

　いい人間だったと、誰もが口を揃えて言うだろう。

　前原は生きるべき人間だった。あいつが将来成し遂げたであろう何かは、あの島の未来をいい方向へと導いていくはずだった。そんな男を、俺は殺した。必要性があったというのはお題目に過ぎない。あのとき俺は、憎しみに駆られて引き金を引いた。

「おまえがおれの弟か息子なら、根気よく慰めてやったかも知れん。だが、おまえは他人だ。偶然同じ船に乗り合わせただけのな。いつになるかも分からない快復を待っている暇はない。楊に電脳を弄（いじ）らせて、無理にでも動かしてやってもいいんだぞ」

「やれよ。そうしてくれ」

　近付いてきた毛利巡査が俺の首を掴む。常に表情がオフにされた能面には、何の感情も浮かび上がらない。こうして怒ったふりをしてみせたところで、俺たちの間で交換されるものは何もない。はじめから、心を通い合わせるような関係ではないのだ。

「……あいつは死ぬべきじゃなかった」

「ああ、そうだろうな。死ぬべき奴なんていない。だが、おれたちは殺す。目的のためだ」

「その目的とやらに俺が邪魔になったら、俺のことも殺すか？」

「当たり前だ。まさか、友人になった気でいるのか？」

「たいした犬だぜ。ダウンズ中佐が聞いたら、褒美にチョコレートをくれるかもな」

　飛んでくる拳に備えて痛覚を切ったが、毛利巡査の手はあっさりと離れていった。この男を苛立たせているのは、俺に対する怒りだけではない。むしろ、現状に対する焦りの方が大きいはずだ。

「足止めを食らってるんだ、あんたも休んでろよ」

「こんな腑抜けだと知っていたら、おまえではなくあいつを加えていた」

捨て台詞を吐き、毛利巡査が出て行く。

案外、その通りなのかも知れなかった。

前原は俺と同じ目的のために行動していた。島人（シマンチュ）としての責務を果たしながらも、かつて見た甘い夢を必死に追い求めていた。俺のそれよりも真に迫った夢を。もしかしたら、あいつがここに寝転がっているべきだったのかも知れない。

半身を起こし、壁にもたれかかるように腰掛ける。灰皿を物色し、まだ喫めそうな吸い殻を探す。火を点けたはいいものの、泥を煎じたような湿気った味に思わず咽（む）せる。煙草を調達しなければならなかった。

煙を吐き出しながら、頭を壁に預ける。

いつの間にか、蛾は消えていた。

聞き逃してしまいそうなほど小さな音で数度ドアが叩かれる。俺は反応しなかったが、蝶番の軋む音とともに楊さんが顔を覗かせた。

「早速だな」

「はい？」

「俺の頭を弄りにきたのか？」

十四日ぶりに会う楊さんは、困惑し切った顔で俺を見返している。もっとも、毛利巡査なら本気で言い出しかねない。

「人が来ています」

「毛利に相手させろ」

「それが、武（ウー）さんに会わせろと言っているんです。李志明（リー・チーミン）の使いだと」

足止めを食らっているという口実も、これでおしまいだ。文字通り最後の一口を味わい、湿った吸い殻を灰皿に戻す。擦り付けずとも、火は消えた。機械の体は退廃とは無縁で、義肢（クローム）はすんなりと俺を立ち上がらせてくれる。床に置いていた應召袋を漁り、すっかり皺（しわ）くちゃになっていた名刺の片割れを取り出す。

上陸前、船舶電話を使って李志明に連絡を取ろうとしたが一向に出てくれず、縋る思いで掛け続けた俺を助けてくれたのは小李（シャオリー）だった。五男の小李（シャオリー）曰く、李家の面々はのっぴきならない事情で身動きが取れずにいるという。安全に寝泊まりできる場所が欲しいと伝えたところ、小李（シャオリー）はここの住所を教えてくれ、明後日までには使いを送ると約束してくれた。そんなわけで俺たちは、かつての義重町にある酒家（ナイトクラブ）に身を寄せていた。

楊さんに続いて部屋の外に出る。

二階には部屋が四つあったが、空いていたのは二つだけで、そのうちの片方を俺が占領していた。短い廊下の先は階段で、その右手側に三畳ほどの狭い空間があり、小さな円卓と丸い背もたれの椅子が置かれている。酒家（ナイトクラブ）が営業していた頃は、女にあぶれて個室にしけ込めなかった連中が、ここで飲み直すか、四色牌（スーサーパイ）にでも興じたのだろう。

今はそこに、玉城と見慣れない男が座っている。

襟付きのシャツに灰色のセーター、郵便局で働いていそうな格好だ。歳の頃は三十代後半くらいだが、顔付きだけでは本省人かどうかは判別しかねた。毛利巡査は階段を塞ぐように佇み、腕を組んでいる。見せつけるように退路を断たれていた男を哀れに思い、俺は対面に腰掛けた。煙草が差し出されたので、ありがたく頂戴して火を点ける。新楽園（ニューパラダイス）は、長寿（ロングライフ）に負けず劣らず不味い。

煙を吐き出したあとで、握り締めていた名刺の片割れを卓上に置いた。男はそれを手に取り、懐から取り出した片割れと組み合わせた。断面は見事に一致し、俺の背後にいた楊さんが安堵するように息を吐いた。

「李先生は？」

「揉め事に巻き込まれています。僕はその間、あなた方の面倒を見るようにと仰せつかっています」

悩んだ末に日本語を使ったが、男は達者な発音でそれに応じた。台湾語も北京語も解さない玉城の手前、このまま日本語で話す方が都合がいい。

「どんな揉め事だ？」

「それを伝えろとは言われていません」

黒々とした中分けの髪。やや童顔で、日本人の女からは好かれそうな顔立ち。垂れ下がった目元はおどおどしたような印象を与えるが、喧嘩のひとつもしたことがなさそうな容姿に反して、その口調からは頑なさが感じられた。

「まあ、直に聞けば分かることだ。で、あんたは？」

「周鎮台（チョウ・チェンタイ）です」

「李先生とはどんな仲だ？」

「三沙湾に船を持っていて、李先生には目を掛けて頂いていました」

「仲介人（ブローカー）か」

「木っ端商人ですよ。今は家業を継いでいます」

身内を寄越さないのは不自然だったが、こうして商売仲間を駆り出さなければならないほど李志明は追い詰められているのだろう。俺と同じで、ある程度は信用されているからこそ、周は名刺を託された。

「なぜ、ここに匿う？」

毛利巡査が口を開く。静かに振り返った周は、訝しむような表情で続きを待っている。

「この数日で周囲を偵察して回ったが、軍人の巡視のみならず、私服憲兵らしき人間を幾度となく見掛けた。連行されていく市民もな。市内には戦車が配備され、要塞司令部は目と鼻の先だ。およそ安全とは思えないが」

「基隆市は現在、経済特区に指定されています。外貨獲得のために、基隆港での貿易に対する規制緩和が行なわれ、そこにアメリカからの経済支援が加わった結果、基隆はこの半年で日本統治時代よりも遥かに発展した商業都市となっています。おっしゃる通り、憲兵第四団が暗躍しているのは事実ですが、密航者のあなた方が身を隠すのであれば、余所者が目立つ郊外よりも都市部の方が遥かに安全なはずです。……それはそうと、あなた方はどうしてこの国に？」

「お前さんが李先生なら話したさ」

苦笑いを浮かべ、周が煙草を咥える。天井からは立派な吊燈がぶら下がっていたが、肝心の電球が嵌め込まれておらず、卓上に置かれているオイルランプが唯一の光源だった。

「見たところ、義肢(クローム)の彼と腕組みをしている方は日本人のようですね。あなた方は本省人ではあるものの、密航しなければ帰ってこられないような事情を持っている。奸党匪徒を通報するのは国民の義務ですが、そのことについて、どうお考えですか？」

「そのときは、周さんも一味だと自白するよ。なんせ、名前を知っちまったからな」

ぐっと身を乗り出し、何事かと構えた周に向かって手を差し伸べる。海を渡ってまで揉め事を起こしたくないという俺の意思が伝わったのか、周は手袋を外し、温もりのない金属の手で握り返してくれた。

「軍人だったのか？」

「国民党は三民主義における民族主義と民生主義の観点から、国民に義体化を推奨しています。前者は、日本統治時代に汚染された身体からの解放という意味で、後者は、近代国家を目指すための生産性の向上という意味です。生身に固執する者は共産党員と見做されます。あなたも気を付けた方がいい。李先生がお戻りになったら、また連絡します。僕は近くに住んでいるので、何かあれば声を掛けてください」

頭を下げて毛利巡査に道を空けさせると、周は階段を下りて行った。下階の扉に付いている鈴が鳴り、ずっと背後に立っていた楊さんが、さっきまで周がいた椅子に座る。

「あの優男、信用できると思うか？」

「……誰が味方か分からないばかりか、昨日まで友人だった人間が今日には敵になっている時代です。同じ商人だからと言って、油断はしない方がいいでしょう」

楊さんの言葉に俺は頷く。通報しなかったというだけで罪人扱いされる状況下では、どこからどう見ても怪しい一団を匿うのには相当な勇気が要る。共通の恩師である李志明の存在が、周が俺たちを突き出さない理由になっているが、その庇護がなくなれば、どうなるかは分からない。

「役所かどこかをハッキングして、あいつの身元を調べられないか？」

「市内全域で通信が傍受されている。電脳に頼れば、すぐに憲兵が飛んでくるはずだ。……数日尾ければ正体は分かるが、そこまでやる必要があるとは思えん。あいつが詮索を始める前に、ここを引き払って他所に移るべきだ。もちろん、口は封じておく」

「いや、隠れるのはここでいい。周の言っていたことは、おそらく正しい。目下の問題は、李志明の力が借りられないことだ。俺たちは自力で情報を集める必要がある。周に協力してもらうのが一番手っ取り早い方法のはずだ。港町の商人は情報通だからな。念のためにあんたが安全を確かめて、潔白だと分かれば仲間に引き入れる。どうだ？」

含光（ポジティビティ）は国民党の手にある。

譲ってくれと言って済むような相手ではなく、当然、盗み出すことになる。そして、盗み出すためには隠し場所を突き止めなければならず、それを聞き出すための手段も、やはり暴力的なものしかあり得ない。だからこそ、在り処を知る人物に辿り着くまでは慎重に行動すべきだった。毛利巡査は反応を示さなかったが、こういうときは肯定だ。

「並行して、大尉の電脳をサルベージする。アメリカ軍が含光（ポジティビティ）を追っていたのなら、万が一、役に立つような情報が残っているかも知れない。俺は機材を調達するから、毛利は周を洗ってくれ。動き出すのはそれからにしよう。玉城と楊さんは、ここに残って李志明からの連絡を待つんだ」

　寝巻き代わりに海衣（ウミギン）を着ている玉城が眠たげな表情で頷く。必要なものをすでにまとめていたようで、楊さんは懐から取り出した筆記紙（メモ）を渡してきた。聞いたことのない言葉ばかり並んでいたが、全て持って帰ってくればいいだけの話だ。

　俺は立ち上がり、やたらに急勾配な階段を下りた。人気がない分一階の方が物寂しく、ひっくり返された椅子たちは、テーブルの上でかつての賑やかさを懐かしんでいる。酒家（ナイトクラブ）の前はきちんとした酒楼（レストラン）だったことが窺える広い厨房も埃を被り始め、蜘蛛が巣を張っている。小李（シャオリー）によれば、李志明は潰れたこの酒家（ナイトクラブ）を買い取ったばかりだったという。自分の店を開こうと思った矢先に不幸が訪れたようだが、もしもとんとん拍子に事が運んでいたら、これほど快適な隠れ家にはありつけなかっただろう。

　真っ暗な店内を歩き進み、扉を開ける。付いてきていた毛利巡査が俺よりも先に外に出た。空は暗かったが、二階建ての酒家（ナイトクラブ）は、周囲の建物が落とす黒い影によって、さらなる暗がりへと押し込められている。街（シティ）のそれよりも遥かに高く、大地から逃れるように伸びている建物群（ビルディング）は、足元から全体像を把握するのが困難なほどだった。

「早くも元の調子が出てきたんじゃないか？」

「そうじゃないと困るのはあんただろ」

「一度走り始めたら止まらない。……武（ウー）、おまえも立派な飼い犬だ。安心して走れよ」

　与那国のように風は吹いておらず、しとしとと降る霧雨は、街路灯から降り注ぐ白い光を拡散させる。建物群（ビルディング）の至る所に張り巡らされた紅赤色のネオンは、近代国家の条件のひとつである消費への欲求を掻き立てながらも、あらゆる看板の下で「保密防諜、人人有責」の文字が躍っている。密告の奨励は一際強く輝き、筆記紙（メモ）を取り出すと、俺の手は瞬く間に血の色に染まっていた。

2

港町の湿った空気は散々嗅ぎ慣れていたが、道路の舗装されていない与那国とは異なり、乗用車やバス、乱暴な運転で走り去っていくバイクから煙る排気ガスの臭いが喉と鼻を痛め付けた。端から端まで続く長大な市場からは、熟れた果物と八角の匂いが強烈に漂ってくる。街（シティ）の亭仔脚はここを模（も）していたが、雨港である基隆のそれは、さらに天幕が道路まで伸び、歩く者を雨風から守ってくれる。意気揚々と酒家（ナイトクラブ）を飛び出たはいいものの、調達できたのは煙草だけで、俺は早くも途方に暮れ始めていた。

　周が口にした通り、町には義体化手術を行なう医院や、義肢（クローム）の部品を取り扱う商店が無数に存在していた。すれ違う人々を見る限り、軍事支援としてアメリカから国民党へと提供された型落ち品が流通しているようだったが、血気盛んな密貿易人たちならいざ知らず、ごく普通に暮らしている市民の手足が機械に置き換わっている光景は、俺の心をしばらくの間ざわつかせた。海軍の兵士たちは、義肢（クローム）に被覆加工（コーティング）を施しているが、国民党がそこまで気を回しているとは思えない。しばらく経てば、潮風の影響で動きが悪くなった関節部の不調を訴える者が現れるはずだ。

　傍目からは生身の俺が門戸を叩くと、血の滲むような苦労をして入った医学校から徴用され、意思に反して転向させられたのであろう年若い義体医（サージャン）たちは、「浦島太郎が迷い込んできた」とばかりに驚き、手術を勧めてきた。国民の義体化は国策であり、必要となる経費は税金として上乗せされているため、追加機能（オプション）を望まなければ、タダで義肢（クローム）に換装できるという。悪辣にもほどがあるやり口だ。

　国民党から伝授されたのであろう義体化の素晴らしさを説く大衆扇動（プロパガンダ）を悉（ことごと）く無視して、「電脳化の手術は行なっているのか？」と訊ねてみると、義体医（サージャン）たちは俺のことを憲兵だと思ったのか、ひとりの例外もなく、「やましいことは何もしていない」と震え上がりながら姿勢を正した。

　その後は部品屋（パーツ）を回ってみたが、こちらでも似たような反応だった。歳の割に北京語が上手く、半山（はんざん）と思しき商人がひとりいて、信用してもらうために金を渡したところ、向こうも向こうで俺の出自を怪しんでいたようで、「今の台湾で電脳化の話はするな」と忠告された。

「なぜだ？」

「大陸では、共産党が電脳化を推し進めているからさ。電脳化は、知能の公平な分配を実現してくれるんだと。実際、連中の軍隊は見事に統率されていたらしい。蔣中正がこっちに逃げ込んで来てから急に義体化が強制され始めたのも、脳みそが強化された軍隊に勝つために、国民全員を機械の兵士にしようと企んでるっていうのが、もっぱらの噂だ」

「あんたは向こうで脳を弄らなかったのか？」

「元が悪いんじゃ、強化したところでたかが知れてるだろ？　それに、靴職人でも三人集まれば諸葛孔明に勝てると言うが、靴職人が三百人集まったところで、生まれるのはせいぜい陳倉道を歩きやすい靴だ。その点、義体化はいい。腕が六本あれば、馬謖も斬り放題さ。それに、あっちの方なら諸葛孔明よりも俺の方が上だぜ」

　下卑た笑みを浮かべた商人は、俺がワイヤーを出すときのように義肢（クローム）の手首を大きく逸（そ）らした。手のひらからにゅるりと飛び出てきた張形は、商人が手首を右に傾けると七色に光り、左に傾けると振動し始めた。これには、さすがの俺も声を殺して笑うしかなかった。

　鋼鉄の逸物にひれ伏しながらも、琉球にいる商売仲間のために、どうしても電脳部品を手に入れたいのだと懇願する。檳榔（びんろう）をひとつ摘んで口に放り込むと、商人は窓の外に視線を向けた。

「上海や香港帰りのなかでも、知識人（インテリ）連中は電脳化している奴が少なくないんだ。露見すれば、有無を言わさず馬場町送りさ。そいつらの面倒を見てやってる有力者（フィクサー）がいるという噂は聞いたことがある。もっと詳しく知りたいなら、上海商人を探すといい」

　俺は感謝を伝えたが、商人は笑みを崩さず、張形の先っちょでカウンターをとんとんと叩いた。欲深い司馬懿にさらに金を渡し、階段を下りて外に出る。

　あらかた調べ終えた義二路から横に入り、信七路から信二路まで、虱潰しにそれらしき店を探し続けた。部品屋（パーツ）は、省政府のお墨付きを得ている義体医（サージャン）よりも遥かに猜疑心が強く、こちらが生身だと分かるなり、疑いの眼差しを向けてくる。精巧な人工皮膚（オルトスキン）が仇になる日が来るとは思わなかった。

　時間ばかりが過ぎていき、徐々に人出も減っていくなかで、軍服が目に入れば、注意を引かないよう道を変えなければならなかった。赤紅色のネオンは、肌の色と義肢（クローム）との違いを浮き彫りにしてくれる。

愛三路に差し掛かったとき、最上階で光る「義肢机修」の文字の隣に見覚えのある看板が掛けられているのが目に留まった。シャッターを降ろしている早餐（ザオツァン）店の脇から階段を上り、修理を謳う部品屋（パーツ）に入る。狭い店内を埋め尽くす陳列棚には、義肢（クローム）の部品が用途に応じて置かれている。その粗雑さも、品揃えも、他の店とは何ら変わりない。需要があるから乱立しているのだろうが、市井の人々に義体化の知識があるはずもなく、言われるがままに二束三文の品を摑まされているに違いない。

「買いたいものがあるんだが」

分不相応なパナマ帽を被った若造が椅子に座って煙草を吹かしていた。ここの店主のようだが、やはり俺の全身を無遠慮に観察している。

「そうだろうね」

「レイセオン社の操作卓（コンソール）が欲しい。あと、ラズボーイニクの入ったチップも頼む」

「何の話か分からないね」

若造は立ち上がり、咥え煙草でカウンターの内側へと歩いていく。俺なら事前に銃を隠しておくが、この国では撃たれることよりも、通報されることを恐れる方が賢明だ。

「俺も分からんが、電脳に潜るのに使うらしい。あんたの方が詳しいだろ？」

「あいにく金槌なもんでね、泳ぎはてんで駄目だね」

「悪いんだが、お前には訊いてない。……聞こえてるんだろ？」

こういう客は初めてなのか、若造は鳩が豆鉄砲を食ったような顔をしている。

看板には、頭のない蠅（はえ）を飲み込もうとする饕餮（タオティエ）が描かれていた。あの不吉な怪物を信奉する物好きは、俺が知る限り、ひとりしかいない。なおかつ、そいつは至る所に存在している。

〈久しぶりだね、武庭純（ウー・ティンスン）〉

懐かしい声に、つい涙が溢れそうになる。

煙草を捨てた若造は、カウンターの内側から取り出した分脳箱を床に置き、その隣に正座した。賭場船のときと同じく、俺の目線よりも少し高い位置に立体投影（ホログラム）が浮かんでいく。相変わらず、毎日一キロと三百グラムずつ増え続ける規則正しい生活を送っているようで、翁（ウォン）はますます肥えていた。

〈こんなところで会えるとは思わなかった。ようこ

そ、私の店へ。里帰りか？〉

「そんなところだ。あんたの自慢の店なら、電脳部品が買えると思ったんだが、見当違いじゃないよな」

〈ははは。あまり大声で言わないでもらいたいね。もちろん、売ってやれる。何が必要だ？〉

　何が何だかさっぱり分からず、読み間違えている可能性もあったので、手っ取り早く筆記紙（メモ）を見せる。ほとんどない首を伸ばし、翁は目を細めた。

「……喜ぶといい。ひとつを除けば、ここに揃っている。そのひとつも、代用品を見繕ってやろう。君のお仲間なら分かるはずだ。それを彼に渡せ」

　動こうとする前に筆記紙（メモ）が引ったくられた。翁に深々と頭を下げ、若造は暖簾の奥へと消えていく。

〈あの男前の日本人はどこだ？　大博打ばかりする琉球人の小僧も連れてきたんじゃないか。……しかし、もうひとり、私が知らない者もいるようだ。君たち三人は黒客（ハッカー）じゃないからな〉

「紹介してやるよ。一緒に飯でもどうだ？」

〈是非ともそうしたいが、なにぶん近付き難いご時世なのでね〉

　古い友人と話しているような感覚に襲われつつあったが、そもそも俺たちは、含光（ポジティビティ）の情報を賭けて一戦交えた間柄なのだ。そう考えたとき、俺はふと、翁が情報屋（インフォーマー）であると教えてくれたのが李志明だったことに気付いた。ふたりは面識があるばかりか、俺と違って直接会っている。

「李志明と連絡が取れないんだが、何があったか知らないか？」

〈おや、私の仕事を忘れてしまったのか？〉

　覚えているからこそ訊ねたのだが、と言い掛け、ポケットから取り出した金をカウンターに置く。賭場船で大勝ちしたおかげで、懐にはまだまだ余裕があった。もっとも、こいつが太っ腹でなければ、とっくに破産している。翁は話を始める。

〈日本軍が去り、国民党の兵士たちが接収に来るまでの間に空白の期間があったのは知っているな？〉

　俺は頷く。台湾では、日本人が所有していた財産、主に家屋の競売を巡って争いが多発した。

〈その空白を狙って、大陸から質の悪いゴロツキどもが大挙したのだ。本省人のヤクザたちは、権威を失った警察に代わってこれと戦ったのだが、李志明は積極的に加勢した顔役のひとりだった。食い扶持を守るためというのも大きかったはずだが、それ以上に彼は義の人だった。自分たちの元に返されるべき財産を、余所から来た人間が我が物顔で奪おうとしているのを見過ごせなかったのだろう〉

　その口から義という言葉が出るとは思わず、ついつい感心させられた。ハンカチで汗を拭い、翁は続ける。

〈さて、少し時間は進む。二・二八事件を機に、保密局は市民を通訊員(ネズミ)に仕立て上げ、二・二八事件処理委員会に代表されるような政治的な集会の監視や情報収集を行ない始めた。台湾に住み着いた外省人のゴロツキどもは、進んでそれに協力した。二、三年で国内の至る所に入り込み、密告を繰り返しながら富と権力を得ていった。そうやって力を手にした彼らは、自分たちをコケにした本省人への復讐を思い付いたらしい。そこで槍玉に挙げられたのが李志明だ。彼らは李志明を陥れようとしたが、党内に友人がいる有力者(フィクサー)を簡単には落とせない。……では、どうするか。家族が何よりも大事なのは、本島人も外省人も同じだ〉

「まさか、子供が狙われたのか？」

〈戦争から帰ってきて療養していた三男と、まだ学生の四男が、国民党への反乱を企てた罪で逮捕されている。李志明は息子たちを助け出すために奔走しているが、怒りのあまり、手荒な真似をし過ぎた。味方も減り、徐々に危険な立場へと追い込まれている〉

　子供たちの罪状はでっち上げのはずだが、密航者を匿うことは紛れもない犯罪行為だ。李志明は絶望的な状況のなかで、危険を冒してまで俺たちを助けてくれたのか。

　一肌脱いでやりたいが、これ以上の荷物を背負い込めるほど俺の背中は広くない。他人の荷物となれば、なおさらだ。

「あんたなら、何かしてやれるんじゃないか？」

〈情報は万能だが、死ぬことが決まっている人間を救ってやれはしない〉

　ぞっとするほど冷酷な目が俺を見下ろしていた。いつ殺されてもおかしくない稼業に身を置いているからこそ、翁はそう断言できるのだろう。

　倉庫代わりの部屋から若造が戻ってくる。カウンターの上に電子機器が並んでいき、若造はひとつひとつの名前と値段を告げてから、風呂敷でまとめてくれた。物は小さいくせに、有剛丸(あるごうまる)よりも高い買い物だ。

楊さんの筆記紙（メモ）には六個の機材が書かれていたが、若造が用意したのは五個で、ひとつ足りない。

「この浴缸（ユーガン）っていうのは、ここにはなかったのか？」

「ないね。余所で買ってくれ」

「ここになきゃ、どこにある？」

「日本人の家になら残ってるかもね」

「どういうことだ？　日本製の機材なのか？」

「浴槽は浴槽だね。他の何だと思ったんだ？」

　若造は呆れたような口調で言ったが、かえって恥ずかしい思いをせずに済んだ。

　浴槽を何に使うのかは分からないが、与那国と同じで台湾にも湯船に浸かる習慣はない。代わりになるようなものを持って行く必要がある。思ったほど重くはなく、風呂敷を首から下げた。

「いい買い物ができた。大陸に行く機会があったら、あんたの食事を見物させてくれ」

〈そんなことよりも、時間には気を付けることだ。戒厳令は夜間の外出を禁じている。正当な理由がなければ拘留の対象となるし、向こうの機嫌が悪ければ、正当な理由からは正当性が失われる。もちろん、その荷物を検査されれば終わりだ〉

　扇子を広げた翁が、ぱたぱたと汗を払う。

　外から聞こえてくる音が、ある時刻を境に街ごと耳栓で押し潰されるように完全に消え失せていたので、宵禁（シャオジン）が実施されていることには、部屋にいながらも薄々勘付いていた。毛利巡査も、このことを知っているといいが。

〈禁じられた時間の訪れとともに、赤のネオンは消え、街路灯から降り注ぐ白い光だけが残る。手錠と警棍（けいぼう）を携えた幽鬼たちは狩りを始め、明日も今日と同じような日が送れることだけを願っている無欲な人々を家から引き摺り出し、修羅煉獄へと連れ去っていく。市民たちは、あの白い光を恐れている。……武庭純（ウー・ティンスン）、君も用心するといい。なにせ、とんでもない悲運の持ち主だからな〉

　さらに狭まった喉から漏れる笑い声は、俺の気分を憂鬱の底へと叩き落とした。

　外に出ると、建物群（ビルディング）は血の気を失い始めていた。亭仔脚を足早に引き返し、酒家（ナイトクラブ）へ戻る。夜逃げでもしたように調理器具がそのままになっている厨房のなかには、黒ずんだドラム缶がふたつ置かれていた。廃油を溜めていたらしく、どちらも薄汚かったが、比較的マシな方を選んで二階へ上がる。

　楊さんと玉城は、ウイスキーをちびちびやりながら四色牌（スーサーパイ）に興じていた。ドラム缶を階段の近くに置き、テーブルの上で風呂敷の結び目を解く。

「確認してくれ」

「安全な相手から仕入れましたか？」

「安全かどうかはさておき、すぐに通報されることはないと思う」

　楊さんは曖昧に頷き、紙牌を置いて電脳部品の検分に取り掛かった。俺は椅子に座り、煙草に火を点ける。まだ広げたままでいる玉城のために、楊さんの手札を引き継いで勝負の続きをした。こちらは将士象と師仕相、俥の明刻を場に出していて、玉城は対子を三つも並べている。どうやら、遊び方を習っている最中らしい。

「……海豚（ハイトゥン）ですか」

　カチューシャのような形をした機械を手に取り、楊さんが忌々しげに呟く。

「代用品を見繕うと言っていたが、それじゃダメだったか？」

「確かに、物は同じです。没入（ジャックイン）の際に電脳が反撃を受けるのを防ぐ防壁ですが、海豚（ハイトゥン）は紅軍が使っていた情報共有モデルです。没入（ジャックイン）中に得た情報を送信し続ける。……つまり、私たちが抜き取った情報がどこかに自動で送られる仕組みです。と言っても、その相手は十中八九、あなたにこれを売った商人でしょう。残念ながら、これは使えません。違う方法を試します。浴缸（ユーガン）は？」

　またしても翁に一杯食わされたというわけだ。

　俺が黙って階段の方を指差すと、立ち上がった楊さんはドラム缶へと近付いていき、注入口を開けて中を覗き込むなり顔を歪めた。

「似たようなもんだろう？　そもそも、浴槽なんて何に使う？」

「……仕方ありません。部屋に運んでください」

　口に出すまでもなく、玉城がドラム缶を運んでいく。三人が仲睦まじく寝泊まりしていた部屋には、畳まれた寝具と、背嚢から取り出された銃器が散乱していた。窓には板が打たれ、その下に大尉の入った大きなカマス袋が鎮座している。楊さんが横倒しにしたドラム缶の上部を指差す。

「ここに六十センチ四方の穴を開けてください。内部は水で満たしたうえで、でき得る限り冷やしたいです。氷も必要です」

　水を汲(く)むよう玉城に命じ、ふたたび外に出た。店仕舞いの途中だった氷屋に駆け込み、「あるだけ氷を売って欲しい」と頼んだ。葬儀屋の手配が間に合わず、明日まで遺体を冷やしておかねばならないと付け加えたところ、店主は気の毒そうな顔とともに、明日売るはずだった分を都合してくれた。

　酒家(ナイトクラブ)へ蜻蛉返りした俺は、踵の高周波刀を使ってドラム缶の側面を切り出した。満杯の金盥(かなだらい)を手に待機していた玉城が水を注ぎ込み、すぐに階下へと走っていく。馬鹿でかい板氷は拳大に割って水に浮かべる。ドラム缶はものの数分で、心臓が止まりそうになるほど冷えた水で一杯になった。

　楊さんは俺たちの隣で、操作卓(コンソール)を叩いている。レイセオン社の標誌(ロゴ)が入った操作卓(コンソール)は一対の円筒形の機械に接続され、そこから伸びている太い接続線(ケーブル)は、大尉と楊さんの挿入口(ジャック)に挿さっている。

「俺にも分かるように説明してくれないか？」

「たとえば、ここに電算機(コンピューター)があるとします。軍事的な重要機密が保管されているとしましょう。情報を持ち出されないために、部屋には鍵が掛けられている。原始的な防衛手段ですが、工作員(スパイ)が潜り込んでいれば突破されてしまう。そこで、次の手段として、電算機(コンピューター)にアクセスするためのパスワードが設定されます。それを知っている人間しかアクセスできなくなる。武(ウー)さんが敵国の人間なら、次はどういう戦法を取りますか？」

「パスワードを知っている人間から訊き出す」

「その通りです。手帳か何かに書き留めているのを盗んだり、拷問したり、手段は幾らでもあるでしょう。内部から攻めずとも、外部から特定するやり方もあります。パスワードは、特定の語句であれ、無意味な羅列であれ、とどのつまりは文字の連なりです。あらゆる組み合わせを試すことによって、力技で突破してしまえるのです。ソビエトや共産党は、兵士たちの電脳を並列接続することによって得た莫大な計算能力を使い、総当たり攻撃(ブルートフォース)で侵入対抗電子機器(ICE)を突破することに長けていました」

　楊さんは海豚(ハイトゥン)を分解し、絶縁体に覆われていない剥き出しの接続線(ケーブル)を取り出して大尉に直接繋げた。

「しかし、電脳化の普及によって情報戦は大きく変化しました。パスワード認証は、それを知っている人間の記憶に紐付きます。つまり、電脳化した人間は、鍵が挿さったままの錠になってしまうのです。そこで専門家たちは、電脳自体を認証手段にすることにしました。電脳には、その持ち主に特有の生体反応、電脳紋が存在します。その生体反応自体をパスワード代わりとする、いわば生体認証が生まれたのです。これにより、電脳は不可侵の存在になりました」

「なら、どうやって侵入するんだ？」

「電脳は所有者の持ち物ですが、その上には、さらに所有者がいます。お分かりですね？」

そう訊ねた楊さんは、気まずそうに俺を見返している。俺と毛利巡査に首輪が付いていることは察しているはずだが、飼い主が誰かについて何も説明していなかったし、楊さんも問い詰める気はないだろう。俺は無言で頷く。

「不可侵であっては困るので、電脳化を施す際、電脳医はバックドアを用意します。そのバックドアを探し出すことで、電脳への侵入が可能になります。侵入と言っても、管理者権限を掌握することはできません。侵入対抗電子機器（ICE）に反撃され、こちらが電脳を焼かれてしまいます。ましてやアメリカ軍の将校なら、必ず軍用の強力な侵入対抗電子機器（ICE）が搭載されているはずです。そこで、バックドア探しに長けたソビエト製の侵入プログラムであるラズボーイニクを使います。……ただし、攻撃に備えて電脳の基幹プログラムごと自壊するように設定されている場合があります。迂回路を使えばギリギリまで潜って情報を引き出せますが、今回は難しいです。あまり、期待しすぎないでください」

膝に載せていたキーボードを退けるなり、楊さんが服を脱ぎ始める。突然のストリップに驚いている俺たちを他所に、下着まで脱ぎ捨てて生まれたままの姿になった楊さんは、くりぬかれた穴からドラム缶に入っていく。他ならぬ自分たちが用意した氷水なので、凍てつくような冷たさを知っている玉城は唖然としている。膝を抱えるように体を折り曲げている楊さんは早くもガタガタと震え始めている。

「感覚を切れ！　おかしくなるぞ」

「……没入（ジャックイン）の間は、私の電脳がフル回転し、高温状態になります。長引けば、電脳が焼け焦げてしまう可能性もあります。だから、物理的に冷やすのが最適なんです。どのくらい熱を帯びているかを把握するためにも、感覚は切れないんです」

取るように頼まれ、ドラム缶の上に操作卓（コンソール）を載せてやる。楊さんは正方形の穴から頭と右腕だけを出し、たどたどしい手付きでそこに手を置いた。

「ラズボーイニクは使い捨て（シングルユース）です。盗んだ制服を着て、警備の目を誤魔化して中に入るようなものと考えてください。ただ、軍用の侵入対抗電子機器（ICE）は攻撃者の手法を覚えます。二度目はありません。破壊が目的でないのなら、潜れるのは今回限りです」

「分かった」

「あと、万が一大尉を起こしてしまった場合に備えておいてください」

俺は頷き、玉城に目配せした。

外した眼鏡を俺に預け、楊さんが息を止める。

白目の領域を拡大するように、目が大きく見開かれていく。大尉はうつ伏せに寝かされ、いつでも押さえ付けられるように、玉城が傍で待機している。門外漢の俺たちには、今何が行なわれているのか微塵も分からない。円筒形の機械がうんうん唸っていて、楊さんは時折、操作卓（コンソール）を叩いている。俺は床に座り、煙草を喫んだ。予備の氷が床を濡らしている。

「どんな様子だ？」

「しばらく話し掛けないで」

霜が張ったような声に、思わず頭を下げる。

毛利巡査が勘を働かさなければ、楊さんの素性を知ることはなかっただろう。日本兵として徴兵され、戦後は蔣中正の兵士として紅軍と戦わされた楊さんは、皇国の一員であることを証明した数ヶ月後には、今度は逆賊の一員でないことを証明するために死地に送り込まれた。そこに台湾人としての自己認識（アイデンティティ）は一欠片も存在していない。ただ、自分を踏み躙る者たちのために戦わされ、楊さんは全てを捨てて逃げ出した。

「潜りました。レイセオン社の操作卓（コンソール）は、実際にアメリカ軍で電脳の調整に使われていたので相性がいいのですが、それにしても早い」

「何がある？」

「……多形性（ポリモーフィック）コードの波」

「おい、何が見えてる？」

「時間稼ぎです。こちらの検索から逃げ回るために、コードが変化し続けているんです。部分的な暗号化なので解読自体は難しくありませんが、その間に侵入対抗電子機器（ICE）がこちらに気付いてしまう。武（ウー）さんが知りたいことを教えてください。優先的にその情報を探します」

「N計画にまつわる作戦司令書や報告書がないか探してくれ」

返事はなかったが、代わりに指が動いている。

俺も毛利巡査も、ダウンズ中佐の手駒としてN計画なるものに動員されている。その計画の鍵を握っているのが含光（ポジティビティ）だ。毛利巡査は、ダウンズ中佐がアメリカ軍内部の共産主義者を炙り出そうとしているのではないかと推察していたが、身内の錆落としにしてはやけに大掛かりだ。

「……一致するものはありません。破損が多いせいかも知れませんが」

「琉球に関連したものは？」

ドラム缶の向こうで玉城が汗を拭うのが見えた。得体の知れない緊張感のせいだけではなく、実際に室温が上昇している。試しに指を入れてみると、冥府の川にも勝るはずの冷水が人肌まで温められていた。慌てて氷を足してやる。

「この将校は、嘉手納（かでな）空軍基地を訪れるために日本にやってきていたようです。糀（こうじ）大尉の逮捕の際は、偶然現場に居合わせてしまっただけで、捜査の任を負っていたわけではないようです」

「なら、何をしに来ていた？」

「少し待ってください」

動き始めた指が、何かを掘り当てたように止まる。文字を読んでいるのか、楊さんの目は慌ただしく左右を往復している。

「……なんということだ」

顔を上げた玉城と視線がぶつかり合う。

皇国は自分たちのために血を流した琉球を平然と棄て、アメリカは返り血を拭くこともせず、我が物顔で新たな植民地を開拓している。これ以上に驚くべき事実などあり得るのだろうか。

「第二十空軍が嘉手納空軍基地に核兵器を運び込んだという移送報告書が見付かりました。最高機密に指定されています」

「嘘だろ？」

「この移送計画は、核弾頭を搭載したミサイルを配備するための基地敷設計画の一部のようです。この将校よりも先に来日している工兵隊が琉球全島の査察を行なっています」

　琉球が発射台になれば、台湾や朝鮮半島だけではなく大陸までを攻撃範囲に含めることができ、アメリカの戦略的な優位性は飛躍的に高まる。ならば、Nの正体は核兵器（Nuke）なのか？

「他には何かないか？」

「この将校自身は作戦のメンバーではなかったようです。担当者として十数名の名前がありますが、そのなかにNが含まれる者が三人います。マイケル・ノートン、ネルソン・アボット、ナウシカア・ダウンズ」

　当たりだ。

　俺たちのママは、ここから目と鼻の先で地獄の門を開こうとしている。

「その三人とこの男は面識があったか？」

「そこまでは分かりません。ただ、通信番号（アドレス）は所持しています」

「取り出してくれ」

「分かりました。関連のありそうな情報を限界まで検索します」

　息も絶え絶えに答えた楊さんは、まさしく深海を彷徨っているかのように、ほとんど呼吸をせず操作卓（コンソール）を操っている。蒸発した水が室内の湿度を上げ、ドラム缶までもが熱を帯びている。すでに氷は底を尽き、足しにならないかも知れないが、いくらか冷たい水を注ぎ込む。

　大尉の首元で閃光が弾け、大尉と楊さんを繋いでいる剝き出しの接続線（ケーブル）が火花を散らした瞬間、楊さんは挿入口（ジャック）から端子（プラグ）を引き抜いた。

「……明かりを消してください。眩しすぎて、どうにかなってしまう」

　すぐにそうしてやった。廊下も暗く、室内はたちまちに暗闇に呑まれる。操作卓（コンソール）が床に落ち、繰り返される浅い呼吸の音が響いていく。

　物置き部屋からタオルを持ってきて、ドラム缶の横に置いた。しばらくの間、病人のようにぐったりとしていた楊さんは、俺や玉城の助けを借りずにドラム缶から這い出てタオルを羽織った。

「大半は暗号化されたままですが、無事に取り出しました。解読しますが、少し休ませてください」

「それはいいが、どこに行く？」

「一階の裏口に、屋上へ続く梯子があります。……しばらく、ひとりにしてください」

シャツとズボンを拾い上げ、楊さんは出ていった。

蒸し風呂のように熱気の籠った部屋には、俺と玉城と物言わぬ大尉が取り残された。電気を点けると、濡れた足跡が階段まで続いていて、玉城はどうするのかという面持ちでドラム缶を眺めている。

「……湯浴みでもするか？」

一応訊ねてみたが、玉城はぶんぶんと首を横に振った。結局、俺たちは満杯の熱湯を溢（こぼ）さないように横倒しにしたまま、そのドラム缶を厨房の奥へと運んだのだった。

3

この酒家（ナイトクラブ）が潰れたことも、李志明に買われたことも周知の事実のはずだが、御大が身動きを取れずにいることまで知られているかどうかは分からない。そんな状況で見知らぬ連中が出入りしていたら悪い噂が立ちかねないが、こそこそと暮らし続けるのにも限界がある。そこで、代表して俺が、あたかも新装開店の準備をしているかのように振る舞うということになった。

と言っても、主だった任務は補給だ。

朝市に午市、黄昏市場まで繰り出しては、仕事帰りの主婦たちに紛れて四人分の食事を調達した。俺がまともになるまでの十四日間を毛利巡査が適当に買ってくる味の薄い烏龍麵（ウーロンメン）だけで過ごしていた玉城は、みるみるうちに血色のよさを取り戻して行った。与那国では豆腐と豚肉が好物だったからか、豆干包（ドウガンバオ）と肉圓（バーワン）を特に気に入っているようだった。

毛利巡査は単独行動を取っていて、宵禁（シャオジン）を意に介することなく夜の街を徘徊し、いつの間にか酒家（ナイトクラブ）に戻っては、いつの間にか姿を消していた。俺は買い出しの合間を縫って何度か基隆港を探索してみたが、顔見知りの船長に出会すことは一度もなかった。殺されたか、その前に身を隠したか、どちらにせよ、俺が簡単に見付けられるような場所にはいないのだろう。

国民党の兵士たちによって完全に管理された基隆港は、おおらかな久部良港とは違い、省政府の許可を得た船だけが出入りしている。二・二八事件の直後には、国民党によって殺された市民たちの死体が大量に投げ込まれ、この一帯はまさしく血の海だったという。その現場を目撃した小李（シャオリー）が夜通し語ってくれたことがあったが、活劇さながらの喧嘩の場に居合わせでもしたかのように目を輝かせながら陳儀（チェンイー）の蛮行を解説する小李（シャオリー）の無邪気さを、半分は哀れに、もう半分は羨ましく感じていた。船から降りた俺に仔犬のようにまとわりついてきていた愛嬌たっぷりの悪ガキは、今はその身をもって、あの残酷さを味わっている。俺は小李（シャオリー）のことも探し回ったが、やはり会うことは叶わなかった。

　玉城は物置き部屋から見付けてきたらしい白鶴拳にまつわる書物を読み耽っている。台湾語の勉強も兼ねているのか、図解だけに目を通しているのかはさておき、暗い廊下を稽古場に型を練習している。義肢（クローム）が筋肥大することは絶対にないと何度も説明していたが、珍しく俺の助言を無視して腕立て伏せやら懸垂やらに明け暮れ、いつからか半裸で過ごすことが多くなっていた。

　楊さんはと言うと、俺と入れ替わるように塞ぎ込んでしまった。大尉の電脳に潜って以来、晩飯を済ませるなり、そそくさと屋上に行き、夜はそこで眠っているようだった。雨港の渾名で知られる基隆は、与那国島と同じでしょっちゅう雨が降る。雨曝（あまざら）しの屋上で寝続ければ、そのうち風邪を引いてしまう。

　幸い今日は晴れていたので、楊さんが外に出てから一時間ほど経った頃に、仕入れてきた老酒を片手に梯子を登った。腕を枕にして寝転んでいた楊さんは、俺の手土産を見て、わずかに表情を緩めた。瓶ごと渡すと、楊さんは喇叭飲みでぐっと呷ってみせた。

　街（シティ）にいた台湾人連中は、みんな陳（チェン）さんに鍛えられている。すなわち、根っこの部分では酒の味を楽しむ気がない。肩を組んで笑い合いながら、魂（マブイ）に麻酔を打つ。楊さんから老酒を受け取り、俺も同じだけ飲む。

「酒を飲むようになったのは、与那国に来てからです。それまでは一滴も口にしたことがありません」

「大年夜（ダーニェンイェ）はどうしてたんだ？」

「あれば、父が全て飲み干してしまう家でした」

　煙草を二本取り出し、一本を渡す。楊さんは惚けたようにそれを見つめていたが、俺がマッチを擦るのに合わせて咥えた。先に火を点けてやり、煙草同士で火を貰い受ける。

「人の頭の中に潜るっていうのは、そんなに苦しいものなのか？」

「慣れっこですよ。人を殺すよりはマシです。……でも、殺しだって、きっとすぐに慣れます。人間には慣れないことなんてないんですから」

「励ましてくれてるんだろうな」

「毛利さんがいないときは、玉城くんと武(ウー)さんが頼りです。これからも殺してもらわなきゃ困ります」

冗談には聞こえず、俺は頷き返した。楊さんにはハッキングが、玉城には怪力という特技がある。必死に足掻かなければ、さほど役に立たない俺は、いつか毛利巡査に切り捨てられるかも知れない。

久しぶりの祖国を歩き回りたくないかと訊ねると、楊さんは首を横に振った。

「私は脱走兵です。報告書を偽造して死んだことになっているとはいえ、もしも私の顔を知っている人間に出会したら、その場で銃殺刑でしょう」

「大陸で何があったんだ?」

「同じことですよ。電算機(コンピューター)から情報を抜くか、士官の脳を焼くか、毎日その繰り返しです。敵の防備(セキュリティ)は日増しに強固になり、大勢の同胞が脳を焼かれていくなかで、あるときから潜るのを拒む者が増え出したんです。私もそのひとりでした。……すると、国民党軍の尉官が私たちに阿片(アヘン)を支給してくれるようになったんです。私たちは死の恐怖を忘れて、至福の快楽に浸りながら深く潜り、侵入対抗電子機器(ICE)の反撃に焼け死んでいったんです」

街(シティ)の商人にも阿片吸いはいたが、名前の前に必ず「公学校の」と付けられていた堅物の楊さんがそうだったなんて話は耳にしたことがない。俺の顔から驚きを読み取ったらしい楊さんは、煙を吐き出しながらくたびれた笑みを浮かべた。

「隊のなかで、私だけは吸っていなかったんですよ」

「気付かれなかったのか?」

「父が阿片中毒でした。買えなくなってからは、安酒に鞍替えしましたが。阿片中毒になるぐらいなら殺されてもいいと覚悟して、私は幼い頃に見ていた父の真似をしたんです。……たぶん、相当に上手かったんだと思います。何せ、中隊でも一番の中毒者だと思われていましたから」

「やってみせましょうか?」と言われたが、俺は何の反応も返さなかった。

夜は深まっていたものの、建物群(ビルディング)の方から漏れてくる白い光は、屋外にいる者の目を冴えさせる。楊さんがどうやって眠っていたのかは分からないが、少なくとも今日は、老酒の力を借りようとしている。尊厳をかなぐり捨ててまで生き延び、決死の覚悟で逃げ出した楊さんを、俺と毛利巡査は拉致紛いのやり方で連れ戻し、国民党と同じことをさせている。

　だが、そのことを謝るのは、もうしばらく先になりそうだ。まだまだ悪夢を見てもらわなければならない。

「暗号を解いている最中ですが、面白い報告書を見付けました。戦略情報局(OSS)が立案した、満州やアメリカ国内にいる朝鮮人を諜報学校で訓練し、対日戦線に送り込むという計画です。公式には中止されたことになっていますが、実際は頓挫したのではなく、海軍の情報局に引き継がれたようです。これによれば……」

　誰かが梯子を登ってくる音に、楊さんが口を閉じる。リボルバーは持っていなかったが、あいにくと出番はなさそうだ。憲兵なら、こんなまどろっこしいやり方はしない。まず降りてくるよう命じ、その次は殺すつもりで撃ってくる。

「酒盛りとは、いいご身分だ」

　上がって来たのは毛利巡査だった。

「外出禁止の時間はとっくに過ぎてるぜ。よく捕まらないな」

「おまえの休暇中に巡回ルートは把握している」

　隣に腰掛けた毛利巡査に老酒を渡してやったが、単に下から姿を見られるのを避けただけで、酒宴に加わる気はないようだった。

「周の監視が一段落した」

「で、どうだった？」

「白と見ていいだろう。何の変哲もない市民だ。家族と飯を食い、仕事をし、客先を回り、家に帰る、その繰り返しだ。遊ぶこともしない真面目な男だった。李志明は、憲兵に睨まれそうにない人間を寄越したんだろう。どの程度役に立つかは別として」

「そんな善良な人が、どうして私たちを助けるんです？」

　楊さんの疑念はもっともなものだ。このご時世、見返りもなしに危険を冒す者は滅多にいない。俺は李志明の息子がふたりも捕まっていることを教え、哀れに思った周が頼み事を聞いてやったのではないかと推測した。

　身の潔白が証明された以上、周を懐柔して協力させるのが最良の策に思えたが、どんなときでも強硬策に出たがる毛利巡査は「単独行動している私服憲兵を誘拐して拷問すべきだ」と主張した。

国共内戦からの敗走と、本島人たちから向けられる怒りによって、国民党の連中はすっかり怯え、疑心暗鬼になっている。目に入るものは何だろうと赤く見え、動くものは何だろうと撃ちたくなる。身に迫る危険を感じ取れば、すぐに軍が出動し、大事な宝物は厳重に隠されてしまう。

　暴力沙汰は絶対に控えろと釘を刺しておいたが、能面に何を懇願したところで暖簾に腕押しだった。排水溝に吸い殻を捨て、俺は立ち上がる。

「とりあえずは一歩前進か。明日に備えて、そろそろお開きにしよう」

「今日で個室は卒業だ。おまえは相棒と休め」

　梯子に手を掛けた俺に、毛利巡査が声を掛けた。気心の知れている仲なので構わなかったが、それを聞いた楊さんが安堵するような表情を浮かべた理由が、明かりを消してすぐにあきらかになった。

　玉城は寝相が悪く、歩き方を習わなかった猪のように、何かに衝突するまでひたすらに転がり続けている。その何かは大抵の場合、壁ではなく人で、玉城が寝返りを打つ度に、凶器じみた鋼鉄の拳が容赦なく振り下ろされた。ベッドにいても下から足が飛んでくるので、俺は死の危険を感じ、ついにはベッドの下に隠れるようにして仮眠を取った。

　翌朝、俺は周に会いに行った。

「中正五金行」は義二路と交差する信四路にある金物屋で、下には洗濯屋が入っていた。石鹸のいい香りを嗅ぎながら二階に上がる。周鎮台は店の奥で菜刀(ツァイダオ)を研いでいて、戸口の俺に気付くと、この前よりも柔らかい笑みを見せてくれた。

「いらっしゃいませ。何かご入用ですか？」

「物欲しそうな顔に見えたか？」

「剃刀の一本は持っておいた方がいい。その髭はみっともないです」

　ぞくぞくと背筋に響く砥石の音を聞きながら、陳列棚を見て回る。五金行は金物屋と雑貨屋を兼ねたような意味合いだが、ここは混じり気のない金物屋で、とりわけ刃物の品揃えがよかった。大陸からやって来た兵士たちが、金という字面で純金製の品だと勘違いし、まっさきに接収しようとしたという笑い話を思い出しながら金槌を手に取る。街(シティ)では、支払いの際に金槌を取り出すというジョークも流行った。

「景気はいいのか？」

「おかげさまで。三把刀（サンバーダオ）がいるところ金物屋ありです。料理屋も増えて、包丁が飛ぶように売れています。お得意様にはお年を召した方が多いので、客先を回って研いだりもしています」

三把刀（サンバーダオ）は、料理人と理髪師と仕立て屋を指す言葉で、どれも刀を使う仕事だ。どこに行っても食いっぱぐれない職業のことで、華僑に多いとされている。周もご多分に漏れず、大陸から来た連中のおかげで食わせてもらっている。毛利巡査が尾けていたときは周が外回りをしていたようだが、今は他の家族がやっているのだろう。


戦後処理が着々と進み、沖縄本島でも台湾でも公的な貿易が解禁され始めると、まっとうな密貿易で食っていくことが難しくなり、禁制品を扱えない商人たちは、これまでに稼いだ金を使って表舞台に進出していった。一部の堅実な者は、元々の家業に戻っていて、周はそのひとりだ。


「それで、どうかしたんですか？」

「あんたの力を借りたい」

「随分と性急な物言いですね」

陳列棚を抜け、カウンターの上から作業場を覗き込む。作業台の上には、これ見よがしに軍用のナイフが数本置かれていた。誰が頼んだのかなど、訊くまでもない。

「どうして密航したのかを話してくれるのなら、考えてみてもいいですよ」

「李先生の息子さんを助けたい。あんただって、ちょっとは気掛かりなんじゃないか？」

年季の入った菜刀（ツァイダオ）を研ぐ手が止まった。腕を伸ばして小窓を開け、周が煙草に火を点ける。

「調べたならお分かりでしょう。できることなんて、何もありません。先生だって、胸の内では理解しているはずなんです」

「あんたがそう言うなら、そうなのかもな。だが、せめて小李（シャオリー）は何とかしてやりたい」

「武（ウー）さんは、あの子とはどういう関係なんですか？」

「友達だ」

四十過ぎの男と年端も行かないガキとでは説得力に欠けるだろうか。周は俺の方を向き、溜め息混じりに煙を吐き出した。

「僕だって、先生の力にはなりたい。でも、彼らがどうして逮捕されたのか、詳しいことは何ひとつ分かっていないんです。懲治叛乱条例は取り締まる側のための法律で、何が悪かったのかは向こうにしか分からない。ほんの些細なこと、自分では何とも思っていなかったようなことが処罰の対象になるんです。もしも、先生の息子たちが本当に奸党匪徒と通じていたのだとしたら、下手に関わりを持てば、こちらの身まで危うくなります。……僕にも家族がいます。一番下の弟を大学に通わせてやりたいし、母が飲む薬にも金が要る」

「迷惑を掛けないと約束する。いざとなったら、俺に脅されたとでも言えばいい」

　下手に出ているように聞こえるが、実際には周の方が不利だ。俺は協力を取り付けるまではいつまでも居座るつもりでいて、得体の知れない人間が朝から晩まで張り付いていれば、遅かれ早かれ噂になる。

　かと言って、警察に駆け込むわけにもいかず、俺を処理する方法はひとつしかない。苛立っているはずだが、周は諦めることに慣れたような表情でそれを覆い隠し、洗いたてのきれいな上っ張りを脱いだ。

「……あなた方が来る少し前、先生から小李の面倒を任されました。身内のなかで最も関わりが薄いものなら、憲兵の手が及ばないと考えたのだと思います。誰にも会わせるなとのことでしたので、事情を説明して、妹に預かってもらっています。まだ独り身で、子供好きでしたから」

　ただ、と前置きして周は続ける。

「僕を信用していないみたいで、小李は何も話してくれないんです。あなた方が来ることも、直前になって突然聞かされましたし、人が寝泊まりできるようにあの酒家の二階を片付けろと言われただけで、それ以上のことは何も教えてもらっていない」

「俺が相手なら、小李はきっと口を開いてくれるさ」

「そうだといいと思ったから、案内するんです」

　その声は、抽斗が開けられる音よりも小さかった。

店の扉を施錠し、裏口から階段を下りた周は、列をなして駐車されているバイクの一台に跨った。女学生ならともかく、図体のでかい中年には厳しそうだったが、周は何も言わずに待っているので、遠慮なく後ろに座る。二人目の重さに車体はぐっと沈み込む。

　頭を出してハンドルを左に切り、周は路地裏から表通りに抜けた。港町の周辺は荷を積んだトラックが多いが、この国ではそれ以上に多いのが自転車だ。道路を埋め尽くさんばかりの、まるで蝗の大群のような自転車乗りたちには、歩くのと変わらないくらいトロトロ走る者がいれば、戦闘機さながらの異常な速度を出している剛者もいて、それらが入り混じっているせいで車も進むに進めず、大変に混雑していた。横を通り抜ければいいものを、周は必要以上の速度を出そうとせず、自転車を驚かせないよう気遣いながら並走している。風はこちら側に吹いているので、排煙が喉を痛め付けた。

義一路を下って行き、郵政局を過ぎて右折する。この辺りは区境が密集していて、俺たちは安楽区に入っていた。公所を過ぎると安一路が見えてくる。亭仔脚は鳴りを潜めていき、広くなるかと思われた道路は、路上駐車されているバイクと車のおかげで一層狭く感じられる。似た外観の建物群（ビルディング）でも、安一路に立ち並ぶそれらは居民楼（マンション）のようで、開け放たれた窓から洗濯物がぶら下げられている部屋が少なくない。

「この時間だと、妹は仕事に行っています」

小路に入り、周がバイクを停める。立て付けの悪い蛇腹の門を開け、五階まで上がる。周は預かっているらしい合鍵を使って妹の部屋に入った。

室内は、与那国では祖納でもお目に掛かれない西洋風の造りで、入ってすぐに台所があり、その脇に食卓と椅子が置かれている。居室は奥にあるようで、床が畳敷きではなく地板（フローリング）なのも印象的だった。周は小李（シャオリー）を呼んだが、下手くそがやる釣りのように何の反応もない。

「俺だよ、小李（シャオリー）。武（ウー）だ。安心しろ」

「……武大哥（ウーダーグァ）？」

「ああ、お前のおかげで無事だった。顔を見せてくれないか？」

廊下に面した扉が開いていき、その隙間から小李（シャオリー）が顔を覗かせた。襟足を長く伸ばし、悪童らしさに磨きを掛けていた小李（シャオリー）は、俺のことを呆けたように眺めていたかと思うと、途端に駆けてきた。煙草を吸おうが、密貿易船に乗り込もうが、小李（シャオリー）はまだ十二歳の子供だ。怖いときに怖がっていい年齢だ。

しかし、あの戦争は、子供たちが素直にそう思うことを許そうとしなかった。その代償（ツケ）が後になってから押し寄せるとも知らずに、教育と暴力によって、無理やり大人に仕立て上げようとした。

俺は飛び込んできた小李（シャオリー）を抱きしめた。この悪童には、そうなって欲しくなかった。怖いときに怖がり、悲しいときに悲しめない人間は、誰かの悲しみを癒すこともできない。

　再会を喜んでくれたものの、周を気にしているのか、小李(シャオリー)はいつものように喋り出そうとはしなかった。俺たち三人は食卓を囲い、周が淹れてくれた茶を飲んだ。年寄りの李志明の趣味が移っているのか、小李(シャオリー)は美味そうに茶を啜る。台湾では、妾(めかけ)を持つのはそう珍しいことではない。小李(シャオリー)は李志明の三番目の若妻が産んだ子供で、その時点で彼は還暦を越えていたはずだ。

　取り出した煙草を小李(シャオリー)に渡してやろうとしたが、周は青くなってそれを制した。小李(シャオリー)は抗議するように睨み付けていたが、俺は不思議と周に好感を抱いた。

「ちゃんと飯は食ってるか？」

「聞いてよ。野菜ばっかり食わされるんだ。爸爸(パパ)なら、机ごとひっくり返してる」

「好き嫌いをしていたら、立派な大人になれないよ」

「立派な大人って、阿山にぺこぺこする連中のことか？」

「そういう言い方はやめなさい」

親が子を叱るように、周は語気を強めた。この男の頑なさを子供ながらに悟っているのか、小李(シャオリー)が加勢を求めるように俺を見上げる。

「妹さんに世話になってるんだろ？　だったらお前は、こいつにも恩があるんだぞ」

「ひとりでも平気だよ。爸爸(パパ)が心配しすぎるんだ」

むくれたように言い、小李(シャオリー)は茶をおかわりした。やけに敵視されている周は席を離れ、妹たちの暮らしぶりを確かめるように冷蔵庫の中身を検めている。

　野菜云々はともかく、小李(シャオリー)は痩せてもいなければ、窶(やつ)れてもいない。きちんと食べ、きちんと眠れているのだろう。話をしてもいいかと訊ねると、小李(シャオリー)の表情には、李志明の血を感じさせる冷淡さが浮かんだ。俺は周の妹が大事に世話をしてくれた悪童に、大人の態度を要求しようとしている。

「俺は李志明の力を借りたくてこっちに来た。だが、それは難しい状況だよな？」

「うん、やめた方がいいよ。……爸爸(パパ)はおかしくなってる」

「どういう具合だ？」

「誰のことも信じられないんだ。木槌を持つと何でも釘に見えるって言うでしょ？　あれは今の爸爸(パパ)のことだよ。最初はみんな我慢してたけど、あんまりにも酷くなったから、ずっと一緒だった部下まで出て行っちゃった。正直、ぼくも怖かったくらい。……たぶん、ぼくを預けようって言い出したのは妈妈（ママ）だよ」

「お前にも手を上げそうだと？」

　小李（シャオリー）は肯定も否定もしなかった。是非はともかく、李志明が荒れ狂う気持ちは分からなくはない。疑心暗鬼は国民党の専売品ではなく、今や台湾全土が自分以外の全ての人間を恐れている。いや、自分さえ、信じ続けるのが難しい。家族を奪われた者は特に。

「それで、お前の兄貴たちはどうなった？」

「文彬（ウェンビン）も永明（ヨンミン）も捕まってすぐは南所にいたけど、そこから移送されて、どこにいるかは分かんない。面会に行ってきた人から『文彬が新店留置場にいるらしい』って聞いて、爸爸（パパ）が会いに行ったけど、そのときにはもういなかったみたい。憲兵の奴らは、接収の邪魔をした爸爸（パパ）を恨んで嫌がらせしてるんだ」

「ふたりは自白書を書いたのかい？」

　周が訊ねたが、意味が分からなかったようで小李（シャオリー）は首を傾げた。

「取り調べのときに罪状を認める書類に署名したかどうかだよ。それによって、量刑が決まる。形だけ軍法会議所に送られはするが、判決はすでに決まっている」

「兄さんたちは何もしてない！」

「実際にしたかどうかじゃない。したと答えたかどうかなんだよ」

　子獅子の咆哮に気圧されることなく、周は淡々と告げた。事実を明確にするための問いに違いなかったが、周自身、それが愚問であると承知のはずだ。一介の学生が、憲兵の尋問に耐えられるわけがない。

　俺は小李（シャオリー）に、文彬か永明の友達を知らないか訊ねた。特に、今回の件に関係していそうな奴だと付け加える。憲兵を動かすのは証拠か密告だ。謂（いわ）れなき罪で捕まったのであれば、証拠が捏造されたか、誰かに嵌められた可能性が高い。すると小李（シャオリー）は「茂林（マオリン）だ」と即答した。

「そいつは誰だ？」

「永明の幼馴染だよ。永明が連れて行かれたあと、すぐにうちに来たんだ。『兄ちゃんのことは心配ない』って言ってくれたけど、次の日に茂林も捕まっちゃった。爸爸（パパ）がお金を貸してあげて、茂林の家族は親戚がいる高雄の方に逃げたよ」

「家は知ってるのか？」

「劉銘傳路の方だよ。幼馴染だけど、永明とは違う中学校に通ってた」

この辺りの土地勘がない俺に代わり、周が詳しい住所を聞き出す。望み薄だが、他に手掛かりはない。茶を飲んでから席を立つと、小李（シャオリー）も立ち上がった。

「ダメだ」

「どうしてさ！　兄さんたちを探すんだろ？」

「ああ。取っ捕まったお前の兄貴たちをな。お前まで捕まったら元も子もないんだ」

「ぼくなら大丈夫だよ。逃げるのは上手だし、憲兵なんかに追い付かれない」

「足手まといなんだ。ここから先は俺たちに任せて、お前はここで大人しくしてろ」

茶碗の倒れる音が響く。

小李（シャオリー）が蹴った椅子は食卓にぶつかり、空の茶器をぐらつかせた。注意しようとしたらしい周は、俊敏な動きで湯呑みを手に取った小李（シャオリー）が投手のように腕を振り上げるのを見て、咄嗟に口を噤んだ。

「……いつまでだよ？」

どちらにぶつけたいのか、小李（シャオリー）は俺と周を交互に睨んでいる。飲み残しが、湯呑みの底から地板（フローリング）へと滴り落ちていた。

「いつまで大人しくしてたら、ぼくたちは前みたいに暮らせるんだよ？」

その問いに答えることはできない。俺はそれを変えるためにここに来たのではなかった。

何かを、おそらくは熟考の末に浮かんだ慰めの言葉を口にしようとしている周を制し、俺は小李（シャオリー）の手から湯呑みを取り上げた。誰かを殴るのには不向きな、小さく柔らかい手だった。

「自分の居場所を他人に作ってもらおうとするな」

そう告げて、俺は部屋を出た。

小雨が降り始めていて、階段を下り終えるまでに煙草を喫んだ。蛇腹の門をきちんと閉め、周がバイクのエンジンを掛ける。濡れたくないという気持ちはないらしく、俺たちは変わらずの安全運転で来た道を戻った。

ふたたび郵政局で曲がり、今度は仁一路をまっすぐ行く。劉銘傳路は愛九路の手前にあった。さっきまでいた安一路よりも長閑な印象を受けるのは、道路の先に山陵が広がっているからだろう。視界を赤く染めるネオンの向こう側に見える紅淡山は、統治時代に故郷が恋しくなった日本人が紅淡比を植えたことから、その名が付いたという。

側道にバイクを止め、周は居民楼に入っていく。

許茂林の家は三階にあり、部屋の前に置かれている枯れ切った鉢植えが家人の不在を告げていた。試すつもりでドアノブを回した周が、鍵に阻まれることなく開いていったそれを前に顔を強張らせる。俺は周を下がらせ、先に中に入った。

「……先客がいたな」

派手に荒らされていたものの、物取りでないことが見て取れた。金目のものが隠されている場所は限られているし、騒ぐのを好む泥棒はいない。この部屋を訪れた先客は、嫌がらせを楽しむようにあらゆるものをひっくり返し、叩き付け、徹底的に損壊している。その日は大雨だったのか、地板には靴跡まで残されている。

「憲兵か?」

「おそらくそうでしょう」

茂林が捕まったときか、それとも夜逃げのあとか。

ここまで念入りにやるのが当然なのかは知る由もないが、友達同士がほぼ同時に捕まるというのは決して偶然ではない。

「身に覚えがない、ってわけじゃなさそうだ。永明と茂林は何をしていたんだ?」

「どちらにせよ、この様子では何の証拠も残っていませんね」

「……周さん。あんた、やけに詳しいよな? 自白書のくだりも、まるで見てきたような物言いだったぜ」

穴だらけの箪笥を眺めながら、俺は訊ねた。

近くにいたはずが居間にその姿はなく、取り払われた抽斗を踏まないよう気を付けながら進むと、周は茂林の部屋を見物していた。どうして茂林の部屋だと分かったかと言うと、たいして物がないにもかかわらず、その一室が念入りに壊されているからだった。

襖は意味もなく蹴破られ、剝がしたまま放置されている畳には軍刀を突き刺した跡がある。

李志明は怒りに我を忘れている。

息子たちを取り戻してやりさえすれば、どんな無理難題も聞き入れてくれるはずだが、そのためには、道中で国民党の連中と事を構える必要が出てくる。俺たちにとって、奴らと戦うことは最終目的だ。今歩いている道があまりに険しいようなら、そろそろ方針転換しなければならない。

「何か見付かったか？」

「何か見付からないと、あなたは満足してくれないでしょう」

　皮肉めいた口調でそう返すと、周は探索に戻った。周の妹の家と似た西洋風の造りだったが、茂林の趣味か、ここだけは和室になっている。勉学に没頭する書生が住んでいそうな部屋で、家具は文机と本棚しかなかったが、ご丁寧に中身は全て持ち去られている。毛ばたきさえ、全ての羽根が毟(むし)られている始末だ。

　長押(なげし)には、ハンガーに掛けられた学校の制服が吊り下がっている。台湾の学生たちは、通学以外でも制服を着ていることが多い。茂林は寝巻きで連れて行かれたのだろう。小李(シャオリー)を励ましながらも、内心では覚悟を決めていたはずだ。

「俺が悪かった。怪しまれる前に出よう」

「優秀な人間の弱点を知っていますか？」

「え？」

「優秀な人間は、自らの規範に固執します。だからこそ、出し抜くためには、相手の常識の外側に出なくてはなりません」

　そう呟き、周が神棚に手を伸ばす。日本統治時代に設置が義務付けられ、かつては御真影が置かれていた場所には、高そうな額縁に入れられた孫文(スンウェン)の写真が飾られていた。これだけ部屋が荒れているのに少しもずれていないのを見るに、国民党の連中は、孫文の容態を気遣いながら狼藉を働いたらしい。

　額縁を手に取った周が裏の留め具を外していく。裏蓋と写真の間には紙の冊子が挟まれている。

「……連中には触れられない場所ってわけだ。いつ気付いた？」

「こんなやり方、いずれ通用しなくなります」

「そのときは写真を毛沢東(マオ・ゼドン)にすればいい。焼き払ってくれるだろうから証拠隠滅にもなる」

　この手のジョークは無視されるかと思いきや、周はわずかに口元を緩めた。

　冊子を受け取り、ぱらぱらと頁(ページ)を捲る。

『大望報』と銘打たれたそれは全て台湾語で書かれていて、台北や基隆で憲兵に逮捕された者の名前や罪状、その際の状況などが事細かに報告されている。その次は、蔣中正が政党を作ることを禁じているなかで、台湾人はどのような手段で政治に訴えかけるべきかという議題に基づいた数人の寄稿。最後に、朝鮮戦争におけるアメリカや国連の動きに関する報道を訳したものが掲載されていた。

「いわゆる地下刊行物ですね。共産党の人間が作っているという噂を聞いたことがあります」

「永明たちがそうだったってことか？　あいつらはまだ学生だぞ？」

「初心な学生だからこそ、戦うことができると本気で信じてしまうんです。そうと知らずに誘われて、いつの間にか参加していることだってあり得る」

周の指が発行人の欄をなぞっていく。律儀に書いているということは、どれも偽名だろう。

至るところが擦り切れていて、大量に刷られたものではなく、ほんの数部を何人かで回し読みしているように思えた。「こういうのに詳しい友人はいないか？」と何の気なしに訊ねてみたが、その無遠慮さが癇に障ったのか、周は「共産党員に知り合いなどいない」と言い切り、冊子を額縁に戻そうとした。横からそれを奪い、懐に仕舞う。

「戻してください。軽率な行動は命取りになります」

「さっきの質問に答えてもらうぜ」

「協力している僕を疑うんですか？」

「ああ、誰も信じられない時代だからな」

「自分は何も教えないくせに一方的に教えろだなんて、まるで憲兵だ」

胸倉を摑み、乱暴に引き寄せる。されるがままにこちらを向いた周は、しかしながら、俯くことなく、まっすぐに俺を見据えていた。

台湾人は元来頑固で、喧嘩で負けて地面に転がされたとしても、睨むことだけは絶対に止めない。心までは屈していないという事実を刻み付けるように、最後まで抗い続けるのだ。その心意気は損にしか働かず、大抵の場合はさらにいたぶられることになるが、どんなに踏み付けられようとも、最も大切なものまでは踏み躙られずに済む。

ガキの頃の俺は、どうだっただろう。囲まれて殴られているとき、どこを見ていただろうか。

「生身相手なら分があると高を括ってるなら、考えを改めた方がいい」

「あなた方が堅気でないことは分かっていますよ。それに、殴られたりはご免です。……数年ぶりに戻ってきたあなたからすれば詳しく見えるかも知れませんが、あれくらいの知識なら誰にでもあります。嫌でも詳しくなる。親兄弟や友人が連れて行かれたのは、何も小李(シャオリー)だけじゃない」

幼稚な熱は急速に冷めていき、俺は手を離す。額縁を神棚に戻した周は、乱れた胸元を整えると、もう用はないとでも言いたげに出口へと向かって行った。

土足で踏み荒らされた、二度と帰ることのできない我が家。

この部屋は、ここで暮らす全ての者の嘆きを象徴しているようで、俺も長居したくはなかった。足早に階段を下りて、居民楼(マンション)の外に出る。周はすでにバイクに跨っていた。

「それで、どうしますか」

「とりあえず飯でも食おう。腹減ってるだろ？」

気遣いは海に捨ててきたと思われていたのか、周はあからさまに驚いた。提案したものの、旨(うま)い店を知っているわけではない。周が「僕がいつも行くところでよければ」と言ってくれたので、俺は後ろに腰を下ろした。

強くもならないが止みもしない、不快な熱気をぺたぺたと貼り付けてくるような小雨が降っている。通勤の時刻が過ぎて自転車は減っていたが、車の量は変わらず多く、整備の行き届いていないエンジンが喚(わめ)き散らし、排煙が目を霞ませた。

「なあ、密貿易で稼いだ金は何に使ったんだ？」

これだけうるさければ盗み聞きされることはないと思い、俺は訊ねる。

「船を持ってたなら、結構稼げただろ」

「どうして使ったと思ったんです？」

「逃げ切れるほどの金が手元にあるなら、家業を継いだりはしない」

「金以外のもののために働く人もいるんですよ」

周がわずかに速度を上げる。ずっと前にいたバスと横並びになったとき、車内に詰め込まれている人数の多さに度肝を抜かれた。肩がぶつかり合っているというのに喧嘩にはならず、かと言って話をするわけでもなく、本を読んだり、ぼんやりと景色を眺めたり、各々が自分の時間に専念しようとしている。道路ができれば、いずれ与那国でもこの光景が見られるようになる。あの島がどのように変わっていくのか、俺には想像もつかない。

義二路と信四路の交差点にある路面店に乗り付け、

周はバイクを駐めた。飯時というのもあるだろうが、入り口前の側道を占拠している自転車とバイクが、その店がいかに繁盛しているかを物語っていた。

席は全て埋まっていて、俺たちは先客が食い終わるのを静かに待った。空いた席に腰掛けるなり、周が顔見知りらしい店員を呼んだので、俺は同じものを頼むことにした。五分ほどで突き出されたのは温かい汁に入った麺で、饂飩よりは細く、蕎麦よりもつるりとしている。啜ると、魚介の出汁と大蒜の効いた味が口一杯に広がった。適度な香菜は、爽快感で食欲を増進させる。麺に気を取られていたが、汁の中にはつみれにした旗魚が隠れていた。旗魚は与那国でもよく食べたが、こういう料理にはならなかった。隣に目を遣ると、周は卓上の調味料を入れている。

「蕃椒醬をたっぷり入れるのが旨いんです」

常連の意見には素直に従おう。瓶から掬った蕃椒醬を入れ、箸でかき混ぜてから啜ると、辛さが加わったことで、かえって旗魚の風味が際立った。明日と言わず晩飯にまた食べたいと思いながら、あっという間に平らげた。周はまだ食べていたが、並んでいる連中の熱い視線が飛んでくるので、二人分の会計を済ませて先に席を離れた。待ってましたとばかりに、俺がいた椅子に勤め人が飛び込んでくる。

対岸の道路まで歩き、天幕の下で煙草に火を点けた。遅れてやってきた周に長寿を勧めたが、周は首を横に振り、不味さではいい勝負の新楽園を喫んだ。二本目を咥えた矢先、周がさっきの店の代金を寄越そうとしてきた。断ると、強引にポケットへ押し込んできた。

「借りを作るのがそんなに嫌か?」

「人の飯を食べると、人の指図を受ける」

周が口にしたのは台湾のことわざだった。街では、林さんがよく使っていたのを覚えている。どの時代のことわざなのかは知らないが、俺は勝手に、日本統治時代にできたものだと思っている。当然だが、矜持で腹は膨れない。そんな生き方を地で行けば、待ち受けているのは餓死だ。あれは生き残った者、すなわち、人の飯を食べて指図を受けた人間が残した言葉だろう。だからこそ、重みがある。

「さて、腹ごしらえも済んだところで、次に何をすべきかを考えようじゃないか。茂林は、あの冊子を大切に隠していた。回し読みしてたってことは、他にも似た連中がいて、永明もそのひとりだった。だからこそ、茂林は次は自分の番だと分かったんだ」

「それで？」

「この『大望報』を作っている奴らに会いたい。そいつらなら、茂林や永明がどの程度関わっていて、どの収容所に送られたのかを把握しているかも知れない」

「そうでしょうね。……期待しない方がいいですが、話が聞けそうな男がひとりだけいます」

声を潜め、周は続ける。

「郭皐林（グオ・フーリン）という僕の同級生です。戦時中には厦門（シャメン）まで行って抗日運動に加わっていた男で、そのときに共産党に入ったとか入らなかったとかで、憲兵に目を付けられていると聞きました。国語学校の師範部を出て新聞記者になったのが、今は週刊誌で編集者をしているようです」

「さもありなんだな。行くだけ行ってみよう」

「ここからなら歩いた方が早いです」

煙草を捨て、歩き出した周に付いて行く。亭仔脚に入り、午市で賑わう義二路をまっすぐ進む。愛四路に差し掛かったとき、尾けられているのを感じた。口に出すのは憚（はばか）られたが、表情を見る限り、周は気付いていないようだった。俺ひとりなら逃げることは容易いが、事を大きくすれば、店も家族も背負っている周に迷惑が掛かる。それに、一度くらいは向こうのやり方を味わってみたいという邪（よこしま）な興味が湧いていた。

出版社の看板が見え、周は商店の脇を抜けて階段を上った。二階の踊り場を過ぎようとしていた俺たちを、ぴったりと背後にいた靴音が呼び止める。一歩前にいた周は、俺の方を見ることなく立ち止まった。制服姿の憲兵ふたりは、勿体ぶったようにゆっくりと俺たちを追い抜き、目の前に立ち塞がった。

「身分証を出せ」

言われる前から準備していたのか、周が即座に差し出す。受け取った憲兵がそれを確認している間、もう片方の憲兵も俺に向かって腕を差し出してきた。袖が捲られた生身の左腕には「反抗大陸」の入れ墨が彫られている。

「耳が悪いのか？」

無視してみると、警告もなしに拳が飛んできた。久しぶりの強烈な痛みに、電脳が警報（アラート）を鳴らす。この畜生は、わざわざ義肢（クローム）の右手で殴りやがった。容赦のない相手と駆け引きをするほど愚かではなく、俺は国民身分証を手渡す。

「武庭純（ウー・ティンスン）」

憲兵が読み上げる。確認が終わるのを待っていると、ふたたび拳が叩き込まれた。わざとらしく国民身分証を高く掲げ、憲兵はもう一度俺の名前を呼んだ。

「ああ、俺だよ」

「本籍地は嘉義県六脚郷。台南州立嘉義工業学校を卒業。今は何をしている？」

「失業中だ」

「ここに来た理由は？」

「職を探しにきた」

「お前は記者か？」

「文字は書ける」

どうして気分を害したのかは分からないが、とにかく殴られた。避ければ面倒になるので、ありがたく顎に頂戴して、ありがたく痛がるほかない。一度目の時点で痛覚は切ってあった。

「質問に答えろ。お前は記者か？」

「違う」

「何を書くつもりだ？」

「知るかよ。言われた仕事をやるだけだ」

「金をもらえれば何でも書くというのか？　お前は腹が空けば共産党の手先になるというのか？」

違うと答えたが、反応はなかった。周の前にいる憲兵は、俺が引いたハズレとは打って変わって、ずっと身分証を眺めている。国民党は一九四六年に国民身分証なるものを発行し始めた。統治時代の日本が優れた戸籍制度を敷いていたおかげで、それを流用することで本島人の頭数を簡単に把握できたのだ。

もしものときに備えて作っておいたのは正解だったらしい。本物なので怯える必要もない。あの頃の腐敗は金でどうとでもできる類の腐り方だったので、身分証を作るのに必要な書類を偽造するのも容易かった。

ふと、こいつらが電脳化しているという可能性が脳裏をよぎる。身分証の情報を検索に掛け、怪しい点がないか照合しているのだとしたら、不気味な眼差しにも説明がつく。

「何をしていた？」

「え？」

「お前は許茂林の家で何をしていた？」

言葉に詰まる。

そんなに早くから見張られていたのだとすれば、誤魔化しようがなかった。目の前にいる機械拳の憲兵を殺すことは容易い。ワイヤーを巻き付ければ十数秒であの世行きだ。問題は、もう片方のワイヤーを前原に切られてしまったせいで、ふたり同時に排除することができない点にある。その間に周がやられるか、応援を呼ばれるか。それに、少なくない通行人がこの四人が建物に入るところを目撃している。下手に殺せば、後々面倒になる。

「早とちりしないで欲しいんだが、俺は……」

「集金ですよ」

割って入るように周が口を開く。機械拳の憲兵は、俺の身分証を手にしたまま周の方を向いた。

「何の金だ？」

「包丁の研磨を頼まれていたのですが、いつまで経っても取りに来ないので伺いました。僕も金に困っていて、取りっぱぐれるのは困るんです。武（ウー）さんとは飯屋で知り合った仲で、腕っ節が強そうだから、念のために付いて来てもらったんです」

「許茂林は逮捕された。奴は共産党の一味で、その家族は行方を眩ませている。そのことを知ったうえで家に行ったのか？」

「いいえ。知っていれば行きませんでした」

「事実か？」

「はい。事実です」

「口では何とでも言える。事実ではなかったとき、その言葉の責任を取るか？」

「はい」

怯えずに毅然とした態度で臨んでいる周だったが、畏怖されないことを屈辱と受け取ったのか、機械拳の憲兵は左手を腰元のホルスターに伸ばしている。

幹你娘（クソ）が。

もう腹を決めるしかない。

「今日は行っていい」

もうひとりの憲兵が周に身分証を返す。周は深々と頭を下げ、それを受け取った。再度目を通してから俺にも身分証を寄越し、機械拳の憲兵たちは階段を下りていった。ふたりの姿が見えなくなると、周はぜんまいが切れたようにその場に座り込んだ。伸ばし掛けていた手首のワイヤーを元に戻す。

「なぜ庇った？」

「あなたのためじゃない。この場は一蓮托生だっただけだ」

そう返した周の右手は微かに震えていた。悟られないように強く握り締め、さらにその上から機械の手で押さえ込んでいる。おそらくは、周が「中正五金行」の店主だという確認が取れたのだろう。集金という言い分も筋が通っていて、否定できるだけの証拠もなかったため、一応は解放してみせたというところか。

「だとしても、おかげで助かった」

「よく分かったでしょう。……生きることは、弁解することとなんです」

立たせようと手を差し伸べたが、周は俺を一瞥することも、手を取ることもしなかった。

玉城は強敵と戦う機会を求めて、楊さんは敵地から解放されるために、俺と毛利巡査はダウンズ中佐の命令で含光（ポジティビティ）を追っている。周を抱き込むのが難しいのは、この旅路の先で得られるものがある俺たちとは違い、協力したところで何の益もないという点にある。

俺は自身の目的のために街（シティ）を売り飛ばした。必要なら、台湾でも同じことをする気でいる。そして、その覚悟が多かれ少なかれ、ここで暮らす周の人生に悪影響を及ぼすことになる。

「もう少しだけ付き合ってくれ。小李（シャオリー）を同じ目に遭わせたくない」

反吐が出るほど卑怯だと分かってはいたが、良心に訴えかける以外の方法は見当たらなかった。返事はなかったが、周は立ち上がり、これまでと変わらない足取りで階段を上っていった。

文投月刊雑誌社の事務所は四階にあった。

扉を開けると、出版社という大仰な言葉からは想像できないほど狭い部屋で、突然の来客にも一切興味を示さない編集者たちが俺と周を迎えた。六畳にも満たない空間は、壁際に積み上げられている原稿の山や印刷機のせいで、実際の面積よりも一層狭く感じられる。中央には机が四個ほど並び、三人の編集者が一心不乱に筆を走らせている。

「郭卓林はいるか？」

「便所に籠城してる」

誰も顔を上げないので、誰が応えたのかも分からない。周と顔を見合わせたあとで、俺たちは廊下に出て便所へ向かった。閉まっている戸の向こうからは、気張るような声が聞こえてくる。

「卓林」

「誰だ？」

「周鎮台だ」

「周？　金物屋の？」

「そうだ」

「久しぶりだな。どうした？」

「話したいことがある」

「いいけど、ここで話せるか？　四日ぶりに糞が出そうなんだ。今を逃したくない」

　少し待ってやったが、漏れてくるのは呻き声だけで、肝心のものがひり出される音は聞こえてこない。臭いが漂ってこないのは不幸中の幸いだが、周は呆れ果てたように顔を覆っている。

「あんまり聞かれたいような話じゃないんだ。一旦出てきてくれないか？」

「誰も聞いてなんかいないさ」

　周が助けを乞う視線を向けてきたので、俺は懐から取り出した『大望報』を戸の下側からそっと差し入れた。ただでさえ下を向いているだろうし、それが何かは確認しただろう。慌てて蹴り出したかのように、隙間から『大望報』が飛び出てくる。

「笨蛋（バカ）！　俺に何の恨みがある？」

「助けて欲しい」

「帰れ。今のは見なかったことにしてやる」

「それを持っていた学生が捕まった。……僕の知人の息子だ。詳しいことを知りたい」

「ご愁傷さま。俺には関係ない」

「頼むよ」

「大体、お前は前に断っただろ？　俺が大陸に行ったときも、二・二八事件処理委員会のときも、自分の暮らしがあるって言って、何もしようとしなかった。なのに、今更その気になったのか？」

　元聞屋の郭阜林は、直接的に敵意をぶつけるよりも、罪悪感を覚えさせた方がより相手を傷付けられると心得ているのだろう。実際に効果は覿面（てきめん）で、周は口を噤んでいる。郭阜林の憤りはもっともだが、その言い草は俺に負けず劣らず卑怯だった。家族のために必死に働いている周のことを、一体誰が咎められるというのだ。

「……許してくれ」

　便所の戸に額をつけ、周は続ける。

「もう見ていられないんだよ。瞼を閉じているのも辛いんだ」

　限界まで乾き切ったところから、さらに絞り出したような声。涙も汗も涸れ果てれば、流れていくのは血だけになる。俺は『大望報』を拾い上げ、懐に仕舞った。戸の向こうでは、ぎりぎりと歯を食いしばるような音が鳴っている。

「……屋上で待ってろ。無事に終わったら、話を聞いてやる」

　沈黙の末に、郭皐林はそう応えた。周は感謝を告げ、廊下を引き返した。

　足音を郭皐林に聞かれないように注意を払い、周に続いて階段を上る。文投月刊雑誌社が入っている建物は俺たちの酒家（ナイトクラブ）よりも高層で、屋上の鉄柵は赤い光を放つネオン看板の裏側になっていた。遮るものがなく、港の方から吹いている強風が肌寒い。俺と周は煙草を喫みながら郭皐林の無事を祈った。

　だが、三十分経った辺りから、担がれたのではないかという疑念が生じ始めた。口にはしないものの周も同意見のようで、とうとう一時間が過ぎ、どちらが言い出したわけでもなく帰ろうとしたとき、扉が開いた。

　ぼさぼさ頭の長身痩軀。周が童顔なのも相まって、とても同級生には見えない。郭皐林はこちらに来ようとして、ふと、足を止めた。

「……周鎮台、俺を嵌めたのか？」

「違う、聞いてくれ」

「近寄るな！　これだから嫌なんだ」

　郭皐林は俺たちを睨みながら後ずさった。不安がらせないように同行者の存在を隠したのは逆効果だったと見える。

「やり方が汚いぞ。俺の指紋を付けて、しょっ引く証拠にしようって魂胆か？」

「落ち着け。その気なら、便所の戸を蹴破ることもできたんだぜ」

　周を一歩下がらせ、俺が矢面に立つ。悲運の男だが、ここは賭けに出てみよう。

「挨拶をさせてくれ。俺は武庭純（ウー・ティンスン）。与那国で密貿易をやっていて、つい最近戻ってきたばかりだ。素性が知られればお縄になること請け合いさ」

「与那国？」

「ああ。向こうじゃ、あの陳さんに世話になってた」

「どの陳さんだ？」

「杜甫（とほ）の陳さんだ。知らないか？」

「へっ。杜甫の陳さんなんて、あの頃議会設置運動に参加してた闘士なら誰でも知ってる。無論、取り締まる側の連中もな。あんたがそっちじゃないと、どうして分かる？」

　俺の言葉を郭皐林は鼻で笑ってみせた。街（シティ）にいたとき、陳さんと同郷の男が、陳さんが地元では名の知れた弁士だったと教えてくれたことがあった。郭皐林が抗日運動家だったのなら、名前ぐらいは耳にしているだろうと踏んでいた。

「杜甫の由来は知ってるか？」

「引っ掛けようったって、そうはいかないぞ。あんたこそ知ってるのか？」

　俺は頷く。

　日本統治時代、供出米と配給米の量が全く釣り合っておらず、台湾の農民たちは毎日のように腹を空かせていた。陳さんは仲間を引き連れて総督府に向かい、役人に抗議した。陳さんが「この子たちは三週間近く碌（ろく）に食べていない」と言うと、日本人の役人は「大嘘だ」と笑い飛ばし、「三週間も食べずに生きていられるものか」と応えた。

　すると陳さんは、「なら、俺は今から何も食べない。三週間経って生きていたら、自らの過ちを認めて配給米を増やせ」と迫った。道化と遊んでやろうと考えた役人たちが条件を飲むや否や、陳さんは杜甫の詩集だけを携え、自ら進んで独房に入って行った。

　それから三週間後、話を聞きつけた市民たちが押し寄せるなかで役人が独房の戸を開けると、今にも倒れそうにふらふらとしながら、陳さんが自分の足で歩いて外に出てきた。駆け寄ってお粥だの竜眼だのを食わせようとする人たちをそっと掻き分け、陳さんは役人を睨み、「今すぐ米を配れ」と唸った。その幽鬼のような形相を前に文字通り腰を抜かした役人は、すぐさま配給券を増刷したという。話す人によっては、三週間が三ヶ月になり、一睡もしなかったという尾鰭まで付いた。

「台湾人の精神を体現した逸話だ。語り継がれていて、誰でも知っている。何の証拠にもならないぞ」

「俺はあの奇跡の秘密を知ってるぜ」

　秘密という言葉に、郭皐林が俺に向ける視線の色が変わったのが分かった。蚊帳の外に出された周は、固唾を呑んで見守っている。

「……言ってみろよ」

「分厚い杜甫の詩集の真ん中をくりぬいて、ありったけの南京豆を詰め込んでいたのさ。そいつをこっそり食っていたんだ。栄養価も高いしな。音を立てないよう、便器の水で湿らせてから食べたそうだ」

「誰に訊いた？」

「本人だよ。他に誰がいる？」

人枡田（トゥングダ）で酔い潰れていたのを旅館まで運んだときのことだった。一度きりで、誰かに話しているのを聞いたことはなかったし、そもそも、その逸話を持ち出されるのを本人が嫌っていた。

　しばらく俺を見つめたあとで、郭阜林が階段に続く扉を閉める。

「……周、堅物のお前も変な奴と付き合うようになったんだな」

「成り行きだよ」

　和解の印に周は煙草を渡したが、郭は申し訳なさそうに首を横に振った。病気になってから、酒も煙草も止めたのだという。

「それで、あの冊子はどこで手に入れた？」

「俺たちが世話になっていた人の息子が憲兵に捕まった。その息子の友人も捕まっていて、そいつの家に隠されていたのを見付けてきた。俺は子供たちの身に何が起きて、どこに捕まっているのかを知りたい。冊子を作った連中なら何か知っているんじゃないかと思ったんだ」

「もう一度貸してくれ」

　郭に『大望報』を手渡す。

　まっさきに最後の頁を開いた郭は、執筆者と発行者の名前が並んでいる欄を指差す。

「偽名だと思うだろ？」

「違うのか？」

「こいつは一種の符丁だ。同じ偽名を使い回すことで、本当は誰が作っているのか、分かる奴には分かるようになってる。本人が捕まったり、死刑になれば、そいつの偽名も自然と使われなくなる。……だから妙なんだ。ここに書かれているのは、使われなくなって久しい名前ばかりだ」

　すでに殺されている者ばかり、ということか。

　頭に戻り、郭がぱらぱらと頁を捲り出す。

「共産党と関わりのある教師が中学校に支部を作り、学生の自治会や読書会を組織していた。そこで作られた地下刊行物が保密局の連中に見付かり、校長を含む数人が死刑になったんだ。学生たちも大勢逮捕され、十年近い懲役が下された。二・二八事件のあとの話だが、それからも、この手の活動を続けている勇敢な若者がいるという噂は聞いたことがある。あんたが探している子供たちは、これの発行に関わっていたか、これを読む集まりを開いていたか、どちらにせよ白じゃないな。……だが、この冊子に関して言わせてもらえば、背後に共産党員がいるような気はしない。学生たちが独自に作っているはずだ」

「どうしてそう考える？」

俺ではなく周が訊いた。

「出版関係の人間が関わっていれば、こっそり会社の印刷機を使う。でなきゃ、ガリ版刷りだ。だが、この冊子はカーボン紙を使って手作業で複製した代物だ。骨は折れるが安全ではある。大人に頼れない学生たちが知恵を働かせた、というのがしっくり来るんだ」

「学生だけでこれを作ったって言うのか？」

「そうだ。たいした度胸だと思うよ」

「ふたりとも違う学校に通っていたみたいなんだが、教師の知り合いがいたりしないか？」

「無駄だ。あったとしても、全員捕まってる。あんたには悪いが、その子たちを助けることはできない。大人しく十年か二十年が過ぎるのを待つしかない。心が折れて、中で早まってしまわないように祈りながらな。脱獄を計画したり、外から手引きしようとした連中もいたようだが、俺が知る限りじゃ全員殺されてる。……国民党の威信が掛かってるんだ、どの収容所も警備体制は尋常じゃない」

俺に『大望報』を突き返し、郭はポケットに手を入れた。そのとき、郭が片足にばかり体重を乗せるような立ち方をしているのに気付いた。おそらく、左足が悪いのだろう。両手も生身のまま、どこも義体化していない。

「聞きたいことは全部か？　そろそろ仕事に戻らないと、変に勘繰られちまう」

「永明や茂林の友達で、まだ捕まっていない学生がいるかも知れない。調べる方法はないか？」

「無理だ。無駄骨になるのが目に見えているし、危険すぎる」

「あんた、新聞記者だよな？」

「今は作家だ」

「似たようなもんだろ。文章で人助けをする仕事だ」

発破をかけるつもりだったが、どういうわけか、郭は傷付いたような顔を浮かべた。それも、平手打ちされるのではなく、治りかけの傷口を突かれるような切ない痛みに。

「……周、お前は俺が書いた小説を読んだか？」

「いや、文投月刊を買ったことは何度かあるけれど、女流作家が書いたくだらない黄色小説ばかりだったし、そもそもお前は編集者だろ？」

「そのくだらない黄色小説が、俺の飯の種だ」

周の視線を避けるように、郭が顔を伏せる。

日本軍から送り込まれたのではないかと疑われて紅軍に処刑された奴らがいると噂になり、共産党の思想に共鳴してはいながらも、実際に台湾から大陸に渡る者は少なかった。廈門まで行って抗日運動に参加した筋金入りの闘士が、今は俺たちの前で、自瀆を目撃されたガキのように小さくなっている。

「夏瑋倫って名前で書いてる。昔好きだった女の子の名前を組み合わせた筆名だ。反共作品を書けば国民党から金が出る。だが、それじゃ読者は楽しんでくれない。だから、共産党の女をセックスで手籠めにして寝返らせる、なんて筋書きの話がウケるんだ。詳しいからって理由だけで俺が書かされてるんだ。笑えるだろ？　実話風に書いているから、俺を女だと思った読者が手紙を送ってくるんだ。国民党の兵士が、その女とヤりたいから会わせろって、編集部まで押し掛けてきたこともある」

郭は「他媽的」と吐き捨てたが、心の底から罵りたいものの名前を、その言葉の前に入れることはしなかった。あの白い光が輝いている限り、抜いた刀は自分の腹に突き刺すしかない。

「……郭阜林」

俺が気の利いた二の句を継げないでいるなかで、周が郭の肩にそっと手を置いた。

「やめてくれ。俺はお前みたいに上手く生きられないんだ」

「手伝って欲しい」

「無理だ。黄色作家なんかに何ができると思うんだよ？」

「お前は戦ったじゃないか。僕には、怖くてできなかった。……今度は僕にやらせてくれ」

肩に乗せられた手を払い、郭は項垂れた。繰り返される「他媽的」の呟きは、いつしか嗚咽に変わっていき、俺はゆっくりと顔を背ける。

いつの間にか、陽が落ち始めていた。この街では、外が暗くなっていくのを意識することが難しかった。どれだけ空が晴れていようとも、ずっと影のなかにいるような気持ちにさせられる。

「……二、三日くれ。精一杯のことはしてみる」

そう告げた郭は、感謝を聞くことなく俺たちに背中を向けた。とぼとぼと歩いていく旧友の後ろ姿を、周はじっと見つめ続けている。煙草を咥えた矢先、周が俺の名前を呼んだ。もう扉は閉まっているというのに、その視線は同じ場所に向けられていた。

「密貿易で稼いだ金は全て、店を買い戻すのに使いました」

火を点けようとした手を止めた。

落ちてきた雨粒に目を細めながら、周は続ける。

「頼母子講(たのもしこう)の金を持ち逃げされて、父は多額の負債を背負ったんです。店どころか、家も手放さなければならなかった。僕は李志明の元に出向き、何でもすると頭を下げて、密貿易人になりました。自分で言ったことですから、本当に何でもしました。二年足らずで、船を譲ってもらえるまでになった。李志明が殺した人間を海に捨てに行ったこともあります。……でも、後悔はしていません。嬉しそうに刃物を研いでいる父を見ていたら、僕のしたことは間違っていなかったんだと胸を張れる」

額を打つ雨粒は、ほんの数十秒もしないうちに豪雨へと変わっていった。横殴りの雨は赤い光を纏い、人肌のような温もりとともに俺たちをびっしょりと濡らしていく。

「あなたはどうなんですか。……今やっていることは本心ですか。本当に子供たちを助けたいんですか」

「ああ、本心だ」

「僕はその言葉を信じるべきですか？」

電脳に換装されていなければ、きっと俺は、無意識のうちに口元を歪めていただろう。

何かを信じたことなどなかった。俺の人生は、信じればいいことがあると学べなかった代わりに、願いは叶わずに終わるということを学ばせてくれた。だからこそ、神にも運にも頼らず、自分の足で辿り着くと決めた。目的のためなら、そこが地獄だろうと構わずに境界線を踏み越えてやると誓った。

「さあな。口でなら何とでも言えるだろ」

周を追い越し、扉を開けて階段を下りる。

長らく消え去っていた頭痛が戻ってきていた。

4

酒家(ナイトクラブ)の二階で丸机を囲い、状況を報告した。玉城は言わずもがな、楊さんも俺の方針に異存はなかったが、肝心の毛利巡査が終始黙っていたのが気に掛かった。反論できないものの、もっと早いやり方があると苛立っているに違いない。

　ずっと狭い部屋にいては気が滅入るはずだが、事情が事情だけに楊さんは酒家(ナイトクラブ)を出られず、せめてもの息抜きに酒を飲みながら四色牌(スーサーパイ)で遊んだ。楊さんの教え方が上手かったようで、玉城はみるみる上達していた。

　その玉城も、独学では可哀想だったので、朝食を済ませたあとで中正公園に連れて行ってやった。正門は信二路にあり、白い大観音像が遠くからもよく見える。血桐(オオバギ)の木が丸い葉っぱを付けていて、人々は思い思いの場所で国民健康操をやっている。俺は拳法らしきものに励んでいる連中を探し出し、「混ぜてやってくれないか」と玉城を紹介した。半裸の益荒男たちは、物言わぬ大男とすぐに打ち解け、赤い鶏頭(ケイトウ)の花に囲まれながら肉体言語で語り合っていた。

　郭阜林と別れてから三日経った朝、稽古の付き添いを終えて中正公園を出ようとした俺に、玉城がある物を渡してきた。

「布団を畳んでいるときに部屋で見付けました。毛利さんたちに見られたらいけないかと思って、こっそり持ってきたんです。大事なものですよね？」

　正絹の風呂敷に包まれた小箱。

　他ならぬ玉城の祖母から託された品だった。ちゃんと荷物に入れていたが、与那国を出て以来てんてこ舞いで、すっかり忘れてしまっていた。

「お前、これに見覚えはないのか？」

　しっかりと確かめたうえで、玉城は首を横に振った。ともすれば、玉城の祖母はこれを家族の目に触れないところに仕舞っていたのだろう。小箱の中からは、小さなものがからから転がるような音が聞こえている。連れて行こうかとも思ったが、身分証を持っていない玉城を遠出させるのには危険が伴い、結局、旗魚(カジキ)麵を食わせてから酒家(ナイトクラブ)まで送り届けた。

　それから俺は食堂の方へ蜻蛉返りし、煙草を喫みながら近くをぶらついた。いつも行くと言ってはいたが、この手のいつもは必ずを意味しない。歩いている最中に違うものが食いたくなることだってある。直接訪ねに行くこともできたが、同じ迷惑にしても、あいつが体を張ってまで取り戻した店に押し掛けるのはやめておこうと考えていた。

　正午を過ぎると、腹を空かせた勤め人たちの大波が狭い食堂を襲った。路駐されているバイクの陰に隠れて待ち、店から出てきた周に声を掛ける。

「奇遇だな」

「待ち伏せていたんですね。阜林からはまだ連絡はありませんよ」

「分かってる。今日は別件だ」

　金物屋の方へと歩き出した周に並び、正絹の風呂敷に包まれた小箱を手渡す。怪訝そうな表情でそれを受け取った周は、与那国にいたときの俺と同じように、さらりとした縮緬（ちりめん）の感触を指先で味わっている。

「いい布ですね。これは？」

「酒家（ナイトクラブ）で会ったデカい琉球人を覚えているか？　あいつの祖母は、長らくこっちで暮らしていたんだ。それで、俺が台湾に戻ると話したら、これを託された。曰く、台中の明治町にいる玉蘭（ユーラン）という女に渡して欲しいんだと。単刀直入に言うが、付いてきてくれないか？」

「僕を観光案内人か何かと勘違いしていませんか？」

「偏屈な婆さんだったから、その玉蘭って女と親しかったかどうかも怪しいんだ。名前を出すなり追い返されるなんてことも大いにあり得る。そんなとき、物腰が穏やかな奴がいてくれると心強い」

「物は言いようですね」

「そう言うなって。色々と話したいこともある。俺がどうして台湾に来たのか、とかな」

　出し惜しみはせず、端からとっておきを出す。俺は胡散臭い人間だが、それでも、誠意には誠意で応えるつもりだ。

「……本当ですか？」

「仲間たちは反対するはずだ。だから、基隆を離れたところで話すのがいい」

　頼み事の体で話してはいるが、首を縦に振ってくれるまで付き纏う気でいた。小李（シャオリー）に会いに行ったときもこうだったのを思い出しているのか、周はわざとらしく溜め息を吐き、腕時計に目を遣った。

「済ませないといけないことが二、三あります。一時間後に基隆駅で落ち合いましょう」

突き返された小箱を受け取り、俺は周と別れた。

義一路をまっすぐ行き、愛三路を右に曲がって忠一路へと抜ける。線香の匂いを浴びながら城隍廟の前を通り過ぎると、基隆駅の駅舎が見えてくる。まだ雨は降っておらず、タクシー乗り場の近くで煙草を喫んで時間を潰すことにした。

台湾総督府鉄道は、戦後になって国民党に接収され、台湾鉄路管理局の管轄になった。これから乗る縦貫線は、基隆から高雄まで、台湾の西側を南北に繋ぐ国内で最も長い路線だ。壊されることなく流用されている日本統治時代の遺産。思えば、玉城の祖父も、この縦貫線の敷設に関わった技術者だった。

きっかり一時間ほどで周がやってきた。さっきはしていなかった手袋を嵌め、くすんだ色のセーターを羽織っている。

「基隆から出るのは初めてですか？」

「ああ。朝から晩まで酒家（ナイトクラブ）の壁ばかり眺めてるよ」

傍目も気にせずに騒いでいる兵士たちとすれ違い、駅構内に足を踏み入れる。切符売り場に向かった周は、懐から取り出した葉書のような紙をカウンターに乗せた。青天白日旗の徽章が着いた帽子を被っている駅員は、その紙に目を通してから行き先を訊ねてきた。俺は「台中駅」と答えて金を置いたが、駅員はこちらを一切見ようとせず、二枚の切符をぞんざいに投げて寄越した。文句のひとつでも言ってやろうと思ったが、周は俺を押し退けて切符を受け取ると、駅員に深々と頭を下げ、逃げるように歩いていってしまった。俺は慌てて追い掛ける。

「さっきの紙は何だ？」

「旅行許可証ですよ。あれがないと、居住地の外へ移動することができないんです」

「生まれ故郷を出歩くのに国民党の許しが要るっていうのか？」

「ええ。しかも、滅多に許可は下りません。僕らのように古くから商売をやっている人間は、仕事を理由にすれば許可を得やすい。……あなたはどのみち、僕に助けを求めるしかなかったんですよ」

嘲るように言い、周は縦貫線の乗降場（プラットホーム）へと進んでいく。まるで琉球のようだ。敗戦国としての責苦を一身に背負わされ、アメリカ様の許しがなければ、日本の土を踏むこともままならない。

四号車に乗り、青い天鵞絨（ビロード）の座席に腰を下ろす。国民党の兵士たちが同乗していたこともあり、俺と周は蒸気機関車が発車してからも会話はせず、車窓から景色を眺めた。

　経済特区の基隆から出ると、ネオン看板の張り巡らされた建物群（ビルディング）は徐々に鳴りを潜めていき、広大な大地に根付く樟（くす）や樫（かし）が、血色のいい緑の葉を広げながら、その生命力を誇示していた。視線を下に向ければ、線路の脇に咲いている台湾連翹（レンギョウ）が見える。淡い紫色の花は、縁取りが白色のせいか、咲き誇っているのにどこか寂しげな印象を受けた。斜向（はすむ）かいの席にいる商人が皮を剥いた竜眼を頬張り、吐き出した種を窓の外に捨てている。

　縦貫線の北段は台北（タイペイ）、桃園（タオユエン）、新竹（シンジュー）といった大都市を通り、停車する度に人が増えていく。俺たちは終点の竹南（ジューナン）駅で台中線に乗り換え、台中（タイヂョン）駅で降りた。雨港の基隆とは打って変わり、澄んだ青空が広がっている。磯の香りはせず、排気ガスに目をやられることもない。清々しい空気だ。

「明治町の玉蘭、としか聞いていないんですか？」

「自分が知っている玉蘭はひとりだけ、なんだとさ」

　俺に代わって周が頭を抱えてくれた。

　赤煉瓦と白い石を組み合わせた美しい駅舎を出るなり、俺は驚くような光景を目の当たりにすることになった。歩道にいる人々が立ち止まったまま進んでいるのだ。平然と進んでいく周の隣でその光景を観察していると、俺の目がおかしくなったのではなく、道そのものが動いていることに気付く。

「もしかして、代歩路（オートウォーク）を見るのも初めてですか？」

　仕組みが分かってもなお、開いた口が塞がらない。

　台中の歩道は亭仔脚がない代わりに、道の半分が履帯（キャタピラー）のような材質の床になっていて、腰高の位置に手摺りが設けられている。極め付けは、そいつも動いている。制服を着た小学生から、杖をついた老婆に至るまで、市民たちは当たり前のような顔で運ばれている。長い歩道の上では、背広を着た男が新聞を読み耽っている有様だった。

「台北でも導入されていますよ。三民主義が義体化を推し進めたのと同じように、国民党は道路をも義体化したんです。与那国にはないんですか？」

「勘弁してくれ。歩くのまで機械頼りか？」

「それを言うなら、車だってそうでしょう。僕たちは便利さと快適さに慣れ、使わない生活に戻れなくなる。国民党は人々の動きを制御しやすくなる。まさに悪魔の発明ですね」

　信号を渡り、周が代歩路に乗る。建物の前面は普通の道のままなので、そちらを歩くこともできないわけではなかったが、代歩路とやらは思っていたよりも速い。恐る恐る片足を乗せてみると、動いている地面が俺の体を引き摺り寄せ、自然ともう片足も乗ることになった。姿勢を保てるか不安だったが、どうやら、何もせずとも転びはしないようだ。

「日本統治時代の明治町は、今は西区になっています。自由路一段という通りが、かつての明治町通りです。そこまでは分かりますが、あとは見当も付きません」

「婆さんの夫は技術者だったと聞いている。縦貫鉄道全通式のあとに亡くなり、婆さんは子供を連れて与那国島に戻った。戦争よりずっと前の話だ」

「それなら、住んでいたのは社宅でしょうね。日本人が使っていた社宅の大半は取り壊されています。その人たちのことを覚えている人は少ないかも知れない」

　車道で一旦途切れ、数歩進み、また代歩路に運ばれる。何度繰り返しても違和感が消えることはなかったが、あっという間に自由路一段と林森路の交差点に着いた。

　日本統治時代に行なわれた区画整理はそのまま流用され、割れや窪みの少ない綺麗なアスファルトの道を車が行き交っている。すれ違う人々は、基隆と比べて背広姿が多かった。建物群も、ネオンの光がないぶん基隆の街より開放感がある。それでも、夜になれば白い光を放つであろう街路灯の存在はここでも変わらない。

「ここから先は、武さんの考え次第ですよ」

「訊ねて回るのが早そうだ」

「急に押し掛けて『人を探してる』なんて言ったら、憲兵だと思われます」

「なら、後ろで違うと言ってくれ」

　呆れている周の肩を叩き、代歩路に乗る。日差しを遮ってくれる木々は、椰子なのか檳榔なのか見分けが付かない。

　自由路一段の向かいには立派な白い建物が鎮座していて、館銘板には「地方法院」と書かれていた。そのせいか、道沿いには律師や公證人の看板ばかり並んでいる。こんなに多くて、一体何を基準にして選ぶのだろう。交差する道路を一本越えると、左手に図書館のような建物が現れた。

「ここは何だ？」

「失踪した児童の資料を管理している、と書いてあります」

　看板を指差しながら周が答える。老婆のことまで管理しているとは思えないが、誰しも昔は子供だったのだ。中に入ると、四十歳過ぎと思しき強面の女性がカウンターから顔を上げた。甲斐甲斐しく訊ねてくれる気配はなかったので、「人を探している」と告げた。国民身分証の提示を求められたので、渡してやる。今度は用紙を渡され、分かるところだけ書いて返す。眼鏡を掛けてそれに目を通した女性は、さらに強面になった。

「ふざけてるの？　ここはね、愛する我が子がいなくなった親たちが駆け込んでくる神聖な場所なのよ」

「子供じゃなくて悪かったが、本気で探してる」

「はあ？　名前もろくに分からない、住所も分からない、歳も正確に分からないのに？」

「その、何と言うか、探してるのは俺じゃないんだ」

　正直に告白したのだが、強面の女性はたちまちに怪訝そうな顔になった。見兼ねた周が俺と交代し、与那国島にいる彼の祖母が昔世話になった女性を探しているが、歳のせいで思い出せることがそれしかなかったのだ、と説明してくれた。

「事情は分かったけど、生憎、ここは失踪した児童の資料を管理する場所なの」

「他にどうすればいいと思いますか？」

「公所で相談すれば、何か手伝ってくれるかもね」

　追い払う仕草まではされなかったが、俺たちは空気を読んで自主的に叩き出された。

　行き先が決まれば、先陣を切るのは周の役目だった。自由路一段をひたすらに運ばれ、左に曲がって民權路に乗り換える。市の中心地に近付いているからか、人の数があきらかに多くなってきていた。歩く必要がないからか、勤め人たちは煙草を、老女たちは茶を飲みながら会話している。街（シティ）とは違い、酒もどんちゃん騒ぎもない。学生たちでさえ、あきらかに周りを気にしながら談笑している。少しでも間違えれば、このまま違うところに運ばれ、二度と戻って来れないかのように。

　周囲の建物が低く視界が開けているからか、車寄せと太い柱が印象的な白亜の宮殿が嫌でも目に飛び込んでくる。

「あれが台中市役所です。もっとも、国民党に接収されてからは、役所としては使われていません。すぐ近くの台中州庁にその機能が移されました」

台中市役所を通り過ぎた先には、やはりバロック様式の、日本統治時代の遺産であろう荘厳な建物があった。外交官たちがダンスパーティーをする屋敷のようで、玄関の前では、生垣に囲まれた噴水が盛大に飛沫を上げている。台中州庁の前で代歩路（オートウォーク）を降りた周は、噴水の近くに設置されている市内の地図を眺めた。顔を近付けて細部を確認すると、周はふたたび代歩路（オートウォーク）に戻ろうとした。

「待てよ。役所に行かないのか？」

「身内でもないのに、おいそれと教えてくれるはずがないでしょう」

「なら、どこを当たる？」

「老人の情報が集まる場所ですよ」

ぴんと来なかったが、ここは任せることにしよう。

台中州庁に面した市府路を進んでいた周は、突然ひょいと代歩路（オートウォーク）を降りて、入り口が硝子戸の店に入った。写字台で書き物をしていた老紳士が、俺たちの来訪に気付いて立ち上がる。「僕が話します」と耳打ちされたので、俺は黙っていることにした。

背広姿の老紳士は高（ガオ）と名乗り、開口一番にお悔やみの言葉を口にした。周はすぐさま否定し、説明を始めようとしたが、高は全てを悟ったような面持ちで周と俺の肩に手を置いた。

「取り乱す気持ちはよく分かる。……しかし、やることは山積みだ。こんなときだからこそ、気持ちを強く持たねばならない」

「だから、僕たちは客ではないんです」

「分かっているとも。儂（わし）も、ここに来る者たちを客と思ったことは生涯一度もない。商売ではあるが、医者や律師のように偉そうにふんぞりかえって、ああしろこうしろと言うのではない。一丸となって、亡くなった者を送り出すのだ」

高は俺たちを椅子へ案内した。背もたれに透かし彫りのある唐木の椅子で、座面は大理石になっている。目の前の座卓も大理石だ。あんな文句を口にしておきながら、なかなか贅沢な趣味をしているらしい。

「さて、まずは孝服の採寸をしようか。黒でいいよな？　まさか、白とは言わんだろう？　あんなものは故人を送り出すのに相応しくないから好かんのだ」

「その前に、ひとつ頼みたいことがあるんだが……」

分かっているとでも言いたげに、高が頷く。隣にいる周が「余計なことをするな」という視線を飛ばしてくる。

「時代の流れに取り残されている葬儀屋も多いが、儂は違う。今や、義肢（クローム）も立派な体の一部だ。棺に入れる前にこっそり外して金に換えてしまうなどという罰当たりな真似は絶対にせん。義肢（クローム）ごと燃やせる火葬場を知っているからな。若干骨は少なくなるが、悼む気持ちが減るわけじゃない」

「遺言のことだ」

「ほう、遺言とな？」

途端に神妙な面持ちになった高が身を乗り出す。俺は大根役者の葬儀屋を操る妙案を思い付いていた。

「俺の母は明治町の生まれだが、父を亡くしてからは基隆に移り住んで、そこで亡くなった。死ぬ数日前、『渡したいものがある』と言われ、俺は母からある物を預かった。『昔仲良くしていた女性に渡して欲しい』という遺言とともにな。物忘れも酷いもんだったたんで、名前と明治町に住んでいたこと、母よりも若い、ってことくらいしか教えてくれなかった。妻や弟たちは『呆けて勘違いしてる』って言うんだが、俺は母の願いを聞き届けてやりたいんだ。でなきゃ、死んでも死に切れないはずだ」

こちらも深刻そうな表情を浮かべつつ、長寿（ロングライフ）の箱を差し出す。高は目を細め、煙草一本と、箱の下に隠した金を素早く受け取った。

「今時珍しい孝行息子だ。儂も一肌脱がせてもらおう。で、その女性の名前は？」

「玉蘭だ。七十歳の母が『妹のようだった』と言っていたから、六十歳くらいじゃないか」

「他に何か特徴はないか？」

「そうだな、父は日本人で縦貫線の技術者だった。母は社交的な性格じゃなかったから、その玉蘭というのは日本人の元で働いていて、そこで母と知り合ったんじゃないかと思う」

「なるほど。台中にいたのはいつまでだ？」

「四十年くらい前だ」

「待っておれ」

簾の奥へと消えていった高は、分厚いファイルを三つ携えて戻ってきた。手始めに開かれたのは、当時の住所録だった。

「寿町、千歳町、明治町。……ここだな。どれ、明治町の玉蘭を探してみようか。明治町は七丁目まであったな。確かに日本人向けの寮が多かった。布地屋に染物屋、時計屋、日本製品を取り扱う店が軒を連ねていた。公学校に女学校、学生さんも沢山いたよ。……なんと、玉蘭は十七人もいるではないか！」

　芝居掛かった口調で言った高は、もうひとつのファイルを広げた。表紙には「禁止借出」の文字が押印されている。

「こっちは保甲書記が作った戸口調査の書類だ。これと照らし合わせれば、日本人の元で働いていた玉蘭は誰かが分かるはずだ。さて、まずは一丁目から見ていこう」

　先程よりも時間の掛かる作業だった。電脳化していればすぐ済むはずだが、高は唾を付けた指で書類を捲りながら、ふたつのファイルを丹念に見比べている。

　俺と周は煙草に火を点け、高が作業を終えるのをじっと待った。

「……儂の見立てでは三人だな。于玉蘭（ユー・ユーラン）はレストランの女給、葉玉蘭（イエ・ユーラン）は看護婦、蕭玉蘭（シァオ・ユーラン）は教員、どれも日本人と関わる職業だ。ただし、残念なことに葉玉蘭は故人だ」

　高はそう言って、最後のファイルを掲げた。「この三家の家族はこの葬儀屋を利用したのだろう。葉玉蘭の家族はこの葬儀屋を利用したのだろう。「この三家を訊ねれば、お探しの玉蘭に辿り着けるだろう」と得意げな表情で告げ、高はそれぞれの住所を筆記紙（メモ）に記してくれた。感謝とともに受け取ろうとしたが、高がすんでのところでそれを引っ込める。

「もう遺言は果たしたも同然だろう。そろそろ、僧侶の手配をせねばならないんだ」

「まあ、待てって。用が済んだら戻ってくるから、とりあえず前金と思って受け取ってくれ」

　ポケットに入れてきた金のほとんどを渡す。弔いを生業にする人間ならば絶対にしてはいけないような煩悩にまみれた満面の笑みを見せてくれた高は、あっさりと筆記紙（メモ）をくれた。恭しく見送られながら葬儀屋を後にした俺たちは、筆記紙（メモ）を覗き込んだ。

「ひとりは市内、残るふたりは台中を出ていますね。ここまで絞れたのは御の字ですが、これ以上の遠出は気が進みません。他に手掛かりはないんですか？」

　ここまで来たら是が非でも踏破するつもりでいたが、そもそも周は仕事を中座して来ている。加えて、旅行許可証を持っている周がいなければ、俺は台中以外の場所に行くことも、ましてや基隆に戻ることも叶わなくなる。しかし、手掛かりと言われても、玉城の祖母とした会話などたかが知れている。

　小箱を託されたとき、「この中には手紙と、あとは細々したものが入っている」と言われていた。玉城の祖母には悪いが、そこにヒントがあるはずだ。

「俺は『開けるな』と言われている」

　脇に抱えていた小箱を周に手渡す。

「……僕は言われていないから平気だと？」

「約束したんだ。すまないが、これしか方法がない」

　不愉快そうに首を横に振ったものの、他に手掛かりがないと分かっている周は仕方なく承諾してくれた。風呂敷の結び目に指が掛けられるのに合わせてそっぽを向く。

　小さい何かが転がる音のあとで、ことんと蓋を開ける音が鳴った。紙を捲る音も一度だけ聞こえてきた。手紙の内容まで確かめてくれたのか、しばらく経ってから肩を叩かれる。

「中に入っていたものは僕が預かりました」

　周が風呂敷に包まれた小箱を返してきた。器用に結び直されている。

「それで、どうだった？」

「ひとつ提案なのですが、渡しに行くのは僕に任せてくれませんか？」

　思ってもみない発言だった。すぐに理由を訊き返すと、周はばつが悪そうに続けた。

「彼女はあなたという個人に知られたくないのではなく、彼女と玉蘭以外の全ての人間に、このことを知られたくなかったんだと思います。そして、これから向かう先で、あなたはきっと、彼女が知られたくなかったことを悟ってしまう。彼女との約束を守りたいと思うなら、部外者の僕に任せた方がいい」

　考えもせずに頷いていい話ではなく、俺は電脳と相談することにした。

　周は小箱の中身を目にしたうえで、ひとりで行くと提案してきた。もしかしたら、入っていたのは相当に高価な金品で、どこかで売り飛ばしてしまう魂胆かも知れない。いや、その手のことをする機会は他にいくらでもあった。それこそ、息も絶え絶えで酒家（ナイトクラブ）に逃げ込んだときの俺たちは無防備で、案内役の周は、いくらでも金を盗むことができたはずだ。

周は本気で玉城の祖母のことを気遣っている。

　そして、そう思わせるに足る何かが手紙に書かれていたに違いない。

「……任せていいか？」

「台中駅で待ち合わせましょう。そんなに時間は掛からないと思います」

　肩を叩いて激励し、周を送り出す。

　土地勘のない場所で憲兵に出会したくないので、散策はせずに台中駅まで戻ることにした。潮の香りのしない風を浴びるのは久しぶりで、降り注ぐ陽光は心地のよい暑さを感じさせてくれる。せっかくの快晴だというのに、俺は代歩路（オートウォーク）に運ばれながら、頭痛に苛まれていた。


「どうして裂け目（バリ）を眺めていたの？」

　胸倉を摑まれているのを気にも留めずに、紬（つむぎ）はそう訊ねてきた。この下に母親がいると思ったから、それが俺の答えだった。答えられるのに、俺は何も言えなかった。そのとき、紬が初めて表情を曇らせた。

「……死にたかったの？」

　不安そうな声だった。訊ねておきながらも、否定されることを望んでいるように聞こえた。だが、俺は頷いた。はっきりと言葉にされたことで、ようやく鮮明になった気がした。母親に会いたいなどというのは、愚かな建前だった。ただ、終わりにしたかったのだ。

　力が抜けていき、紬が俺の手から解放される。女が相手だったから咄嗟の勇気を出すことができたが、貧弱な俺の体軀は紬にも劣っている。彼女が本気を出せば、簡単にやり返されていたはずだ。

「生きていれば、きっと、楽しいことがあるよ」

　紬はそう呟いた。俺に対して言ったのか、俺の態度に触発された独り言だったのか、どちらにせよ、島の誰からも馬鹿にされて生きていくことしか知らない俺にとっては、あまりにも無慈悲で無責任な言葉だった。

　ふたたび憤りを感じながら、やはり何も言い返すことができない俺を他所に、紬は軽やかな足取りで、まるで花畑でも横切るように、あの裂け目（バリ）へと近付いていった。かつて、口減しのために集められた妊婦たちの姿を想像せずにはいられなかった。

「危ない！」

　俺は叫んだ。

たぶん叫んだと思うが、よく分からなかった。声を出すことに慣れていなかったのだ。紬を引き戻したかったことだけは確かだった。

追い掛けようと歩を進めたが、いざ裂け目（バリ）を目の前にした途端、腰が抜けてしまった。足が竦（すく）み、立とうにも立てない。文字通りの腰抜けで、おまけに腑抜けでもあった。紬の身に起きることを直視しないために、瞼まで閉じていたのだから。

「ほら！」

その声につられて、思わず瞼を開ける。

呆然としている俺の前で、紬は飛び越えた。

大きな裂け目（バリ）を。

悲しみの歴史を。

死の場所を。

運命を否定するように、あの境界線を軽々と越えていった。

――生きるって、越えるってことだよ。

赤煉瓦の駅舎に着いても、あの優しい残響が頭の中から消えなかった。

オキシコドンの力を借りずに苦痛と戦うのは至難の業で、バスの乗降場の近くにある腰掛石に座って気分を落ち着かせることにした。煙草はすぐになくなった。項垂れていたせいで、目の前を行ったり来たりしている花売りの少女にも、しばらく気付けなかった。

誰も目を合わせようとしないのを不憫に思い、ポケットに残っていた金でひとつだけ買ってやった。少女は、それが玉蘭花という名前であると教えてくれた。白くなった鷹の爪のような花弁が四つほど針金でまとめられている。ほのかに甘い香りは、万力で締め続けられるような痛みをいくらか忘れさせてくれたが、周が来る頃には、すっかり消えてしまった。

「買ったんですか？」

「ああ、やるよ」

「なんだか皮肉みたいですね」

俺もそう思った。

駅構内の切符売り場で行きと同様に旅行許可証を見せ、周は切符を買った。そのまま乗降場（プラットホーム）に向かい、鼻息を荒くしている蒸気機関車に乗り込む。走り出してからしばらく経っても、周は何も話そうとしなかった。

「何が入ってたんだ？」

野暮だと自覚して、それでも俺は訊ねる。

「手紙の内容まで知るつもりはない。……ただ、何が入っていたのかだけは気になってな。音からして、小さなものだというのは分かるが」

「聞けば謎が解けてしまいますよ。それでも、いいんですか？」

「解けたとしても、あんたと答え合わせはしないよ」

　窓の外に視線を向け、周は長い息を吐いた。胸の内で動いたのは、肺ではなく魂(マブイ)だったのかも知れない。

「櫛(くし)です」

「櫛？」

「鼈甲の飾り櫛です。透かし彫りのない、質素ながらも上等な品。当時は最高級品だったと思います」

　櫛は男が女へ贈るものだ。台湾では、白髪になっても生涯添い遂げるという意味がある。玉城の祖母は、どうしてそんなものを今更になって玉蘭に渡そうとしたのだろう。新たな疑問にぶつかった俺を一瞥し、周が煙草に火を点ける。

「喩え話をしましょう。これは、ひとりの男に恋をした若い女の話です。とある患者と親しくなった若い女は、見舞いに来ていた患者の夫に恋をしてしまう。夫もまた、若い女に好意を抱き、はじめは情欲を満たすためだったのが、いつしか本気になってしまった。妻は妻で、退院してからも若い女と親しくしていて、ふたりの関係に気付きながらも、咎めることができずにいた」

　備え付けの灰皿に灰を落とし、周は続ける。

「あるとき妻は、夫が櫛を買っていることに気付いた。いつまで経っても自分にくれることはなく、それどころか大事そうに隠しているのを見て、夫が若い女に櫛を渡そうとしていることを知ってしまった。妻がその櫛を盗んだ数日後、夫は病に倒れて帰らぬ人となった。若い女は、夫が本気で彼女を愛していたことも、それを妻が許さなかったことも知らないまま、ふたりと会えなくなってしまった。……妻は彼女を憎んでいた。心の底から憎みながら、許して欲しいとも思っていた」

　煙が目にしみたのか、周が瞬きを繰り返す。

　俺は車窓を少しだけ開けた。

「……手紙に、そう書いてあったのか？」

「さあ、どうでしょう。阜林の小説が気になって文投月刊を読んだばかりだから、そこに書かれていた話かも知れません。どのみち、あなたは手紙を読まないのだから真相は分からない」

　看護婦をしていたのは葉玉蘭だ。

　すでに亡くなっている彼女に玉城の祖母の思いを伝えることは、永遠に叶わない。だとすれば、墓前に櫛を供えてくれたのだろうか。

「嫌な仕事を押し付けたな」

「ええ、本当に」

　懐から取り出した紙屑を車窓の外に捨て、周は煙草を喫んだ。葬儀屋がくれた筆記紙(メモ)か、それとも手紙か、俺の目にはどちらのようにも見えた。

　陽が沈み始めている。

　爽やかな緑色をした油桐の上方を、白鷺の群れが飛んでいく。不意に、何かが無性に恋しい気がした。それが一体何なのか、高性能な機械のおつむにしているのに、いくら考えても答えは出てこなかった。

「……俺たちは、あるものを手に入れるために台湾に来た」

　ゆっくりと告げる。

　周がこちらを見たが、俺は目を合わせない。

「それには李志明の協力が必要不可欠だ。そして、息子たちを助ければ、俺たちの言うことを聞いてくれるだろうと考えた。これが動機だ。取り繕う気はない。……だが、一度始めたことを途中で投げ出すつもりもない。どう思うかは、あんたの自由だ」

　期待していた通り、周は何も言わなかった。

　俺は目蓋を閉じて、基隆駅まで揺られ続けた。

　駅舎を出て、まだ赤いネオンが輝いている基隆の街をふたりで歩く。銃声が聞こえたのは、愛四路から義二路に出た直後だった。甲高い悲鳴が上がり、蜘蛛の子を散らすように人々が走り出す。咄嗟に周を抱き寄せ、体勢を低くしながら亭仔脚を駆ける。

「中正五金行」は目と鼻の先だ。

　幸い、銃声は背後から聞こえている。送り届けることは容易い。

「武(ウー)さん！」

「喋るな！　逃げることだけに集中しろ！」

「あれを……」

　消え入るような声で言った周は、顔を上げて義二路の先を見つめている。足が竦んだわけではなかったが、その視線の先にあるものを確かめた瞬間、立ち止まることを余儀なくされた。

道路の向こう側がなくなっていた。

正確には、道路の幅と同じだけの質量の物体が義二路を塞いでいた。立端(たっぱ)は建物群(ビルディング)の三分の一ほどだが、それでも、空が失われたと感じさせるのに十分な圧力を放っている。

「なんだあれ……」

四つ脚の戦車が砲塔をこちらに向けている。あれこれと考える前に周を突き飛ばし、覆い被さるように地面に伏せる。家畜の断末魔を数千束ねたような金切り声が響き渡り、少し遅れて、何かが駆け抜けていく風を感じた。背後で爆発音が炸裂した頃には、すでに衝撃波のせいで拱廊(アーケード)の一部が倒壊していた。下敷きになっている人の呻き声が聞こえたが、義肢(クローム)のそれを何百倍にもしたような駆動音によってすぐに掻き消されていく。

四つ脚の戦車は前進を始めている。それぞれの手足に機銃を持ち、巨大な主砲を背負っている。

「無事か？」

「はい、何とか……」

信三路までは、あともう少しだ。

そこで曲がって義一路から行けばいい。

義肢(クローム)の腕を引いて周を立たせ、土煙の中を走る。信二路を過ぎた中頃の小道に差し掛かったとき、いきなり横から引っ張られた。

周を庇いながら足で踏ん張り、すぐに拳を放ったが、確実に仕留めるつもりだった一撃は、義肢(クローム)の掌によって軽々と受け止められた。

玉城と、それに楊さんもいる。

「どうしてここが？」

「毛利巡査です。彼が……」

獣の疾走が楊さんの言葉を打ち切る。

玉城が壁になってくれていたが、凄まじい風圧の前では立っているのがやっとだった。砲弾かは定かではないが、あの四つ脚の戦車が二発目を放ったことだけは確かだ。玉城と周は爆発音にやられないよう耳を塞いでいる。楊さんは俺と同じく聴覚を遮断しているはずだ。

「あれは金門戦役で国民党を勝利に導いたＭ５多脚戦車です。軍では熊(シオン)と呼ばれていました」

「なぜ知ってる？」

「私がいた小隊は、戦車中隊の援護もしていましたから。熊は電脳を直結して操縦するんです。車長、装塡手、操縦手、砲手、全てひとりで賄える。市街地の制圧に特化した大量破壊兵器です」

「周を家まで送り届けたい。どう切り抜ければいい？」

「熊が投入される場合、行なわれるのは殲滅戦です。手当たり次第、片っ端から殺害するんです。下手に動けば、家ごと吹き飛ばされかねません」

「じゃあ、どうすればいい？」

「あれの弱点は電脳です。だからこそ、外部からハッキングされないように孤立作動（スタンドアローン）で使うんです。しかし、操縦者の電脳で動かされていることに変わりはありません。そこで、紅軍がやったように電磁波爆弾（EMB）を使います。これで、熊と繋がっている兵士の電脳の基幹部を破壊できます」

　小型の無線機を取り出し、楊さんが説明する。有剛（あるごう）丸（まる）に備え付けられていたものを改造したらしい。

「大尉の電脳と、毛利さんが持ってきた爆薬を繋いできました。即席ですが、一頭くらいならやれます。酒家（ナイトクラブ）まで誘導して、そこで起爆させます。荷物は玉城くんが持ち出してくれました」

「巻き添えを食ったりはしないのか？」

「あの爆薬の量なら、周囲三百メートルにある全ての電脳が何らかの影響を受けます。一応、予防策を持ってきました」

　早口に言い、楊さんが俺の挿入口（ジャック）に何かを突き刺す。一瞬手足が麻痺し、通信が遮断されていることを知らせる警告が視界にちらついた。

「熊を無力化したら、すぐに逃げましょう。毛利さんなら、私たちを探し出してくれるはずです」

「ダメです！」

　無線機を奪い、周が反対側の壁に身を寄せる。足元に隠していたのか、楊さんは毛利巡査が置いていった散弾銃を周に向けた。腕は揺れ、狙いは定まっていないが、これだけ近距離なら誰でも当てられる。

「なぜ止める？」

　周と目を合わせながら、俺は射線を遮る位置へと移動する。

「国民党の兵士を殺したりなんかすれば、大規模な清郷が始まります。二・二八事件の比じゃない、みんな殺されてしまう」

「なら、あなたも付いていてくれればいい」

「僕ひとりだけ逃げろって言うんですか！」

俺を挟んで、周が楊さんに食って掛かる。

　あの化け物を排除するためには楊さんの計画を遂行する以外に手立てはないが、その先に待ち受けているのは周が予測する通りの未来だ。

　含光（ポジティビティ）さえ手に入れられれば、俺たちはすぐにここを去る。盗賊紛いの漂流者だ。だからこそ、踏み越える一線は選びたかった。少なくとも、ここに暮らす人々の生活を壊すような真似はしたくない。これ以上、小李（シャオリー）から自由を奪いたくない。

「悪いが、俺も周に賛成だ。これ以上騒ぎを大きくするのは得策じゃない」

「なら、どうするんですか？　このまま大人しく殺されますか？」

「毛利は何て言ってた？」

「慌てて酒家（ナイトクラブ）に戻ってくるなり、『不味いことになった』と。まるで、国民党軍が動き出すのを予期していたような口振りでした」

「事態を把握してたってことだろ。ここは、あいつを信じてみよう」

　毛利巡査は俺たちを失うわけにはいかない。利用価値がある限りは、死力を尽くして俺たちを守ってくれる。


地響きのような轟音は、おそらく機銃の連射だろう。熊はその巨体に見合う鈍足で前進を続けている。何の前触れもなく張り上げられる身の毛がよだつような金切り声は、恐怖を煽るための咆哮ではなく、砲弾を撃つ際に内部で発生する金属が擦れる音のようだった。風圧に襲われる前にワイヤーを伸ばし、楊さんと周さん、俺の体を玉城の胴体に巻き付ける。

「飛べ！」

　阿吽の呼吸は台湾でも健在だった。

　軍用義肢（クローム）の跳躍力は大人四人を瞬く間に重力から解き放ち、与那国の偉丈夫は空を泳いでいく。さすがに建物群（ビルディング）の頂上まで飛ぶのは不可能で、玉城は中頃の出窓に指を掛け、そのままぐっとめり込ませた。

「登れそうか？」

　周囲を確認し、玉城が排水管を摑む。均等にぶら下がっていない錘（おもり）に姿勢を崩されながらも、木登りの要領で登っていく。もちろん、ここまでの重さが加わることは微塵も想定されておらず、排水管を壁に留めている金具がみしみしと音を立てている。

「玉城くん、急いでください！」

　怯える楊さんに急かされ、玉城が速度を上げる。屋上の縁に片方の手が届くと、玉城は片手懸垂で培った勢いで一気に上まで飛んだ。足元を確認してからワイヤーを解除し、その場に伏せた。

砲撃の音は、港を挟んだ中山一路の方からも響いている。どうやら、多脚戦車は基隆市内に何台か配備されているらしい。その他の散発的な銃声は、人の手によるものだろう。

赤紅色のネオンは消され、白い光が煌々と降り注いでいる。

俺たちは声を殺し続けた。

どさくさに紛れて、無線機は俺が持っている。万が一、熊が先に酒家（ナイトクラブ）を吹き飛ばしてしまったら一巻の終わりだ。ああは言ったが、このままでは周を裏切るしかない。

道路を見下ろしながらカウントダウンを始めたとき、港から火の手が上がった。義一路の方から、兵士と思しき男たちが怒鳴り合うのが聞こえてくる。金切り声を上げ始めていた熊の動きがぴたりと止まる。

「今のは？」

「俺たちの仲間だ。注意を引いてくれたらしい」

駆動音が鳴り響き、熊が来た道を戻り出す。

すぐに動き出そうとした楊さんを制止し、状況を確かめようと耳を澄ませる。兵士たちと多脚戦車は、爆発があった基隆港に集結すべく移動している。電脳の通信を介して命令が下されたのだ。逃げるなら今しかない。

「玉城、屋上を飛んで周を店まで届けてくれるか？」

「はい」

「安全を確かめたらすぐに戻ってこい」

玉城は頷き、周を抱きかかえた。俺は楊さんを連れて先に戻ることにした。この様子だと、まだ兵士と出会す可能性があるので、やはり屋上を伝って酒家（ナイトクラブ）を目指す。よく見渡さずとも、至る所から黒煙が上がっているのが分かる。

この短時間で大勢が殺された。

何の罪もない市民たちが一方的に虐殺された。

「見ない方がいいですよ」

下を覗き込もうとした俺の楊さんが引っ張った。

「どうしてだ？」

「決断できなくなります」

振り返ると、楊さんは煙草に火を点けていた。戦場を経験しているからか、俺よりもずっと冷静だった。

「さっきもそうです。知り合ったばかりの彼のために躊躇していた」

「勘違いしないでくれ。俺は最善の選択をした」

「今回はそうだったかも知れません。結果的に何もせずに済んだ。しかし、今後はそうじゃない局面も出てくるはずです。そのとき、武(ウー)さんは決断を下さなくてはなりません。情ではなく、目的のために」

諭すように言い、楊さんは歩いていく。

目的のためなら俺だって殺すと言った毛利巡査のことを俺は蔑んだ。もしかしたら、違うと言って欲しくて、あんなことを訊ねたのかも知れない。だが、上面で何をどう思おうと、俺と毛利巡査は同類だった。

俺は前原を殺している。

5

襟首を掴んで壁に叩き付ける。

そのまま殴ろうとしたが、俺の右手を玉城が押さえていた。

「離せよ」

「毛利さんは仲間です」

「お前も聞いただろ！　なあ、もう一度言えよ、毛利！」

ぼろぼろの背広に、土煙で汚れた肌。乾いた血が全身に飛び散っているが、こいつ自身は怪我はおろか、傷ひとつ負っていない。ダウンズ中佐が与えてくれた最高級の義肢(クローム)のおかげだ。惨劇の真っ只中にいたとは到底思えない涼しげな能面は、見ているだけで怒りに我を忘れそうになる。

「どうして憲兵を殺した？」

何とか息を整え、俺は口を開く。

毛利巡査は早朝に戻ってきた。奇跡的な生還を喜ぶ前に、俺は何があったのかを訊ねた。すると、この男は平然と「憲兵を殺したのがバレた」と自供した。再三やめろと言ったにもかかわらず、勝手に先走りやがった。

「その結果がこれだ。お前のせいで、何十人も死んだんだぞ」

「殺すつもりはなかった」

襟首を離し、左手で殴る。玉城が慌てて俺を羽交い締めにした。どうせ痛覚は切っている。この笨蛋(バカ)を罰することはできないが、俺の気は多少晴れる。

「大尉の次は、あんたがイカれちまったのか？」

「情報を得るために尋問を行なった。そのときに、誤って殺してしまった」

「不幸な事故だとでも言いたいのか？」

「おれの落ち度だ」

あの毛利巡査が素直に非を認めるなんて信じられなかった。冷や水に突き落とされたような気分だ。しかし、全身を義体に換装し、電脳化までしている人間が出力の調整を間違えるはずがない。おおかた、ちょっとやそっとじゃ吐かないので、一歩間違えば死ぬような拷問をしたに決まっている。

「尋問したということは、収穫があったんですか？」

暴力沙汰を静観していた楊さんが割って入る。ついさっきまで、部屋に籠もって爆弾と化した大尉を元に戻していたのだ。

「この国では今、四つの諜報組織が活動している。まず、憲兵司令部警務処第四課、憲兵第四団。巷（ちまた）で憲兵と呼ばれているのは、主にこいつらだ。次が、国防部保密局。こいつらは二・二八事件後から活発に動いていて、要職に通訊員（ネズミ）を送り込むのに長けている。そして、中国国民党中央執行委員会調査統計局、中統局だ。台調室という部署を持ち、保密局と同様に市民を調査工作人員に仕立て上げている。最後は警察だ。共産党と互角に渡り合うために、警察の連中を除いて、ほとんどの人員が電脳化手術を受けているようだ。こいつらは、武勲を上げるために手柄を奪い合っている。特に、憲兵第四団と保密局は、幹部の国民党内での派閥争いが原因で対立している。相手側の通訊員（ネズミ）を逮捕することもあったようだ。憲兵第四団は中統局と組み、保密局は警察と組んでいる。……肝心なのは、ここからだ」

手ぶらで帰ってきたなら半殺しにしていたが、そこまで役立たずではなかったらしい。夜通しどこに隠れていたのか、髪から灯油か何かを滴らせながら毛利巡査は続ける。

「中統局の工作員（スパイ）たちは、一般市民として生活しながら調査活動を行ない、共産党と関係していそうな人間の名前を挙げる。その情報を元に憲兵第四団はそいつらを逮捕し、収容所に送るか、馬場町で処刑している。保密局と警察が逮捕した連中も同じ目に遭っているが、ある時期を境に、憲兵が連れて行った奴らだけが処刑されなくなっているそうだ。見せしめのために一定の人数が処刑されているが、そいつらは一人残らず、保密局が挙げて警察が捕まえた連中だ」

「逮捕者の中で選別が行なわれているってことか？」

「そう考えるのが妥当だろう。十分に死刑に足る罪状でも殺していないいんだからな。それどころか、俺が尋問した憲兵は『絶対に生け捕りにしろ』と厳命されていた。格殺無論も秘密裏に禁止になっている。殺さずに捕まえておく理由ができたとしか思えない」

長期刑の方が見せしめになると考えて方針転換したという見方もできるが、これまでも好き放題に殺し回っていた血も涙もない連中は、得がなければ不殺の道を歩みはしない。その理由が何であれ、憲兵に逮捕された永明と茂林がすぐに殺されることはなさそうだ。

「続きは俺が調べる。あんたはしばらく頭を冷やせ」

「ああ、少し休ませてもらう」

そう言って、毛利巡査が俺と玉城の部屋に入っていく。先程の態度といい、どうにもらしくない。表情をオフにし続けたせいで感情まで死んでしまったのかと思っていたが、さすがの能面野郎も、無辜の市民を巻き添えにしたことに自責の念を感じているのかも知れない。

椅子に座る気力もないのか、玉城は廊下で胡座をかき、楊さんは壁に背を預けている。進展がなかったとまでは言わないが、事態の悪化具合は、俺たちに制御できる範疇を遥かに超えている。俺は顔を洗い、新しい服に着替えた。ひとりだけ椅子に腰掛け、煙草を喫む。

太陽は動いているようだが、酒家の外はいつまでも静かだった。おそらく、朝市も行なわれていない。憲兵の訪問を警戒して三人とも寝ずの番をしていたが、全くの杞憂に終わった。向こうとしては、市民に構っている場合ではないのだろう。憲兵殺しの主犯である毛利巡査が追跡を撒いてしまったものだから、今頃は掃討作戦を立案しているはずだ。

周と郭阜林が訪ねてきたのは、九時を過ぎて雨の音が聞こえ始めた頃だった。俺を呼ぶ声が聞こえたので、慌てて一階に下りる。命知らずと叱ってやろうかと思ったが、とりあえず、俺はふたりの肩を抱いた。

「外はどうなってる？」

「一番遅いところでも、四時半頃には銃撃は止んだ。市内にいた兵士たちも一旦は撤収した。要塞司令部に集められて、蔣中正の指示を待っているんだ。二・二八事件のときと同じようにな」

「嵐の前ほど海は静かになる」

俺の言葉に、郭が項垂れるように頷く。やはり一睡もしていないのか、ふたりとも酷く疲れて見える。

「それで、あんたが来たってことは……」

「順を追って話す。まずは外に出よう。今なら安全だ」

万が一に備えて武器を携帯し、俺たちは酒家(ナイトクラブ)を出た。滝のような激しい雨が、熊が残していった爪痕を鎮火させていた。あちこちで拱廊(アーケード)が崩れていて、亭仔脚はまともに歩くことができない。アスファルトの亀裂に足を取られないように気を付けながら、義二路の車道を進む。意外にも人の出は多く、ヘルメットを被った市民たちは手分けして瓦礫を動かしている。道の左右で、家族の名前を呼ぶ声が虚しく響いている。この時間ならいつでも漂っている咖喱(カレー)や沙茶醤(サーチャージャン)の匂いは、鼻が曲がるほど不快な焦げ臭さに取って代わられていた。コートや毛布、剝がれ落ちた天幕、思い思いのものが路上の死体に被せられている。

その傍に蹲り、声を殺して泣く人々。

優れた聴覚は、雨音に掻き消されることなく彼らの嘆きを拾ってくれる。俺は見ないふりをして歩く。郭も周も、意識して前だけを見つめている。

「読書会を続けている学生は国中にいるはずだが、生き残っている連中は恐ろしく巧妙に姿を隠している。命懸けだから当然だ。そう簡単には探りを入れられない。……そこで俺は、あの冊子の作り方に着目した」

耳元で郭が言った。

「カーボン紙か？」

「簡単に処分できるとはいえ、憲兵に知られていないやり方ではないんだ。大量に買ったりなんかすれば、そこから足がついちまう。それで、カーボン紙をある程度自由に手に入れられる学生がいないか調べてみた。まず学内の社團(サークル)活動だが、読書会の温床になっているからか、教官たちが特に目を光らせている」

台湾の学校には、国民党から派遣された軍人が教官として常駐し、教育への介入や教員と学生の監視を行なっているのだと、周が説明してくれた。

「あの『大望報』を作った学生たちは頭が回るし、勇気もある。彼らなら、怪しまれるような隠れ方をせず、あえて正面から挑むような方法を取るんじゃないかと考えた」

そう言って、郭は懐から取り出した紙を俺に渡した。三民主義歌の楽譜だった。

「国民党が主催する式典や、学校ごとの行事で国歌を演奏させるために、高校には軍楽隊の設置が義務付けられている。これは、許茂林が通っていた高校の軍楽隊が使っていた楽譜だ。カーボン紙を使って複製されているのが分かるだろう？　軍楽隊は志願制だからな、よもや教官殿も、立派な三民主義青年たちが楽譜と一緒に地下刊行物を作っていたとは夢にも思わないだろう」

蛮勇とも形容できる綱渡りだ。一介の学生たちに、ここまでの面従腹背をやってのけられるとは到底思えなかったが、無謀な一線を無理にでも越えなければならないほどに彼らは追い詰められている。

ふと、茂林の部屋で目にした羽根が全て毟られた毛ばたきが脳裏に浮かぶ。いくら疑心暗鬼になっているからといって、憲兵たちもそこまで馬鹿な真似はしないはずだ。あれは、鍵盤打楽器を弾く鼓槌（マレット）だ。

「……待てよ。永明も茂林も捕まってるんだ、その企みはもうバレてるんじゃないのか？」

「周も同じことを言ったが、ふたつ違う点があるぞ。ひとつめは、茂林は『大望報』を隠し通していた。憲兵は別の証拠か、あるいは密告によって彼らを逮捕している。ふたつめは、永明と茂林は違う学校に通っている。軍楽隊の企みが露見したのではなく、やはり別の理由があると見た」

「しかし、よりにもよってこんな状況だ。人探しは無理だろう」

「いや、こんな状況だからこそ会えるんだ。俺としては、こういう形で辿り着きたくなんてなかったが」

含みのある言い方で応え、先導していた郭が愛四路と仁三路との交差点を右に曲がっていく。道路を外れて少し登った先には、寂れた公民館があった。それこそ普段は白鶴拳の稽古ぐらいにしか使われていないだろうが、どこを踏んでも軋みそうな床には担架が並べられ、野戦病院さながらに傷病者が集まっていた。本職の看護婦かは知る由もないが、普段着姿の婦人たちが目を回しながら手当てに追われている。飲み水の入った桶や食糧品を運び込んでいる男たちも数人見受けられるが、兵士の姿はどこにもない。黴臭（かびくさ）い毛布のそれに血の匂いが混じっている。

「連中はこれを許しているのか？」

「あいつらにとって、昨日のは鎮圧活動だ。付随して起きた事故は全て、殺人ではなく災害か何かだと思っていやがる。市民たちが勝手に助け合ってくれる分には、むしろ好都合なんだ。自分たちは何もしなくていいからな」

　若い学生たちが馬掛（マアグア）を着た老人が乗った担架を運んでいる。郭は俺の肩を叩き、ひとりの学生を指差した。高校の名前と「軍楽隊」の文字が書かれた腕章を着けている。わざわざ外に出てまで人助けに勤しむとは見上げた根性だ。

「俺があの子たちでも、ここに集まったと思うぞ」

「台湾人の精神か？」

「それもあるが、ここの方が密談がしやすい」

　郭は断言してみせた。

　軍楽隊の腕章を着けた少女は、蹲っている子供の添木をされた腕に包帯を巻いている。時折、泣きじゃくる子供の頭を優しく撫でてあげていた。髪の短い、利発そうな少女だった。

「お嬢さん、ちょっといいか」

　少女は顔を上げ、丸く大きな瞳を郭に向けた。便秘が酷く、お世辞にも健康そうな見た目ではないが、あきらかな外傷はどこにもないからか、彼女はすぐに視線を子供に戻す。

「ごめんなさい。順番なんです。向こうの机に……」

「許茂林について訊きたいことがあるんだ」

　普段なら、もっと上手い反応ができるのだろう。喋り掛けた唇が開いたまま、少女の横顔は凍り付いていた。こんなところで尋問を受けるとは思ってもいなかったはずだ。

「……知っていることは全部話しました」

「誤解しないでくれ。俺たちは憲兵じゃない」

　咄嗟に郭が俺を見つめる。記者だったくせに随分と下手くそな声の掛け方だ。俺はその場に片膝をつき、自分は李永明の父親の部下であると少女に説明した。

「彼のために、息子さんに何があったのかを調べている。その過程で茂林のことを知ったんだ。悪いんだが、少し協力してくれないか？」

「どうして、わたしに訊くんですか？」

「同じ高校の軍楽隊だっただろう？　そこで一緒に冊子を作っていた」

「分かりません。……そろそろ行かないと」

　逃げ出そうとした少女の腕を掴んだが、悲鳴を上げられ、慌てて離す。

いつだって男所帯なうえ、敵も味方も義肢（クローム）連中ばかりだったので、力の加減を忘れていた。よほど痛かったのか、少女は手首を押さえながらその場に座り込んでしまった。

「彼女に何か用ですか？」

謝ろうとした矢先、駆け寄ってきた男子学生が俺の前に立ち塞がる。琉球人のようにくっきりとした目鼻立ちの少年は、彼女と同じ腕章を着けていた。女相手だと色々と難儀するので、こいつが来てくれたことは俺にとっても助け舟だ。

「君の名前は？」

「洪文雄（ホン・ウェンシオン）です」

少年はぴんと背筋を伸ばしてそう応えた。友人を傷付けた俺のことを憎く思っているはずだが、表立って逆らったりはしないところに聡明さと忍耐強さを感じた。どこに敵が潜んでいるか分からない状況下で、精神を鍛えられたのだろう。

「……ひょっとして、床屋の次男坊か？」

周が口を挟む。

洪は俺の背後にいた周に気付くと、驚いたように目を丸くした。

「もしかして、『中正五金行』の研ぎ師さんですか？」

「そうだよ。ご家族は無事かい？」

「はい。運がよかったんです。店も大丈夫です」

「それは何よりだ」

知った顔がいたからか、洪の警戒心がわずかに緩んだ気がした。それでも、得体の知れない怪しい風貌のふたりが残っていたので、周に俺たちを紹介してくれるよう頼んだ。

「こっちは郭卓林、『月刊文投』の編集者だ。その隣が武庭純（ウー・ティンスン）、商人をしていて、李永明くんのお父さんの部下だ。ふたりとも信用できる男だよ」

洪は改めて、俺と郭に頭を下げた。俺は少女に非礼を詫びたが、彼女は小さく頷いただけだった。

「ここには誰かを探しに来たのですか？　里長が名簿を作らせているから、書記のところに行けば見られます」

「いや、俺は君たちに会いに来た」

懐から取り出した『大望報』を洪に見せ、すぐに仕舞う。

「茂林の部屋に隠されていたのを見付けたんだ。俺は永明と茂林の身に何があったのかを知りたくて、郭さんに調査を頼んだ。それで、この冊子の複製にカーボン紙が使われていることから、疑われずにカーボン紙を使える学生を探し、軍楽隊に行き着いたってわけなんだ。君も茂林と同じ軍楽隊にいたな？」

前置きが長かったおかげか、洪は少女よりも知らないふりが上手かったが、それでも、高性能な電脳に接続されている俺の目は誤魔化せない。洪の足元では、少女が不安そうに彼を見上げている。

「俺たちは味方だ。信頼してくれ」

たいした意味はないだろうが、そう付け加える。

一瞬周に目を遣り、洪は顎で上を指し示した。場所を変えよう、ということだろう。俺が頷くと、洪は少女を立たせ、公民館の左手の奥まで歩き進んだ。

扉の向こうは狭い倉庫で、折り畳み式の長机と椅子が積み上げられている。さらに先に両開きの扉があったが、取手には太い鎖が巻き付けられ、南京錠まで掛けられていた。ここで話すのかと思っていると、洪がポケットから取り出した鍵で南京錠を外した。

窓のない階段を上り、屋上に出る。といっても、そもそもが低い建物なので周囲を一望できはしない。辛うじて愛四路が見えるくらいだ。欄干もなく、トタンを屋根代わりにした即席の四阿(あずまや)のような一角に吸い殻が落ちているのを見るに、喫煙所として使われているのだろう。できる限り俺に近付きたくないのか、少女は洪からも離れ、四阿の椅子に腰掛けた。信頼を築くのには失敗したが、ここなら誰かに聞かれる心配はない。

「それで、さっきの話だが……」

「許茂林は自分と同じ軍楽隊にいました。調べれば分かることです」

少しは和らいだかと期待したが、洪のそれは教官に応えるときのような口調のままだった。煙草に火を点け、もう一本を洪に渡す。会釈とともに受け取ってくれたものの、一口喫むや否や、洪は激しく噎(む)せた。すっかり麻痺していたが、長寿(ロングライフ)は強かった。その名の通り、若さとは無縁なのだ。

「茂林は『大望報』を隠し通した。にもかかわらず、憲兵に逮捕された。そして、違う学校に通っている幼馴染の永明も捕まった。不可解なのは、永明の方が先だったってことだ」

「それを知って、どうなさるのですか？」

「真実を知りたいだけさ。面会に行って何か差し入れてやりたくても、ふたりがどこに収容されているのかも分からない。仲間の君たちなら、知っているんじゃないか？」

「茂林も永明も、たぶん修羅煉獄だと思います」

「殺されたってことか？」

「いえ、台北の萬華にある台湾省保安司令部保安処留置所のことです。日本統治時代に建てられた東本願寺が流用されています。収容所を転々とさせられている学生たちが、最近になって、ふたたびそこに集められているという話を聞いたことがあります」

「裁判なしに死刑を行なっているんだ。だから、修羅煉獄と呼ばれている」

郭がそう付け加える。

もし事実なら、やはり、ふたりはすでに殺されているのか。

「そういうわけではないと思います。……何と言うか、変な噂があるんです」

「噂？」

「修羅煉獄に移された者が、刑が執行されずに釈放されたという噂です」

周と郭に目を遣ったが、ふたりとも眉を顰めている。どうやら、情報通のふたりでさえ知らない噂らしい。詳しく聞きたかったので、続けるよう促す。

「はじめは、幽鬼を見たという噂だったんです。何ヶ月か前に逮捕されたはずの学生たちが、夜中に出歩いているのを見た、と。噂の域を出ないのは、ふたたび捕まってしまうのを恐れて、家族が家から出さないようにしているからだ、と言う人もいます。早い話が、誰ひとり、帰ってきたという学生に会えていないんです。おかしくなった家族の妄想だと馬鹿にする人も多いです。……ですが、自分は嘘じゃないと思っています」

「なぜそう思う？」

「逮捕された兄が帰ってきたと噂されている小学校の同級生がいるんです。……どういうわけか、あまり嬉しそうではなかったのが気に掛かって、理由を訊ねたんです。そしたらそいつは、『あれは兄さんじゃないんだ』とだけ呟いて、それっきり、一言も話してくれなくなったんです。自分は彼が嘘をつくような男じゃないと知っています」

「気の毒だが、拷問を受けておかしくなってしまう人間は多い」

宥めるように郭が言ったが、それを聞いてもなお、洪は判然としない面持ちを浮かべている。捕まっていたはずの学生が恩赦でもないのに釈放されたかと思えば、まったくの別人になって帰ってくる。噂というより、まるで怪談話だ。

　ふたりが台北の萬華にいるかも知れないというのは分かった。残る疑問は、どうして逮捕されたのかだ。続け様に話してくれるだろうと待っていたが、ここで終わりになることを望むように、洪は途端に口籠った。答えたくないということは、事実を知っているということに他ならない。力尽くで開かせることは容易いが、彼ら相手にはしたくない。

「永明の弟、小李（シャオリー）は兄貴の無実を信じている。あいつに真実を伝えたいんだ」

　その場に跪き、濡れている地面に額をつける。長年日本人に踏み付けられてきた台湾人は、この行為の重さを痛いほどよく理解している。

「頭を上げてください、武（ウー）さん」

「小李（シャオリー）は、いつまで隠れて暮らせばいいのかと嘆いていた。悔しいが、俺にはそれを変えてやれない。できることといったら、これくらいしかないんだ」

「やめてください」

「あいつは一緒に来ようとした。まだ十二歳なのに、『捕まるのは怖くない』と言って」

「……お願いです」

「永明の親父も狂い始めてる。このままじゃ、とんでもないことをしでかすかも知れないんだ」

「もうやめて！」

　そう叫んだのは、目の前にいる洪ではなかった。顔を上げると、トタン屋根の下にいる少女がこちらを睨んでいるのが見えた。

「……依林（イーリン）」

「わたしのせいです」

　湿った靴音を立てながら少女が歩いてくる。雨に濡れ、肌に張り付いていくブラウスが、彼女の輪郭の細さを浮き彫りにしていった。

　敵意にも似た憂いを帯びた眼差しを向け、彼女は俺に手を差し伸べた。あらゆる記憶が記録に置き換えられた電脳には存在しないはずの既視感が俺を襲い、頭が割れるように痛む。

　縋ることも、立ち上がることもできず、俺はただ、彼女の指先を見つめていた。近寄ってきた周に耳打ちされ、ようやく懐から『大望報』を取り出す。

「わたしは複製係でした」

　引ったくった冊子をぱらぱらと捲りながら、依林はそう呟いた。

「……そうか、原本か」

「どういうことだ？」

「そいつは複製だ。永明か茂林のどちらかが原本を持っていて、そのせいで捕まったんじゃないか？」

郭の言葉に、依林が弱々しく頷く。

しかし、先に捕まったのは永明だ。慎重に行動していた洪たちが部外者に預けるはずがなく、軍楽隊でもない永明が原本を持っていたとは考え難い。

「それは……」

「言わなくていい！」

「文雄。でも、わたしが……」

「君のせいじゃない。自分が話します」

依林の手から『大望報』を奪うと、洪は地面にぽんと放り捨てた。質の悪い紙はたちまちに水を吸い上げ、転写された文章が黒くぼやけていく。

「依林を原本の運び役に選んだのは自分です。荷物検査のとき、女学生は身体検査まではされないことが多かったので、服のなかに隠してもらっていました。

……ただ、あの日は運が悪かったんです。たまたま別の件で逮捕者が出て、そのせいで街に憲兵が多かったんです。学生だろうと関係なく荷物検査を受けさせられて、たまたま女の憲兵がいて、依林が調べられそうになった」

立ち上がると、公民館に入っていく人の列が目に留まった。幼い子供をおんぶしている者がいて、医薬品を求めて来た者がいて、親類を探しに来ている者がいて、足しになればと毛布を持参している者がいて、皆一様に、恥じ入るように顔を伏せている。

「たまたま通りがかった李永明は、憲兵の車に爆竹を投げ入れたんです。近くの憲兵たちが混乱している隙に、依林から『大望報』を奪って逃げました。そして、逮捕されたんです」

洪は背筋をぴんと伸ばし、前を見ながら毅然と話している。

だが、その視線の先には俺も郭も周も、ましてや依林もいない。教官の訓辞を受けるときのように直立不動の姿勢を取ることが、洪にとっては感情と向き合わずに平静を保つための唯一の方法なのだろう。

「永明はどうしてそんなことを？　ただじゃ済まないのは目に見えているのに」

口を挟んだ周を郭が小突き、依林を盗み見る。

しかし、当の本人は首を横に振った。

洪が代わりに答えた。

「茂林です。……永明は、茂林のためにやったんです」

それで十分だった。李志明を知っているから、さほど驚きはしない。義を重んじる男の息子は、幼馴染の恋人を守るために命懸けの行為に出たのだ。

だが、それならどうして茂林まで捕まっている？

俺は訊ねたが、すぐには返ってこなかった。黒い雲に覆われた空を仰ぎ、洪は瞼を閉じていた。

「茂林は笨蛋なんです。正直に自分の持ち物だと言えば、あいつは助けてもらえる。あいつは刑務所で一生を終えるような男じゃない。俺が助けないといけない。……そう言って、出頭したんです」

郭が顔を伏せる。降り頻る雨でも洗い流すことのできない沈黙が、俺たちの喉をきりきりと絞め上げていた。永明も、茂林も、お互いのために行動しただけだ。それが罪と呼ばれるのなら、裁かれるべき悪徳と見做されるのなら、この国では、一体何が正しさとして残っているというのだ。

せめてもの慰めに「君たちが無事でよかった」と言い掛けたが、寸前で思い留まる。おそらく、ふたりは口を割っていない。尋問と拷問の境目が曖昧なことは、毛利巡査も証明している。ふたりの苦痛が、軍楽隊の学生たちを生き長らえさせている。

修羅煉獄と渾名される萬華の留置所。

そこから別人になって帰ってきた学生たち。

ある時期を境に、憲兵第四団と中統局が逮捕した人間たちだけが処刑されなくなっている。それまでは死刑に相当していた罪状であっても殺されず、それどころか、現場の憲兵たちには生け捕りが厳命されていた。毛利巡査が憲兵から聞き出した情報を知らなければ、単なる与太話として片付けていた。生きて捕まえなければ、生きて帰すことはできない。

「それで、君たちはこれからどうするんだ？」

郭が訊ねる。下には、洪と依林以外にも軍楽隊の腕章を着けた学生が何人かいた。ここに来るまでに郭が予想した通り、奉仕活動の合間に密談をしていてもおかしくはない。

「昨日の事件、何が引き金になったのかは分からないが、いくら国民党でも、何の大義名分もなしにあれだけ大掛かりな鎮圧は行なえない。二・二八事件のときみたく、すぐに徹底的な清郷が始まるぞ。これまでよりもさらに執念深く調査するはずだ。君たちも、早いところ証拠を処分して普通の学生に戻った方がいい」

「言われなくても、もうそんな気力はありません。茂林が逮捕されたときに、自分たちの戦いは終わっていたんです。あれからは『大望報』を作らずに、この国を出る計画を立ててきました」

四阿の方に戻っていく依林を一瞥し、洪は続ける。

「もう少し先の予定でしたが、昨日の事件で早めざるを得なくなりました。軍楽隊の仲間を連れて、今日の深夜にこの国を出ます」

「無茶を言うな！　基隆港で爆発があったせいで、警備は厳しくなってる」

「安全な方法を考えてあります。明日の今頃は、自分たちは大陸にいます」

洪は断言した。永明を知っているとはいえ、会ったばかりの俺たちに打ち明けるということは、成功する見込みの高い策なのだろう。余計な横槍を入れられないように、家族にも話していないはずだ。親兄弟さえ疑わねばならないなかで、洪は命懸けで戦ってきた仲間たちと生きていくことを選んだ。

「それまでは、ここでできることをします。郭さんたちは早く帰った方がいいと思います。今は安全でも、憲兵が来ない保証はありませんから」

「考え直せ、洪文雄」

「もう決めたことです」

「命を粗末にするな！」

「ここで暮らし続けることは、死んでいるのと変わりありません」

呆れたように頭(かぶり)を振り、郭は扉へ向かっていく。肩を叩いて洪を励まし、俺は後を追う。

郭は出ていく前に依林にも声を掛けたようだったが、彼女は反応を示さず、視線を手元に落としていた。その細い手首には瑠璃珠のブレスレットが巻かれている。日本では蜻蛉玉と呼ばれている硝子細工で、南部に住む排湾(パイワン)族の三種の神器のひとつだった。若者たちの間では、気の利いた贈り物として流行していると聞いたことがある。飾り気のない茶色の革紐に、白い点が散らされた桃色の玉が通されている。

「君は泣かないのか？」

密貿易人としてやっていくのに不必要だと判断されたのか、アメリカ軍の義体医(サージャン)はあちこちが壊れていたたの顔を治す際に、人工涙腺を付けてはくれなかった。琉球人も台湾人も、普段はシャイなくせして、ここぞというときに激情を見せ合うことを信頼できるか否かの物差しにするので、悲しい場面で涙を流せないのは致命的な欠点だった。

「はい」

「どうしてだ？」

「もう一生分泣きましたから」

そう答え、依林は顔を上げようとした。

俺は彼女と目が合う前に屋上を出た。

大広間に戻ると、傷病者の数はわずか十数分で倍以上に膨れ上がっていた。担架も増えていたが、碁盤の目のように秩序立って並べられていて、医薬品と食料を受け取るための行列も、内心は別にして老若男女が辛抱強く並んでいる。混乱の渦中にあっても、何とかして平静を取り戻そうと誰もが努めている。しかしそれでも、身内や知人を探し回っている者たちの声が止むことはない。俺たちは公民館をあとにして愛四路まで戻った。

「武（ウー）さん、まさかとは思うが修羅煉獄に行くのか？」

「ここまで手伝ってもらって、今更臆する気はない」

「やめろと言いたいが、素直に聞くようなタマじゃないな。どうか無茶はするなよ」

「会社に戻って黄色（ポルノ）小説を書く。今の俺にできるのはそれだけだ。周、お前も気を付けろよ。親父さんによろしくな」

俺たちと握手を交わし、郭は瓦礫で覆われた基隆の街に消えていった。生暖かい雨が運んでくる磯の匂いは、至るところにこびり付いている火薬と機械油の臭いを掻き消してくれていた。共助の場になっていたのは公民館だけではなく、市民たちは自分の店を開け、余っている食料や使えそうなものを持っていくように促している。たとえ見知らぬ者であっても、お互いに助け合って生きていくのが台湾人だった。見捨てられた国に生まれた人間同士が傷を舐め合っていると笑われるかも知れない。弱者の生存戦略だと蔑まれるのかも知れない。

だが、美徳には違いなかった。

こんなにも美しい風景が、どうして壊されなければならないのだろう。何かを良くしたいと戦った子供たちが、全てを諦めて故郷を捨てざるを得なくなったのは、果たして誰のせいなのか。誰を責めれば、悲しみが癒えるのか。

最も悲しいのは、答えなど分かり切っているのに、誰ひとり答えを口にすることができないのだ。あるいは、答えたところで何も変わりはしないのだから、人々は淡々と生きていくしかない。そこには仕事があり、家族があり、守るべきものがあった。

俺と周は黙って車道を歩き続け、気が付けば旗魚（カジキ）麵の食堂の前まで来ていた。シャッターは降りていたが、外の椅子はそのままになっている。雨宿りがてら腰を下ろし、煙草に火を点けた。周は座らず、俺の隣に佇んでいた。

「これから永明に会いに行くんですか？」

「身分証を見せてくれ」

俺は言った。牛は犂を引き（做牛著拖）、人は苦労を背負う（做人著磨）。俺たちは皆、苦しむために生まれてきた。

「どうしたんですか、急に」

「難しい頼みじゃないだろ。見せてくれ」

「嫌です」

「どうしてだ？　俺は見せられるぞ」

国民身分証をひらひらと掲げてやる。今や、全ての台湾人が肌身離さず持ち歩いている代物だ。

「理由もないのに見せろと言われるのが不愉快なんです。憲兵の取り調べじゃあるまいし」

「見せられないわけでもあるのか？」

「ほら、まさに憲兵ですね」

俺のことを冷ややかに見下ろしていた周が、付け加えようとした皮肉を飲み込む。その視線は俺ではなく、俺が構えているリボルバーの銃口とぶつかり合っていた。

すんなりと義肢（クローム）の手が動き、ポケットから取り出された国民身分証が俺の膝へと投げられる。名前、年齢、家族構成、職業、本籍、全て知っていた。目の前にいる男が、四代続く金物屋の周鎮台であると証明している。裏向きにするが、自分のそれと同じで何も書かれていない。俺は危険を承知で、長らくオフラインにしていた電脳の通信を開いた。数秒ほど火花のような明滅がちらつき、視界に文字が浮かんでいく。

「――憲警機関に工作上の協力を求める」

読み上げたあとで、国民身分証を返した。

俺が腕を伸ばしているのに、周は一向に受け取ろうとしなかった。

「……いつからですか？」

「信じていたわけじゃない。ただ、あんたが工作員（スパイ）だったら嫌だなとは思っていた」

　毛利巡査が憲兵第四団と中統局が手を組んでいると教えてくれた。中統局は市民を調査工作人員に仕立て上げるのを得意とする諜報機関で、工作員たちは一般市民として生活しながら調査活動を行なうのだと。

　月刊文投雑誌社の建物で憲兵から取り調べを受けたとき、俺たちは揃って解放された。あのとき俺は、憲兵が電脳を使って情報を照会し、周の身元が確かだと分かったから疑いが晴れたのだと推測した。茂林の家には金を回収しに行き、俺を用心棒代わりにしたという作り話にも信憑性があった。

　だが、それにしてもあっさりし過ぎていた。

　荷物検査もされていないし、少なくとも俺は拘束されてもおかしくなかった。

「はじめ、あんたは李志明の命令で俺たちを助けると説明した。御大は冷静さを失っていて、一歩間違えば殺されかねない。雇い主が死んじまったら金は払われない。にもかかわらず働いてるってことは、よほど義理堅い男なんだろうと思っていた。だが、実情は違った。あんたは李志明に借りがあるが、好いてはいないだろ。となると、助けてくれるのは俺を好いてくれているからか？　それにしても、命の危険がつきまとう厄介事ばかりに巻き込んだ。どちらにせよ、かなりの物好きだってことになる。……いいや、あんたには端から命の危険なんてなかったんだ。どこに行こうと、何をしようと、憲兵を恐れなくていいからだ」

　リボルバーの引き金から指を退ける。

　銃声が響けば、街はまた大混乱に陥ってしまう。それに、周は逃げたりはしない。そんなことをしても意味がないと心得ている。

「僕が小李（シャオリー）や永明たちのことを本当に不憫に思っている。……そうは考えなかったんですか？」

「そこを疑いはしないさ。だが、人間は同時にふたつのことができる。電脳に換装していれば、それ以上にな。学生たちを憐れみ、何があったのかを親身に調べながら、その報告書を憲兵に出すことだって容易い」

　国民党の報復により多数の犠牲者が出ることを恐れ、周は電磁波爆弾（EMB）を使うことに待ったをかけた。思い返してみれば、周が無線機を奪ったのは、半径三百メートル以内にある全ての電脳が影響を受けると煬さんが説明した直後だった。周が真に恐れていたのは自分が電脳化していると露見することだ。

「その銃で僕を殺すんですか？」

「まさか。あんたには世話になった。特に玉蘭の件では本当に感謝している。……だがな」

煙草を捨て、立ち上がる。

俺はもう、周の顔を見ていなかった。

「洪たちのことを憲兵に告げ口してみろ。痛覚を三千倍にして、生きたまま地獄を味わわせてやる。あいつらは永明と茂林が命を賭してまで守ったんだ」

ズボンとシャツの間にリボルバーを仕舞い、歩き出す。生温い雨に打たれながら、振り返らずに歩いた。人工涙腺を埋め込まれていれば、涙を流していただろうか。涸れ果てただけの依林と違い、俺はそもそも持ち合わせていなかった。

俺は一度死んでいる。

偶然助けられ、救い主であるダウンズ中佐から新たな体と命令を与えられただけの、機械でできた幽鬼（マフィ）だ。残ったのは執着だけだった。とうの昔に、魂を失っている。

酒家（ナイトクラブ）に戻ると、玉城と楊さんは久方ぶりの飯にありついていた。粥に吉古拉（チクラ）に豆干包（ドウガンバオ）と、隣近所の店のものばかりだ。俺が出ている間に炊き出しに並んだのだろう。

「毛利は？」

「あれからずっと寝ています」

呑気な奴だ。

椅子を動かし、ふたりから少し離れて座る。

「周さんとどこへ行っていたんですか？」

「含光（ポジティビティ）の在処が分かった」

箸を動かす手がぴたりと止まる。

蚊帳の外に置かれていた玉城と途中参加の楊さんのために、俺は改めて、握っている情報を整理することにした。

「含光（ポジティビティ）は、電脳化している人間の頭を自由に操れるようになるプログラムだ。ソビエトで開発され、プログラム入りのチップが中国国民党に提供された。そして、パリレンとイリジウムという電脳の製造に必要不可欠な素材が、密貿易人の手によって台湾に集められている。国民党が台湾人を自由に操ろうとしていると考えるのが妥当だ。……だが、この国に電脳化している人間は少ない。ポツダム協定も手術を禁じている」

煙草を喫みながら、俺は続ける。

「憲兵第四団は逮捕者の選別を行ない、死刑を止めている。そして、学生たちの間では、刑が執行されずに釈放された者がいるという噂が広まっていた。実際に兄が帰ってきた者の弁では、別人になって帰ってきたんだそうだ」

「……まさか」

「そのまさかだ。国民党は、逮捕した学生たちに電脳化手術を施し、含光(ポジティビティ)をインストールしている。そのうえで、従順になった人間を社会に戻したらどうなるか、周囲の反応を確かめる実験を行なっている」

楊さんが箸を放り投げる。こんな鬼畜じみた所業、悪魔だって思い付きやしない。

「台北の萬華に、日本統治時代の東本願寺跡を流用した留置場がある。修羅煉獄と呼ばれていて、台湾国内の収容所を転々としている学生たちが、最近になってふたたびそこに集められているらしい。俺は修羅煉獄で、電脳化手術と含光(ポジティビティ)のインストールが行なわれていると推測している」

「そこに行けば、手に入るということですね」

「ああ。……問題は、どうやって侵入するかだ。あの一件で、警備体制はさらに強固になっているはずだ。おまけに、そのなかでも殊更(ことさら)厳重に管理されているお宝だ。何もかも慎重にやる必要がある。毛利巡査が起きてきたら作戦を練る。あいつが来たら、こっちも起こしてくれ」

瞼を閉じる。義肢(クローム)が疲労を感じることはなかったが、それらを司る電脳が休息を求めている。無敵の三人組(トリオ)で闊歩していたとき、すなわちオキシコドンとデキセドリンを愛用していたときは、こんな風に眠りこけたりなんかせず、何日も全力で走り続けていたというのに、今ではすっかり薬とはご無沙汰だった。

眠気覚ましのデキセドリンがなくとも、トキコの強烈な酒があれば、三日三晩起きていられるかもしれない。街(シティ)を裏切った俺が、未だに街(シティ)の思い出に甘えているとは滑稽極まりなかった。

6

「落ち着いて聞いてくれ」

郭阜林が酒家(ナイトクラブ)の一階の電話に掛けてきたのは、深夜二時過ぎだった。

代わりに受話器を取った玉城が急いで起こしてくれ

た。結局毛利巡査が起きてこなかったので、俺もひたすら寝かされていたらしい。開口一番にそう言った郭は、袖か襟で口元を押さえているようだった。息を殺さねばならない状況。家か店か、忍び込んだ先で電話を借りているのかも知れない。

「どうした？　助けが必要か？」

「洪文雄(ホン・ウェンシオン)と黄依林(ファン・イーリン)たちが捕まった」

幹(クソ)が。

こうなることは誰もが予期していた。

あいつらの決意は固く、ぶん殴ったところで聞いてはくれないだろうということも。強行すると知っていたのだから、せめて護衛してやるくらいはできた。

「……どうやって知った？」

「国外逃亡の手なんて限られてる。学生なら尚更だ。大抵の場合、コンテナに隠れて輸送船に積んでもらう。沖仲仕に渡す賄賂さえ工面できれば、そう難しくもない。あのあとすぐに調べて、夜遅くに精糖会社のトラックが基隆港に向かうことが分かった。……上手くいくと思ったんだが、中正二路に普段は設置されていない検問ができていた。軍楽隊が隠れていたトラックも取り調べを受け、俺の目の前で、憲兵たちの車に乗せられていった」

用心して帰れと告げ、電話を切る。奴らが向かったのは修羅煉獄だが、俺にはその前に行くべきところがあった。

酒家(ナイトクラブ)の裏口を出て、白い光に照らし出された道を駆ける。信四路で曲がり、「中正五金行」がある建物に入った。どういうわけか、鍵は開いていた。

音を立てて扉を開け、陳列棚の前を通り過ぎる。初めてここを訪ねたときと同じように、カウンターの上から作業場を覗き込む。周鎮台は作業台に向かい、真剣な表情で剃刀を研いでいた。

「父が体調を崩して、仕事が溜まっているんです」

「俺が冗談を言ったとでも思ったのか？」

「何の話ですか？」

義肢(クローム)の脚力でカウンターを飛び越え、奪った剃刀を首筋に当てる。

「売りやがったな」

「だから、何を言って……」

「軍楽隊の学生たちを密告したな！」

片手で口を押さえ、周の右耳を削ぎ落とす。

くぐもった叫びが俺の手のひらに吸い込まれてい

く。途中から痛覚を遮断したとしても、最初に感じた鋭い痛みまでは消せない。流れ出る鮮血は周の上っ張りを瞬く間に染めていったが、この程度では到底足りない。

「郭が見たんだ。……あの子たちは憲兵に連れて行かれた。お前のせいで、あの子たちは死ぬ」

「違う！　僕は何もしていない！」

「この期に及んでまだ白を切る気か！　我が身可愛さに、国民党の犬になったか！」

「本当です！」

　出力を制御することなく全力で蹴り飛ばす。椅子ごと床に倒れた周は、耳があった場所を手で押さえながら、ゆっくりとこちらを見上げた。

　相対したのが恐怖か怒りだったなら、こいつは俺の敵になれた。諦めなら、このまま楽にしてやれた。

「……あの子たちが逃げ果せたあとで報告するつもりでした。室長も昨日の件で手一杯で、僕たち工作員には何の指示も来ていませんでしたから」

　痛みに喘ぎ、今にも溺れそうな呼吸を繰り返しながら俺を睨んでいたのは、生きたいという強い思いだった。それ以外には何もなかった。

「なら、誰の仕業だ？」

「知りません。でも、僕じゃない」

「信じると思うか？」

「信じられないなら、言った通りにすればいい！」

　はじめから裏切っていたくせに、それでも周は、自分の中に信じる余地が残されているかのように言った。密貿易人になった理由を訊ねたとき、父親が拵えた負債を弁済するために金が必要だったと周は答えた。何でもすると頭を下げ、李志明の手駒になったのだと。わずか二年足らずで船を譲り受けるまで上り詰めたということは、請け負った汚れ仕事は、死体の処理くらいでは済まないはずだ。

　あの告白を聞いて、こいつは俺だと思った。

　目的のために魂（マフィ）を売り渡した男。そして、そのことを悔いていないと言ってのけたところに親しみを覚えた。中統局の工作員（スパイ）だと知っても、あれが作り話だとは思えなかった。

「……どうして工作員（スパイ）なんかになった？」

「金ですよ。それ以外に何があるというんですか」

　臆面もなく答え、周は微笑んだ。義肢（クローム）の手が上っ張りのポケットから煙草を取り出し、火を点ける。

「李志明を弱らせるために、まず周囲から崩されていったんです。配下の密貿易人たちは船や商品を没収され、口座まで差し押さえられた。僕もそのひとりでした。せっかく金を貯めたのに、店を買い戻せなくなった。……そんなとき、台調室の人間が近付いてきたんです」

「口座を戻してやる、とでも言われたのか」

「お察しの通りです。難しいことはしなくていい。ただ、名前を教えるだけでいい。客先を回る商売人は情報収集にうってつけなのだと、彼は言っていました」

日本人が消えても、台湾に自由は戻らなかった。周は李志明のために働いたが、その結果として報われることはなく、今度は国民党のために働かざるを得なくなった。そして、同胞を売った金で一族の店を取り戻した。

俺はこいつを裁けるのだろうか。

選ばされた道を、選んだつもりになって歩いているこの男を。

「でも、学生たちを密告はしていません。それだけは、あなたに信じて欲しい」

「なぜだ？」

紛い物の笑みが不意に消える。

立ち昇る紫煙の奥で、周は目を細めて俺を見つめていた。

「これ以上、自分のことを憎みたくないからです」

周は言った。

もう何もかも手遅れだった。

耳を削いでおいて、また一緒に旗魚(カジキ)麵を食いに行こうだなんて言えるわけがない。握り締めていた剃刀を作業台に放り投げる。止血してやるために近付こうとした瞬間、周の体が激しく揺れた。釣り上げられた魚のようにのたうち回り、一際大きく跳ねる度に、その体に風穴が開いた。

何が起きたのか理解できなかった。

ただ、俺の電脳は半ば自動的に、俺をそこから離脱させようとしている。

「わしだ」

その囁きは電脳の発話によるものではなかった。耳が空気の震えを感じ取っている。リボルバーに手を伸ばしながら周囲を見回すが、誰もいない。

「待っておれ」

声がした方を向くと、誰もいないと確かめたばかりの場所に李志明が立っていた。死装束ではなく、いつも通りの馬掛袴(マアグア)。その手には消音器(サイレンサー)を付けたモーゼルが握られ、足元に寝袋のような布切れが落ちている。

「久しぶりだな、武庭純(ウー・ティンスン)。お前さんがわしのために働いてくれておったことは聞いておる。礼を言うぞ」

「俺は、幻を見ているんですか？」

「その説明はあとにしよう。それよりも、まずはこの男だ」

　そう言うなり、李志明が周を踏み付ける。銃で撃ち抜かれた場所を爪先が抉り、体重を乗せた踵の一打が血を溢れさせ、周が苦悶の表情を浮かべる。そこでようやく、周が痛覚を切っていないのだと知った。

「工作員(スパイ)だったとはな。散々世話してやったのに、恩を仇で返されるとはこのことだ。よりよってわしの息子を売るとは、犬畜生にも劣るわい」

「先生、なぜそのことを？」

「なぜって、お前さんの仲間が連絡をくれたんだろうが。この人渣(クズ)を捕まえてくれた礼に、言われた手筈は整えてある。さあ、行くぞ」

　周から足を退け、李志明は寝袋のような布切れを拾い上げた。

話が読めない。

　俺は周の正体に気付いたが、他の誰にも教える気はなかった。一部始終を見ていない毛利巡査たちが看破できるとも思えない。仲間というのが誰のことかは分からないが、雲隠れしていた李志明にどうやって連絡を取った？

　自ら「行くぞ」と言ったにもかかわらず、李志明はその場に佇んでいる。動き出す気配もなく、不思議そうに俺を見つめている。

「どうした？　早くせんか」

「だから、何を……」

「そいつが死ぬのをわしに見せてくれ」

　頼れる老板(ラオパン)ではなく、冷酷な支配者としてそう命じていた。存外まともそうに見えるが、翁のみならず、実の息子である小李(シャオリー)でさえ、李志明をおかしくなったと評していた。俺のことを裏切り者のひとりかも知れないと疑っている可能性もある。だからこそ、忠誠心を試している。

　ズボンとシャツの隙間からリボルバーを抜く。

　周は胸と腹を執拗に撃ち抜かれている。肺に穴が開いているのか、まともに息を吸えていない。喉を潰されたような鶏のような声が、作業室の乾いた空気に溶けていく。わざわざ手を下さずとも、放っておけばすぐに死ぬ。中身を機械に変えれば助かるかも知れないが、それを用意できる数少ない男が、戸口で俺の一挙手一投足を監視している。

　限度を越えた痛みは意識を摩耗させる。閉じ掛かっている周の目は、最も大きな収奪に抗いながら、近付いてくる俺の姿を何とか捉えようとしている。俺は引き金に指を掛ける。

　周、お前はやれるだけのことをやった。

　胸を張っていい。自分を憎まなくていい。

「……先に行け」

　額に撃ち込んだ。

　一発で片が付いた。銃口を向けたまま、周の目から光が消えていくのを見届けた。その憎しみは、俺が引き取ってやる。俺が俺自身に向けてやる。

「よくやった。少しばかり気が楽になったよ」

　何の感情もこもっていない声で感謝し、李志明が店から出て行く。懐に仕舞っていた正絹の風呂敷を周の顔に被せてから跡を追った。

　建物の外に出ると、道路にトヨタのＡＣ型乗用車が停まっていた。鏡面のように艶やかな紺色に塗装された流線型の優雅な車体は、帝国陸軍の将校を乗せていたことで知られている。

「憲兵第四団の車だ。無傷で手に入れるのに随分と苦労したぞ」

　もはや肌にも等しい馬掛（マァグァ）を脱いだ李志明は、その下に丁字色のシャツを着込んでいた。肩章と襟章が付いていて、国民党軍の将官のものに違いなかった。

　李志明が観音開きのドアを開ける。車内には、毛利巡査と楊さんと玉城の姿があった。薄緑色のシャツに、老竹色のズボン、青天白日旗が描かれた白色のヘルメット、こちらは憲兵の制服だ。玉城の巨体に圧迫されて三分の一ほどになっている空席には、同じ制服一式が畳んで置かれていた。制帽を被った李志明は、すでに助手席に乗り込んでいる。

　ジョセフ・シーツのときと同じというわけだ。

　俺が制服に着替えて乗り込むと、毛利巡査はすぐに車を出した。

　宵禁（シャオジン）を破る者はおらず、街に人の姿はない。街路灯の白い光は、夜の闇さえお前たちの持ち物ではないと告げるかのように、行く先をどこまでも照らしている。出歩いている者がいるとすれば自殺志願者か憲兵だが、そのどちらも、将官を呼び止めることはしない。車は萬華を目指し、ガタガタと音を立てながら南西に進んでいる。

〈武さん、もう使っても大丈夫ですよ〉

　獅球路に差し掛かったことを示す標識を越えたところで、玉城を挟んで向こう側にいる楊さんが通信した。

〈毛利さんが憲兵を尋問したときに、暗号鍵の情報も聞き出してくれたんです。それを元に狭域通信網を構築したので、今は傍受されることなく通信できます。電脳化していない玉城くんには、私たちの通信を音声に変換する通信機を渡してあります〉

〈どうやって李志明に連絡を取った？〉

〈小李くんの電脳内に、暗号化された李志明の通信番号が記録されていました〉

〈なるほど。俺は小李が電脳化していることも、基隆のどこに隠れているかも教えていなかったよな？〉

　滔々と説明してくれていた楊さんが途端に沈黙する。ハンドルを回して車窓を開け、俺は煙草に火を点けた。

〈周が工作員だというのも、あんたらには話していない。なのに、どうして李志明が知っている？〉

〈……騙し討ちのようになったことは謝ります〉

　楊さんの腕が玉城の前を横切る。差し出されたのは、傘の骨組みのような形をしたマッチ箱大の機械だった。先端が、挿入口に差し込む端子になっている。

〈電磁波を減衰させる装置です。これを差し込んだとき、武さんの電脳にプログラムを走らせました〉

〈プログラム？〉

〈ここ数日の武さんの視覚情報を盗み見できるようにしたんです。小李くんの居場所も、彼の後頸部に挿入口があることも、周鎮台が中統局の工作員であることも、全て把握していました〉

〈毛利巡査にやれと言われたのか？〉

〈いえ、私の判断です〉

　早くも八堵を過ぎる。貸し切りの道路は、直六エンジンの性能を試すドライブにうってつけだったと見える。左手には基隆河が広がっているはずだが、その水面は暗闇に紛れてしまっていた。ただ、前日の大雨で増水しているようで、流れの荒々しさだけは聞こえている。

〈そんなに俺が信用できなかったか？〉

〈逆ですよ。信用しているからこそ、決断できないと思ったんです。修羅煉獄で電脳化手術と含光（ポジティビティ）のインストールが行なわれているという推測は、おそらく合っているでしょう。武（ウー）さんの手腕があったからこそ辿り着けた事実です。……しかし、彼らも馬鹿ではない。毛利さんが起こした騒動にきな臭さを感じ取り、実験場所を移してしまう可能性もある。そうさせないために、一刻も早く動く必要があったんです〉

〈毛利巡査が起きてこなかったというのは嘘だな？〉

〈はい。玉城くんにも無理を言って協力してもらいました。私たちは作戦を立てたうえで、小李（シャオリー）くんが匿われている居民楼（マンション）に向かい、彼の電脳をハッキングして李志明に連絡を取りました〉

　李志明は義に厚い商売人だ。楊さんたちは、周を李志明の息子たちを売った犯人に仕立て上げ、その情報と見返りを物々交換（バーター）したのだろう。まともな仲介人（ブローカー）は、「憲兵の制服と車が欲しい」などと言われようものなら聞かなかったことにして立ち去るが、まともではなくなっている李志明はその限りではない。義に報いるためなら、どんな手も使ってくれる。

〈……周は、自分は密告していないと言っていた〉

〈ええ、通報したのは私です〉

訊くのを躊躇った俺とは違い、楊さんはあっさりと言ってのけた。

　基隆河に沿って国道一号を走行している俺たちは、基隆の市境を越えて新北に入った。越境を防ぐために検問が敷かれていると思っていたが、気配らしい気配といえば、椨（たぶ）の木の上でほうほうと唸っている大鳥（ズグロミゾゴイ）くらいだった。

　エンジンの騒がしさには耳が慣れ、濁流が落枝を運ぶ音や、繁殖期を迎えた鳥たちの夜鳴きが澄んで聞こえた。重苦しい空気に包まれた車内にいても、瞼を閉じれば、今は暗くて見えない景色をありありと想像できる。しかし、それらも次第に気にならなくなっていった。

〈……理由を聞かせろ〉

〈修羅煉獄に電脳化手術を行なう施設があったとして、私たちが忍び込んだ際に稼働している保証はありません。黒客（ハッカー）が没入（ジャックイン）し、プログラムをインストールする現場を押さえなければ、含光（ポジティビティ）を手に入れることはできない。最も確実なタイミングは、被験者たちが連れて来られたときです。そのとき、修羅煉獄には

必ず含光（ポジティビティ）がある。学生たちは、宝物庫を開く鍵になるんです〉

〈そんなことのために密告したっていうのか？〉

〈そんなこととは随分な言い草ですね。含光（ポジティビティ）を手に入れようとしているのは武（ウー）さんでしょう。それを手伝わせるために私を無理やり連れてきたのをお忘れですか？　この国を出るために、あなたには含光（ポジティビティ）を手に入れてもらわないと困るんです〉

〈罪のない子供たちを死に追いやったんだぞ〉

〈だから何だと言うんですか？〉

　火を点ける音が聞こえた。漂ってくる煙からは新楽園（ニューパラダイス）の匂いがした。以前、周が酒家（ナイトクラブ）に忘れていったものだ。

〈今更綺麗事を言うのはやめませんか。汚いことをしてきたのはお互い様でしょう。私も、武（ウー）さんも、毛利巡査も、李志明も、周鎮台も、みんな汚れているんです。自分のために、何だってやってきた。生きるためには仕方のないことです〉

〈だが、周は思い留まったんだ。同胞を売ったりはしなかった〉

〈まだ台湾人のふりを続けるつもりですか？〉


緩やかにブレーキが踏まれ、徐々に速度が落ちていく。高架の下には基隆河の支流が流れ、それが新北と台北の境界になっている。

新北に入るときはなかったが、道路上に検問が設けられていた。といっても、歩哨がふたりいるだけの簡易的なもので、その片割れが懐中電灯を向けながら近付いてくる。士兵の肩章を着けた兵士は、助手席の李志明を見るなり敬礼した。

　車窓を開けた李志明がモーゼルで兵士を撃つ。ほぼ同時に、毛利巡査が奥にいたもうひとりを射殺した。車から降りた毛利巡査は、ふたりの死体を河に投げ込み、何事もなかったかのように車を出した。

〈将校の電脳の中に、終戦間際に開始した作戦の報告書がありました。最新鋭の義肢（クローム）によって全身義体化した諜報員を作り出す計画です。完全整形（フルスクラッチ）と睡眠学習（ヒプノペディア）により、あらゆる人種の諜報員を自在に作り出すことが目的とされていたようです。一号部隊は海軍内の志願兵で結成され、世界各地に配属されたものの、成果は芳しくなかった。技術的な失敗と、兵士たちの環境適応能力の低さが問題視されたようです。それを踏まえ、戦後の運用を想定した二号部隊が構想された。作

戦区域内の民間人を採用し、別人として作り替え、諜報員にすることが提案されていました。作戦の責任者の名前は……〉

〈ナウシカア・ダウンズ中佐〉

〈そうです〉

俺ひとりではないことは分かっていた。そのまま戻された前原のような例外（イレギュラー）もいるが、俺や毛利巡査がそうであるように、外見で区別するのは不可能だ。そのための人工皮膚（オルトスキン）なのだ。

〈私は、武（ウー）さんの正体が台湾人だろうが何人だろうが構いやしません。どちらに飯を食わせてもらったかで国民党につくか共産党につくかを決めたのと同じ、その程度の違いです。重要なのは、あなたの上にいるのがアメリカだということです〉

少し先に見える基隆のそれよりも背の高い建物群（ビルディング）が、ここ台北が台湾の首都であることを物語っていた。この時間なら動いてはいまいが、ここにも代歩路（オートウォーク）があるのだろう。萬華までは、あと十分も掛からない。

〈機を見て酒家（ナイトクラブ）から逃げることも考えました。しかし、今逃げたところで、結局は与那国にいたときのような暮らしをすることは目に見えています。私に必要なのは新しい人生なんです〉

〈俺のようになりたい。……そういうことか？〉

〈毛利巡査は、私の協力がなければ作戦を成功させることはできなかったとダウンズ中佐に進言すると約束してくれました。含光（ポジティビティ）を引き渡したあとは、完全整形（フルスクラッチ）と全身の義体化手術を受けて、別人にしてもらいます。違う国で、一から人生をやり直すんです〉

〈本当に生まれ変われると思っているのか？〉

その意味では、武庭純（ウー・ティンスン）は大先輩だ。かつての俺など、もうどこにもいないのだから。

〈全て捨てる用意はあります。そもそも、持ってなどいなかったんです〉

〈その先で、あんたは何をするつもりだ？〉

〈申し訳ありませんが、教えられません。そのときの私は、武（ウー）さんとは無関係ですから〉

その未来を先取りするように、楊さんは通信（コール）を止めて押し黙った。

市内に入ってから、車はひたすら西へ向かっている。日本統治時代、台北の開発は萬華を起点に行なわれた。艋舺（バンカア）という地名が萬年の栄華を意味する萬華（ワンファ）へと置き換えられたばかりの頃は、正面に広がっている淡水河には無数の商船が往来していたのだろう。突き当たりを左折し、少し行った先でふたたび左折して漢口街二段を進む。

公園を通り過ぎ、毛利巡査が速度を緩める。右手側に、東本願寺とは名ばかりの、大きな圓頂（ドーム）を有するヒンドゥー教の寺院のような建造物が見えた。その周囲だけ街路灯が設置されておらず、全貌を捉えるのを困難にしている。想定していたような禍々しさや威圧感はなく、その代わり、果てしない闇に飲まれている。

絶望さえ生き長らえることの叶わない闇。

案内されずとも、それが修羅煉獄であると一目で分かった。幅広の階段が入り口まで続いていて、正面にある二本の円柱の前に歩哨がひとりずつ立っている。

「中の奴らと通信される前に始末する。待っていろ」

車を止め、毛利巡査が降りる。

将官に成り済ました李志明を伴って階段を上っていった毛利巡査は、十分に距離を縮めてから、敬礼している歩哨たちを素早く撃った。左側は即死せず、李志明がナイフで喉を切り裂いて絶命させる。戻ってきた毛利巡査はドアを開け、鹵獲したボルトアクション式の小銃を俺と楊さんに渡した。

「できる限り使うな。なるべく音を立てたくない」

俺は頷き、小銃を受け取る。負い紐（スリング）を肩に掛け、楊さんが車を降りていく。玉城は後方の窓を塞いでいた大荷物を運び出し、兵児帯を使って背嚢のように背負っている。すっかり忘れていたが、糀大尉だった。

「入る前にこれを着なさい」

李志明は助手席の足元をまさぐり、頭巾と外套が一緒くたになった寝袋のような布切れを配った。毛利巡査たちに渡し終えると、李志明はそれを頭から被り、世界から消えた。俺だけは二度目だったが、それでも驚かずにはいられない。

「東洋紡績が帝国陸軍のために開発した隠れ蓑（オプティカルカモ）だ。工場が空爆を受け、実戦に投入されることなく眠っていたらしい。少し前に、旧日本軍の戦闘機やら潜水艦やらを観賞用に買ってな、そのときに知り合った連中から贈られた品だ。わしよりも有効活用してくれるだろうし、お前さんに譲ろうと思っていたんだよ」

突然消えたのを巻き戻すように、何もないところから李志明が現れる。

薄鈍色の隠れ蓑を手渡され、外套に袖を通してから頭巾を被ってみる。自分がどうなっているのかは分からないが、李志明を除いた全員がその場から忽然と姿を消していた。これなら、無駄な戦闘を避けて進めるはずだ。

「過信はするなよ。まだ未完成品らしくてな、急激な温度変化を受けると光を反射するようになってしまう。発火温度も低く、撃たれればあっという間に火だるまだ」

「先生はどうされるんですか？」

「文彬と永明を探し出す。その間に、銃弾の限り奴らを殺す」

「蔣中正は必ず報復に乗り出します。ふたたび虐殺が始まり、数多くの市民が命を落とすことになる」

「始まるも何も、この国の戦争はまだ終わっていない。戦わなければ死ぬのは当たり前のことよ」

　さも当然のように言い切った李志明が狂気に冒されているのか否かは、やはりまともではない俺には判別できなかった。こうも姿が見えないとなると、お互いの足音を聞き分けるしかなく、俺たちは目印になる李志明の後に続いて修羅煉獄の正門を囲んだ。

〈おれ、武（ウー）、楊、玉城の順だ。おれが撃ち逃すことがあれば、おまえが殺せ〉

〈音は立てずに、だろ？〉

〈ああ。中で何が起こるか、予測がつかない。慎重に行くぞ〉

　制帽の角度を整え、李志明が背の高い扉を押し開ける。分厚く重い扉が自然に閉まっていく前に、隙間から中に入った。

　天井まで吹き抜けになっている広々とした大堂（ロビー）は、色鮮やかなタイルの床が無惨に砕かれ、下地の寒々しいコンクリートが剝き出しになっていた。洒落た照明器具はなく、今にも切れそうな電球が二、三個、ぞんざいに吊り下げられている。坑道の明かりさながらに、少しだけ見えるという暗さが、ここを通る者に恐怖を植え付けるのだろう。

　大堂（ロビー）の中央、左右の列柱に挟まれたところにカウンターがあり、軍服姿ではない文官が座っている。その隣には歩哨がふたりいて、そこに至るまでの通路にも左右にひとりずつ立っている。李志明がさほど本省人らしい顔付きをしていないおかげで、兵士たちはろくに北京語も話せない将官に敬礼するばかりか、険しい表情にただならぬ威厳を感じ取り、背筋をぐいと伸ばしている。

〈右側は武（ウー）、左側は楊がやれ。正面にいる三人はおれがやる〉

　指示通りに右側に行き、円柱の陰に隠れる。李志明が通り過ぎても、兵士たちは敬礼を崩さない。俺は手首からワイヤーを伸ばし、合図を待つ。

　カウンターの前までやって来た李志明は、ふたりの歩哨が持ち上げた手を額に置こうとした瞬間、モーゼルを抜いて引き金を引いた。後を追うように背後から首を絞める。兵士はもがき苦しみながら暴れ、必死にワイヤーを外そうとしていたが、ほんの十数秒でだらりと力が抜けた。反対側の円柱に目を遣ると、首から大量の血を流した兵士が、何が起きたのかも分かっていない様子で蹲っている。

　李志明に銃を向けられ、もうひとりの歩哨と文官は手を挙げていた。隠れ蓑を脱いで姿を現した毛利巡査が、消音器（サイレンサー）付きのモーゼルを文官のこめかみに押し当てる。

「他所から移ってきた学生たちはどこにいる？」

「ここに戻ってきた未決囚は取調室で尋問を受けることになっている」

　毛利巡査の手がすっと動き、李志明が銃を向けていた兵士を射殺する。椅子から転げ落ちていった文官が「我的天啊（おお、天よ）」と呟くのが聞こえた。

「次はない。どこにいる？」

「だ、第八実習場だ。檻房の第三棟を抜けて東側」

「そこで何をしている？」

「知らない。将官と憲四団の管轄だ」

「李文彬と李永明はここにいるのか？」

　堰を切ったように李志明が訊ねる。役に立とうとした文官が「移送台帳を調べてみる」と告げるや否や、李志明は躊躇なく脳天を撃ち抜いた。カウンターを調べて移送台帳を手に取り、李志明は進んでいく。

　大堂（ロビー）を抜けた先は講堂になっていたが、椅子の一脚も置かれておらず、囚人たちに説教を行なうための場所に違いなかった。壇上には演台があり、その上に国旗と孫文の肖像画が飾られている。

　壇の脇の扉をくぐり、短い通路を抜けると一気に天井が低くなった。暗緑色のリノリウムの床は、ここから二十メートルほど行ったところで五叉路に分岐している。

　歩哨は四人。「右端をやれ」と言われ、小銃から取り外したナイフで胸と喉を突き刺す。李志明がひとりを射殺し、残るふたりを毛利巡査が片付ける。

「ここから第一から第五棟まで入り口が分かれているようだ。おれたちは正面の第三棟に向かう」

毛利巡査は死体を調べ、ふたつ取った鍵束の片方を李志明に渡した。

「わしはふたりを探す。……淡水河にお前さんたちの船を用意してある。事が済んだら向かえ」

左側の扉を開け、李志明が第五棟に入っていく。今のが御大を見た最後になる可能性も十分にあったが、世話になった身としては、せめて、親子が再会することを祈りたかった。

点呼を取り、毛利巡査が鍵を開ける。中に入る前から、饐えたような臭いに鼻がやられかけていた。生涯洗われたことのない犬が肥溜めで寝起きしているような、ねっとりとした湿り気を帯びた悪臭。あの兵士たちは、嗅覚をオフにしていたのだろう。

扉を開けた毛利巡査が何かに気付き、音を立てることなく閉じていく。

〈どうした?〉

〈二重になっているんだ。十メートルほど先にもう一枚、鉄格子の扉がある。その向こうに歩哨がいる〉

〈撃てないのか?〉

〈できはする。……だが、その奥に檻房がある。気付かれずには殺せない〉

面倒だが、誘い出すしかない。

俺は隠れ蓑を脱ぎ、今さっき殺した四人の死体を検める。俺と李志明は派手にやったが、毛利巡査が首の骨を折って殺したらしいひとりは制服が汚れていない。その死体から制服を剝ぎ取り、袖を通す。

ここで待つよう伝えてから扉を開け、通路を進む。鉄格子の扉の奥にいる兵士が俺に目を向けたのが分かり、あえてゆっくりと近付いてやる。

「不味いことになった」

顔を見られぬよう、横を向いて話す。兵士は胸の前に小銃を下げ、懐中電灯を握り締めている。

「どうした?」

「直接見た方が早い。来てくれないか?」

「一体何なんだ? ここで話せよ」

「囚人どもに聞かれたくないんだ。……それに、これがバレたら俺たちは終わりだ」

俺はよろよろと歩き出す。

数歩行ったところで、背後でじゃらじゃらと鍵を動かす音が鳴った。心当たりがなくとも、不安を払拭せずにはいられないのが人間だ。兵士が付いてきているのを感じながら歩く。

扉を開け、ふうと息を吐いた。振り返ると、そいつの首にはナイフが突き刺さっていた。

〈よくやった。行くぞ〉

毛利巡査が兵士から鍵を奪う。俺は隠れ蓑を被り直し、ふたたび第三棟に入った。

鉄格子の扉が静かに開けられ、最後尾の玉城が通過するのを待って静かに閉められる。棟内に自然光が差し込む窓はなく、天井から吊り下げられた小さな電球だけが光源になっていた。十畳ほどの大きさに区切られた雑居房が左右に設けられ、見渡す限り奥まで続いている。ひとつの房には、少なく見積もっても三十人以上が詰め込まれていた。コンクリートの床には擦り切れた汚い茣蓙が敷かれ、便所代わりの樽が隅に置かれている。

囚人たちはその狭い房内で体を横たえ、脱いだ服を枕代わりにしていた。大半の者が半裸になり、改善することのない暑さと湿気を凌いでいるが、この環境ではろくに眠れるはずもなく、至るところから獣のような呻き声が漏れてくる。

この棟だけで六百人近く収容している。目にしてもなお、信じ難い光景だった。

〈囚人たちは神経が過敏になっている。くれぐれも音を立てるなよ〉

毛利巡査の警告に従い、角材が格子状に組まれた雑居房の前を慎重に歩く。外套を着込むのには適さない暑さだったが、この程度なら急激な変化には当たらないはずだ。隠れ蓑は機能し、誰からも姿を見られることはない。

収監されている者たちの年齢はバラバラで、古希を迎えていそうな老人もいれば、学生と思しき若者もいる。ここにいるのは男性だけで、全員が髪を雑に剃られ、一様に痩せ細っている。食事も満足に与えられていないのか、あきらかに疲弊している。

ここは留置所だ。とにかく疲れさせ、抵抗する気力を奪うのが目的だ。

心が折れたところで調書に署名させ、濡れ衣を着せ、長期刑か死刑に追い込む。次に名前を呼ばれるときは、他所の刑務所に送られるか、修羅煉獄のどこかで撃ち殺される。彼らが最も恐れているのは、突然連れて行かれることに他ならないはずだ。戦場と同じく、眠っている間に死ねれば幸せだが、ここではそれも許されない。熟した小便の臭いが、瞼を閉じることさえも困難にしている。

〈……玉城、前だけを見てろ〉

　確かめることはできないが、好奇心旺盛な玉城なら、きっと見ずにはいられない。そして、義憤に駆られるはずだ。

　音を立てられないせいで、お互いの位置が把握できなくなっている。一計を案じた毛利巡査が、通り過ぎた仕切りの枚数を俺たちに伝えた。向こうは六、俺は五だ。

　房内では会話が禁じられているようだったが、完全な静寂が広がっているというわけではない。不衛生な環境に置かれ、咳をする者が多い。鼾（いびき）と啜り泣きがそこに加わっている。そのなかで、時折異質な音が混じるのに気付いた。どんなに努めても、近接戦闘（CQB）に特化した軍用義肢（クローム）は駆動音を抑え切れない。元から隠密行動に向く代物ではなかった。

「……誰かいるのか？」

　三つめの仕切り、その手前側の房にいる男が立ち上がっていた。格子を摑み、通路を見つめている。

「なあ、そこにいるのか？」

　男は続ける。喋り方を忘れたかのように掠れていたが、他に声を出す者がいないのもあって、同房の囚人たちの注目が集まる。

「どうした？」

「そこに誰かいるんだ」

「誰もいないぞ」

　近くに腰掛けていた男がうんざりしたように「悪夢でも見たんだろう」と窘（たしな）めている。実際にできるかどうかは別にして、眠れればいいと思って瞼を閉じている者にとって、こういう形で集中を妨げられるのは堪ったものではないはずだ。もっとも、気が触れてしまった囚人は珍しくないのか、気にも留めず微動だにしない者が大半だった。

「嘘じゃない！」

　しかし、男は食い下がる。

「どこの北爛（アホ）が騒いでる？」

「そいつを静かにさせろ。連帯責任になるぞ」

　男が大声を出したのに呼応するように、他の房から続々と野次が浴びせられる。同房の囚人が重い腰を上げ、格子を摑んでいる男のことを座らせようとするが、男は冷静な口調で「なら、どうして看守がいないんだ？　突然出て行ったきり戻って来ないだろ？」と指摘した。同じ疑問を抱いていた者がいたようで、囚人たちはぽつぽつと立ち上がり始め、俺たちが来た方を覗き込んでいる。

「誰か助けに来たのか？」

「おい！　何が起きてるんだ？」

異変に気付き、前方の房からも声が飛ぶ。狭い雑居房の中に動きが生まれたことで、熱波に似た暑さが押し寄せてくる。

〈面倒なことになったな〉

〈どうする、毛利？〉

〈作戦変更だ。……玉城、房の錠前を全て引き千切れ〉

毛利巡査が単純明快な作戦を思い付く天才だということを失念していた。六つめの仕切りの近くでは、宙に浮いた鍵が錠前を外している。

囚人たちは錠前がひとりでに弾け飛んでいく様を呆けたような顔で眺めていたが、やがて、恐る恐る内側から腕を伸ばし、閂を動かした。体を折り曲げてようやく通れるくらいの小さな扉が開き、房内の囚人たちが一斉に押し寄せる。囚人たちの歓喜の声は、錠前が床に叩き付けられる音を掻き消していた。

俺は扉から這い出てきた男の前に鉄格子の扉の鍵を落としてやった。素早く鍵を拾うと、そいつは俺を見上げた。もちろん、目は合っていない。実際に俺が立っている位置から外れている。にもかかわらず、男はしばらくの間、鍵を寄越した何者かの存在をそこに見出し、祈りを捧げるように頭を垂れていた。修羅煉獄から脱出したこの男は、のちに、このときの経験を元に高雄で新興宗教の開祖となるのだが、それは俺の知るところではなかった。

囚人たちは脇目も振らずに出口へと走っていく。歩く気力が残っていない者には肩を貸し、一丸となって脱獄を果たそうとしている。

〈来るぞ！　開いた瞬間にすり抜ける！〉

毛利巡査がそう言い終わらないうちに、奥の扉が勢いよく開かれた。三人の兵士が銃を構えながら前進し、大慌てで鉄格子の扉を開錠している。

「お前ら、動くな！」

兵士たちは半狂乱で叫んでいるが、聞く耳を持つ者は誰もいない。そもそも北京語が分からない者も多いのだから仕方がない。俺たちはそいつらの隣を堂々と通り抜け、鉄格子の扉をくぐった。奥の扉を抜けると、左右に伸びる長い廊下に出た。

「あの人たちは殺されませんか？」

「連中は逃亡者を殺すように命じられているはずだが、同時に、不殺も命じられている。脱獄を前にして何もできないってわけだ。自分の頭で考えることを放棄したら、いつかおまえたちもああなるぞ」

玉城の問いに、毛利巡査が手痛い皮肉を返す。

廊下は大堂（ロビー）のよりも薄暗く、壁際に吊り下げられた電燈は硝子球が割れている。正面の部屋には「第六・第七実習場」と書かれた札が掲げられていた。お目当ての第八実習場はそう遠くないはずだ。

俺たちは廊下を東に進む。

後方から軍靴の駆ける音が聞こえてくるが、それらは全て第三棟の方へと消えていく。結果的に、巡回している兵士を上手く誘導できたのだろう。

〈毛利、含光（ポジティビティ）を手に入れたとして、どうやって脱出する？〉

〈李志明が有剛丸（あるごうまる）を移動させてくれた。それに乗って台湾を出る〉

〈その先は？〉

〈大尉から取り出した通信番号（アドレス）を使って、楊がダウンズ中佐に連絡を入れた〉

〈ダウンズ中佐と話したのか？〉

〈いや、座標だけが送られてきた。淡水河を抜けて三十マイルほどの地点だ。そこで合流する〉

海上で受け渡すのか。

国民党は性能のいい巡視船を持っていて、当然追い掛けてくるはずだ。合流地点まで逃げ切れば、あとは助けを期待していい、ということだろうか。

まっすぐ進んでいるのは確かだったが、気付かぬ間に電脳を弄られ、回廊をぐるぐる歩かされているのではないかと疑ってしまうほど、廊下は延々と続いている。これだけ長いということは、俺たちは今、この建物の長辺にいるはずだ。

しばらく歩くと、右側に施錠された扉が現れた。おそらくは第二棟に繋がっている。あの五叉路からそれぞれの檻房棟に入ることができ、最終的には、この廊下へと抜け出るのだろう。

〈止まってください！〉

楊さんが警告し、俺はすぐに動きを止めた。

理由を訊ねる前に、その正体は判明した。

遮蔽物のない空間に響いている荒々しい駆動音。持ち上げられた脚が着地する度に、その振動がリノリウムの床を揺らす。三メートルほどの手頃なサイズに縮小された多脚戦車が俺たちの行く手を遮っていた。閉所での制圧力を考慮したのか、砲塔は機関砲（ガトリング）になっている。あんなものが巡回警備しているのか。

〈このままやり過ごそう〉

〈無理です。あれが熊と同じプログラムで動いているなら、赤外線で人間の存在を感知します。その後は電脳紋を照合し、登録されていないと分かった瞬間、攻撃するんです。この隠れ蓑では誤魔化せません〉

俺の提案を楊さんが一蹴する。

陽気な小熊は、がしゃんがしゃんと小気味のいい足音を轟かせながら前進している。さすがの玉城でも、あれは投げ飛ばせない。

〈……私に考えがあります〉

〈どうする気だ？〉

〈電脳紋を書き換えることはできません。私は死亡した国民党軍の兵士として登録されています〉

楊さんが隠れ蓑を脱ぎ捨てる。近付いてきた小熊は獲物を視認し、砲塔の根元にある複眼が黄色に点滅する。

〈どういう反応が起きるかは分かりませんが、若干のタイムラグが生じるはずです。その隙に、これが攻撃を始める前にハッキングします〉

ポケットから接続線（ケーブル）を取り出し、端子（プラグ）を後頸部の挿入口（ジャック）に挿すと、楊さんはもう片側の端子（プラグ）を床に放り捨てた。その長さは三メートル程度。直結させるには、さらに近付かなければならない。

「後退（ホウトウイ）！」

音を寄せ集めて人間のそれに似せたような声で小熊が威嚇する。楊さんは歩みを止めず、小熊が砲塔の角度を調節し始める。

〈戻れ！　まだ間に合う！〉

〈いえ、まだです〉

黄色の点滅が点灯に変わる。

機動力は未知数だが、少なくとも、あの砲塔が急速回転するとは思えない。近付かれ過ぎる前に攻撃に移るはずだ。それを裏付けるように、小熊は無機質な警告を繰り返している。

だが、楊さんは進むのを止めない。弾を装填するような音とともに、複眼が白く輝き出す。

〈今です！　挿入口(ジャック)は下側にあります！〉

俺は全速力で駆け出し、端子(プラグ)を拾う。

赤外線は隠れ蓑を突き破り、すぐに俺の識別が始まる。その前に、こいつをぶち込まなくてはならない。そのためには、走るだけでは足りない。駆け出した勢いをそのままに、踵から床へ滑り込む。両の前脚の間をすり抜けて胴体の下側へと潜り、左手で機体を掴みながら、右手で挿入口(ジャック)に端子(プラグ)を突き刺す。

〈いけたか？〉

返事はなかったが、真上にいる小熊は動きを止めている。こんな物騒な兵器まで持ち出して守りを固めているのは、絶対に知られたくないものを隠していることの証左だ。あともう少しで、俺の旅は終わる。

タイヤから空気が抜けるような音が鳴り響き、楊さんが「再起動までの時間を稼ぎました」と告げた。端子(プラグ)を抜き、小熊の下から這い出る。接続線(ケーブル)を仕舞うと、楊さんはふたたび隠れ蓑を羽織った。

〈巡回路の情報も手に入れました。第八実習場はこっちです〉

隠れ蓑の隙間から出てきた右手だけが宙に浮いている。その指先は、すでに通り過ぎた曲がり角を示していた。

〈楊、案内を頼めるか？〉

〈分かりました〉

〈楊、おれ、玉城、武(ウー)の順で行く。互いの間隔は四歩程度だ〉

楊さんの右手を頼りに廊下を引き返し、今度は右に曲がる。左側に「営繕工場」と書かれた部屋があり、右側は通路になっているようだった。廊下から入る光のおかげで、辛うじて通路が伸びていることが分かったが、その先には、そもそも電燈が設置されていなかった。完全な暗闇が、この場所の存在を覆い隠している。楊さんの合図で足並みを揃え、右手で壁を触りながら一歩ずつ進んでいく。

細長い通路の終点で、両開きの鉄扉が俺たちを出迎えた。どういうわけか、歩哨はいない。毛利の手がマッチを擦り、手提げランプに火を点ける。鉄扉には、「将官及び憲兵司令部情報処以外の立ち入りを禁ずる」という警告文が書かれていた。

修羅煉獄の最奥部。

逮捕した学生たちに電脳化手術を施し、含光(ポジティビティ)をインストールする改造工場。

　俺は自分の意思で手駒になった。脳を電脳に換装し、機械の体になることを選んだのは、他の誰でもない、俺自身だ。他に選択肢がなかったとしても、これが最善だったと確信している。学生たちは違う。祖国を奪われ、家族を奪われ、友人を奪われ、最後には自分さえも奪われる。

　だが俺は、国民党の悪行を止めに来たのではなかった。俺は、俺のためにここにいる。

〈兵士が持っていた鍵では開かない〉

　鍵束を物色しながら毛利巡査が言った。警告文からして、ここに入れる人間は限定されているのだろう。

「自分がやります」

〈待て〉

　腕力に訴えようとした玉城を毛利巡査が制する。

〈楊、含光(ポジティビティ)はどうやって取り出す?〉

〈プログラムは、インストールの際にチップから電脳へと移動します。時間があれば、私が没入(ジャックイン)して吸い出すこともできますし、ないのなら、電脳ごと持って行けばいい〉

〈……どのみち、そろそろ侵入に気付かれる。ここまで来たら、あとは強攻だ。おれが扉を壊す。中に入ったら、武(ウー)と玉城で兵士を無力化しろ。その間に、楊は含光(ポジティビティ)を確保しろ。兵士の排除が終わり次第、おれは退路を確保する〉

　俺は頷く。玉城も楊さんもそうしたはずだ。

　玉城には鉄扉の右側に行くよう伝え、俺は左側で待機する。隠れ蓑の隙間から銃身が覗き、散弾銃(ショットガン)が炸裂する。二発目、三発目で金具が壊れ、毛利巡査は扉を蹴破るように開けた。

　俺は駆け出す。

　これまでと違い、隅々まで蛍光灯に照らされた室内。まっさきに目に飛び込んできたのは、防弾装備と突撃銃(アサルトライフル)で身を固め、黒い仮面で顔を覆った黒ずくめの兵士たちだ。常人離れした体格は、連中が全身義体、それも重装備仕様(ヘビーコンバット)の義肢(クローム)に換装していることを示唆している。

〈クソ、両棲偵捜大隊(フロッグマン)だ！　精鋭中の精鋭だぞ〉

　弱気な毛利巡査は珍しいが、気付かれる前に殺せばいいだけのことだ。音を立てないようにそっとワイヤーを伸ばす。隠密行動を前提にした俺の義肢(クローム)は、関節部の駆動音さえ完璧に消してくれる。

だが、黒ずくめの兵士は俺たちを見ていない。

透明の俺を確実に認識している。

「武（ウー）さん！」

〈馬鹿野郎！　お前の声は敵に聞こえる！〉

　そう通信（コール）した直後に、隣を走る玉城の姿が見えていることに気付いた。もっとも、玉城の全身は薄鈍色の外套に覆われたままだ。隠れ蓑の効果が消えている。

〈六人だ！　お前は奥のふたりをやれ！〉

　毛利巡査が発したのに合わせて跳躍し、目の前にいた兵士の頭上を飛び越える。

　こちらの姿は見えていて、兵士たちは容赦なく発砲してくる。着地とともに前方に飛び込んで掃射を躱し、ナイフを握る。高周波刀なら義肢（クローム）を一刀両断できるが、生憎とただのナイフだ。だが、男の体には、そう易々と義体化できない部位が存在する。

　立ち上がりながら、兵士の股座（またぐら）にナイフを捩じ込む。ぐりぐりと回してやったが、怯むような手応えがない。痛覚を切られていると判断し、俺はそいつの背後に回り込み、首にワイヤーを回しながらもうひとりの頭をリボルバーで撃つ。金属質の快音が鳴り、あの黒い仮面が銃弾を弾いたのだと悟った。

　誤算だったが、まずはこいつの電脳を焼く。

　しかし男は、首を絞められたまま後ろ向きに走り出し、俺の体を壁に衝突させた。男の重量は想定以上で、緩衝葉（アブソーバー）を付けていてもなお、頭が揺れている。壁ごと俺を粉々にするつもりだ。

　ワイヤーを外し、壁を蹴った勢いでそいつの肩を飛び越えた。肩車されるような体勢から、そいつの右腕を引っ張りながら両足で首にぶら下がり、頸動脈をしっかりと挟むように足を組んで三角絞めを作る。義肢（クローム）の脚力なら、失神はおろか、首を捻じ切ることも容易い。そいつは俺を持ち上げて叩き付けようとしたが、そうされる前に仮面を剥ぎ取り、脳天に二発撃ち込んでやった。

　振り向きざまに、もうひとりを撃つ。防弾装備で守られていない足を狙ったが、俺が放った銃弾は、そいつが抜刀した高周波日本刀（サムライソード）に切り落とされた。

「冗談だろ……」

　真っ二つにされたライフル弾を眺めながら、思わずそう呟く。ポケットの中の弾を三発指に挟み、パンチするように一気に装填する。その次は二発。

　俺はリボルバーを撃ちながら立ち上がったが、

弾倉（シリンダー）に込めた弾は全て、空中で忍者（ニンジャ）に切断された。戦闘機よりも速い銃弾を目で追えるほどに反射神経を強化されているとしか考えられなかった。忍者（ニンジャ）は片手を俺に向け、もう片方の手で高周波日本刀（サムライソード）を高く掲げている。

あんな業物が相手ではワイヤーは使い物にならないが、銃弾も通用しない。こんな形で敗北するとは思っていなかったと、手前の想像力のなさを呪おうとしたとき、後ろから肩を引かれた。隠れ蓑も憲兵の制服も脱ぎ捨て半裸になった玉城が、「下がっていろ」とでも言いたげに俺の前に立つ。

「あの刀に触れれば終わりだぞ」

「自分の拳もそうです」

静かに告げ、玉城は息を吐いた。その巨体に見合う大量の呼気は、内に秘められた闘志が可能にする限りない暴力の前兆のように空気を震わせる。

瞬時に踏み込めるよう後方へ下げた足に体重を乗せながらぐっと低くなった玉城は、大きな円を描きながら広げた手のひらを相手に向けた。

独学の白鶴拳。

読んで字のごとく、大空へ羽ばたこうとする鳥のような独特の構え。どういう意図か、親指だけを畳んでいる。ただならぬ殺気を放っている玉城の構えと対峙した忍者（ニンジャ）は、高周波日本刀（サムライソード）を両手で握り直し、肘を大きく張って顔の前で構えた。剣道の八相の構えだ。防御する気はない。機動力を活かし、即死の一打を浴びせるつもりだ。

ふたりは微動だにせず、お互いの出方を待つようにじっと見合っている。刀が相手では削り合いは難しい。玉城も一撃必殺を狙うはずだ。だからこそ、忍者（ニンジャ）も玉城も、際（きわ）の攻防を避け、確実な初手を叩き込みたがっている。

先に動いたのは忍者（ニンジャ）だった。

高くから振り下ろされた縦の一閃は、鋒が玉城に近付くや否や、その軌道を変えた。斜めに斬り付け、玉城の右腕を落とそうという目論見。腕を失い、防ぐことができなくなった側から刀を返し、二打目で首を落とす。桁外れの反射神経だからこそ成立する戦術。

前にいたのが俺なら、思い通りに殺せていただろう。しかし、忍者（ニンジャ）は大きな勘違いをしている。相手は鬼虎（ウニトラ）なのだ。

刺拳（ジャブ）を放つように素早く右腕を伸ばし、玉城は忍者（ニンジャ）

の手首を巻き込みながら右の手首を外側に返した。捻じ切られるように回転させられていった両手は、ぎしぎしと音を立てながら関節が外れ、握っていた高周波(サムライ)日本刀(ソード)が地面に叩き付けられる。

その瞬間、玉城の左手が薙ぎ、曲げられた親指がこめかみを打つ。

頭から仰向けに倒れていった忍者(ニンジャ)を見て、俺は玉城が、その拳圧で緩衝葉(アブソーバー)ごと電脳を破壊したのだと理解した。

「……すごいな、お前」

「中正公園にいた人たちは、武器に頼らずとも強かったです」

いつものぼんやりとした顔で謙遜してみせると、玉城は黒ずくめの死体に手を合わせた。俺はリボルバーを仕舞い、酷い有様になっている室内に目を向けた。随所に夥しい量の血が飛び散り、他の兵士たちは顔が吹き飛ぶか、上半身と下半身が真っ二つに引き裂かれている。助けを借りてもなお俺がビリだったらしく、毛利巡査と楊さんは床に転がっている死体を気にも留めずに話し込んでいる。

痛覚を元に戻すと、急激に冷気が襲ってきた。比喩としての寒気ではなく、この部屋がマジに寒い。樺太かどこかの雪原に放り出されても、ここまで寒い思いはしないはずだ。

「氷風呂と同じ理屈ですよ。黒客(ハッカー)の電脳を冷やすために、部屋ごと冷却しているんです」

俺の顔から察したのか、楊さんが答えてくれた。楊さんが向かい合っている広い作業台には、大量のモニターと電算機(コンピューター)が置かれている。そのほとんどがアメリカ製だった。国民党は、共産主義者を打倒してくれると信じたアメリカが行なった支援をこの研究に投入しているに違いない。筐体から聞こえてくる回転音に負けじと、楊さんは目にも止まらぬ速さでキーボードを叩いている。

作業台の隣、毛利巡査が見下ろす場所には、ちょうどドラム缶ほどの大きさをした四台のカプセルが並んでいた。上部から伸びている無数の接続線(ケーブル)は、分岐器を介して作業台の電算機(コンピューター)に繋げられている。ただでさえ寒いのに、そのカプセルからは、神経細胞(ニューロン)の奥まで凍てつくような冷気が漂ってくる。

「これは？」

「死胎蛋(バロット)と呼ばれる設備です。補助電脳を備え、黒客(ハッカー)

を援護してくれます。一切の外部刺激を遮断する代わりに、奥深くまで没入（ジャックイン）することができる」

　側面にある切れ目を乱暴に殴り付け、毛利巡査が死胎蛋（バロット）の蓋を開ける。粘度の高い溶液で満たされたカプセルの内部には人間が横たわっていた。

　捕らわれていた学生たちかと思ったが、楊さんが即座に否定した。死胎蛋（バロット）に入って作業をしていたということは、ここに眠っている連中は、国民党軍に所属する黒客（ハッカー）である可能性が高いという。毛利巡査が抉じ開けた死胎蛋（バロット）に沈んでいた女も後頸部に挿入口（ジャック）があり、そこから接続線（ケーブル）が伸びている。

　毛利巡査が背嚢を片手に奥へと歩いていく。楊さんは自身と電算機（コンピューター）を接続線（ケーブル）で繋いでいる。

「何かできることはあるか？」

「どこかに被験者がいるはずです。探してください」

　俺と玉城は楊さんの指示を受け、手分けして室内を物色することにした。

　四十畳はあろう研究室は、保冷効果を高めるためか、四方を銀色の断熱材に囲まれている。似た形のカプセルが至る所に置かれているが、蓋は開きっ放しで、中には誰もいない。黒客（ハッカー）たちのものと思しき机が等間隔に並び、主人が不在の今も電算機（コンピューター）が駆動している。机上は散らかり、北京語やら英語やらで書かれた書類の束が積み上げられていた。薬瓶も無造作に転がっている。俺はオキシコドンを見付け、拝借した。飲みかけのコーラやチョコレート菓子、裸体（ヌード）が載った雑誌と、品揃えは充実していた。黒客（ハッカー）たちは、犬として満ち足りた暮らしを送っていたらしい。

　ある机の前で、俺は歩みを止める。

　モニターの隣に、稲藁で編んだ馬が置かれていた。人差し指ほどの小さな馬。与那国で見たことのあるおもちゃ（タビムヌン）だ。玉城に呼ばれ、手に取っていた稲藁の馬を元に戻す。

「どうした？」

「ここだけ音が違います」

　部屋のちょうど中央にいる玉城が床を指差していた。その場にしゃがみ、床を拳で叩いてみる。硬い床に跳ね返されるはずが、その場所だけ、椰子の実を叩くような音がしている。注意深く観察すると、音の境目の辺りに設置されたスイッチが見付かった。

　玉城と目を合わせてからそれを押すと、床が魚倉のように開き、さらに下側から迫り上がってきた台座が俺たちの前に姿を見せた。音に驚いた玉城が拳を構えている。金属製の台座には一回り小さいカプセルが固定され、やはり、接続線（ケーブル）が伸びている。床の下側で電算機（コンピューター）に接続されているのだろう。

　側面の切れ目に指を突き入れた玉城が強引に蓋を開けた。ご多分に漏れず、中には人間が入っていた。丸刈りにされ、骨が浮き出るほど痩せ細っていたが、窶れても残る肌の張りは、その男の若さを物語っている。目を閉じているが、顔付きからは十代後半のように見えた。背中が透けそうなほど薄い胸にはびっしりと電極が貼られ、口元は呼吸器に覆われている。息はしていた。

　接続線（ケーブル）が首の後ろ側へと伸びていて、その少年がすでに電脳化手術を受けているのだと分かった。前が切り裂かれているせいで、その少年が着ていたのが寝巻きであると遅れて気付く。

　許茂林は、逮捕されるときに学生服を着ていなかった。自宅で眠っているところを憲兵に踏み込まれた。俺は茂林の顔を知らなかったが、それでも、悪い予感がしていた。

　俺は楊さんを呼び、カプセルの中に腕を突き入れ、少年の上体を起こした。接続線（ケーブル）の端子（プラグ）が飛んできたので、少年の挿入口（ジャック）から伸びている分岐器の空きを探し、そこに挿し込む。少年の顔は腫れ上がり、痣がないところを探す方が難しかった。細い手首には、枷の跡がくっきりと残っている。

「どうだ？」

「インストールは終わっています。……しかし、妙ですね。含光（ポジティビティ）ではありません」

「どういうことだ？」

「承影（メタフィジカル）という名前のプログラムが動いています」

　呼ばれたのか、玉城が毛利巡査の方へと駆けていく。ふたりは背丈ほどある冷却機器を壁から引き剥がそうとしている。退路を確保すると言っていたから、あの先には出口まで続く管道（ダクト）があるのだろう。

「そもそも腑に落ちなかったんです。含光（ポジティビティ）が赤化教育プログラムなら、反共を掲げる国民党がそんなものをインストールするなんて馬鹿げている。……どうやら国民党は、含光（ポジティビティ）を基礎（ベース）にした新しいプログラムを開発していたようです」

「新しいプログラム？」

「ええ。ここにいる黒客（ハッカー）たちは、そのプログラミングに携わっているようです。脱走した数人が含光（ポジティビティ）を売ろうと……」

　足元が激しく揺れ、咄嗟に台座に手をつく。

　地震にしては短い。

〈気付かれたな〉

　空襲警報を流用したサイレンが鳴り出し、俺たちが壊した鉄扉の上部からシャッターが降り始める。

〈どうする？〉

〈さっさと逃げるぞ。楊、荷物をまとめろ〉

　俺は死体の脇に落ちていた突撃銃（アサルトライフル）を拾った。楊さんは椅子に腰掛けたまま、大急ぎで操作卓（コンソール）を操作している。

「どうやってダウンズ中佐に渡す？」

「抽出は間に合いません。主任の電脳にソースコードが入っているのを確認しました。これさえあれば、プログラムを作成できます。丸ごと持っていきましょう」

　立ち上がった楊さんが、右端の死胎蛋（バロット）に横たわっている人間から、接続線（ケーブル）をまとめて引き抜く。俺は楊さんと交代し、中にいる主任の体を抱えた。白い内衣だけ身に着けた髪の長い女だった。一緒に連れて行こうと思い、俺は茂林かも知れない少年のことも抱えようとしたが、楊さんの手がそれを制した。

「元に戻せないか？」

「インストールは不可逆（イリバーシブル）です。プログラムを無効化するためには、電脳の基幹部を破壊するしかない。……それがどういうことか、お分かりですよね」

　死ぬしかない、ということか。

　こいつは別人にされた。近いうちに釈放され、元の生活に戻されるはずだ。これまでの人生を奪われ、全く違う人間として生きていくことになる。そして、当の本人は生涯、そのことに気付けない。腰の後ろに手を伸ばそうとして、思いとどまる。俺には審判を下す資格などない。

　毛利巡査と楊さんは研究室の奥まで移動していた。冷却機器を取り外し、石膏板を砕き、断熱材も剝ぎ取られていたが、その先に管道（ダクト）があるようには見えない。壁は元気に行く手を阻んでいる。鉄扉の近くに降ろしていた大尉を担いだ玉城が戻ってくると、毛利巡査は無線機を掲げた。

「退路はどうしたんだよ？」

「ここだ」

「聞こえなかったか？　道があるようには見えないから言ったんだぜ！」

「手持ちの爆薬を全て埋め込んだ。このまま武昌街二段に出る」

反射的に姿勢を低くし、聴覚を切る。

内臓を裏返さんばかりの風圧が押し寄せ、その直後に、生温い空気が流れ込んでくるのを感じた。「走れ！」と叫んだ毛利巡査に続いて、俺たちは修羅煉獄から脱出する。

左右の建物群（ビルディング）からは、白い光が煌々と降り注いでいる。代歩路（オートウォーク）は停止し、車道との境界に植えられた全長二十メートルほどの大花紫薇（オオバナサルスベリ）の木は、わずかに桃色の花を咲かせていた。あと数日経てば見頃を迎えるかも知れないが、追い掛けてきている銃声は、明日さえも許してくれそうにない。

俺は玉城に女を渡し、一番遅い楊さんを肩車してやる。ついでに、突撃銃（アサルトライフル）も渡す。

「撃ち返してくれ！」

「あまり期待しないでください！」

揺れる頭上で、楊さんが引き金を引く。

淡水河までは、目視で五百メートルもない。義肢（クローム）の走力なら数十秒も掛からないはずだが、永遠のように感じられた。

振り返りはせず、後ろは楊さんに委ねる。道路の終わりに、俺たちが乗ってきたトヨタが停められていた。その陰には、小李（シャオリー）が隠れている。

「早く船に！」

小李（シャオリー）が指差す先、道路を外れて降りた岸辺に有剛丸（あるごうまる）が浮かんでいた。ご丁寧にエンジンまで掛かっている。まず毛利巡査が乗り込み、大尉と女を担いだ玉城が続く。

「お前はどうする？　乗るか？」

楊さんを先に行かせ、突撃銃（アサルトライフル）で追手を撃つ。

「あとで爸爸（パパ）と合流する。早く行って！」

「達者でな」

「武大哥（ウーダーグァ）も」

手に持っていた隠れ蓑を羽織り、小李（シャオリー）は姿を消した。弾が切れるまで撃ち続け、突撃銃（アサルトライフル）を捨てる。毛利巡査はすでに船を出していて、俺は出力全開（フルパワー）で跳躍し、有剛丸（あるごうまる）の船首に飛び乗った。

玉城から小銃を受け取り、応射を続ける。岸辺に集結している国民党軍の兵士たちの背後には、複眼を白く輝かせた小熊の姿があった。飛来する銃弾は着々と船体に穴を開けている。このままでは淡水河を出る前に沈みかねないと思ったとき、トヨタが火柱を上げて吹き飛んだ。大規模な爆発は近くの兵士たちを巻き込み、小熊の砲塔をも炎上させる。

「李志明も粋な真似をしてくれる」

背後を一瞥し、毛利巡査が呟く。

だが、安心するのは早い。先遣隊を排除できたとしても、応援を呼ばれているのは確実で、すぐに巡視船がやって来る。三十マイルは、五十ノット出ると言われている有剛丸なら三十分足らずで着ける。

銃声が止み、水切り音だけが聞こえている。河面は空と同じ夜闇の色に塗り潰され、視界には、台北の街を包み込んでいる無機質な白い光だけが映り込む。

これから先、この国では何が起きるのだろう。

蔣中正は、市民たちにとって恐怖の象徴である修羅煉獄が襲撃された事実をどう取り扱うのだろう。自分たちの威信を守るために隠蔽するのか。それとも、尽きることのない大義名分ができたと喜び、さらなる虐殺を繰り広げるのか。どちらにせよ、その責任は俺たちにある。俺の欲望は、人々の目を焼くあの白い光熱の一部になってしまった。

「眠るなよ、武。もう一仕事だ」

前方から船が向かってきていた。さすがに対応が早い。心なしか、毛利巡査の声は弾んでいる。この状況を楽しんでいるのだとすれば、糀大尉に引けを取らない気狂いだが、そもそもこの船には、おかしくない奴など乗っていなかった。

「どうすればいい？」

「足元を見てみろ」

言われた通りに麻布を剝ぎ取る。

隠されていたのは、対戦車用の無反動砲だった。

「李志明からの最後の贈り物だ。陸軍技術研究所の試作品まで手に入れるとは、とんだ好事家だ。盛大にお見舞いしてやれ」

無反動砲を肩に担ぎ、左手で砲身を支える。

威力は申し分ないだろうが、補充用の砲弾は見当たらない。視界は悪く、風も吹いている。おまけに、射程距離はせいぜい百メートルそこらと見た。盛大にお見舞いするためには限界まで引き付けなくてはならない。俺は毛利巡査に「怖気付くな」と伝えた。

巡視船はこちらを目掛けて直進している。体当たりしてでも止めろと指令されているはずだ。だからこそ、俺たちも直進する。

正面衝突まっしぐらの航路を全速力で進む。お互いの距離が二百メートルを切る。銃弾の豪雨が吹き荒れる。百五十、百、まだ早い、五十、四十、三十。

〈避けろ！〉

発射しながら叫ぶ。

成形炸薬弾は操舵室を直撃し、巡視船をたちまちに火の玉へ変えた。

毛利巡査は間一髪で右に避け、有剛丸（あるごうまる）は窮地を逃れた。河面は依然として暗いままだったが、辛うじて見えている海岸線の終わりが、その先に海が広がっていることを告げていた。

「逃げ切れば勝ちだ。撃ち続けろ！」

言われずともやっている。俺も楊さんも玉城も、闇の中にいる追手を死に物狂いで撃ちまくっている。俺たちが誰で、何が目的で修羅煉獄を襲ったのかまでは知られていない。ただ、絶対に奪われてはならないものを奪われたことだけは確かだ。俺たちは逃走に、奴らは追跡に、命より大きなものを懸けている。

不意に目が眩み、船首がぱあっと明るくなる。巡視船が搭載している探照灯（サーチライト）が俺たちを照らしていた。

伸びている光を辿ることで、少しだが相手の姿が見えた。その数は、一隻や二隻では済まない。台北中の巡視船が俺たちを追い掛けている。黒い戦闘服を着た兵士たちの姿は闇に紛れてしまい、俺たちは身を伏せ、敵の発火炎（マズルフラッシュ）を頼りに撃ち返す。

〈もっと出せないのか？〉

〈これが限界だ〉

少しでも船体を軽くしようと、無反動砲を海に捨てる。こんなところで別れるのは残念だが、次は大尉の番かも知れない。

楊さんから弾倉をふたつ受け取り、装填した小銃を玉城に渡す。もうひとつは自分の銃に装填する。船上の武器は全て李志明が調達してくれたもののようだが、さすがの李志明も、ここまで無茶な戦闘が行なわれるとは思っていなかったらしい。そろそろ弾が尽きてしまう。

残っているのは拳銃とその弾薬に、半ダースの手榴弾。あとは、俺のリボルバー。無駄遣いはできない。一発でひとり、いや、一隻を沈める覚悟で撃たなければ、俺たちは反撃の手段を失う。船体が大きく縦に揺れ、右舷にいた楊さんが危うく落ちそうになる。

〈何かにぶつかったのか？〉

〈いや、そんなはずはない〉

歯切れの悪い答え。

だが、操縦している本人だからこそ、確信が揺らいでいるのだろう。有剛丸（あるごうまる）は速度を維持していたが、あきらかに目線が低くなっている。致命的な被弾はしていない。にもかかわらず、沈み始めている。

「おい、どうなってる！」

俺の叫びに応える者はいなかった。有剛丸（あるごうまる）は、目に見えない力で引き摺り込まれるように沈んでいる。大きく息を吸い、備え付けられているはずの浮き輪を探した。こんなところで終わるわけにはいかない。

最初に玉城が消えた。縋るように手を伸ばしていた楊さんが、向かおうとする俺に気付くことなく飲み込まれていった。毛利巡査は懸命に藻掻いている。

こんなところで死ぬわけにはいかない。まだ、目的を果たしていなかった。俺には生きなければならない理由があった。麻布に包まるようにして浮かんでいた女の体を抱き、俺は泳いだ。リボルバーは手放していない。兵士たちを皆殺しにし、巡視船を奪えばいい。

俺は進もうとしたが、海中にいる何かが俺の足を引っ張っていた。腰に、腹に、胸に、肩に、顔に、冷たい手が張り付いている。そいつらの手は、俺の体を海の底へと引き摺り込もうとしている。抗う術はなく、俺は意識ごと海に沈んでいった。

7

揺れているのは、俺の体ではなかった。

脚の設置面が三日月型になっていて、体重を掛けると前後に揺れ動く。書き物には不向きな、寛ぐためだけに作られた椅子。俺の人生には無用の長物だ。

海は凪いでいて、葉巻煙草の独特な香りが緩やかに漂ってくる。前屈みになると、気を利かせて椅子もついてきた。正直言って、余計なお世話だった。

「四年前を思い出す？」

減揺装置（スタビライザー）の働きで、この船は揺れとは無縁だった。船室だろうが、甲板だろうが、どこにいても陸地にいるのと変わらない感覚で立ち歩き、糞もできる。

俺は前開きの青い患者衣を着ていた。下着は穿かされておらず、いくらか心許ない。

「……よく覚えていません」

「ふうん。電脳麻酔（パスアウト）がまだ効いてるのかな。あとで診てもらうといいよ」

ダウンズ中佐はそう言うと、葉巻を挟んでいる手で前髪をかき上げた。ウェーブの掛かった限りなく白に近い金髪。つり上がった黒い眉は、その下で輝くアーモンド型をした琥珀色の瞳のおかげで険しさが和らいでいる。調和の取れた鷲鼻は氷山を思わせ、少し薄い唇にはトレードマークの薔薇色の口紅が塗られている。

どう見ても二十代前半としか思えない、見目麗しいアメリカ女。制服を着ていなければ、彼女が軍人だとは誰にも分からないだろう。おまけに、その制服は特注のはずだ。

こうして座っていても分かる背の高さは、二メートルを優に越えている。彼女が外見通りの年齢だったと仮定して、その若さで中佐になれるわけがない。十中八九、俺と同じように完全整形（フルスクラッチ）と全身の義体化を済ませているに違いない。

つまり俺は、この女のことを何ひとつ知らない。知っているのは、俺の命を二度も助けたということだけだ。一度目は、切符もなしに飛び乗った引き揚げ船が座礁したとき。

二度目は、おそらく今回。

「どうやってここまで運んだんですか？」

「あまりに急だったから、回収する手段が海路しかなかったんだ。海軍の潜水兵員と輸送潜水艇（SDV）を使って、きみたちが乗ってきた船ごと一旦深海まで沈めてから運び出したんだ。きみの仲間も全員無事で、誰も怪我はしていないよ」

俺は頷く。座標と一緒にそれを教えておいてもらえれば、腹を括れたはずだ。少なくとも、俺はふたたび死を体験する羽目になった。しかも、考え得る限り最悪の死に方だ。次に海の藻屑になりそうな機会が訪れたら、それより先に自分で自分の電脳を吹き飛ばしてやる。

「そう言えば、きみと初めて話をしたのもこの場所だったね」

「中佐はお変わりありません」

「きみは少し粗野（ワイルド）な見た目になったね。髭のせいかな？　毛包と外分泌腺を埋め込まない人の方が多いって聞いたけど、きみの担当医は、毛が生えてくる方が自然だと判断したのかな」

横目で俺を眺めながら、ダウンズ中佐は大量の煙を吐き出した。

電脳麻酔（パスアウト）のせいかは分からないが、実感は遅れてやってきていた。俺たちは勝ったのだ。国民党から逃げ切り、無事に荷物を届けた。武庭純（ウー・ティンスン）は旅を終えることができたのだ。

「中佐、俺は……」

「ミス・ダウンズ。きみはわたしのことをそう呼んでいたはずだよ。そっちの方が可愛らしくてよかったのに。彼に影響されたのかな」

俺の言葉を遮り、ダウンズ中佐は立ち上がった。大柄の部類に入る俺よりも、あの玉城よりも遥かにデカい。もっとも、筋肉がないぶん線は細く、巨木ではなく塔を彷彿とさせる。あるいは、神殿を支える円柱だ。俺には、他の者にもそうだろうが、彼女は人間よりも高位の存在に思えてならなかった。事実、ダウンズ中佐は俺にとっての救い主だった。

「帰還報告（デブリーフィング）を聞く前に、まずは場所を変えようか」

葉巻を吹かし、ダウンズ中佐は飛行甲板を歩いていく。四隅には誘導灯が付いているが、戦闘機が離発着できるような大きさではない。この目で見たことはなかったが、ヘリコプターなる小型の輸送機なら降り立てるのだろう。

駆逐艦ダイアンサス。

ダウンズ中佐はこの船を「わたしのもの」と呼んでいた。曰く、渡嘉敷島（とかしきじま）沖で沈没した駆逐艦ハリガンを秘密裏にサルベージし、改装したという。二百人以上の兵士だけではなく、電脳化と義体化手術を行なえる軍医が乗船している特務艦。四年前、俺はここで生まれ変わった。

使われなくなって久しい単装砲を通り過ぎ、艦内に繋がる扉をくぐる。錆を落とさずに上から塗り重ねたのが窺える、厚ぼったい白色の壁。塩（しょ）っぱい鉄臭さと形容するしかない独特の臭いは、この艦が一度は沈んでいるのだということを感覚的に理解させる。こんな場所にでも懐かしさを覚えるのかと、落胆と感心を同時に味わった。

歩幅が二倍近くあるダウンズ中佐は追い掛けるのも一苦労で、光沢のない赤銅色の床を小走りで進み、黒と黄で塗り分けられた急勾配の階段を下りる。気を抜けば頭をぶつけるのか、ダウンズ中佐は背中を大きく丸めていた。床に描かれている黄色の線は、以前よりも薄れてしまっている。動線を分かりやすくしたもので、これのおかげで迷わずに艦内を行き来することができた。

しかしながら、何もかもが同じというわけではなかった。壁面の至る所に大小問わず様々な形状の機械が取り付けられ、天井には無数のケーブルが張り巡らされている。まるで、この艦自体が電脳化したような印象を受けた。

「何か食べる？」

「いえ、俺は大丈夫です」

「気が変わったらいつでも行くといいよ」

さらに階段を下り、俺たちは食堂を通り過ぎる。

今いる階層（プラットフォーム）は、大雑把に三つに分けることができる。手前は食堂と士官たちの個室で、中頃にボイラー室とエンジン室、後方が兵士たちの相部屋になっている。そして、ボイラー室の隣には医務室がふたつあった。片方は普通の医務室で、もう片方は実験室も兼ねている。四年前、俺は大半をここで過ごした。ドアには小窓が付いているが、常に外側からロールカーテンが降ろされている。

ダウンズ中佐がノックすることなくドアを開ける。

俺の足は、その部屋の柔らかさを記憶していた。全身の義体化を一遍に済ませた俺は瞑眩（アイソレーション）が酷く、三歳児よりも頻繁に転んでいた。貴重な被験者をうっかり死なせないために、壁と床は耐衝撃性に優れたシートで隙間なく覆われているのだ。

八畳ほどの室内には、義体の調整を行なうための機材と予備（スペア）の義肢（クローム）、可動式の診察台が置かれている。修羅煉獄から連れ出した女がそこに寝かされていた。右の手首と診察台の脚を手錠が繋いでいる。目隠し（バイザー）から伸びている接続線（ケーブル）は挿入口（ジャック）に接続され、胸の辺りに点滴が投与されている。

俺と同じ青の患者衣。

向こうでは気にしている余裕などなかったが、二十代前半だろう。

「栄養失調と、過度の没入（ジャックイン）が原因の精神汚染でかなり衰弱してる。きみたちの介入がもう少し遅ければ、死んでいたかも知れない」

ダウンズ中佐に頭を下げ、俺が知っていたのとは別の軍医が医務室を出ていく。

「この女の正体は分かっているんですか？」

「憲兵司令部情報処に所属する軍人で、特A級の黒客（ハッカー）

だよ。憲兵司令部の中でも、情報処は蔣介石お抱えの部署と言われ、莫大な予算が投じられている。主任に任命されていたことを踏まえると、国民党が行なっていた電脳研究の中心人物だろうね」

ダウンズ中佐が女の頭をそっと撫でる。瑞々しさを失った長い黒髪には、生気が抜けたような白髪が混じっている。

「可哀想に。この子は加害者であるのと同時に、被害者でもある」

「……どういう意味ですか？」

「国民党を勝たせるために、わたしたちは彼らに、電脳化と義体化の技術を提供した。でも、高い処理能力を持つ電脳をもってしても、ハッキング技術の習得には時間が掛かる。わたしたちは、ゆっくり進んで欲しいと考えていたんだ。政治家たちは、国民党に対して十全の信頼を置いていなかったからね。共産主義者たち、ソビエト連邦と中国共産党は、兵士たちの電脳を並列接続するという非人道的な方法を駆使していた。個人間の能力差を均(なら)すやり方だよ。圧倒的な数を前にした国民党軍は、その対抗策を圧倒的な質に求め、優秀な黒客(ハッカー)を作り出す方法を考え、実験した。どんな方法だったか、分かる？」

「分かりません」

「まだ記憶容量が埋まっていない子供のうちから教育するんだよ。彼らは国内にいる学生に学力検査の名目で特殊な試験を受けさせ、高位の成績を収めた子供たちを親から買い取った。そして、電脳化を施して黒客(ハッカー)に仕立て上げた」

「じゃあ、この女もそのひとりだと？」

ダウンズ中佐は女の頭をぐっと下げ、髪を掻き分けてうなじを露出させた。挿入口(ジャック)の下に、数字の羅列が彫られている。

「無茶なやり方だよ。知識だけを一方的にインストールして、次は実際に他国のシステムを攻撃させる。才能が開花して、生き残ることができた者だけを登用するんだ。その過程で、何十人、何百人と焼け死んだはずだよ。この子に関して言えば、足の腱を切除されている。おおかた、一度脱走して連れ戻されたんだろうね」

どのような手段で眠らされているのかは分からない。文字通り眠っているのか、糀大尉のように凍結されているのか、外見では判断しようがないからだ。ただ、女の唇は固く閉ざされている。

「さあ、行こうか」

興を削がれたように、ダウンズ中佐は去っていく。俺にはもう関係のないことだった。「手に入れてこい」と命じられていたものを届けて、それで終わりのはずだ。どうしてわざわざ見せたのだろうと思いながら、俺も医務室を出る。

〈取って〉

ほとんど雑音（ノイズ）だった。

発話なら、もっと鮮明に聞こえる。

咄嗟に診察台を振り返った。少なくともダウンズ中佐の声ではなかったが、女は完全に意識を失っている。目を凝らすと、手錠が嵌められている右手の上にチップが載せられているのが分かった。ゆっくりと近付き、それを取る。

〈何のつもりだ？〉

女に向けて発話したが、反応はなかった。

ほんの数秒の出来事だった。

急いでダウンズ中佐を追い掛け、階段を上る。レーダー室を過ぎた先に執務室があり、彼女はドアを開けてくれていた。

敷き詰められたブルーの絨毯に、オーク材の重厚な執務机。ワインレッドの本革椅子の背後には、星条旗が飾られている。やはり、何ひとつ変わっていない。ダウンズ中佐は、彼女にはやや小さいであろう椅子に腰掛け、俺に対面を勧めた。座るなり、マールボロが差し出される。ヘラジカの頭蓋骨を削り出して作られたという巨大な灰皿も健在だった。ダウンズ中佐は頬杖をつき、俺が火を点けるのを眺めている。

「じゃあ、きみの話を聞こうかな」

何から話せばいいか迷った。

この物語は、俺が居眠り（ニンディ）で小李（シャオリー）の皮を被ったダウンズ中佐に会い、無機物なのか有機物なのかさえ分からない未知の物体を手に入れるよう指示されたところから始まる。俺は情報屋（インフォーマー）の翁から、含光（ポジティビティ）が電脳化している人間の頭を自由に操れるようになるプログラムであり、それが入ったチップがソビエトから中国共産党に提供されたという情報を得た。その情報を元に琉球列島米国軍政府（USMGR）のジョセフ・シーツ少将と取引し、含光（ポジティビティ）が中国共産党ではなく、中国国民党に提供されたと突き止めた。中国国民党が台湾人を自由に操ろうとしていると考えたのだ。かなりの見せ場ではあったものの、直接関係はないので四色牌（スーサーパイ）のくだりは省いた。

　俺は仲間を集め、戒厳令下の基隆に潜入した。白色恐怖（テロ）の尖兵である憲兵第四団は、秘密裏に逮捕者の選別を行ない、彼らに対する死刑を停止していた。そして、学生たちの間では「刑が執行されずに釈放された者がいる」という噂が広まっていた。中国国民党が逮捕した学生たちに電脳化手術を施し、含光（ポジティビティ）をインストールしていると推測した俺たちは、連中の拠点である修羅煉獄を李志明とともに襲撃し、含光（ポジティビティ）のソースコードを持つ黒客（ハッカー）を連れ帰った。めでたしめでたし。

　ダウンズ中佐は相槌を打つことも、頷くこともしない。ただ、こちらを凝視するのだ。瞬きもしない。というより、瞬きをするのを見たことがなかった。

「気になることがひとつだけ。楊、仲間に加えた黒客（ハッカー）の話では、連中は含光（ポジティビティ）を元にして新しいプログラムを作っていたようです。何と言ったか……」

「承影（メタフィジカル）」

　俺は頷いた。報告は終わったが、ダウンズ中佐は何も言わない。訊きたいことがなかったのかも知れないが、俺にはあった。犬は投げられた棒を拾うのに理由を求めないが、俺には、自分が何のために動いていたのかを知る権利がある。

「調査の途中で、アメリカ軍が嘉手納空軍基地に核兵器を運び込んだという報告書を見付けました。……核弾頭を搭載したミサイルを配備するための基地敷設計画。琉球が発射台になれば、台湾と朝鮮半島のみならず、大陸までが攻撃範囲になり、アメリカの戦略的な優位性は飛躍的に高まる。そして、あなたは移送作戦の担当者だった。N（Nuclear）計画は、核兵器の運用計画だったんですか？」

「ううん、違うよ」

　拍子抜けするほどあっさりと一蹴し、ダウンズ中佐は続ける。

「ミサイル配備も基地敷設も、N計画の一部ではあるよ。でも、あくまでも一部。千分の一くらいかな」

「なら、一体何なんですか？」

「どうして知りたいの？」

「自分が何に加担したのか、知りたくない奴はいないでしょう」

「どうだろう？　知ってもいいことはないけど、それでも知りたいの？」

俺が首を縦に振ると、ダウンズ中佐は抽斗から取り出したものを俺の前に置いた。

四色牌（スーサーパイ）の紙札。

　彼女の手は山を崩し、白色の将、士、象、車、馬、包、卒の七枚をこちら向きに並べる。

「きみは指揮官で、作戦地帯にいる敵兵の交戦力を削ぐよう命じられているとしよう。この中から二枚しか選べないとして、きみなら何を投入する？」

　かなり曖昧な設問だ。

　常識的に考えて、車と砲を選ぶ。

「不正解。間違ってはいないんだけど、わたしにとっては正解じゃない。これまでの戦争では、それでよかったんだ。敵も戦車と大砲を使った戦術で攻めてくるから、同じ土俵で戦うことになり、技術力の差で押し切ることができた。陸海空、全ての領域でそうだった。でもそれは、国家と国家、同一の規格で行なわれる戦争においてのみ通用する考え方なんだ。……今の問題に状況設定（シチュエーション）を追加してみよう。たとえば、ここが見通しの悪い密林（ジャングル）で、敵兵は木の本数から、陰に隠れられる位置まで熟知している。わたしたちには、それを知る手段はない。相手は対空兵器を持っているから、航空支援も難しい。戦車で攻め込もうにも、地雷や無反動砲を前に為す術もない。あるいは、市街地だったらどうかな。作戦地帯には、まだ一般市民が大量に取り残されているけれど、敵兵はお構いなしに攻撃してくる。砲弾は、罪のない人たちとそうでない敵兵を区別して殺してはくれないよ」

　ダウンズ中佐の白い指が、車と砲を脇に退けた。俺は煙草を喫みながら、彼女の授業に耳を傾ける。

「きみに従事してもらった密貿易。大量の銃器が取引されていたよね？　もし、資金を持った反社会的な組織が銃器を大量に買い漁り、退役した軍人を雇い、単なる組織同士の抗争ではなく、明確な攻撃目標を定めて蜂起したとしたら、どうなるかな。その領域を世界中にまで拡大した大戦は、結果的に、武力がいかに効果的な達成手段であるかを喧伝してしまった。これから先、戦争は、必ずしも国家間の衝突を意味しなくなる。力を持った組織、ひいては個人が台頭し、政治的、民族的、宗教的、経済的、あらゆる動機によって争いを引き起こす。……いや、そもそも、戦争という考え方自体を変えていかないといけないんだ。戦争という言葉は、平和や平時の対義語として存在するけれど、そんなわけがないよね？　だって、戦争は常に起きているんだもの。その規模と、そこに戦略レベルの目標があるか否かの違いでしかない。そして、戦場は陸海空だけじゃない。貿易で、金融取引で、言論の場で、電脳空間（サイバースペース）で、あらゆる場所が交戦区域になり得る。わたしたちは、常に火中にいると思わなければならなくなった。だからこそ、車と砲では出遅れてしまう」

　李志明は「戦争は終わっていない」と言っていた。糀大尉の頭の中でも、まだ戦争は続いている。しかし、ダウンズ中佐が口にしているのは、より高度で、より根本的なことのように思えた。俺たちの手は、人を殴るのに適した形をし過ぎている。

「……正解は何なんですか？」

　じれったくなり、俺は訊ねる。するとダウンズ中佐は、迷うことなく士と卒を動かした。

「ヒロシマとナガサキは、戦争に人間の関与が必要不可欠であることを改めて認識させた。何もかも全てを兵器に委ねたら、わたしたちはあっという間に滅んでしまうからね。でも、技術（テクノロジー）の進歩に心酔して、人間がいなくても戦争ができると思い込んでいる政治家は少なくないんだ。無人機さえあればいい、ってね。その性能を過小評価しているわけじゃないけど、あくまでも、死ぬ兵士を多少減らせるくらいしか利点はないとわたしは考えてる。……もしも、敵が自国民ごと犠牲にするような戦術を使ってきたら。もしも、爆弾を持って体当たりしてくるような敵ばかりだったら。予測不能な相手に勝つためには、状況を予測しうる頭脳と、臨機応変に対処できる機動力が求められる。戦略レベルの指揮官と、優秀な歩兵。それが、これからの戦争に必要なものだよ」

「そのための電脳化と義体化ですか？　取り回しの利く人間を兵器に変えた方が早いと？」

「そう。精鋭を育てるのには時間が掛かるんだ。電脳化と義体化は、その時間を大幅に短縮することができる。射撃や近接戦闘、状況判断、戦闘に必要な技術（スキル）をプログラムとして学習できるようになる日は、そう遠くない。そうなれば、最強の兵士を量産することが可能になる。これが第一段階」

　同色同種の紙札は計四枚ある。士と卒の組み合わせを四つ作ると、ダウンズ中佐はそれぞれを離れたところに配置した。

「戦争が常に起きているもの、寛解することのない病気だとしたら、わたしたちがすべきなのは、それ以上悪化させないための対症療法と疼痛管理、予防接種なんだ。芽を摘み取ると表現してもいいかも知れない。たとえば、蜂起の首謀者を未然に暗殺する。政治に介入し、人々の不満を取り除くか、一定の恐怖によって統制する。あらゆる場所でそれを徹底すれば、わたしたちは、常に起きている戦争に常に勝利できる。そのためには、あらゆる場所にわたしたちの兵士を配備する必要があるんだ。……近い将来、アメリカはソビエト連邦と戦争することになる。朝鮮半島はその前哨戦、代理戦争の場所になったわけだし、いずれは中華人民共和国とも戦うはずだよ。そのときに優位に立てるように、即応可能な位置に兵力を配備する。世界中にわたしたちの前進基地を作ること。これが第二段階なんだ」

　敗戦国である日本は、栄えある第一号にしてもらえたわけだ。琉球にミサイル基地を作るのも、属州にするのではなく、単なる足場として有効活用する意図なのだろう。そこに人間が暮らしているという事実を蔑ろにして。

「国民党がやっていることと同じに聞こえますね」

「うん。だからこそ、含光（ポジティビティ）が必要だったんだ」

　ダウンズ中佐は自信たっぷりに告げた。その口元には、優美な微笑が浮かべられていた。

「含光（ポジティビティ）は欠陥の多いプログラムだったよ。無理やり共産主義者に転向させる赤化教育プログラムって聞いていたから、どんなものなんだろうって期待していたけれど、本来の記憶と膨大な量の知識を置換してしまう、とんでもない代物だったんだ。もちろん、成功例がないわけじゃない。けれど、土も肥料も蒔（ま）いていない無の空間に花だけ置いても根を張らずに枯れていくのと同じで、含光（ポジティビティ）が作り出せるのは、『資本論』を瞬時に暗誦できる生き人形だよ。自分の言葉では語れないし、自分の意思では動かない。共産主義者を作り出すという入力は、共産主義を信奉する人間になるという出力には結び付かなかった。意識までは変革することができなかったんだ。そんな歪な生き人形には、社会を構成することはできないよね。確かに、ソビエト連邦は第一次世界大戦の時点で、わたしたちの先を行っていた。電脳化の技術ではなく精神工学において、ハードではなくソフトの面でね。含光（ポジティビティ）の発想は画期的だったけれど、足りないものがあった。国民党は、そこに目を付けた」

　そして、承影(メタフィジカル)が生み出された。

　葉巻の先端が切り落とされ、擦られたマッチが火を灯していく。

「さっきの女の子の電脳内に記録されていたソースコードを元に、わたしたちの黒客(ハッカー)が承影(メタフィジカル)を復元した。……驚愕したよ。含光(ポジティビティ)の仕組み、圧倒的な情報量と思考誘導を応用しながらも、あのプログラムは、インストールされた人間の人生観を変革し、人格を改変し、特定の組織を自発的に崇拝するようにできる。前後を知る人間からしたら、違和感を覚えるかも知れない。でも、そうでない人間なら分からない。自らの意思で国民党に忠誠を誓う人間へと作り変えられるんだ。あれが国民全員にインストールされてしまったら、誰ひとりとして異変に気付かないまま、新しい国が誕生するだろうね。一体、何が違ったと思う？　含光(ポジティビティ)には何が足りなかったか、きみには分かるかな？」

　人格を改変するプログラム。

　魂(マブイ)の抜けた生き人形にされるのではなく、植え付けられたものを自らの意思で信奉するようになる。そんなことがあり得るとは到底思えない。脳みそや内臓、手足を機械とすげ替えることはできても、魂(マブイ)の形を変えてしまうなど、人間風情にできるわけがない。

「見当も付きません」

「あはは。きみは答えを口にしたことがあるんだよ」

　優しい口調だった。

　しかしそれは、櫛ではなく剣山で頭を撫でられるような、びっしりと恐怖が埋め込まれた優しさだ。何よりも恐ろしいのは、その愛撫に慣れてしまうことだった。鋭い棘が触れているのを忘れていき、飼い殺されたような安堵だけが俺を包み込む。

「回憶(フイー)だよ」

「思い出？」

「国民党の技術顧問は、ソビエト連邦から提供された精神工学の知識を使って、大日本帝国の皇民化政策を研究したらしい。どうやって同化させようとしたのか、その方法論と、何が成功して、何が失敗したのかを徹底的に洗い出したんだ。台湾総督府は、台湾人から国土と文化、言語を奪い、教育と生活様式の矯正によって、日本人として生きていくことを強制した。思い出を持つことを許さなかった。その一方で、台湾人たちは日本人であろうとしながらも、日本人と同じ待遇を受けることはできなかった。大日本帝国は、同化させながらも差別化しようとしたんだ。結果的に、台湾人たちには『自分は台湾人である』という意識が強く芽生えてしまった。思い出を奪われたことで、なおさら思い出に回帰しようとしたんだ。同化政策は、作り変えられる側に自己に対する問い掛けの機会を与えてしまう。そして、喪失という体験が、それまでは意識してこなかった人間にも愛国心を与える。国民党はそのプロセスに注目して、含光（ポジティビティ）に改良を加えたんだ。承影（メタフィジカル）は、人間の思い出に絡み付くよう設計されている。その人間の思い出、美化された記憶を分析し、愛情や敬意を抱いている特定の人物や出来事を抽出する。そして、その対象物を任意の存在、国民党の場合は孫文や蔣介石と入れ替えてしまう。途中から育てるのではなく、最初から愛着があったことにするんだ。承影（メタフィジカル）をインストールされた人間にとって国民党は父母であり、兄弟であり、親友であり、恋人でもある。自分の人生から切っても切り離せない存在になる。承影（メタフィジカル）は土壌そのものを作り変えたうえで、思想を植え付ける。人間を完璧な土にするんだ」

そんな馬鹿げた話があってたまるか。俺は孫文におしめを替えてもらってなどいないし、蔣中正とデートした覚えもない。

「それを可能にするのが電脳なんだよ。電脳化技術は、神秘のヴェールに包まれていた頭の中を、計算可能な情報にしてくれた。見ることができて、測ることができるのなら、置き換えることだってできるよね。進歩とは、聖域を失くしていくことなんだから」

「そんなヤバい代物をどうするつもりなんですか？」

毛利巡査はダウンズ中佐の目的がアメリカ軍内部に巣食う共産主義者を炙り出すことにあるのではと推測していたが、一連の話を聞く限り、あきらかに外れている。彼女は背もたれに腰を預け、ゆったりと葉巻を喫んでいる。

「あれは、国民全員を兵士にするためのプログラムだよ。わたし個人としても、アメリカ軍としても、即刻破壊すべきだと考えている。人間から自由を奪うことは許されない。そもそも、わたしたちは自由のために戦ってきたのだから」

しかし、と前置きして、ダウンズ中佐は続ける。

「自由を守るためには、兵士が必要なんだ。世界中の自由を守るためには、世界中のあらゆる場所に。きみはさっき、わたしの考えが国民党と同じだと言ったよね？　そう思われるのは心外だけど、そう思われても仕方がないのは分かってる。そして、そう思う人々が、わたしたちに牙を剝く。あなたたちの自由を守っているわたしたちを平然と非難し、排斥し、攻撃する。それで兵士が傷付くだなんて、本末転倒だよ。だからね、自由を守り続けるためには、それを守っている兵士が後ろから攻撃されてはならないという確約が必要になるんだ。じゃあ、故郷を取り戻そうとする人間たちを鎮めるためにはどうすればいいか。……わたしたちが故郷になればいいんだよ。あなたたちが、わたしたち自体に回憶（フィイー）を覚えてくれればいい。それを可能にするために、わたしは承影（メタフィジカル）をさらに改良することにしたんだ」

俺の電脳が視界に警告を表示させている。

心臓の鼓動が速くなっている。

「……意味が分からない」

「両者の境界線を弄り、排除されているという感覚を植え付けてしまえば、その先に待っているのは暴力的な結末だけ。だから、同化させたりはしない。彼らには、彼らのまま生きてもらうの。わたしたちは、そこに最初からいることになるだけ。……故郷は、誰かの所有物ではないし、それ自体が何かに帰属するものでもない。しかしながら、誰もが必ず有している絶対的な背景。そこに、わたしたちを代入する。わたしたちは彼らにとって他者でありながらも、彼らが帰るべき原風景として認識されるようになる。彼らは彼らのまま、自己に言及することなく、わたしたちを受け入れる。ううん、受け入れるという状態にすらならないんじゃないかな。ただ、切なくなるような愛おしさを感じるだけだろうね」

自分たちの利害のために反抗の手段を奪うという点においては、国民党が作り出した承影（メタフィジカル）とダウンズ中佐の考えにたいした差はない。ただ、前者は明確に独裁のための道具だった。おぞましい方法であることを疑わない人間は、修羅煉獄にさえひとりもいなかったはずだ。

だが、後者は違う。国民党が愛を捻じ曲げて人々を支配しようと目論んだのに対して、ダウンズ中佐は、捻じ曲がった愛で人々を包み込もうとしている。

「宵練（セオロジカル）は、わたしたち白人（WASP）が自由の守護者であるという事実を理解してもらうためのプログラムだよ。インストールされた人間は、わたしたちを絶対に攻撃しない。いかなる叛逆も、裏切りも存在しない。わたしたちに守られる存在として、わたしたちを愛する存在として、存分に自由を謳歌することができる。わたしの部下たちも、研究を続けてはいたんだ。でも、この分野はアメリカがやらなかった、追い付けなかった負の研究でね、せいぜい電脳紋を記録させることで、特定の人間を攻撃できないように強制的に動作を停止させるプログラムが関の山だった。……もっとも、霄練（セオロジカル）が浸透した世界には、そんなものは必要ないんだ。彼らは自分の意思で攻撃しないし、しようとも思わない。頭の中に手を突っ込んで、幸せな思い出を壊そうとする人間なんていないでしょう？」

「……もう、完成したんですか？」

「まだまだ時間は掛かるかな。承影（メタフィジカル）を復元したって言ったけど、完全に復元できたわけじゃない。外部からの侵入を想定していたのか、ソースコードの一部が暗号化されてるんだ。あれがあの女の子の仕業なら、彼女は特A級の黒客（ハッカー）どころか、アメリカやソビエト連邦を入れても五指に入るだろうね。話をしたいのはやまやまなんだけど、下手に起こしたら情報を全て消去してしまうかも知れない。彼女は承影（メタフィジカル）の作成に携わってはいたものの、途中で試作品の実験台にされた形跡があったんだ。今はどんな人格になっているか、想像もできないからね」

　ふと、あることに気付かされた。

　大尉を捕らえた俺は、ダウンズ中佐と対等に渡り合うために、その電脳から情報を取り出した。何も知らされず、手駒として使われていることに疑問を抱いたはずだ。だというのに、俺は今、ダウンズ中佐の話を聞くことに喜びを覚えている。揺れる椅子で目を覚ましてからずっと、彼女の声に安らぎを感じていた。

　今に始まったことではない、四年前からそうだった。俺はダウンズ中佐に感謝していた。あのとき死ぬはずだったガキに新たな人生を与えてくれた命の恩人であり、会ったことのない母親のようにも思っていた。

　この感情は、本当に俺のものなのだろうか。それとも、彼女が与えてくれた電脳にあらかじめインストールされていたものなのだろうか。他人の人生を、その根本の動機から操ることができるのなら、どこまで操られていて、どこからが俺の意思だ？

「そのプログラムを使って、あんたは一体、何をするつもりだ？」

「四十年前、日本の代議士がとある興味深い提案をしたんだ。日清戦争によって日本の領土となった台湾を、沖縄県と併合するという計画だよ。この計画の背後には、当時の政府が処遇を決めかねていた沖縄県を台湾総督府の直轄領にすることで、本土の負担を減らしながら、台湾と沖縄県の両方をスムーズに統治したいという思惑があったようなんだ。結局、反対の声が多くて潰（つい）えてしまったけれど、その意思はわたしが受け継ぐことにしたんだ。……そう遠くない未来、中華人民共和国との戦争が始まる。それに備えるために、宵練（セオロジカル）を台湾と琉球の人間にインストールする。わたしは琉球弧に中華人民共和国と戦うための前進基地、南洋道（Nanyodo）を建設する」

　星条旗に見守られながら、ダウンズ中佐は滔々と語った。俺はすでに驚きを使い果たしていて、目を見開くのがやっとだった。つまるところ俺は、この四年間、ふたつの国をアメリカの兵士置き場にするために走り回らされていたというわけだ。

「……俺との約束を覚えているか？」

　だが、そんなことはどうでもいい。俺にはもう関係がない。役目は果たしたのだ。あとは、報酬を受け取って立ち去るだけだ。

「うん」

「彼女の情報を渡してくれ」

　抽斗を開ける音が聞こえ、目の前にファイルが置かれる。ずっと探し求めていたものだった。そこに紬の居場所が記されている。

　俺がそうするよりも先に、ダウンズ中佐が立ち上がる。長い影が俺をすっぽりと呑み込む。

「喩え話をしようか。アメリカ人は喩え話が好きだから、我慢してね。……さて、ママが子供に『テストでいい点数を取ったらご褒美をあげる』と約束したとしよう。すると子供は、テストでずるをして満点を取ってしまう。それでもご褒美をあげたら、そのママはいいママかな？」

「ああ、最高のママだ」

「そんな風に育てたら、その子供は平気でずるをする大人になってしまうよ。いい点数を取ったらという条件の裏には、きちんと努力して欲しいという願望が隠れているんだよ。ママの仕事は、子供を短期的に満足させることではなく、立派な人間へと成長させることに他ならない。この場合は、ずるをしたら叱るのがいいママなんだ」

俺の前までやって来ると、ダウンズ中佐はテーブルの縁に腰掛け、長い足を組んだ。ファイルは彼女の尻に敷かれている。瞼に隠されることなく輝き続けている琥珀色の瞳を見返すことはできなかった。

「大変だったよ。シーツ少将はわたしと違う派閥、違う利害で動いている。きみと接触して以来、彼はあれこれと調べ回ってくれて、その影響は他の人間にも及んだ。事実を隠蔽し、納得したうえで調査をやめてもらうまでには、かなりの労力が必要だった」

「他に方法はなかった」

「考えないための言い訳だね。あったはずだよ」

長い腕が伸ばされ、俺の額に人差し指が押し当てられる。

銃口。

「ちゃんと確認したよね？　知ってもいいことはないけど、それでも知りたいのか、って」

「俺を消すのか？」

「第三段階の説明がまだだったね。性能の高い兵器を作ることのデメリットは、敵に鹵獲されて使用されたときに甚大な被害が出かねないという点にあるんだ。兵士の場合だと、造反もあり得る。優秀な兵士は、優秀な敵になる可能性を内包している。だからこそ、そうならない仕組みが必要なんだ」

「結局は、恐怖で支配するんだろ」

「違うよ。耐用年数を設けるだけでいい」

すっと指が離れていく。

「きみにはまだ猶予があるみたいだけど、そこまで長くもないんじゃないかな。長くし過ぎなかったのは、きみの能力を信じていたからだよ。何と言ったって、わたしの作品だからね。与えた任務が終わる頃に電脳も壊れるようになってるんだけど、帰還報告（デブリーフィング）も聞いいちゃったし、潮時かな」

「あんたのために尽くした。その見返りがこれか？」

「きみはすでに受け取っているでしょう？　その義体も、電脳も、この程度の働きには釣り合わないほどの見返りだよ。どうして不満があるの？」

恐怖を、おそらくは自分の意思で抱いている恐怖を抑え込み、俺は立ち上がる。

前原を撃ち殺した。

周を撃ち殺した。

目的のために、紬にもう一度会うために、俺は何だってしてきた。

「何をするつもり？」

「あんたに殺される前にあんたを殺す。分かりやすいだろ？」

手首を反らし、射出口からワイヤーを伸ばす。

「それでわたしを殺せるの？」

「電脳化している相手に効果覿面だってことは実証済みだぜ」

とは言ったものの、ダウンズ中佐の戦闘能力は未知数だ。その特注義体が何を目的に改造されているものなのかさえ見当も付かない。

二メートルのワイヤーを手のひらに一周巻き付けてから鞭のように垂らす。殺意と武器を持った人間を前にしているというのに、ダウンズ中佐はぴくりとも動かない。恐怖か、怒りか、あるいは余裕でも何でもよかったが、反応を期待した俺を嘲笑うかのように、何の感情も浮かんでいない。この状況を心の底から何とも思っていないというわけだ。

「そのファイルさえ寄越せば、俺は黙って消える」

「検査のときに見たけど、片方切れちゃってるよね。物を大事にしないのは感心しないな」

「おまえはどうなんだ？」

俺の声ではなかった。

ダウンズ中佐はぽかんと口を開けていた。

彼女が何かに驚いている姿を見るのは初めてだったが、それは可愛らしいものだった。そう思わせるために、高い金を掛けて美しい外見にしているのだろう。

「……おかしいな。全部没収したと思ったんだけど」

「おれの仕事は偽ることだ」

徐々に現れていく毛利巡査は、星条旗の前に立っていた。隠れ蓑の下は患者衣ではなく、修羅煉獄を出たときの憲兵の制服のままだ。その手は俺のリボルバーを握り締め、ダウンズ中佐に狙いを定めている。

「いつからいたの？」

「おまえたちが来るのを首を長くして待っていた」

「ふうん。この部屋にもセンサーを付けないといけないね」

銃口を向けられているとは思えない堂々とした足取りで歩き、ダウンズ中佐がふたたび椅子に座り直す。ファイルを抽斗に戻すと、彼女は灰皿で休ませていた葉巻を咥えた。リボルバーを構えたまま後ずさり、毛利巡査が俺の隣にやってくる。

「今の話は事実か？」

「わたしは事実しか言わないよ。断片的にしか伝えないことはあるけれど」

「耐用年数を設けるというのはどういうことだ？」

「そのままの意味だけど、耐用年数の意味を知りたいわけじゃないよね？」

その言葉ごと否定するように、毛利巡査がテーブルに置かれていたもの全てを薙ぎ払う。緑色のランプとヘラジカの灰皿が壁に打ちつけられ、飛び散る灰は、ブルーの絨毯の上で四色牌（スーサーパイ）と混じり合う。

「おまえはおれたちに約束した。戦場にいる兵士たちが報われる世界を作る。命を懸けて戦う者たちの犠牲が平和の礎になる世界を作る、と。あれは出鱈目だったのか？」

「ううん。わたしの計画が完遂すれば、一定の平和が維持された世界が実現するはずだよ」

「神にでもなったつもりか？」

「神の定義を人間の創造者とするなら、わたしは限りなくそれに近いんじゃないかな」

ダウンズ中佐は平然と答えた。

揺らぐことのない毛利巡査の能面は、今の俺にとって唯一の救いだった。

「白人（WASP）の平和からは一体誰が除外される？　どこまでが恩恵を受けられる？」

「平和はね、万人に訪れてこそなんだよ。除外なんてしない。ただ、節度を持ってもらうだけ」

「おれはおまえを神にするために志願したわけじゃない！」

毛利巡査がダウンズ中佐の眉間に銃口を突き付ける。その指は、すでに引き金に掛けられている。

「きみは自分の意思で署名したよね？　あのとき、きみは生まれ変わった。家族を、過去を、自分を捨てた。あのときから、きみの意思はわたしたちとともにある。そんなことを言うだなんて、電脳の調子が悪いのかな？」

「おれの部下たちを、仲間を消耗品にされると知っていたら、その前におまえを殺していた！」

「わたしは生まれたときから、自分がシステムの一部だということを心得ているよ。歯車、駒、道具、呼び方は何でもいい。アメリカ軍を勝利に導くために、わたしはここにいる。きみも、きみの部下も、きみの仲間だってそう。役目を終えたら、その価値も消え失せる。毀損ではなく、単なる事実だよ。わたしだって、いつかは消える日が来る。与えられている任務の遂行に掛かる日数が長いか短いか、違いはそれだけ。どうしてきみが憤るのか、わたしにはよく分からないんだけど……」

「すぐに撤回させてやる」

躊躇うことなく毛利巡査は引き金を引いた。俺は耳元で炸裂する轟音を覚悟した。さぞや爽快だろうと思い、聴覚を切ることはしなかった。

だからこそ、何も聞こえなかったのは俺の問題ではない。リボルバーに問題があったわけでも、その銃弾が不発だったわけでもない。

その指は引き金に置かれている。

そして、動いていない。

毛利巡査は引き金を引いていなかった。

「おまえ……」

「貸してもらえるかな」

伸ばされた長い腕が、毛利巡査からリボルバーを取り上げる。それを俺に渡すと、ダウンズ中佐は軍服の前を開き、白い指の先で左胸を示した。

「ほら、ママの胸に飛び込んでおいで」

俺は引き金を引いた。

引いた。

確かに引いた。

確かめるために、何度も引いた。電脳は命令を下している。にもかかわらず、俺の指は動いていない。神経接続が切れてしまっているかのように、引き金に触れている感覚さえ消失している。

「……はじめから、怖くも何ともなかったんだな」

ダウンズ中佐は、部下たちに含光（ポジティビティ）と似た働きをするプログラムの開発を続けさせていたと言っていた。真に迫るようなものは作れなかったが、その研究の副産物として、特定の人間を攻撃できないように強制的に筋肉を停止させるプログラムが生まれた。

「ワイヤー、ナイフ、爆弾、素手、何を試してもいいよ。何を使おうと、きみたちはわたしを殺せない。傷ひとつ付けられないんだ。ほんの少しでもわたしに傷が付く可能性があれば、きみたちの電脳がその可能性を計算した瞬間、その行為に結び付く動作は全て停止する」

俺と毛利巡査は、犬は犬でも、野生の心を残した猟犬ではなく、調教済みの腑抜けに成り下がっていたということか。通信（コール）で呼べばいいものを、ダウンズ中佐はわざわざ壁に掛けられている内線の受話器を手に取り、誰かを呼んでみせた。

「すぐに軍医が来るよ。彼の電脳紋も、きみたちが眠っている間に登録してあるから、きみたちは彼のことも傷付けられない。それはつまり、彼の挙動に対して物理的な抵抗が一切できないということを意味するんだ。振り払おうとしたら、肘や拳が当たってしまうかも知れないよね？　それさえ不可能なんだ。彼はこれから、きみたちを安楽死させる。痛みも苦しみもなく、数十秒で終わるから怖がらなくていいよ。……それよりさ、落としたものを拾ってもらえるかな？　部屋の片付けは、わたしの仕事に含まれていないんだ」

ブラフではない。自分で口にした通り、ダウンズ中佐は嘘を吐きはしない。俺はこれから殺されるし、抵う方法はない。彼女は死ぬはずだった俺に命を与えた。与えた張本人なのだから、好きに取り上げる権利もあるというわけだ。

湧き上がってくる悔しさは、俺にランプと灰皿を拾わせた。できることなどなかった。部屋を飛び出し、手当たり次第に兵士を殺してみたところで、彼女には何の影響もない。飼い主に安楽死させられるというのに、俺は最後まで命令に忠実であろうとしている。

毛利巡査は散らばった四色牌（スーサーパイ）を拾い集めていて、俺は絨毯に付いた灰をしっかりと払った。仕上げに、落ちていた煙草を咥えて火を点ける。椅子の足元に、数枚の紙牌が残っているのが目に留まった。

「毛利、お前だけでも逃げろ」

「生憎だが、船内を知らん。すぐに捕まるだろう」

「隠れ蓑があるだろ？　ダウンズ中佐以外は殺せるんだ、死ぬ気で暴れれば活路は見付かるかも知れないぜ」

「この女のことだ、すでに対応策を閃いているに決まっている」

「らしくないな。どんなときでも強行策がお前の持ち味なのに」

「おれも、そこまで馬鹿じゃない」

「馬鹿であってくれたら、惨めな最期を迎えずに済んだのにな」

せめてもの笑いを浮かべ、俺は瞼を閉じた。

呆気ない終わり方だ。そうなることは分かっていたはずなのに。

「話すこともなくなったなら、レコードでも流そうか。気分がよくなると思うよ」

晴れやかに提案し、ダウンズ中佐が立ち上がる。何を掛けるのかは知っている。サン＝サーンスの「動物の謝肉祭」だ。手術中、始めから終わりまで延々と聴かされ続け、気が狂いそうになったのを鮮明に記憶している。

彼女がレコードプレーヤーのカバーを開けたとき、ドアがノックされた。入るよう促され、さっき医務室ですれ違った軍医が登場する。その首は、玉城の馬鹿デカい手で鷲摑みにされていた。

足元に目を遣る。

赤の兵、黄の兵、白の卒、緑の卒、四枚の紙牌が落ちている。

兵兵卒卒は槓子を除いた最高点であり、雑魚が集まってできる最強の役だ。その符丁は、俺と毛利巡査だからこそ伝わるものだった。

「……最初からこれを計画していたの？」

「保険を掛けていただけだ。おまえがおれたちを裏切らなければ、使う必要もなかった」

毛利巡査が玉城から散弾銃を受け取る。

「どうやって出たんだ？」

「楊さんが大尉を起こしました。……三分だけですが」

「それで？」

「大尉はその三分で七人も殺しました。机の上にあった鉛筆と、あとは手だけで」

死にそうになっていた俺の顔に笑みが広がっていくのが分かった。巡視船から逃げているとき、重量を軽くするために大尉を捨てなくて本当によかった。

「この先はどうするのかな？」

「あとで考える。とにかく、今はあんたの顔も見たくないんでな」

ダウンズ中佐がママを気取るなら、こちらは遅れてきた反抗期だ。この場に楊さんがいないということは、何かしらの策が動いているのだろう。俺は毛利巡査に目配せし、軍医の首根っこを摑んでいる玉城には「先に行け」と伝える。

「追ってくるな。安全が確保されたら、軍医は解放してやる」

「その選択は誤りだよ」

ダウンズ中佐は執務机を指差している。

「この部屋を出たら、きみが欲しいものは永遠に手に入らない」

「あんたを信用するのはやめにした。そのファイルも、どうせ空っぽなんだろ？」

「もしそうなら、きみはどうして生きているの？」

あまりの鋭さに心臓が止まりそうになる。

武庭純（ウー・ティンスン）は、ダウンズ中佐が与えてくれるであろうご褒美のために生きてきた。それを蹴飛ばすというなら、俺は何のために逃げる？

答えることなく、執務室を飛び出した。赤銅色の床を走り、レーダー室を過ぎて階段を上る。開きっぱなしの扉をくぐると、陽の光が差す甲板に出た。連装砲の向こう側で、ふたりの兵士と毛利巡査が睨み合っているのが見える。突撃銃（アサルトライフル）を向けているが、軍医が人質になっているせいで迂闊に撃てないらしい。

連装砲の陰からリボルバーを叩き込み、俺に気を取られたふたり目掛けて、毛利巡査がイサカの前床（フォアエンド）をスライドさせまくる。至近距離での四連射は兵士の頭を電脳ごと粉々にしたが、もう片方は胴体に大穴を開けられながらもしぶとく生きていて、俺は近付いていき、脳天に風穴を開けてやった。

「次は？」

「飛べ！」

言い終わらないうちに毛利巡査が海に飛び込む。軍医の首根っこを掴んだまま、玉城がそれに続く。

眼下には俺たちの有剛丸（あるごうまる）が浮かんでいた。

操縦室にいる楊さんが手を振っている。

手摺（てすり）に右足を乗せた瞬間、左足の近くを銃弾が跳ねた。振り返ると、重装備仕様（ヘビーコンバット）の義肢（クローム）に換装した屈強な兵士が八人ほど並び、こちらに狙いを定めていた。ダウンズ中佐はその先頭にいて、何のつもりか、俺に向けて手を差し伸べている。彼女の腕は長く、二十五メートルは離れているというのに、あと少しで届くのではないかと錯覚してしまう。

「おいでよ」

彼女は言った。

その感情の名前を思い出そうとして、激しい頭痛に襲われる。お前はいつだって、最悪のタイミングで現れる。

俺は頭を強く叩く。最高級品の電脳に換装しようが、元々は安物だ。これで直るに決まっている。

「それを言ったのはお前じゃない！」

銃弾の雨を浴びながら手摺から転げ落ちる。

もしかしたらそれは、この四年間で初めて俺の意思で行なったことかも知れなかった。

第四部

海を憎んだ男（サムウェア・アイ・ビロング）

1

艦上からの猛攻によって有剛丸（あるごうまる）は半壊し、与那国島が見えてきた頃には、ほとんど沈没しかけていた。潜んでいるかも知れないアメリカ兵を警戒し、久部良港は避ける必要があったが、島の南側まで行けるほどの余力は残されておらず、俺たちはダンヌ浜に漂着する他なかった。飛行場に航空機の姿がないことは確認していたが、万が一に備えるために、馬鼻崎の崖下へと移動して夜が訪れるのを待った。

　海岸線沿いの山路を歩き、俺たちは街（シティ）を目指す。

　一度は捨てた居場所におめおめと帰ることに惨めさを感じるべきなのだろうが、それで体が軽くなるなら矜持の二、三個は投げ捨てても構わないくらいに俺たちはくたびれている。内部に劣化ウランやらチタン合金やらが挟み込まれているとはいえ、体を張って全員を守り抜いた玉城の義肢（クローム）は傷だらけになっていた。俺も数発被弾していたが大事に至るものではなく、弾はナイフで取り出し、傷口を縛って人工皮膚（オルトスキン）の癒着を早めている。おまけに、俺以外は憲兵第四団の制服を着たままだった。

　こちらを照らす光もないのに、顔を伏せて歩く。何度も波に飲まれたせいで手持ちの煙草は箱の中でカクテルになり、一服を求めていた俺の肺は、咽せ返るような草と土の匂いを堪能している。馬鼻崎がある北牧場を離れてもなお、強烈な風が馬糞の臭いを運んできてくれた。

　基隆の雨は久部良に、久部良の風は基隆に似ていると感じる。どこにいても、常に違うどこかが思い浮かぶのはなぜなのだろう。

　しんがりを務めているのは毛利巡査だったが、負傷しているのか動きが鈍く、楊（ヤン）さんが肩を貸そうとしていたが、それだけは頑なに拒んでいる。気休めにオキシコドンを渡しておいた。糀（こうじ）大尉を担いでいる玉城はうつらうつらとしていて、一瞬でも油断すれば寝てしまいそうな顔をしている。眠気覚ましに話し掛けてやりたかったが、残念ながら、気の利いた話題を思い付けずにいた。一旦脇に置いて他のことを喋るにしては、俺たちが直面している出来事は、あまりに大き過ぎた。有剛丸（あるごうまる）を降りてから、誰も口を利いていない。

敗残兵四人の中で最も余裕があったからか。それとも、運命をともにしてきた密貿易の申し子だったからなのかは知る由もない。ただ、俺が最も早く異変を察知していた。

　街（シティ）が見えてこないのだ。

　なだらかな傾斜を行けば、久部良集落は目と鼻の先だ。黄褐色の茅葺屋根を頂く家々が建ち並び、その奥で港から放射状に伸びている街（シティ）が、弾けるような瑠璃色と薔薇色のネオン光のおまけ付きで視界に飛び込んでくるはずだった。

　だが、俺の目に映っているのは、埠頭の先端に造られた防波堤灯台が放つ微かな明かりだけだ。控えめな灯台は、以前からずっとあそこで働いている。街（シティ）があまりにも明るかったので、長きにわたって存在感を失っていたに過ぎない。その微光さえ見えてしまうほどに暗いのだ。

　密貿易が始まる以前のように、久部良は夜の中で眠っていた。鼾はおろか、寝返りを打つ音さえ聞こえてこない。

「これは、……どういうことですか？」

　足を止めた俺の隣に楊さんが並ぶ。完全な暗闇というわけではなく、ぽつぽつと光が灯っている。忘れてしまいそうになるが、ここには元々、島人（シマンチュ）が住んでいたのだ。密貿易が始まったのを機に、彼らの多くは自宅を旅館や店に改装し、家賃収入を得ようと貸し出したことで、住人が少しずつ交代していった。隙間という隙間に掘っ立て小屋が造られ、さらなる発展を目指して上に上にと拡張されていき、ネオンの楼閣は形成された。島人（シマンチュ）の数よりも遥かに多い渡航者がここに住んでいたが、それらが全ていなくなれば、元々の住人が帰ってくるのは自明の理だ。

「摘発が行なわれたんだろう。……その気になれば、いつでも潰せた。これまでが異常だったんだ」

　毛利巡査が俺の代わりに答えた。こいつは俺とジョセフ・シーツとの間で物々交換（バーター）が行なわれたのを知っている。寝込みを襲われ、禁制品の隠し場所をいとも簡単に看破された密貿易人たちには、対敵諜報部隊（CIC）の連中が超能力者か何かに思えただろう。

「もぬけの殻ということですね。私たちは誰も頼ることができない」

「連中が上陸してから時間は経っている。もぬけの殻なら、兵士もいないはずだ」

　怯えなくていいのは不幸中の幸いだ。

集落を抜けても、街（シティ）に入ったという感覚にはならなかった。匂いが変わっていたのも大きい。無遠慮で、猥雑で、不快すれすれにもかかわらず、どこか懐かしさを覚えさせる、何もかもが混ぜこぜ（チャンプルー）になった雑多な匂いは漂ってこない。俺は今でも、この島の匂いを嗅いでいる。ネオンの楼閣が遮ってくれていた潮風が、濡れた肌を平手で打つ。

光の鎧がなくなったことで、街（シティ）があった区画は以前よりも小さく見えた。面積はそのままだが、トタンや木材を使って無理やり拵えた二階三階部分が取り壊されたことで、空間としての質量の大半が失われているのだ。それが摘発の爪痕なのか、撤収する際に密貿易人たちが憂さ晴らしをしたのかは分からない。俺としては、後者であって欲しい。

かつての街路には、店主たちが趣向を凝らして造り上げた装飾やネオンサイン、外された戸板が置き去りにされ、雨曝しになっている。持ち去る者がいないなど、街（シティ）では考えられないことだった。もっとも、売り捌く場所自体がなくなったのだから当然だ。酔い潰れて倒れている者もいない。

さっき上から見えた光は、貸し出していた家に戻った海人（ウミンチュ）の終夜灯だろう。彼らも酒宴を好むが、今日は開催されていないのか、どこからも人の声は聞こえてこない。大尉と俺が大立ち回りを演じたときですら、次の日の夜には馬鹿騒ぎが始まり、絶えることはなかった。台湾語も、北京語も、広東語も、英語も、与那国語（ドゥナンムヌイ）も、日本語も、アンプによって増幅された電子三線の熱狂も聞こえない。代わりに、ここでは耳にするはずのなかった波の音が俺の耳に流れ着いている。

すっきりと剪定され、端から端まで見渡すことができ、歩きやすくはなっていたが、あらゆる目印がなくなっているせいで、足繁く通っていた店がどこにあるのか、そもそもどれなのかも判別しかねていた。おそらく、左手にあるのが紅毛楼（ホンマオロウ）のはずだが、屋根を彩っていた赤い瓦は見当たらない。戦闘機の外板を切り出し、朱色に塗装して瓦を模していた自慢の外装は、密貿易のために持ち出された戦果と見做され引き剝がされたのかも知れない。

ここまで大掛かりな摘発が行なわれたのなら、久部良港はすでに密貿易のルートから外されている。運よく品物を隠し通せた者がいたとしても、根こそぎ船に積み込んで、新天地へと旅立ってしまっているはずだ。一軒ずつ覗いていく気力も体力も、俺には残されていなかった。玉城も、楊さんも、毛利巡査も、望んでいるのは休息だけだ。どこに向かっているのかさえ訊ねてこない。

　四年前、基隆を発つ密貿易船に便乗し、俺は与那国島へとやってきた。一攫千金を夢見た台湾商人の武庭純（ウー・ティンスン）は、コネを持たない大半の男がそうするように、まずは担ぎ屋から出発した。ただ、同時期に働き始めた連中と違い、俺は久部良をよく知っていた。家名、屋号、そこが誰の土地か、子供（アガミ）が何人いて誰が長男（ウプダ）か、誰が独身（トゥイムヌ）で、どんな接待（ムティナシ）が好きか、誰が発言権を持っているか、誰に断りを入れれば軋轢が生まれないか、おおよそ見当が付いた。地の利はすぐさま有利に働き、俺は先人たちを出し抜いた。不気味がる者もいたが、大抵の奴は類稀なる商才と受け取った。

　この島は俺が生まれ育った場所で、街（シティ）もその一部に違いなかったが、武庭純（ウー・ティンスン）として奔走する日々は、全く違う国で生きているような奇妙な感覚を俺に与えた。

　商人として生計が立てられるようになってからは、島に溶け込むために、砂糖や米はもちろんのこと、薬や煙草、酒をただ同然で振る舞ってやることがあった。島人（シマンチュ）たちは感謝し、ぅわべでは俺を迎え入れ、住むところを紹介してくれた。その多くが見知った顔で、なかにはかつて俺を小突いたことがある奴もいた。俺のクバ草履を盗んで捨てたのと同じ手が、俺が差し出す煙草を嬉しそうに摘み取った。与えられた任務を果たすために、昔のことは考えないようにした。そう命じるだけで、俺の電脳は抽斗に鍵を掛けてくれた。

　焼け野原から再生した与那国島は、ほんの二、三年で本島も遠く及ばない栄華を極めた。それが今では、焼け野原に逆戻りしている。さらに酷い有様と言っても過言ではないだろう。何せ、この島があんな風に栄えることはもう二度とないのだ。右から左へ流すだけの仲介人（ブローカー）と同じで、自身は何ひとつ持ち合わせていない。はじめから、ネオンが放つ光のようなまばゆい夢だったのだ。見て見ぬ振りを奇跡的に続けられただけで、ここは四年前からずっと、かつての俺を拒んだ孤島の漁港に変わりなかった。

　ありったけのオキシコドンを口に含み、感傷ごと飲み込む。

　浸る権利はない。

　俺がやったことだ。

今の毛利巡査に警戒は期待できず、俺はリボルバーを握り締めている。この四年間、街（シティ）で武器を携帯したことはなかった。

湿った地面を裸足で踏み締め、瓶や窓硝子の破片を避けながら歩き続け、やっとの思いで目的地に辿り着く。昔から看板は出していない。一見客はお呼びでないし、評判こそ看板であるべきだというイカした理由だ。鍵が閉まっていればやっていない、そうでなければやっている、単純明快なところも気に入っていた。

息を整えてから、二分の一を試した。

どうやら、俺の知り合いはおかしい奴ばかりらしい。

楊さんたちには軒先で待つよう伝え、俺は人枡田（トウングダ）に入る。鬼火のように怪しく輝くネオンライトは健在だった。ここにだけは、街（シティ）の面影がまだ残っている。

エントランスを抜けると、そのままになっているからこそ際立ってしまう痛ましさが胸を打った。とびきりの美女との一夜を期待して通い詰める猛者たちで溢れかえっていたカウンター席にも、粧（めか）し込んだ商人たちが商談に花を咲かせていたボックス席にも、踊り狂う若者たちで足の踏み場もなかった奥のダンスホールにも、今は誰もいない。三線弾きのガキも、どこかへ行ってしまったらしい。街（シティ）一番のナイトクラブが営業時間中にすっからかんになることなどあり得ない。

トキコはカウンターの中に立っていた。

いつものように俺を一瞥すると、声を発することなく、カウンターにグラスを置いた。俺はゆっくりと歩き、指定された席に腰を下ろす。先客に威圧感を与えるために、ここを歩くときはわざとらしく靴音を立てながら、あえてゆっくり歩いたものだった。

ウイスキーが注がれ、口を付けた。美味かった。酒を美味いと感じるたのは初めてだった。トキコはいつものように煙草を喫んでいる。両隣の酒鬼が金棒を捨てて便所に駆け込んでも素知らぬ顔で平然と飲んでいるようなうわばみが、少しばかり顔が赤く見えた。朝から晩までずっと飲み続けていれば、さすがに酔いが回ってくるのかも知れない。

俺は乞食のように手を伸ばし、煙草を頂戴した。火を点け、じっくりと喫んだ。喫み終えてから口を開こうと決めていた。

「……恥ずかしながら、帰ってきた」

しばらくの間、トキコは応えなかった。

音のない店内には、彼女が気怠げに煙を吐く音だけが響いていた。

「浦島太郎ね」

「たった今見てきたよ。正直、見たくもなかったが」

トキコは俺が街（シティ）を売ったことを知らない。彼女の性格からして、明かしたところで責められたりはしないと分かってはいたが、今更教える必要もなかった。そんなものは、許しを乞うのと同義だ。

「見てきたなら分かるでしょう？　何しに来たの？」

「お前こそ、どうして店を開けてる？」

「ここは私の家よ。出て行ったりはしないわ」

「家族がいるだろ」

「ここを店にするから出て行けって言って追い出したの。やっぱり店を畳むことにしたから、また一緒に住みましょうなんて話になると思う？」

トキコは俺の言葉を鼻で笑ってみせた。先が見通せる彼女のことだ、あの異常な景気（ケーキ）がずっと続くとは思っていなかったはずだ。ただ、こんなにも急過ぎる終わり方は誰にも予測できなかっただろう。

俺はポケットから金を取り出し、グラスの隣に置いた。この規模の物件が貸しに出される際の家賃を半年分。海沿いで乾かしたので、まだ湿っている。

「数日でいい、ここにいさせてくれ」

俺の家は密貿易品だらけだったし、ジョセフ・シーツにお目溢しを頼んでもいなかったので、今頃は更地になっている。

「聞いて驚くかも知れないけど、うちって旅館じゃないのよ」

「分かってる。……他に頼れる人間がいないんだ。こんな状況になっても信用できる人間が」

俺はトキコを見つめながら言った。もうその必要もないのに、彼女は店内の各所を順々に、隅々まで眺めている。おそらくは無意識だ。

「どうせ、ひとりじゃないんでしょう？」

「四人いる。おかしなことはしないし、迷惑も掛けない」

トキコは溜め息をついてから、卓上の金を手に取った。熱心に頼み込めば、金を渡さずとも承諾してくれただろうけれど、俺と彼女の間柄は、これを挟んだ方が上手くいくということをお互いが心得ていた。

「好きにして。奥に私の部屋があるの。そっちには来ないで」

「助かるよ。あと、煙草を分けてくれないか？」

そう頼むと、キャメルが箱ごと飛んできた。金を渡そうとしたが、トキコは首を横に振った。

「今は貴重だろ？　これでも足りないはずだぜ」

「今は本島から来るの。ちゃんとした交易が始まって、密貿易なんかしなくてもあれこれ手に入るようになったってわけ。あなたたちはお役御免よ」

冷たく言い放ち、トキコは歯を見せて笑った。俺が大好きな笑みだった。煙草を灰皿に押し付けると、彼女は言葉通り、カウンター内の酒棚を通り過ぎて奥のドアへと歩いていく。

「……ねえ」

「なんだ？」

「次に出て行くときは、ちゃんと教えなさい」

謝罪する前にドアが閉められた。矜持は捨てたつもりになっていたが、この不義理だけは、恥じずにはいられなかった。

俺は店の入り口まで戻り、待ちくたびれていた楊さんたちを引き入れる。ほとんど寝ていた玉城をなんとか歩かせ、ボックス席に寝かせた。四人掛けのソファですら足がはみ出てしまうが、こればかりは仕方がない。大尉は床に転がしておき、俺と楊さんはカウンター席に腰を下ろした。

毛利巡査は便所に行ったようで、とりあえず一服させてやろうと思い、楊さんに煙草を渡す。俺はカウンターの内側に入って棚からグラスを取り出し、ふたり分の清明茶（シーミー）を注いだ。タオルが欲しいと言われたので、トキコがグラスを拭くときに使っていたものを探した。眼鏡を丹念に拭いてから、楊さんが煙草を喫む。

「これからどうするつもりですか」

「分からん」

「追ってきますよ。……私たちは知り過ぎてしまった。必ず殺されます」

「だろうな。あの場でそうならなかったのが奇跡だ」

ダウンズ中佐の言った通りなら、俺はそう遠くないうちに死ぬ。放っておいても望みは叶うわけだが、連中としては、この高価な体を回収したいはずだ。

「……欲を出したのが間違いでした。酒家（ナイトクラブ）から逃げていればよかったんです」

後悔を分かち合う相手として、俺は不適切だ。そのことは百も承知なのか、楊さんの手はウイスキーの瓶に伸びている。

「学生たちを売った罰が当たりました。……いいや、それよりもずっと前に、仲間を見殺しにして逃げたからでしょうね。運命（ユンミン）を変えることは誰にもできないのに、自分だけ生き残ろうとしたから」

「まだ手立てはあるはずだ」

「もうやめましょう。ありもしない希望に縋るのは」

カウンターに突っ伏し、楊さんは瞼を閉じた。すぐに寝息が聞こえ出した。

俺がこれからどうするつもりか、他ならぬ俺自身が誰よりも知りたがっている。武庭純（ウー・ティンスン）には目的があった。そのためなら、何でもやってのけた。生まれ変わったような感覚にすっかり陶酔していたが、所詮、俺は俺のままだった。死んでいないだけの腑抜けで、自分で自分の居場所を作れなかったガキで、親のいない子供（ウヤ・ブラヌ・アガミ）だった。

その代わり、望みも一貫している。

もう一度、紬に会いたかった。ただそれだけで、ここまで来た。その夢が叶わないのなら、俺は何のために生きている？

眠りに落ちた楊さんを抱きかかえ、ソファに寝かせてやる。楊さんと玉城は巻き込まれただけで、ふたりが死ぬようなことは絶対にあってはならない。この喧嘩は、俺と毛利巡査で解決すべきだ。

ウイスキーを飲みながら待っていたが、いつまで経っても毛利巡査は戻ってこない。詰まっていたにしても長過ぎるので便所を見に行くと、ドアが開け放たれていた。ひり出すところを見せるのが趣味でなければ、何かあるに決まっている。リボルバーを取り出しながら近付くと、毛利巡査はこちらに背を向けて立っていた。壁に両手をつき、全力疾走した直後のように息を切らしている。

「大丈夫か？」

声が届いているのかも判別できない。だらだら垂れている唾の先には吐血の跡があった。

「おい、本当に大丈夫か？」

「すぐ治まる。武（ウー）には言うな」

普段通りの平坦な声。しばらく経ってから振り向いた毛利巡査は、あの能面で俺を見つめた。

「いつからだ？」

俺は訊ねる。ダウンズ製の人形には耐用年数が設定されていて、毛利巡査は俺よりも遥かに長く任務に当たっている。

「……おまえか」

「ああ、俺だ。いつからそうなってる？」

「おまえが気にすることじゃない。それより、他の奴らは？」

「ふたりとも眠ってる。今はお前を気にする番だ」

強引に肩を貸し、毛利巡査をカウンター席まで運んだ。嫌がらなかったのではなく、俺を振り払えないほどに義肢（クローム）の出力が下がっているらしい。気休めにオキシコドンを飲ませたが、清明茶（シーミー）ごと吐き出されてしまった。営業していないとはいえ、あとで掃除しておかないとトキコの逆鱗に触れることになる。

「いいか。これはあんたと俺に共通する問題だ。白を切り通させはしない。いつからおかしくなった？」

「……基隆に着いてから、少しずつだ」

逡巡の末、毛利巡査はそう答えた。

思っていたよりも幾分か早い。

「どんな具合だ？　どこが悪い？」

「あきらかにイカれてるのは聴覚だ。基隆に着いてからは、まともに聴こえる時間の方が短かった。唇の動きで分かるから会話は問題ない。おまえや楊となら通信（コール）を使えばいいしな。視覚が無事なのは、性能がいい人工臓器（インプラント）のおかげかも知れん」

「それだけか？」

「電脳との神経接続にも不調がある。ごく稀に力が制御できなくなる」

「まさか、誤って憲兵を殺したっていうのは……」

「そうだ。だが、あの事態を引き起こした言い訳にはならない」

俺は頭を抱えた。

もっと注意深く観察していれば、あるいは、打ち明けてもらえるほどの信頼を築けていれば、あの大虐殺は回避できたかも知れなかったのか。

「もしかして、楊さんは知ってるのか？」

「梯子から落ちるのを見られてな。……おまえが留守のときに、一度没入（ジャックイン）させたんだ。楊曰く、プログラムや薬でどうにかできるような問題ではなく、強いて言えば老衰に近いらしい」

電脳は持ち主の脳みそを素材にする。あらゆる部位が交換可能な機械へと進化を遂げた俺たちの体において、取り替えることも直すこともできない唯一の部品。俺たちのママは、そのかけがえのない唯一を、あえて脆く作ってくれたのだ。

「……あと何日保つ？」

「考えたくもない。それに、あの女とのケリを付けるまで死ぬつもりはない」

「どうやってだ？」

返事はなかった。一瞬最悪を覚悟したものの、首に触れると脈があった。こいつも柔らかい寝床まで運んでやりたかったが、生憎と俺にも限界が訪れている。

2

密貿易人たちから不夜島(ナイトランド)と揶揄されていたのが嘘のように、二日酔いの苦しみとは無縁の清々しい朝が港町に訪れていた。

すかすかになった街路には陽光が差し込み、台風(ウブ・カディ)が訪れてもこうはならなかったであろう著しい変化を俺に見せつけた。これまでは一歩でも街(シティ)に立ち入ろうともしなかった島人(シマンチュ)たちが、どんちゃん騒ぎの抜け殻を検分して回っている。見慣れない背広の連中は、一目で琉球人でないと分かる顔立ちをしていた。おそらくは内地から来た連中だ。アメリカ人たちが全てを台無しにして去って行ったあとは、子分の日本人たちが兄貴を真似た我が物顔で襲来し、これらの残骸をどのように処理すればいいか、あれこれと指示していくのだろう。

密貿易人の動向を逐一把握していた島人(シマンチュ)は少ないはずだが、漁協の連中は俺と前原が一悶着あったことを知っている。なおかつ、前原は帰ってきていない。追放されたはずの俺が現れれば、二度目の生還を期待して待っている奴らを刺激しかねない。

誰かに見付かる前に、毛利巡査が一着だけ持ち帰った隠れ蓑を羽織る。まずは、祖内に行って新里警部に会う必要があった。台湾に発つ前、日本渡航証明書と入域許可書を用意するよう頼んでいた。基隆の酒家(ナイトクラブ)から何度か掛けたが、一度も出てはくれなかった。用無しと分かるなり付き合いを断つというのは、なかなか薄情な男だ。

全ての密貿易人が島を去った今、堂々と警察署を訪ねるのは危険が大きい。そうなると、出向くべきは自宅だ。家族の前なら、変な気を起こされる心配もない。

街(シティ)を抜け、集落に出る。どちらにせよ、足を調達するところから始めなければならなかった。これだけ頻繁に訪れていても、玉城の家がどれなのかは依然として曖昧だった。密貿易品の保管庫が唯一の目印だが、一斉摘発を機に壊されたのか、どの家にも見当たらない。面倒だが、門口から敷地内に入って馬小屋を見て回るしかなかった。隠れ蓑様様だ。

　足跡に注意を払いながら確認していったが、一大産業が潰されたことで勤勉になったのか、どの家も馬が出払っている。島人（シマンチュ）たちは、目から火が出るほど働けばぞ家庭は持てる（ミガラ・チー・ンディルタ・ハタラギャドゥ・キナイヤ・ムタリル）という先人のありがたい言葉を急に思い出したのかも知れない。そんな状況でも留守番しているやる気のない馬がいれば、間違いなく俺の相棒だ。

　六軒目で、ようやく怠け者（フユン）と再会した。飯は済んだのか、うつらうつらとしている。茶色の被毛はそこまでだが、黒が混じるたてがみは土汚れが目立つ。手入れしてやる玉城の不在が原因だったが、本人としては、汚れたままの方が嬉しいのだろう。隠れ蓑を脱いで馬小屋に近付き、名前を呼んでやる。匂いを嗅がせようと、怠け者（フユン）の鼻先へ腕を伸ばす。

「久しぶりだな。最近はどうしてた？」

　道中ゆっくりと聞かせてもらおう。固く結ばれた引き綱を解きに掛かったが、怠け者（フユン）は俺の方を少しも見ていなかった。耳は後方に倒れ、ほとんど頭に付いている。

警戒、もしくは怒りの兆候。

「おい、俺を忘れたか？」

　そっと首を撫でる。振り払われこそしなかったが、怠け者（フユン）は顔を下げたまま歯を剥いていた。その団栗眼は俺のことを敵と見做している。手足を捥がれた玉城を運んだときも、そのあとで半ば俺の馬として働いてくれていたときも、俺たちの間には借り物ではない結び付きがあった。

　隠れ蓑を羽織り直し、玉城家の敷地を後にする。

　俺の匂いは変わったのだろうか。島の未来を背負っていた男を殺し、友人になれたかも知れない男を殺し、それでも平然と生きている。糾弾されることがなかったのは、毛利巡査たちと俺が利害関係で寄り集まっているからだ。馬の知ったことではない。俺は怠け者（フユン）の信頼を損ねたのだ。

　俺は祖納へ向けて歩き出した。相も変わらず曇っているが、気温も湿度も高い。何度も脱ぎ着するのが手間で、隠れ蓑の頭巾だけを脱ぐ。毛利巡査の荷物から拝借し、患者衣からシャツとスラックスに着替えていた。履いているのは、その辺に落ちていたクバ草履だ。

北牧場から海岸線に沿って飛行場へと抜けるお決まりの道。道路ができれば、すぐに車やバイクが持ち込まれるようになる。わざわざ難路を行く最後の物好きというわけだ。放牧地は短草が多く、与那国馬（チマンマ）たちが貪るように齧っているのでさらに短くなり、かえって素足をちくちくとくすぐった。

背の低いクバの木陰で足を止め、休憩がてら煙草を喫んだ。頭上の枝に、瑠璃色に光る大きな虫が止まっていた。米搗虫（コメツキムシ）だ。樹液に群がると聞いていたが、一匹くらいは静けさを好む者がいるらしい。

左手には常に、藍色の東海（トンハイ）が広がっている。点在する綿雲は高みを目指して浮上し、海との境目には、澄んだ水色の空が伸びていた。煙草は喫み終えていたが、しばらく眺めた。変わり映えのしない風景だった。

久方ぶりの単独行を再開し、飛行場に差し掛かったところで念のために頭巾を被る。整理は行き届いているが、あれから使用されている形跡はない。一斉摘発は奇襲を掛けるために上陸戦が選ばれたはずだし、内地の連中も船を使う。本島を出発して八重山列島を順に回り、最後に訪れるのがこの島だ。

白い砂浜を横断し、ナンタ浜から祖納に入った。基隆の午市には及ばないものの、人出は格段に増え、街路には活気が満ちている。着物（チン）ではなく、ワンピースやスカート、洋服を着た主婦たちが目立った。街（シティ）が潰れたことで、祖納は島一番の市場（マーケット）の座を取り戻したのだろう。十山御嶽（トヤマウガン）に人がいないのは、旧盆の時期には神事が行なわれないからだ。

警察署のある合同庁舎を素通りし、赤い瓦葺の屋根が並ぶ住宅地を進む。腰高の石塀は低い影を作り、庭先の百日紅（サルスベリ）が桃色の花を付けている。

新里警部の家の敷地に入り、隠れ蓑を脱いだ。戸を叩きながら呼び掛けると、奥さんではなく息子の声が聞こえてきた。断りを入れ、敷居を跨ぐ。

新里警部の息子は居間にいた。座布団に正座するのが辛い体を労ってか、島人（シマンチュ）にしては珍しく、テーブルと椅子で暮らしているようだった。一枚板に脚が生えた檜（ひのき）のテーブルには松葉杖が立て掛けられている。まだ義肢（クローム）には換装していないらしい。

「島を出たと伺っていました」

「やむにやまれぬ事情で帰ってきたんだ。……色々変わったのは、この目で見たよ」

席を勧められたので、返礼に煙草を渡す。新里警部の息子は俺のようにシャツとスラックスという畏まった出で立ちをしていた。細身なのも相まって、どことなく台湾人のように見える。

「奥さんは出掛けてるのか？」

「本島に行っています」

「なんでまた？　親戚でもいたか？」

「父の裁判のためです」

　新里警部の息子は穏やかに答えた。あまりに堂々としていたので、つい意味を取り違えそうになった。警察官が出廷することは珍しくもないが、それなら単に「裁判のため」と言うだろう。

「詳しく聞かせてくれ」

「摘発は三日三晩続きました。商人たちは罰金と送還、仲介人(ブローカー)は逮捕され、町役場の人間も取り調べを受けていました。停泊料を取って密貿易船の出入りを黙認していたことや、仲介人(ブローカー)から賄賂を受け取っていたことが問題視されていたみたいです」

「警察署は？」

「平良と金城という本島から来ていた警官も逮捕されました。対敵諜報部隊(CIC)のオール大尉という人が通訳を連れてうちに来たんです。……全員を捕まえてしまうと立ち行かなくなるので、我々はお前を残すことを考えている。父に対して、そう言っていました」

　ジョセフ・シーツは律儀に約束を守ってくれたらしい。にもかかわらず、想定とは違う結果になっていたと見える。

「父は平良か金城、どちらかを残して欲しいと頼んでいました。代わりに自分を連れて行け、と。オール大尉は困惑していましたが、父が隠していた大量の現金を前にして、仕方なさそうに手錠を掛けました」

　闇米を食わなければ餓死するのと同じで、密貿易は琉球の人間が生きて行くために必要なことだった。私的な貿易を黙認することを罪とは呼べないと、誰もが理解していた。アメリカにとっては罪だったというだけの話で、そいつが許してくれると言っているのに、どうして自分から縄に首を掛ける？

　そう訊ねてみると、新里警部の息子は出し抜けに松葉杖を取った。代わりにやろうかと言った俺を無視し、新里警部の息子は天袋を開け、取り出した茶封筒を卓上に置いた。

「武(ウー)さんが来たら渡せと父が言っていました」

　菊判ほどの大きさの封筒。

中を検めると、まず入域許可書が出てきた。琉球列島米国軍政府（USMGR）が発行するもので、軍政長官の署名がある。これだけでは、本土に向かうことはできない。

「……他に何か言っていたか？」

あとのひとつは書類ではなかった。

難民旅行証明書と書かれた青色の旅券。

「はい。これで貸し借りはなしだ、と」

感心せずにはいられなかった。琉球人ではなく、難民ということにしてしまえば身分を証明する必要もない。主権を回復していない今だからこそ成立する抜け穴。一介の警部が努力だけで手に入れられる代物ではなく、支払ったのであろう対価も到底想像できるものではない。

「裁判はどうなるんだ？」

「母からはまだ連絡がありませんが、懲役は覚悟しています。少なくとも、公職は追われるはずです。戻ってきたとしても、この島で別の仕事を見付けられるのかどうか、僕には分かりません」

実刑になれば、受け取れるはずの恩給も受け取れなくなる。隠しておけばよかったものを、新里警部は賞与代わりにせっせと貯め込んでいた金まで自ら差し出していた。割を食うのは残された家族だ。

「返してもらうにしては、もらい過ぎだ。差額は君に返す」

「義肢（クローム）のことなら、もういいんです」

「いいって、そのまま生きていくことにしたのか？」

「はい」

「その足で亡霊から逃げるのは辛いぞ」

新里警部の息子は頷いた。その様子では、亡くなった戦友たちの夢をまだ見ているのだろう。俺が渡した煙草は手付かずのまま、粉引の湯呑みの隣に転がっている。

「来年になれば資格年齢に達します。そうしたら僕は、与那国の町議会議員に立候補するつもりです」

「政治家になって、親父さんの仇討ちか？」

「違います。僕が僕のためにやるんです。……この足で、島中を歩き回ろうと思います。そうでなければ意味がないんです」

俺を見据えていたのは、孤独のなかで決意を固めた人間の眼差しだった。

以前、「この島が嫌いか？」と訊ねてきた新里警部の息子は「自分もそうだ」と言っていた。きっと俺は、こいつを俺と同じ道に引き摺り込みたかったのだろう。だが、こいつが本当に求めていたのは、どこへでも連れて行ってくれる機械の体ではなかった。

「逃げ帰ってきた俺とはえらい違いだ。……尊敬する。皮肉じゃないぜ」

茶封筒を懐に仕舞い、俺は席を立つ。

「それは違います。だって、武（ウー）さんは負けを認めてしまった人間の顔をしていない」

「どうかな。これでどこぞに高飛びしちまうとは思わないのか？」

「あなたは生き残った意味を探している。探すことと自体が意味だと知っていながら」

松葉杖を使わず、テーブルや椅子を支えにすることもせず、新里警部の息子は片足だけを頼りにゆっくりと立ち上がった。弱り果てた片脚の筋肉では姿勢を保つのが難しく、膝は震え、上半身は小刻みに前後している。失ったものこそが自分であると受け止めるのなら、その不自由さは死ぬまで付いて回る。

「……戦いは終わらないんです。これからも、ずっと」

遠い未来に思いを馳せるように、新里警部の息子は呟いた。その後、新里警部の息子は与那国町の町議会議員になったどころか、任期を勤め上げてから本島に移住し、立法院議員に当選する。その年にアメリカ兵による婦女暴行事件が発生し、新里警部の息子は祖国復帰闘争の最前線に立つことになるのだが、やはりそれは、俺の知るところではなかった。

握手を交わし、俺は新里警部の家を後にした。親父から説得を頼まれたことで始まった関係にしては清々しい終わりだった。

どうせ馬ではないのだから、一旦久部良に戻りはせず、比川まで直線距離で向かうことにした。祖納と比川の間には標高二百メートル超の宇良部岳がある。裾野を進むにしてもなかなかの険路には違いなかったが、義肢（クローム）があればどうってことはない。本来はそのはずだが、義体化した連中は皆、車やバイク、この島なら馬を好み、歩くのを嫌がる。性能が上がれば上がるほど、俺たちは怠惰になっていくのだ。せめて、この島には代歩路（オートウォーク）ができないことを祈るしかない。

祖納港へと注ぐ田原（たばる）川を渡り、野路を歩く。この川の水は農業用水や生活用水に使われ、信仰の対象でもある。右手の犬座鼻（ティンダバナ）を過ぎると、祖納の町はどこへやら、視界は見渡す限りの緑で埋め尽くされていた。

道路が整備されたところで、この島は何も変わらない。元から自然が支配している。奴らは何も訴えかけてはこない。関心も、興味も、愛も、慈悲もなく、汗を流しながら歩く俺を、取り残されたような惨めな気持ちにしてくれる。体を高性能な機械に換装していようが、優れた電脳を持っていようが、ここでは何の意味もなさない。風に揺れる枝葉も、膝まで伸びている草叢(くさむら)も、ここまで届いている海の匂いも、全てが俺を、どうしようもなくちっぽけにする。明日にでも殺されるかも知れないという事実さえも忘れてしまいそうで、俺の苦労を嘲笑っているかのような飄々とした態度に腹が立ってくる。その一方で、少しだけ安堵もした。

街(シティ)が消えても、何も変わらない。

ずっとこうだったのだ。

俺たちは自分で思っているほど、この世界に影響を及ぼしてはいない。武庭純(ウー・ティンスン)の名も、すぐに忘れ去られる。どうせ消えるなら、何だってできるはずだ。

こうして山側から診療所を訪れるのは初めてだった。潮風のせいで軋む扉を開けると、待合室はすっかり様変わりしていた。隅々まで掃除が行き届いているのも驚きだったが、座卓に花瓶が置かれているばかりか、黄花壇特(キバナダンドク)まで活(い)けられていた。火花が飛び散る瞬間のような形をしていて、仏桑花(ハイビスカス)や月桃(げっとう)よりも生命力が感じられる。まともにアイロンも掛けられない男がどういう風の吹き回しかと訝(いぶか)しみながら、待合室を抜けて事務室に向かう。扉は開いているが、孤島(コトー)先生はいない。診察室から人の気配がしたので、先に入って診察が終わるのを待つことにした。

十分ほどで戻ってきた先生は、蘇った死者を前にしたように驚いてくれた。黒板に近付こうとした孤島(コトー)先生に接続線(ケーブル)を渡す。筆談では待つのも一苦労だ。

〈色々な噂を耳にしたが、生きていて何よりだよ〉

〈同感だ〉

〈それで、わざわざこんな島に戻ってきた理由は?〉

〈俺は約束を守る男だよ、先生〉

茶封筒を手渡す。

これがあれば、本土で人生をやり直せる。楊さんが飛び付こうとした夢物語ではない、現実的な選択肢。旅券の表紙に書かれている文字に何度も目を走らせ、孤島(コトー)先生が唾を飲む。本来、物々交換(バーター)に先や後は存在し得ない。もっと早く渡すべきだったのだ。

〈本島までの船はちょいと揺れるが、台湾から与那国よりはマシだぜ〉

旅券を封筒に戻し、孤島(コトー)先生が瞼を閉じる。俺の知る限りでは、感極まって涙を堪えるような男ではなかった。真意を測りかねたものの、あまりにも唐突で実感が湧かないのだろう。

〈……君には感謝している〉

〈礼はいい。それより、訊きたいことがあるんだ〉

俺は孤島(コトー)先生に、ダウンズ中佐が口にした耐用年数の話をした。毛利巡査の身に起きている不調、その詳しい症状、楊さんの見立て、包み隠さず伝えた。

これから、ダウンズ中佐とケリを付ける。そのために、今の毛利巡査がどの程度役に立つかを見定めておく必要があった。残念ながら、本人は絶対に教えてはくれない。ただ、何があろうと、あいつは最後まで死力を尽くすはずだ。だからこそ、俺は俺の計画を立てなければならない。これまでずっと他人任せにしていたが、今回はそうもいかない。全て聞き終えると、孤島(コトー)先生は〈何が知りたいのか？〉と訊いてきた。

〈今の様子から、あいつがいつくたばるかを逆算できたりはしないか？〉

〈頭を開いたとしても、分かりっこない。彼自身にも分からないだろう。壊れそうなぎりぎりのまま数年保つかも知れないし、明日かも知れない。……ただ、彼の精神の弱り方が拍車を掛ける可能性はある〉

〈弱り方？〉

〈少しずつ機能が失われていくのを想像してみるといい。見えるものが減り、周囲の声が聞こえなくなり、自分の言葉を伝えられなくなる。世界からあらゆる手触りが消え、過去を思い出せなくなり、自分が何者で、さっきまで何をしていたのかも分からなくなる。刻々と失われているのだと理解しながら、抗うこともできずに失っていく。毛利巡査は今、誰とも分かち合うことのできない恐怖の真っ只中にいる。……彼ほどではないが、私も似た経験をしたことがある。耐え難い苦痛だよ〉

あの能面は、一切の感情を推測させない。腕っぷしに物を言わせ、ひとりで突き進んでしまう。しかし、あんなにもあっさりと明かしたのは、あいつもれっきとした人間で、人工皮膚(オルトスキン)の下に恐怖を抱えていたのだろう。

〈何かしてやれることはないか？〉

訊いた俺自身、何かの具体的な意味を考えてはいなかった。孤島(コトー)先生はしばらく考え込み、事務机の抽斗から黒色のチップを取り出した。

〈君の友人なら、目にしたことがあるかも知れない〉

〈何なんだ？〉

〈この中に、電脳の基幹部を破壊するプログラムが入っている。挿入口(ジャック)に挿せば、自動的にインストールが始まる。生命維持に必要のないプログラムから順に停止していき、あらゆる感覚が消失した先で脳死に至る。実行中に痛みは生じない。かつて、拷問を受ける可能性がある人間に配られていたものだ〉

〈効果が出るまでにどのくらいの時間が掛かる？〉

〈個人差は大きい。鹵獲を防ぐために、電脳に記録された全ての情報を消去するからね。インストール時点での破損が大きければ二十分程度、そうでなければ数時間掛かる場合もある。……注意点がひとつある。挿してしまえば、取り消すことはできない。最終手段だと思ってくれ〉

　手段だけは与えてやれ、ということか。

　触れるだけなら安全だが、恐る恐るチップを受け取った。これ以上は動けそうにないと判断したら、あいつに渡す。場合によっては、俺が介錯してもいい。

〈時間があるし、君の診断もしようか？　義体整備(メンテナンス)もやれる範囲でやろう〉

〈せっかくだが遠慮しておく〉

　俺も現実を直視したくなかった。

　まだ動ける、それで十分だった。

　接続線(ケーブル)を抜こうとしたが、孤島(コトー)先生の手がそれを止めた。〈少し歩こう〉と言うので、接続線(ケーブル)が抜けてしまわないように気を付けながら、一緒に事務室を出る。孤島(コトー)先生は廊下をずんずんと進み、裏口から診療所の外へ出た。

　目の前には比川浜があり、波のない穏やかな海をいつでも眺めることができる。ふと、砂浜に人がいるのが見えた。ここから二十メートルほどのところに物干し台を立て、白いシーツを干している。長い髪が風になびいていて、その後ろ姿は女のものだ。

〈雇ったのか？〉

〈そんなつもりはないんだよ。ふらっと来ては、掃除だの洗濯だのを手伝っていくんだ。君が去ってからすぐのことだった。金を要求されたりはしないし、どういうわけか受け取ってもくれない〉

足元の籠から洗濯物を取るために振り返った女は、孤島（コトー）先生とその隣の来客に気付き、頭を下げた。四十歳を過ぎた島人（シマンチュ）だった。比川の人間だろう。

〈あの花瓶も彼女の仕業か。あんたに気があるのかもな〉

〈確かめる術はないよ。……彼女は口が利けないんだ。耳も聞こえない〉

そう言うと、孤島（コトー）先生は項垂れた。当の本人は甲斐甲斐しく洗濯物を干している。

〈どちらも後天的なものだ。戦争で夫と子供たちを失って以来、そうなってしまったらしい。錯乱する彼女をどうすればいいか分からず、彼女の両親は彼女のことをずっと部屋に閉じ込めていたそうだ。四年経って、ようやくまともに出歩けるようになったかと思えば、あれだよ〉

〈死んだ夫にでも似てたのか？〉

〈似ても似つかないと聞いたよ。彼女の母親がやってきて、どうかそのままにしてくれ、と言われてね。食事もちゃんと摂（と）るようになったし、あんなに落ち着いている娘をまた見られるとは思っていなかったと、金まで渡されそうになったんだ。結果的には働いてもらっているのにね。ここがよほど気に入ったのか、空いていれば診察室で寝てしまうこともあるんだ〉

籠に入っていた肌着が風に飛ばされ、砂浜の上を転がっていく。女は慌てて拾いに行ったが、慌て過ぎて手元が疎かになったのか、今度は寸前まで干していたタオルが落ちていった。孤島（コトー）先生が脇に抱えていた茶封筒を俺の胸に押し付けたのは、ちょうど風が弱まった頃だった。

〈……あんたには必要なものだ〉

〈ああ、そうだね。間違いなく〉

先生の手が離れていく。

落とさないためには、受け取るしかなかった。

〈彼女が来てくれるようになって、診療所が明るくなったと言われたんだ。ただ単に掃除されているからじゃない気がしてね。どうしてかは分からないけれど、私自身もそう思うことが増えたんだよ〉

白衣のポケットに両手を差し入れ、孤島（コトー）先生は言った。人生をやり直せるだの、もう二度と怯えなくて済むだの、無粋な説得にはお互い飽き飽きしている。大人しく茶封筒を仕舞い、俺は煙草に火を点けた。

〈……大切なのか？〉

〈君が考えているような形ではない。ただ、今ここを

離れるわけにはいかないんだよ〉

〈お守り代わりに持っていても罰は当たらないぜ〉

〈あれば、考えてしまう。私にはもう不要になったんだ。手間を掛けさせたのに申し訳ない〉

　命を懸けられるものを見付けた男は幸運だ。

　煙草を喫み終えるまで風に揺れるシーツと雲を交互に眺めていたかったが、〈どこにいる?〉という毛利巡査の声に瞑想を中断させられた。思えば、前にもこんなことがあった。それこそ、警官に扮してジョセフ・シーツに会いに行ったときだ。宇良部岳に中継機（トランスポンダー）が設置され、この診療所にも通信（コール）が届くようになっている。

〈天国からのお便りじゃなきゃ、出歩けるくらいまで回復したか?〉

〈余計なお世話だ。それより……〉

〈飛行場まで来い、だろ?　今すぐ向かう〉

　発話はすぐに終わった。聞き分けのよさに面食らっていることだろう。何か企んでいると見える。馬を失った俺が賭けられる相手は毛利巡査しか残っていない。孤島（コトー）先生の肩をぽんと叩き、〈悪いが、そろそろ失礼するよ〉と告げた。

会うのは、これが最後だ。

　今度こそ最後になる。

〈達者に暮らしてくれ〉

〈青年よ、もう少し自分を大切にしなさい。人間は少しくらい、自分のために生きていいんだ〉

　挿入口（ジャック）から抜いた端子（プラグ）を俺に渡し、孤島（コトー）先生は診療所へ戻って行った。買い被りすぎだ。俺ほど自分のためだけに生きている人間はそういないのに。

　さて、来た道を引き返そう。

　単純な距離にすれば三キロにも満たないが、勾配が急なうえに獣道さえなく、波に逆らうように草叢を掻き分けながら進軍する。歩くのに集中するために感覚を幾つか切ったおかげか、往路よりも格段に早く祖納の町に辿り着くことができた。

　隠れ蓑を羽織り、周囲を警戒しながら飛行場を偵察する。東側にアメリカ軍が建設した電波塔があり、その根元に置かれた通信機器の前に毛利巡査が座っていた。頭巾を脱いで声を掛ける。いまだに憲兵の制服姿の毛利巡査は、頭に掛けたヘッドセットから伸びている接続線（ケーブル）を寄越してきた。端子（プラグ）を挿入口（ジャック）に挿す。衛星通信の影響か、雑音（ノイズ）が混じっている。

〈どこに掛けるんだ？〉

〈奥の手だ。絶対に使わないと決めていたが、悠長なことを言っていられる状況じゃない〉

頭の中に呼び出し音が鳴り響いている。

どうやら、毛利巡査が耳で聞いている音が俺の電脳にお裾分けされているらしい。相手は交換手のようで、繋がるなり英語で認識番号なるものを求めてきている。毛利巡査が即座に七桁の数字を伝える。

〈合言葉(カウンターサイン)をお願いできますか？〉

〈エベレスト〉

〈……確認しました。どなたにお繋ぎしますか？〉

〈上官を頼む〉

〈お待ちください〉

ふたたび呼び出し音が鳴り始める。

〈あの女の上にいる誰かには見当も付かないが、ボロ船の一隻を宛てがってやることはできても、そこまでの大物ではないはずだ。連中がこそこそ動き回っているのが何よりの証拠だ。あんなイカれた計画、明るみに出れば必ず潰される。……今から、信用できる人間が出る。そいつと話して、あの女への引導の渡し方を考える〉

親を叱れるのは別の親というわけだ。

回線が繋がる音が聞こえ、毛利巡査が姿勢を正す。

〈こういう形での連絡、さぞ驚かれたと思います〉

〈うん。びっくりしたよ〉

電脳の防衛本能が俺にリボルバーを握らせた。早鐘を打ち始めた鼓動は、隣に座っている能面にさえ驚きが浮かんでいるように錯覚させる。

〈……マッコール准将に何をした？〉

〈わたしは何もしていないけど、彼は中将としてアーリントンにいるよ。志願したことで、きみはわたしの指揮系統に組み込まれたんだから、上官を呼んだらわたしに繋がるのは当然じゃないかな〉

〈どこまで手を回している？〉

〈わたしの計画は秘密裏に行なわれてはいるけれど、賛同者は多いんだよ。宵練(セオロジカル)をインストールする対象として想定されているのは台湾や琉球の人々だけじゃない。電脳化手術を受けていれば、自国の人間、自国の兵士たちに対しても有効だからね。上院議員たちは、共産主義者を追放するために宵練(セオロジカル)を使いたがってるみたいだよ〉

軍どころか政府の連中すらも、すでにダウンズ中佐の虜というわけだ。自由の国が聞いて呆れる。こうして連絡手段を潰されるとなると、ともに戦ってくれる協力者を募るのは不可能だ。

〈近くで聞いているんでしょう?〉

毛利巡査が通信を切ろうとしたとき、ダウンズ中佐が俺を呼んだ。

〈ああ、そうだよ。代わりに俺が切ってやる〉

〈大事な話があるんだ。みんなを助けたいなら、耳を傾けた方がいいんじゃないかな〉

〈あんたの戯言にはうんざりだ。殺す方法を見付けるから待ってろ〉

〈彼女から受け取ったものを返してくれる?〉

駄々を捏ねる子供に言い聞かせるような、取り繕われた優しさに満ちた声色だった。

夢か現（うつつ）か、ほんの一瞬の出来事だったが、俺は国民党の黒客（ハッカー）が手渡してきたチップを肌身離さず持ち歩いていた。どうせ、ふんぞり返って葉巻を嗜んでいるに違いない。俺も負けじと煙草を喫む。

〈何のことだ?〉

〈宵練（セオロジカル）の開発が行き詰まっていてね、わたしたちの処理能力をもってしても、承影（メタフィジカル）のソースコードに掛けられた暗号化を解くことができないんだ。暗号鍵が用意されているはずなんだけど、彼女の電脳内にはなかった。……正確に言うと、あった形跡は確認されているんだ。きみたちが運んでくる少し前に、外部の記憶装置に移されている。心当たりはない?〉

〈いいことを聞いた。もしそんなお宝を持っていたら、今すぐにでも叩き壊すぜ。それで、あんたたちは終わりだ〉

〈もちろん、ただで返せとは言わない。きみにはご褒美を用意しているよ〉

〈俺たちの身の安全を保証してくれるのか?〉

〈それでもいいけど、もっといいものを提供してあげる。彼女とチップを物々交換（バーター）しよう〉

俺は声を上げて笑った。さすがのママも、追い詰められておかしくなっているらしい。

〈見ず知らずの女だぜ? 交換条件になるかよ〉

〈あはは。酷いことを言うんだね。きみがずっと探し求めていた子だっていうのに〉

目の前にいたなら、弾倉が空になるまで撃っただろう。俺の怒りは、ダウンズ中佐に仕込まれたプログラムさえ凌駕したかも知れない。

〈……越えるべきじゃない一線だ〉

〈きみは変わった子だよ。長い間連れ添った恋人ならまだしも、たいして話をしたこともない、ほんの少し一緒に過ごしただけの相手と会うためだけに身を粉にして働くだなんてね〉

〈あんたには分からなくていい〉

〈うん。……でもさ、きみはその子の顔を思い出せるのかな?〉


　腰を抜かしている俺に向かって、腕が差し伸べられている。

「おいでよ」

　紬が裂け目(バリ)の向こうから腕を伸ばしていた。死へと誘っているのではなかった。彼女は俺を救おうとしてくれていた。その手のひらは、優しさと強さで俺を鼓舞していた。

「……無理だ」

「無理じゃないよ」

「怖いんだ」

「大丈夫。君なら飛べるよ」

　こんなことをしたからといって、何も変わりはしない。島のガキどもは明日も明後日も俺を殴ったり蹴ったりするし、両親が突然帰ってきたりもしない。それなら、このまま落ちて死ぬのが楽なのかも知れない。

　ゆっくりと立ち上がる。

　恐る恐る裂け目(バリ)の下側を覗き込むと、奈落のような闇がどこまでも続いていた。

「私を見て」

　抱擁のように穏やかな声だった。

　顔を上げると、紬が俺に微笑みかけていた。

「生きるって、越えるってことだよ」


　あのとき、俺は生まれて初めて、人生というものに意味を見出したのだ。自身は何も持っていない仲介人(ブローカー)の俺が、唯一持ち合わせている宝物。たとえ、この電脳が内側から燃え尽きていったとしても、あの顔だけは、最期の最期まではっきりと思い出せる。

　俺の名前を呼び、どう生きていけばいいかを教えてくれた紬の顔。

　裂け目(バリ)の向こうから腕を伸ばし、紬は俺を見つめているはずだ。

　あの顔だけは。

あの顔だけは。

〈……俺の記憶に何をした〉

〈彼女こそ、きみが探し求めていた少女だよ〉

〈ふざけるな！〉

〈与那国島の多くの若い女性がそうだったように、彼女は働き口を求めて台湾に渡った。きみは密貿易船に潜り込んで追い掛けたけれど、台北で女中奉公をしているという彼女を探すことは叶わず、そこで一切の繋がりは断たれてしまった。……もし彼女が、国民党が求めていた才能の持ち主だったのなら、黒客（ハッカー）として育てられた琉球人がいたとしても不思議はないんじゃないかな〉

　第八実習場の研究室に置かれていた稲藁で編んだ馬が脳裏をよぎる。

　人差し指ほどの小さな馬。

あれは与那国島にあるおもちゃ（ンタビムヌ）だった。無論、ダウンズ中佐が仕込んでいた可能性も大いにある。

〈……嘘だ。それに、証明する方法もないだろ〉

〈方法はひとつだけあるよ。物々交換（バーター）して、その目で確かめてみればいい。嘘だと思うのなら、このまま死なせればいい。彼女の中に暗号鍵がないと分かった時点で、処分は決定しているんだ〉

　不意に肩を叩かれる。

　毛利巡査は俺の前で、横に倒した人差し指を反対の手の人差し指で何度か突いてみせた。この男が根っからの暴力主義者だと知っているからこそ、発話よりも正確に意図を汲み取れる。呆れるほど禍々しい身振り手振り（ジェスチャー）だった。

〈取引するとして、条件がひとつある〉

〈きみは条件を出せる立場にないと思うけど、言ってみて〉

〈石垣島から北方へ八十浬ほど進んだところに無人の島々がある〉

〈尖閣諸島だね〉

〈ああ、そこで交換する。今すぐ来いと言ったらどうする？〉

〈日付が変わって四時には到着できるよ〉

〈なんだよ、えらく遠いところにいるんだな〉

〈なるべく人目に付きたくないんだ。それより、きみたちの船は壊れたんじゃないの？〉

〈余計なお世話だ。……四時に久場島（クバ）。あんたと女、護衛はふたりまで〉

目配せをし、通信を切らせた。毛利巡査がヘッドセットを外したので、俺も端子を抜く。

「……駆逐艦を叩こうって魂胆か。あんたらしいぜ」

「あの女が素直に応じるとは到底思えないからな。だが、出て来てくれれば、殺す機会が生まれる」

毛利巡査は断言してみせた。俺たちの頭上には、あの船に乗って島を訪れるダウンズ中佐の姿がありありと浮かんでいた。必ずやってくるという確信があった。俺たちを殺し、チップと俺たちの義体を手に入れようとしている。その慢心を、あのくそったれの船ごと粉々にしてやらねばならない。

「武、どうしてチップの話を隠していた？」

「俺も忘れていた。そんなに大事なものだとは思っていなかったんだ」

「女の件は？」

「個人的なことだ。これからも話す気はない」

通信機器から自前の端末を外し、毛利巡査が立ち上がる。その動作は、極めてスムーズに見えた。

「指定された時間までかなりある。向こうは替え玉を用意してくるかも知れないし、仮に台湾から連れ帰った本物だとしても、そいつがおまえが探していた女だという可能性は低い。おまえの望みが奪還なら、失望に終わるはずだ」

「やけに心配してくれるじゃないか。俺たちは友人でも何でもないだろ？」

かつてはダウンズ中佐の命令を受けた駒として、今は復讐者として、俺と毛利巡査は共通の目的によってのみ結び付いている。俺たちの間に親しさが生じる余地はない。

「おまえは弱みを握られている。いざというとき、足手纏いになりかねない」

冷ややかに俺を見下ろし、毛利巡査は応えた。なるほど、お互いに似たようなことを考えていたようだ。

「心配するな。……俺は、俺のために探していただけだ。だから、弱みじゃない」

そう返し、地面に寝転がる。

俺はあのとき、道を示してくれた彼女の手のひらに生きる意味を見出した。俺には生まれた意味などなかった。あと何十年探したところで、見付かりはしなかっただろう。

だからこそ、彼女が与えてくれたのだと、そう思い込もうとしていた。この執着の対象は、果たして何だったのか。結局は、今も昔も空っぽなのだ。

「それで、あんたに策はあるのか？」

「ない。非常時に備えて空港に隠していた武器も根こそぎ押収されていた」

「なら、今回は任せろ」

天は働く者ぞ助ける（ティンヤ・ハタラグ・ムヌドゥ・タシキル）。

ありがたい言葉を信じて、俺は続ける。

「これから手配する。上手くいけば、勝つ見込みはある」

「無謀な策か？」

「当たり前だろ」

俺を見下ろしている能面と目が合った。心なしか、目元に笑みが浮かんでいるように見えた。ひとまずは拠点に戻らなくてはならない。俺は起き上がり、毛利巡査と連れ立って久部良まで歩いた。

集落まで来たところで、毛利巡査を門口で待たせ、玉城家の敷地に入る。話せるとしたら、今しかなかった。逢い引きでもするようにそわそわしながら覗き込んだが、母屋にも炊事場（チムヌダ）にも、玉城の祖母はいなかった。悩み抜いた末の答え、「玉蘭は生きていて、あんたの贈り物を受け取ってくれた」と嘘を吐くつもりだった。こうして会えなかったということは、きっと俺はそうすべきではなかったのだろう。書き置きするか迷ったが、それもやめた。

街（シティ）の成れの果てを足早に突っ切り、人枡田（トゥングダ）に戻る。ボックス席には、眠りから覚めた楊さんと玉城の姿があった。毛利巡査を先に行かせ、エントランスと便所の間に設置されている壁掛け式の電話機に向かう。まだ回線は生きていた。

俺は二本の電話を掛けなければならなかった。基隆と上海、どちらも商談だった。命懸けの交渉をするのは久しぶりだったが、思いのほかすんなりとまとまった。

カウンターの内側からトキコ謹製の阿檀（アダン）酒と人数分のグラスを拝借し、三人が待つボックス席に腰を下ろす。俺の隣に玉城がいて、対面に楊さんと毛利巡査がいる。重装備仕様（ヘビーコンバット）の義肢（クローム）に換装した島人（シマンチュ）に、国民党軍から逃げてきた黒客（ハッカー）、全身義体の紛い物（カシムヌ）がふたりとは、たいした面子が揃ったものだ。

今回は俺に任せてくれるらしく、毛利巡査は音頭を取ろうとしなかった。四人とも、それぞれ別々の方向に視線を置いている。期待、苛立ち、諦め、気まずさ、どれも違う気がした。

「……今から馬鹿な話をする。面白くもないし、馬鹿馬鹿し過ぎてうんざりするはずだ。それ以上聞きたくないと思ったら、席を立って出て行ってくれ。責めたりはしない。むしろ、そうして欲しいとすら思ってる」

まず、煙草に火を点ける。

そのあとで、あの女から渡されたチップをテーブルに置いた。

「この中に、承影（メタフィジカル）の暗号化を解く暗号鍵が入っている。これがないと、連中はプログラムを進化させられない。ダウンズ中佐は喉から手が出るほど欲しがっていて、このチップがこちらにある限り、迂闊に手出しできないんだ」

「それを使って交渉するんですね？」

楊さんが前のめりに訊ねる。

もちろん、俺は首を横に振った。

「明日の四時に受け渡すことになっているが、あいつらにとって俺たちは、犬どころか虫みたいなもんだ。それも害虫だ。まっとうな取引なんか望めないし、放っておいてくれるはずもない。確実に処分されるだろうな」

芽生え掛けた期待は瞬く間に枯れていった。残念ながら、もっと落胆してもらうことになる。俺はここから、さらに愚かな提案を始めようとしている。

「奴らは必ず来る。ダウンズ中佐の動く基地が。俺はそれを叩こうと思う」

「叩くっていうのは……」

「全員殺して、艦ごと沈める。俺たちのことを二度と追って来れなくするのさ」

予想に反して、楊さんは頭を抱えなかった。俺が狂気の世界へ旅立ったと判断したのだろう。

「そもそも、私たちは武器も持っていない。もう、この島では買えないんですよ」

「武器も、船も、両方とも調達した。日付が変わるまでに届く手筈だ」

「釣り船で駆逐艦に挑むつもりですか？」

「いくら何でも艦隊戦をやろうとは思っていない。船から船へ、海賊よろしく乗り込む。俺の計算では、乗り込むこと自体はそう難しくはない。問題は、そのあとだ。下手を打てば、一瞬で蜂の巣だからな。……毛利、時間までにハリガンの艦内図を手に入れることは可能か？」

「不可能だとしてもどうにかするしかないだろ？」

煙草を喫みながら頷く。この場で冷静なのは楊さんだけで、俺はその判断力に期待を寄せていた。

「沈没船を改修したとなれば、艦内は変わっているはずです。それに、乗組員は二百人近い。全員が義体化を施しているとなれば、簡単には排除できません。多勢に無勢もいいところです」

「いや、乗組員の大半は技術者（エンジニア）だ。練度は高くない。脅威になり得るのは、中佐が連れている数人の精鋭だけと見た。戦力の差は武器の性能で補えばいい」

「そんなもの、どうやって調達したんですか？」

「指は内にぞ折れる（ウュビャ・ウティンキドゥ・ブラリル）」

お前には関係ない、という意味の島言葉（シマクトゥバ）。台湾人連中の間で流行っていたので、楊さんもよく知っている。

「……だとしても無謀です」

「ああ、無謀だ。それに、もっと無謀な条件が付いてくる。……修羅煉獄から連れ出した黒客（ハッカー）の女がいただろう？　もしかしたら俺の知っている奴かもしれなくてな、助け出そうと思っている。そうなってくると、ただ沈めるだけよりも難しい。だから、俺と毛利巡査、ふたりでやる」

　卑怯さを自覚しながら、四個のグラスに阿檀酒（アダン）を並々と注ぐ。飲み干せば喉から火を吹くこと間違いなしの起爆剤だ。

「……だが、来てくれると心強い」

　俺はグラスを手に取る。

　毛利巡査と玉城がそれに続いた。

「おい、ちゃんと考えたのか？　今回ばかりは死ぬかもしれないんだぞ？」

「そんなに強い相手なら、自分も見に行きたいです」

　この偉丈夫はいつも所在なさげな声で啖呵を切るので、呆れるのを通り越して感服するしかなかった。

　楊さんの手がキャメルに伸び、火を点けてやる。やけに乱暴に喫むので、細かい灰が飛び散っていった。やがて、煙草を灰皿に押し付けたのと同じ手が、最後のグラスを摑んだ。

「どのみち殺されるなら、悪足掻きする方がいい」

「死なせやしない。全員で、またここに戻ってくる」

　台湾人は、乾杯とともに飲み干す。島人（シマンチュ）は、ぐっと飲み干した盃を次の者に回す。両者には、酒とあらば飲み干さずにはいられないという、何よりも健やかな共通点があった。

　にやりと笑い合い、俺たちはグラスを空にした。

　阿檀酒（アダン）が全身を駆け巡り、一瞬にして活力が満ちてきた。

毛利巡査が楊さんを連れて店を出て行く。おそらくは、飛行場に戻って通信機器を使うのだろう。艦内図を手に入れるためにはハッキングが必要不可欠だ。ふたりには悪いが、積荷が届くまでは休んでいよう。その気になれば一瞬で素面に戻れるのだから、ここで飲み続けて一旦寝てしまってもいい。

「玉城。親父さんとお袋さん、婆さんに会ってこい」

出て行けるように、俺は玉城の対面に座り直した。

「どうしてですか」

「万が一のためだ。ただでさえ、急にいなくなって心配してるはずだ」

「自分は大丈夫です」

「お前はそうでも、向こうがそうじゃないんだ。頼むから、会いに行ってやってくれ」

家族がいない俺には、やりたくてもできないことだった。一方的に命令する関係性は解消していたが、これればかりは譲る気はなかった。こういうときの俺の頑なさをよく知っていて、顔を赤らめた玉城が重い腰を上げる。

「……武(ウー)さん、さっき言ってたことですが」

「どれだ？」

「指は内にぞ折れる(ウユビヤ・ウティンキドゥ・ブラリル)。意味は分かってますか？」

「お前には関係ない、だろ？」

玉城は首を横に振った。台湾商人を除け者にするとき、島人(シマンチュ)たちは決まってその言葉を使ったので、俺たちは自然とそう解釈していた。それならどういう意味なのかと訊ねた俺を前に、玉城は馬鹿デカい義肢(クローム)の拳をぎゅっと握り締めた。

「指が内に折れると握り拳になります。……弱い指が強くなる。家族が集まって助け合えば、頼りになる」

俺は溜め息をついた。

結局はこれだ。そこに入れなければ、ずっと入れない。俺は最初から最後まで、島人(シマンチュ)ではなかったのだ。

「自分は、あれを聞いて嬉しかったんです」

「……どうしてだ？」

「武(ウー)さんと毛利さんと楊さんの四人旅、色々なことがあったけど、自分は楽しかったです。みんな、本当の兄弟(ウトゥダ)みたいだと思いました」

巨体をのそのそと揺らし、玉城は去って行った。

指を内側に折り、握り拳を作ってみる。

俺は仲間(ドゥチ)を巻き込んでいた。三人は志願したのではない。他に選択肢がないからこそ、付いて来ざるを得なかったに過ぎない。少しでも生き残る確率を上げるために選んだ卑怯なやり方だった。なればこそ、三人の決断に報いる必要がある。

一度は沈んだ艦と、一度は沈んだ男。

どちらがしぶといか、はっきりさせてやる。

3

雨音で目を覚ましたりはしない。

俺を起こしたのは、夜の十時過ぎに掛かってきた電話の音だった。李志明(リー・チーミン)が雇った武器商人は、吹き付ける風に負けじと「あと一時間ほどで到着する」と大声で捲(まく)し立てた。久部良港ではなくダンヌ浜を目指すよう伝え、受話器を置いた。店内に戻ると、三人の視線が俺に集結していた。

「もうすぐ武器と船が届く。ダンヌ浜で待とう」

待ってましたとばかりに、玉城と楊さんが席を立つ。

「提案がある」

「何だ？」

「こいつを起こすんだ」

そう言って、毛利巡査は床に転がっていた糀大尉を抱きかかえた。俺としても、考えていなかったわけではない。ダイアンサスから逃げ出すときに獅子奮迅の働きをしてくれたのは聞いている。

「元はと言えば敵だ。手を噛まれない保証はないぜ」

「帝国陸軍の指令書を偽造して、大尉の電脳に書き込んでみました。現地の協力者を率いて敵艦を攻撃せよ、という内容です。……大尉の電脳は、以前よりも機能が低下しています。上手くいくかは分かりませんし、保証はできないのは確かです」

「まあ、大尉が狂犬なのは今に始まった話じゃないか。それに、戦力は多い方がいい」

楊さんの腕前と、大尉の中に眠っているアメリカ軍への殺意を信じよう。それにしても、ますます訳の分からない軍隊だ。俺は三人に、先にダンヌ浜へ向かうよう頼んだ。隠れ蓑を除けば、持って行けるものなど何もない。清々しいほどに徒手空拳だ。

入り口の扉が閉まるのを待って、カウンターの中に入る。肝心なときに気の利いた言葉が出てこないのを情けなく思いながら、トキコの私室に繋がっている扉をノックする。

「何？」

「そろそろ行くよ。挨拶させてくれないか？」

「時間はあるの？」

「一時間くらいだ」

「……着替えるわ。煙草でも喫んで待っていて」

　いつにも増して素っ気なかった。

　俺はカウンター席に腰を下ろし、言われた通りに煙草を喫んだ。際限なく渇いていく喉を大量の清明茶（シーミー）で潤す。電脳は正確に時間を刻み、頭の片隅に常にそれを表示してくれるが、もはや俺には不要な機能なので切っていた。

　だから、どのくらい経ったかは分からない。扉の向こうから現れたトキコは、褐色の肌によく映える紺碧色のドレスに身を包んでいた。胸元が大きく開き、垂らしている髪の下側で鎖骨が覗いている。腰の細さと、それとは対照的な臀部をはっきりと際立たせるシルエット。銀幕から飛び出してきたような美しさに見惚れ、せっかく用意した別れの言葉を忘れてしまった。

「感想は？」

「どこで買ったんだ？」

「第一声としては最低ね。普通は褒めるの」

　着飾っているトキコの手がいつも通りに酒を作る。氷が入ったロックグラスに花酒とジンを同量入れ、残りを炭酸水で満たし、仕上げに芭樂（グァバ）の果汁を数滴入れてかき混ぜる。飲めば必ず約束の時間を逃すと悪名高く、愛飲者が多いトキコお手製のカクテルだ。

「それ、名前は付けてるのか？」

「そうね、武庭純（ウー・ティンスン）なんてのはどうかしら」

「飲んだこともないのにいいのか？」

「詰めが甘い味がするのよ」

　六十度と四十度の混合物をたった二口で平らげながら、トキコは壁際の操作盤に触れた。指先の灯火を残して、店内の照明が全て消える。暗闇に飲まれたのは束の間で、スイッチを下ろすパチリという音が鳴り、店の奥にあるダンスフロアの床に埋め込まれた照明が輝き出した。

　黄金と見紛う黄色の光。

　ただし、いつもよりも照度が抑えられている。

　こちら側に来たトキコは、俺から煙草を取り上げてシンクに捨てると、優雅な足取りでダンスホールへと歩いて行った。それを招待と受け取り、付いて行く。

　光の泉をふたりきりで独占するのは、この店が始まって以来、俺とトキコが初めてだろう。トキコは横幅が玉城ほどある上等なスピーカーの隣に設置されたレコードの棚を吟味している。踊り狂う若者たちがおらず、隅から隅まで見通せる泉の上をすいすいと歩き回っていると、足元に残された手形が目に留まった。血や泥ではなく、塗料でしっかりと捺されている。

「勝者が出たの」

視線に気付いたのか、トキコが言った。

人枡田（トウングダ）名物のひとつ、夜明け前に行なわれる巻き踊り（ドゥンタ）を真似たお遊び。輪になって最後のひとりになるまで飲み続ける狂宴は、トキコの策略によって絶対に勝てないようになっているはずだ。街（シティ）中の酒鬼が成し遂げられなかった偉業を、どこの誰がやってのけた？

「居眠り（ニンディ）の店主よ。覚えてる？」

「嘘だろ、宝の持ち腐れか？」

「ああ、あんたたちはそう呼んでたわね。無一文だから門前払いしてたけど、その日はちゃんと金を持ってきたから気紛れで入れてみたの。彼、ふらふらになりながらも、ケーリー・グラントみたいな顔で最後まで立っていたわ。支払いを免除するだけじゃ可哀想だから、記念に残してあげようと思って手形を押させたの。あの日は私も興奮してたから、今は少し後悔してる」

「どうしようもない飲んだくれの風来坊だと思ってたが、ついに男を見せたな。今はどうしてる？　故郷に凱旋でもしたのか？」

「死んだわ。朝に店を出て行って、そのままナーマ浜で眠ってゲロを詰まらせたみたい。漁師が見付けたときはもう手遅れだったらしいんだけど、彼、笑っていたそうよ」

どう反応すればいいか困る話だった。どうしようもない飲んだくれの風来坊には違いなかったが、まだ若く、可愛げもあり、少なくとも死ぬべき人間ではなかった。しかしながら、あいつにとっては一番贅沢な最期なのかも知れないとも思えた。俺は膝をつき、晴れて持ち腐れから宝になった男の勲章に手を重ねた。

「陳（チェン）さんは蔡（ツァイ）さんと一緒に神戸に行ったわ。蔡さんの学友がいるみたいで、当分は身を寄せるそうよ。林（リー）さんは上海の商人の船を奪って逃げようとしたのが失敗して、対敵諜報部隊（CIC）に逮捕された。三人とも、最後にここに来たときはあんたの話をしてたわ」

「何て言ってた？」

「今頃死んでるんじゃないかって、来る度に献杯してた」

苦笑せずにはいられない。もう一度会うことがあれば、杜甫の陳さんのおかげで乗り切れた窮地があると教えてやりたかった。

「他に知りたい人はいる？」

「あの帳簿係は？」

「本島の病院に運び込まれたそうよ。運がよければ、もう目を覚ましてるんじゃないかしら」

「……何があった？」

「帳簿と預金を守るために、漁業組合の建物に立て籠って銃撃戦を繰り広げたの。あんな見た目のくせして、最後まで戦っていたわ。頭を撃ち抜かれなかったのは奇跡ね」

　俺が持っていた情報が渡った時点で、あの帳簿から守る価値は消え失せていたが、帳簿係にとっては価値云々ではなく、帳簿を守るという行為自体に意味があったのだろう。街（シティ）の規則に仕えた男らしい、立派な結末だ。

　それ以上訊ねなかったのをおしまいと捉えたのか、トキコがレコードに針を落とす。大楽団（ビッグバンド）の演奏で幕が上がり、色気のあるトランペットの音が響き渡る。長く通っているが、聴いたことがない曲だった。

「誰の曲だ？」

「あまり長い曲じゃないの」

　目の前まで歩いてきたトキコの左手が俺の右手を握る。もう片方の手は、俺の背中に添えられていた。ダンスの経験は乏しかったが、それが男側の役目だということは知っている。

「踊れないんだ」

「私もよ。適当でいいわ」

　見よう見まねで、左手をトキコの腕に乗せる。義肢（クローム）ではない本物の腕に、本物の肌。声色と同じで、ひんやりとしているのに、どこか温かみを感じる。俺よりも頭ひとつ分は背が低いので、リードするのは辛そうだ。

　トキコが横に踏み出すのに合わせて、歩幅を狭めながら足並みを揃える。弦楽器が挟まるのとともに彼女はターンし、リードされている俺は身を委ねながら、しかし体重を預けないように力を込めながら付いていく。

　向かい合ったまま、黄色に輝く泉を渡る。

　ボーカルが流れ出すと、トキコは歩みを止め、俺の手を握ったまま左右にスイングさせた。

「このまま、私と逃げるっていうのはどう？」

　喧騒のど真ん中で密談するように、トキコはふっと囁いた。大きな黒い瞳が俺を見つめている。

「どこへ行きたい？」

「蔡さんから京都の話を聞いたわ。……私、ちゃんとした着物を着たことがないの。綺麗な川を見たこともね。着物を着て、白川沿いの街並みを散歩するの。鮎も食べてみたい」

「似合うだろうな」

「水が合いそうだったら、店を出すわ。お高く止まったクラブじゃなくて、女の子目当ての客なんか来ないような、飲んだくれが集まる飲み屋。贅沢するつもりはないから、自分が食べていけるくらいだけ稼げればいい。アパートは静かなところに借りる。直接は見えないけれど、祭りのときは少しだけ音が漏れ聞こえてくるような、寂し過ぎはしないところに」

一歩前に足が出され、俺は慌てて一歩下がる。

下げられたら、こちらが一歩前に出る。

女のトキコが重たい俺の体を操るのは難しく、右手に掛けられている圧力の変化で次の動きを予測してやる。リードする側でありながらも、トキコは俺が間違えないか反応を楽しんでいるようだった。

「あんた、子供がいる自分を考えたことってある？」

「ない」

「私も。持ちたいと思う？」

「分からない。トキコは？」

「どうかしら。……いてもいなくても後悔するんだろうなって気がする。もっと飲むか悩むのと同じよね」

遠ざかっていくように、トキコが後ろ向きにターンする。付いていきそびれ、俺は不恰好につまずく。アメリカ人と思しき女性歌手は、憂いを帯びた声で歌っている。「長い間、待ちわびたわ（イッツ・ビーン・ア・ロング・ロング・タイム）」と。

耳の穴を突き抜けるようなハイノートのトランペットが鳴り響き、それに続いた大楽団（ビッグバンド）は最高潮に達していた。終わりが近いのが窺える興奮だった。

「この店の売り上げは押収されなかったの。私の方が賢かったってわけ」

俺は頷いた。

トキコを出し抜ける奴などこの世にはいない。

曲が終わり、ダンスホールは沈黙に包まれていった。背中に添えられていた彼女の右手が、挿入口（ジャック）を素通りして、俺の後頭部へと滑っていく。

「考える時間はあげたわ」

「やらなければならないことがある。……すまない」

誘われる前から答えは決まっていた。それを変えられるほど強くはなかったが、変えたいと思うほど弱くもない。

「你真愚蠢（愚かね）」

トキコの左手が俺の頬を撫でた。手の甲から指に掛けて入れられた幾何学模様の針突（ハジチ）。初めて目にしたときは面食らったが、今では愛おしく感じられる。この島に生まれたことを憎んでいるトキコが自ら刻み込んだ、彼女の魅力の一部だった。

「我知道（分かってる）」

後頭部に力が加わっているのを感じて、力を抜く。頭を引き寄せると、トキコは俺の頬に唇を当てた。

「あんたって、よく分からない男だった。博識かと思えば、やけに幼い一面もある。お人好しなようで、誰とも親しくなろうとしない。何より、ずっと空っぽだと思ってた。……私、空っぽな男って好きよ。余計なことを考えなくていいから、惨めな気持ちにならなくて済む」

でもね、と前置きして、トキコは続ける。

「あんたは空っぽじゃなかった。むしろ、溢れそうなくらいだったのね」

俺の元から離れていき、トキコはスピーカーの上に置いていた煙草に火を点けた。彼女に口説いてもらえる幸運児がこの世界に一体何人いるだろうか。着物姿で髪を結ったトキコと並び、風光明媚な古都を歩く。鮎だの鱧だのをたらふく食べ、夕陽を眺めながら温泉にでも浸かる。きっと、楽しいだろう。

だが、俺はそうなれない。

間違った選択ばかりするからこそ、俺は俺なのだ。

「……その旅券があれば、どこにでも行ける。京都でも、東京でも、フランスにだって」

懐から茶封筒を取り出し、トキコに手渡す。受け取られるのよりも先に、訝しむような視線が飛んでくる。

「形見にでもしろってこと？」

「いや、贈り物だ。それに、俺は死なない」

これまで見てきたなかでも一番の美女（メイニー）に背を向け、歩き出す。これ以上贅沢な時間を過ごせば、罰が当たってしまう。

「ねえ、武庭純（ウー・ティンスン）」

「なんだ？」

「髭を剃ってから行きなさい。全然似合ってないわ」

片手を上げて応える。俺はすでに闇の中にいたが、光の泉には影が残ったはずだった。便所に向かい、周(ギョウ)が最後に研いでいた剃刀で髭を剃ってから、街(シティ)一番のナイトクラブを出た。

煙草を喫みながら、俺は夜の久部良を闊歩する。珍しく、夜風が吹いていなかった。もうしばらく、頬に残る感触を失わずに済む。クバ草履の下が砂利道から草地に変わり、どこからともなく、台湾轡虫(タイワンクツワムシ)の鳴き声が聞こえてくる。

台湾には、七爺八爺(チーヤペーヤ)という死神がいる。彼らは獄卒のように、悪しき魂(マフィ)を地獄に連れて行く役目を任されている。戦闘機のプロペラの音のように大きい台湾轡虫(タイワンクツワムシ)の鳴き声は、七爺八爺(チーヤペーヤ)の歯軋りの音を掻き消しているのかもしれない。何せ、かつて俺のことを二度も取り逃しているのだ。

リボルバーを取り出し、弾倉(シリンダー)に一発ずつ弾を込める。これから向かう場所には、二百人以上の死神がいる。全員まとめて天国に送ってやるつもりだ。

クバ草履を脱ぎ捨て、砂浜を踏み締める。

毛利巡査たちは海を睨みながら佇んでいた。癇癪を起こした波が静寂を叩きのめし、血に代わって流れ出た海水が足を濡らしていく。俺の合流に気付いても、誰も口を開こうとしない。修羅煉獄を切り抜けた猛者どもが、処女航海に出る密貿易人のように緊張している。こんなときこそ、これまでに笑わなかった者がひとりもいない十八番の小話の出番だ。

「なあ、どうして俺が長寿(ロングライフ)なんて不味い煙草を愛喫しているか、知っているか？」

「静かにしてろ。……見えたぞ」

手提げランプを掲げた毛利巡査が合図を送り始める。生まれつき視力にも恵まれている玉城が遅れて反応した。ふたりが気付いてからかなり経って、海の向こうで点滅している幽光が見えた。

「武(ウー)、あれに乗るのか？」

「いや、少し違う」

説明を避けているのが癪に障るようだったが、もう少し勿体ぶらせて欲しかった。船長は密貿易の経験者かつ与那国島を知っている人間のようで、エンジン音を落としながらダンヌ浜に船体を寄せた。有剛丸(あるごうまる)と同じ、十トンほどの漁船だ。

船首(みよし)にいた男は錨を放り投げてから、義肢(クローム)と分かる軽やかな跳躍で砂浜に降り立った。合羽を着た四十代の男と握手を交わす。こいつが武器商人だろう。

「荷物はどうしますか？」

「こっちで降ろすよ」

「分かりました。そのあとで、ざっと説明します」

　毛利巡査と玉城を呼び、積まれていた大量の木箱を砂浜に降ろす。李志明は「人生で最も素晴らしい仕事をする」と約束してくれた。俺たちが山を築き終えると、武器商人は鉄梃（バール）を使って釘を外し、木箱を開封していった。三人が息を呑んだと言いたかったが、いざ目の当たりにすると、俺もその一員にならざるを得なかった。商人はまず、突撃銃（アサルトライフル）を手に取る。

「ソ連製のＡＫ47です。大戦後、アメリカの義体化兵士たちとの戦闘に備えて配備されています。百メートル以内なら、電脳の強化硬膜を貫通させられます。ただし、重装備（ヘビーコンバット）仕様の兵士、それも複数人の殺害は困難かもしれません。自分ならどうするだろうかと考え、いくつか候補を持ってきました。ひとつは、デュシーカ重機関銃です。対空用の大口径重機関銃ですが、外した銃架の代わりにフォアグリップを付けて携行仕様にしてあります。もちろん、重装備（ヘビーコンバット）仕様の義肢（クローム）に換装した兵士にしか扱えませんが、抜群の制圧力を誇ります。もうひとつは、シモノフ１９４１、対戦車ライフルです。戦車相手の戦績は芳しくありませんが、皮下（アンダー）装甲（アーマー）の上からさらに防弾ベストを着込んでいる兵士の体に風穴を開けたと報告されています。スコープは電脳接続型をご用意しました」

　俺は玉城に目を遣り、五尺はあろう重機関銃を持ち上げさせた。本来は銃架に立てて運用する兵器のはずだが、偉丈夫は軽々と振り回している。この様子なら、反動にもびくともしないはずだ。

　武器商人は残りの銃器についても順に解説してくれた。散弾銃（ショットガン）は、毛利巡査が愛用していたイサカＭ37。閉所での戦闘を想定し、銃身が短く切り落とされ、ストックの代わりにピストルグリップが取り付けられた張り込み（ステークアウト）仕様。狙撃銃（スナイパーライフル）は、消音器（サイレンサー）の付いたモシンナガン。こちらも、電脳に接続できるスコープが装備されている。

　目玉商品は、個人に売るのは初めてだというカールグスタフ無反動砲だ。曰く、一門しか手に入れられなかったそうだが、対戦車用の榴弾は潤沢に用意されている。俗にパイナップルと呼ばれているマークⅡ手榴弾も、在庫分を全て持ってきてくれていた。

　最後の木箱の前に立った武器商人が、煉瓦のような物体を大事そうに取り出す。

「コンポジションBと呼ばれる爆薬です。三キロずつ小分けにしてあります。起爆装置と遠隔操作プログラムの入ったチップは隣の木箱に入れておきました。この量なら、軍艦を沈めることも十分に可能です」

まだ何も始まっていないというのに、武器商人はすっかり興奮していた。

これだけの武器が揃うとは、さすがのダウンズ中佐も想定していないはずだ。取引の際に何かしらの問題が起きるとまでは考えられても、艦内で襲われるとは夢にも思っていないだろう。心配せずとも、もう少しで夢のような時間を味わうことになる。

人数分あるAK47を全員に手渡す。対戦車ライフルは毛利巡査に、俺は散弾銃(ショットガン)を取った。闇に紛れられる黒色の戦闘服、防弾仕様(ブレットプルーフ)のヘルメット、防弾ベスト、軍靴、無理を承知で頼んでいたものが完璧に揃っている。毛利巡査たちが着替え始めているのを他所に、俺は武器商人に荷物を浮上させるよう伝えた。

「李志明からの最後の贈り物だぜ」

おそらく、俺の声は届いていない。カジキマグロの群れが一斉に飛び跳ねでもしたような激しい水飛沫に呑み込まれていた。

ぱっくりと割れた海の中から潜望塔が姿を現している。黒く塗装された船体は、喫水線さえ分からぬほど夜闇に埋もれてしまっていた。

伝え聞いている全長は、約二十六メートル。終戦間際に大日本帝国海軍が秘密裏に開発した潜水艦、蛟龍(こうりゅう)。俺は李志明が何気なく口にした「旧日本軍の戦闘機やら潜水艦やらを観賞用に買った」という言葉を覚えていて、一か八かの賭けに出た。さすがの毛利巡査も驚きを隠せないでいる。

「これで近付くということですか？」

「ああ。敗戦国の人間らしく、下からお邪魔する」

「操縦方法は？」

「簡易的ではありますが、電脳と接続できるようにしてあります。指定した座標までの移動であれば、自動航行プログラムが役に立ってくれます。潜航時で時速三十キロ。積載容量を増やすために、魚雷は取り外しています」

武器商人が楊さんに説明している間に、蛟龍の搭乗口から降りてきた男が漁船へと乗り移っていった。

「潜水艦が持ち出されるのを予測していないとはい

え、向こうは最新鋭のレーダーを搭載し、万全の索敵能力を発揮しながら航海しているはずです」

あくまでも冷静に楊さんが指摘した。俺もそう思っている。電話を二本掛けたのは、そのためだった。

最後の荷物を持ってくるように頼むと、武器商人は操舵室へと急ぎ、鳳梨(パイナップル)大の筐体を携えて戻ってきた。手のひらに載せ、指で軽く弾いてやる。

〈……その無礼さは、武庭純(ウー・ティンスン)に間違いないな〉

「今日は姿を見せてくれないのか？」

〈立体投影(ホログラム)は膨大な電力を消費する。供給方法も特殊でね、君たちを慮ってあえて使わないのだよ。君のお仲間を見られなくて残念だが、違う形で楽しませてもらうことにしよう〉

楊さんに空箱子(コンシャンズ)を渡す。

電脳並みに高性能の電算機(コンピューター)。

楊さんは即座にハッキングのために用意されたものだと理解してくれたが、やはり、潜水艦と同様に力不足だと考えているらしかった。一キロと三百グラムの真髄を披露してやるために、もう一度、翁(ウォン)の腹を弾く。

〈この分脳箱は、現在九万九八二二個存在している。今や、この世界に私の目の届かない場所はないと言っても過言ではない。あらゆる場所に存在し、あらゆる情報を掌中に収めるという私の願望は成就しつつある。……さて、黒客(ハッカー)の君になら、私が悪戯に点を増やしているだけではないということが分かっていただけるはずだ。点は線になり、面になり、やがて私はこの地球を覆う〉

「……九万九八二二個を並列接続すると？」

〈エニアックがおもちゃに見えてくるぞ。不遜にも分脳箱を手にした今日の君たちには、侵入できないシステムなど存在しない。軍用の侵入対抗電子機器(ICE)など、鼻息で吹き飛ばせてしまう〉

俺は翁と交渉し、八時間という制約を条件に、九万九八二二個の分脳箱を並列接続した処理能力を借りることに成功した。四年の月日が流れ、ダウンズ中佐の船はそれ自体が電脳化したかのように、至る所に最新鋭の機械が設置されていた。人様の電脳を支配する計画の拠点になるのだから、当然といえば当然かもしれない。楊さんが指摘した通り、高い索敵能力も備えているだろう。

しかし、ダウンズ中佐の慢心はある事実を見落としている。電脳化とは、狭い密室を大きな屋敷へと増築し、出入り口を作り、その扉に高性能の鍵を取り付けることに他ならない。つまりは、押し入れるのだ。

火力とハッキング、両面から攻め込むのが俺の作戦だった。楊さんの口元が引き攣っているのを見て、下準備だけなら俺たちの勝ちだと確信する。

「ご注文の品はこれで全部です」

「たいした手腕だ。礼を言うよ」

「どう使うのかを見られないのが残念です。それで、お支払いに関してですが……」

「ここだと、島の連中に見付かれば面倒になる可能性が高い。沖合で待機できるか？」

「承知しました。それでは、ご武運を」

漁船に飛び乗り、武器商人が錨を上げる。船長はすぐに船を出し、船上のランプの光が徐々にダンヌ浜から遠ざかっていく。

毛利巡査と玉城はせっせと爆薬を背嚢に移し替えている。ハリガンの件はどうなったかを訊ねると、接続線（ケーブル）の端子（プラグ）が投げて寄越された。挿入口（ジャック）に挿すと警告音が鳴り、そのあとで視界に艦内図が浮かんだ。

「これだけあるんだ、作戦を変える。皆殺しにするが、全員と交戦する必要はない。おれは隠れ蓑を着て、第一甲板から第二甲板に下りてエンジン室とボイラー室を目指す。ありったけの爆薬と起爆装置を仕掛ける。途中で医務室を通ることになるから、女はおれが回収しておく。おまえたちは、艦尾から階段を下りて第二甲板へ向かえ。下りた先は兵士たちの居住区画になっているんだが、ここにいる連中を全員排除しろ。ある程度片付いたら、反対側からおれが合流する。潜水艦に戻ったら、起爆して終わりだ」

毛利巡査が立案したとは思えない穏当な作戦だった。発生する戦闘も、こちらの被害も、最小限で済む。問題は艦橋だ。ダウンズ中佐は取引に備え、船や地上を攻撃する準備を整えている。単装砲に機関砲、狙撃手も配置しているはずだ。首尾よく艦に乗り込めたとして、隠れ蓑を着ていない俺たちは苦戦を強いられる可能性が高い。

すると、毛利巡査は「ふたつの道がある」と告げた。俺たちの前には無反動砲と狙撃銃が並んでいる。

「先に警備を排除して静かにやる。もしくは、ありったけの榴弾を撃ち込んで始める。おまえの好きな方を選べ」

「後者だ。花火を上げてやれ」

俺は即答した。毛利巡査は頷く代わりにカールグスタフ無反動砲を担いだ。モシンナガンは、潜水艦で待機する楊さんに渡しておくことにする。

「俺と玉城、糀大尉で連中を殺しまくる。毛利は爆薬の設置と女の捜索、楊さんは艦のハッキング、理に適った割り振りだ。異論があるなら、今のうちに言ってくれ。たぶん、最後の機会だ」

ＡＫ47とイサカを肩紐で吊り下げ、全身のポケットに詰め込めるだけ弾倉を詰める。玉城の肩に重機関銃の弾帯を掛けてやり、毛利巡査から手榴弾を受け取った。楊さんの介助のおかげで、寝たきりの糀大尉も支度を終えていた。誰ひとり、何も言わなかった。

手始めに、玉城と俺で蛟龍の艦首側へと飛び移る。作業用足場（ジャッキステー）に足を掛け、開放されている搭乗口から糀大尉を中に落とす。玉城には先に入ってもらい、砂浜に手を振る。毛利巡査が爆薬の入った背嚢を運んでくるので、ひとつずつ受け取り、艦内で腕を伸ばしている玉城にリレーする。十一個全て運び終えると、カールグスタフ無反動砲を背負った毛利巡査が楊さんを連れてきた。毛利巡査が乗り込み、楊さんが続く。俺は最後に入り、搭乗口を閉めた。

五人乗りだが、文字通り五人を詰め込めるという事実以外を意味してはおらず、辛うじて舵輪（ハンドル）の前に設けられている座席以外に居住空間は存在していない。自立できない糀大尉が倒れているのも相まって、もはや足の踏み場さえなく、玉城と毛利巡査と俺は、中腰になって顔を突き合わせる他なかった。

舵輪（ハンドル）の上部に界磁調整器や放電計、特眼鏡の昇降機器などの航海計器が並んでいるが、ソ連製の船舶レーダーを筆頭に、幾らか新しい機器がその上から嵌め込まれている。楊さんは分脳箱を舵輪（ハンドル）と船舶レーダーに繋ぎ、もう一本の接続線（ケーブル）を挿入口（ジャック）に挿した。レーダー上に、立体投影（ホログラム）の海図が表示されていく。

「久場島まで、およそ四時間半。自動航行プログラムも問題なさそうです」

「どうやって近付く？」

「尖閣諸島が近付いたら、一旦浮上してハッキングを試みます。向こうのレーダーとソナーから私たちの反応を消してしまうんです。そのあとは、ふたたび潜航して接近します。もちろん、手動操縦に切り替える必要がありますが……」

「あんたが頼りだ、艦長」

「緊張で電脳が破裂しても知りませんよ」

そう言って、楊さんは力無く笑った。思い切りのよさと狡猾さ、何よりも生き残ることに長けた男だ。楊さんが舵を取っている限り、船に戻りさえすれば絶対に生きて帰れるという確信があった。

右転を始めた蛟龍が、楊さんの合図とともに沈んでいく。

風防を通して外の様子を確かめられると思っていたが、潜航中は上部が海水で満たされるようだった。水深百メートルに到達しても、艦内の気圧に変化はない。酸素も供給されているものの、こうも完全に遮断されていると、息苦しさを覚えずにはいられなかった。沈んでいるのにぴんぴんしているというのは、相当におかしな感覚だ。赤色の照明灯が点き、朧げではあったが手元くらいは見えるようになる。俺の左隣にいる玉城がもぞもぞと動いている。

「小便か？」

「みんなの分もあります。遠出すると言ったら母がくれました」

そう言って玉城は、戦闘服のポケットから取り出した包みを俺たちに配った。クバ餅、餅をクバの葉で包んで蒸したものだった。祭りや祝い事の席で食う、与那国島の名物。ガキの頃、他のガキどもが美味そうに食べているのを指を咥えて眺めていたのを覚えている。四年前に島に戻った俺は、何度か口にする機会に恵まれたが、期待が大き過ぎたのか、染み付いたクバの葉の臭いに嫌気が差すだけだった。

毛利巡査は粽(チマキ)子にも似たそれを不思議そうに見つめている。雑な手付きで開けようとしているのが分かり、慌てて止める。

「よく見てろ」

上を縛っている紐を外し、折り畳まれているクバの葉を開く。肝心の餅は、長く大きな葉のちょうど真ん中に置かれている。誰しもがこのまま食べようとするのだが、べちょべちょと歯に張り付く餅に苦戦を強いられることになる。

まず、余分な葉を縦に裂いていき、餅がくっ付いている部分だけが残るようにしてやる。そのまま裏返しにし、長細くなった葉の両側を結び合わせる。ぎゅっと結んでいくと、真ん中の餅が団子のように丸くなり、かぶりつけるようになるのだ。

「上手ですね」

褒めてくれた玉城も、島人（シマンチュ）らしく餅の団子を手際よく作っている。毛利巡査と楊さんがクバの葉を裂き始めたのを横目に、クバ餅を頬張った。ほのかに甘く、黒糖が混ぜられているのだと悟った。

玉城の体軀に合わせたように大きなクバ餅をくちゃくちゃと噛み締める。

島の香りが口一杯に広がっていった。

4

右手でハンドレールを摑み、左手に対戦車榴弾を抱える。下で待機している玉城は、榴弾をリレーする準備を終えていた。

風がある。

毛利巡査はカールグスタフ無反動砲を艦橋に向けている。こいつの挿入口（ジャック）には、分岐器から伸びている接続線（ケーブル）が挿し込まれ、楊さんを経由して分脳箱と繋がっていた。弾道計算など、とうの昔に済んでいるのだろう。作業用足場（ジャッキステー）に立っている毛利巡査が落下しないように、その腰には俺のワイヤーを巻いてあった。

「いつでもいいぞ、大将」

「急かすな、盆暗（ぼんくら）」

「なんだよ、ビビってるのか？」

豪快な射撃音に、思わず目を瞑る。

後方噴射（バックブラスト）の熱波が押し寄せたかと思えば、俺たちを高所から見下ろしている艦橋から盛大に火花が飛び散った。何かが焦げる（ムイチルン）臭いがたちまちに広がっていく。

「格別な匂いだ！」

嗄れた声で毛利巡査が叫ぶ。

俺は砲身の後部をスライドさせ、撃ち終えた砲弾を捨てて次弾を装塡する。弾道計算は瞬時に完了し、毛利巡査は容赦なく二発目を叩き込んだ。休みなく六発が撃ち込まれ、第一甲板の上部は豊年祭（ウガンフトゥティ）の焚き火のように燃え盛った。火達磨になり、慌てふためき（アバティ・カバティ）ながら走り回る船員たちの悲鳴が、吹き飛んで粉々になった硝子とともに降り注いでいる。絶景だった。

艦上から銃声が聞こえ、装塡を止める。手筈通りに玉城から爆薬の詰まった背嚢と隠れ蓑を受け取り、毛利巡査のカールグスタフ無反動砲と交換する。

「全員出たら、すぐに潜航しろ」

声は聞こえたが、毛利巡査はすでに視界から消えている。作業用足場（ジャッキステー）を蹴る音で、今まさに飛んでいったのだと察せられた。

　デュシーカ重機関銃と糀大尉をサトウキビのように担いで玉城が登ってくる。俺は榴弾を受け取りながら、下にいる楊さんに通信（コール）ができるか否かを確かめた。

「傍受されないように狭域通信網（プライベートネットワーク）を構築しました。突破される心配もありません。電脳の信号を利用して、近くに敵兵が何人いるか表示されるようにもしておきました」

「分かった。また後でな」

　玉城とともに跳躍し、敵艦へと飛び移る。

　第二甲板へ降りる階段までは二十メートル。

　挨拶代わりに二門の機関砲に向けて対戦車榴弾を撃ち込む。火柱が上がり、機関砲の背後にいた兵士たちが吹っ飛んでいくのを見てから、カールグスタフ無反動砲を捨てた。艦尾の哨兵は五人いて、全員まだ息がある。俺はＡＫ47に持ち替え、倒れている兵士たちの頭（ミンブル）をひとつずつ破裂させていった。あとで背後から襲われないよう確実に殺しておく必要があった。

　上から撃たれ、咄嗟に姿勢を低くする。

　でかい松明に成り果てている機関砲の残骸は遮蔽物としては役に立たず、黒焦げの司令塔から狙撃している兵士たちを迅速に排除しなくてはならなかった。ぱらぱらと弾をばら撒（ま）いている俺が注意を引いている間に、玉城は分脳箱が計算した最高の射撃位置へと移動していく。

　長い銃身が中空へと向けられ、重機関銃が咆哮する。剛腕は一切の反動を、それどころか振動さえも押さえ込み、反撃を許すことなく撃ち込まれ続ける弾丸が、もはや骨組みだけになっていた射撃塔を倒壊させた。周囲の信号が消えたのを確認し、俺たちは階段に近付いていく。

　さて、鬼（ウン）が出るか蛇（トウガラ）が出るか。

　糀大尉の挿入口（ジャック）に覚醒チップを挿し込み、凍結を解除させる。街（シティ）で俺と玉城の阿吽の呼吸に敗れた糀大尉は、運び込まれた孤島（コトー）先生の診療所で凍結され、その後三分だけ起こされている。次が今だ。

　目を開けた糀大尉は、起き上がり小法師のように勢いよく体を起こした。刻み込まれた習性か、その手はすでに、肩から掛けられたＡＫ47を摑んでいる。

「糀大尉……」

「状況を説明しろ」

鑢（やすり）のようにざらざらとした声色。敗戦を受け入れられず、狂気に沈み切った男。だが、こいつの狂気の矛先は、俺たちのそれと奇跡的に一致している。

「これから下の階層を制圧します。反対側から潜入した者を合流させるために……」

「貸せ」

俺の腰元から手榴弾を強引に奪い、糀大尉は飛び降りた。おつむ以外は生身となれば、しばらく留守にしていた肉体の感覚を取り戻すのに時間を要するはずだが、もはやこの男には条理など通用しないのだろう。

玉城の肩を叩き、俺たちも階段を下りる。

階下に広がる赤銅色の床。目の前に狭い通路があり、足元の階段はさらに下、第三甲板へと続いている。通路を区切る扉枠の向こう側が兵士たちの居住区で、扉枠の左右には、人間ひとりが身を隠せるくらいの空間があった。

すでに銃撃戦が始まっている。

左側に張り付いて隠れている大尉は、扉枠から銃身を突き出して室内を射撃している。

〈何人いる？〉

〈三十八人います。武器を取りに行っている者がいるようなので、もっと増えるかと〉

居住区には二段ベッドがずらりと並び、兵士たちは下段に防弾盾を立て掛け、その陰からこちらを狙い撃っている。玉城に階下を警戒するよう命じ、俺は扉枠へと走る。一瞬俺に目を遣った糀大尉は、目にも留まらぬ速さでピンを抜き、室内に向けて手榴弾を二発投げ込んだ。爆風が起きるのに合わせ、糀大尉が大きく身を乗り出して連射する。糀大尉が弾倉を入れ替えている間は、俺が代わりに撃つ。背後からも銃撃の音が聞こえ、玉城が第三甲板にいる兵士と交戦しているのが分かった。狭い入り口から攻めている俺たちは、狙いが限定されてしまっている。せっかく当てられても、AK47では防弾盾を貫通させられない。正面以外の角度から撃ち込みたいが、少しでも身を晒せば瞬く間に蜂の巣だ。

「後ろのデカブツと代われ」

大尉の指示が飛ぶ。

俺は射撃を続けながら後退し、玉城に大尉の元へ行くよう伝えた。下にいる連中の姿が見えないが、とにかく発砲してきている。第三甲板の兵士を掃討する必要はなかったが、上がって来られでもしたら挟み撃ちになってしまう。出し惜しみはせず、手榴弾を五個ほど落としてやる。小気味のいい爆発音の連鎖に、階下からの射撃が一旦止んだ。

　顔を上げると、糀大尉は扉を半分ほど閉めていた。銃弾が衝突する金属音が一層激しくなる。何を考えているのかと思った矢先、玉城の両腕が扉を左右からしっかりと掴み、引き抜くようにぐっと後ろに下がった。金具が壊れ、弾け飛び、扉が外れる。外した扉を少し斜めにしながら持ち上げた玉城は、ひょいと扉枠を越えて室内へと運び込んだ。糀大尉は玉城の後ろにぴたりと付き、室内に足を踏み入れている。

　扉を一番手前の二段ベッドに立て掛けさせ、糀大尉が即席の防弾盾に身を隠す。玉城は背後にいる俺を見るなり、指を前後させた。駆けてきた玉城とふたたび交代し、糀大尉の背後で姿勢を低くする。

　中に入れたはいいが、どうする？

　ますます釘付けだ。

　台風(ウフ・カディ)の夜さながらに、銃弾の雨が俺たちの屋根を打ち続けている。銃身を突き出して応射していると、大尉は俺を小突き、顎で上を差し示した。悪くない発想だが、阿吽の呼吸が必要だ。この男とは難しい気がするが、果たしてどうだろう。

　俺はＡＫ47をイサカに持ち替える。

　大尉が左に動いた瞬間、俺は義肢(クローム)の跳躍力を最大限に発揮し、右側の二段ベッドの上段まで飛んだ。

　そこからは一瞬(アッタ)だった。

　二段ベッドを渡り歩きながら、下に向けて散弾をお見舞いする。盾を持っている者を優先的に狙い、頭(ミンブル)を吹き飛ばし、金属片と脳漿を飛び散らせる。引き金を引いたまま前床(フォアエンド)をスライドさせ、連続で発射する。対岸からは糀大尉が、俺を狙おうとしている奴らの首元(ヌビ)に穴を開けている。二発目(タチ)、三発目(ミチ)、四発目(ドゥチ)。下りてすぐ、背丈ほどある防弾盾を拾う。

　下りてきた糀大尉にそれを持たせ、俺はイサカに装填する。居住区の四分の一まで制圧していたが、増援が駆け込んで来るのを目の端に捉えた。やはり、向こうも制圧力の高い散弾銃(ショットガン)に切り替えている。

〈武(ウー)さん、問題が起きました〉

〈どうした？〉

〈隔壁が下ろされています〉

〈どこのだ？〉

〈第二甲板の居住区とボイラー室の間です。ダイアンサスの制御システムが孤立作動(スタンドアローン)に切り替えられたんで

す。こちらからは動かせません〉

幹你娘（クソ）が。

　俺たちの狙いが船を沈めることにあると判断し、進ませないために道を塞いだのだろう。進む気など毛頭なかったが、これでは毛利巡査が合流できない。

〈だそうだ。どうする、毛利？〉

〈仕方ないが、来た道を戻る。設置を終え次第、移動する〉

〈なら、ここの殲滅も中止か？〉

〈いや、追撃されると厄介だ。手筈通り、全員やれ〉

　随分と簡単に言ってくれるが、防弾盾は絶え間なく震え続けている。床にもう二枚転がっているので、しばらくは持ち堪えられる。奇策が二度通じるような相手とは思えず、上から攻めるのはもう不可能だ。

「糀大尉、一旦退却しますか？」

「痴れ者が！　前進あるのみだ！」

　期待した俺が阿呆だった。

　ＡＫ47を横倒しにし、防弾盾の上から銃身を突き出して撃ち返す。お互い、ろくに顔も見えていない。連中も銃と腕だけを覗かせ、俺たちに銃弾を浴びせている。向こうの義肢（クローム）はおそらく防弾仕様（ブレットプルーフ）で、痛覚も切っている。つまり、確実に殺すことでしか排除できない。長期戦になればこちらが圧倒的に不利で、現状の膠着状態は連中にとって聴牌（テンパイ）のようなものだ。

　通信（コール）で玉城を呼び、デュシーカ重機関銃をこちらに投げるよう伝える。手首からワイヤーを引っ張り出し、襷（たすき）掛けにして防弾盾を背中に固定する。俺は背中を突かれながら走り、床を滑らせるようにして扉枠の手前まで投げられたそれを手に取った。俺の義肢（クローム）は重装備仕様（ヘビーコンバット）ではなく、こんな逸品を手持ちで扱えば、反動に耐えられず吹き飛んでしまう。ならば、必要なのは錨だ。

　左右の踵から高周波刃を出し、床に突き刺す。五寸の刃で奥深くまで固定する。右手でフォアグリップを摑み、左手で機関部の後方に取り付けられたピストルグリップを握る。

「俺自身が銃架になることだ！」

　防弾盾から様子を窺っている兵士が恐怖に目を見開き、手榴弾のピンを抜こうとした瞬間を狙って、盛大に弾丸を撒き散らす。全身が地震のように激しく揺れ、手足の関節がぎしぎしと軋む。幸い、おつむだけは緩衝葉（アブソーバー）が守ってくれる。俺の目的は高い位置での掃射にあり、意図を察知して伏せた大尉が下側から精密な射撃を行なう。顎(カグディ)から侵入した弾丸は、容易く電脳まで到達する。弾帯を使って給弾し、ひたすらに吠え続ける。

〈医務室を探したが、女がいない〉

毛利巡査が言う。

発話は連射音に掻き消されることなく木霊する。

〈楊、探せないか？〉

〈彼女の電脳の信号は兵士のものとは異なっているはずなので、いればすぐに分かるはずです。……が、おそらく凍結されているんだと思います。どこにも見当たりません〉

〈誰もいないところがないか調べろ。そこに隠されているのかも知れん〉

全て撃ち尽くし、扉の防弾盾に隠れてAK47に持ち替える。俺も痛覚を切っている。それなりに被弾しているはずだが、くたばる寸前になるまでは黙っておくよう電脳に言い聞かせてあった。

〈……執務室にだけ、電脳の信号がありません〉

〈ダウンズ中佐もいないのか？〉

〈ええ、間違いありません〉

〈艦橋で直撃したのかもな。武(ウー)、調べに行くからもう少し耐えろ〉

毛利巡査に応えてやる余裕はなかった。医務室を過ぎたのなら、階段を上ればすぐに執務室だ。背後では玉城が孤軍奮闘している。腕や首が引き千切られた死体を振り回し、上ってこようとする兵士たちを殴打していた。加勢してやりたいが、高所を取っているだけまだマシだ。

弾倉を装填し、相手の位置を予測しながら応射する。怒号も叫び声も聞こえない。縦に長い四十畳ほどの居住区には、銃声だけが響き続けている。

跳弾が頬を掠める。引き金を引き、迷彩服の肩を撃ち抜いたが、向こうはびくともしない。ふと、射撃を止めた糀大尉がAK47に銃剣を装着しているのが見えた。残弾を気にして単発で撃ち始めた矢先、頭の中で破裂音が鳴った。

手元の暴発を疑ったが、違う。

発話越しの銃声だ。

〈毛利、どうした？〉

〈……畜生(ファック)、いないんじゃなかったのか〉

瞬時に意味を理解し、怒りが波のように押し寄せてくる。隔壁のせいでこの先には進めず、上に戻って反対側に回るのは時間が掛かり過ぎる。

〈しっかりしろ！　楊、なぜ分からなかった？〉

〈ハッキングを防ぐためにオフラインにしていたのかも知れません〉

　危険を承知で身を乗り出し、顎か首元を狙って弾丸を送り込む。照準を合わせる代わりに、分脳箱が計算した道程をできる限り正確になぞる。三十発を撃ち切り、すぐに装塡する。

〈毛利！　何があった！〉

〈……武〉

　通信のそれは普段の声と同じはずなのに、どこか無機質で、魂が抜け落ちたように聞こえる。いつだって平坦な声で話すこいつは特にそうだったが、どういうわけか、視界にあの能面が浮かび上がった気がした。同時に、胸騒ぎに襲われた。

〈……やめろ。今から助けに行く〉

〈おれもおまえも、あいつを傷付けられない。指一本触れることができない。そんな相手をどうやったら殺せるのか、ずっと考えていた〉

〈逃げろ。まだ何とかなる〉

〈遠隔操作プログラムの設定を変更した。おれの電脳が停止すれば、起爆装置が作動するようになっている。……あいつは今、勝ち誇ったような面でおれを見下ろしている〉

〈馬鹿言うな！〉

〈ママはおれが連れて行く。おまえは女を連れて帰れ〉

　撃鉄を上げる音が脳内に木霊する。こんなにも近くに聞こえているのに、その銃は俺の手が届かないところにある。

〈おい、毛利！　何する気だ！〉

〈武、生きることをやめるなよ〉

　銃声。

　そして、これまでとは比べものにならないほど巨大な爆発音。

　減揺装置の働きで揺れとは無縁の艦体がのたうち回るように揺れた。外の波は防げても、内部から蹴破られるのは防ぎようがない。

　照明が赤色に切り替わり、緊急事態を告げるサイレンが鳴り出す。目先の戦闘以上の危機が発生しているというのに、兵士たちは狼狽えることなく射撃を続けている。俺たち同様、兵士たちもひっきりなしに発話しているのだろう。

〈……私のミスです〉

楊さんが言った。

〈船倉にある保管庫の中に、通信を遮断している一室があるようです〉

〈どこから行ける?〉

〈第三甲板からさらに下に降りて、通路を進んだ先です。無論、こちらからは様子を確認できません〉

〈十分だ〉

ここを片付けない限り、下には行けない。

イサカを片手で持ち、もう片手でリボルバーを握り締める。AK47よりも正確に狙うためだ。扉の陰から飛び出し、糀大尉を飛び越えて、そのまま走り続ける。散弾で膝（シプチ）を狙う。痛みなど感じてくれなくてもいい。姿勢さえ崩れれば、あとはその頭（ミンブル）にリボルバーをぶち込んでやれる。引き金を引き、空中で前床（フォアスライド）に持ち替え、片手でスライドさせてリロードし、ふたたびピストルグリップを握り直す。全ての動作を瞬時に行なう。処理能力の全てを指先に集中させる。

殺した兵士を盾代わりに使い、イサカとリボルバーを交互に放つ。撃たれているが、構わずに進む。

散弾銃（ショットガン）の銃口が三つほど向いていると気付いた矢先、防弾盾を捨てた糀大尉が突進してきた。銃剣を喉に突き刺してひとり殺すと、大尉は拾い上げた敵の突撃銃（アサルトライフル）で隣の兵士を蜂の巣にした。俺は横倒しにしたイサカを刺股のように使い、最後のひとりを壁に押し付ける。大尉は返り血で濡れたAK47を兵士の脳天に突き付け、容赦なく引き金を引いた。

「見事な特攻だったぞ」

倒れている兵士たちの喉を裂いて回りながら、大尉が俺を労う。俺はデュシーカ重機関銃を拾い、「下に向かいましょう」と提言した。こいつらの死体にも、死体の山にも用はなかった。

慣れない装填に手こずりながらも、玉城はじっと耐えていた。重装備仕様（ヘビーコンバット）とはいえ、かなり被弾している。俺は玉城に重機関銃を返し、残っている全ての手榴弾を放り投げた。

AK47を構え、第三甲板に降りる。

足元で呻いている兵士たちの電脳に鉛玉を送り込む。この階層も居住区で、やはり、扉枠の向こうから銃弾が飛んできている。階段を下りれば船倉が待っているが、帰り道のことを考えれば、ここにいる連中も排除しなければならない。おまけに、柱の陰からちらりと見えたのは重装備仕様(ヘビーコンバット)の兵士だ。

進まなくてはならない。

そのためには犠牲が必要になる。

早くも扉枠の左側に身を隠している糀大尉の元まで走り、応射に加わりながら呼び掛ける。無論、大尉が俺を見ることはない。こいつは、ひとりでも多くアメリカ兵を殺すことだけを考えている。それでいいのだ。

「俺は下に向かわなくてはなりません。ここで奴らを食い止めていただけませんか?」

さすがの憲兵殿も、ほとんど兵器に等しい強兵たちをたったひとりで倒せはしない。惨い死に方をするはずだが、それでも何分かは稼げる。その間に女を回収し、この艦から脱出する。

「弾倉を寄越せ」

俺は頷き、残っているAK47の弾倉を全て渡した。

糀大尉は一切の無駄がない手付きでそれを装塡すると、上階から持ってきた防弾盾を構えながら突入していった。

「任務を果たせ、三国人!」

糀大尉の叫び声を聞きながら、玉城とともに階段を飛び降りる。

赤色の照明は、白く塗りたくられている壁をも赤く染め上げている。酷く不安に駆られる。俺はイサカを構え、背後を玉城に警戒させながら通路を進んだ。左右には食料保管庫だの冷蔵室だのが並んでいる。歩く度に、艦のどこかから生じた揺れが伝わってきた。艦橋の残骸が崩れ落ちたのか、エンジンが爆発しているのかは知る由もない。どちらにせよ、そう長くは保たないはずだ。

しばらく歩くと、扉にぶつかった。

中央にあるハンドルを回して開け、銃口を向けながら中に入る。そこは弾薬保管庫だった。三十畳ほどの仕切りのない空間には、連装砲や機関砲の銃弾が詰まった木箱が堆(うずたか)く積み上げられている。イサカを構え直し、ゆっくりと進む。どこかに彼女がいるはずだ。

野太い銃声に遅れて、重機関銃が床に叩き付けられる音が響いた。

振り返ると、玉城が俺を見ていた。

岩盤のように分厚い胸板に穴が穿(うが)たれている。

膝から崩れ落ちた玉城は、咄嗟に手をつくこともできず横倒しになった。俺は駆け寄り、その重たい体に腕を差し入れて、どうにか上体を起こした。こんなときでも、青年（バガムヌ）の表情はさほど変わらない。気が抜けてしまいそうになる。何しろこいつは、鬼虎（ウニトラ）を越えた琉球弧最強の戦士だ。これしきのことでくたばったりはしない。

「玉城！」

顔を持ち上げる。

まだ面皰（にきび）の残っている頬を強く張る。

「俺を見ろ！」

目の焦点がぶれ始めている。

認めない。

こいつが死ぬなど、絶対に認めない。

玉城は若い。これから先、何だってやれる。こいつはまだ、この世界にある愉しみをほとんど何も知らないのだ。巻き込んだのは俺なのに、こうなるかも知れないと分かっていたのに、背中を支えている手に流れ込んでくる熱さを受け入れられない。

「息を吸え！」

胸がほとんど動いていなかった。中身は生身のままだ。いくらなんでも出血が多過ぎる。

「……武（ウー）さん」

生きていることを示すように、義肢（クローム）の馬鹿デカい手が俺の襟元を摑む。力が、弱い。

「武（ウー）さん、自分は……」

「無理に喋るな。とにかく息を吸え」

右手で胸板の穴を押さえる。俺の電脳は、その行為が無意味であると教えてくれていた。それでも、認めたくなかった。魂（マブイ）まで機械に売り渡した覚えはない。

「大丈夫だ。お前は強い」

「強いですか」

「ああ。俺より、誰よりも強い」

「そうですか」

瞳孔が大きく開いた。体の重みが増している。俺の命を送り込むように、ありったけの力を右手に込める。

流れるな。

この血だけは流れるな。

「まだ」

「なんだ？」

「まだ、死にたくないです」

神経接続が切れ、襟元から馬鹿デカい手が落ちていく。痛覚を切っていたが、俺の膝は玉城の手の重さをしっかりと感じた。

玉城の体を静かに置き、イサカを持ち上げる。引き金を引く前に銃身を弾かれ、唯一の武器は俺の手から吹き飛ばされていった。射線を追うと、ダウンズ中佐がシモノフ1941を俺に向けていた。毛利巡査が持っていった対戦車ライフルだ。

「……なぜ生きてる」

「酷いことをしてくれたね。この艦が沈むのはまだいいとして、わたしを吹き飛ばすだなんて。どれだけの技術と資本が投下されているか、少しは考えて欲しいな」

特注品の軍服は少しも汚れていない。

それどころか、ウェーブの掛かった金髪にさえ、少しの乱れもなかった。

「影武者を使ったか」

「違うよ。さっきの爆発に巻き込まれたのは、れっきとしたわたし自身だよ。きみのお友達にも、似たようなことをしている商人がいたよね。確か、上海にいるとかいう……」

翁。

分脳箱。

それしか考えられないが、そんなことは絶対にあり得ない。分脳箱を通して現れるのは、あくまでも翁の擬似人格だ。本人の電脳を小分けにして入れているわけではない。立体投影(ホログラム)を使って話すことはできても、人間にはなれない。だが、目の前にいる女は服を着て床を歩き、銃までぶっ放している。

「……お前は何なんだ？」

「ナウシカア(Nausicaa)・ダウンズ中佐だよ。N計画を成功に導き、アメリカを戦争に勝たせ、世界に平和をもたらすためにここにいる」

「魂(マブイ)を複製できるわけがない」

「人間の価値をどう定義するか次第じゃないかな。わたしにとっては、与えられた使命を全うするために発揮できる能力や備えている機能のことで、それ以外は必ずしも必要ではないんだ。わたしは指揮官に必要な能力と機能、思考力と最低限の慈悲を常に維持している。ナウシカア・ダウンズとしての独自性(オリジナリティ)はとうの昔になくなっているけれど、計画の成功に必要なものではないから気にしてはいないよ」

「どうかしてる」

「あはは。最初はよく言われたよ」

シモノフが放り捨てられる。

ダウンズ中佐はナインティーンイレブンを取り出し、俺の肩を撃った。痛覚を切っているにもかかわらず、激痛が走る。敵前だというのに、思わず無様な声が漏れる。

「痛みの信号を直接電脳に送る弾だよ。最近は、痛みを感じずに突っ込んでくる敵が増えてきたからね。こういう兵器の開発も、きみたちから採取できたデータが元になってるんだ。改めて、お礼を言っておくね」

今度は腿を撃たれる。

部位は関係ない。一発目と同じ大きさの痛みが電脳を直撃する。主人が苦しみ（クチサ）に襲われているというのに、俺の電脳は警告のひとつも出しやしない。

「……どうやっても、あんたは死なないってわけだ」

「万が一の保険として動作を停止させるプログラムを作っておいたんだけど、まさか自決に巻き込まれるとは思っていなかったよ。きみたちと一緒にいる間に、彼にも大和魂が芽生えてしまったのかな。この艦には、わたしの予備はこれしかないから困るんだ」

笑いが込み上げてくる。

出し抜いてやろうと、吠え面をかかせてやろうと、思い付く限りの策を講じた。武器を手に意気揚々と乗り込んだ俺たちは、その実、死んでも死なない敵に挑んでいたのだ。俺は仲間に負け戦を戦わせた。毛利巡査も玉城も死んだ。最後の最後まで、俺はこいつの掌の上で踊っていたというのか。

「もう少しでヘリコプターが来る。彼は粉々になっただろうから、せめてきみだけは持って帰るよ」

「その前に殺すんだろ？」

「うん。電脳はいらないからね」

銃口が向けられた。

俺が俺である唯一の証をいらないと言われては、死んでも死に切れそうにない。

「最後に一本だけ煙草を喫ませてくれないか？　俺とあんたの仲だろ？」

「いいよ。持ってる？」

「ああ」

持参したキャメルに火を点ける。思えば、長寿（ロングライフ）が切れてしまった時点で、こうなる未来を考えておくべきだった。

命を味わうように、ゆっくりと喫む。

半分ほど喫んだところで、左手に持ち替える。右手でリボルバーを抜き、俺はダウンズ中佐を撃った。五十ロ径のライフル弾は胸を貫き、涼しげな表情を浮かべたまま、ダウンズ中佐は後ろ向きに倒れていった。根元まで喫み切る。おそらく、人生で最後の煙草だった。味はしなかった。

吸い殻を投げ、立ち上がる。横たわっているダウンズ中佐が銃を持ち上げるのよりも先に、踵の高周波刃で手首ごと切断する。俺はダウンズ中佐を見下ろしながら、その額に銃口を向けた。こうなってもなお、彫像のように美しい顔をしている。

「……どうして？」

「あんたのプログラムは、俺の殺意を認識した途端に体の自由を奪うんだろ？」

「そうだよ。撃てるはずがないのに」

「感謝の気持ちを込めて撃ってみたんだ。これまで育ててくれたことへの恩返しってやつだ。生憎と、他に方法を知らない人生だったんでな」

心臓から血は流れていない。俺とは違い、何から何まで完全に機械なのだろう。

「そっか。じゃあ、仕方ないね」

「ああ、あんたの負けだ」

「どうかな。わたしが死んでも、すぐに新しいわたしが配備される。次の彼女が、きみからチップを取り返すよ。ナウシカア・ダウンズはN計画を進める。だから、わたしは負けないんだ」

俺は微笑む。

負け惜しみを言わせた時点で、俺たちの勝ちだ。

「いいや、俺の知ってるナウシカア・ダウンズはあんただけだ」

「初めて言われたよ。……なんだか、嬉しいな」

弾切れになるまで引き金を引いた。電脳が粉々に砕け散り、そこに詰まっていた全てが消失した。

リボルバーを仕舞い、ダウンズ中佐がやってきた方へと歩く。女は保管庫の奥の壁に凭せ掛けるように置かれていた。一糸纏わぬ姿で、熟睡しているように見えた。肩甲骨の下と膝の下に手を入れ、驚くほど軽い体を持ち上げる。

あとは、来た道を戻るだけだ。

玉城の亡き骸を連れて行きたかったが、今の俺にその力は残されていなかった。

階段を上り、第三甲板に向かう。銃撃戦の音はまだ続いていて、糀大尉は死力を尽くしているようだった。連中に俺の後を追わせるわけにはいかない。もうしばらく戦争を続けてくれ。あんたはたぶん地獄に行くが、向こうで会うことがあれば一杯だけ奢ってやる。

　そのまま階段を上り続け、第二甲板を過ぎるときに、楊さんに〈浮上してくれ〉と頼んだ。第一甲板に上がると、背中に焼け付くような熱を感じた。艦橋はまだ燃えているのだろう。振り返ることなく進み、浮上しつつある潜望塔を見据えた。楊さんが大急ぎで搭乗口を開けている。俺は作業用足場（ジャッキステー）を目掛けて飛んだが、空中で体勢を崩した。

　どうにか船体に着地したものの、今度は足元が滑る。女を強く抱き、手首から発射したワイヤーをハンドレールに巻き付ける。少しずつ手繰りながら船体を登り、楊さんに女を受け取らせた。両手でハンドレールを摑み、体を持ち上げる。やけに重く、俺は転げ落ちるように船内に入った。

「出してくれ」

「いいんですか？」

　俺は応えなかった。

　楊さんが舵輪の前に座り、蛟龍を潜航させる。片道は、およそ四時間半。この艦の燃料ではぎりぎりだが、それでも、無事に帰ることを前提にしていた。

　こちらの艦内も赤い光に包まれている。俺は戦闘服の前を開け、人工皮膚（オルトスキン）に突き刺さった弾丸をナイフで摘出した。貫通力をあえて下げ、義肢（クローム）内に残るようにしている。摘出が終わると、少しずつ痛みが和らいでいった。ここに運び込むまでも、運び込んでからもかなり揺れているが、女は一向に目を覚まさない。

「電脳麻酔（パスアウト）でしょう。与那国に着くまでには意識を取り戻すと思います」

　察したのか、楊さんが答えてくれた。

　俺は片膝をつき、初めてしっかりと彼女を見つめた。やや面長の顔。目と目の間は少し狭く、高い鼻の下にある丸みを帯びた厚い唇は血色を失っている。腰まで伸びている長い髪には白髪が混じっていて、どうしても不健康な印象を受けるが、その安らかな寝顔からは、かつての快活さの名残りが見て取れた。生命力に満ち溢れ、それでいて、優しい表情がそこにあったはずだ。どことなく懐かしいと思うのは、気のせいだろうか。全身の装備を外していき、脱いだ上着を彼女の肩に掛けた。

　くっ付いてしまいそうな瞼をどうにか開ける。

もう少しだけ、生きさせて欲しい。

願いなど許されない人間だとは分かっている。前原を殺し、周を殺し、無関係な人々を沢山死なせ、毛利巡査を死なせ、玉城を死なせた。重罪人にはお似合いの最期だったが、あともう少しだけ、俺の人生を続けさせて欲しい。

壁に背中を預け、呼吸を繰り返す。

頭の中で、記憶の消去が始まっている。

砂浜に書かれた文字が消えていくように、どこで何が消えたのか、いつ消えたのかも分からないが、波が来ていることだけは感覚的に理解できた。孤島（コトー）先生は個人差があると言っていた。幸い、俺はまだ耐用年数が迫っていると感じたことはない。もうしばらくは健康でいられるはずだ。だからこそ、必要な部分だけは残ってくれることを祈るしかなかった。

船が揺れる。

船が沈んでいる。

沈みながら進んでいる。

俺は久部良の浜に捨てられていた。両親はいなかった。はじめは不義の子供だと疑われたが、島人（シマンチュ）のなかに、そんな大それた秘め事を隠し通せるような人間はいなかった。俺を育てた老夫婦は、八重山の他の島か、本島からやってきた夫婦が無理心中に巻き込めずに置いていったのだと想像していた。無論、確かめる手段などありはしないので、真実など存在しなかった。ただ、もしも本当に俺の生みの親たちが海の底に眠っているのなら、そこに行くのはご免だ。

俺は何者でもない。

武庭純（ウー・ティンスン）という名の仲介人（ブローカー）だった。自分の意思で、自分ではなくなることを選んだ。だが、そうやって島を出た俺は、命を擲（なげう）ってでもあの島に帰りたがっている。

よく分からなかった。

電脳が壊れ始めているからだろうか。

女の体が揺れ、俺は隣に腰を下ろした。倒れてきた頭が肩に当たる。このくらいなら、今の俺でも十分に支えられる。

どのくらい座っていたのかは分からない。

楊さんが到着を知らせてくれた。声だったか、発話だったか、それさえも曖昧だ。俺が疲れていると判断したのか、楊さんは女を背負い、一足先に上に登っていった。壁に張り巡らされている管に捕まりながら体を起こし、ゆっくりと鉄梯子を登る。蛟龍はダンヌ浜に乗り上げていた。艦首を恐る恐る歩き、女を担いだ楊さんが砂浜に着地する。

搭乗口を這い出て、船体に足を置いた。左膝が曲がらない。膝から下の神経接続が切れていた。右足だけでよく滑る船体を歩くのは難しく、両手をつき、匍匐前進のように進む。砂浜まで辿り着いたところで、船体にしがみつくように滑り落ち、右足で着地する。楊さんが俺の様子をじっと見ていた。

「傷が深いんですか？」

「いや、寿命だ」

風は吹いているが、さほど強くはない。今日は珍しく晴れるだろう。

「ひとつ、あんたに頼み事をしたい」

「何ですか？」

「沖合で待っている武器商人が、武器と船の代金を回収しに来る。そいつは李志明だけじゃなく、翁の回収代行も兼ねている。悪いんだが、ふたりに支払いをしておいてくれ」

「構いませんが、それだけの大金をどこに隠していたんですか？」

「ここだよ」

硬漢（タフガイ）を気取りながら告げた。

右から左へ流すだけで、自身は何も持っていない仲介人（ブローカー）が唯一差し出せるもの。それは、自分自身に他ならない。

「玉城が死んだとき、電脳の基幹部を破壊するチップを挿した。生命維持に関係のないプログラムから停止していくと聞いていたんでな、それを使えば、プログラムに邪魔されずにダウンズ中佐を殺せると思ったんだ。大正解だったよ」

砂浜に女を降ろし、楊さんが近付いてくる。俺の挿入口（ジャック）から黒色のチップを取り出すと、忌々しそうに放り捨てた。

「……相談すべきだった。何か手があったはずです」

「かもな。だが、時間がなかった」

俺は続ける。

「もう少しで俺は死ぬ。そうしたら、あいつに俺を渡してくれ。この体はアメリカ軍が作った最先端の全身義体だ。どこの闇市場（ブラックマーケット）を回っても、こんなお宝は手に入らない。李志明も翁も、ふたつ返事で了承してくれた。二等分は向こうでやってくれるらしい。翁は釣り銭を出すとまで言っていた。……その金は、あんたがもらってくれ」

肌着の襟元を摑まれる。

ぎりぎりと音が鳴るほど奥歯を嚙み締め、楊さんが俺を睨む。

「ひとりだけ生き残れと言うんですか？」

目を背けたかった。後方支援に回った楊さんは生き残る確率が最も高く、これを頼むことになると分かっていた。

「私だけ、またひとりで？」

「ああ、そうなる」

「あなたに値札を付けた連中にあなたの死体を渡し、金をもらえと？」

「好きに使ってくれていい」

平手打ちが飛んでくる。

俺の肉体は、もう痛みを感じない。感じないはずなのに、痛かった。

「ふざけるなよ！」

もう一発飛んでくる。避けられるような体力も、怒りを避ける資格もなかった。だが、生身の手のひらは寸前で止まっていた。楊さんは涙を流していた。

「巻き込んだのはあなただろう？　どうして先に行くんだよ」

卑怯な手を使い過ぎた俺は、せめて、謝ることだけはしないと決めていた。人工涙腺があれば、泣くことができたかも知れない。だが、武庭純（ウー・ティンスン）には、ただ見つめ返すことしかできなかった。

「頼めるのは、あんただけなんだ」

「そうでしょうよ。みんな死んでしまった。……もう少しで、あなたもその一員になる」

眼鏡を外し、楊さんは砂浜に腰を下ろした。ここにいれば、向こうが勝手に見付けてくれるはずだ。

「ずっと恨みますよ」

「そうしてくれ」

覚えていてもらえるなら、どんな形であれ幸せだ。

左足を引き摺って歩き、女を抱きかかえた。久部良裂け目（バリ）までは二キロもないが、辿り着ける自信はなかった。いや、考えるだけ無駄だ。消え失せるくらいなら、燃え尽きた方がいいに決まっている。

どこまで行けるかは分からないが、そのまま海岸線を進む。島に夜明けが訪れていた。藍色の東海（トンハイ）から波の音が聞こえている。草地は固く、右足を踏み出したときの衝撃で腕が震えた。女を落とさないことに専念すれば、自分も転ばずに済んだ。楊さんの読みは外れ、女は依然として目を覚まさない。このまま起きないとしても、俺がやることは変わらない。

徐々に聴覚も弱まってきていて、風の音は鼓膜を打つ振動としてしか認識できなかった。しかし、自分の荒い吐息はやたらに大きく響き渡っている。前を向き続けるのも一苦労で、とりあえずは進んでいることを確かめるために、俺は自分のブーツの動きだけを見ていた。

腰の辺りを突かれ、驚いて顔を上げる。

俺の隣には、怠け者（フユン）がいた。

気怠げな団栗眼で、女を抱きかかえる俺をじっと見つめていた。馬小屋を飛び出してきたのか、足元には引き綱が垂れている。

「……いいのか？」

お前を裏切った。

俺はいい人間ではなかった。

だが、怠け者（フユン）はゆっくりと首を下げてくれた。先に女を跨らせ、その後ろへと登る。いつもとは反対の右側から乗ったので、跨るのにえらく時間が掛かった。たてがみを摑んでしまったが、怠け者（フユン）は怒らなかった。

「裂け目（バリ）まで行きたい。連れて行ってくれるか？」

言葉が伝わるはずはない。だが、魂（マフィ）を持つ生き物であることに変わりはない。ブーツで腹をそっと叩いてやると、怠け者（フユン）は歩き出した。

海に面している切り立った断崖は、そこに至るまでの道程も険しい斜面になっている。逞しい筋肉の躍動に運ばれ、俺と女は潮風を浴びて色褪せた草原を登っていく。与那国馬（チマンマ）は鼻が利く。きっと怠け者（フユン）は、俺の死の匂いを感じ取ったのだ。

前方に裂け目（バリ）が見え、鼻先を右に向けさせる。そのまま裂け目（バリ）を通り過ぎ、断崖の手前で止まってもらう。右足からゆっくりと降り、女を抱きかかえる。

この先に、古石（フリシ）と呼ばれる岩場がある。波の浸食によって削られた岩場で、砂岩を石灰岩が覆い、この島の中でも他とは違う景色になっている。物思いに耽るとき、紬がいたという場所。足元が悪く、今の俺では歩けない。わずかに離れているが、ここからも同じ風景が見られる。俺は女を座らせ、その左隣に腰掛けた。

崖と海。

久部良裂け目（バリ）の手前と奥。

生と死を分かつ境界線。

幾度となく飛び越えてきたが、恐怖を感じたことはなかった。もう一度会いたいだけだった。話をしたいだけだった。その思いが何なのか、確かめることもしなかった。空っぽだと分かっていたからこそ、最も怖いのは中を覗き込むことだった。魂（マブイ）を持たずに生まれてきた、人間の成り損ないなのだと。

だが、そうではなかった。

魂（マブイ）のない人間が慟哭するはずがない。

涙は流れず、声もほとんど出なかった。それでも、俺の魂（マブイ）は打ち震えていた。

「……助けてくれたの？」

白波のような声だった。

黒い瞳が俺を見つめていた。

「ああ」

「どうして？」

「助けたかったからだ」

ようやく意識を取り戻したらしい彼女は、三角座りになりながら上着の前をぐっと閉じた。寒いのかも知れない。電脳化はしているが、義体かどうかまでは分からない。

「ここはどこ？」

「与那国島の久部良だ」

初めて耳にしたように、彼女は何度か「久部良」と繰り返した。しかしながら、音は合っている。世間話に興じて距離を縮めるような余裕はなく、俺は「あることを確かめるためにここに来た」と素直に打ち明けた。彼女の視線を感じながら、俺は続ける。

「君は、俺の知り合いかも知れない。……もしそうなら、この場所を知っている。だから、連れてきた」

そう伝えると、彼女はしばらく考え込んだ。俯いた顔は長い髪に隠れ、その指は地面をなぞっている。

「……知っているし、知らないとも言える」

「どういうことだ？」

「承影（メタフィジカル）の作成にあたって、私たちは人間の記憶、特に思い出を研究させられた。特定の感情を喚起させる記憶の解析、侵入と抽出、あるいは消去の試み。その過程で、私たち研究員はお互いの記憶を操作し合うことを強制された。取り替えたり、複製したり、元に戻したり、消したりして、自我を保つことが可能かどうかを。……私の中には、確かにこの風景がある。でもそれが、本来の私が有していた記憶かどうかは分からない」

　説明を終えると、彼女は「ごめんなさい」と付け加えた。俺は首を横に振る。

「君のせいじゃない」

「渡したチップはどうしたの？」

「処分した」

「ありがとう。誰かに壊してもらうのが最善だっ……」

　言い終えないうちに、彼女は頭を抑えて呻き出した。か細い悲鳴が漏れたかと思えば、今度は激しく咳き込む。見ている俺まで苦しくなりそうで、咳が治まるまで背中を摩(さす)った。病気なのかと訊ねると、彼女は挿入口(ジャック)に手を伸ばし、取り出したものを俺に渡した。

　黒色のチップ。

　俺が使ったのと全く同じもの。

「……協力しないと分かった時点で、私は用済みだった」

「似たもの同士ってわけだ」

「どういうこと？」

「俺にもそいつが入ってる。もう効き始めてるよ」

　騒ぐほどのことではないという具合に、俺は堂々と答える。

　それを聞いて、彼女は微笑んだ。

　悲しみの混じった微笑みだった。

　紬のそれを見たことがないから確かめようがなかったが、憂いを帯びてもなお綺麗だった。ただ、できることなら、喜びの方を見たかった。

「それで、あの研究はどうなる？」

「分からない。でも、誰かが後を引き継ぐ。自主的か強制かは分からないけれど。あの暗号化も、いずれは解かれてしまう。止めたかったけれど、たぶん、無意味だった」

「止められたさ」

「どうしてそう思うの？」

「俺たちの方も、きっと誰かが後を継いでくれる」

「そうだね。……そうだといいな」

　俺は頷いた。

　生きることは越えることだ。

　越えられると教えてくれる誰かがいれば、俺たちは生きていける。そう信じたかった。でなければ、死んでいった者たちが報われない。

「ねえ」

　彼女は俺が貸した上着のポケットを弄り、接続線(ケーブル)を取り出していた。端子(プラグ)を自分の挿入口(ジャック)に挿し込み、もう片方を俺に向けている。

「お互いの記憶を見せ合わない？」

「君のは紛い物じゃないのか？」

「このチップは、生命維持に必要ない機能から順に停止させ、徐々に電脳の情報を消去していく。私の推測が正しければ、電脳に記録されている本来の記憶は、最後の最後まで削除されない。それは、その人間の生にとって最も重要なものだから。……今からなら、私の本当の記憶が見られると思う」

端子（プラグ）を受け取ろうとしたが、右腕が思うように動かなかった。彼女は腕をぐっと伸ばし、俺の左手に端子（プラグ）を置いてくれた。

「これまでの人生の、喜びと悲しみを分かち合いたいの。あなたさえよければ」

「俺でいいのか？」

「今腕を伸ばしたとき、何かを思い出した気がするの。あなたは知らない？」

「いや、悪いが分からない」

確かにそう言ったが、伝わってはいないようだった。もう声も出ていないのだろう。俺は左手を持ち上げ、端子（プラグ）を挿し込んだ。視界に表示されていった警告も掠れている。

〈どうやればいいんだ？〉

〈すぐに始められる。お互い、もう時間もないから〉

〈やってくれ〉

彼女が頷くのを見届けて、瞼を閉じた。

流れ込んでくるものがあった。俺からも、伝えているものがあった。手を繋ぐように、何かが交換されている感覚があった。包み込まれ、眠りに落ちるようでもあった。

電脳に換装する前の、まだ生身だった頃の眠り。

彼女の温もりを感じながら、沈んでいくように静かに、彼女の思い出に身を委ねる。


そこには、美しい海が広がっていた。

主要参考文献

『アジアの孤児』 呉濁流／岩波現代文庫
『アジアの民間ゲーム② 台湾の民間ゲーム』 伊藤拓馬／双天至尊堂
『阿片試食官』 湖島克弘／徳間書店
『うちなーぐち講座 首里ことばのしくみ』 宮良信詳／沖縄タイムス社
『沖縄の民間信仰―中国文化からみた―』 窪徳忠／ひるぎ社
『オン・ザ・ボーダー』 沢木耕太郎／文藝春秋
『戒厳令下の文学 台湾作家・陳映真文集』 陳映真著 間ふさ子、丸川哲史訳／せりか書房
『還ってきた台湾人日本兵』 河崎眞澄／文春新書
『攪乱する島 ジェンダー的視点』 佐藤泉著 新城郁夫編／社会評論社
『神と村』 仲松弥秀／梟社
『綺譚花物語』 星期一回収日著 楊双子原作 黒木夏兒訳／サウザンブックス社
『虚像の抑止力 沖縄・東京・ワシントン発 安全保障政策の新機軸』
柳澤協二、屋良朝博、半田滋、マイク・モチヅキ、猿田佐世著 新外交イニシアティブ編／旬報社
『空白の沖縄社会史―戦果と密貿易の時代』 石原昌家／晩聲社

『黒潮の衝撃波：西の国境どぅなんの足跡』与那国町史編纂委員会事務局編
『心の仕組み』（上・下）スティーブン・ピンカー著　椋田直子訳／ちくま学芸文庫
『古写真が語る　台湾　日本統治時代の50年　1895-1945』片倉佳史／祥伝社
『詳説台湾の歴史　台湾高校歴史教科書』薛化元編　永山英樹訳／雄山閣
『新版　占領の記憶　記憶の占領　戦後沖縄・日本とアメリカ』マイク・モラスキー著　鈴木直子訳／岩波現代文庫
『新編・琉球弧の視点から』島尾敏雄／朝日文庫
『戦後の沖縄世相史　記事と年表でつづる世相・生活誌』比嘉朝進／暁書房
『戦争と沖縄』池宮城秀意／岩波ジュニア新書
『大日本帝国植民地下の琉球沖縄と台湾』又吉盛清／同時代社
『台湾人生』酒井充子／文藝春秋
『台湾独立運動私記　三十五年の夢』宗像隆幸／文藝春秋
『台湾とは何か』野嶋剛／ちくま新書
『台湾のことわざ』陳宗顯／東方書店
『台湾の少年』（1～3）游珮芸、周見信著　倉本知明訳／岩波書店
『地に呪われたる者』フランツ・ファノン著　鈴木道彦、浦野衣子訳／みすず書房
『中国の黒社会』石田収／講談社現代新書
『超限戦　21世紀の「新しい戦争」』喬良、王湘穂著　坂井臣之助監修　劉琦訳／角川新書
『鉄の暴風　沖縄戦記』沖縄タイムス社
『同化と他者化　戦後沖縄の本土就職者たち』岸政彦／ナカニシヤ出版
『どぅなんむぬい辞典』与那国方言辞典編集委員会／与那国町役場
『トランスヒューマニズム　人間強化の欲望から不死の夢まで』マーク・オコネル著　松浦俊輔訳／作品社

『ナツコ　沖縄密貿易の女王』奥野修司／文春文庫
『二二八事件の真相と移行期正義』陳儀深、薛化元編　財団法人二二八事件紀念基金会著／風媒社
『ノスタルジー　我が家にいるとはどういうことか？　オデュッセウス、アエネアス、アーレント』
バルバラ・カッサン著　馬場智一訳／花伝社
『ビジュアル年表　台湾統治五十年』乃南アサ／講談社
『悲情城市の人びと　台湾と日本のうた』田村志津枝／晶文社
『牡丹社事件　マブイの行方 日本と台湾、それぞれの和解』平野久美子／集広舎
『末期の其他兵器集』こがしゅうと／イカロス出版
『密貿易島　わが再生の回想』大浦太郎／沖縄タイムス社
『民俗文化の現在―沖縄・与那国島の「民俗」へのまなざし』原知章／同成社
『夜明け前の台湾 植民地からの告発』呉濁流／社会思想社
『与那国台湾往来記　「国境」に暮らす人々』松田良孝／南山舎
『与那国町の文化財と民話集』与那国町教育委員会
『与那国の歴史』池間栄三／私家版
『与那国物語』宮城政八郎／ニライ社
『よみがえるドゥナン 写真が語る与那国の歴史』米城恵／南山舎
『琉球列島の「密貿易」と境界線―１９４９-５１』小池康仁／森話社
「現代思想　２０２３年９月号」青土社

謝辞

本作を読んでくださった皆様に感謝します。

与那国馬に乗馬させてくださった伊豆の国うま広場様、四色牌をゼロから教えてくださり、盤面の監修までお付き合いくださった遊戯研究家の伊藤拓馬様（双天至尊堂主宰）、台湾編を監修し、惜しみなく知識を提供してくださった黎哲瑋様、また、匿名でご協力くださった複数名の方々、この場を借りてお礼申し上げます。

作中内のあらゆる不備については、全て当方の責任です。

本書は第二次世界大戦終結後の琉球と台湾を舞台にしたフィクション作品です。実在の人物と同名の登場人物が登場しますが、史実とは無関係です。作中、現代社会においては不適切とされる差別的表現や呼称が用いられている箇所があります。これらの表現は当時の社会的状況、登場人物の置かれた環境を鑑みて、編集部として必要であると判断いたしました。ご理解賜りますようお願い申し上げます。

——編集部

切りとり線

あなたにお願い

この本をお読みになって、どんな感想をお持ちでしょうか。次ページの「100字書評」を編集部までいただけたらありがたく存じます。個人名を識別できない形で処理したうえで、今後の企画の参考にさせていただくほか、作者に提供することがあります。

あなたの「100字書評」は新聞・雑誌などを通じて紹介させていただくことがあります。採用の場合は、特製図書カードを差し上げます。

次ページの原稿用紙（コピーしたものでもかまいません）に書評をお書きのうえ、このページを切り取り、左記へお送りください。祥伝社ホームページからも、書き込めます。

〒一〇一―八七〇一　東京都千代田区神田神保町三―三
祥伝社　文芸出版部　文芸編集　編集長　金野裕子
電話〇三（三二六五）二〇八〇　www.shodensha.co.jp

◎本書の購買動機（新聞、雑誌名を記入するか、○をつけてください）

＿＿＿新聞・誌の広告を見て	＿＿＿新聞・誌の書評を見て	好きな作家だから	カバーに惹かれて	タイトルに惹かれて	知人のすすめで

◎最近、印象に残った作品や作家をお書きください

◎その他この本についてご意見がありましたらお書きください

100字書評

不夜島（ナイトランド）

住所

なまえ

年齢

職業

荻堂顕（おぎどうあきら）
1994年生まれ。東京都出身。早稲田大学文化構想学部卒。2020年、『擬傷の鳥はつかまらない』で第7回新潮ミステリー大賞受賞。二作目の『ループ・オブ・ザ・コード』が第36回山本周五郎賞候補となる。

不夜島（ナイトランド）

令和5年12月20日　初版第1刷発行

著者――荻堂　顕（おぎどう　あきら）

発行者――辻 浩明

発行所――祥伝社（しょうでんしゃ）
〒101-8701　東京都千代田区神田神保町3-3
電話　03-3265-2081（販売）　03-3265-2080（編集）
03-3265-3622（業務）

印刷――萩原印刷

製本――ナショナル製本

ISBN978-4-396-63658-6 C0093
祥伝社のホームページ・www.shodensha.co.jp